U0554464

杨绛全集

7

·译文卷·

人民文学出版社

杨绛
2004年初，于三里河寓所

2000年初春，于南沙沟小区芍药园（杨伟成 摄）

2007年仲夏，于三里河寓所

1962年，时正开始翻译《堂吉诃德》

1985年，于三里河寓所。《堂吉诃德》时已出版七年，重新校订一过

1983年11月，于马德里塞万提斯广场

杨绛绘像（高莽 作）

1986年10月，马德里市长送塞万提斯复制像到北京大学校园落户

《堂吉诃德》

前言

杨绛

堂吉诃德已成世界性的角色，描叙他事迹的《堂吉诃德》已是公认的经典杰作。这位"奇情异想"的绅士名气大了，以他为主题的这部作品就成了"必读"或"不必读"的典籍。认真研究这部作品的人固然很多，不读这部作品而自称深知熟识的人却更多。谁不知道这位战风车的疯骑士呢！他为了伸张正义，维护公道，带着个傻侍从满处奔走，受到全世界的同情和爱戴。人家称道他有道德、有理想，尊重他为理想奋斗，不顾个人安危。他受欺凌、受折磨，激起有心人的愤慨，甚至为他伤心落泪。可是，现在谁还像《堂吉诃德》书里讲的那样，个个都急切要认识他呢？谁还像一六〇五年《堂吉诃德》初问世时，西班牙国王在阳台上看到的学生那样，一边读这部书，一边狂笑得像疯子一样呢？

三四百年过去了，《堂吉诃德》不复是当年

为人民文学出版社"世界文库"本《堂吉诃德》所写"前言"（手迹一页）

《堂吉诃德》(精装本),人民文学出版社2005年12月版

目　录

堂吉诃德（下）

献辞 …………………………………………… 003
前言致读者 …………………………………… 005

第 一 章　神父、理发师两人和堂吉诃德谈论
　　　　　他的病。………………………………… 009
第 二 章　桑丘·潘沙和堂吉诃德的外甥女、
　　　　　管家妈等大吵，以及其他趣事。………… 021
第 三 章　堂吉诃德、桑丘·潘沙和参孙·
　　　　　加尔拉斯果学士三人的趣谈。…………… 026
第 四 章　桑丘·潘沙答学士问；以及其他
　　　　　须说明补充的事。……………………… 035
第 五 章　桑丘·潘沙和他老婆泰瑞萨·潘
　　　　　沙的一席妙论，以及其他值得记
　　　　　载的趣谈。………………………………… 041
第 六 章　全书很重要的一章：堂吉诃德和
　　　　　他外甥女、管家妈三人谈话。…………… 048
第 七 章　堂吉诃德和他侍从打交道，以及

	其他大事。	053
第 八 章	堂吉诃德去拜访意中人杜尔西内娅·台尔·托波索,一路上的遭遇。	060
第 九 章	本章的事读后便知。	068
第 十 章	桑丘使杜尔西内娅小姐着魔的巧计以及其他真实的趣事。	072
第 十 一 章	天大奇事:英勇的堂吉诃德看到大板车上"死神召开的会议"。	081
第 十 二 章	天大奇事:英勇的堂吉诃德和威武的镜子骑士会面。	088
第 十 三 章	续叙堂吉诃德和林中骑士的事以及两位侍从的新鲜别致的趣谈。	095
第 十 四 章	堂吉诃德和林中骑士的事。	102
第 十 五 章	镜子骑士和他的侍从是谁。	114
第 十 六 章	堂吉诃德遇到一位拉·曼却的高明人士。	116
第 十 七 章	堂吉诃德胆大包天,和狮子打交道圆满成功。	125
第 十 八 章	堂吉诃德在绿衣骑士庄上的种种趣事。	135
第 十 九 章	多情的牧人和其他着实有趣的事。	146
第 二 十 章	富翁卡麻丘的婚礼和穷人巴西琉的遭遇。	153
第二十一章	续叙卡麻丘的婚礼以及其他妙事。	163
第二十二章	英勇的堂吉诃德冒险投入拉·曼	

	却中心的蒙德西诺斯地洞,大有所获。	169
第二十三章	绝无仅有的妙人堂吉诃德讲他在蒙德西诺斯地洞里的奇遇——讲得离奇古怪,使人不能相信。	177
第二十四章	许多细枝末节,可是要深解这部巨著却少不了。	188
第二十五章	学驴叫的趣事,演傀儡戏的妙人,以及通神的灵猴。	194
第二十六章	续叙演傀儡戏的妙事,以及其他着实有趣的情节。	203
第二十七章	贝德罗师傅和他那猴子的来历;堂吉诃德调解驴叫纠纷;不料事与愿违,讨了一场没趣。	212
第二十八章	作者贝南黑利说:细读本章,自有领会。	218
第二十九章	上魔船、冒奇险。	223
第 三 十 章	堂吉诃德碰到一位漂亮的女猎人。	230
第三十一章	许多大事。	235
第三十二章	堂吉诃德对责难者的回答,以及其他或正经或滑稽的事。	244
第三十三章	公爵夫人由侍女陪伴着和桑丘·潘沙娓娓闲话——值得细心阅读。	257
第三十四章	本书最出奇的奇事:大家学到了为绝世美人杜尔西内娅·台尔·	

	托波索解脱魔缠的方法。	265
第三十五章	续叙为杜尔西内娅解脱魔缠的方法，还有别的奇事。	272
第三十六章	"悲凄夫人"一名"三尾裙伯爵夫人"的破天荒奇事；桑丘·潘沙写给他老婆泰瑞萨·潘沙的家信。	281
第三十七章	续叙"悲凄夫人"的奇事。	287
第三十八章	"悲凄夫人"讲她的奇祸。	289
第三十九章	三尾裙继续讲她那听了难忘的奇事。	296
第四十章	这件大事的几个细节。	299
第四十一章	可赖木揿扭登场，冗长的故事就此收场。	304
第四十二章	桑丘·潘沙就任海岛总督之前，堂吉诃德对他的告诫和一些语重心长的叮嘱。	315
第四十三章	堂吉诃德给桑丘的第二套告诫。	321
第四十四章	桑丘·潘沙上任做总督；堂吉诃德留府逢奇事。	327
第四十五章	伟大的桑丘就任海岛总督，行使职权。	338
第四十六章	堂吉诃德正在对付阿尔迪西多娅的柔情挑逗，不料铃铛和猫儿作祟，大受惊吓。	345
第四十七章	桑丘怎样做总督。	350

第四十八章	公爵夫人的傅姆堂娜罗德利盖斯找堂吉诃德的一段奇闻，以及可供后世传诵的细节。	359
第四十九章	桑丘视察海岛。	368
第 五 十 章	下毒手打傅姆，并把堂吉诃德又拧又抓的魔法师是谁；小僮儿如何给桑丘·潘沙的老婆泰瑞萨·桑却送信。	378
第五十一章	桑丘·潘沙在总督任内的种种妙事。	389
第五十二章	叙述另一位"悲凄夫人"，一称"惨戚夫人"，又名堂娜罗德利盖斯。	397
第五十三章	桑丘·潘沙总督狼狈去官。	404
第五十四章	所叙各事只见本书，别无其他记载。	410
第五十五章	桑丘在路上的遭逢以及其他新奇事。	419
第五十六章	堂吉诃德·台·拉·曼却维护傅姆堂娜罗德利盖斯的女儿，和小厮托西洛斯来了一场旷古未有的大决斗。	425
第五十七章	堂吉诃德向公爵辞别；公爵夫人的淘气丫头阿尔迪西多娅和堂吉诃德捣乱。	430
第五十八章	堂吉诃德一路上碰到的奇事应接	

	不暇。	436
第五十九章	堂吉诃德遭到一件奇事,也可算是巧遇。	447
第 六 十 章	堂吉诃德到巴塞罗那;他一路上的遭遇。	456
第六十一章	堂吉诃德到了巴塞罗那的见闻,还有些岂有此理的真情实事。	468
第六十二章	一个通灵的人头像,以及不能从略的琐事。	471
第六十三章	桑丘·潘沙船上遭殃;摩尔美人意外出现。	484
第六十四章	堂吉诃德生平最伤心的遭遇。	493
第六十五章	白月骑士的来历,以及堂格瑞果琉出险等事。	498
第六十六章	读者读后便知,听书的听来便知。	503
第六十七章	堂吉诃德决计在他答应退隐的一年里当牧羊人,过田园生活;还有些真正有趣的事。	508
第六十八章	堂吉诃德碰到一群猪。	514
第六十九章	本书所载堂吉诃德经历中最新奇的事。	519
第 七 十 章	承接上章,把这段故事补叙清楚。	525
第七十一章	堂吉诃德和侍从桑丘回乡路上的事。	532
第七十二章	堂吉诃德和桑丘回乡路上。	539

第七十三章　堂吉诃德入村所见的预兆，以及
　　　　　其他趣事。………………………… 544
第七十四章　堂吉诃德得病、立遗嘱、逝世。………… 549

堂吉诃德(下)

献　　辞

敬上雷莫斯伯爵①。

前几天，我把已印出而尚未演出的几个剧本献给您大人，记得那时候仿佛说起，堂吉诃德只等穿上骑马靴，就要前来拜见您。现在我向您奉告，他已经穿上靴子出发了。他如能到您面前，那我就自幸对您效了微劳。现在有个家伙冒称堂吉诃德第二，到处乱跑，惹人厌恶②；因此四方各地都催着我把堂吉诃德送去，好抵消那家伙的影响。最急着等堂吉诃德去的是中国的大皇帝。他一月前特派专人送来一封中文信，要求我——或者竟可说是恳求我把堂吉诃德送到中国去，他要建立一所西班牙语文学院，打算用堂吉诃德的故事做课本；还说要请

---

① 雷莫斯伯爵（Conde de Lemos）名堂贝德罗·费尔南台斯·台·卡斯特罗（Don Pedro Fernández de Castro），是西班牙十七世纪提倡文艺的大贵族，对塞万提斯很照顾。《堂吉诃德》第二部出版时，雷莫斯伯爵正在拿坡黎斯（Nápoles）做总督。塞万提斯已把他的《模范故事》（*Novelas ejemplares*）（1613）和《尚未上演的八出喜剧和八出幕间短剧》（*Ocho comedias y ocho entremeses nuevos nunca representados*）（1615）两部作品献给他。这是第三次献书。

② 指假托阿隆索·费尔南台斯·台·阿维利亚内达（Alonso Fernández de Avellaneda）之名出版的《奇情异想的绅士堂吉诃德·台·拉·曼却第二部，叙述他第三次出行，亦即他第五部分的冒险》。这部书 1614 年在塔拉果纳（Tarragona）出版。作者把堂吉诃德写成一个毫无奇情异想的粗狂的疯子；把桑丘·潘沙写成个毫无风趣的贪吃多话的傻子。

我去做院长①。我问那钦差,中国皇帝陛下有没有托他送我盘费。他说压根儿没想到这层。

我说:"那么,老哥,你还是一天走一二十哩瓦,或者还照你奉使前来的行程回你的中国去吧。我身体不好,没力气走这么迢迢长路。况且我不但是病人,还是个穷人。他做他的帝王,我自有伟大的雷莫斯伯爵在拿坡黎斯,他老人家不用给我区区学院头衔或院长职位,也在赡养我,庇护我,给我以始愿不及的恩赐。"

我这样打发了他,现在也就向您告辞;顺便还把《贝西雷斯和西希斯蒙达历险记》②献给您大人。只要上帝保佑,这部书四个月内可以完成。咱们西班牙的作品里——我指消遣作品里,它如果不是最糟的,就是最好的;也许我不该说"最糟",因为朋友们预料它准尽善尽美。恭祝您大人回国福体安康。到那时候,也许《贝西雷斯》已经在等着吻您的手了;我托庇您大人门下,也等着吻您的脚。一千六百十五年于马德里。

您大人的仆从,
米盖尔·台·塞万提斯·萨阿维德拉

---

① 据说1612年(明神宗万历四十年),中国皇帝曾托传教士带给西班牙国王一封信,所以塞万提斯开这个玩笑。参看普德能(Samuel Putnam)《堂吉诃德》英文译本,第二册990页。
② 这部小说描写古怪离奇的旅程,1617年塞万提斯去世后出版。

前言致读者

哎,各位绅士或平民读者,你这会儿准急等着我这篇卷头语吧?《堂吉诃德》有一部续篇,据说是在托尔台西利亚斯写成,在塔拉果纳出版的①;你大概以为我会用臭骂来回敬那位作者吧?可是你料错了。最虚怀大度的人受了欺侮也不免生气,不过我是个例外。你要我骂那个作者愚蠢狂妄吗?我不想。"谁作恶就自食其果;随他和面包一起吃下去,随他自作自受"②。我受不了的是他指摘我年老而且残废了一条胳膊。难道我有能力叫岁月停留、青春常在吗?我的胳膊是从古到今最伟大的战役里残废的③,他以为是在什么酒店里打伤的吗?尽管我的创伤看来不漂亮,知道底细的人至少不会轻视。阵亡远比逃命光荣;我是这样看的。所以,假定我竟有回天转运的本领,对过去的事我可以重新抉择,我宁愿伤残了身体,还是要参与那场惊天动地的战役。战士脸上和胸口的伤痕好比天上的星,能指引旁人去争取不朽的声名,应得的赞誉。我还有句话:写作虽然不靠白发,却要用头脑;头脑愈老愈高明。

---

① 假托阿维利亚内达所作的《堂吉诃德》第二部,见本书献辞3页注②,阿维利亚内达自称是托尔台西利亚斯人。
② 西班牙谚语。
③ 塞万提斯1571年在雷邦多(Lepanto)战役里残废了左手。

那人又说我心怀羡妒①;这也是我受不了的。他以为我不懂,还对我解释羡妒的意义。其实,这个词儿的两种涵义里,我只知道那神圣、高尚、善意的一种。所以我决不会去攻击一位教士,何况他又是宗教法庭的机要人士呢。那位作者的话是有所指的吧?如果他确是替某人说话,那么他完全错了。我崇拜那位先生的天才,欣赏他的作品,钦佩他孜孜不倦地行道②。多承那位作者说我的模范故事都写得好,只是讽世的作用比示范的作用大③。谢谢他称赞,故事如果不是二者兼备,就说不上好了。

也许你觉得我很低心下气,一点儿不坦率。我只是认为对可怜虫该手下留情。那位作者不敢在光天化日之下露面,却隐名冒籍,像有弥天大罪的逃犯似的,想必狼狈不堪。你如有缘见到他,请传话说:我并不理会他的侮辱;我深知魔鬼的诱惑,叫人自信著书出版就拿稳名利双收。你不妨用开玩笑的口吻把下面的故事讲给他听,我的意思就更明白了。

塞维利亚有个疯子疯得很妙。他把竹竿通成管子,一头削尖。每在街上或别处捉到一只狗,就踩住它一爪,提起另一爪,找个地方把管子插进去,对着管子吹气,把那只狗吹得圆鼓鼓的像皮球一样。然后他在狗肚子上拍两下,把它放走。常有许多

---

① "羡妒"原文是 invidia,有两个涵义:好的涵义是企羡;坏的是忌妒。阿维利亚内达在他那部书的序里指责塞万提斯忌妒洛贝·台·维咖。因为《堂吉诃德》上部第四十八章有关戏剧的理论触犯了洛贝。
② 阿维利亚内达指责塞万提斯攻击洛贝·台·维咖。洛贝于1614年入教会为教士;"宗教法庭机要人士"的头衔大概是1608年授予他的,都是《堂吉诃德》上部出版以后的事。洛贝的私生活很不检点。
③ 阿维利亚内达说塞万提斯的《模范故事》"讽刺性胜于模范性;故事很好,颇有才情"。

人围着瞧,他就对他们说:

"您各位这会儿准以为吹饱一条狗是容易的事吧?"——您这会儿准以为写一部书是容易的事吧?

假如这个故事对他不适用,那么,亲爱的读者,你可以把下面另一个疯子和狗的故事讲给他听。

果都巴另有个疯子常把一片大理石或分量不轻的石头顶在脑袋上。他碰到一只不很机警的狗,就挨近去把石头砸在它身上。狗负痛叫嗥,连着窜过几条街也不停一下。有一回,他的石头砸了一个帽子匠很宝贝的狗。石头落在狗头上;狗受了伤大声叫嗥。它主人见了心疼,抓起一把尺,追上疯子,打得他浑身没一根完好的骨头;每打一下就说:

"你这狗贼!欺我的小猎狗吗①?你这恶棍!没瞧见我这狗是小猎狗吗?"

他一声声的"小猎狗",一下下打得那疯子体无完肤。疯子受了这番教训,回家一个多月没出门。然后他又出来玩他那套老把戏了;顶的石头比以前更重。他瞧见一只狗,就跑去盯着细看,却不敢把石头砸下来,只说:

"当心!别又是小猎狗!"

他不论碰到大猛狗或小杂种狗,都说是小猎狗,不再把石头砸下去。也许那位传记作者会有同样的遭受,他就不敢再把他那粗拙的才能施展在书上了。写得不好的书,比顽石还笨重。

你还可以告诉他:尽管他的书会夺掉我的收入,我对他这点威

---

① 小猎狗(podenco),比普通猎狗身材小,前后脚也较短,但更矫健,嗅觉更灵敏。

胁满不在乎①。我引用有名的插曲《拉·贝兰丹加》②里的话："祝愿我那位当市参议员的主人长寿！基督保佑大家。"我祝愿伟大的雷莫斯伯爵长寿！他的仁爱慷慨是有名的；我坎坷的运途上，全靠了他才没有跌倒。我也祝愿慈祥的托雷都大主教堂贝尔那都·台·桑都巴尔-罗哈斯③长寿！即使世上没有印刷机，或者出版攻击我的书比《明戈·瑞伏尔戈讽刺诗集》④里的字数还多，又怕什么呢！两位贵人不要我奉承，不等我求乞，对我慷慨施恩。即使命运照它的老套使我苦尽甘来、翻身发迹，我也不会有更大的福气和财源。穷人可以有人尊敬，恶人却不能。贫穷能掩盖高贵的品质，但不能完全埋没它。美德会从穷困笼罩不到的隙缝里透露出光芒，引起伟人的注目和重视，博得他们的爱护。你不必再和他多说，我的话完了。只是请你注意，我奉献给你的《堂吉诃德》第二部，和第一部从同一个题材一手剪裁而成。书上继续描叙堂吉诃德的事，直到他逝世入土。这样就没人敢再捏造些事情来诬蔑他。他所干的事已经够多；那些疯狂的趣闻，有一部信史的记载也就够了，不用别人再多事。好东西太多了就没有价值；糟东西稀少了也会可贵。我忘了告诉你，《贝西雷斯》⑤和《咖拉泰》的第二部⑥都快要写完了，你们等着吧。

---

① 阿维利亚内达在他的序文里说："我的作品抢了他的生意，随他埋怨去吧。"
② 文学史上没有这部著作，也许是当时传说而并未出版的作品。
③ 他是托雷都的大主教，罗马教会的红衣大主教，宗教法庭的首席审判官，当代权臣赖尔玛公爵的叔父。塞万提斯受他赏识；晚年潦倒也得他很多照顾。
④ 这部诗集讽刺西班牙国王亨利四世的朝政，作者佚名。
⑤ 见本书献辞。塞万提斯在1616年4月18日写《贝西雷斯》的献辞，五天以后，即4月23日，去世。这部书是在他身后出版的。
⑥ 这部书的第二部没有出版，和塞万提斯的其他许多作品一样，都已没有下落。

第 一 章

神父、理发师两人和堂吉诃德谈论他的病。

熙德·阿默德·贝南黑利在本书第二部讲堂吉诃德第三次出行。据说,神父和理发师大约有一个月没去看堂吉诃德,免得惹他记起旧事。他们只探望他的外甥女和管家妈,嘱咐她们小心调护他,给他吃些补心养脑的东西,因为他的病根显然是在心里和脑袋里。她们俩说,已经照这么办了,以后还要竭力调养他;照她们看,她们家主人有时候好像头脑很灵清了。神父和理发师听了非常高兴。这部伟大的信史第一部末一章里,讲到他们使堂吉诃德着了魔,用牛车把他拉回家来。他们觉得这件事确是做得不错。他们决计去看望他,瞧他的病是否真有好转。不过他们料想他的病是好不了的。两人约定绝口不谈游侠骑士,怕他伤口的新肉还嫩,保不定又碰破。

他们去拜访堂吉诃德,看见他坐在床上,穿一件绿色羊毛绒内衣,戴一顶托雷都出产的小红帽儿,枯瘦得简直像个木乃伊。他殷勤接待两人;听了他们问候,就诉说自己起居健康的情况,讲得事理清楚,语言恰当。大家闲聊,谈论到建国治民之道:哪些弊政该补救或抨击,哪些恶习该改变或扫除。三人都俨然是新出的政论家、当代的李库尔果①或新型的索隆②。他们把国家改革一新,仿佛投入熔炉,重新铸造了一个。堂吉诃德谈论各种问题都头头是道,所以那两个特来实地考察的人确信他已经神志清楚,完全复原了。

当时外甥女和管家妈也在旁,瞧她们的家主头脑这么灵清,说不尽的感激上帝。神父本来打算不谈骑士道,可是他要着实知道堂吉诃德的病是否确已断根,就改变了主意。他东说说、西讲讲,谈起京城里传来的新闻。他说听到确讯,土耳其人结集了强大的海军,进逼西班牙国境,不知他们有什么图谋,也不知这场大风暴要在什么地区爆发。土耳其人的威胁几乎年年给基督教国家打警钟,使它们都加紧备战;国王陛下在拿坡黎斯和西西利亚沿海一带以及马耳他岛上都有防备。堂吉诃德听了这番话,说道:

"国王陛下及时防卫国境,叫敌人不能攻其无备,可见他深知兵法。不过他假如请教我,我却有个妙策,他老人家这会儿怎么也想不到的。"

神父一听这话,心上暗想:"啊呀!可怜的堂吉诃德!我看你疯得透顶而且傻得没底了。"理发师也这么想,一面就问堂吉诃德有什么妙策;还说许多人向国王献计,都不切实际,只怕他的也是同样货色。

堂吉诃德说:"使剃刀的先生啊,我的计策就妙在应机当景,绝不是迂阔的空谈。"

---

① 古希腊的政治家和演说家,生于纪元前四世纪。
② 古希腊的立法家,生于纪元前六世纪。

理发师道:"我不是说您不切实;不过我看到从来大家向国王陛下献的计策,差不多全都无用:或是行不通,或是荒谬绝伦,或是,照办了就有害于国王和国家。"

堂吉诃德说:"可是我的妙策既不是办不到,也并不荒谬;谁也想不出更加方便、切实、巧妙、简捷的办法来。"

神父说:"堂吉诃德先生,您说了半天,还没把您那条妙策说出来呢。"

堂吉诃德道:"我这会儿一说,明天早上就传到枢密院诸公的耳朵里去了。我干吗白费心思,把功劳让给别人呀。"

理发师说:"我在这里,面对上帝,保证不把您的话向任何人泄漏。据《神父的故事诗》①,那神父给强盗抢掉一百杜布拉②和一头善走的骡子,发誓不说出去;后来在做弥撒的开场白里向国王告发了那个强盗。我就是学着那位神父发誓。"

堂吉诃德说:"我不知道这些故事,只知道这个誓是靠得住的,因为我相信理发师先生是可靠的人。"

神父说:"即使他不是,我可以担保他像哑巴一样,决不把您的话说出去;否则依判罚款。"

堂吉诃德说:"可是神父先生,您担保他,谁担保您呢?"

神父答道:"我的职业可以担保;因为保守秘密是我的职分呀。"

堂吉诃德这才说道:"我凭耶稣圣体发誓,国王陛下只要用个叫喊消息的报子,传令全国的游侠骑士,在指定的某日到京城来聚会。尽管只来六个,说不定其中一个单枪匹马就能打得土

---

① 故事出处不详。
② 西班牙古金币。

耳其全军覆没。两位请听我讲。游侠骑士一人摧毁二十万大军,难道是从来没有的事吗?在他眼里,二十万人好比只长着一个脖子呀!二十万人只像一块杏仁糕呀!不然的话,专记这种奇事的历史,会有这么多吗?假如鼎鼎大名的堂贝利阿尼斯没死,或者阿马狄斯·台·咖乌拉的子子孙孙里有一个还活着——当然就碍着我的道儿了,且不说别人。可是咱们现在只要有他们中间的一个去抵抗土耳其人,哼!土耳其人只怕就完蛋。不过上帝自会照顾信奉他的人,给他们派救星来,即使不能像过去的游侠骑士那么凶狠,至少也一样的勇敢。上帝知道我的意思,我不多说了。"

外甥女插嘴道:"啊呀!我舅舅准是又要去当游侠骑士了!不信,我死给你们看!"

堂吉诃德答道:

"我到死也是游侠骑士。不管土耳其人从南来、从北来,不管他们的兵力多么强大,随他们来吧!我再说一遍,上帝明白我的意思。"

理发师插嘴道:

"各位请听我说个塞维利亚的小故事;因为正合式,我忍不住要讲讲。"

堂吉诃德请他讲,神父等人都静听。理发师讲了以下的故事:

"塞维利亚有个人精神失常,他亲属就把他送进当地疯人院。这人是奥苏那大学毕业的[①],专攻寺院法。不过许多人认

---

① 奥苏那大学就像上部第一章里提到西宛沙大学一样是个小规模的大学,塞万提斯那时代的人说到这类大学,往往带着嘲笑的口吻。

为他即使是萨拉曼咖大学毕业的,也一样会发疯。这位硕士在疯人院里关了几年,自以为头脑清醒,神识完全正常了。他写信求大主教解救他的苦难。他说靠上帝慈悲,他一度昏迷的神识已经完全复元,而他的亲属贪图他的财产不放他出院,硬冤他是一辈子好不了的疯人。他写得情词恳切,事理清楚。大主教给他迭次来信打动了,派本府一个教士向疯人院长探问究竟,并和那疯子谈谈,他果然头脑清醒了,就放他出院。教士领命去了。疯人院长对教士说:那人并没有好,他的言论往往很高明,可是到头来总露出马脚,说些荒乎其唐的话,抵消了那些高论;只要和他谈谈就能摸出底里。教士愿意试试,去见了那疯子,和他谈了一个多钟头。疯子始终没说一句糊涂话,谈吐有条有理,使教士确信他已经复原。疯子说,院长受了他亲属的贿赂,对他不怀好意,硬说他的病时好时发,没有断根。他说自己只为家产太多,才吃这个大亏;他冤家贪图那份财产,竟不让人相信他靠上帝洪恩,已经从畜类重又变成了人。反正他讲得很动听,显然院长有嫌疑,亲属给贪心昧了良心,而他呢,头脑完全清醒。教士就决计带他回去见大主教,由大主教亲自判明是非真伪。那位好教士抱定这个主意,请院长下令把硕士入院穿的衣服发还他。院长重又叮嘱那教士不要轻率,说硕士依然是个货真价实的疯子;再三劝阻,却毫无用处。院长心想既是大主教的命令,就听从了。他们让硕士换上自己半新的体面衣服。硕士脱掉了疯人服装,打扮得像好人一样,就要求教士行个方便,让他向同院的病人告别。教士也愿意陪着去瞧瞧院里的疯子,他们和院长等人一同上楼。有一个栅栏里关着个动武的疯子,不过他这时很安静。硕士走到栅栏前,对这疯子说:

"'老哥,你瞧瞧有没有什么事要托我,因为我要回家了。上帝恩德无边,就连我这样不值一顾的人,也蒙他照顾,头脑重又清醒。我现在已经完全正常了;上帝真是无所不能啊!你该信赖上帝;他既会叫我复原,也会叫你复原,只要你信赖他。我一定记着给你送些好吃的东西来,你千万得吃。你听我说,我是过来人,我想咱们发疯都因为肚里空虚,脑袋里就充满了气。你得鼓起劲来!倒了霉垂头丧气,会伤生减寿的。'

"对面另一个栅栏里有个疯子赤条条躺在一床旧席上。他听了硕士这番话,起身大声问谁病好了出院。硕士答道:

"'老哥,出院的是我,因为不用再待在这儿了。这是上天的洪恩,我说不尽地感激。'

"那疯子说:'硕士啊,你说话得仔细,别上了魔鬼的当。我奉劝你别乱跑,好好儿待在自己屋里吧,免得再回来。'

"硕士答道:'我知道自己现在好了,不用再回来了。'

"那疯子说:'你好了?哼!瞧着吧!但愿上帝保佑你!今天把你当作没病的人放你出院,就是塞维利亚的罪过。我代替朱庇特[①]管辖这个世界,我凭朱庇特发誓:我单为塞维利亚这点罪过,要向这个城市狠狠降罚,叫它千年万载也忘不了,这就是我诚心所愿!小矮子硕士啊,你可知道,我真有这本领!我刚说了,我是掌管雷霆的朱庇特,我手里有怒火熊熊的霹雳,经常可以吓唬世人,摧毁世界。不过我另有办法惩罚这个愚昧的城市。我从现在起整整三年里,叫塞维利亚全城和四郊不下一滴雨!

---

① 朱庇特(Júpiter),罗马神话里宇宙之主,相当于希腊神话里的宙斯,他掌管雷霆。

你可以出院了？你健康了？你病好了？我倒是疯子、病人、不得自由的？哼！要我下雨呀，就好比要我上吊！'

"旁人都在听这疯子叫嚷，我们这位硕士却转身握住教士的双手说：

"'我的先生，您甭着急，别理会这疯子的话。他是朱庇特不肯下雨吗？我却是水的父亲、水的神道、耐普图诺①呀！不管什么时候，只要我想下雨，或需要下雨，雨就下了。'

"那教士答道：

"'您说得对，耐普图诺先生，不过招朱庇特先生发火究竟不妙，您还是待在这里，等哪天方便，我们有工夫再来找您吧。'

"院长等人都大笑，弄得那位教士很不好意思。疯人院里给硕士脱下衣服，还把他留在院里；这故事也就完了。"

堂吉诃德说："理发师先生，您认为这个故事正当景，忍不住要讲吗？哎，使剃刀的先生啊！隔着筛子瞧不见东西的人，真是瞎子②！况且把人家的才德、相貌、家世互相对照，总是讨厌的，您连这点都不知道吗？理发师先生，我不是海神耐普图诺，我也不要求人家称我识见高明，因为我并不高明；我不过竭尽心力，让大家知道，不恢复崇奉骑士道的盛世，是个大错。从前有游侠骑士负责捍卫国家，保护幼女孤儿和孩童，除暴安良，那时代的人多么享福啊；咱们这个衰败的时代可不配有那么大的福分了。现在多半的骑士，身上只有锦缎衣服的窸窣声，没有钢盔

---

① 罗马神话里的海神。
② 西班牙谚语。

铁甲的铿锵声了。现在没什么骑士冒着严寒酷暑或风吹雨打,浑身披挂,在野外露宿了;没什么骑士还像先辈那样脚不离镫、身靠长枪,只求打个盹儿了。以前的游侠骑士,从深林出来跑进深山,从深山跑到荒凉的海边,海上总有狂风大浪。他看见海滩上一只小船,桨呀,帆呀,桅杆呀,绳索呀,什么装备都没有。可是他毫无畏惧,跳上船,随怒涛恶浪去摆布。他跟着海波起伏,一会儿耸到天上,一会儿落到海底。他顶着不可抵挡的暴风,想不到一上船已经走了三千多哩瓦的路。他上岸在陌生的远方遭遇到许多事,都值得镌刻在青铜上,不是写在纸上的。像这种游侠骑士,现在都绝迹了。现在这年头,懒惰压倒了勤快,安逸压倒了勤劳,罪恶压倒了美德,傲慢压倒了勇敢;甚至拿枪杆子的也空谈而不实行了。这一行,只有黄金时代靠了游侠骑士才走得红。不信,你们说吧,谁比鼎鼎大名的阿马狄斯·台·咖乌拉更纯洁勇敢呢?谁比巴尔梅林·台·英格拉泰拉更聪明呢?谁比白骑士悌朗德更随和呢?谁比李苏阿尔泰·台·格瑞西亚更豪侠多情呢?谁比堂贝利阿尼斯受的伤更多,而且伤的人更多呢?谁比贝利翁·台·加乌拉更刚毅呢?谁比费丽克斯玛德·台·伊尔加尼亚临险更勇往直前呢?谁比艾斯普兰狄安更诚挚呢?谁比堂西隆希琉·台·特拉西亚更奋不顾身呢?① 谁比罗达蒙泰更勇敢呢?谁比索布利诺王更谨慎呢?谁比瑞那尔多斯更胆大呢?谁比罗尔丹更无敌于天下呢?谁比汝黑罗更温文尔雅呢?② 据杜尔宾的《环球志》,现在的费拉拉公爵全都是

---

① 以上九人,都是骑士小说里的英雄。贝利翁是阿马狄斯的父亲,艾斯普兰狄安的祖父,李苏阿尔泰的曾祖父。
② 以上都是阿利奥斯陀《奥兰陀的疯狂》里的人物。

汝黑罗的后代①。神父先生,我另外还可以说出许多骑士来,都是发扬光大了骑士道的游侠英雄。我要向国王进言所说的游侠骑士就是这一类人。国王陛下罗致了他们,既有了得力的帮手,又可以省掉一大笔费用,土耳其人到头来无法可施,只好揪自己的胡子。现在大主教府的教士既然不带我出疯人院,我就待着好了。假如照理发师的话,朱庇特不肯下雨,那么有我在这儿呢,我要下雨就下雨啦!我这话是要叫那位靠洗脸盆干活儿的先生明白,我懂他言外之意。"

理发师说:"堂吉诃德先生,我实在不是这意思。天晓得我是一番好意,您不该生气。"

堂吉诃德答道:"该不该生气,我自己明白。"

神父插嘴说:

"我始终还没开口,可是听了堂吉诃德先生的话,心上倒有点儿纳闷,想痛痛快快地问问。"

堂吉诃德答道:"神父先生还有什么话,不妨都说出来;有什么纳闷的,尽管问,闷在心里不是滋味。"

神父说:"您不见怪,我就说吧。堂吉诃德先生,我有件事想不通。您提的那一大群游侠骑士,难道都是这个世界上有血有肉的真人吗?我怎么也没法儿相信呀。我觉得那都是凭空捏造的一派胡言,都是睡梦刚醒或半睡半醒的梦话。"

堂吉诃德答道:"这又是世俗的通病,许多人硬是不信世上真有这种骑士。我曾经在各种场合,多次向形形色色的人极力

---

① 《环球志》并无其书,是塞万提斯信笔捏造的。阿利奥斯陀在《奥兰陀的疯狂》里把世袭的费拉拉公爵都说成汝黑罗的后代。

纠正这个流行的错误。有时我讲不清,有时根据事实,居然讲明白了。我的根据是千真万确的。譬如阿马狄斯·台·咖乌拉吧,我简直可说亲眼见过。他是个高个子,白白的脸儿,一部黑胡子修得很整齐,神气温和而又威严;他不多说话,不易动怒,发了火一会儿就平息下去。我可以把故事里写的全世界的游侠骑士一个个都像阿马狄斯这样细讲他的形容相貌。读了故事对他们就有个印象,再按他们的行事和性情脾气仔细推究,他们的面貌呀,颜色呀,身材呀,就一一活现在眼前了。"

理发师问道:"堂吉诃德先生,您看巨人莫冈德该有多高啊?"

堂吉诃德答道:"世界上究竟有没有巨人,各有各的说法。不过《圣经》里的话是没半点儿虚假的。照《圣经》上看来,确实有巨人。因为《圣经》上讲到斐利斯人歌利亚斯,说他身长七腕尺半①,那就高得很了。西西利亚岛上发现过巨大的胫骨和肩胛骨②。那么大的骨头,准是巨人身上的,那些巨人该有塔那么高呢。这是可以用几何学来推算的。不过,我拿不定莫冈德究竟有多高。我想不会很高;我这话有根据。因为我看见记述他的专著③里说,他常睡在屋里;既然屋里容得下他,显然他不会太高大。"

神父说:"对啊!"

---

① 腕尺(codo),由肘至中指尖的长度,约十八至二十二英寸。
② 见安东尼欧·台·托尔给玛达(Antonio de Torguemada)的《奇花异葩之圃》(*Jardín de flores curiosas*)。
③ 指意大利人鲁伊斯·普尔其(Luis Pulci)所著《巨人莫冈德》(*Morgante Maggiore*)纪事诗,1550、1552年出版了西班牙文译本。

堂吉诃德这套疯话神父听得很有趣,他就举出一个个游侠骑士来请堂吉诃德设想他们的相貌,譬如瑞那尔多斯·台·蒙答尔班呀,堂罗尔丹呀,还有法兰西十二武士里的其他几人。

堂吉诃德答道:"照我猜想,瑞那尔多斯是宽盘儿大脸,面色通红,眼睛很灵活,有点儿鼓;性如烈火,专好结交强盗和亡命之徒。罗尔丹,或罗佗兰多,或奥兰陀呢——历史上这三个名字是通用的,我拿定是中等身材,宽肩膀,多少有点儿罗圈腿,黑脸,红胡须,身上汗毛很重,眼睛里杀气逼人;他沉默寡言,可是温文有礼。"

神父说:"假如罗尔丹像您说的这样,他可不够漂亮,怪不得美人安杰丽咖公主瞧不入眼,扔了他去找她相好的那个刚出胡子的小摩尔人了;那人一定风流俊俏、活泼有趣。她不爱罗尔丹的严肃,却爱上梅朵罗的温柔,可见很有眼力。"

堂吉诃德说:"神父先生,这个安杰丽咖是个没脑子的姑娘,喜欢乱跑,也有点儿轻浮;她那许多风流放诞的事,随着她的艳名到处流传。她鄙弃了成千的王孙、爵士、才子、好汉,却看上一个还没长胡子的小僮儿,既没有财产,也没有声望,只因为他对朋友感恩知报①,才有点名气。安杰丽咖的失身当然是不体面的;歌颂她美貌的大诗人阿利奥斯陀写到这里,就不敢或不愿再叙述她的事了。他搁笔以前,写了以下两行诗:

至于她怎样接位做了中国的女皇,

---

① 所谓朋友,就是梅朵罗的主人达狄耐尔王。梅朵罗夜里冒险去埋葬主人的尸体,受了重伤。

也许别人能用更好的'拨'来弹唱。①

这话分明像预言;因为诗人也有'先知者'或预言家的称号。这句预言是很准的。后来安达路西亚的著名诗人曾为她的眼泪悲歌②,咖斯底利亚独一无二的著名诗人也曾歌颂她的美貌③。"

　　理发师插嘴道:"堂吉诃德先生,我请问您,这么许多诗人赞美她,是否也有人作诗嘲笑她呢?"

　　堂吉诃德说:"假如萨克利邦泰或罗尔丹④是诗人,我想他们准会把这位姑娘着实的挖苦一番。诗人选中了意中人,不论是假托的还是真的,如果意中人瞧他不起,拒绝了他,他就用讽刺和毁谤来雪耻报仇;这是诗人地道而现成的手法⑤。当然,心胸宽大的人是不屑做这种事的。据我所知,至今倒还没有谁作诗毁谤这位颠倒一世人的安杰丽咖公主呢。

　　神父说:"真是奇迹!"

　　他们谈话的时候,管家妈和外甥女已经走开了;这时忽听到她们俩在院子里大叫大嚷,大家忙赶去。

---

① 这是阿利奥斯陀《奥兰陀的疯狂》第三十三篇第十六节的末了两行,塞万提斯曾引用末一行来结束《堂吉诃德》第一部。按原文,上一行是"她把印度的王位给了梅朵罗"(E dell'India a Medor desse lo scettro),堂吉诃德篡改了。
② 鲁伊斯·巴拉洪那·台·索多(Luis Barahona de Soto)著有《安杰丽咖的眼泪》,1586 年出版。
③ 指洛贝·台·维咖 1602 年出版的诗集《安杰丽咖的美》(*La hermosura de Angélica*);"独一无二"云云有讽刺之意。
④ 都是追求安杰丽咖而受鄙弃的武士。
⑤ 塞万提斯这里指的是洛贝·台·维咖。洛贝曾作诗诽谤某些女演员。

第 二 章

桑丘·潘沙和堂吉诃德的外甥女、
管家妈等大吵,以及其他趣事。

据这部传记上说,堂吉诃德、神父和理发师听见吵闹,原来是桑丘硬要进来探望主人,堂吉诃德的外甥女和管家妈拦着门不放,嚷着说:

"这流氓到我们家来干吗?老哥啊,回你自己家去吧!哄了我们家主人出去乱跑的就是你!不是别人!"

桑丘答道:"魔鬼的管家妈!给人家骗出去乱跑的是我!不是你主人!是他带着我满处跑,你们把事情全弄颠倒了。他花言巧语,答应给我一个海岛,骗了我从家里出去,我到今还等着这个海岛呢。"

外甥女说:"该死的桑丘!让倒霉的海岛噎死你!什么海岛?是好吃的吗?你这个馋嘴佬!"

桑丘答道:"不是吃的东西,是管辖的东西;我可以管辖得比四个市政府和四个京城长官还好呢。"

管家妈说:"随你怎么说,这里不要你来!你这个满肚皮鬼主意的家伙!管你自己的家、种你租的地去!别胡想什么海岛河岛啦!"

神父和理发师听了三人的对话很好笑。堂吉诃德怕桑丘说溜了嘴,讲出许多促狭的胡话来,对自己声名有碍。他就喊桑丘进来,一面叫她们俩住嘴,别拦着他。桑丘进来,神父和理发师告辞出去。他们瞧堂吉诃德脑袋里一团糟,那套该死的骑士道的谬论根深蒂固,都觉得他的病是没指望的了。神父对理发师说:

"老哥啊,你瞧着吧,咱们想不到的时候,这位先生又要展翅儿高飞了。"

理发师答道:"这还用说吗?不过侍从的傻,竟和骑士的疯一样叫我吃惊呢。他死抱着那个海岛,随你怎么解释也没法消除他这个念头。"

神父说:"但愿上帝挽救他们吧。咱们得时刻留心,瞧着这一对骑士和侍从会疯傻到什么地步。我觉得两人竟是一个模子里打造出来的。主人的疯要没配上佣人的傻,就一文不值了。"

理发师说:"是啊。我很想听听他们俩这会儿说的话呢。"

神父说:"我拿定外甥女和管家妈会告诉咱们。照她们俩的脾气,不会不偷听。"

这时堂吉诃德关上门,只和桑丘两人在屋里。堂吉诃德说:

"桑丘,你说是我把你从家里骗出去的,这话我听了很难受,因为你明知我也没待在家里呀。咱们俩一起出门,一起赶路,一起满处跑;两人同甘共苦。如果说,你给人家兜在毯子里抛弄过一次,我挨过的打有一百次呢;这就算是我比你便宜吧。"

桑丘说:"这也是应该的呀。照您自己的话,倒霉事儿和游侠骑士是紧紧连在一起的,和侍从还远着点儿啊。"

堂吉诃德说:"桑丘,你错了,古话说得好:'首疾……'①"

桑丘道:"我只懂现代的话。"

堂吉诃德道:"我是说,脑袋有了病痛,身体各部都有病痛。我是你的主人,就是你的脑袋;你是我的佣人,就是我身上的一部分。所以我有病就牵连到你,你有病也牵连到我。"

桑丘说:"应该是这样啊!可是,我既然是您的一部分,我这部分给人家兜在毯子里抛弄的时候,您做了我的脑袋却在围墙外面瞧着我在天空翻滚,没有觉得痛苦呀。既然脑袋有病痛,浑身各部都有病痛,那么身上哪一部分有病痛,脑袋也该有病痛呀。"

堂吉诃德道:"桑丘,你这话大概是说,你给人家抛弄的时候,我没有感受痛苦。如果你是这个意思,我劝你别这么说,也别这么想,因为我当时心上的痛苦,比你身受的还厉害。可是这话咱们这会儿甭提了,将来再仔细讲究吧。桑丘朋友,我问你,村儿里在说我什么话?老乡们、绅士、骑士们对我有什么意见?关于我的勇敢、我的功绩、我的礼貌,他们怎么说的?我要在当今之世把废掉的骑士道重新振兴,人家有什么议论?一句话,桑丘,凡是我问的这些,你听到什么都得告诉我,别添一句好话,也别瞒掉一句坏话。忠心的臣仆该把真情照实报告主人,既不加油添酱地讨好,也不藏头掩尾地隐瞒。我告诉你,桑丘,如果君王听到的全是不加粉饰的真情实况,没有奉承迎合的花言巧语,那么过去的世纪就改了样,咱们这个世纪也不该称为'铁的世

---

① 堂吉诃德引了一句拉丁文谚语的开头二字,全句是"首疾则全身病"(Quando caput dolet, cœtera membra dolent)。

纪'了;我觉得咱们近年来却是黄金时代呢。桑丘,你该照我的叮嘱,凡是我问你的,你听到过什么,就明明白白、诚诚恳恳地照实告诉我。"

桑丘答道:"好得很呀,我的先生,不过有句话得讲在前头:您既然要我听到什么都搬给您听,没一点儿遮盖,那么我说了您可别生气。"

堂吉诃德说:"我决不生气,桑丘啊,你尽管直说,不用拐弯儿抹角的。"

"那么,我先告诉您,老乡们说您是头号儿的疯子,说我这傻瓜也不输您。绅士们说您不安安分分做绅士,总共有了四棵葡萄两亩地①,身上拖一片挂一片的,却自称'堂',一下子成了骑士②。骑士们说,他们不喜欢绅士和他们平起平坐,尤其那种只配当侍从的绅士,皮鞋都自己擦,黑袜子上补着绿丝线。"

堂吉诃德说:"这话和我不相干,我向来穿得整齐,身上从没有补丁;可能衣服破些,那也是盔甲磨破的,不是穿旧了破的③。"

桑丘说:"关于您的勇敢、您的礼貌、您的功勋,各有各的看法。有人说:'疯而有趣。'有人说:'有勇气,只是没运气。'有人说:'有礼貌,可惜不得体。'他们还有许多话呢,直挑剔得咱们通身上下百孔千疮了。"

---

① "四棵"就是"好几棵","四"是"多"的意思;亩,原文 yugada,是两头牛驾在一个轭下一天能耕完的地。
② 堂吉诃德是绅士,还不是贵族阶级。骑士是起码的贵族阶级,称"堂"。但这个称号当时正逐渐广泛。
③ 西班牙谚语:"绅士宁穿破衣,不打补丁。"因为打补丁证实是贫穷,而用不同颜色的线补缀,尤显得寒碜。

堂吉诃德道:"桑丘,你该知道,出人头地,遭人嫌忌①;哪里都是一样。名人而不遭毁谤,那是绝无仅有的。胡琉·凯撒是最坚毅、最英明勇敢的统帅,人家说他野心勃勃,还说他的衣服和私德都有点儿不干净。亚历山大靠生平事业赢得'大帝'的称号,人家说他有几分酗酒的习气。赫拉克利斯功绩累累,人家说他荒淫骄奢。又譬如像阿马狄斯的弟弟堂加拉奥尔吧,人家说他太好斗,说他哥哥动不动就爱哭。哎,桑丘,好人都受到这样的毁谤呢;如果我受到的只是你说的这些,就算不错了。"

桑丘说:"我的爹!糟的是不止我说的这些呀!"

堂吉诃德问道:"那么还有别的话吗?"

桑丘说:"还有尾巴上的皮没剥下来呢②。刚才说的那些,只算小点心罢了。您如要知道全套儿诽谤您的话,我马上给您找个人来,他会一五一十地搬给您听,一星半点儿也不遗漏。巴多罗梅·加尔拉斯果的儿子刚从萨拉曼咖大学得了学位,昨晚回家。我去欢迎他,他告诉我说,您的事已经写成书了,书名是《奇情异想的绅士堂吉诃德·台·拉·曼却》。他说书上也有我,名字就叫桑丘·潘沙;还有杜尔西内娅·台尔·托波索小姐,还讲些事光是咱们两人经历的,不懂那个写传的怎么都知道,我诧异得直在自己身上画十字。"

堂吉诃德道:"我告诉你,桑丘,写咱们这部传记的一定是个法师或博士,这种人笔下要写什么,眼睛里就看见什么。"

桑丘说:"怪道呢!原来是法师和博士,所以我刚才讲起的

---

①② 西班牙谚语。

那个参孙·加尔拉斯果学士说,那个写传的名叫熙德·阿默德·贝兰黑那!"

堂吉诃德说:"这是个摩尔人的名字。"

桑丘说:"准是的。我听说摩尔人都爱吃'贝兰黑那'①。"

堂吉诃德说:"桑丘啊,'熙德'按阿拉伯文就是'先生';你一定把这位熙德的姓说错了。"

桑丘说:"很可能。您这会儿要我去把那位学士找来吗?我立刻就去。"

堂吉诃德说:"那好极了。你那些话说得我心里痒痒,不把事情问个明白,吃一口东西都在胸口堵着。"

桑丘说:"那么我就找他去。"

他撇下主人去找那位学士,一会儿就带了学士回来。他们三人谈的话很有趣。

第 三 章

堂吉诃德、桑丘·潘沙和参孙·加尔拉斯果
学士三人的趣谈。

堂吉诃德一面等着加尔拉斯果学士,一面默想桑丘的话。

---

① 桑丘把贝南黑利(Benenjeli)说成贝兰黑那(berenjena),这个字的意思是"茄子"。

他打算问问那位学士,人家把他写到书上去,讲了他些什么。他不信真会有那么一部传记。他的剑上敌人余血未干,难道他发扬骑士道的丰功伟业已经写成书出版了吗?可是他想准有一位善意或恶意的法师靠魔术干了这件事。假如那人出于善意,就是要把他干的事抬得比骑士里最杰出的成就还高;假如出于恶意,就是要把他那些事贬斥得比历史上卑微的侍从里最卑鄙的行为还低。不过他想,书上从来不写侍从的事;假如确有桑丘说的那么一部传记,叙述的既是游侠骑士的事,那就必定是严肃、正经、堂皇而且真实的。他这么一想,稍为放心些。可是作者称为熙德,想必是摩尔人;摩尔人都不老实,而且诡计多端,不能指望他们说真话。他想到这层,又放心不下。他又怕书上把他的恋爱描写得不端重,损害了杜尔西内娅·台尔·托波索小姐的清名。他希望书上能写出他对这位小姐一心一意,毕恭毕敬,把王后、女皇和形形色色的女人都不放在眼里,而且总是严肃地抑制着自己的情欲。他正在这样反复寻思,桑丘已经带着加尔拉斯果来了。他连忙殷勤接待。

那位学士虽然名叫参孙,并不是名副其实的大个子①,只是个大滑头。他脸色苍白,心思却很伶俐,大约有二十四岁,圆圆的脸,扁塌鼻子,大嘴巴;照这副相貌,好像是个调皮促狭的性格儿,喜欢开玩笑、捉弄人的。他一见堂吉诃德,果然本性流露,对堂吉诃德双膝跪倒,说道:

"堂吉诃德·台·拉·曼却先生,请您伸出贵手,让我亲

---

① 参孙是古犹太的大力士,体格很魁伟。参看《旧约全书·士师记》第十三、第十四章。

吻。我虽然只是教会里下四等的职员①,却要凭我这件圣贝德罗式的道袍②发誓宣言:全世界古往今来最有名的游侠骑士就是您!熙德·阿默德·贝南黑利把您的丰功伟业写成书,我真要祷告上帝为他赐福!那位搜求奇书的人不辞辛苦,把这部阿拉伯文的故事翻成西班牙语,让大家都能欣赏,我更祝他福上添福!"

堂吉诃德扶了他起来,说道:

"照您这话,真是出了一部写我的传记吗?作者真是个摩尔博士吗?"

参孙道:"这是千真万确的,先生;据我估计,现在这部传记至少已经出版了一万二千册③,不信,可以到出版这部书的葡萄牙、巴塞罗那和巴伦西亚去打听。据说也在安贝瑞斯排印呢。我看将来每个国家、每种语言,都会有译本。"

堂吉诃德说:"一个有声望的好人生前看到自己的美名在各种语言里流传,那一定是最称心的。不过我说的是'美名';如果是丑名,那就比什么样的死都难受了。"

学士说:"要讲美名呀,所有的游侠骑士里数您第一了。您为人多么高尚,您冲锋冒险的时候多么勇敢,困苦的时候多么坚定,倒了霉、受了伤多么能够忍耐,您对堂娜杜尔西内娅·台尔·托波索小姐那种超脱肉体的爱情多么贞洁等等,那摩尔作者和基督教译者各用自己的语言刻意描摹,写得活灵活现。"

---

① 天主教教会里最低级的四个职位:一是门房(menores);二是教师(lector);三是驱邪祛魔者(exorcista);四是辅助神父做弥撒的助手(acólito)。
② 学士穿的袍子。
③ 当时各地出版的《堂吉诃德》总数约一万五千册。

桑丘·潘沙插嘴道:"我从没听见谁把杜尔西内娅小姐称作堂娜,她不过是杜尔西内娅·台尔·托波索小姐。传记上这点就已经错了。"

加尔拉斯果答道:"这是无关紧要的。"

堂吉诃德说:"确是无关紧要的。可是我请问您,学士先生,这部传记里,我干的哪件事最出色呢?"

学士答道:"各人趣味不同,见解也不一样。有人认为最出色的是风车的事——就是您看见许多长臂巨人的那一次。有人认为砑布机的事最出色。您不是看见两支大军后来忽又成了两群羊吗?有人最欣赏书上记载您形容那两支军队的一番话。您碰到迁葬赛果比亚的尸体那事也有人夸赞。有人认为您释放一群囚犯是压卷的奇闻。还有人认为您碰到两个贝尼多会的巨人,后来又和英勇的比斯盖人打架那桩最呱呱叫。"

桑丘问道:"学士先生,请问您,驽骍难得那家伙忽起邪心、想打野食的那一遭——就是我们碰到一群杨维斯人的事,书上也写了吗?"

学士答道:"那位博士什么都不放过,全写下来,连桑丘老兄在毯子里翻跟斗的事也没漏掉。"

桑丘说:"我没在毯子里翻跟斗,是在天空里翻的,那是身不由己。"

堂吉诃德说:"我觉得人世间的历史上总是一会儿得意、一会儿失意,尤其是游侠骑士的经历,决不会都一帆风顺。"

学士说:"可是有人看了故事里堂吉诃德先生一次次挨揍,但愿作者能饶他几顿打呢。"

桑丘说:"这就可见书里都是真话了。"

堂吉诃德道:"按理这些尽可以略过不提。枝枝节节无关故事的真实,如果写了有损主人公的尊严,就不必写。老实说,伊尼亚斯本人并不像维吉尔描写的那么孝顺,尤利西斯本人也不像荷马形容的那么狡猾。"

参孙说:"您说得对呀。不过诗是诗,历史是历史。诗人歌咏的是想当然的情节,不是真情实事。历史家就不然了,他记载过去的一言一行,丝毫不能增减。"

桑丘说:"这位摩尔先生既然一心要说真话,那么,我主人吃的棍子里分明也有我的份儿呀。每次他背上挨打,我总得全身挨打。不过这也不稀奇,因为我这位主人亲口说的:脑袋有病痛,浑身各部全都有份。"

堂吉诃德说:"桑丘,你真是鬼得很!什么事你都不愿意忘记,你记性真不错呢。"

桑丘说:"我吃了那些棍子,即使愿意忘记,我肋骨上还有余痛,不让我忘记啊。"

堂吉诃德说:"住嘴吧,桑丘,别打岔了,还是请学士先生讲讲这部传记里怎么说我的。"

桑丘说:"还有说我的呢;听说我也是这部传记里的一个主要'人户'。"

参孙说:"'人物',不是'人户',桑丘老哥。"

桑丘说:"又是个挑字眼儿的!要这样下去,一辈子也没个完。"

学士说:"桑丘,你是故事里的第二号人物,不是的话,上帝叫我倒一辈子的霉!有人最爱听你说话,觉得你比书上最聪明的人还说得有意思。不过也有人说你太死心眼儿,这位堂吉诃德先生答应让你做海岛总督,你就信以为真了。"

堂吉诃德说:"墙头上还有太阳呢①。等桑丘再多活几年,多长些识见,做起总督来就更合适、更能干了。"

桑丘说:"天晓得!我这一把年纪还不会管辖海岛,等我活到玛土撒拉的年纪②还是不会的。毛病是那海岛还不知在哪儿呢,倒不是我没有管辖海岛的脑瓜子。"

堂吉诃德说:"你只管求上帝保佑,什么都会遂心如愿,说不定比你想的还好呢;没有上帝的旨意,树上一片叶子都不会抖动。"

参孙说:"是啊,如果上帝有意,给桑丘管一千个海岛也有的是,别说一个。"

桑丘说:"我也见过些总督,我觉得那些人给我拾鞋都不配。可是他们得称作'大人',吃饭用银盘儿。"

参孙说:"他们那种总督是容易做的,不比海岛总督。海岛总督至少得懂文法。"

桑丘说:"'文'呢,我还凑合;'法'呢,和我无缘,我也不理会,我根本不懂。反正这事随上帝安排吧,但愿他派我到最能为他效劳的地方去。我说呀,参孙·加尔拉斯果学士先生,那个写传记的笔下没有出我的丑,我真是说不尽的高兴。我凭好侍从的身份说句真话,如果他写我的事情不是我这么个老基督徒该做的,那就聋子都会听见。"

参孙说:"那真是奇迹了。"

---

① 西班牙谚语,意思是:时候还不晚呢。
② 《旧约全书》里洪水时代的长寿人,活到九百六十九岁。见《创世记》第五章第二十七节。

桑丘说:"不管奇迹不奇迹,如果要形容个'人户'吧,总得留心怎么说、怎么写,不能随便想到什么就胡说乱写。"

学士说:"有人认为穿插那篇《何必追根究底》的故事是个毛病;不是情节不好,或讲法不好,只是穿插得不合适,和堂吉诃德先生的一生不相干。"

桑丘说:"我可以打赌,那狗养的'把筐子和白菜一样看待'①了。"

堂吉诃德说:"我现在看来,给我写传的那人不是博士,大概是个不学无术、胡说八道的人,像乌贝达的画家奥巴内哈②那样信笔乱涂。人家问那位画家画什么,他说:'画出来是什么就是什么。'一次他画一只公鸡,画得糟极了,一点也不像,只好用笔划粗黑的字注明'这是一只公鸡'。我那部传记大概也是这样的,要有了注解人家才懂。"

参孙说:"那倒不。那部传记很流畅,一点不难懂。小孩子翻着读,小伙子细细读,成人熟读,老头子点头簸脑地读;反正各种各样的人都翻来覆去读得烂熟,每看见一匹瘦马,就说:'驽骍难得来了!'读得最起劲的是那些侍僮。每个贵人家的待客室里都有这么一部《堂吉诃德》;一人刚放下,另一人就拿走了;有人快手抢读,有人央求借阅。总之,向来消闲的书里,数这部传记最有趣,最无害。什么下流话呀,邪说异端呀,整部书里连影儿都没有的。"

堂吉诃德道:"写书不这样就不是写信史,而是谎话连篇

---

① 西班牙谚语。
② 本书第七十一章又提到这位糟糕的画家,他的名字因塞万提斯提到而流传至今。

了。写历史而撒谎的人该像伪币铸造者一样活活烧死①。可是我不懂为我写传的那人为什么要穿插些不相干的故事,我本人的事可写的很多呢。他一定是记住了那句老话:'不论稻草干草……'②等等。其实,他只要把我的心思、我的叹息、我的眼泪、我的抱负、我的遭遇等等写出来,就是厚厚一本书了,至少也有'焦黄脸儿'③的全集那么厚。干脆说吧,学士先生,我认为编写历史或任何著作,都须有清楚的思想,高明的识见。作者是大才子,作品才会有警句和风趣。喜剧里最聪明的角色是傻乎乎的小丑;因为扮演傻瓜的绝不是傻子。历史好比圣物,因为含有真理;真理所在,就是上帝所在。可是尽管这么说,有些人写了书四处发卖,就像卖油炸饼一样。"

学士说:"一本书不论多糟,总有几分好处④。"

堂吉诃德答道:"这是当然的。有人靠写书名利双收,可算不负苦心。可是作品一出版,作者声名一落千丈或者几百丈,也是常有的事。"

参孙说:"有个缘故。作品出版了,人家可以仔细阅读,就容易发现毛病。作者名气越大,读者越要挑剔。大诗人、大历史家等靠天才得名的,总招人忌妒;那些人自己没出过一本书,就以批驳旁人的作品为快,乐此不疲。"

堂吉诃德说:"这没什么稀奇。许多神学家自己不善讲道;

---

① 当时西班牙的刑法。
② 西班牙谚语:"不论稻草干草,肚子一样塞饱。"
③ "焦黄脸儿"(el Tostado)是堂阿隆索·台·玛德利加尔(Don Alonso de Madrigal)的绰号;他活在十五世纪,是西班牙阿维拉(Ávila)的主教,著作很多。他的名字通常用来比喻多产作家。
④ 见古罗马散文家小普利尼(Plinius Secundus)记载他叔父的话。

听了别人讲道,他挑错儿却是能手。"

加尔拉斯果说:"堂吉诃德先生,您说得对呀。我但愿那些挑错儿的人厚道些,少吹毛求疵,别看见了辉煌的作品偏要在光彩里找飞扬的尘土。假如说'高明的荷马有时候打盹儿'①,那么该想想,荷马要作品完好无瑕,已经聚精会神,费了多少工夫。说不定找错的以为是缺点,其实仿佛脸上的痣,有时反增添了妩媚。我觉得出版一部书风险很大,要人人称好、个个满意是绝不可能的。"

堂吉诃德说:"我的传记只有寥寥几人满意吧。"

"那倒不是。好比'愚昧之徒数不胜数'②,欣赏这部传记的也数不胜数。有人怪作者记性不好,忘了讲明谁偷了桑丘的驴;驴偷了也没明说,只能从文字里推测。可是一会儿桑丘又骑着他的驴了,不知那驴是哪儿来的③。他们又说:桑丘在黑山从皮包里找到一百艾斯古多,这笔钱怎样下落,下文忘了交代,再也没有提起④。桑丘怎么花的,买了什么东西,很多人关心呢;这也是个漏洞。"

桑丘答道:

"参孙先生,我这会儿没心思报账或交代事情。我饿得慌,要是不喝两口酒提提神,就要发晕了。我家有老酒,老伴儿正等着我呢,我吃完饭再来吧。谁有什么要问的,不管毛驴儿怎么偷

---

① 古罗马诗人贺拉斯的名句,见《诗艺》(*Ars Poetica*)359 行。
② 《旧约全书·传道书》第一章十五节里的句子。
③ 有关那头驴的事,参看译者序 19—20 页。
④ 上部五十二章里曾经提到。桑丘对他老婆说,他没带回鞋子和裙子,不过带了更重要更有价值的东西回来。但当初堂吉诃德主张把钱还给失主,而找到失主后,作者并未提到那笔钱是怎么处置的。

了,一百艾斯古多怎么花了,我都有话说。"

他不等人家回答,也不再多说,只管回家了。

堂吉诃德留学士便饭,家常饭菜添了一对鸽子。席上谈论些骑士道,加尔拉斯果非常凑趣。饭罢睡过午觉,桑丘回来了,他们又接着谈。

第 四 章

桑丘·潘沙答学士问;以及其他
须说明补充的事。

桑丘回到堂吉诃德家,接着讲下去。他说:

"参孙先生不是要打听我那驴儿是谁、在什么时候、怎么样儿偷的吗?请听我讲吧。我主人招了那伙囚犯的祸,又碰上了送往赛果比亚的尸体,我们要逃避神圣友爱团,连夜跑进黑山,躲在一个树林里。我们打了几次架浑身酸痛,力气也使尽了;我主人靠着长枪,我骑在灰驴背上,两人都仿佛躺在四层羽毛褥子上似的酣呼大睡。我更是睡得死;不知谁这时跑来,用四根棍子四边支住我的驮鞍,把我的灰毛儿从我两腿中间牵走了;我骑在鞍上,竟没有知觉。"

"这事好办,也不新奇。萨克利邦泰围攻阿尔布拉卡的时候,也遭了同样的事。布鲁内洛那有名的贼就是用这办法从萨克利邦泰两腿之间牵走了他的马①。"

桑丘接着说:"天一亮,我刚伸个懒腰,那些棍子就倒了,把我摔了一大跤。我的灰驴哪儿去了呢?找不着了。我眼泪直流,哭了一场。给我们写传的人要是没把我的痛哭写进去,就漏掉了一个好节目。过了不知几天,我跟着米戈米公娜公主一路走的时候,忽见一人骑着我那头灰驴迎面跑来。那人打扮得像吉卜赛人;原来就是我主人和我解救的囚犯——那大骗子、大坏蛋希内斯·台·巴萨蒙泰。"

参孙说:"这没有问题。毛病是灰驴还没出现,作者却说桑丘骑着他的灰驴。"

桑丘道:"这个我可没法说了。不是作者的错,就是排印工人的粗心吧?"

参孙说:"分明是这么回事。可是,那一百艾斯古多又是怎么个下落呢?花了吗?"

桑丘答道:

"都花在我自己、我老婆和我孩子身上了。所以我老婆才捺定心让我跟着堂吉诃德先生满处跑呀。假如出门那么久,一个子儿也没带回来,把驴儿也丢了,那还行吗?谁还有什么要问的,我在这儿等着呢;我当着国王的面也有话说。我的钱带回家没有,花了没花,谁也管不着。假如我出门挨的棍子拿钱来抵,就算四文一棍,那么,再给我添上一百艾斯古多也抵不了我挨打的半数。各人自己摸摸良心吧,别把白的说成黑

---

① 这段话按语气似是堂吉诃德说的。萨克利邦泰马匹被窃事见阿利奥斯陀《奥兰陀的疯狂》第二十七章第八十四节。围攻阿尔布拉卡事见上部94页注②。

的,黑的说成白的。'人再好也不过像上帝造的那样,往往还坏得多呢'①。"

加尔拉斯果说:"我得记着告诉那位作者,如果他的书再版,一定得添上桑丘老兄的这段话,就更出色了。"

堂吉诃德问道:"学士先生,传记里还有别处需要修改的吗?"

学士答道:"总有吧,可是不至于像刚才指出的那些非改不可。"

堂吉诃德道:"是不是作者预告还出第二部呢?"

参孙答道:"是的。不过据说那第二部还没找着,不知在谁手里,是否会找出来。而且有人说:'不论哪部书,续篇从来没有好的。'又有人说:'堂吉诃德的故事有那么多就够了。'所以那第二部还不定出不出呢。不过也有人不那么严格,却爱逗乐儿。他们说:'再来些堂吉诃德故事吧!只要写堂吉诃德冲杀,写桑丘·潘沙多嘴,随他怎么写,我们都喜欢。'"

"作者怎样打算呢?"

参孙说:"他正在钻头觅缝找那部稿子,打算找到就付印。他只要有利可图,不在乎什么虚名。"

桑丘说:"作者要的是钱吗?他写得好才怪呢!他就得像复活节前夕的裁缝那样手忙脚乱地赶,能指望赶出好针线来吗?那位摩尔先生不管是什么家伙,干活儿可得仔细呀。我和我主人的冒险和各式各样的遭遇够他写的;别说第二部,一百部都行。那位先生准以为我们俩在草堆上睡熟了。他如果给我们脚

---

① 西班牙谚语。

上钉马蹄铁①,就会知道我们到底是哪只脚瘸了。反正我说呀,我主人要是听了我的话,我们这会儿早按照好游侠骑士的老规矩,在外面为人锄强暴、伸冤屈了。"

桑丘话还没完,只听得驽骍难得连声嘶叫。堂吉诃德觉得这是大吉之兆,决计在三四天内再出门一趟。他把这个主意告诉学士,还请教这次出门先到哪里。学士主张到阿拉贡王国的萨拉果萨城。过几天那里庆祝圣霍尔黑节②,要举办几场极隆重的武术竞赛;堂吉诃德在比武场上可以压倒全阿拉贡的骑士——也就是压倒全世界的骑士,从此名震天下。学士还称赞他出行的主意打得好,不愧大丈夫;不过劝他冲锋冒险的时候小心点儿,因为他活着不是为自己,多少人靠他救苦救难呢。

桑丘插嘴道:"参孙先生,我就是嫌他不顾性命,见了一百个披挂的武士,就像馋嘴孩子见了六个熟甜瓜似的直抢上去。哎呀! 学士先生! 有时候该往前冲,也有时候该往后退呀,不能老是'西班牙人向前冲啊! 圣悌亚果保佑我们!③'而且我好像记得我主人自己说过:太胆小是懦弱,太胆大是鲁莽,勇敢是恰好适中。照这个道理呢,我不要他无缘无故逃跑,也不要他该退不退,拼命往前冲。可是,别的不说吧,我主人如果要我跟他,我有句话得预先讲明白:打仗的事全归他来,我只

---

① 如有人并不熟悉某人的脾气而称誉他,西班牙谚语说:"你给他脚上钉块马蹄铁吧。"
② 纪念1096年阿拉贡国王彼德罗一世战胜摩尔人的阿尔果拉斯(Alcoraz)战役;当时认为这是全靠圣霍尔黑的保佑,以后每逢圣霍尔黑节日在阿拉贡举行锦标赛,三次比武得胜的夺得锦标。
③ 这是从前西班牙军士交战时的呐喊。

照管他吃喝洗换的事；我一定尽力，可是别指望我拔剑斫人，即使是行凶的坏蛋我也管不了。我呀，参孙先生，不想靠勇敢出名，只求人家知道我是游侠骑士手下最忠心的好侍从。据我主人堂吉诃德先生说，外边海岛多的是；假如他酬报我勤谨卖力，赏我个海岛，我就接受他这份重赏。如果他不赏我，我为人在世谁也不靠，只靠上帝。况且我做不做总督，一样的吃饭，也许不做总督，吃饭更香呢。保不定魔鬼在总督的座旁放了一块绊脚石，叫我绊个跟头，把大牙都磕掉。我生来是桑丘，我打算到死还是个桑丘。不过话又说回来。如果不费力气，不冒风险，老天爷白给我一个海岛或这类的东西，我不会推辞，我没那么傻。老话不也说吗：'如果给你一头小母牛，快拿了拴牛的绳子赶去。'还说：'如果好运来了，把它留在家里。'"

加尔拉斯果说："桑丘老哥，你这番话说得就像个大学教授。不过你还是要相信上帝和堂吉诃德先生；他准会给你一个王国呢，何止一个海岛呀。"

桑丘答道："多一点少一点都一样。不过，加尔拉斯果先生，我可以告诉您，我主人如果把王国给我，他没把王国扔在漏了底的口袋里。我也估量过自己，知道自己确有本领管理王国和海岛。这话我跟我主人已经讲过几遍了。"

参孙说："小心啊，桑丘，当了官就改了样；说不定你一做总督，就连生身妈妈都不认了。"

桑丘说："只有出身下贱的才会忘本。我是个彻头彻尾的老基督徒，绝不是忘本的家伙。只要瞧瞧我的为人，我会对谁没良心吗？"

堂吉诃德说:"求上帝保佑吧。你几时做总督,全由他安排;我觉得就在眼前了。"

他接着告诉学士,他想去辞别杜尔西内娅·台尔·托波索小姐;如果学士会作诗,烦他代笔写几句辞行诗。他要学士务必把那位小姐芳名的字母,挨次用作每行诗的第一个字母;全诗每一行的第一个字母就拼成"杜尔西内娅·台尔·托波索"这名字。学士说自己虽然不是当世公推的西班牙三个半著名诗人①之一,这种体裁的诗也还会作。不过有个很大的困难。这个名字有十七个字母,假如作四首"四行诗",就多一个字母,假如作"五行诗",那么,二首"十行"或"复句体"②就欠三个字母。话虽如此,他一定想办法省掉一个字母,把杜尔西内娅·台尔·托波索的名字放在四首"四行诗"里。

堂吉诃德说:"就得这样;因为女人一定要看见自己的名字明明白白标在诗里,才相信那首诗是为她做的。"

他们把这事谈妥,又把动身的日期定在八天以后。堂吉诃德叮嘱学士严守秘密,尤其得把神父、尼古拉斯师傅、他的外甥女和管家妈蒙在鼓里,免得他们阻挠他的雄心壮举。加尔拉斯果一口答应,就起身告辞;临别嘱咐堂吉诃德,不论事情顺利不顺利,有机会务必一一告诉他。他们彼此分手,桑丘自去置备出门必需的东西。

---

① 当时著名的诗人不止三个半,塞万提斯可能是在取笑当时互相吹捧的诗人。
② "五行诗"(quintillas),古代用"复句体"(redondillas)就成十行。现代的"复句体"是四行诗。

第 五 章

桑丘·潘沙和他老婆泰瑞萨·潘沙的一席
妙论,以及其他值得记载的趣谈。

这部传记的译者译到这里,怀疑这一章是假造的,因为在这一章里,桑丘·潘沙的谈吐不像他往常的口气;他头脑简单,决不会发那么精辟的议论。不过译者尽责,还是照译如下:

桑丘回家兴高采烈,他老婆老远看见他满面喜色,就说:

"桑丘大哥,你怎么了?乐得这个样儿?"

他答道:

"老伴儿啊,我但愿老天爷别让我这样快活呢。"

她说:"老伴儿,我不懂你的话呀。你说但愿老天爷别让你这样快活,这话怎么讲呢?我是个傻瓜罢了,我不懂怎么一个人会但愿自己不快活。"

桑丘答道:"你听我说,泰瑞萨。我主人堂吉诃德又要第三次出去探奇冒险了,我已经打定主意跟他出门,所以很高兴。咱们家里穷,我没别的办法。咱们花了一百个艾斯古多,说不定又能找一百个回来;我有这指望,也很高兴。可是我得离开你和孩子们,心上又怪难受的。上帝要怎么,就怎么;他如果肯让我待在家里吃现成饭,不用我在野地里和大路上奔波,我的快乐就是十足的了。我现在算是快活,却夹带着和你分别的痛苦啊。所以我说得好:但愿老天爷别让我这样快活。"

泰瑞萨说:"你瞧瞧,桑丘,你做了游侠骑士一伙的人,说话尽拐弯抹角的,谁都听不懂了。"

桑丘说:"老伴儿啊,上帝什么都懂;他懂我的话就行,不用多说了。我告诉你,大姐,这三天你留心照看着灰毛儿,叫它随时都能出动。你喂个双份儿,把驮鞍等配备检查一下。我们不是出去吃喜酒,是漫游世界,和巨人、毒龙、妖魔打交道,要去听他们呼啸咆哮的。不过我们如果不碰到杨维斯人和魔道支使的摩尔人,那些东西也不难对付。"

泰瑞萨说:"老伴儿,我也知道游侠侍从这口饭不好吃,我直祷告上帝让你快快脱离这步坏运呢。"

桑丘答道:"我告诉你吧,老伴儿啊,我要不是想到不久能做海岛总督,我这会儿就倒下来死了。"

泰瑞萨说:"可别这么说,我的老伴儿。老母鸡害了瘟病,也但愿它活着①。随魔鬼把世界上一切总督的官儿都抢去,你还是过你的日子。你不做总督,也从娘肚子里出来了;不做总督,也活到了今天;将来上帝要你进坟墓,你不做总督也进坟墓,人家会抬你去。世界上不做总督的多着呢,谁就活不下去了?谁就算不得人了?世上最开胃的东西是饥饿;这是穷人短不了的,所以穷人吃饭最香。可是我告诉你,桑丘,假如你哪天做了什么总督,千万别忘了自己的老婆儿女。记着,小桑丘已经十五周岁,假如他那位当修道院长的舅舅要他当教士,就该送他进学校了。你知道,如果给你女儿玛丽·桑却成家,

---

① 西班牙谚语。

她不会叫苦的。我想她准像你盼做总督一样的盼做新娘呢。反正女儿嫁个丈夫不如意,总比如意的姘头好①。"

桑丘道:"老实说吧,老伴儿,如果上帝让我做个什么总督,我一定把玛丽·桑却嫁给大贵人。谁不能给她贵妇人的头衔,休想娶她。"

泰瑞萨说:"不行,桑丘,最好是嫁个门当户对的。你叫她脱了木屐穿高跟鞋,脱了灰色粗呢裙换上钟形裙子和绸衬裙,不称'小玛丽'和'你',改称'堂娜'和'您夫人',那丫头连自己都糊涂了,动不动就得出丑,露出本相来。"

桑丘道:"住嘴吧,你这傻瓜!过那么三年两年,什么习惯都会养成。到那时候,贵妇人的气派和架子都像配着身子定做的那么合适了。即使不合适,又有什么要紧呢?只要她是贵妇人,怎么样儿都行!"

泰瑞萨道:"桑丘啊,你得估量着自己的地位,别只想飞上高枝儿。记着这句老话:他是你街坊的儿子,给他擦擦鼻子,把他留在家里。② 咱们的玛丽如果嫁了个伯爵或乡绅,人家发起脾气来就可以作践她,骂她乡下姑娘呀,庄稼汉的女儿呀,纺线丫头呀,等等,那才美呢!老伴儿啊,我可死也不答应的!真是!我养大了女儿是让人家糟蹋的吗?桑丘,你只管把钱带回家,嫁女儿的事归我来。咱们这儿胡安·多丘的儿子罗贝·多丘是个身强力壮的小伙子,你我都认识;我知道他对咱们的姑娘很有意思。他家和咱们家门户相当,是很好的一门亲事。咱们的女儿

---

① 西班牙谚语。
② 西班牙谚语。又一说:"他是你街坊的儿子,给他擦擦了鼻涕,把女儿嫁给他。"又说:"跟地位相当的人结婚姻、攀亲家。"

可以常在眼前;父母、儿女、孙子、女婿可以在一起和和睦睦,安享上帝赏赐的福气。你千万别把她嫁到王爷和大人的府第里去;到了那里,人家不会体谅她,她自己也不知道怎么做人。"

桑丘说:"你听我说呀,你这笨蛋!你这魔鬼的老婆!我要女儿嫁个贵人,给我生下外孙现成就是贵人,你干吗无缘无故地挡着我呀?我告诉你,泰瑞萨,我常听见长辈说,福气来了不享,福气走了别怨。现在好运正在敲咱们的大门,咱们不该关着门不理睬。乘着顺风,就该扯篷①。"

这部传记的译者就为桑丘这种语气和下面的一段话,怀疑这章是假造的。

桑丘接着说:"你这个蠢货!我要能闯上个总督的肥缺,咱们就从烂泥里拔出脚来了,那可多好啊!你怎么不明白呢?玛丽·桑却就可以嫁我选中的姑爷;人家就要称呼你堂娜泰瑞萨·潘沙;你坐在教堂里,身底下要铺着毯子、垫子和绸单子②,城里那些乡绅夫人看了只好白着眼干瞪。要不,你就一辈子老是这个样儿吧!长不大,缩不小,仿佛壁衣上织成的人像一样!这事已经说定了;随你还有多少话,小桑却得做伯爵夫人。"

泰瑞萨答道:"老伴儿,你这番话仔细想过没有?你尽管这么说,我只怕咱们女儿做了伯爵夫人就完蛋了。随你叫她做公爵夫人也罢,公主娘娘也罢,不过我得跟你讲明,我是不愿意的,也决不答应。大哥,我向来赞成平等,没有根基,空摆架子,我看不顺眼。我受洗的时候取名泰瑞萨;我这名字干净、利索,没有

---

① 西班牙谚语。
② 西班牙那时候的教堂里不用凳子,按阿拉伯式坐在地毯上。

添补的,没有拖带的,也没有戴上'堂妮''堂娜'的帽子。我爸爸姓卡斯卡霍。我呢,因为嫁了你,就叫泰瑞萨·潘沙;按理我是泰瑞萨·卡斯卡霍,可是帝王总顺从法律的心愿①。我叫这个名字顶乐意,不用人家给我安上什么'堂';这称号怪沉的,我承担不起。我也不爱招人议论。我如果出门打扮成伯爵夫人或总督夫人,人家就要说:'瞧这个喂猪的婆娘好大气派!昨天还忙着纺麻线呢,上教堂望弥撒没有包头,撩起裙子来遮脑袋②;今天却穿上钟形裙子,还戴着首饰,摆足架子,好像咱们都不认识她似的。'如果上帝保全着我的七官、五官,或所有的几官,我决不让人家这么说我。你呢,大哥,你做你的总督或海岛,随你称心摆架子。我凭我妈妈的性命发誓,我和我女儿决不离开家乡。'好女人是断了腿的,她不出家门'。'贞静的闺女,干活儿就是快乐'。③你跟着你的堂吉诃德碰好运去,随我们和坏运混吧。上帝瞧我们有多好,会把运气改得多好。老实说吧,父母祖宗都没有'堂'的称号,我就不知道这个'堂'是谁封的。"

桑丘说:"我问你,你身上附了魔鬼吗?上帝保佑你吧,老伴儿,你把许多话乱七八糟混在一起,什么夹石夹核④呀,首饰呀,老话呀,摆架子呀,和我说的有什么相干呢?你这个糊涂虫!傻瓜蛋!我就该这么叫你,因为跟你说不明白;运气来了,只顾躲避。你听我讲,假如我叫女儿从塔顶上跳下来,或者照堂娜乌

---

① 西班牙谚语:法律总顺从帝王的心愿。泰瑞萨颇有桑丘之风,把这话说颠倒了。
② 西方规矩,男人入教堂该脱帽,女人入教堂得戴帽。
③ 两句西班牙谚语。
④ 泰瑞萨的姓夹石夹核(Cascajo)也指碎石子、果皮、垃圾之类,桑丘这里说话双关。

尔拉咖公主的主意,出去跑码头①,那么你不依我还有个道理呀。假如我一眨眼立刻给她安上个'堂娜'和贵妇人的头衔,把她抬举起来,坐在高座儿上,头上还张着幔子,待在阿拉伯式的起坐室里,身边的丝绒垫子比摩洛哥阿尔莫哈达斯朝代②的摩尔人还多,照那样儿,你为什么偏不答应,硬要违拗我呢?"

泰瑞萨说:"老伴儿,我告诉你吧。老话说:'掩盖你的也揭露你。'人家见了穷人不放在眼里,见了阔人就要盯着细看。假如这个阔人从前是穷的,人家就要嘀嘀咕咕说闲话,没完没了的耍贫嘴。街上这种人多得像成群的蜜蜂呢。"

桑丘说:"泰瑞萨,你留心听我一句话,也许你一辈子也没听见过。这不是我自己想出来的,是上次大斋的时候,神父在村上宣讲的。我记得他说:眼前的东西,比记忆里的印象更动人,更叫人撒不开。"

桑丘这段话又使译者断言本章是假造的了,因为桑丘说得出这样高明的话吗?他接着说:

"所以咱们看见谁穿了华丽的衣服,佣人前呼后拥,尽管记得这人贫贱时候的光景,可是不由自主地就对他毕恭毕敬了。他从前也许是穷,也许是出身不好,那是过去的事,都不实在了;只有眼前看见的才实在。命运已经把这人提拔起来,——我说的都是神父的话,一字没改——如果他得意了不轻狂,对人慷慨

---

① 桑丘引用当时流行歌谣里的故事。乌尔拉咖是西班牙国王费南铎一世的女儿。她因为父亲把国土分给三个王子,没她的份,就胁逼父亲说,她打算走码头操皮肉生涯。她父亲就传给她一个城。
② 阿尔莫哈达斯(Almohadas)是摩洛哥的一个朝代,在十二、十三世纪统治非洲北部和安达路西亚。西班牙文垫子的复数是 almohadas,所以桑丘说起垫子,就扯上这个朝代的名字。

和气,不和世袭的贵族竞争,那么,泰瑞萨,你可以拿定,人家不记他过去的卑贱,只着重他当前的为人;除非那种心怀忌妒的家伙,看见谁得意都不放过。"

泰瑞萨说:"老伴儿,我不懂你的意思,随你爱怎么办吧,别再长篇大论说得我脑袋发胀。你结计要照你说的那样……"

桑丘说:"老伴儿,'决计',不是'结计'。"

泰瑞萨说:"老伴儿,你别跟我计较。上帝就是叫我这么讲的,我不会咬文嚼字。我说呀,假如你一定要做总督,那么带着你的小桑丘一起去,你马上可以教他做总督。爸爸的职务,儿子得继承和学习。"

桑丘说:"我做了总督,会叫驿站派马接他。我还要捎钱给你;到那时候我不会没钱,如果总督没钱,少不了有人借给他。你得把孩子打扮得像个总督的儿子,不能还是原先的寒碜模样。"

泰瑞萨说:"你只管捎钱回来,我会把他打扮得漂亮。"

桑丘说:"好,咱们已经讲定了,咱们的女儿得做伯爵夫人啊。"

泰瑞萨说:"哪天她做了伯爵夫人,我就当她是死了埋了。不过我再说一遍:你爱怎么办,随你吧。我们做女人的,尽管丈夫是糊涂蛋,也得听他;这是我们天生的责任呀。"

她说着认真地哭起来,仿佛眼看着小桑却死了埋了似的。桑丘安慰她说:尽管他们的女儿得做伯爵夫人,他还要尽量拖些时候再说吧。他们俩的一席话就此结束。桑丘因为要置备行装,又去看堂吉诃德。

第 六 章

全书很重要的一章:堂吉诃德和
他外甥女、管家妈三人谈话。

桑丘·潘沙和他老婆泰瑞萨·卡斯卡霍闲扯的时候,堂吉诃德的外甥女和管家妈正在劝说自己的舅舅、自己的主人。她们看出了一些苗头,知道他正想第三次溜出门去,充当倒霉的游侠骑士。她们讲了种种道理要打消他这个馊主意,可是只好比在荒寂无人的沙漠里说教,在冰冷无火的炉上打铁。尽管如此,她们还是劝了许多话。管家妈说:

"我的先生,您像个冤魂似的山上山下乱跑,什么探奇冒险,我看就是自找晦气;您要是不拴住脚待在家里,我真要叫嚷着向上帝和国王告状,求他们来管着您了。"

堂吉诃德答道:

"管家妈,我不知道上帝听了你告状怎么回答,也不知道国王陛下怎么回答,只知道我自己如果是国王,就懒得回答每天没完没了的瞎告状。国王听了得一一回答,这是他的大苦事。所以我不愿意把自己的事去麻烦他。"

管家妈说:

"先生,请问您,国王陛下的朝廷上没有骑士吗?"

堂吉诃德说:"有啊,多得很呢。朝廷上得有骑士来装点元首的伟大,炫耀帝王的尊严。"

管家妈说:"那么您干吗不安安顿顿待在朝廷上为万岁爷出力呢?"

堂吉诃德道:"大娘,你听我说。骑士不能都待在朝廷上,在朝廷上侍卫的,不能——也不必都是游侠骑士。世界上得有各种各样的骑士。尽管都是骑士,却大不相同。朝廷上的骑士只待在自己屋里,不出宫廷的门槛,不花一文钱,不知寒暑饥渴的苦,看看地图就算周游世界了。可是我们这种货真价实的游侠骑士得受晒、受冻,风里雨里、日日夜夜、或步行或骑马,一脚一个印儿地踏遍世界。和我们交手的敌人不是纸上画的,是使真刀真枪的真人。我们得不顾一切,舍生拼死去和他们厮杀。这又和决斗不同。决斗有许多讲究,你是不知道的;譬如说,使用的枪或剑是否长短合度呀,身上是否带着护身符之类的东西呀,阳光的照射是否双方平均呀等等。可是这些无聊的细节和规矩,我们都一笔勾销了。我告诉你吧,假如这儿有十个巨人,每一个不但头碰天,还顶破了天,两腿像矗立的高塔,胳膊像大海船的桅杆,眼睛像磨坊的大轮子,而且比炼玻璃的火炉还亮,一个游侠的好骑士见了这群巨人就不能怕惧,得大胆从容地冲上去和他们拼命。这些巨人的盔甲是一种鱼鳞做的,据说比金刚石还硬;他们使的不是剑,是大马士革的钢刀[1],或是我见过几回的那种带钢刺的铁锤头子;尽管如此,这位骑士有本事一转眼把他们打得一败涂地。管家妈,我跟你讲这些话是要你知道骑士各有不同,这第二类骑士——或者该说,这第一等的游侠骑

---

[1] 大马士革在中世纪以擅长炼钢著称。

士——受到君王另眼看待是理所当然的。据我们读到的传记,有个把游侠骑士不止救了一国,却救了好几国呢。"

外甥女插嘴道:"哎!舅舅!您可知道,游侠骑士的故事都是胡说八道呀。他们的传记如果还没有烧掉,就该穿上'锡福衣'①,或插上标签,让人知道是伤风败俗的坏东西。"

堂吉诃德说:"我凭养活我的上帝发誓,你要不是我亲姐妹生的亲外甥女,你这样轻口薄舌,我准揍得你呼天叫地。你一个小姑娘家,织个花边儿还没熟练呢,竟口吐狂言,批评起游侠骑士的传记来了?假如给阿马狄斯先生听见了,他怎么说呢?不过他倒一定会原谅你,因为他是当时最谦和的骑士,而且对年轻姑娘最肯帮忙。可是说不定有些骑士听了就不答应了。骑士并不个个都温文有礼,有的是坏蛋,有的是粗坯。自称骑士的未必都是真正的骑士;有的是纯金,有的是合金,看着都像骑士,却不是个个都经得起考验。有些出身微贱的努力学作骑士,有些出身高贵的甘心自卑自贱;前一种人因为要强或品德好,就升上去了;后一种人因为懒惰或卑鄙,就堕落了。两种人名称一样,行为截然不同,咱们一定要有辨别的眼力。"

外甥女说:"哎呀!舅舅啊,您见多识广,用得着您说教的时候,您真可以到大街上登坛大说一通呢。可是您这么高明,却又说瞎话,而且明明是疯话。您年岁不小,身体虚弱,却自以为年富力强;您这一把年纪压得您弯腰弓背,却要去替人家伸冤屈;而且您明明不是骑士,却自以为是骑士;尽管绅士可以做骑

---

① "锡福衣"(sambenito)是一种黄布法衣,上面都是斜交的红十字。受宗教法庭审讯的犯人如悔过得赦,就给他们披上这种法衣。

士,穷绅士是做不到的呀!"

堂吉诃德说:"外甥女啊,你这句话很有道理。我有许多关于家世的议论,说出来准叫你惊佩,不过我不想把神圣的事和世俗的事混在一起,所以不讲了。你们俩听着,世界上的家族,可以归结为四种。第一种开始卑微,逐渐兴盛,成了最显贵的大族。另一种开始就是煊赫的大族,始终保持着原有的气焰。又一种原先贵盛,逐渐衰败,变得微不足道,像一座金字塔,底子虽大,到头来减削得只剩一个几乎瞧不见的尖儿了。另外最普通的一种,开始就没什么好,往后还是够不上一个中平,到末了照旧默默无闻;平民百姓的家世就是这样。譬如说吧,奥土曼皇室就是从卑微升为显赫的那第一种。这一支从卑微的牧人起家,现在正气焰熏天。始终保持原状的那第二种呢,许多王公贵族都是例子。他们传袭了祖宗的爵位,没有长,也没有缩,平平稳稳守着家业,保持了原状。至于开始显赫,后来没落的,那就有成千上万的例子了。譬如埃及的法老氏呀,托洛美氏呀,罗马的凯撒氏呀,还有美狄亚、亚述、波斯、希腊、蛮邦等国数不尽的王子皇孙,说得不客气,就像蚂蚁那么一大群呢。这许多氏族都已经衰亡,和祖先同归于尽了;即使还有后代,也微乎其微。至于平民的家世,我只有一句话:他们活在世间只是充数,黯然无光,卑不足道。你们两个傻子啊,我讲这些话是要你们明白,家世是算不清的糊涂账,只有乐善好施的积德之家才是高贵的。为什么呢?品性恶劣的贵人就是大贱人;手笔啬刻的富人就是精穷鬼。有了钱不一定就有福气,要会花钱——不是乱花,要花得恰当,才会有福气。穷绅士只能靠品德好,才显得自己家世好。他应该温文有礼,和气勤谨,不骄横,不傲慢,不背后议论人,最要紧的是居心仁厚。高高兴兴给穷人两文钱,和打着钟放账同样慷慨。像我说的这种种有德之士,陌生人一见面也能断定他是好出身,要是看不出来,那才怪呢。美德博来赞誉,有美德就有人赞美。管家妈和外甥女啊,一个人要发财出名,有两条路可走:一条文的,一条武的。我拿着枪杆子比笔杆子顺手;凭我这种偏好,可见是战神星座的照临下生出来的。所以我简直不由自主,尽管人人反对,也要走武的这条路。这是天意,是命定,是自然之理,尤其是我本人的志愿;你们想劝我回心转意只是枉费唇舌。我知道做游侠骑士得吃无穷的辛苦;可是也有无限的快乐。美德的道路窄而险,罪恶的道路宽而平,可是两条路止境不同:走后一条路是送死,走前一条路是得生,而且得到的是永生。我记得咱们西班牙的大诗人说得好:

> 只有这崎岖小道
> 通向永生的境界,
> 别的路都达不到。①"

外甥女说:"啊呀,不得了!我舅舅又是个诗人呢!他什么都懂,什么都会。我可以打赌,他要做了泥瓦匠,盖一所房子就像做个鸟笼一样容易。"

堂吉诃德答道:"我告诉你吧,外甥女啊,我要不是全副精神都在游侠骑士的事业上,我什么活儿都会;我能做各种玩意儿,尤其是鸟笼和牙签。"

―――――――

① 加尔西拉索·台·拉·维咖(Garcilaso de la Vega,约1501—1536),《挽歌》第一首里的句子。塞万提斯在下文(第62页)又提到这位诗人,并表示钦佩。

这时忽听得敲门。一问,原来是桑丘·潘沙。管家妈恨透桑丘,不愿意见他,立刻躲出去。外甥女开了门;堂吉诃德出来张臂欢迎桑丘。主仆俩关在屋里又谈了一番话,和前番的一样妙。

第 七 章

堂吉诃德和他侍从打交道,以及其他大事。

管家妈看见桑丘·潘沙和他主人关在屋里,立刻猜到他们俩在谈什么,料想他们商量妥当了就要第三次出门。她一肚子焦愁,披上外衣去找参孙·加尔拉斯果学士。她觉得这人很会说话,又是主人家的新朋友,也许能打消他那个疯狂的主意。加尔拉斯果学士正在院子里散步。她满头大汗,惶惶然赶去跪在他脚边。加尔拉斯果看了她又愁又急的样儿,问道:

"怎么啦?管家太太,您失魂落魄的出了什么事吗?"

"没事儿,参孙先生,不过我主人憋不住了,一定是憋不住了!"

参孙问道:"大娘,他哪儿憋不住?他身上哪儿漏啦?"

她答道:"不是漏,他那老毛病又要发了。我的学士先生呀,我是说,他又要出去碰运气了——我也不懂凭什么叫作运气,反正这是第三次了。头一次,他挨了一顿板子,浑身青紫,给人家横搭在驴上送回来的。第二次是关在木笼里用牛车拉回来的。他自己说是着了魔道。那可怜人回来的时候又黄又瘦,一双眼睛都落了坑儿,就连他生身妈妈都认不得他了。我用了六百多个鸡蛋才调养得他恢复了一点原样。这事上帝知道,大家知道,我那群老母鸡也知道;它们是不让我撒谎的。"

学士说:"这话我完全相信。您那群老母鸡好极了,肥极了,规矩极了,哪怕胀破肚子也不肯乱叫的。管家太太,您真的只是怕堂吉诃德先生出门吗?没出别的事吗?"

她说:"没有,先生。"

学士说:"那么您别着急,且安心回家,给我做点热乎乎的早饭;您如果会念《圣阿波洛尼亚经》①,可以一路念回去。我马上就来。叫您瞧我大发神通呢。"

管家妈说:"什么!念《圣阿波洛尼亚经》?假如我主人牙痛,那才合适;可是他那毛病在脑袋里面呢。"

加尔拉斯果答道:"管家太太,我这话没错儿。您请回吧,别跟我争,因为我告诉您,我是萨拉曼咖大学毕业的学士,这就甭再多说了。"

管家妈走了。学士立即去找神父。他们两人怎样商量,下文自有交代。

堂吉诃德和桑丘·潘沙关着门谈的一番话,历史上一字不改,都记下来。桑丘对他主人说:

"先生,我已经改化②了我老婆,叫她让我跟您跑,随您带我到哪儿都行。"

---

① 据西班牙人的迷信,念《圣阿波洛尼亚经》可止牙痛。
② 桑丘要说"感化"。

堂吉诃德道:"桑丘,你该说'感化',不是'改化'。"

桑丘答道:"我记得好像求过您一次两次:您如果听得懂我的意思,就别纠正我的字眼儿;如果不懂,就说'桑丘'——或者'你这家伙,我不懂你的话'。我要是说不明白,您再改正我。因为我非常性良①……"

堂吉诃德立刻说:"桑丘,我不懂你的话,什么'我非常性良'?"

桑丘道:"'我非常性良'就是'我非常那样儿'。"

堂吉诃德道:"你越说越糊涂了。"

桑丘道:"假如您不懂,我就不知道怎么说了;我也没办法了,上帝保佑我吧。"

堂吉诃德道:"哦,我想出来了! 你是要说,你'非常驯良'——温顺,好打发,说什么都听,教你什么都领受。"

桑丘道:"我可以打赌,您一上来就懂;您是存心折腾我,叫我再说一二百个错字您就高兴。"

堂吉诃德道:"也可能吧。不过言归正传,泰瑞萨怎么说呢?"

桑丘道:"泰瑞萨说:我对您得指头并拢,不要漏缝;白纸黑字,永无争执;条件讲好,不用争吵;许你两件,不如给你一件。我说呀,女人的主意,没多大道理;可是不听妇女话,男人是傻瓜。②"

堂吉诃德道:"我也这么说。桑丘朋友,你讲吧,讲下去。

---

① 桑丘要说"驯良"。
② 六句都是西班牙谚语。

你今天真是满口珠玑。"

桑丘说:"我讲吧,反正您比我明白,咱们都不免一死,今天在,明天就没了;小羊老羊并不分先后。一个人活在世上,只有上帝给的那点寿命。催命神是聋的,他来敲门的时候总很匆忙,随你软求也罢,硬顶也罢,有王位也罢,有教职也罢,他都不问不闻。这是人人都知道的,教士在讲坛上也这么讲。"

堂吉诃德道:"你说的都对,只是我不懂你什么用意呀。"

桑丘说:"是这么个意思:我要您讲讲明白,我伺候您每月多少工钱;您把这笔钱从家产里拨给我。我不愿单靠赏赐;赏赐来得太晚,也许并不好,也许还会落空。上帝保佑我自靠自吧。反正我不计多少,只要知道能赚多少。老母鸡一个蛋也孵,积少成多,有点小便宜,就算不失利。① 您答应的海岛我不相信,也不指望了;不过我老实说,如果您真给了我,我不会毫无良心,也不是死抠门儿,我愿意估计岛上有多少收入,一直②扣我的工钱。"

堂吉诃德说:"桑丘朋友啊,'照值'扣跟'一直'扣是一回事吧?"

桑丘说:"我知道,我可以打赌,该说'照值',不说'一直';不过没关系,反正您明白我的意思。"

堂吉诃德说:"明白得很,直把你一肚子心思都看透了。你连珠箭似的抛出这许多老话,你瞄着什么我也知道。桑丘,你听我说:假如我能在哪一本游侠骑士的传上找到个例子,明说或暗

---

① 三句都是谚语。
② 桑丘的意思是"照值"。

示侍从每月或每年通常有多少进账,那么,我尽可以跟你讲定工钱。可是所有的传记我差不多都看过,记不起哪个游侠骑士和他的侍从讲工钱。我只知道做侍从的都只图犒赏;主人忽然交了好运,就酬报他们海岛之类的东西,至少爵位总是有的。桑丘,你凭这点希望和外快愿意再伺候我,很好;如果要我打破游侠骑士的成规,那就休想。所以,我的桑丘啊,你家去把我这意思告诉你的泰瑞萨吧。她肯让你跟我弄点犒赏,你自己也乐意,'则妙乎佳哉'①;不然呢,咱们也照旧是朋友。鸽子房里有饲料,不怕没有鸽子。我还告诉你,儿子啊,到手一件糟的,不如想望着一件好的;报酬不好,宁可不要。② 桑丘,我这么说呀,就是要你知道,我也会像你那样喷沫似的满口成语。反正我就是一句话,我告诉你:你不愿意单靠恩赏跟我出去碰运气,那么上帝保佑你,让你成个圣人吧。我不愁没有侍从,他还可以比你听话,比你小心,不像你那么笨、那么多嘴呢。"

桑丘满以为他主人没了他,即使全世界的财宝都在外边招喊,也不会出去;他一听主人家这么斩钉截铁,顿时觉得前途茫茫,灰溜溜地没了主意。他正在发呆想心事,参孙·加尔拉斯果学士进来了。管家妈和外甥女也跟进来听这位学士怎样劝阻她们家主人出门。参孙那大滑头又像上次那样跑来抱住堂吉诃德,高声说道:

"啊呀,游侠骑士的典范啊!拿枪杆子的光辉榜样啊!西班牙的国宝和国师啊!谁想阻挠你第三次出门,我正式祷告全能的上

---

① 堂吉诃德这里用了拉丁文 bene quidem。
② 三句都是谚语。

帝,叫那一两个人挖空心思也想不出办法,命尽寿终也不能遂心。"

他转脸对管家妈说:

"管家太太甭再念诵《圣阿波洛尼亚经》了,我知道天数已定,堂吉诃德先生又得去干他的英雄事业。我应该怂恿这位骑士大发慈悲,大展威力,不要埋没自己。游侠骑士的种种任务,譬如申雪冤屈呀,保护孤儿童女呀,扶助已婚和守寡的妇女呀,都专等着他一人去干呢!哎,漂亮、勇敢的堂吉诃德先生啊!您阁下别等明天,今天就动身吧。假如出门还欠些什么东西,有我在这儿呢,我本人和全部家产都供您使用。您这位伟大的骑士先生如果要我做侍从,我就荣幸极了。"

堂吉诃德听了这话,转脸向桑丘道:

"桑丘,我不是跟你说的吗?我要侍从,多的是!你瞧瞧,是谁自愿做我的侍从?不是别人,是独一无二的参孙·加尔拉斯果学士呀。他是萨拉曼咖大学里逗乐儿的妙人,身强体健,手脚灵便,沉默寡言,经得起寒暑饥渴,游侠骑士的侍从应有的本领样样俱全。不过他又是司法行政的能手,学界的博士,文坛的才子;老天爷决不容我为了称自己的心,委屈了他。让这位新回来的参孙留在家乡,为家乡和他白发苍苍的双亲增光吧。我随便怎样的侍从都行,反正桑丘是不屑跟我走的了。"

桑丘深受感动,噙着泪说:"我愿意跟您走的!我的先生啊,谁也不能说我'肚子吃饱,动身就跑'①。真的,我不是没良心的种。潘沙世世代代是什么样人,谁都知道,尤其咱们村上人。况且您给了我许多好处,您答应的还多着呢,我知道您是有

---

① 西班牙谚语。

心要重赏我的。我跟您讲工钱是听了老婆的话。她呀,打定了主意要人家做一件事,就逼得人非依她不行;给木桶上箍也没她敲打得紧。可是男子汉就得是个男子汉,女人毕竟是女人。我到哪里也不能说不是个男人,在自己家里也得做个男子汉呀;谁不乐意就随她吧。咱们没事儿了,您只要立下遗嘱,附个条款,写得着着实实,不能翻灰①。完了咱们马上就动身吧,免得参孙先生心上着急,他不是说他的良心松弄②您第三次出门吗?我再说一遍吧:我愿意死心塌地地伺候您;古往今来一切游侠骑士的侍从,都好不过我去。"

学士听了桑丘·潘沙的用字和口气很惊奇。他虽然读过《堂吉诃德》第一部,总不信桑丘真像书上形容的那么逗笑。这会儿听他把遗嘱上"不能反悔"的附款说成"不能翻灰",就知道书上的话都可靠。他断定桑丘是当代最死心眼的傻瓜;这主仆俩一对疯子,世界上找不出第三个。当下堂吉诃德和桑丘互相拥抱,又言归于好。伟大的加尔拉斯果这时成了他们的先知者;他们听了他的主意,又经他赞许,决定过三天动身,乘这时先置备些路上必需的东西,还要找一只连面罩的头盔,因为堂吉诃德说非戴这样的头盔不行。参孙答应送堂吉诃德一只,他说他朋友有,一定肯给他;只是已经生锈发霉,黑黢黢的,不像个锃亮的钢盔了。管家妈和外甥女儿把学士千遍万遍的咒骂。她们觉得家主出门就是去送死,所以自揪头发,自抓面皮,像常见的哀丧婆③那样哭号。其实参孙劝堂吉

---

① 桑丘要说"反悔"。
② 桑丘要说"怂恿"。
③ 西班牙十七世纪的风俗,丧家雇用女人来哭死人,称为"哭号者"(endechaderas),相当于我国旧日的哀丧婆。

诃德再出去是按计行事。那是他预先和神父、理发师等一起策划的,下文就见分晓。

且说堂吉诃德和桑丘三天里把他们认为必需的东西置备齐全;桑丘稳住他老婆,堂吉诃德稳住外甥女和管家妈,两人傍晚出门,往托波索去了。他们走的时候,除了那位学士,谁也没有看见。学士送他们离村走了半哩瓦路。堂吉诃德骑着他驯良的驽骍难得,桑丘骑着他的老灰驴儿;桑丘的褡裢袋里装满了干粮,钱袋里带着堂吉诃德给他备缓急的钱。参孙拥抱了堂吉诃德,要求堂吉诃德不论运道好坏,务必捎个信给他,让他能为他们倒运而高兴,或为他们交运而发愁①,也算是尽尽朋友之谊。堂吉诃德一口答应。参孙回村,他们俩就直奔托波索大城②。

第 八 章

堂吉诃德去拜访意中人杜尔西内娅·
台尔·托波索,一路上的遭遇。

阿默德·贝南黑利写到这里说:"全能的阿拉万福!"他重复了三遍:"阿拉万福!"据说这是因为堂吉诃德和桑丘重又出

---

① 学士故意这么颠倒说着取笑的。
② 托波索在十六世纪末是一个村镇,有九百户人家。塞万提斯因为它在堂吉诃德心目中是座大城,所以带些取笑的口吻,称为大城。下文有时称为大城,有时称为镇,有时称为村。

马,读者可以指望这部趣史又要叙述主仆俩的奇事和妙谈了。他要求读者撇开堂吉诃德前一段的游侠生涯,一心专注他今后的行事。作者既已给了我们那点指望,他如此要求并不为过。这位奇情异想的绅士前番从蒙帖艾尔郊原出发,这次是先到托波索去。作者接着讲他的故事。

路上只有堂吉诃德和桑丘两人。参孙一走,驽骍难得就一声声嘶叫,灰驴儿就连珠也似的放屁。主仆俩觉得马嘶驴屁都是好兆,主上上大吉。据说灰驴儿一边放屁一边叫,交响还盖过了马嘶声,所以桑丘认为自己的运气压倒了他主人的运气。他这看法是否根据他专长的占星学,历史上无从查考,只听说他每绊一下或摔一跤,就懊悔这番不该出行;他傻虽傻,这倒不算错,因为绊了摔了会弄破了鞋或跌断肋骨。堂吉诃德对他说:

"桑丘朋友,天直黑下来,到托波索只怕得摸着黑走路了。我打算别的事搁后,先到托波索去;在那里可以领受绝世美人杜尔西内娅的祝福和赞赏。我想,有她金口称许,什么凶险的事都一定会圆满结束。世上唯有意中人的青眼,最能激发游侠骑士的勇气。"

桑丘答道:"这话我也相信。可是您到哪儿去和她说话见面呢?您要领受她的祝福,总得有个地方呀。这事可难办了。您上次不是写信说自己在黑山发疯,叫我去捎给她的吗;我那次是隔着后院的矮墙看见她的。她也许可以隔着那矮墙为您祝福。"

堂吉诃德道:"桑丘,你怎么老爱说你看到那位绝世美人是隔着后院儿的矮墙呢?那一定是豪华宫殿的走廊、游廊、门廊或什么廊。"

桑丘答道:"都可能,不过我看着是一道墙,除非我记错了。"

堂吉诃德说:"不管怎么样儿吧,咱们且到那里去。我只要能见到她,不管是从墙顶上、窗口里、门缝或花园的栅栏缝里,都是一样。她那焕发的容光,能照得我心地雪亮,意气风发,使我智勇双绝。"

桑丘答道:"可是说老实话,先生,我看见杜尔西内娅·台尔·托波索小姐的时候,她不怎么亮,没有发光。我不是告诉您她正在簸麦子吗,准是簸得灰尘像云雾似的,把她的脸遮暗了。"

堂吉诃德说:"杜尔西内娅小姐簸麦子!桑丘啊,你怎么老这么说,老这么想,还信以为真、一口咬定呢。簸麦子是苦工,贵人家小姐不干,也不用干的。她们另有自己分内的工作和消遣,老远就看得出她们的华贵。桑丘啊,你忘了咱们诗人描写水晶宫里四位仙女的诗了①。她们从人人喜爱的塔霍河里钻出来,坐在绿草地上编织华丽的花边。据那位天才诗人的形容,那花边是用金线、丝线还穿了珍珠编织的。你看见我那位小姐的时候,她一定也是在干这种活儿。不过准有个恶魔术家对我心怀嫉妒;把我所喜爱的事都变掉了原样。据说我的传记已经出版,我只怕著书的博士是我冤家,保不定胡说八道:一句真话带上千句谎话,不据实记载,却信口乱扯。哎!

---

① 诗人指本书 52 页注①提到的加尔西拉索·台·拉·维咖。所说的几行诗见所作《牧歌》第三篇。

嫉妒真是万恶的根源,美德的蠹贼!桑丘啊,一切罪恶都带着些莫名其妙的快乐,可是嫉妒只包含厌恨和怨毒。"

桑丘答道:"我也这么说。我想,加尔拉斯果学士讲的咱们那部传记,准把我糟蹋得声名狼藉了。我凭良心说,我从没讲过哪个魔术家的坏话,也没有招人忌妒的财产。我确是有一丁丁点儿刁,也有几分混,不过我那股淳朴天真的傻气像一件大斗篷似的把什么都遮盖了。我尽管没什么好,却一向死心塌地地虔信上帝和罗马圣教,而且是犹太人的死对头。给我写传的人该可怜我,对我笔下留情呀。可是随他们爱怎么说去吧。'我光着身子出世,如今还是个光身;我没吃亏,也没占便宜。'①反正我能眼看自己有幸写在书上供大家传阅,随它写我什么,我都不在乎了。"

堂吉诃德说:"桑丘,你这话叫我想起当代一位名诗人的事。他写了一篇挖苦妓女的诗②。有一个女人他拿不定是否妓女,就没写她,也没提她。那女人瞧诗里没有自己的芳名,就向诗人抱怨,问他凭什么漏了她一个,要他把讽刺诗增长,把她写进续篇;不然的话,她警告诗人小心莫怪。诗人如言写得她非常不堪。她很满意,因为眼看自己出名了,尽管出了臭名。另有件相仿的事。有个牧羊人不过是图后世留名,放火烧了有名的狄亚娜神庙——相传那是世界七大奇迹之一。当时政府禁止任何人口头或书面上提到这人的名字,不让他趁愿。可是后世还是知道他名叫艾罗斯特拉托。这又牵连到大皇帝查理五世和一位

---

① 西班牙谚语。
② 塞维利亚诗人维山德·艾斯比内尔(Vicente Espinel)1578年出版了《讽刺娘们的诗》(*Sátira contra las damas*)。

罗马骑士的故事。查理大帝要参观有名的圆穹殿①——就是古代的诸神殿,现在改了更好的名称,叫作诸圣殿。古罗马遗留下来的建筑,这是最完整的,也最能令人见到建造者的雄伟气魄。殿形像半只橘子,高大无比,里面很轩亮,阳光全从殿顶一个圆形天窗里透进去;大皇帝就从这个窗口瞰望全殿。当时有一位罗马骑士陪从在旁指点这座宏大建筑的优美精巧。他们下来之后,骑士对查理大帝说:'万岁爷,我屡屡动念,要抱住您玉体从天窗里跳下去,由此我就万古留名了。'大皇帝答道:'多谢你没把这个恶念当真干出来。以后我决不再给你机会考验你的忠诚了,你不准再来见我或接近我。'他随即厚赏打发了这位骑士。桑丘,我是要说明好名之心是个很大的动力。你想想,霍拉修浑身披挂,从桥上跳进悌布瑞河②,是谁推他的吗?穆修把胳膊和手放在火里烧③,是谁强他的吗?库尔修投入罗马城中心裂开的一个无底火坑④,是谁逼他的吗?凯撒不顾神示,渡过儒比贡河⑤,是谁驱使的吗?再举个当前的例吧。最文雅的高尔泰斯率领西班牙的好汉登上新大陆,沉没了船只孤军作战⑥,是谁命令的吗?

---

① 圆穹殿(Rotunda),古罗马奥古斯陀大帝的女婿马古斯·阿格利巴(Marcus Agrippa)所建。1536 年查理五世登上殿顶瞰望大殿。
② 古罗马传说里的英雄,他独力在悌布瑞河的桥堍抵住敌人,然后毁掉桥,负伤游泳过河。
③ 古罗马传说里的英雄,曾把右手放在火里烧,表示不怕疼痛。
④ 古罗马传说里的英雄。罗马地震后裂出一个岩浆沸滚的深坑,神示须把罗马最珍贵的东西投进去,地能复合。库尔修认为罗马英勇的武士是罗马最珍贵的东西;他披甲骑马,跃进深坑,裂开的地就合拢了。
⑤ 纪元前 49 年,凯撒渡过儒比贡河;这就越出了他所辖领的高鲁境,侵入意大利境,于是引起战争。
⑥ 高尔泰斯是西班牙开拓许多殖民地的大将(1485—1547)。他带了几百人的军队,乘十一只船,1519 年在墨西哥维拉克如斯(Veracruz)登陆后烧掉船只,断绝了退路,引军深入内地。他以残暴著称,但当时有些诗人称颂他"文雅"。

古往今来的种种壮举,都是为了名呀。世人干非凡的事业,就是要赢取不朽之名。不过我们这种信奉基督正教的游侠骑士该关心身后;天堂上的光荣是永恒的,尘世的虚名还在其次。这个世界的末日有定期,不论多么持久的名气,到那时候就同归于尽了。所以,桑丘啊,我们游侠骑士得遵照基督教为我们规定的任务干事,不能乱来。我们得打掉巨人的骄横;要心胸宽厚,铲除嫉妒;气度平静,克制愤怒;减食熬夜,不贪吃懒睡;对意中人坚贞不二,切戒淫荡;我们不仅是基督徒,还要做个骑士,走遍天下,找机会成名,不能好逸恶劳。桑丘,你瞧,我们得在各方面努力,才能博得人人称道,并极口赞扬。"

桑丘说:"您这许多话我全懂;不过我这会儿有点疑惑,要您戒绝一下。"

堂吉诃德说:"要我'解决'一下吧?你尽管说,我尽力给你解释就是了。"

桑丘说:"请问您,先生,从前那些胡琉呀,奥古斯多呀,还有您说的一个个英勇的骑士,现在哪里去了呢?"

堂吉诃德道:"那些异教徒呢,没什么说的,准在地狱里;那些基督徒呢,如果是好基督徒,那么,不在炼狱里,就在天堂上。"

桑丘说:"好。可是我问您,那许多大贵人的墓前,点着银灯吗?他们坟堂的墙上,挂着拐棍儿呀、裹尸布呀、头发呀、蜡做的眼睛呀、腿呀等等东西吗?① 要是没有,那墙上有什么装

---

① 当时西班牙人相信圣人的遗体或遗物能产生奇迹,例如使死人复活、瞎眼复明、瘸子能走等等;死而复生和残废而恢复健康的人往往奉献裹尸布或蜡制的眼睛或腿或拐棍等向神灵还愿。

点呢?"

堂吉诃德答道:

"异教徒的坟墓往往是壮丽的山陵。胡琉·凯撒的骨灰放在一座大金字塔顶上,罗马人称为'圣贝德罗尖塔'。阿德利亚诺大帝①的墓是一座大殿,有大村子那么大,称为阿德利亚诺陵,现在称为罗马圣安亥尔殿。阿尔悌弥莎王后为她丈夫冒索雷欧②建造的陵墓是世界七大奇迹之一。可是奉献的裹尸布等等表明墓里是圣人;异教徒的坟上没这类点缀。"

桑丘说:"这个我明白。我现在要请问您:救活一个死人好,还是杀掉一个巨人好呢?"

堂吉诃德答道:"这还用问吗,当然救活一个死人好啊。"

桑丘说:"这来我可把您问住了。照您说来,一个人如能起死回生,叫瞎子开眼,瘸子不瘸,病人不病,他墓前点着灯,坟堂里挤满了信徒,都跪着瞻仰他的遗物,那么,无论现世来世,他的名气就是最好的,压倒了古往今来世界上一切异教的大皇帝和游侠骑士。"

堂吉诃德答道:"对啊。"

桑丘说:"所以只有圣人的遗体和遗物,才有刚才说的那种名气,那种种出奇的灵验,受到种种异常的敬礼。圣人的遗体或遗物前面,咱们圣教准许点着灯烛,供着裹尸布呀,拐棍呀,画像呀,头发呀,眼睛呀,腿呀,等等,借此增加世人的信仰,发扬基督教的声誉。帝王把圣人的遗体或遗物抬在肩上,还把圣人的骨

---

① 117—138年古罗马皇帝。
② 纪元前四世纪小亚细亚加里国王。

头片儿拿来亲吻,用来装饰他们的礼拜堂和他们最宝贵的祭台。"

堂吉诃德说:"桑丘,你这许多话是什么用意呢?"

桑丘道:"我就是说,咱们该去做圣人呀;咱们追求的美名就到手得更快了。我告诉您,先生,昨天或前天——反正是新近,可说是昨天或前天吧,两个赤脚小修士册封了圣人。他们拴在身上折磨自己肉体的两条铁链子,现在谁能吻一吻、摸一摸,就是莫大的荣幸了。上帝保佑的万岁爷有一所军械博物馆,里面藏着一把罗尔丹的宝剑,据说人家把那两条链子看得比那把宝剑还神圣呢。所以,我的主人啊,随便哪个教会里一个卑微的小修士,都比伟大的游侠骑士高贵。发狠把巨人、妖魔或怪龙搠两千枪,在上帝眼里,远不如悔罪自打二十多下鞭子。"

堂吉诃德说:"你这些话都有道理。不过修士不是人人能做的;上帝要把他选中的人引上天堂有许多门路呢。骑士道就算得一门宗教;骑士也能成圣上天。"

桑丘答道:"是啊。不过我听说,天堂里的修士比游侠骑士多。"

堂吉诃德说:"这是因为世界上的修士比骑士多呀。"

桑丘道:"骑着马跑来跑去的人很多啊。"

堂吉诃德道:"多是多,当得起骑士这个名头的很少。"

两人谈谈说说,过了一夜又一天,没碰到什么大事,堂吉诃德因此很不耐烦。第二天傍晚,他们望见了托波索大城。堂吉诃德一见兴致勃勃;桑丘却忧心忡忡,因为他不知道杜尔西内娅的家在哪里,而且他和主人同样地从没见过这位小姐。他们俩一个为了要见她,一个为了没见过她,都心里七上八下。桑丘想,如果主人叫他到托波索城里去,他真不知怎么办呢。堂吉诃德决计到天黑了进城,两人暂在托波索城外橡树林里等着。他们到时进城,遭逢的事大可一叙。

第 九 章

本章的事读后便知。

堂吉诃德和桑丘走出树林到托波索,恰好是半夜或午夜前后。村里静悄悄的,家家户户都已安睡,俗语所谓挺尸。当时夜色朦胧,桑丘倒宁愿是一团漆黑,才好借口迷路。满村汪汪狗叫,堂吉诃德听来聒耳,桑丘听来心慌,偶尔也有几声骡鸣,几声猪叫猫叫。夜深人静,越显得响亮。这位痴情的骑士觉得都是不祥之兆。不过他还是对桑丘说:

"桑丘儿子,你领我到杜尔西内娅的宫殿里去吧,也许咱们赶去,她还没睡呢。"

桑丘答道:"我的天哪!叫我领您到哪个宫殿去呀?我上次见到那位贵小姐,她住的不过是一宅很小的房子。"

堂吉诃德说:"她那会儿准是在宫殿的小院落里休息,和身边几个侍女闲散一下;后妃公主们兴得那样。"

桑丘说:"先生,您硬要把杜尔西内娅的住宅说成宫殿,我也没办法;我只问您,现在什么时候了,她家大门难道还敞着吗?咱们这会儿去敲门打户惊吵人家,行吗?情人探望相好,不管多早晚,随时可以打门进去;难道咱们也照那样儿去叫门吗?"

堂吉诃德答道:"桑丘,咱们不管怎样先得找到那座宫殿,再想办法。桑丘,你瞧,除非我眼花了,前面黑魆魆那一大片,准是杜尔西内娅的宫殿。"

桑丘说:"那么您请带路吧。也许果然是的。不过我即使亲眼看见,亲手摸到,要我相信那是杜尔西内娅的宫殿,就是要我相信这会儿是大天白日!"

堂吉诃德打头走了大约二百步,跑到那片黑影里,一看前面是座高塔,立刻知道那座房子不是宫殿,却是镇上的大教堂。他说:

"桑丘,咱们跑到教堂前面来了。"

桑丘说:"是啊。但愿上帝保佑,别叫咱们走到自己的坟墓里去;这时闯进墓园可不是好兆。我记得好像跟您讲过,这位小姐的住宅是在一条死胡同里。"

堂吉诃德说:"该死的糊涂蛋!王公贵人的府第哪有在死胡同里的?"

桑丘答道:"先生,各地风俗不同,也许托波索就兴得把王爷大人们的住宅盖在死胡同里。您让我在附近大街小巷里找找吧,也许在什么旮旯儿里呢。这倒霉的宫殿!害得我们团团转!但愿一群狗来吃了它吧!"

堂吉诃德说:"桑丘,嘴里放尊重些,那是我那位小姐的家,不许胡说!咱们过节得和和气气;别落了吊桶再赔掉绳子。①"

桑丘答道:"我以后忍耐着点儿就是了。咱们女主人家的房子,您是到过几千次的,可是这会儿您也没找着;我只来过一

---

① 两句西班牙谚语。

次,您要我就此熟门熟路,黄昏黑夜也能找到吗?照您这样,我还得怎么忍耐呢?"

堂吉诃德说:"你真要惹得我发狠了。你这混蛋!我告诉你:我一辈子没见过这位绝世美人杜尔西内娅,也从没跨进她宫殿的门槛;我不过听到她才貌双全的大名,就此闻声相思。这话我不是跟你说过一千次了吗?①"

桑丘答道:"我这会儿才第一次听到。我告诉您吧,您既然没见过她,我照样儿也没见过她呀。"

堂吉诃德说:"怎么可能呢?你不是跟我讲过,你给我捎信去,看见她在簸麦子吗?"

桑丘答道:"先生,您别死盯着这句话,我告诉您,我那次见她和捎回口信,也都是听到的。要我认识谁是杜尔西内娅小姐,就好比要我把拳头打在青天上!"

堂吉诃德说:"桑丘啊桑丘,玩笑有时可以开,有时就不得当。我说没有和意中人见过面、说过话,你也就照样说一通,那怎么行呢?你自己知道满不是这么回事呀。"

两人正说着话儿,只见一人赶着两头骡迎面而来。他们听见犁拖在地上的响声,料想是个农夫天不亮就下地去干活的。果然,这农夫一路还哼着歌儿:

是你们不幸,法兰西军士,
遭到了隆塞斯巴列斯的事。②

---

① 上部第二十五章,堂吉诃德说见过杜尔西内娅。
② 出于歌咏查理曼大帝的故事诗。隆塞斯巴列斯的事指奥兰都和他的军队在隆塞斯巴列斯山峡里和撒拉逊人苦战,众寡不敌,全军覆没。

堂吉诃德听了说:"罢了,桑丘,咱们今晚休想再碰到什么好事!你没听见这乡下佬边走边唱的歌儿吗?"

桑丘说:"听见。不过隆塞斯巴列斯的追杀和咱们什么相干呢?他也可能恰好唱一支加拉依诺斯的歌儿①,对咱们的运道好坏都一样啊。"

这时农夫已经走近,堂吉诃德问他说:

"上帝保佑你交好运,好朋友!我请问你,天下第一美人堂娜杜尔西内娅·台尔·托波索公主的宫殿在哪儿?"

那小伙子说:"先生,我是外地人,来了才不多几天。我在一个富农家做帮工。教区神父和教堂管事人就住在他家对门;他们俩掌管托波索住户的花名册;您找的公主,问他们就知道。不过照我看,镇上并没有什么公主,只有许多贵夫人小姐;她们在自己家里大概也算得公主。"

堂吉诃德说:"那么,朋友,我问的公主大概就是你所说的贵小姐了。"

那小伙子答道:"也可能。天已经透亮了,再见吧。"

他不等人家再开口,赶着骡子走了。桑丘瞧他主人没了主意,垂头丧气,就说:

"先生,天快亮了。太阳出来了咱们还在街上可不好。咱们还是出城去,您就躲在附近树林里;我等天亮了再到这儿来找咱们小姐的房子或宫殿,反正每个角落都要找遍。要是找不着,就是我倒霉。要是找着了呢,我就告诉那位小姐,您指望和她见见面而不牵累她的声名,所以正在某处等着她的吩咐和安排。"

---

① 加拉依诺斯是被奥兰都杀死的摩尔人。这个歌谣非常风行。

堂吉诃德说:"桑丘,你这几句话抵得千言万语。这个主意正合我心,我很听得进。来吧,儿子啊,咱们去找个地方,我就躲起来,你就照你的话再来找我那位小姐,去见见她,跟她谈谈。她聪明温柔,她对我的恩赐也许是我想望不到的。"

桑丘急要撮弄他主人离村,因为怕他主人戳穿了杜尔西内娅托他捎信到黑山去的那套鬼话。他们走得快,一会儿就出了村子。离村两米里亚有个树林或灌木丛,堂吉诃德就躲在里面,桑丘又回村去找杜尔西内娅谈话。他办这趟差使的所见所闻,值得精心细读。

第 十 章

桑丘使杜尔西内娅小姐着魔的巧计
以及其他真实的趣事。

这部伟大史书的作者说,本章的事他怕没人相信,想略过不叙了;因为堂吉诃德疯得不可思议,世界上头号大疯子也远远赶不上他。可是作者不怕人家不信,还是不折不扣地照实记述。他这来很有识见,因为真理即使拉成了丝,也扯不断;即使混杂在谎话里,也会像油在水里那样浮现出来①。他续叙如下。堂吉诃德在托波索大城附近的橡树林、灌木林或不知什么树林里

---

① 西班牙谚语。

躲下了，立即吩咐桑丘再进城去，代他求求那位小姐准许她所颠倒的骑士前去拜见，领受她的祝福，好让他以后逢凶化吉，转危为安。他责成桑丘务必把话传到，才许回来见他。桑丘满口答应，说准像前番一样带着喜讯回来。

堂吉诃德说："你走吧，儿子，你去见了那位容光灼灼像太阳那样的美人，别耀花了眼睛。你真是天下最幸福的侍从啊！她是怎样接待你的，你得一一记在心上。譬如说，你传话的时候，她脸上变色没有？她听到我的名字，激动不激动？照她那身份，准有一间富丽的摩尔式起坐室；你跑去假如她正坐在那里，她是否还坐得定？假如正站着，你瞧她是否一会儿着力在这条腿上，一会儿又着力在那条腿上？她回答你的话，是否两遍三遍、说了又说？她是否由温柔变得严肃，又由冷淡转为热乎？她是否头发不乱也举手整理鬓角？反正，儿子啊，她一举一动你全得注意。如果你都照实告诉我，我就能看透她心窝里对我的情分。桑丘，你也许不知道，我告诉你吧：情人之间，只要牵涉到他们的恋爱，他们的外貌和举动准把心里的底细透露出来。朋友，你去吧，我就孤凄凄地待在这里；但愿你比我顺利，带回的音信比我惴惴期望的还好。"

桑丘说："我快去快回。我的先生，您放宽了您这颗细小的心；您的心这会儿大约只有榛子大小了。常言道，雄心冲得破坏运；这儿没有腌肉，就没有挂肉的钩子；又说，意料不到的地方会蹿出一头野兔来①：你就想想这些话吧。我这么说有个缘故。咱们晚上虽然没找到咱们小姐的宫殿，这会儿天亮了，也许我忽

---

① 三句西班牙谚语，第二句该作"以为这儿挂着腌肉呢，其实连挂肉的钩子都没有"；桑丘说错了。

然会找到;等我找到了,我自有办法。"

堂吉诃德说:"哎,桑丘,你总是把成语用得恰到好处,但愿天公作美,也这么凑趣地称了我的心。"

桑丘随就转身打着他的灰驴儿跑了。堂吉诃德满肚子愁闷骑在鞍上,靠着长枪休息。我们撇下他不提,且跟着桑丘走路。桑丘这时也一样的心事重重。他一出树林,回头望不见他主人了,就下驴坐在一棵树脚下,自问自答:

"'桑丘老哥,请问你老人家到哪儿去啊?你走失了驴儿,要去找吗?''没那事。''那么你找什么呢?''我找的东西,说也白说。我找个公主,她美得浑身放光,整一座天堂都在她身上。''那么,桑丘,你打算到哪儿去找她呢?''哪儿去找吗?到托波索大城去找啊。''好吧,你是为谁找的呢?''为那位鼎鼎大名的骑士堂吉诃德·台·拉·曼却呀;他专打不平,谁渴了就给他吃,谁饿了就给他喝①。''好得很啊,可是桑丘,你认得她家吗?''我主人说,她住在王宫或壮丽的大宅子里。''你哪天去过吗?''我和我主人都从没去过。'——'那么你是存心来勾引这里的公主,搅扰本地的娘儿们的!给托波索人知道了,把你一顿板子,打得你浑身没一根完好的骨头,那才是活该!打得好!老实说,他们不会瞧你是为主人当差,就说:

> 朋友,你是送信的,
> 千错万错没你的份儿。②'

---

① 桑丘学舌说骑士道的一套话,可是说错了。
② 《歌谣故事》(*Cancionero de Romances*,1550)里的话,出自古罗马成语,等于我国古话"两国相争,不斩来使"。

'桑丘,你别托大,曼却人很正经,火气也很旺,招惹不得。天啊,你要是给人家识破,就不妙了。'快滚蛋吧! 天雷啊,把你的霹雳打到别处去! 这会儿还不走,却要讨人家的好,找三只脚的猫吗? 况且在托波索城里找杜尔西内娅,就好比在拉维那城里找小玛丽,或在萨拉曼咖城里找某某学士。① 这事准是魔鬼给我找的,没别的主儿!"

桑丘自问自答一番,心上有了个计较,暗想:"好! 咱们活一辈子,只有死是扭不转的,一个人大限临头,由不得自己做主;可是别的事都有办法对付。据我这位主人的许多表现看来,他是个应该拴起来的疯子。我呢,和他也不相上下。常言道:'跟谁一起,和谁一气';又说:'不问你生在谁家,只看你吃在谁家';如果这些话是不错的,我跟随他、伺候他,就比他更没脑子了。他实在是个疯子,常把这个混做那个,黑的看成白的。这类的事不少,譬如把风车说成巨人,把修士的骡说成单峰骆驼,把两群羊说成敌对的两支军队等等。他既是这样一个疯子,我如果碰到个乡下姑娘,哄他说她就是杜尔西内娅小姐,他很容易相信。要是他不信,我就赌咒;他还不信,我就再三赌咒;他死不肯信,我就拼命一口咬定,反正不管怎样,我的气势总高过他一头。也许这么硬挺一下,他瞧我交不了差,下回就不再派我这种差使了。他不是说有恶毒的魔法师对他不怀好意吗,我想他也许就以为魔法师跟他捣乱,把杜尔西内娅变了样儿。"

桑丘·潘沙这么一想,心又放宽了,仿佛自己的差使已经办

---

① 以上四句都是西班牙谚语。拉维那是意大利一个人口稠密的城市,这句谚语原出意大利。

妥。他直休息到下午,让堂吉诃德以为他是到托波索去走了一个来回。事有凑巧,他刚起身要跨上他那头灰驴,只见从托波索出来三个乡下女人,骑着三匹驴驹或小母驹——作者没有说明,大概是小母驴,那是村里女人常骑的。反正这种琐细不必深究。桑丘一看见,忙赶回去找他主人。堂吉诃德正在那里长吁短叹,悱恻缠绵地数说衷情,一见桑丘,就说:

"桑丘朋友,有什么消息啊?我今天能用白石标志吗?还是该用黑石呢①?"

桑丘答道:"您最好用赭石,像学院毕业生的膀子②那样,因为看起来醒目。"

堂吉诃德说:"那么,你是带了好消息来了。"

桑丘答道:"好得很呢!杜尔西内娅·台尔·托波索小姐带着两名侍女瞧您来了!您只要把弩骅难得的肚子踢两下,跑出树林去,就会看见她。"

堂吉诃德说:"嗳唷!神圣的上帝!桑丘朋友,你说什么呀?小心别哄我,别用假喜信来解除我的真烦恼啊。"

桑丘答道:"我哄了您有什么好处?况且马上就给您戳穿了。先生,你踢踢马,快来吧!咱们的公主娘娘梳妆打扮着来了,她真是个公主的样儿。她和两个使女都黄灿灿的一片金光,浑身是珍珠串儿、金刚钻、红宝石,穿的都是锦绣,那锦绣足有十层③呢!她们披在肩上的头发像太阳的光芒,风里闪呀闪的。

---

① 古希腊风俗以白石志喜,黑石志忧。
② 桑丘指学院毕业生的榜(rótulo),那是用赭黄写的。桑丘把"榜"字说错了。
③ 桑丘很夸张其词,因为最名贵的锦有三层;第一层是缎子的底,第二层是织的锦,第三层是用金线或银线添上的花。

她们还骑着三匹花点子小驴马,真是没那么样儿的好看。"

"你说的是小女马吧?桑丘。"

桑丘答道:"小驴马或小女马没多大分别。不管她们骑的是什么牲口,反正她们是最漂亮的姑娘,不能再漂亮了;尤其是咱们的杜尔西内娅公主娘娘,她简直迷得人头晕眼花。"

堂吉诃德说:"桑丘儿子,咱们走吧。多谢你给我带来这样喜出望外的消息;我下次有什么冒险的事,准把胜利品里最好的一份给你作报酬。你知道,我家三匹母马正圈在咱们村里公地上等着下驹子,假如你不愿意拿胜利品作报酬,我就把今年生的小驹子都给你。"

桑丘答道:"我愿意要驹子,因为下一回冒险的胜利品还不定好不好呢。"

这时他们已经跑出树林,看见了离他们不远的三个乡下女人。堂吉诃德放眼朝托波索去的路上观望,可是只看见那三个村姑。他满腹狐疑,问桑丘是否把杜尔西内娅一行人撇在城外了。

桑丘答道:"怎么在城外呀?她们正向这儿跑来,身上光芒万道,像中午的太阳,您怎么看不见呢?难道您眼睛长在后脑勺儿上吗?"

堂吉诃德说:"我只看见三个乡下女人,骑着三头驴。"

桑丘道:"上帝从魔鬼手里救我出来吧!难道这三匹雪白雪白的小母马或什么马①,您看着像驴吗?老天爷!要真是驴呀,我这几茎胡子都可以揪掉!"

堂吉诃德说:"那么我告诉你吧,桑丘朋友,明明是驴,或许是小母驴。这就好比我是堂吉诃德、你是桑丘·潘沙那么千真

---

① 桑丘忘了自己刚说三匹马是花点子的。

万确;至少,我看着像驴。"

桑丘说:"先生,住嘴吧,别乱说了;您睁大眼睛瞧瞧,您心上的小姐马上就到了,快去向她致敬吧。"

他一面说,一面就抢着迎上去,下驴扯住她们一头驴的笼头,双膝跪下说:

"美丽的王后、公主、公爵夫人啊,请您赏脸见见您俘虏的骑士吧。他在您贵小姐面前慌做一团,脉搏也停止了,成了一块大理石了。我是他的侍从桑丘·潘沙;他就是团团转的骑士堂吉诃德·台·拉·曼却,别号哭丧着脸的骑士。"

这时堂吉诃德已经去跪在桑丘旁边,突出一对眼珠子,将信将疑地瞪着桑丘称为王后和公主的那女人。他看来看去只是个乡下姑娘,相貌也并不好,是个宽盘儿脸,塌鼻子。他又惊又奇,只不敢开口。另外两个乡下女人看见这一对不伦不类的怪人跪在地下挡住她们的女伴,也很诧异。可是给他们挡住的女人一点不客气,很不耐烦地发话道:

"你们这两个倒了霉的!走开呀!让我们过去!我们有要紧事呢!"

桑丘答道:"哎呀,公主啊!托波索全城的女主人啊!您贵小姐看到游侠骑士的尖儿顶儿跪在面前,您心胸宽大,怎么不发慈悲呀?"

另一个乡下女人听了这套话就说:

"嘘!我公公的驴呵!我给你刷毛啵!① 瞧瞧现在这些起码的绅士!倒会拿乡下女人开心的!好像人家就不会照样儿回

---

① 西班牙谚语,表示不接受对方讨好,用讥诮的口吻回敬。"嘘"是喝驴的声音。

敬！走你们的路吧！让我们走我们的！别自讨没趣！"

堂吉诃德忙说："桑丘，你起来。我现在知道：厄运折磨着我，没个餍足；命运叫我走投无路，苦恼的心灵找不到一点安慰。① 品貌双全的小姐呀！我这个伤心人唯一的救星啊！恶毒的魔术家迫害我，叫我眼上生了云翳；别人见到你的绝世芳容，只在我眼里你却变成个乡下穷苦女人了。假如魔术家没把我也变成一副怪相，叫你望而生厌，那么，你看到我一心尊敬，尽管瞧不见你的美貌，还是拜倒在地，你就用温柔的眼光来看我吧。"

那村姑答道："啊呀，我的爷爷！我是你的小亲亲，和你谈乱爱②呢！走开点！让我们过去！我们就多谢你了！"

桑丘走开让她过去，借此摆脱了自己的纠葛，心上非常得意。暂充杜尔西内娅的那个村姑瞧没人挡路了，忙用带刺的棍子打一下她的"小驴马"，往前面草地跑去。她那一棍不比往常，驴儿痛得厉害，腾跃起来，把这位杜尔西内娅小姐掀翻在地。堂吉诃德一见，忙赶去扶她。桑丘也去把滑到驴肚底下的驮鞍重新安好、缚牢。堂吉诃德就要去把那位着魔的小姐抱上坐骑。那位小姐却已经爬起来，而且上驴不用帮忙。她退后几步，然后跑个快步，两手按着小驴的臀部，就势踊身一跃上鞍，像男人那样骑跨在驴背上，矫捷得不输老鹰。桑丘失声叫道：

"我的天啊！咱们这位女主人比鹞子还轻巧呢！最灵活的果都巴人或墨西哥人上高鞍也没她这本领。她跳过了鞍子的后梁；鞋上没戴马刺，也能叫她的小驴马跑得像斑马一样。她两个

---

① 这里组合了加尔西拉索·台·拉·维咖《牧歌》第三篇和第一篇里的句子。加尔西拉索已见本书 52 页、62 页。
② 乡下姑娘把情话（requebrajos）说别了。

使女也不输她,都一阵风地跑了。"

确是这么回事。那两个女人看见杜尔西内娅上了牲口,就打着驴子跟她飞跑,一口气跑了半哩瓦多没回头。堂吉诃德目送她们,直到看不见了,才转脸对桑丘说:

"桑丘,你瞧瞧魔术家多么恨我呀!他们防我见了意中人高兴,竟变掉了她的本相。他们把我恨到什么地步就可想而知!我活在世上,真是个地道的倒霉人,厄运把种种灾难都降落在我身上。而且你看,桑丘,那些奸贼变了杜尔西内娅的模样心还不足,竟把她变成那么一个又蠢又丑的乡下姑娘;贵小姐经常熏着龙涎香和花香,身上浸透了这种芬芳,他们竟连她这股香味都变掉了。我告诉你吧,桑丘,我赶去扶杜尔西内娅上她的小母马——这是照你的说法,因为我看来是小母驴——她身上一股子生蒜味,熏得我晕晕地直恶心。"

桑丘忙嚷道:"嘻!你们这群混蛋的魔术家!倒霉的坏心眼儿!我但愿眼看你们像沙丁鱼似的水草穿腮,联成一串儿!你们本领大,花样多,干了多少坏事呀!你们这群恶棍!你们把杜尔西内娅小姐珍珠似的眼睛变得像橡树子儿,把她纯金的头发变得像牛尾巴上的红鬃毛,一句话,把她的万种风姿变成一副丑相,你们不过瘾,还要变掉她身上的香味!如果我们闻到她的香,还能猜透那丑皮壳儿底下原来是个什么样的人呀!不过说老实话,我一点儿没有看见她丑,只看见她美。她右边嘴唇上有一颗痣,上面有七八根金线似的黄毛,至少有一拃手长,像一撇胡子。"

堂吉诃德说:"这种痣,脸上和身上相称着生。杜尔西内娅既然脸上有一颗,那么和这颗痣一顺的大腿面上一定也有一颗;可是痣上的毛像你说的那样就太长了。"

桑丘答道:"不过我可以告诉您,痣上那几根长毛看着顶顺眼。"

堂吉诃德说:"朋友啊,这话我相信,因为杜尔西内娅天生是样样都十全十美的。像你说的痣,她身上如有一百颗,那就不是痣,而是灿烂的月亮和星星了。可是桑丘,我问你,你给她重缚的鞍子,我怎么看着像个驮鞍;究竟是扁平的骑鞍,还是女人坐的横鞍呢?"

桑丘答道:"都不是,那是短脚镫的高鞍子,上面盖着个出门用的罩子;那罩子富丽极了,值半个王国呢。"

堂吉诃德说:"桑丘啊,这许多我一样都没看见。我又要说了,我还要说一千遍呢,我是世界上最倒霉的人。"

堂吉诃德乖乖地上了钩,混蛋的桑丘听着他这些死心眼儿的话,险的忍不住笑出来。长话短说,两人讲究了一番,就骑上牲口,取路往萨拉果萨去。那座著名的城里年年有盛大的庆祝,他们打算及时赶到。不过他们一路上碰到好多了不起的奇事,都值得大书特书,看了下文便知分晓。

第 十 一 章

天大奇事:英勇的堂吉诃德看到
大板车上"死神召开的会议"。

堂吉诃德一路前去,想着魔术家恶作剧,把他的杜尔西内娅小姐变作粗蠢的村姑,气恼得不可开交。他却又想不出什么办法叫她恢复本相,心烦意乱,不觉把驽骍难得的缰绳也撂下了。野地里青草茂盛,驽骍难得觉得没人牵制,每走一步就停下来啃草。桑丘·潘沙打断主人的沉思说:

"先生,牲口是不烦恼的,只有人才烦恼;人要是烦恼过了头,反而变成牲口了。您自己克制一点,定定神,捡起驽骍难得的缰绳,振作一下,醒醒吧!拿出游侠骑士该有的气魄来!您见鬼啦?干吗这样垂头丧气的?咱们魂灵儿出了窍,到法兰西去了?① 游侠骑士的健康最宝贵,什么魔法呀、变形呀都是不足道的,随它世上有多少杜尔西内娅,都让魔鬼带走好了。"

堂吉诃德发狠道:"住嘴!桑丘!不许说这种混话糟蹋那位着了魔法的小姐。她倒霉都是我的罪过;那些坏蛋因为恨我,就叫她当灾。"

桑丘答道:"我也这么说呀。从前见过她的,今天见了她,'怎么能硬着心肠不掉眼泪'②?"

堂吉诃德道:"桑丘,你真可以这么说,因为你看见了她十全十美的姿容,障眼法没有迷糊你的眼睛、遮盖她的美貌。那股恶毒的魔力只捉弄我一个人,只捉弄我一个人的眼睛。不过我想到一件事,桑丘,你把她的美貌形容得不像个样儿。我记得你说她眼睛像珍珠。鱼眼睛才像珍珠,女人的眼睛不那么说。我想杜尔西内娅的眼珠准像碧绿的翡翠,眼睛是大大的,眉毛是弯弯的,像天上的虹。你该把她眼睛里的珍珠拿出来做她嘴里的牙齿;桑丘,你准是把眼睛和牙齿说颠倒了。"

---

① 西班牙谚语。
② 当时流行歌曲里的词句。

桑丘答道:"也许是这么回事。因为我看到她的美貌,就像您看到她的丑相一样,心里糊涂了。不过您一切都随上帝安排吧,这万恶的烦恼世界上,什么事都带着几分刁恶哄骗、弄虚作假,将来怎么样只有上帝知道。我的先生,我只有一件事最不放心:将来您战胜了巨人或骑士,叫他们去拜见美丽的杜尔西内娅小姐,那些倒霉蛋到哪里去找她呢?我仿佛能看到他们一伙傻瓜在托波索跑来跑去找杜尔西内娅小姐;即使迎面碰上,也只像见了我爸爸一样全不认识呀。"

堂吉诃德说:"桑丘,那些吃了败仗前去拜见杜尔西内娅的巨人和骑士也许不受障眼法的摆布,会认识她。我以后把我打败的家伙送一两个去拜见杜尔西内娅,叫他们事后向我报告,这样试验一下,就知道他们能不能认识她了。"

桑丘答道:"先生,我觉得您这话很有道理。照这办法,咱们的闷葫芦就打破了。假如只有您一个人看不见她的真相,那么遭殃的是您,不是她。只要杜尔西内娅小姐健康愉快,咱们只顾冒险去,她着魔的事且放开些,慢慢儿自有办法。时间是最好的药,什么病都治得好。"

堂吉诃德想要回答,还没有开口,忽见大路上穿过一辆板车,车上的人物奇形怪状,简直意想不到。车夫是个丑恶的魔鬼,领头带着驾车的几头骡子。车上没有顶篷,也没有围栏。堂吉诃德第一眼看见个死神,身子是骷髅,那张脸却是活人的。旁边一个天使戴着一对彩色的大翅膀。那边是个皇帝,戴一顶金色的皇冠。死神脚边是古比多神①,他眼睛没蒙上,只带着他的

---

① 恋爱神古比多(Cupido)是爱神维纳斯的儿子。他是个美少年,身有双翼,蒙着两眼,象征爱情盲目;他手持弓箭,谁中了他的箭就不由自主地恋爱。

弓、箭和箭袋。车上还有一个骑士,浑身武装只欠一顶头盔;他戴着一只宽檐儿帽,上面插满了五颜六色的羽毛。另外还有些人物,装束和脸相都各式各样。堂吉诃德突然看见这些形形色色的人物有点吃惊,桑丘早吓坏了。堂吉诃德以为又是奇遇,这么一想,立刻兴致勃勃,凭他那股天不怕、地不怕的胆量,拦住大车,喝道:

"随你是车夫、是魔鬼,或是什么东西,快快招出来:你是谁?到哪里去?乘车的都是谁?你这辆车不像普通的板车,倒像卡龙①的摆渡船呢。"

魔鬼停了车,和和气气地说:

"先生,我们是安古罗·艾尔·马罗②的戏班子。今天是基督圣体节的第八天,我们早上在山坡后面的村里演了一出寓言戏《死神召开的会议》;今天下午还得上前面那个村里去演。我们因为两处很近,省得卸了装再化装,就穿着戏装上路了。这小伙子扮死神;那个扮天使;那位是领班人的太太,她扮皇后;那人扮战士;那一个扮皇帝;我扮魔鬼,是戏里的一个主角——我是这班子里扮主角的。您如果还要打听什么别的,问我就行,我会一一回答;我是魔鬼,什么都知道。"

堂吉诃德答道:"我老实说吧,我一见这辆大车,以为碰上了什么奇事呢。现在知道,亲眼目见的东西,还得亲手摸一摸才知道虚实。再见,朋友们,你们庆祝节日去吧!如有什么事用得着我,我很愿意帮忙。我从小就喜欢看戏,年轻的时候对演戏这

---

① 希腊神话里把鬼魂渡到阴司去的"渡者"。
② 当时一个戏班子的领班人,名叫安德瑞斯·台·安古罗。

一行兴味很浓。"

也是合该有事。他们正说着话儿,戏班子里扮丑角的赶上来了。他身上戴着许多小铃铛,手里拿根棍子,一头上系着三个鼓鼓的气球。这小丑跑到堂吉诃德旁边,挥舞着棍子,把气球在地上拍打,一面大跳大蹦,震得浑身铃铛乱响。驽骍难得见所未见,吓破了胆,尽管它瘦骨棱棱,却像骏马追风似的,咬着马嚼铁一个劲儿地往野地里蹿去,堂吉诃德的力气哪里收勒得住。桑丘估量他主人不免落马,忙跳下灰驴急急赶去救护。可是他刚追上,他主人已经滚在地下了;驽骍难得倒在他旁边,它是带着主人一起摔倒的。它每次狠命奔跑,照例这样下场。

桑丘刚撇下灰驴赶去救主人,那拿着气球跳舞的鬼怪已经跳上灰驴,用气球拍打它;打得并不痛,可是灰驴害怕,又听见铃铛乱响,就朝戏班子要去的村子飞跑。桑丘眼看着这边是他的灰驴跑了,那边是他的主人摔了,都需要照管,不知先顾了哪头好。他毕竟是个好侍从、好佣人,一心爱主人,顾不得疼驴子。可是他每见那几个气球高举空中又落到灰驴臀上,就好比要他命似的又急又怕,宁愿一下下都打在自己眼珠上,也不要碰了灰驴尾巴尖上一根毛。他牵心挂肠地赶到堂吉诃德身边,瞧主人摔得很厉害,忙扶他上驽骍难得,一面说:

"先生,鬼把我的灰毛儿抢走了。"

堂吉诃德问道:"哪个鬼?"

桑丘说:"那个拿气球的。"

堂吉诃德说:"他即使带着你的驴躲在地狱最深最黑的窖里,我也会把它抢回来。桑丘,你跟我来。那辆板车走得很慢,我可以把那几头拉车的骡子拿来抵偿你丢失的灰驴。"

桑丘说:"先生,不用费这番手脚了,您别生气吧。我看见那个鬼已经下驴,灰毛儿又回到老路上来了。"

果然不错。那个鬼故意学堂吉诃德和驽骍难得的样,也和灰驴一起摔了一跤。鬼就步行到前面村上去,驴子又回到它主人这边来。

堂吉诃德说:"尽管如此,那个鬼太无礼,还是该找车上随便哪一个来惩罚一下;就惩罚皇帝也好。"

桑丘说:"您快收了这个念头,听我的话,戏子是有大家宠爱的,千万碰不得。我知道有个戏子犯了两起命案逮捕了,可是什么事也没有,连法庭上的费用都一个子儿没花。您可知道,他们是凑趣的人物,逗人开心取乐的,所以大家护着他们,捧着他们,把他们当宝贝;尤其皇家戏班子里那几个有名头的戏子,穿的衣服和浑身气派简直就像王子一样。"

堂吉诃德答道:"尽管那个鬼戏子是人人宠爱的,我也不让他夸口。"

那辆车已经走近前面的村子。堂吉诃德说着就转身向板车赶去,提高了嗓子大嚷:

"你们这群开心逗乐儿的家伙!别走!等一等!我要教训你们呢!你们对游侠骑士侍从的坐骑这样无礼是不行的!"

堂吉诃德喊声响亮,板车上听得一清二楚。他们从话里听出发话的人是什么用意。死神立即跳下车,皇帝、赶车的魔鬼和天使跟着下来,连皇后和古比多都没待在车上。他们拣了些石子一翅儿排开,准备掷石子迎战。堂吉诃德瞧他们毫无怕惧,摆着长阵,一个个高举手里的石子准备狠狠地掷过来,就勒住马缰,暗暗盘算怎样冲上前去能少受伤害。他这么一停顿,桑丘就赶上来了。桑丘瞧他是要向那整齐的行列冲去厮杀的样子，就说：

"您这来就是疯了！我的先生，您想想，迎头打来的石子是什么也挡不住的，除非把自己扣在铜钟里。况且您也该估量一下：死神在他们队里呢，而且皇帝亲自上场，天神和魔鬼都帮着他，您单枪匹马去和那个军队交手，不是勇敢，只是鲁莽啊。假如您还不肯罢休，那么请瞧瞧，他们队里虽然有帝王和各种首脑，却没一个能做您对手的游侠骑士呀；这总可以叫您别再上前了。"

堂吉诃德说："桑丘，你这话正说在筋节上，既有力，又有理，我就回心转意听你的了。我跟你讲过好几遍，我不能和没封骑士的人交手，那是不合规矩的。桑丘，人家欺负了你的灰毛儿，你要报复是你的事。我可以在这儿为你呐喊助威，还帮着出出主意。"

桑丘答道："先生，我不用对谁报复，受了欺侮报复的不是好基督徒。我还要和我的灰驴讲明，它受了委屈得听我做主，我的主张是和和平平过一辈子。"

堂吉诃德说："桑丘啊，你是个好人！你是个聪明人！你是个名副其实的基督徒！你是个老实人！你既然抱定这个主意，咱们就撇下这群鬼怪吧，和他们打交道说不上冒险，咱们得另找合适的事。我看咱们在这个地方准会有许多意外的奇遇呢。"

他随即兜转马头，桑丘也骑上他的灰毛儿；死神和他那个行踪无定的队伍又乘车继续上路。碰到死神之车的险事，就此圆满收场；这多亏桑丘·潘沙用金玉良言劝了他主人。第二天，堂吉诃德碰到一个痴情的游侠骑士。他那番遭遇和这次的一样令人惊奇。

第 十 二 章

天大奇事:英勇的堂吉诃德和威武的
镜子骑士会面。

堂吉诃德碰到死神的那晚上,经桑丘劝说,吃了些灰驴驮带的干粮,主仆俩就在绿荫沉沉的几棵大树底下过了一夜。晚饭时桑丘对他主人说:

"先生,假如我不领您那三匹母马的驹子作报喜的赏赐,倒要您这次冒险的战利品,我就是个人傻瓜了!天空的老鹰,不如手里的麻雀①,这是千真万确的。"

堂吉诃德答道:"你如果肯让我冲上去厮杀,皇帝的金冠和恋爱神的五彩翅膀至少是你分里的战利品;我一定抢来给你。"

桑丘·潘沙说:"戏里皇帝的宝杖和皇冠都是铜片或铅皮做的,从来不用真金。"

堂吉诃德答道:"这话不错。戏里的道具不宜用好东西,仿造的就行,因为戏剧本身就是个假相。戏剧是人生的镜子;我们自己的面貌和模范人物的形象,只有在戏里表现得最生动逼真。编剧和演戏的人把这面镜子随时供我们照鉴,这对国家大有好

---

① 西班牙谚语。

处。所以,桑丘,我希望你不要瞧不起戏剧,要尊重编剧和演戏的人。不过戏剧究竟是哄人的假相。你没看见戏里的国王呀、大皇帝呀、教皇呀、绅士呀、夫人小姐呀等等角色吗?一个扮恶人,一个扮骗子,这是商人,那是战士,这是乖觉的傻角,那是痴嗌的情人;演完了一个个脱下戏装,大家一样都是演戏的。"

桑丘答道:"是啊,我见过。"

堂吉诃德说:"人生的舞台上也是如此。有人做皇帝,有人做教皇;反正戏里的角色样样都有。他们活了一辈子,演完这出戏,死神剥掉各种角色的戏装,大家在坟墓里也都是一样的了。"

桑丘说:"这个比喻好!可是并不新鲜,我听到过好多次了。这就像一局棋的比喻。下棋的时候,每个棋子有它的用处,下完棋就都混在一起,装在一个口袋里,好比人活了一辈子,都埋进坟墓一样。"

堂吉诃德说:"桑丘,你的心眼儿一天比一天多,识见也越发高明了。"

桑丘答道:"是啊,因为沾染了您的高明呀!贫薄干枯的土地浇了粪便,翻耕一下,就会丰产。我是说呀,我这副干枯的脑筋是贫薄的土地,您对我讲的话是浇在上面的粪便;我伺候您,和您谈话,就是翻耕这片地。我希望您种瓜得瓜,种豆得豆,得到大丰收。"

堂吉诃德听桑丘做文章,不禁失笑。他觉得桑丘自称有进步是真的,因为这位侍从偶尔说些话很使他惊佩。不过桑丘若要用比喻,嵌些辞藻,往往就傻得透顶,愚蠢得没底。他只有引用成语,不论是否得当,最能卖弄自己的才情和记性;读者在故事里想必已经留意到这点了。

两人说着话过了大半夜,桑丘就想放下眼帘——他瞌睡了常这么说。他卸下灰驴的鞍辔,让它在茂盛的草地上随意啃草。驽骍难得的鞍子他没除下。他主人明明白白吩咐过:他们如在野外露宿,驽骍难得不准卸装;因为照游侠骑士从古相沿的成规,辔头可以脱下挂在鞍框上,鞍子却千万不能卸。桑丘照这办法让驽骍难得也像灰驴儿那样逍遥去。这一对驴马亲密得出奇少见,关于它们的友谊,民间有悠久的传说,本书作者曾用几章的篇幅记录下来,但因遵守史诗的写作规律,定稿时删掉了。但作者屡次忘了这个决心,描写这两头牲口聚到一起就挨挨擦擦,吃饱了休息的时候,驽骍难得总把脖子架在灰驴儿颈上(它那脖子比驴颈长出半瓦拉①还不止),两头牲口眼望着地,往往可以一站三天,至少,要不是有人打搅或饿了要吃,它们可以老这么站着。据说作者曾把这一对朋友比作尼索和欧利亚洛②,或庇拉德斯和奥瑞斯德斯③。果然如此,就可见和平的牲畜之间,友谊多么胶固,值得大家钦佩;而人与人的友谊却非常难保,可使人类自惭。因此诗歌里说:

　　　　友情不会久常,
　　　　竹竿能变作长枪④;

又有人说:

---

① 瓦拉(vara),尺度名,即码,合三英尺。
② 维吉尔《伊尼德》里的一对好友。
③ 古希腊传说里的一对好友。
④ 希内斯·贝瑞斯·台·依塔(Ginés Pérez de Hita)《格拉那达内战》诗里的句子。

> 朋友彼此,好比眼睛里的虱子①。

作者把牲畜之间和人与人之间的友谊相比,没有谁认为不伦不类,因为人类从牲畜得到不少教训,并学到许多重要的事:例如鹳的灌肠法,狗的呕吐清胃和感恩,鹤的机警,蚂蚁的深谋远虑,象的贞节,马的忠诚,等等②。闲话少叙,且说桑丘在软木树脚下已经睡熟,堂吉诃德在大橡树脚下也睡着了。可是过一会儿他背后有些声响把他闹醒了。他吃惊地起来查看哪儿来的声音。原来是两骑人马。一人下鞍向伙伴说:

"下马吧,朋友,给两匹马卸下辔头吧。我看这里牲口足有草吃,地方又僻静,正可以让我想念情人。"

他说着就躺下了;一倒地,身上的盔甲铿然作声。堂吉诃德就此推想他是个游侠骑士,忙跑到鼾呼大睡的桑丘身边,摇撼着他的胳膊,好容易把他摇醒了,就低声说:

"桑丘老弟,咱们有奇遇了。"

桑丘答道:"但愿上帝给我们个好的。可是,我的先生,奇遇夫人在哪儿呢?"

堂吉诃德答道:"哪儿吗? 桑丘,你转眼瞧瞧,有个游侠骑士在那边躺着呢。我想他一定是不大快活,因为我看见他下马就往地下一躺,怪丧气的样子。他倒下的时候身上的盔甲铿锵地响。"

桑丘说:"可是您凭什么说这是奇遇呢?"

---

① 西班牙谚语;又说,"朋友彼此,好比眼睛里的砂子",或"……好比射到眼睛里的酸葡萄汁"。
② 这是引用老普利尼(Gaius Plinius Secundus)《博物志》里的话。

堂吉诃德答道:"我并不说这就是奇遇,这不过是奇遇的开端;凡是奇遇都这么开始的。你听,他好像正在调弄琵琶或弦子。照他这么哈痰、清嗓子,准是要唱个什么歌儿呢。"

桑丘说:"果然是的;他一定是个痴情骑士。"

堂吉诃德说:"游侠骑士没一个不痴情的。咱们且听着。等他一唱,咱们拿到线头儿,就抽开了他心里的线球儿①,因为心里充满什么情绪,嘴里就说出来②。"

桑丘正要回答,却给树林里那位骑士的歌声打断。那嗓子还过得去,两人倾耳听他唱了下面一首:

十 四 行 诗

小姐,请你凭自己的意愿
指引我一条追随的道路,
我谨遵紧跟,决不越出一步,
不论你要我怎样我都心甘。

如要我死而衔恨无言,
那就权当我已一命呜呼;
如要我变花样向你哀诉,
爱情现身说法也没我婉转。

相反的品质并存在我心里,
蜡的软、金刚石的硬,
二者都适合爱情的要求;

---

① 西班牙谚语,见上部55页注②。
② 引《新约全书·马太福音》第十二章第三十四节。

> 这颗又软又硬的心献给你,
> 随你在上面浅印深铭,
> 每个痕迹我誓必永远保留。

树林里的骑士唱完"咳"了一声,好像从心底倒抽出来的。他稍停一下,含悲诉苦说:

"啊!贞静的卡西尔德雅·台·万达莉亚,世界上最娇艳、最冷酷的小姐啊!你怎么忍得下心,叫你的骑士流浪着吃苦受罪、没完没了地糟蹋自己呢?我已经叫所有的那瓦拉骑士,所有雷翁的、达尔台斯的、咖斯底利亚的和拉·曼却的骑士,都一致承认你是天下第一美人,这还不够吗?"

堂吉诃德听了说:"没这事儿!我是拉·曼却的骑士,我从没承认过这句话。这话辱没了我那位美貌的小姐,我决无默认之理。你瞧,桑丘,这位骑士是在胡说啊。可是咱们且听着,他也许还有话呢。"

桑丘道:"有的是!他准备连着数说一个月呢。"

可是并不然。树林里的骑士听见旁边有人说话,就不再诉苦,客客气气地高声问道:

"有人吗?谁啊?是称心满意的人还是个伤心人啊?"

堂吉诃德答道:"也是个伤心人。"

树林里的骑士说:"那么请过来吧,您见了我,就可算是见到了最恨大愁深的人了。"

堂吉诃德觉得这话又婉转,又和气,就跑过去;桑丘也跟去。那个诉苦的骑士抓住堂吉诃德的胳臂说:

"骑士先生,请这儿坐。这幽静的地方天生是供游侠骑士休息的;我在这里碰到你,就可知你是一位骑士,而且是以游侠为职业的。"

堂吉诃德听了这话,答道:

"我是骑士;也正是你所说的那一行的。我虽然倒霉招灾,满肚子愁苦,却还有心情去怜悯旁人的不幸。我听了你唱的诗,知道你是为爱情苦恼——就是说,你的苦恼是爱上了你指着名儿抱怨的那位狠心美人。"

当时两人一见如故,并坐在硬地上谈得很投机,满不像天一亮就会彼此打破头的。

树林里的骑士问堂吉诃德说:"骑士先生,你大概正在恋爱吧?"

堂吉诃德答道:"我不幸正在恋爱。可是爱情寄放得适当,尽管苦恼也算不得不幸,倒该算有幸呢。"

树林里的骑士答道:"这话很对,除非对方太瞧不起咱们,简直恩将仇报似的,那才叫咱们气得发疯。"

堂吉诃德答道:"我那位小姐从来没有瞧不起我。"

桑丘在旁插嘴道:"真是从来没有的。我们那位小姐像温顺的羔羊;比脂油还软和。"

树林里的骑士问道:"这是你的侍从吗?"

堂吉诃德答道:"是啊。"

树林里的骑士说:"我从没见过哪个侍从敢当着主人插话的。且看我这位侍从吧,他和自己的爸爸一般儿高了,我说话的时候他从不开口。"

桑丘说:"我的确是当着我主人插话了!我也能当着别人插话!随他多么……我不多说了,'少搅拌为妙'。"

树林里的侍从挽着桑丘的胳膊说:

"咱们找个地方去畅谈咱们侍从的话,让咱们主人在这儿较量彼此的恋爱史吧,管保到天亮他们还讲不完呢。"

桑丘说:"好!等我告诉您我是谁,您就知道我是否算得一个最多嘴的侍从。"

两个侍从就走开了。他们那番逗人发笑的谈话,和两位主人的正经对答各极其妙。

第 十 三 章

续叙堂吉诃德和林中骑士的事以及
两位侍从的新鲜别致的趣谈。

主仆们分成两伙:侍从俩各道生平;骑士俩互诉情史。这部书先叙仆人的谈话,后叙主人的谈话。据说,两个佣人离开主人走了一段路,那个林中骑士的侍从对桑丘说:

"我的先生,咱们跟着游侠骑士当侍从,多辛苦啊!真是应了上帝咒诅咱们原始祖先的话:得头上汗湿,才口中有食①。"

桑丘道:"还可以说:得冻得要死,才口中有食。游侠骑士的倒霉侍从忍受的大冷大热都是不同寻常的。有得吃还好,因为肚子吃饱,痛苦能熬②。可是咱们有时一两天也没一点东西

---

① 《旧约全书·创世记》第三章第十九节。
② 西班牙谚语。

下肚,只好喝风。"

那位侍从说:"咱们指望着恩赏,种种苦头也都忍受得下了。游侠骑士要不是倒霉透顶,他的侍从至少可以拿稳一个海岛总督的肥缺,或者一份像样的伯爵封地。"

桑丘说:"我和主人讲过,我愿意做海岛总督;他很慷慨,已经答应我好几次了。"

那位侍从说:"我辛苦一场,能到手一个教会的官职就心满意足;我主人已经给我内定了一个,而且是呱呱叫的!"

桑丘说:"您主人准是教团的骑士,能这样犒赏自己的好侍从。我的主人不是教士。我记得有些精明人——我看是不怀好意的,想劝我主人谋做大主教。我主人却不愿意,一定要做大皇帝。我当时心上直发抖,怕他一转念要去做教会里的官;因为我知道自己不配吃教会的俸。我告诉您吧,尽管我看着像人,做起教会里的事来就是一头畜生。"

那位侍从说:"其实您算盘打错了。当海岛总督不一定好:有的地方不像样,有的穷,有的操心;反正最了不起、最没毛病的也总带着一大堆麻烦,谁倒霉做了这个官,就挑上了这副重担子。吃咱们这行苦饭的,最好还是回老家去,干些配胃口的事消遣日子,比如打猎钓鱼之类。一个人要在家乡消遣,只需一匹马、一对猎狗、一根钓竿,天下哪个侍从穷得连这些都没有呢?"

桑丘答道:"这些东西我都有。当然,我没有马;不过我有一头驴,比我主人的马值两倍的价呢。我要是肯把驴和马对换呀,上帝罚我复活节倒霉吧①!而且就应在下一个复活节上!

---

① 常用的誓言。

再饶上四担大麦我也不换的。我的灰毛儿——我那头驴是一身灰毛——在我眼里这么值钱,您大概要笑话了。至于猎狗,我是短不了的,我们村上多的是。而且花旁人的钱打猎更有味呢。"

那位侍从答道:"先生,我老实说吧,我已经打定主意不再跟着这些骑士胡闹,要回家乡去教养自己的孩子了。我的三个孩子就像三颗东方的明珠。"

桑丘说:"我有两个。我那两个孩子真可以献给教皇呢,尤其我的姑娘①。如果上帝容许,我养大了她要她做伯爵夫人的,她妈不愿意也没用。"

那侍从问道:"养大了做伯爵夫人的姑娘芳龄多少啦?"

桑丘说:"十五上下,已经高得像一支长矛,鲜嫩得像春天的早晨,劲儿大得像脚夫。"

那侍从道:"她有这许多好处,不但配做伯爵夫人,还可以做树林里的仙女呢!哎呀!那婊子养的!那婊子!那小家伙多有劲儿呀!"

桑丘听了有点生气,说道:

"她不是婊子,她妈也不是;我只要有一口气在,天保佑她们俩没一个做婊子。您说话客气着点儿!您还是游侠骑士栽培出来的呢,游侠骑士是最讲礼貌的;我觉得您这些话不大合适。"

那位侍从道:"啊呀,先生,您太不识抬举了!假如一个骑士在斗牛场上把公牛搠了好一枪,或者某人一件事干得好,人家

---

① 西班牙人通常说到好东西,就说:"可以献给教皇呢!"但教皇是修行的出家人,不能接受桑丘的姑娘。

往往说：'哎,婊子养的！婊蛋！这下子真是好哇！'您难道没听见过吗？这种话好像是臭骂,其实是了不起的恭维啊。先生,假如儿女干的事不值得人家当着他们爸爸这样称赞,您就别认他们做儿女。"

桑丘说："好！我就不认他们。照这个道理,您尽管把我和我的老婆孩子们一股脑儿都叫作婊子,因为不论我们干什么事、说什么话,都当得起这种恭维。我为了要回去瞧他们,直在祷告上帝解脱我的死罪——就是说,解脱我当侍从的危险差使。我有一次在黑山窝里捡到一只皮包,里面有一百个金元,就此痴心妄想,再一次当了侍从。魔鬼老把满满一口袋金元放在我眼前,一会儿在这里,一会儿在那里,不在这边,就在那边；我每走一步,仿佛就摸得到,可以抱在怀里,拿回家去,放出去投资,经收利息,以后就像王子那样过日子。我心上打着这个算盘,跟着我那位没脑子的主人种种吃苦受累都觉得没什么了。我明知道我那位主人若说是骑士,不如说是疯子！"

那位侍从道："所以有句老话说,'贪心撑破了口袋'。如要讲咱们的主人呀,我那位就是天字第一号的大疯子。常言道：'驴子劳累死,都为旁人的事'；这话正应在他身上了。他要治好另一个绅士的疯病,自己就成了疯子,出门来找事干；说不定事不凑巧,会自讨苦吃呢。"

"他大概正在恋爱吧？"

那侍从说："可不是吗,他爱上一个卡西尔德雅·台·万达莉亚,全世界找不出比她更生硬老练的婆娘。不过他的苦处不是女人厉害,却是他肠子里还有几条更厉害的诡计在叽里咕噜地闹,再过些时候就要发作了。"

桑丘说:"随你多么平坦的道路,总有些磕脚绊腿的东西。可是'别人家也煮豆子,我家却是大锅大锅地煮'①。大概咱们一起的人,疯癫的比灵清的多。不过有句老话:'有人共患难,患难好承担。'如果这话不错,我有您在一起就好过了,因为您的主子和我的一样傻。"

树林里的侍从说:"他傻虽傻,却很勇敢,尤其狡猾。"

桑丘答道:"我的主人不这样。我告诉您:他是个实心眼儿,没一丁点儿的狡猾。他对谁都好,什么坏心眼都没有,小孩子都能哄得他把白天当作黑夜。我就为他老实,爱得他像自己的心肝一样,随他多么疯傻也舍不得和他分手。"

那侍从道:"可是老哥啊,要是瞎子领瞎子,就有双双掉在坑里的危险②。咱们还是早做退步,回到咱们老家去吧。出门碰运气的常常碰不到好运气。"

桑丘不住地吐痰,好像是那种又黏又稠的痰。那位好心肠的侍从注意到了,说道:

"我看呀,咱们尽说话,说得舌头都胶在腭上了。可是我鞍框上挂着一袋消痰生津的好东西呢。"

他起身一转眼拿了一大皮袋的酒和一个肉馅烤饼回来。那个肉饼直径足有半瓦拉,不是夸张;里面的馅儿是一只肥大无比的白兔。桑丘摸了一下,认为不是小羊羔,竟是一只山羊呢。他看了这些东西问道:

"先生,这是随身带的吗?"

---

① 西班牙谚语,意思是说自己总比别人还不幸。
② 《新约全书·马太福音》第十五章第十四节。

那人答道:"您想吧!我就是个三钱不值两钱的侍从吗?我那马鞍子后面驮带的粮食,比大将军吃的还好呢。"

桑丘不等邀请,就吃起来;他黑地里大口吞咽,那一口口就像拴牛绳上的一个个大结子。他一面说:

"您这餐饭如果不是魔法变的,至少也像是魔法变的。看了这餐饭,就知道您是一位讲究规格的侍从,而且派头十足,又阔气又大方,不像我这样穷困倒霉。我粮袋里只有一小块干酪,干得绷硬,简直砸得开巨人的脑袋;此外不过是四五十颗豆儿、四五十颗榛子和核桃。这都怪我主人太刻苦,而且他认为游侠骑士只能靠干果子和野菜活命,死守着这个规矩。"

那侍从道:"老兄啊,我说句实在话:那些苦菜呀,野梨呀,山里的根呀,茎呀,等等,我这个肚子是受不了的。咱们主人尽管抱定成见,谨守骑士道的规矩;他们爱吃什么就吃什么。我反正得带着装熟肉的篓子,还把这只酒袋挂在鞍框上。这是我心窝儿里的东西,是我的命根子,一会儿工夫就得抱着吻它千百次。"

他说着就把那只酒袋递给桑丘。桑丘举起来放在嘴上,仰脸看着天上的星星足有一刻钟的工夫。他喝完歪着脑袋舒一大口气,说道:

"哎,婊子养的!好家伙!真是地道的好酒啊!"

那个侍从听桑丘喊"婊子养的",就说:"瞧瞧,您称赞这酒,不就叫它'婊子养的'吗?"

桑丘答道:"如果是赞美的意思,'婊子养的'就算不得侮辱;这个道理确是不错的,我现在明白了。可是我请问您,先生,您凭自己最亲爱的人发誓说句真话,这酒是不是皇城①出产的?"

树林里的侍从说:"好一个品酒的老内行!可不是那里出产的!而且陈了好几年了。"

桑丘说:"瞒得过我吗?这点儿就考倒了我!我品酒的本领不小,完全是天生的;什么酒拿来闻闻,就知道是哪里出产、什么品种、味道怎样、陈了多久、会不会变味等等。侍从先生,您说这很了不起吧?可是并不稀奇,因为我父亲一支的祖上有两位品酒的行家,拉·曼却多年来还没见过更高明的呢。我把他们俩的事讲一桩给您听听,就可见名不虚传。有人从一个大酒桶里舀了些酒请他们俩尝,请教他们这桶酒酿得怎样,品质如何,有什么长处短处。他们一个用舌尖儿尝一下,一个只凑上鼻子闻闻。前一个说酒里有铁味儿;后一个说羊皮味儿更浓。主人说:酒桶是干净的,酒里也没有带铁味和羊皮味的佐料。两位品酒名家还是一口咬定。后来这桶酒卖完了;洗酒桶的时候,发现里面有个小小的钥匙,上面拴着个熟羊皮的圈儿。您瞧吧,要品酒的话,他们的后代该有资格说话吧!"

树林里的侍从道:"我说呀,咱们别来探奇冒险了;有家常的大面包,就别找奶油蛋糕,还是回老家好②。上帝如要找咱们,到咱们家来找就行。"

"我还要伺候主人到萨拉果萨去;以后看情况再说。"

两位好侍从只顾说话喝酒,直到瞌睡上来,舌头才拴住,

---

① 皇城(Ciudad Real),拉·曼却的京城。塞万提斯在他作品里常夸赞京城出产的酒。
② 西班牙谚语。

口渴也稍解——要解尽他们的渴是办不到的。两人紧紧抓着那只半空的皮酒袋,含着半嚼未烂的东西就睡着了。咱们且撇下他们俩,谈谈林中骑士和哭丧着脸的骑士在干些什么。

第 十 四 章

堂吉诃德和林中骑士的事。

据记载,堂吉诃德和树林里的骑士娓娓长谈,树林里的骑士说:

"骑士先生,反正我告诉你吧,我由命运指使——或者该说,由自己选择,爱上了绝世无双的卡西尔德雅·台·万达莉亚。要比身材,谁也没她高;比地位,谁也没她尊;比相貌,谁也没她美;'绝世无双'的称号,她当之无愧。我对她一片深情,毫无非礼之想。可是她怎样对我的呢?她就像赫拉克利斯的后母对付赫拉克利斯那样[1],尽派我各式各样艰险的差使。她答应只要我能交差,就让我如愿。可是我完成一件,她又有一件。我的苦差使连连不断,数不胜数,我也不知道完了哪一桩才得如愿。一次她命令我向塞维利亚的女巨人挑战。

---

[1] 希腊神话,宙斯之妻赫拉妒恨宙斯和阿尔西梅娜生的赫拉克利斯,派他做种种艰险的事。

她名叫作希拉尔达①,身体非常强壮,仿佛铜打的。她守在一个地方寸步不离,却是世界上最轻浮的、得风便转的女人。我真是'赶到、碰到、打倒'②,管得她规规矩矩,不敢乱动,因为恰好那一个多礼拜直刮北风。又一次她叫我去把几块古老的大岩石——所谓吉桑都的公牛③举起来。这种事用不着骑士,叫脚夫干更合适呢。又一次她叫我做一件骇人听闻的险事,她要我跳进加布拉山洞④瞧那个黑洞里藏着些什么东西,回来报告她。我驯服了希拉尔达,举起了吉桑都的公牛,跳进山洞,揭穿了洞底的秘密,不过我的希望还是落空,她给我的命令和对我的轻蔑却没完没底。后来她命令我走遍西班牙各省,叫所有的游侠骑士一致承认她是当代第一美人,而我是世上最勇敢多情的英雄。我奉命走遍了大半个西班牙,降服了许多胆敢和我对抗的骑士。不过我最得意的是和鼎鼎大名的堂吉诃德·台·拉·曼却交手,把他打输;他只好承认我的卡西尔德雅比他的杜尔西内娅美。我单靠这一场胜利,就可算降服了世界上所有的骑士。因为这位堂吉诃德把他们都打败了;我又打败他,他的显赫威风就移交给我了。

败者声望愈高,

---

① 希拉尔达(Giralda),塞维利亚摩尔式大教堂塔顶上的一尊胜利女神的铜像,像高14尺(西班牙尺,每尺合28公分),是随风转动的风标;这座塔因而称为希拉尔达塔。
② 模仿凯撒大帝的名言:"我来了,我看到了,我战胜了。"(Veni, vidi, vici.)
③ 吉桑都(Guisando)一个修道院的葡萄园里有四块巨大的花岗石,形如公牛,称为吉桑都的公牛。
④ 加布拉(Cabra)城在果都巴南部;城外山上有个极深的裂口或洞称为加布拉山洞。

　　　　胜者愈增荣耀①；

堂吉诃德数不胜数的丰功伟绩，现在都归在我账上，算是我的了。"

　　堂吉诃德听了林中骑士的话不胜骇异。他屡次想指斥这位骑士撒谎；话已经在舌尖上，可是竭力忍住，想等对方自认撒谎。所以他平心静气地问道：

　　"骑士先生，如说你降服了西班牙，甚至全世界大多数的游侠骑士，我没意见；如说你降服了堂吉诃德·台·拉·曼却，我只好存疑。也许那人相貌很像堂吉诃德，不过和他相像的很少。"

　　林中骑士道："你不信吗？我可以指着头顶上的青天发誓：我和堂吉诃德决斗一场，把他打败了。他是个高个子，干瘪的脸儿，瘦长的手脚，灰白头发，高高的鹰嘴鼻，嘴唇上耷拉着两撇大黑胡子。他出马上场，自称'哭丧着脸的骑士'。跟他的侍从是个种地的，名叫桑丘·潘沙。他的坐骑是名马驽骍难得。还有，他的意中人叫作杜尔西内娅·台尔·托波索，原名阿尔东莎·洛兰索。这就好比我的意中人称为卡西尔德雅·台·万达莉亚②，因为她原名卡西尔达，是安达路西亚人。我举了这许多证据假如你还不信，那么，我的剑在这里呢，它能叫不信的也相信。"

---

① 这里窜改了阿隆索·台·艾尔西利亚（Alonso de Ercilla）《阿饶咖那》（Araucana）第一篇里的诗句：
　　　"可是败者声望虽高，
　　　不增加胜者的荣耀。"
② 万达莉亚（Vandalia）就是安达路西亚。

堂吉诃德说:"骑士先生,我有话跟你说,你静心听着。你可知道这位堂吉诃德是我生平最好的朋友,我简直把他当作自己本人一样。你举的种种情节都确切极了,不容我不信你。可是我凭切身经验,知道你打败的决不是他。看来只有一个可能。这个堂吉诃德有许多精通魔术的冤家,有一个尤其死盯着他作对。也许魔术家变了他的模样,故意打败,借此把他凭高尚的骑士道在全世界赢来的荣誉一扫而光。我告诉你一件事,你就可知我这话是千真万确的。和他作对的那些魔术家只不过两天前,把美人杜尔西内娅·台尔·托波索的相貌体态变得像个粗蠢的乡下婆娘了。他们照样也可以自己变作堂吉诃德的模样呀。假如你听了我这些话还不相信,那么,堂吉诃德本人就在这里呢,他能用武力保卫真理,随你要步战、马战或怎么样儿战都行。"

他说着就站起身,手摸着剑,等候林中骑士的决定。那位骑士也很镇静,冷冷地回答说:

"还得了债,不心疼抵押品①。堂吉诃德先生,谁打败过你的替身,也会打败你的真身。只是游侠骑士不能像盗匪在黑地里格斗,咱们还是等到天亮,在光天化日下干事。咱们这场决斗该有个条件:输家得听候赢家发落;只要不辱没游侠骑士的身份,他全得服从。"

堂吉诃德答道:"我觉得讲定这个条件简直是太好了。"

他们讲停当,就去找自己的侍从。那两个正在打鼾,一躺下到这时候没有翻个身。他们叫醒两个侍从,吩咐备好马匹,等太

---

① 西班牙谚语。

阳出来,两个骑士要来一场你死我活的决斗。桑丘听到消息就吓愣了,为主人捏着一把汗,因为他已经从那个侍从嘴里得知林中骑士的本领不小。两个侍从没说话,就找他们的牲口去了。那三匹马和灰驴已经彼此嗅过,都在一处呢。

那个侍从一路走,对桑丘说:

"老哥,您可知道,安达路西亚有个决斗的规矩。如果两人决斗,两个副手也不闲着。我是要让您知道:咱们主人交手的时候,咱们俩也得打个皮破骨折。"

桑丘答道:"侍从先生,这个规矩在安达路西亚的强徒恶棍里也许行得,要在游侠骑士的侍从里行就休想。况且游侠骑士的规矩,我主人全背得出,我就没听见他讲过这种规矩。就算真有,而且明文规定,我也不愿意遵守。也许我这样不爱打架的侍从会受处分,那么我就宁可认罚。我有数,罚也不过出两磅蜡烛罢了①。这两磅蜡烛我出得甘心情愿,因为一打架准头开脑裂,裹伤买纱布花的钱,就比买两磅蜡烛多得多呢。还有一层,我一辈子没带过剑;没有剑就没法儿决斗。"

树林里的侍从说:"这不要紧,我有好办法。我这儿带着一样大小的两只麻布口袋呢;咱们各拿一只,武器相同,可以甩口袋决斗。"

桑丘答道:"这就好得很啊!这样打架不会受伤,大家借此倒正好拍掉灰尘。"

那一个说:"不是这样打。麻袋轻飘飘地不行,里面得装那么五六颗光溜溜的石子,两袋一样轻重。咱们这样甩麻袋厮打,

---

① 有些教会里对开会缺席的人罚两磅蜡烛,节日在教堂里点燃。

打不痛,也打不伤。"

桑丘说:"瞧瞧,我的爹!他要袋里塞些海貂皮①和净白棉絮,免得砸了脑袋、折了骨头呢!可是我告诉您,我的先生,即使袋里塞的是蚕茧子,我也不打这架。让咱们主人打去吧,那是他们的事儿。咱们喝咱们的酒,过咱们的日子;大限临头,果熟自落,咱们跑不了是要死的,不用放弃了晚年,抢快往死路上赶。"

那位侍从说:"可是咱们总得打一架呀,哪怕半个钟头也行。"

桑丘答道:"不行,我吃喝了人家的酒饭,又和人家争吵,我能那么没礼貌、没良心吗?即使小争小吵我也不干的。况且我又没动火,又没生气,平白无故的怎么能动手打架呢?"

那位侍从说:"我有灵验的妙法。我只要事先悄悄儿过来给您三四个嘴巴子,打得您倒在我脚边;这样一来,您的火气即使比地鼠还好睡,准也给我打醒了。"

桑丘答道:"我也有对付的办法,不输如你的。我拿起大棒,不等您打醒我的火气,先打闷您的火气,叫它到了另一个世界上才会苏醒;那边儿知道我桑丘的脸是碰不得的!'各人瞧着自己的箭吧'!不过最好还是让各人的火气睡大觉。'知人知面不知心';'出去剪羊毛,自己给剃成秃瓢'。'上帝使和平得福,斗争遭祸'②。猫儿给围赶得走投无路,也会变成狮子;何况我是个人,天晓得我会变成什么呢。所以我现在跟您讲明,侍从先生,咱们打了架有什么祸害,全得算在您账上。"

---

① 桑丘要说黑貂皮,可是说别了。
② 以上四句都是西班牙谚语。

那个侍从说:"好,'天亮了瞧吧,总有好办法'①。"

这时羽毛灿烂的种种小鸟已在林里啼叫,百音悦耳,仿佛是唱歌迎接鲜妍的黎明女神。她正在东方的大门口和阳台上露出娇艳的脸儿,又从头发里摇落无数晶莹的水珠。百草沐浴恩泽,仿佛也冒出白蒙蒙的细珠子来。这时杨柳滴着甘露,泉水欢笑,河流低语,树林欣欣向荣,草地上缀满了珍珠宝石。可是天刚透亮,能辨认东西,桑丘第一眼就看见了林中侍从的鼻子。那鼻子之大,衬得全身都小了。据说实在是大得出奇,鼻梁是拱起的,鼻上全是疙瘩,颜色青紫,像茄子那样,鼻尖盖过嘴巴两三指宽。这样一个颜色青紫、疙疙瘩瘩的拱梁大鼻,使他那张脸奇丑不堪。桑丘见了不由得像小儿抽风似的手脚都痉挛起来,心上暗打主意,宁愿让这个妖怪捆二百嘴巴子,也别动火打架。堂吉诃德端详着自己的对手。这人已经戴上头盔,合下面甲,看不见他的面貌,可是看得出他身体结实,个子不很高。他铠甲外面披一件罩袍或道袍,料子好像是细金丝织的,上面缀满了一个个小月亮似的闪闪发光的镜子。这副装束显得他非常威武漂亮。他头盔上飘扬着一大簇绿、黄、白三色的羽毛。他的枪倚在树上,又长又粗,钢打的枪头有一拃宽还不止。

堂吉诃德一一观察,凭那位骑士的外表,断定他一定力气很大。不过他并不因此就像桑丘·潘沙那样害怕,却泰然对镜子骑士说:

"骑士先生,假如你不是只顾战斗而不顾礼貌,那么我想以礼相求,请你把面甲抬一抬,让我瞧瞧你的脸相是否和你的体态

---

① 西班牙谚语,又一说:"天亮了瞧吧,瞎子也会看见芦笋。"

一样威武。"

镜子骑士答道:"骑士先生,你如要瞧我,等完了事,随你是败是胜,有的是时候。我要你承认的话已经讲明;如果我这会儿不上劲叫你赶快承认,却耽误工夫抬起自己的面甲来,那就太怠慢了美人卡西尔德雅·台·万达莉亚,所以我不能从命。"

堂吉诃德说:"那么,咱们上马之前我再问问明白:你说打败过堂吉诃德,那堂吉诃德就是我吗?"

镜子骑士说:"这话我们①如此回答:你和我打败的骑士仿佛两个鸡蛋,无分彼此;不过你既说有魔术家在迫害你,那么你是否该骑士正身,尚待验明②。"

堂吉诃德答道:"行了,听你这话就知道你是执迷不悟的,叫咱们的马匹过来吧,让我给你瞧瞧真相。只要上帝保佑,我那位小姐保佑,我的胳膊不辜负我,我用不了你一掀面甲的工夫,就能看见你的面貌,你也可以知道你打败的堂吉诃德并不是我。"

当下两人不再搭话,各自上马。堂吉诃德要退远一段路以便向前冲杀,所以掉转驽骍难得的辔头往远处跑;镜子骑士照样也带转马头朝另一方向跑。可是堂吉诃德没走二十步,听得镜子骑士叫唤;两人都侧过马,镜子骑士对堂吉诃德说:

"骑士先生,别忘了我刚才说定的决斗条件:输家得听候赢家发落。"

堂吉诃德答道:"这个我知道;不过勒令输家做的事不能违

---

① 国王不称"我"而称"我们"。镜子骑士故意套用国王的口吻。
② 镜子骑士故意模仿法院公文的词句。

犯骑士道的规则。"

镜子骑士答道:"这也是讲定的。"

堂吉诃德忽然看见那个侍从的怪鼻子,惊奇得不输桑丘,竟以为那个侍从是怪物或新出现的人种。桑丘不愿单独和大鼻子在一起,怕他用那鼻子一搧,把自己撞倒或吓倒,就此不用打架了。他瞧主人往外跑,就抓住驽骍难得鞍镫上的皮带,跟着一起跑;到他认为该转身回马的时候,就对主人说:

"我的先生,我求您回马冲杀之前,帮我爬上那棵软木树。我在树上瞧您和那位骑士雄赳赳地交锋,比在平地上看起来得劲儿,也看得清楚。"

堂吉诃德说:"桑丘,我却知道你是要隔河看火,免得烧身。"

桑丘答道:"不瞒您说,那侍从的鼻子大得奇怪,我吓得胆战心惊,不敢跟他在一起。"

堂吉诃德说:"果然大得奇怪;我要不是生来大胆,也会害怕的。好,来吧,我帮你爬上这棵树去。"

堂吉诃德帮桑丘爬上软木树的时候,镜子骑士已经跑了一段路,以为够远了,料想堂吉诃德也跑得够远了;他不等号角声或其他信号,就掉转辔头。他那匹马并不比驽骍难得矫健,外表也不相上下。镜子骑士纵马向对方奔驰——其实也不过是跑个快步,忽见对手帮助桑丘上树,就勒住缰绳,半道停下来。他那匹马跑不动了,这来正中下怀。堂吉诃德看见对手飞马前来,忙用马刺狠扎驽骍难得的瘦肚子。据记载,驽骍难得扎得很痛,这一遭居然有点放腿飞跑的意思;因为它向来分明只是踱步。它向镜子骑士急驰而来。镜子骑士也猛踢马肚子,马刺的结子①以下已经全陷在肉里,那匹马却站定了一动不动。他的坐骑既不听摆布,长枪又不顺手,因为他大概不内行或不及措手,没把枪柄架在托子上②。正在这个紧急关头,堂吉诃德已经冲上来了。他并没看到对手的种种麻烦,稳稳当当只顾向前冲。他来势凶猛,镜子骑士身不由己,从马后翻身落地,摔得很重,手脚都直僵僵的,好像是死了。

桑丘看见镜子骑士摔倒,立即从软木树上溜下来,急急赶到主人身边。他主人下了驽骍难得去看镜子骑士,为他解开头盔上的带子,瞧他是否死了,如果没死,好让他透透气。可是奇哉怪哉!说来真叫人不信。据记载,他一看那面貌、神色、眉眼、嘴脸,全和参孙·加尔拉斯果学士丝毫无二,不禁大喊道:

"桑丘啊,快来瞧!你亲眼看见了也不会相信的!快来呀,儿子,看看魔术的法力和魔术家的本领!"

桑丘跑过来,一看见参孙·加尔拉斯果的脸,忙在自己身上画了无数的大小十字③。摔倒的骑士还气息全无,桑丘就对堂吉诃德说:

"我的先生,我主张您不管三七二十一,对这个模样儿像参孙·加尔拉斯果的家伙嘴巴里刺一剑;说不定杀了他就杀了一个和您作对的魔术家。"

堂吉诃德说:"你这话不错,'冤家越少越好'④。"

他拔剑在手,打算实行桑丘的主张。这时镜子骑士的侍从

---

① 马刺的上部有个结子,是马刺的尽头,不能再刺得深入。
② 战士铠甲上有个叉形架子,可托住枪柄,承担长枪的部分重量。
③ 据天主教的迷信,这是镇邪驱鬼的。
④ 西班牙谚语。

已经把他的大丑鼻子摘掉,赶来大叫道:

"堂吉诃德先生,您别冒失啊!躺在您脚边的是您的朋友参孙·加尔拉斯果学士;我是他的侍从。"

桑丘瞧他不像先前那么丑了,问他:

"那个鼻子呢?"

那人答道:

"在我这衣兜儿里。"

他伸手从右边衣袋里拿出一个硬纸涂上油漆充面具的鼻子,那式样上文已形容过了。桑丘对那人看了又看,失惊打怪地大叫道:

"圣玛利亚保佑我吧!这不是我街坊上的老朋友托美·塞西阿尔吗?"

那个脱掉了大鼻子的侍从答道:"我就是啊!桑丘·潘沙老友,我正是托美·塞西阿尔呀。我怎么上当受骗跑到这里来,待会再告诉你;现在请你求求你的东家先生,对他脚边的镜子骑士别碰、别打、别伤、别杀,因为他确实是咱们村上那位错打了主意的冒失鬼、参孙·加尔拉斯果学士。"

镜子骑士这时苏醒过来。堂吉诃德看见他已经苏醒,就把明晃晃的剑指在他脸上说:

"骑士,杜尔西内娅·台尔·托波索是天下第一大美人,压倒了你的卡西尔德雅·台·万达莉亚!这话你如果不承认,马上就叫你死!还有一件事:如果你这番打架摔跤没送掉性命,你得到托波索城里去,代我拜见那位小姐,听候她发落;如果她随你自便,你得回来把拜见她的情况向我一一回报。我这一路前去,所作所为,都留下踪迹,你可以跟踪跑来找我。我说的这些条件是咱们决斗前讲定的,都符合骑士道的规则。"

跌倒的骑士说:"我承认杜尔西内娅·台尔·托波索小姐的破鞋子、脏鞋子比卡西尔德雅乱蓬蓬的干净胡子还要宝贵。我也答应去拜见你那位小姐,并且照你的吩咐,一一向你回报。"

堂吉诃德补充说:"还有一件事你得心悦诚服。你打败的骑士尽管模样儿和堂吉诃德·台·拉·曼却相仿,却不是他本人,不可能是他本人;正如你尽管模样儿和参孙·加尔拉斯果学士相仿,你不是他,却是另外一个人。我的冤家要遏制我怒气发作的劲头,而且不让我打胜了得意,所以把你变成他的相貌。"

那个手脚不能动弹的骑士说:"你怎么想、怎么判断、怎么感觉,我都依从。这一跤摔得我够狼狈,如果还起得来,请让我起来吧。"

堂吉诃德和自称托美·塞西阿尔的侍从扶他起来。桑丘只顾盯着那个侍从看,一面还盘问他许多话;据他的回答,分明可见他确实是所说的托美·塞西阿尔。可是桑丘听他主人说,魔术家把镜子骑士的脸变成了加尔拉斯果学士的脸,因此横了心对自己亲眼目见的事也不信了。主仆俩终究没明白真相。镜子骑士和他的侍从垂头丧气地和堂吉诃德主仆分手,打算到哪个村镇上敷点外伤药,并且检查一下筋骨。堂吉诃德和桑丘·潘沙依旧取道往萨拉果萨去。这部故事撇下他们俩不提,先交代镜子骑士和他的大鼻子侍从究竟是谁。

第 十 五 章

镜子骑士和他的侍从是谁。

堂吉诃德一路行去,满心欢喜,得意洋洋。他当初以为镜子骑士有天大的本领呢,不料竟是自己手下的败将！而且这个败将如要不失游侠骑士的身份,只好履行诺言,去拜见杜尔西内娅小姐,并回来向自己报告；他由此就可以知道那位小姐是否已经解脱魔法。可是堂吉诃德有他的打算,镜子骑士却另有打算[①]。镜子骑士这时正如上文所说,一心只想找个地方治伤。据记载,参孙·加尔拉斯果学士当初劝堂吉诃德继续他的游侠生涯是别有用心的。他和神父、理发师等要叫堂吉诃德安安静静待在家里,别出去寻事闯祸,搅得失魂落魄,曾举行过秘密会谈。当时学士出了一个主意,经大家赞同,他们就决定且让堂吉诃德出门,因为看来不让他是办不到的；参孙就扮作游侠骑士半路拦住他,不管找个什么借口去和他决斗,把他打败——他们认为这是很容易的。交手以前,参孙和堂吉诃德讲明,输家得听候赢家发落。充骑士的学士打败了堂吉诃德,就命令他回乡,两年内不得出门,或者听候赢家另有吩咐。堂吉诃德不能违反骑士道的规则；他打败了就没什么说的,只好低头听命。也许他在家待了一

[①] 西班牙谚语:"栗色的马有它的打算,而为它套鞍辔的人又另有打算。"

程,脑袋里那套幻想会消失;或者在这期间,他们会找到合适的办法来治他的疯病。

　　加尔拉斯果承担了他的使命。桑丘·潘沙的街坊和老友托美·塞西阿尔是个爱逗乐儿的机灵人;他自告奋勇,充当了加尔拉斯果的侍从。参孙披了上文说的那套武装,托美·塞西阿尔把上文形容的那个假鼻子安在脸上,免得给老朋友识破;两人就跟踪而来。堂吉诃德碰到死神那辆板车的时候,他们俩已经快赶上了。他们四人后来在树林里相逢的种种情节,细心的读者都已读到了。要不是堂吉诃德异想天开,以为学士不是学士,这位学士先生就一辈子休想成为硕士了,因为他以为有麻雀的地方,并没有麻雀的窝儿①。托美·塞西阿尔瞧他主人打错算盘,出门讨了这场没趣,就对学士说:

　　"参孙·加尔拉斯果学士先生,咱们实在是活该。一件事想来容易,开手容易,可是成功往往不容易。堂吉诃德是疯子,咱们是头脑灵清的;他毫无损伤,欢欢喜喜地走了,您却受了伤,垂头丧气。自己做不了主的疯子和自愿充当的疯子,到底哪个更疯;咱们现在可以知道了。"

　　参孙答道:

　　"两种疯子有个不同:自己做不了主的疯子永远是疯的;自愿充当的疯子不愿意发疯就不疯了。"

　　托美·塞西阿尔说:"照这么说,我做您的侍从是自愿发疯;现在我不愿再疯,要回家去了。"

　　参孙道:"这是你的事。我要不能把堂吉诃德一顿棍子打

---

① 西班牙谚语。

得浑身青紫,你休想叫我回家。我现在不是去治他的疯病,却是找他报复了。我肋骨痛得厉害,不容我再发慈悲。"

两人谈谈说说,到了一个镇上,碰巧找到一个接骨大夫,给倒霉的参孙治好了伤。托美·塞西阿尔就回家去,撇下参孙还在那里想法报复。这件事到时自有分晓,咱们这会儿且和堂吉诃德一起快活快活再说。

第 十 六 章

堂吉诃德遇到一位拉·曼却的高明人士。

堂吉诃德继续走路,像上文说的那样忻忻得意,不可一世。他觉得自己打了这一场胜仗,就算得当代最英勇的游侠骑士了;今后再有什么冒险,拿定都会马到成功。他把魔术家和魔术全不放在眼里;他当游侠骑士以来数不清的一次次挨打呀,成阵的石子砸掉他半口牙齿呀,那群囚徒没良心呀,杨维斯人撒野、把木桩拦头乱打呀——这种种他都忘得一干二净。他暗想只要找到诀窍去破掉杜尔西内娅小姐着的魔法,就万事大吉;古代最幸福的游侠骑士享有天大的好运他也不羡慕。他一路走,只顾这么盘算。桑丘忽开口说:

"先生,您说怪不怪,我老友托美·塞西阿尔那个奇形怪状的大鼻子,这会儿还在我眼前呢。"

"桑丘,你难道真以为镜子骑士就是加尔拉斯果学士,他那侍从就是你的老友托美·塞西阿尔吗？"

桑丘答道："我不知道该怎么说。我听他讲我家老婆孩子的情况，不是他本人就说不上来。他脸上去了那个鼻子就活脱儿是托美·塞西阿尔。我和托美同住在一个村上，两家只隔着半堵墙，经常见面的。而且说话的声调也完全一样。"

堂吉诃德答道："桑丘，我和你讲个道理。你想想，参孙·加尔拉斯果学士为什么当了游侠骑士，全副武装来和我决斗呢？难道我是他的冤家吗？我什么事招了他的嫌恨吗？我又不和他竞争，他也不是我同行；我靠武艺出了名，他何必忌妒呢？"

桑丘答道："先生，不管那位骑士是谁，他和加尔拉斯果学士一模一样，他的侍从和我老友托美·塞西阿尔也一模一样，这是什么道理呢？假如照您说是魔法，那么，为什么不像别人，只像他们俩呀？"

堂吉诃德答道："这都是魔术家和我捣乱的诡计。他们预知这场决斗是我胜，就做好安排，让打败的骑士变成我朋友加尔拉斯果学士的相貌。我一看是自己的朋友，手就软了，剑也刺不下去了，心上的火气也息了；那个阴谋图害我的家伙就保全了自己的性命。桑丘啊，假如你不信，只要想想，才两天前，你亲眼看见绝世美人杜尔西内娅容光焕发，我却看见个粗蠢的乡下姑娘，眼圈上结着眼屎，嘴里臭气熏人。可见魔术家要改变人的相貌，美变丑、丑变美，非常容易，这是你亲身经历的，决不会弄错。那刁钻的魔术家既然敢玩弄这样恶毒的戏法，他假借参孙·加尔拉斯果和你老友的相貌来剥夺我得胜的光荣，就一点不稀奇。不过随他把我冤家变成什么样儿，我反正是打败了他，这是我可以自豪的。"

桑丘说:"真情实况上帝反正都知道。"

他明知杜尔西内娅变相是他自己捣的鬼,所以他主人的幻想不能折服他。可是他也不愿多说,免得说溜了嘴露马脚。

这时有个旅客骑着一匹很漂亮的灰褐色母马,从后面赶来。这人穿一件镶着棕黄丝绒边的绿哔叽外套,戴一只棕黄的丝绒便帽;马匹是出门的装配,短镫高鞍,也全是棕黄和绿色的;金绿色的宽背带上挂一柄摩尔弯刀,高统靴的软皮帮子和肩带上扎的是一式的花纹;马刺并不镀金,却漆成绿色,油亮光洁,和他的衣服都是一水儿的绿色,看来比纯金打的还漂亮。这位旅客赶上他们,客客气气打个招呼,就踢着他那匹母马往前跑。堂吉诃德说:

"绅士先生,您如果和我们是同路,又不必赶路,我希望能和您结个伴儿同走。"

那旅客答道:"老实说,我是怕我的母马搅扰了您的马,所以急急往前赶。"

桑丘插嘴道:"先生,您放心勒住马吧,我们这匹马是世界上最老成、最规矩的;碰到母马从来不耍流氓。它只有一次不老实,我主人和我为它吃了大苦头。我再说一遍,您如果愿意,不妨慢着走。即使把您的马扣合在两只盘子里送上来①,我们这匹马也决不会伸过鼻子闻一闻。"

那位旅客勒住马仔细打量堂吉诃德。堂吉诃德没戴头盔,头盔由桑丘当皮包那样挂在灰驴的驮鞍前面呢。绿衣人端详堂吉诃德,堂吉诃德更是目不转睛地端详那绿衣人,觉得他不是个

---

① 精致可口的好菜,防香味流溢,上菜时扣合在两只盘子里。

平常人物。他年纪五十上下,还没几茎白头发,鹰嘴鼻,看来和悦又庄严;反正从他的服装气派,可见是个有身份的人。绿衣人觉得堂吉诃德·台·拉·曼却稀奇古怪:脖子那么长,身材那么高,面黄肌瘦,全身披挂,再加他的神情态度都是这一带多年没见过的。堂吉诃德明知这位旅客在仔细看他,也瞧透对方这副诧异的神色。他向来对谁都热和,所以不等人家问,就说:

"我这副模样很新奇别致,怪不得您看了诧异。不过我告诉您,我是一个

跨上坐骑,

冒险探奇①

的游侠骑士。您听了这话就明白了。我离开了家乡,抵押了家产,抛弃了舒服的生活,把自己交托给命运,由它摆布。我是要重振已经衰亡的骑士道。我奉行游侠骑士的职务,援助孤儿寡妇,保护已婚、未婚的女人和小孩子,虽然好多天以来东磕西绊,这里摔倒,那里又爬起来,我的志愿总算完成了大半。我干了这许多又勇敢又慈悲的事,人家认为值得写在书上,遍传世界各国。我那部传记已经印出三万册了,假如上天许可,照当前这个趋势,直要印到三千万册呢!一句话,我干脆说吧,我是堂吉诃德·台·拉·曼却,别号哭丧着脸的骑士。尽管自称自赞,适见其反②,有时没旁人替我说话,不得已只好自我介绍一番。绅士先生,您知道了我是谁,干的是哪一行,以后再看见我这匹马、这支枪、这面盾牌、这位侍从、我这一身盔甲、我这黄黄的脸色

---

① 这是当时歌谣里的句子。
② 西班牙谚语。

和瘦长的身材,就不会奇怪了。"

堂吉诃德不再多说。绿衣人还直发怔,好像答不上话来。他过了一会才道:

"骑士先生,您猜透我为什么见了您诧异,可是您并没有打消我这点诧异。照您说,知道您是谁就不会奇怪。可是,先生,您错了;我现在知道了反而越加奇怪呢。现在世界上还会有游侠骑士吗?还会出版真实的游侠骑士传吗?我不能设想当今之世,谁会去援助孤儿寡妇,保护已婚、未婚的女人和小孩子;要不是亲眼看见了您,我还不相信呢!现在盛行胡诌的骑士小说,真是伤风败俗,并且害得读者对信史也不信了。谢天谢地,您说的那部书上记载着您那些高贵而真实的游侠事业,我但愿您那部传记能把千千万万胡诌的骑士小说一扫而空。"

堂吉诃德道:"骑士小说是否胡诌,还大可商榷。"

绿衣人说:"难道还有谁不信是假的吗?"

堂吉诃德说:"我就不信。不过这句话以后再讲吧。有人一口咬定骑士小说里写的不是真事;您不该和他们一般识见。如果咱们还要同路走一程,我希望上帝保佑,能说得您明白。"

那旅客听了堂吉诃德这几句话,料定他是疯子,准备再听他几句就可以拿稳。可是他们没谈下去。因为堂吉诃德交代了自己的生平和情况,要求旅客也讲讲。绿衣人答道:

"哭丧着脸的骑士先生,我是个绅士,住在前面村上;如果上帝保佑,咱们今天就能到那儿吃饭去。我名叫堂狄艾果·台·米朗达,家里很富裕;我守着老婆孩子和几个朋友过日子,每天无非打猎钓鱼。不过我不养老鹰和猎狗,只有一只驯良的竹鸡,和一头凶猛的白鼠狼①。我有七十多本西班牙文和拉丁文的书;历史之外,多半是宗教著作;骑士小说从没进过我的家门。我经常翻阅的不是宗教著作,而是那种文笔优美、故事新奇、可作正当消遣的书;不过这类书西班牙很少见。我有时到街坊或朋友家吃饭,也常常还请他们。我待客的饭菜很精洁,从来不吝啬。我不爱背后议论人,也不让人家当着我议论别人。我不刺探别人的生活,不是自己的事就不去追究。我每天望弥撒,抽出一份家产周济穷人,做了好事不自吹自卖,免得成为专做表面文章的伪君子或沾沾自喜的小丈夫;这两种毛病很容易犯,该特别小心防止。我如果知道谁与谁不和,就设法为他们调解。我虔信圣母,一心依靠天主的大慈大悲。"

桑丘仔细听那位绅士讲他的身世和日常生活,觉得这种心肠好而又虔信上帝的圣人,准会显神通、创奇迹②。他跳下灰驴,赶去拉住绅士的右脚镫,一片至诚,简直噙着眼泪,连连亲吻绅士的脚。绅士瞧他这样,问道:

"老弟,你这是干吗?你行这个大礼是什么意思呀?"

桑丘答道:"让我吻您的脚吧,我觉得您是一位骑在马上的圣人,我这一辈子总算开了眼界。"

绅士说:"我不是圣人,我的罪孽多着呢。老弟,你这样实心眼儿,可见你自己是好人。"

桑丘重又上驴,惹得他主人那张忧郁的脸也绷不住笑出来;堂狄艾果越觉诧异。堂吉诃德问堂狄艾果有几个孩子,又说古

---

① 驯良的竹鸡是用来诱捕野鸟的;白鼠狼即白鼬,善捕兔。
② 中世纪天主教徒的迷信,以为成了圣人就能创造奇迹。

代哲学家不知有上帝,以为人生的至善就是天赋厚、运气好,有许多朋友和许多好儿子。

绅士答道:"堂吉诃德先生,我有一个儿子;假如没这个儿子,也许福气更好。他不是不好,只是不合我的指望。他现在十八岁,在萨拉曼咖大学攻读拉丁文和希腊文已有六年了。我希望他钻研学问,他却只爱读诗——诗也算得一门学问吗?我要他学法律,可是怎么也没法叫他下这个工夫;神学是一切学问的根本,他也不感兴趣。现在国家厚赏品学兼优的人——因为有学无品,就是珍珠嵌在粪堆里;我希望我的儿子读了书可以光耀门庭。可是他呢,整天只讲究荷马《伊利亚特》里某一行诗写得好不好,马西阿尔①的某一警句是否猥亵,维吉尔的某几行诗该怎么解释。反正他读的无非以上那几个诗人和霍拉斯、贝尔修②、朱文纳尔③、悌布鲁④等人的著作。他瞧不起现代西班牙文的作品。不过他尽管不喜欢西班牙文的诗,目前正根据萨拉曼咖寄来的四行诗专心一致地作一首逐句铺张诗⑤,看来是要参加什么诗会。"

堂吉诃德听了这一席话,答道:

"先生,孩子是父母身子里掏出的心肝,不论好坏,父母总当命根子一样宝贝。父母有责任从小教导他们学好样,识大体,养成虔诚基督徒的习惯,长大了可以使双亲有靠,为后代增光。

---

① 古罗马一世纪时的讽刺诗人,文笔往往猥亵。
② 古罗马讽刺诗人(34—62),喜用典故,文笔非常晦涩。
③ 古罗马最著名的讽刺诗人(42—125)。
④ 古罗马皇帝(14—37),也是修辞家和诗人,所作诗文皆已失传。
⑤ 逐句铺张诗(glosa),西班牙特殊的诗体。参看本书141页注①。

至于攻读哪一学科,我认为不宜勉强,当然劝劝他们也没有害处。假如一个青年人天生好福气,有父母栽培他上学,读书不是为了挣饭吃,那么,我认为不妨随他爱学什么就学什么。有些本领,学会了有失身份;诗虽然只供人欣赏而不切实用,会作诗却无伤体面。绅士先生,我觉得诗好比一个美丽非凡的娇滴滴的小姑娘:其他各门学问好比是专为她修饰装扮的一群使女,都供她使用,也都由她管辖。可是对这样一位姑娘不能举动轻薄,不能拉她到大街上去,不能把她送上广场或收入深宫供人鉴赏。诗是用精致的手法千锤百炼制作出来的;大作家的诗好比无价的精金。会作诗的人也该有克己功夫,不滥写粗鄙的讽刺诗或颓废的抒情诗。除了史诗、可歌可泣的悲剧或轻快伶俐的喜剧,其他各体的诗绝不是为卖钱而写作的。油腔滑调的人,不能领会诗中真意的庸夫俗子,都不配和诗打交道。先生,您别以为我说的庸夫俗子专指平民或卑贱的人;凡是没有知识的,尽管是王公贵人,都称为凡夫俗子。如果照我提的这些要求专心学诗,就可以成名,受到全世界文明国家的敬重。您说您的儿子瞧不起西班牙语的诗,先生,我认为这是不大对的。请听我的道理:伟大的荷马不用拉丁文写作,因为他是希腊人;维吉尔不用希腊文写作,因为他是罗马人。一句话,古代诗人写作的语言,是和母亲的奶一起吃进去的;他们都不用外国文字来表达自己高超的心思。现在各国诗人也都一样。德国诗人并不因为用本国语言而受鄙薄;西班牙诗人,甚至比斯盖诗人,也不该因为用本国语言而受鄙薄。不过照我猜想,先生,您儿子不喜欢的也许不是西班牙语的诗,而是那种土包子诗人;他们不通外文,也没有学问可以辅佐天才。不过即使如此,您儿子还是错了。诗才是天生的,这是颠扑不破的道理。因此有天才的人,一出娘胎就是诗人。他单靠天赋,不用学问和技巧,写出诗来就证明'我们心里有个上帝……'①。我还有个说法:天才加上技巧和功夫,就造诣更高,比单靠技巧的好。人工的技巧,不如天赋的才情;不过可以补天才之不足。十全的诗人是天赋和人工配合而成的。绅士先生,我的话千句并一句,无非劝您让您儿子随着命运的指使,走自己的路。他想必很好学,而且对希腊和拉丁文已经好好打下基础;有这点底子,再加一把力,在文学界就可以登峰造极了。披长袍、挂宝剑的绅士能有文学上的成就,那是很体面的;好比主教加冕、法官披袍一样光彩。假如您儿子作讽刺诗毁坏人家名誉,您可以训斥他,撕掉他的诗。如果他像霍拉斯那样嘲笑一切罪恶,笔下也那么文雅,您就该称赞他。诗人戒人忌妒,作诗指斥嫉贤妒能的人,那是可以的。他也可以讥笑其他罪恶,只要不提名道姓。不过有些诗人宁可冒流放庞托岛②的危险,还是要骂人。品行纯洁的诗人,写的诗也一定纯洁。文笔是内心的喉舌;心上想什么,笔下就写出来。作者有才有德,诗笔通神,就会得到国君的尊重,名利双收,还能桂冠加顶。相传天雷不打桂树;诗人有幸戴上桂冠,就表示谁也不能碰他了。"

  绿衣人听了堂吉诃德这番议论,钦佩之至,不再把他当作疯子了。当时附近有几个牧羊人在那里挤羊奶;桑丘不耐烦听绿衣人和堂吉诃德说话,就跑去问牧羊人要些羊奶。绿衣人对堂

---

① 这是引用古罗马奥维德诗"est Deus in nobis……",见长诗《日历》(*Fastos*)。
② 古罗马诗人奥维德晚年被奥古斯陀大帝流放到庞托岛附近的边疆地区,但不是因为骂人。

吉诃德的头脑和识见十分倾倒,打算再跟他谈谈。可是堂吉诃德一抬头,忽见路上来了一辆大车,上面插满了国旗。他以为又出现了奇事,就大声喊桑丘拿头盔给他。桑丘听得叫喊,忙撇下牧羊人,踢着灰驴赶回来。他主人这番是遇到奇险了。

第 十 七 章

堂吉诃德胆大包天,和狮子打交道圆满成功。

据记载,堂吉诃德喊桑丘拿头盔给他的时候,桑丘刚向牧羊人买了些乳酪。他听主人催唤得紧,慌了手脚,不知把乳酪往哪里装;钱已经付了,舍不得扔下乳酪。他忽想到主人的头盔可以盛东西,就把乳酪装在里面,回去瞧他主人有何吩咐。他主人等他跑来,说道:

"朋友,快把头盔给我;马上要有事了,我得武装起来。如果我没料准,我就不是个冒险的行家!"

穿绿衣人听了这话,放眼四看,只见一辆大车向他们行来,车上插着两三面小旗①。他料想这是给皇家解送钱粮的车,就把这意思告诉堂吉诃德。可是堂吉诃德总以为自己碰到的是一

---

① 有人认为塞万提斯行文草率,上一章说买羊奶,这里却说买乳酪;上一章说"车上插满了旗子",这里却说"车上插着两三面小旗"。但卖羊奶处也卖乳酪;"车上插满了旗子"是堂吉诃德眼里看到的,而穿绿衣的绅士只见两三面小旗。

桩又一桩的奇事险事,听了并不相信,他说:

"胸有成算,获胜已半①;我早做戒备决不吃亏。因为我亲身体验到:我的冤家有的是显形的,有的是隐身的;而且我也拿不定他们在什么时候、什么地方、找什么机会、变成什么模样来攻击我。"

他就转身问桑丘要那头盔。桑丘不及倒出乳酪,只好把盛着乳酪的头盔交给主人。堂吉诃德接过来,也没瞧见里面的东西,急匆匆往头上一合。乳酪一经压挤,浆汁沿着堂吉诃德的脸和胡子直淌下来。他大吃一惊,对桑丘说:

"桑丘,这是怎么回事儿?我觉得我这个脑袋烂了,或是脑子溶化了,或是汗从脚底直冒到头上来了。假如是汗,那就绝不是吓出来的,尽管咱们这会儿遭到的事很可怕。你有什么东西给我擦擦汗吗?这么多汗,把我眼睛都迷住了。"

桑丘一声不响,拿了一块布给他,一面暗暗感谢上帝,没让他主人看破底细。堂吉诃德擦净了脸,觉得有东西冰着脑袋,脱下头盔一看,里面都是软白块儿;他凑近鼻子闻了闻,说道:

"我凭杜尔西内娅·台尔·托波索小姐的生命发誓,你这里盛的是奶酪呀!你这个作弊捣鬼的混蛋!"

桑丘假作痴呆、慢条斯理地回答说:

"如果是奶酪,您给我吧,让我吃了它——不,还是让魔鬼吃去,因为准是魔鬼放在那里的。我有那么大胆,敢弄脏您的头盔吗?您真是抓到那个胆大的家伙了!我老实告诉您吧,先生,上帝开了我的心窍,我明白了:我是您栽培出来的,又和您连成

---

① 西班牙谚语。

一体，所以魔术家一定也在和我捣蛋呢。他们要您忍不住发起火来，又像往常那样揍我一顿，就故意把脏东西放在您头盔里。可是这回他们实在是枉费心机，我相信主人通情达理，注意到我身边既没有酪，也没有奶，也没有这类的东西；要有的话，我一定吃在自己肚里，不会放在您头盔里。"

堂吉诃德道："你说得不错，大概是这么回事。"

那位绅士一一看在眼里，都觉得奇怪，尤其是这时候的堂吉诃德。他擦净了头、脸、胡子、头盔，又把头盔戴上，坐稳马鞍，拔松了鞘里的剑，握紧长枪，喊道：

"好，谁要来，来吧！即使和头号的魔鬼交手，我也有这胆量！"插着旗子的大车已经近前来。车上没几个人，只有几头骡子拉车，赶车的骑着当头一匹，另有个人坐在车头上。堂吉诃德跑去拦在车前道：

"老哥们哪儿去？这是什么车？车上拉的是什么东西？车上插的是什么旗？"

赶车的答道：

"这是我的车；车上拉的是关在笼里的两头凶猛的狮子，是奥朗①总督进贡朝廷、奉献皇上的礼物。车上插的是咱们万岁爷的旗子，标明这里是他的东西。"

堂吉诃德问道："狮子大不大？"

坐在车门前的那人答道："大得很；非洲运来的许多狮子里，最大的都比不上这两头。我是管狮子的，运送过别的狮子，像这样的我还没见过。这是一公一母，前头笼里是公的，后面笼

---

① 在阿尔及利亚。

里是母的;两头狮子今天还没喂过,都饿着肚子呢。所以请您让开一步,我们得赶到前头站上去喂它们。"

堂吉诃德听了冷笑道:

"拿狮崽子来对付我吗?挑这个时候,拿狮崽子来对付我!好吧,我凭上帝发誓,我要叫运送它们的两位先生瞧瞧,我是不是害怕狮子的人!老哥,你请下车;你既是管狮子的,请打开笼子,放那两头畜生出来!魔术家尽管把狮子送来,也吓不倒我!你们两位可以在这片野地里瞧瞧我堂吉诃德·台·拉·曼却究竟是个什么样的人!"

那位绅士暗想:"罢了!罢了!我们这位好骑士露了馅了!准是给乳酪泡软了脑袋,脑子发酵了。"

这时桑丘赶来对绅士说:

"先生,请您看上帝分上,想个办法叫我主人堂吉诃德别和狮子打架;不然的话,咱们大家都要给狮子撕成一块块了。"

绅士说:"你怕你主人和那么凶猛的野兽打架呀?你以为他会干这种事吗?他竟疯到这个地步吗?"

桑丘说:"他不是疯,是勇敢。"

绅士说:"我去劝他。"

堂吉诃德正在催促管狮子的打开笼子;绅士赶到他面前,对他说:

"骑士先生,游侠骑士应该瞧事情干得成功才去冒险;决计办不到的事,就不去冒险。勇敢过了头是鲁莽,那样的人就算不得勇士,只是疯子。况且这两头狮子又没来干犯您;它们一点没这个意思啊。那是献给皇上的礼物,拦着不让走是不行的。"

堂吉诃德答道:"绅士先生,您照管您那些驯良的竹鸡和凶猛的白鼠狼去;各人有各人的事,您甭插手。我是干自己分里的事;狮子先生和狮子夫人是不是来找我的,我心里明白。"

他转身向管狮子的人说:

"先生,我对天发誓,要是你这混蛋不马上打开这两个笼子,我就用这支长枪把你钉在车上!"

赶车的瞧这个浑身披挂的怪人固执得很,就说:

"我的先生,请您行个方便,让我先卸下这几头骡,安顿了它们,再打开笼子。我没别的产业,只有这辆车和这几头骡,要是牲口给狮子咬死,我这一辈子就完了。"

堂吉诃德答道:"你真是个没有信心的!下车把骡儿卸下吧;你要干什么,干吧。你回头就知道这都是白费手脚。"

赶车的跳下车,急忙卸下那几匹骡子。管狮子的人就高声叫道:

"在场的各位先生们请做个见证:我开笼放出这两头狮子是迫不得已。我还要警告这位先生:两头畜生闯下的祸,外加我的工资和全部损失,都得归在他账上。各位快躲开吧,我就要开笼了。我是不怕的,狮子不会伤我。"

绅士又劝堂吉诃德别干这种丧心病狂的事去讨上帝的罚。堂吉诃德说,他干什么事自己有数。绅士说他准有误会,劝他仔细考虑。

堂吉诃德说:"好吧,先生,您如果以为我这件事准没好下场,不愿意亲眼看我遭难,您不妨踢动您的灰马,躲到安全的地方去。"

桑丘听了这话,含泪求堂吉诃德别干这种事。他主人从前碰到风车呀,碰到吓坏人的砑布机呀,反正他主人一辈子遭逢的桩桩件件,比了这件事都微不足道了。

桑丘说:"您想吧,先生,这里没有魔术的障眼法。我从笼子门缝里看见一只真狮子的脚爪;一只爪子就有那么大,可见那狮子准比一座山还大呢。"

堂吉诃德说:"你心上害怕,就觉得狮子比半个世界还大。桑丘,你躲开去,甭管我。我如果死在这里,你记得咱们从前约定的话,你就去见杜尔西内娅,我不用再吩咐你。"

堂吉诃德还讲了许多话,显然要他回心转意是办不到的了。绿衣人想拦阻他,可是赤手空拳,敌不过他的武器,而且堂吉诃德明明是个十足的疯子,自己犯不着和疯子打架。堂吉诃德又催促管狮子的人,连声恫吓。当时那位绅士、桑丘和赶车的只好乘狮子还没放出来,各个催动自己的牲口,赶紧逃得越远越好。桑丘深信主人这番要在狮子爪下丧命了,只顾哭,又咒诅自己的命运,怪自己千不该、万不该再出门当侍从。他一面自嗟自怨,一面不停手地打着他的灰驴往远处跑。管狮子的瞧那一群人都已经跑得老远,就对堂吉诃德再次来一番警告。堂吉诃德说,这些话他听过了,不用再提,枉费唇舌;他只催促快把笼门打开。

堂吉诃德乘管狮子的还没开笼,盘算一下,和狮子步战还是马战。他防驽骍难得见了狮子害怕,决计步战。他就跳下马,抛开长枪,拔剑挎着盾牌,仗着泼天大胆,一步一步向大车走去,一面虔诚祈祷上帝保佑,然后又求告杜尔西内娅小姐保佑。本书作者写到这里,不禁连声赞叹说:"堂吉诃德·台·拉·曼却啊!你的胆气真是非言语可以形容的!你是全世界勇士的模范!你可以和西班牙骑士的光荣、堂玛奴艾尔·台·

雷翁①先后比美！我哪有文才来记述你这番惊心动魄的事迹呢？叫我怎样写来才能叫后世相信呢？我竭力尽致的赞扬，也不会过分呀。你是徒步，你是单身；你心雄胆壮，手里只一把剑，还不是镌着小狗的利剑②；你的盾牌也不是百炼精钢打成的；你却在等候非洲丛林里生长的两头最凶猛的狮子！勇敢的曼却人啊，让你的行动来显耀你吧！我只好哑口无言，因为找不出话来夸赞了。"

作者的赞叹到此为止，言归正传。管狮子的瞧堂吉诃德已经摆好阵势，他如果不打开狮笼，这位威气凛凛的骑士就要不客气了。他就把前面笼子的门完全打开；里面是一头公狮子。那狮子大得吓人，形状狰狞可怕。它原是躺在笼里，这时转过身，撑出一只爪子，伸了一个懒腰；接着就张开嘴巴，从容打了一个大呵欠，吐出长有两手掌左右的舌头来舔眼圈上的尘土，洗了个脸；然后把脑袋伸出笼外，睁着一对火炭也似的眼睛四面观看，那副神气，可以使大勇士也吓得筋酥骨软。堂吉诃德只是目不转睛地看着它，专等它跳下车来相搏，就把它斫成肉丁。

他的疯劲儿真是破天荒的。可是那只气象雄伟的狮子并不摆架子，却彬彬斯文，对胡闹无理的冒犯满不在乎。它四面看了一下，掉转身子把屁股朝着堂吉诃德，懒洋洋、慢吞吞地又在笼里躺下了。堂吉诃德瞧它这样，就吩咐管狮子的打它几棍，叫它发了火跑出来。

管狮子的人说："这个我可不干，我要惹火了它，我自己先

---

① 这位骑士走入狮槛拾取手套事，见上部495页注①。
② 托雷都和萨拉果萨的铸剑名手胡良·台尔·瑞（Julián del Rey）铸造的宝剑上镌着一只小狗作为标志。

就给它撕成一片片了。骑士先生,您刚才的行为真是勇敢得没法儿说;您这就够了,别把坏运气招上身来。笼门敞着呢,狮子出来不出来都由得它;不过它这会儿还不出来,那就一天也不会出来了。您的盖世神威已经有目共睹,依我说,决斗的人有勇气挑战,有勇气出场等待交手,就是勇敢透顶;对方不出场,那是对方出丑,胜利的桂冠就让那个等待交手的人赢得了。"

堂吉诃德说:"这话不错。朋友,把笼门关上吧。我还请你做个见证,把你这会儿亲眼看见我干的事,尽力向大家证实一番:就是说,你放开了狮子,我等着它出来;它不出来,我还等着;它还是不出来,又躺下了。我该做的都已经做到;魔术家啊,滚开吧!上帝庇佑正道和真理!庇佑真正的骑士道!现在你照我的话关上笼子,我就去招呼逃走的人,让他们从你嘴里,听听我这番作为。"

管狮子的如言办理。堂吉诃德把他擦脸上乳浆的布系在枪头上,召唤逃跑的人回来。他们一群由绅士押后,还只顾逃跑,一面频频回头来看。桑丘忽见白布的信号,说道:

"我主人一定降伏了那两头猛兽!不信,我死给你们看!因为他在喊咱们呢。"

他们都停下,看见打信号的确是堂吉诃德。他们胆壮了些,慢慢往回走;后来听清了堂吉诃德的呼喊,就回到大车旁边来。堂吉诃德等他们到齐,对赶车的说:

"老哥,你重新驾上骡子,照旧走你的路吧。桑丘,拿两个金艾斯古多给他和管狮子的;我耽搁了他们,这就算是赔偿他们的。"

桑丘说:"这钱我给得甘心情愿。可是那两头狮子怎么了?

打死了吗?还是活着呢?"

管狮子的就一五一十细讲那场决斗怎么结束的。他极力夸赞堂吉诃德的胆量,说狮子见了他害怕,尽管笼门好一会子大开着,却不肯出来,也不敢。他还说:这位骑士要惹狮子发火,逼它出来;他告诉骑士那是招惹上帝生气,骑士不得已,勉强让他关上了笼门。

堂吉诃德说:"桑丘,你听见了吧?怎么样?魔术家敌得过真正的勇士吗?他们可以夺掉我的运气,可是我的力气和胆气是夺不掉的。"

桑丘付了钱,赶车的驾上骡;管狮子的吻了堂吉诃德的手谢赏,还答应等上朝见了皇上,一定把这件英勇的事迹亲向皇上禀告。

"万一皇上问是谁干的这件事,你可以说,是'狮子骑士'。我向来称为'哭丧着脸的骑士',以后要改称'狮子骑士'了。我本来是沿袭游侠骑士的老规矩;他们可以瞧情况随意改换称号。"

那辆车自奔前程;堂吉诃德、桑丘和绿衣人也照旧赶路。

这时堂狄艾果·台·米朗达一言不发,全神专注地观察堂吉诃德的言行,觉得这人说他高明却很疯傻,说他疯傻又很高明。他还没听说过堂吉诃德的第一部传记;如果读过,就会了解他是什么样的疯,对他的言谈举止也就不会惊讶了。那位绅士既然没读过那本书,就把堂吉诃德一会儿看作有识见,一会儿又看作疯子;因为他说起话来通情达理,谈吐文雅,讲来头头是道,而他的行为却莽撞胡闹,荒谬绝伦。绅士暗想:"他把盛满乳酪的头盔戴在头上,以为魔术家烂掉了他的脑袋,还有比起这来更疯傻的吗？他竟要去和狮子搏斗，还有比起这来更鲁莽荒谬的吗？"他心里正在捉摸推敲，堂吉诃德忽对他说：

"堂狄艾果·台·米朗达先生，您一定以为我是个荒谬的疯子吧？这也怪不得您，因为据我的行为，我不是荒谬的疯子又是什么呢？可是我希望您能看到，我并不像自己表现的那么疯傻。一位勇敢的骑士在斗牛场上，当着国王，一枪刺中凶猛的公牛；他是体面的。节日比武的时候，骑士披着鲜亮的铠甲，在贵夫人小姐们面前驰骋入场，也是体面的。各种武术演习可供朝廷的娱乐，也可以炫耀国王的威力，参加的骑士们全都体面。可是游侠骑士在荒野里，大路上，出山入林，探奇冒险，立志完成自己的事业，图个万世流芳；他这就压倒了以上那些骑士，比他们更体面。我认为游侠骑士在荒野里援助一个寡妇，比朝廷上的骑士在城市里伺候一位姑娘更有体面。骑士各有专职。朝廷上的骑士有许多事应该做到。他伺候夫人小姐；穿了漂亮的礼服为皇家点缀门面；家里好饭好菜养活一批破落绅士①；他安排比武，带领演习②；他还得有高贵慷慨的气派，尤其得做个好基督徒。他能这样，就算称职。可是一个游侠骑士得走遍天涯海角，经历险阻艰难，常人办不到的事，他得随时随地挺身担当。他在荒山野地，大暑天在骄阳里受晒，大冬天在风雪里挨冻，他不怕狮子，不怕妖魔，不怕毒龙，却要把这些坏东西找出来，和它们决

---

① 西班牙在十六世纪中叶，美洲新大陆发现后，富贵人家都用黑人做奴隶，穷绅士就失去了一项职业。
② 比武（justa）是骑士一对一比赛武艺，使用的武器是钝头的枪。演习（torneo）是骑士分两队对打，可以不骑马而步战，用枪，剑或斧作武器。十七世纪初叶比武之风犹存，演习之风已废，因为死伤率很大。

战,把它们一一征服;这是他的本行,他的主要任务。我既然有幸充当了一名游侠骑士,见到自己分内的事就不该回避。我明知和狮子搏斗是鲁莽透顶的,可是正是我该做的事呀。我知道鲁莽和懦怯都是过失;勇敢的美德是这两个极端的折中。不过宁可勇敢过头而鲁莽,不要勇敢不足而懦怯。挥霍比吝啬更近于慷慨的美德,鲁莽也比懦怯更近于真正的勇敢。堂狄艾果先生,关于这种冒险的事啊,您不妨听我的话:同样是输,少打一张牌不如多打一张,宁可让人家说'某某骑士鲁莽冒失',不要落到个'某某骑士胆小懦怯'的品评。"

堂狄艾果答道:"哎,堂吉诃德先生,您的言行举动都合情合理。我看游侠骑士的法则都保存在您心里呢;世上如果已经失传,问您就知道。时候不早了,咱们赶紧一步,到我家庄子上去歇歇吧。您刚才干的事尽管不用体力,究竟耗损精神,到头来身体还是劳累的。"

堂吉诃德说:"堂狄艾果先生,多谢您好意邀请,我荣幸得很。"

他们催动坐骑,午后两点到了堂吉诃德称为"绿衣骑士"的堂狄艾果的庄上。

第 十 八 章

堂吉诃德在绿衣骑士庄上的种种趣事。

堂吉诃德看堂狄艾果的住家是个宽敞的庄子。大门口的门额虽然用粗石头砌成,却镌着家徽。院子里有个储放酒坛的棚子;地窖开在进门的过道里①;四处堆放着许多酒坛子。这东西是托波索的特产,堂吉诃德睹物思人,记起了那位着魔变相的杜尔西内娅。他长叹一声,情不自禁地高吟道:

"曾使我赏心乐意的东西,
如今看了只能追忆伤心!②

对着这些托波索的坛子,不禁想起了使我辛酸苦辣的甜蜜姑娘!"

堂狄艾果的妻子和儿子一起出来招待;那个大学生兼诗人的儿子已把堂吉诃德这番话听在耳里。母子俩瞧他奇形怪状,都很惊讶。堂吉诃德下了驽骍难得,彬彬有礼地请女主人伸手给他亲吻。堂狄艾果说:

"太太,这位是堂吉诃德·台·拉·曼却先生,他是世界上智勇双全的一位游侠骑士,你得好好款待。"

那位太太名叫堂娜克利斯蒂娜,她对堂吉诃德很和气也很殷勤。堂吉诃德对答合礼,照样又和那大学生应酬一番。那大学生听他的谈吐,觉得他通达人情,头脑也很清楚。

原作者在这里细述堂狄艾果家的布置,把乡间富户的陈设一件件形容。译者把这些琐屑一笔勾销了。故事重在真实,不用烦絮。

他们把堂吉诃德让到一间屋里,桑丘替他脱下盔甲。他身上只剩一条大裤腿的裤子,一件沾满铁锈的麂皮紧身。他的衬

---

① 曼却地方的房子一般都是这种构造。棚里安放本年的新酒;地窖储藏装瓶的酒和装罐的蜜饯等物。
② 引用西班牙诗人加尔西拉索十四行诗集里第十首的一二行。

衣是翻领,像学生装的式样①;领子没上浆,也不镶花边;脚上穿一双浅黄色的软皮靴,套在外面的硬皮鞋上打着蜡②。他把剑挂在海狗皮的肩带上,因为据说他多年来腰上有病③。他外面披一件好料子的灰褐色大氅。他首先要了五六大桶的水冲洗头脸,洗下来的水还是乳白色的。这都承馋佬桑丘的情,买了那些倒霉的乳酪,把他主人染得那么白。堂吉诃德穿了刚才说的那套衣服,潇洒悠闲地步入另一间屋;那位大学生在那里陪着他,打算和他聊聊,等着开饭。女主人堂娜克利斯蒂娜因有贵客光临,要隆重款待,显显她家的气派,正忙着备饭。

堂狄艾果的儿子名叫堂洛兰索;堂吉诃德脱卸盔甲的时候,他问父亲:

"爸爸,您带回来的客人究竟是什么样的人啊?他的名称和相貌都很怪,又说是游侠骑士,妈妈和我都摸不着头脑呢。"

堂狄艾果答道:"孩子,我也不知道该怎么说。不过我告诉你:我看见他干过些疯狂透顶的事,可是他的谈吐却非常高明,竟把他干的傻事都盖过了。你且跟他谈谈,捉摸捉摸他的头脑。你是个乖觉孩子,他到底是高明还是疯傻,你自己瞧吧。我呀,老实说,宁可当他疯傻,不敢当他高明。"

所以堂洛兰索就和堂吉诃德闲聊了一番。堂吉诃德对堂洛兰索说:

---

① 这种翻领和大裤腿的裤子都是西班牙人沿用的窝龙(比利时南部民族)服装。学生比较穷,做不起其他式样的领子。
② 软皮靴是摩尔人穿的,外面套硬皮鞋。塞万提斯的时代擦鞋用脂油,或植物油加水;讲究的用蛋白混上煤烟;堂吉诃德只用蜡擦鞋。
③ 免得挂在腰带上腰里吃重。

"您爸爸堂狄艾果·台·米朗达先生和我说,您才能很高,心思很细,而且是个大诗人。"

堂洛兰索答道:"我也许算得上诗人,要说是大诗人可就没影儿了。我对诗的确很喜爱,也喜欢读好诗,可是我父亲说的大诗人却当不起。"

堂吉诃德说:"您这样谦虚我很赞成,因为作诗的没一个不骄傲,都自命为天字第一号的大诗人呢。"

堂洛兰索说:"例外总有,说不定有个把诗人并不以大诗人自居。"

堂吉诃德说:"那是少有的。据您爸爸说,您正在一心一意地作诗呢;请问,作的什么诗啊?如果是逐句铺张诗,我对这一体略有所知,希望先读为快。假如您参加赛诗会,我劝您争取第二奖,因为第一奖往往是徇私或照顾贵人的。第二奖靠真本领,第三奖其实是第二奖;第一奖呢,其实该是第三奖;这和大学里颁发学位一个样儿①。不过话又说回来,'第一'究竟是表示出人头地的词儿。"

堂洛兰索暗想:"到此还不能把你当疯子呢;再听下去吧。"

他说:

"我想您一定进过学校;哪些学问是您的专门啊?"

堂吉诃德答道:"我专攻游侠学。这门学问可以和诗学相比,甚至还高出一等呢。"

堂洛兰索道:"我不知道这是什么学问,至今还没听说过。"

堂吉诃德道:"这门学问包罗万象,世界上所有的学问差不

---

① 塞万提斯在《琉璃学士》(*El licenciado Vidriera*)那篇故事里也申说了这番理论。

多都在里面了。干这一行的,该是个法学家,懂得公平分配公平交易的规则,使人人享有应得的权利。他该是个神学家,有人来请教,就能把自己信奉的基督教义讲解清楚。他该是个医学家,尤其是草药家,在荒山僻野能识别治伤的药草,因为他踪迹所至,往往是找不到人治伤的。他该是个天文学家,看了天象,就能知道一夜已经过了几小时,自己是在什么方位、什么地带。他应该精通数学,因为这门学问是处处都少不得的。宗教和伦理所规定的道德①,游侠骑士都该具备,这且不谈,先从小节说起。他该像'人鱼'尼古拉斯或尼古拉欧那样善于游泳②;该会钉马蹄铁和修理鞍辔。再说到大的方面吧:他该对上帝和意中人忠贞不贰;该心念纯洁,谈吐文雅,手笔慷慨,行为勇敢,碰到困难该坚韧,对穷人该仁慈;还有一点,他该坚持真理,不惜以性命捍卫。一个真正的游侠骑士,具有这许多大大小小的才能品德。他对这门游侠学,该学而能通,学而能用。堂洛兰索先生,您可以瞧瞧,这种学问难道是一门小玩意儿吗?不能和学院里最高深的课程相比吗?"

堂洛兰索答道:"假如照您这么说,这门学问就比什么别的学问都高了。"

堂吉诃德道:"什么'假如'呀?"

堂洛兰索说:"我就是说:具有这许多品德才能的游侠骑士从前有过吗?现在还有吗?我不大相信呢。"

堂吉诃德答道:"有句话我说过多少遍了,现在再说一遍

---

① 宗教道德是信仰、希望、仁爱,伦理道德是公正、谨慎、节制、坚韧,通称七德。
② 十五世纪善于游泳的人,能长时间潜伏水里。

吧。世界上多半认为游侠骑士是从来没有的;要他们知道游侠骑士确实古今都有,得上帝通灵显圣,开了他们的心窍才行,我磨破嘴皮子也只是白说,我已经有多次经验了。所以您尽管未能免俗,我这会儿却懒得辩白。我只求上天叫您醒悟,让您知道:游侠骑士在古代多么有用,在现代多么急需。可是这个年头儿,可怜的世人只知道偷懒享乐了。"

堂洛兰索暗想:"我们这位客人溜了缰了。不过他怎么说也是个心胸高尚的疯子;我要是看不到这一点,我就是个鄙俗的笨伯了。"

他们俩只谈到这里,因为开饭了。堂狄艾果问儿子这位客人的头脑究竟如何。他儿子说:

"他疯得一塌糊涂,哪个医生也分析不清他的心思。不过他是一时糊涂、一时灵清的疯子,灵清的时候居多。"

大家吃饭。饭食正像堂狄艾果路上讲的那样又精洁,又丰盛,又鲜美。堂吉诃德特别喜欢他们家非常安静,简直像苦修会的修道院一样。饭罢,向上帝谢过恩,大家洗了手,堂吉诃德就恳切要求堂洛兰索把他参与竞赛的诗念给他听。堂洛兰索说:

"有些诗人心痒痒地爱把自己的诗念给大家听,可是人家请他们念呢,他们又拿腔不肯。我不愿意学那种榜样,我的逐句铺张诗就念给您听吧。这首诗不是指望得奖的,不过是个练习罢了。"

堂吉诃德说:"我有个高明的朋友不赞成作逐句铺张诗耗费神思。他说这种诗从来扣不紧原诗,往往越出原诗的意义;而且格律太严,不准有问句,不准用'他曾说''我要说'等词儿,不准把动词变作名词,不准改动原诗的意义,此外还有种种束手束脚的规律,想必您都知道。"

堂洛兰索道:"说老实话,堂吉诃德先生,我存心要找您的岔子,可是找不到。您像一条鳝鱼那样滑溜得抓不住。"

堂吉诃德说:"我不懂您的话,什么滑溜得抓不住。"

堂洛兰索说:"这话以后再讲吧。现在我先念那四行原诗,再念我铺张的诗①。"

原　诗

　　如能把我的过去转为现在,
而时光从此就静止不变;
或者未来马上在目前实现——
　　那可望而不可即的未来……!

逐句铺张诗

　　世事的变迁从来没有止息;
命运慷慨地给了我无限幸福,
时过事变,都已成为陈迹,
我的幸福一去不再回复,
无论是一大注或小小点滴。
命运啊,我向你匍匐尘埃,
千年万岁地期望和等待,
求你重新对我施惠开恩,

---

① 原诗四行,每行八个音节,按 abba 的次序押韵。逐句铺张诗是把原诗的每一行铺张成十行,第十行叠用原句;每行亦八个音节,每十行按 ababa,ccd-dc 的次序押韵,全诗共四十行。这是西班牙十六七世纪盛行的诗体。

我整个身心将鼓舞欢欣,
如能把我的过去转为现在。

　　我不图享受、不求光荣,
不慕财富,不羡高官厚禄,
不想出人头地、得意成功,
只要我惆怅追忆的幸福
重又回来与我朝夕相共。
命运啊,你答应了我这一件,
就止住了我心上的熬煎——
最好是我所盼望的好运
只在刹那间立即来临,
而时光从此就静止不变。

　　我要求的事绝不可能;
流光的奔注岂能拨转方向,
使"已经"又成为"未曾";
世上哪有这么大的力量
能颠倒今古把这事完成。
时间像奔腾澎湃的急湍,
它一去无还,毫不流连,
所以两种愿望一样痴愚:
或者要当前再回到过去,
或者未来马上在目前实现。

> 沉溺在疑惑和忧虑之中，
> 一会儿希望，一会儿又在怕惧，
> 这样生存和死去有何不同，
> 还不如毅然决然地死去，
> 从此摆脱生存难免的苦痛。
> 我自己就宁愿一死为快，
> 但这事行来却又有碍，
> 因为凭我更可靠的直觉，
> 我活着对未来感到胆怯——
> 那可望而不可即的未来。

堂吉诃德听堂洛兰索念完这首逐句铺张诗，起身拉住堂洛兰索的右手，嚷道：

"我真要颂赞上天！伟大的少年人啊，全世界诗人该数您第一了！您应该戴上桂冠，而为您加冕的不是什么赛普雷和加埃塔。有位诗人说是这两个地方给他戴上了桂冠，上帝原谅他吧①。如果雅典的那些学院还在，该由它们为您加冕，或者由现在的巴黎大学、波洛尼亚大学和萨拉曼咖大学。假如诗会的裁判们剥夺您的头奖，我求上天叫太阳神用箭射死他们！叫文艺女神永远不进他们家的大门！先生，您的诗才真了不起，我要知道您才情的各个方面，希望您再念一首长行的诗②行吗？"

妙的是堂洛兰索尽管把堂吉诃德看作疯子，却依然爱听他对自己的称赞。哎，恭维真是无往不利、无人不爱的东西呀！堂

---

① 塞万提斯指 1607 年去世的诗人李酿·台·李阿萨（Liñán de Riaza）。
② 指每行八音节以上，尤其是每行十一音节的诗。

洛兰索就逃不过它的魅力,欣然应允,又为堂吉诃德念一首十四行诗;这首诗的题材就是比若莫和蒂斯贝恋爱的传说①。

十 四 行 诗

> 这美丽姑娘和比若莫两情相欢,
> 就在分隔彼此的墙上凿个窟窿;
> 虽然渠道很小却有奇功妙用,
> 引得爱神维纳斯特地赶来观看。
>
> 两人一墙之隔含情脉脉无言,
> 因为不敢凭声音来传达隐衷;
> 但魂灵儿一来一往有路可通,
> 爱情自有办法克服一切困难。
>
> 可是造物捉弄,偏偏阴错阳差,
> 这鲁莽的姑娘未能偿愿如意,
> 却自寻死路成了爱情的牺牲。
>
> 真是闻所未闻:他们在一把剑下
> 忽地双双毙命,同在一个墓里
> 安葬,又同在传说里起死回生。

堂吉诃德听堂洛兰索念完这首诗,说道:"我的先生,我真是有幸,在当今千千万万蹩脚的诗人里,见到您这样一位高手的诗人!我凭这首诗的造诣,知道您确是高手。"

堂吉诃德在堂狄艾果家受到很隆盛的款待;他住了四天,向主人告辞说:深感盛情,可是游侠骑士常闲着享福是不行的,他

---

① 参看上部 224 页注①。

有职务在身,急要去探奇冒险了;听说这地方机会不少呢。他打算在附近盘桓几天,等到了萨拉果萨比武的日子,再到那儿去;反正他走的是必经之路。他听到蒙德西诺斯洞附近的人传说洞里许多怪事,想进去看看;然后再探究一下通称"七湖"的如伊台拉湖发源何地,真正的泉脉在哪里。堂狄艾果父子称赞他这个主意好,又说:他们家有什么他喜欢的,他们都愿奉献;对他这样人品高、职业又高的骑士理该如此。

堂吉诃德和桑丘·潘沙终究要走了。桑丘的懊丧和他主人的高兴正不相上下。他在堂狄艾果家吃饱喝足,称意得很。在荒野挨饿,或者靠干粮半饥半饱的滋味他不愿再尝了。不过他也没办法,只好把自己认为必需的东西尽量塞满粮袋。堂吉诃德临走对堂洛兰索说:

"我有句话不知道跟您说过没有,如果说过,不妨再说一遍。您如果想找捷径一举成名,万人仰望,您只要别作诗,改行做游侠骑士。游侠骑士的道路比诗人的道路还窄,可是您由此一转眼就可以做大皇帝。"

堂吉诃德是否疯子,凭这几句话就可以定下铁案。且听他还有话说:

"我真想带了您堂洛兰索先生一起走,我就可以教您该怎样宽恕弱小,镇压强暴;这都是干我这一行的美德。可是您年纪还小,求学是好事,不便跟我走。我只想对您进一句忠言:您是一位诗人,您如果虚心受益,采纳人家的劝告,您就能享大名。做父母的看不见子女的丑;作者对自己头脑里产生的孩子尤其溺爱不明。"

堂狄艾果父子听堂吉诃德谈话一会儿有理,一会儿糊涂,掺杂一起,而且说来说去,一门心思只是要寻事闯祸,都觉得可怪。宾主表示惜别,女主人也亲自出来送客。堂吉诃德骑上驽骍难得,桑丘骑上灰驴儿,一起动身走了。

第 十 九 章

多情的牧人和其他着实有趣的事。

堂吉诃德离开堂狄艾果家的村子没走多远,碰到两个教士或大学生装束的人①和两个老乡,四人都骑着驴。一个大学生用绿麻布包袱充提包,里面兜的好像是白色细毛料②的衣服和两双毛线袜子。另一个大学生只拿着两把击剑用的黑剑③,还是簇新的,上面都套着皮头套子④。两个老乡带着大包小裹,看来是从大城市里买了带回自己村里去的。那四人碰见堂吉诃德,也和别人初次见到他一样吃惊,急要知道这个怪人是谁。堂吉诃德招呼了他们,听说是同路,就要和他们结伴,请他们放慢驴子,免得自己的马跟不上。他不等人家问,就三言两语报道了姓名职业,说自己是四处探奇冒险的游侠骑士,名叫堂吉诃德·

---

① 教士是大学毕业生当的,和大学生服装相同,都穿长袍。
② 原文 grana 是一种细毛料,通常是暗红色,也有白色或紫色等,曼却人常用来做大氅或节日的服装。包袱皮对角打结,包的四角往往露出里面的东西。
③ 黑剑(espada negra)是黑铁铸成,无锋,学习击剑时所用,刺人不致重伤;用钢铸成而有锋的称为白剑(espada blanca)。
④ 因为防万一伤人,剑尖安着皮头套子。

台·拉·曼却,别号"狮子骑士"。这些话两个老乡听来全是外国话或黑话。两个大学生却听得懂,马上看透堂吉诃德脑筋有病。不过他们对他又诧异,又敬重,一个大学生说:

"骑士先生,探奇冒险没有一定的路程;如果您也是随便跑,就和我们同走吧。我们是去吃喜酒的,那家的喜事办得阔绰极了,拉·曼却远远近近多少年来都没见过那种排场,您不妨去开开眼界。"

堂吉诃德请问是哪位王子的婚礼,那么了不起。

那大学生说:"不是什么王子的婚礼,只是乡下小伙子娶乡下大姑娘。新郎是本地首富,新娘是绝世美人。这场喜事办得很别致,新娘家村子附近的草地上要有一番大热闹呢。新娘因为美,绰号季德丽亚美人;新郎绰号卡麻丘财主。女的十八岁,男的二十二岁,天配就的好一对儿。有人好管闲事,熟悉各人的家世;他们认为女家比男家的门第高。可是现在不讲究这个了;有了钱,什么都盖得过。那卡麻丘花钱确很大方。他坚要青草地上全搭上凉棚,遮盖得阳光不进。他还安排了各种舞蹈:有舞剑的;有带着小铃铛跳舞的,他那村上有人会把铃铛摇撼得没那么样的好听;双手拍鞋底的舞蹈①不用说,他请了大批人来跳呢。不过我料想那个伤心人巴西琉会来闹事;将来说到这番婚礼,别的都记不得了,他那事准是忘不了的。巴西琉那小伙子和季德丽亚是街坊,住在她隔壁。恋爱神生怕人家忘掉了比若莫和蒂斯贝的情史,借此又重演一番。巴西琉和季德丽亚两小无猜,也心心相印;村上大家没事就把这一对孩子的恋爱讲来消

----
① 双手拍鞋底的舞蹈(zapatear)是按着音乐的节奏,用双手拍双脚的鞋底。

遭。两人渐渐的大了,季德丽亚的父亲就不让巴西琉再像往常那样在他家出入。他省得放心不下,时刻防范,就把女儿许配卡麻丘财主。他看不中巴西琉;巴西琉人才不错,可是家道平常。凭良心说公道话,我们认识的小伙子里算他最矫健:掷铁棍是能手,角力也出众,又是球场上一员健将。他跑得像鹿一样轻快,蹦跳得比山羊还灵活;在'球撞九柱'的游戏里,他发的球竟像有魔力似的。他唱歌像云雀,弹个吉他琴简直能叫弦子说话,尤其善于击剑,他的剑术是最出色的。"

堂吉诃德插嘴道:"他单靠这一点本领,不但可以和季德丽亚美人结婚,如果希内布拉王后今天还活着,他和这位娘娘结婚也配得过,朗赛洛特等人都阻挡不了的。"

桑丘·潘沙一直不声不响地听着,这会儿插嘴道:"这就该听听我老婆的话了!她抓住成语说的'每只羊都有匹配',主张婚姻要门当户对。我觉得巴西琉那小伙子顶不错,但愿他能娶到季德丽亚姑娘;谁不让有情人结婚,就祝福他——不,我说反了,该惩罚他不得长寿安乐!"

堂吉诃德说:"如果彼此有情就结婚,那么女儿嫁什么人以及几时结婚,都不由父母来挑选和做主了。挑选丈夫只随着女儿的心愿,那就保不定有的选中了爸爸的佣人,有的看见过路的荒唐鬼,就爱上他漂亮潇洒。爱情容易迷人心眼。一个人成家立业,糊里糊涂是不行的;挑选配偶尤其容易上当,必须非常小心,还要靠上天特别保佑,才能挑选得合适。聪明人出远门,预先找个靠得住、合得来的伴儿;人生的道路要走到死才完,也得结这么个伴儿。况且夫妻两口子是一床上睡觉、一桌子吃饭、处处在一起的。娶老婆不比买商品可以退还或交换,却是一辈子的结合。婚姻是一条绳索,套上了脖子就打成死结,永远解不开了,只有死神的镰刀才割得断。我对这件事还有许多话要说呢,可是不想多说,因为我很关心巴西琉的事,不知硕士先生是否可以再讲点儿给我们听听。"

堂吉诃德称为"硕士"的大学毕业生道:

"也没多少可讲的了。巴西琉自从知道季德丽亚美人和卡麻丘财主定了亲,脸上没见过笑容,也没说过一句有头有脑的话。他老是忧忧郁郁,自言自语,分明是气糊涂了。他吃得少,只吃些水果;睡得也少,要睡就贴地躺在野外,像牲口一样。他有时眼看着天,有时眼盯着地,呆呆的像一尊披着衣服的雕像,只见风吹得他衣服飘动。一句话,他分明是伤透了心。所以我们和他相熟的都心里有数,明天季德丽亚答应一声'愿意',就是宣判他的死刑。"

桑丘说:"'上帝会有更好的安排。''上帝叫人长个疮,就给人对症的药。''事还未来,谁也难猜。''到明天还有好几个钟头呢,房子塌下只消一个钟头或一刹那。''我见过半边下雨半边晴。''今晚上床睡觉,明早起身不保。'请问,'谁能夸口在命运的轮子上钉上了一个钉子呢'?明明是没有的呀。'女人的"愿意""不愿意"之间,插不进一个针尖'——我就不敢插。我只要知道季德丽亚一心一意爱巴西琉,我愿意向巴西琉'奉送鼓鼓一口袋好运气';因为据我听说,'情人眼里,黄铜变金子,穷光蛋变阔公子,眼屎也变成珠子'①。"

堂吉诃德说:"倒霉的桑丘,你想说什么呀?你这连串儿的

---

① 桑丘一连串说的都是谚语。

格言成语,谁也不懂你什么意思,除非魔鬼!但愿他把你带走吧!我问你,你这家伙,什么钉子呀,轮子呀,这个,那个,你自己了解吗?"

桑丘答道:"哎,如果没人懂我的意思,就怪不得您把我的成语当作胡说八道了。可是没关系,我自己明白,我刚才的话并不糊涂。只是,我的主人啊,您对我说的话、甚至对我干的事尽爱吹毛球子。"

堂吉诃德说:"该说'吹毛求疵',不是'吹毛球子'。好好的话都给你说别了,你这个糊涂蛋。"

桑丘说:"您别死盯着我,您知道我不是京城里生长的,也没在萨拉曼咖上过大学,字眼儿说不准。真是的!上帝保佑我吧!总不能叫萨亚戈人说话都像托雷都人①;即使托雷都人,转文儿的话也不见得都说得好啊。"

那个硕士说:"这话对了,尽管同在托雷都,硝石厂、菜市等地区的人就不如成天在大教堂走廊里散步的人说话文雅。即使生长在马哈拉洪达②的人,说话未必就纯粹、精确、文雅、清楚,要有口才的上等人才能这样呢。我说要有口才,因为许多上等人都没有。运用口才的时候就精炼了语言。各位先生,我呢,对不起,是萨拉曼咖大学专攻寺院法的;我自负说话明白易晓,也善于表达。"

另一个大学生说:"你不是自负你运用手里这两把黑剑的本领超过你运用舌头的本领吗?你要是击剑术上少费点工夫,

---

① 萨亚戈是西班牙萨莫拉和葡萄牙接境处的地区。一般人认为萨亚戈的西班牙语不纯,而托雷都人说的是标准西班牙语。
② 马德里西北的小镇。

你在硕士榜上可以得第一,不至于名居榜末。"

硕士答道:"学士啊,你听我说:你以为击剑术没用吗?你这看法是大错特错的。"

学士名叫戈丘威罗,他答道:"我不是什么'看法',却是颠扑不破的真理。假如你要证实一下,你现带着两把剑呢,正是个好机会。我有手劲,有力气,胆量也不小,合在一起,准可以叫你承认我这看法是不错的。你且下驴,摆出你的架势,使出你那些圆圈儿和尖角的手法和种种技巧吧。我靠外行的蛮本领,准叫你大白天也看到眼前金星乱迸!只要上帝保佑,我这剑法天下谁也顶不住,能叫我转身逃跑的可说还没出世呢!"

那击剑家说:"你转身不转身我管不着,保不定你上场立脚之处,就是你横尸之地。我告诉你:你所瞧不起的剑术可以当场致你死命。"

戈丘威罗答道:"这是马上就有分晓的。"

他立刻下驴,怒冲冲地抽了一把硕士驴上带的剑。

堂吉诃德就说:"你们别闹意气;我愿意主持这场比剑,判决这个悬案。"

他下了驽骍难得,握着长枪,去站在路当中。这时硕士已经悠闲地拿出把势向戈丘威罗迎战。戈丘威罗直冲上去,真是眼里迸出火来。两个老乡就坐在驴上观看这场你死我活的恶战。戈丘威罗斫呀,刺呀,劈呀,反手挑呀,双手斩呀,一下下比雹子还密,没头没脑地紧连成一片。他像发怒的狮子那样猛冲猛扑。可是硕士剑头上的皮头套子劈面打了他一巴掌,使他气头上也不得不停下来,像吻圣物似的把那皮头套子吻了一下,虽然不那么虔诚。硕士随就把剑头指着他短道袍上的一个个纽扣连连刺斫,把道袍的下幅划得一缕缕像乌贼鱼的须须;还两次打落了他的帽子,弄得他狼狈不堪,又急又气又怒,抓住剑柄,用尽力气把剑抛得老远。那两个老乡一个是法院的公证人,他赶去拾了那把剑;据他后来证明,戈丘威罗把剑抛出了几乎四分之三哩瓦。由此可见技巧胜于蛮力是千真万确的。

戈丘威罗精疲力尽地坐下,桑丘跑去对他说:

"哎,学士先生,您要是肯听我的话,从此就别再挑拨人家跟您比剑了。您只可以角力或者掷铁棍,因为您年纪轻,劲道足,这种事来得;那种号称击剑师的您可对付不了,我听说他们的剑头能刺进针眼儿呢。"

戈丘威罗答道:"我太不懂事;这会儿栽了跟头却学了乖,由经验明白了道理,我是服气的。"

他站起来拥抱硕士,两人的交情更深了一层。他们估计那个拾剑的公证人还有好一会耽搁,不耐烦等他,就继续上路,打算早早赶到季德丽亚的村上去;他们四人都是那个村上的。

一路上硕士向大家谈论剑术的妙处,讲得入情入理,有凭有证,大家听了心悦诚服,戈丘威罗也抛除了成见。

夜色昏黑,他们在村外就看见前面的灯火像天空的繁星,又听到各种乐器的合奏,里面有笛子、小鼓、弦子、双管、各式手鼓的声音。他们再往前,村口看见一座树枝搭成的棚子,上面挂满灯笼;当时风很微弱,连树叶都不动,灯笼不怕吹灭。弹弄音乐的都是贺喜客人,一队队在那里游玩;有的跳舞,有的唱歌,有的弹弄着上面说的那些乐器。整片草地上洋溢着欢乐。还有好些人正在搭起一座座看台,准备登台看庆喜的演戏和跳舞;因为明天就是在这里举行财主卡麻丘的婚礼——也许就是巴西琉的丧礼。老乡和学士都请堂吉诃德进村。他却不肯,讲了一番大道理,推辞说游侠骑士向例在郊野露宿,村镇上即使有金漆天花板的房子也不便去住。他离开大道,又往野地里走了一段路;尽管桑丘怀念着堂狄艾果庄上的舒服日子,满不情愿,他主人也不理会。

第 二 十 章

富翁卡麻丘的婚礼和穷人巴西琉的遭遇。

太阳神的光芒还没晒干黎明女神金发里的露珠,堂吉诃德已经摆脱四体的懒惰,起身去叫他的侍从桑丘。桑丘直在打鼾呢。堂吉诃德看了且不叫醒他,只赞叹说:

"哎,你呀,真是世界上最有福气的人!你不嫉妒人,也没人嫉妒你。你安心睡觉,魔术家不害你,魔术也不搅扰你。我再说一遍,我还要说一百遍呢:你睡吧;你不为爱情捻酸吃醋而失眠,也不为债务或一家几口子的生计操心熬夜。你不受雄心大志的驱策,也不受世俗虚荣的摆布。你的愿望不过是喂饱自己一头驴,你一身的生活已经由我包了——做主人理该如此,也历来如此。佣人睡大觉,主人却在熬夜,打算怎么样养活他、提升他、酬报他。如果天干地旱,做主人的心忧,佣人却不担干纪;丰年他伺候主人,荒年主人得养活他。"

桑丘还睡着呢,只由他说去。如果堂吉诃德没拿枪柄把他

拨醒,他还有得好睡。他醒来觉得又困又懒,可是转脸四看说:

"好像凉棚那边飘来一阵香,是烤腊肉带些生姜和茴香的味道。我可以打保,喜事一开头就透出这种香味,筵席一定办得丰盛。"

堂吉诃德说:"馋嘴佬啊,别多说了,起来吧,咱们去瞧瞧他们的婚礼,还瞧瞧遭人白眼的巴西琉要干出些什么事儿来。"

桑丘答道:"随他干什么事儿吧,他有钱,就娶得到季德丽亚;他没一个子儿,却想高攀吗?说老实话,先生,我主张穷人安分知足,别想吃天鹅肉。我可以拿自己这条胳膊打赌,卡麻丘的钱能把巴西琉全身都埋没呢。这是没什么说的。卡麻丘可以送季德丽亚漂亮的衣服和珍贵的首饰;他准送过。季德丽亚要是瞧不起这些东西,倒看上巴西琉能掷铁棍、耍黑剑,那她就是个笨丫头了。铁棍儿掷得好,剑术精妙,换不到酒店里一杯酒。这种本领不值钱,狄尔洛斯伯爵有这本领也赚不了钱①。要家里富足,又有这些本领,我才羡慕!打好石脚,上面才盖得大房子;世界上最结实的基础是钱。"

堂吉诃德说:"桑丘啊,瞧上帝分上住嘴吧。我看你随处都有一番议论;如果尽你说,你就连吃饭睡觉的工夫都没有了。"

桑丘说:"您记得吧,咱们这次出门以前,讲定条件,让我有话说个畅,只要不触犯别人或触犯您。我觉得自己始终没违犯这个条件呀。"

堂吉诃德答道:"我不记得有这么个条件。就算有,我也希望你别再多说了,且跟我来吧;昨晚的那种音乐又在那片草地上演奏起来,婚礼一定趁早上荫凉举行,不会在闷热的下午。"

---

① 西班牙谚语:善舞能唱,难替嫁妆。狄尔洛斯伯爵是查理曼大帝传奇里的英雄。

桑丘听命,给驽骍难得套上鞍辔,给灰驴儿也装上驮鞍,两人上了坐骑,慢慢向凉棚走去。桑丘第一眼就看见整棵榆树做成的大木叉上烧烤着整只公牛;燃烧的木柴堆得像座小山。柴火周围放着六只炖肉的沙锅——不是普通沙锅,却是半截高的大酒坛①,一锅子就能吞掉屠宰场上所有的肉。一只只整羊搁进肉锅就像小鸽子似的不见踪迹。不知多少剥了皮的兔子、煺了毛的母鸡挂在树上等待下锅;各种禽鸟野味数都数不清,也在树上晾着。装五十多斤的皮酒袋,据桑丘点数有六十多只,后来知道里面满满的都是上好的醇酒。白面包堆得像打麦场上的麦子。干奶酪漏空着砌成了一垛墙。两只比染缸还大的油锅里正炸着面果子,旁边是一大锅蜜;两把大勺捞出油炸果子就浸在蜜里。五十多个男女厨子都干净利索、高高兴兴地忙着干活。那只烧烤的公牛肚里有十二只猪崽子缝在里面,烤出来就越加鲜嫩。各种香料看来不是论斤却是打趸儿买的,都敞着放在一只大柜里。这次的喜酒虽是乡下排场,却丰盛无比,可供一队战士放量大吃。

桑丘·潘沙一一眼看心赏,暗暗喜欢。他先是给沙锅炖肉打动了心,直想吃它一罐杂拌儿肉。接着又看中了皮酒袋,后来又爱上煎锅里出来的油炸果子——那么大号的油锅简直不像煎锅。他实在憋不住了,跑去赶着一个忙忙碌碌的厨子,很客气地说了一套害馋痨的话,要求拿面包蘸蘸锅里的汤汁。那厨子说:

"老哥啊,多谢卡麻丘财主,今天是谁都不会挨饿的好日子。您下驴找把勺子,捞一两只母鸡好好儿吃一顿吧。"

桑丘说:"没勺子呀。"

---

① 曼却的酒坛子有七八尺高,最宽的部分直径有七八尺。

厨子说:"你等等,哎,你这人真是太拘谨了。"

他说着拿起带柄的大锅,伸进炖肉的大坛子,舀出三只鸡、两只鹅给桑丘说:

"吃吧,朋友,晌午饭还得等一会儿呢,你先捞些油水当点心吧。"

桑丘说:"我没有家伙盛呀。"

那厨子说:"你就连锅一起拿去。卡麻丘有的是钱,又是人逢喜事,心开手宽,这些东西他都奉送了。"

桑丘干这些事的时候,堂吉诃德却在观看成队驰入凉棚的十二骑人马:马匹骏逸,鞍辔华美,边缘上还缀着小铃铛;骑马的十二个老乡都是盛装。他们步伐整齐;绕着草地跑了好几圈,一面齐声欢呼:

"卡麻丘是大财主!季德丽亚是天下第一大美人!郎财配女貌!祝他们白头偕老!"

堂吉诃德暗想:

"这些人分明没见过我的杜尔西内娅·台尔·托波索,要是见过她,对季德丽亚的称赞就不会这样没有分寸。"

各色各样的舞队随后就从凉棚各面进来。舞剑的一队是二十四个矫健的小伙子,身穿雪白的麻纱衣,手拿五彩丝绣的手巾,一个灵活的少年领队。骑骏马的队伍里有人问那领队的有没有哪个受伤[①]。

"靠天保佑,我们都好好儿的,还没一个受伤。"

他马上又混入队里。他们旋转击刺,灵活无比;堂吉诃德尽

---

① 剑舞很危险,非常容易互相刺伤。

管见过这种剑舞,却觉得从没有这样出色的。

他也很欣赏随后进来的一队漂亮姑娘。她们年纪轻得很,看来只是十四岁以上,十八岁以下;衣服都是浅绿色;头发一部分挽着,一部分披着,全是纯金色,赛过太阳的光芒;上面戴着茉莉、玫瑰、长春、忍冬各色花朵缀成的花圈。领队的是一个道貌岸然的老头儿和一个上了年纪的妇女;想不到他们俩还那么轻健。一人吹着萨莫拉的短笛伴舞。姑娘们脸上和眼里的神情很稳重,脚步却很轻盈,一个个都舞态蹁跹。

接着进来一队表现舞剧或"哑剧"的,里面八个仙女,分成两组:一组由爱神带领,另一组由财神带领。爱神身上安着翅膀,带着弓、箭和箭袋;财神穿着华丽的五彩织金衣。每个仙女背后缀着一方白羊皮纸,上面大字标着自己的名字。爱神组里第一个是"诗艺",第二个是"才智",第三个是"家世",第四个是"英勇";财神组里第一个是"豪爽",第二个是"礼品",第三个是"财富",第四个是"享受"。这个队伍的前面有四个扮野人的拉着一座木制的堡垒;他们身上绕着藤萝,裹着绿麻布,活像真的野人,差点儿没把桑丘吓坏。堡垒的正中和四面都标着"慎重的堡垒"几个大字。四人敲手鼓、吹笛子奏乐伴舞。舞剧由爱神开场;他先舞蹈两转,抬眼看着堡垒上城垛中间的一位姑娘,向她张着弓说:

我是万能的恋爱神,
威镇天空、海洋、大地;
我管辖全世界的人,
他便是沦入地狱里,
还是我治下的亡魂。

> 什么是怕惧,我不知道,
> 我要怎样,总能做到;
> 尽管是天大的难事,
> 我也能遂心得志:
> 一切得顺从我的喜好。

他朗诵完毕,向堡垒顶上放了一箭,退回原位。接着财神就出位跳舞两转,等鼓声停顿,念道:

> 爱神只是我的前导,
> 我可比他更有本领;
> 我的门阀尤可自豪,
> 全世界最荣华昌盛,
> 权势最大、声望最高。
> 见到我这样的财神,
> 不趋炎附势的能有几人!
> 不靠我招来钱财,
> 做事只能件件失败!
> 我保佑你一生幸运!

财神退位,"诗艺"上来,也照样舞蹈两转,抬眼看着堡垒上的姑娘说:

> 我是动人喜爱的"诗艺",
> 姑娘,我锤炼了才思,
> 语言高雅、想象新奇,
> 做成千首万首的诗,
> 包着我的心献给你。

你安步幸福的长途,

遭到许多女人的忌妒;

我的殷勤你如不嫌,

我要把你捧上青天,

叫人人都自愧不如。

"诗艺"下去,财神队里的"豪爽"出来,舞蹈了两转,说:

我就是豪爽的美德,

我并不挥霍浪费,

却也不刻薄吝啬,

两者都是过分的行为,

我采取适中的准则。

可是我为你的体面,

从此更要放手花钱,

尽管是过分也有光彩,

因为我的一腔情爱,

借此才能向你表现。

两组的角色一一出场舞蹈几转,念一首诗,有文雅的,也有滑稽的,然后各归原位。堂吉诃德记性很好,不过他只记住了以上几首。两组随即合成一队,一会儿牵手、一会儿各自各地跳舞,姿态优美活泼。爱神每转到堡垒前面,就朝上射箭;财神只在堡垒壁上掷镀金的彩弹①,掷上就爆裂了。他们舞蹈了好一会,财神

---

① 彩弹(alcancía),形如橘子,硬纸做成,里面装彩色纸屑或花朵或香料,婚礼庆祝时用来投掷作耍的。

拿出一只看来是装满了钱的斑猫皮大钱袋①向堡垒打去;堡垒倒塌,板子一块块脱落,露出一个没法隐藏的小姑娘。财神的一组赶上去,拿一条大金链套在她脖子上,表示拿获并俘虏了她。爱神的一组见了忙作势抢救。这种种动作都配合手鼓的音乐,用盘旋中节的舞蹈表演出来。四个野人调停了斗争,敏捷地把堡垒上的木板重新装好,仍旧把那姑娘关在里面。舞剧就此收场,看的人都非常高兴②。

堂吉诃德向一个扮仙女的打听这出舞剧是谁编排的。她说是村上的一位神父;他很有才情,擅长写这种歌剧。

堂吉诃德说:"我可以打赌,这位教士准和卡麻丘亲,和巴西琉疏;他不专心向上帝做晚祷,却爱做游戏诗文。这出舞剧把巴西琉的本领和卡麻丘的财富表演得恰到好处。"

桑丘·潘沙听见他们谈话,插嘴道:

"'胜者为王',我站在卡麻丘一边。"

堂吉诃德说:"干脆一句话,桑丘,你分明是个势利小人,你就是叫喊'胜利者万岁'的那种家伙。"

桑丘答道:"我不知自己是哪种家伙,可是我很明白,我从卡麻丘的肉锅里捞来的肥油水,巴西琉的肉锅里是决计捞不到的。"

他就把满满一锅的鹅和鸡端给堂吉诃德看,一面高高兴兴地拿起一只母鸡来吃,吃得津津有味。他说:

"巴西琉的本领算了吧!一个人有多少钱,就值多少价;值

---

① 这像盛酒的皮袋,也是没有裂缝的完整的皮革,钱袋从嘴部开口。
② 西班牙十七世纪爱情和财神斗争的歌舞剧很普遍,胜利往往属于财神。

多少价,就有多少钱①。我奶奶有话:世界上只有两家,有钱的一家,没钱的一家,她站在有钱的那边。堂吉诃德先生啊,现在这个年头儿,甭讲究本领,只看钱财就行。装着金鞍辔的驴,赛过套着驮鞍的马②。所以我再次声明,我是站在卡麻丘一边的。他肉锅里鹅呀、鸡呀、野兔呀、家兔呀,多丰富啊!巴西琉的肉锅里只有泔水罢了,没有东西捞到手,只会泼湿你的脚。"

堂吉诃德说:"桑丘,你议论发完没有?"

桑丘答道:"没完也得完啊,因为我瞧透您听着不耐烦呢。要是您不打断,我足有三天可说的。"

堂吉诃德道:"桑丘啊,但愿天保佑,我死之前能瞧你变成个哑巴。"

桑丘答道:"照咱们这种日子,您没死我先就埋了。到那时我就成了十足的哑巴,要等天地末日——至早到最后的审判日,我才开口说话呢。"

堂吉诃德说:"哎,桑丘,就算有这等事,你的沉默也盖不过你一辈子过去、现在、未来的烦絮。而且照自然规律,我总死在你前头,所以我一辈子别想瞧你变哑巴,即使你喝酒睡觉的时候也没希望的。我这话就算是说绝了。"

桑丘道:"老实讲吧,先生,那位白骨娘娘——我指那死神——完全没准儿。她不分小羔羊、老绵羊,一起都吃下肚去。我听咱们神父讲:她的脚不仅践踏贫民的茅屋,照样也践踏帝王

---

① 西班牙谚语。
② 两句都是谚语。

的城堡①。这位娘娘权力很大,却不娇气,一点不挑剔。她什么都吃,吃什么都行:各种各样的人,不问老少贵贱,她一股脑儿都塞在自己粮袋里。她不停地收割,从不睡午觉,干草青草一起割下来。看来她吃东西不嚼,面前有什么就囫囵吞下,因为她害馋痨,一辈子也吃不饱。她那个骷髅架子没有肚皮,却好像有水臌病,把世人的生命当凉水似的喝来止渴。"

堂吉诃德打断他说:"桑丘啊,你说得够了。适可不已,前功尽弃②。说实在话,你用乡谈俗语对死神发挥这一通议论,比得上一个好的宣讲师呢。我告诉你,桑丘,如果你天生的智慧再配上一副好头脑,你就可以随身带了讲坛,各处讲道去,还能讲得顶不错。"

桑丘答道:"'为人好,胜讲道'③,我不懂别的神学圣学。"

堂吉诃德说:"你也用不着。不过我不明白你怎么懂得这许多。畏惧上帝是智慧的根源④,可是你只知道害怕壁虎,你也知道畏惧上帝吗?"

桑丘说:"先生,您只管您的骑士道,别管人家怕不怕。我和谁都一样的畏惧上帝!您且让我消缴了肉锅里的这些美味,别的都是废话,等将来到了另一个世界上再讲不晚。"

他说完,把锅里的东西拿来大吃,狼吞虎咽,引得堂吉诃德也馋了,要不是又有事分心,准会陪同大嚼。欲知何事,请看下文。

---

① 见上部前言。
②③ 西班牙谚语。
④ 《旧约全书·诗篇》第一百一十一篇第十节。"敬畏耶和华是智慧的根源。"

第二十一章

续叙卡麻丘的婚礼以及其他妙事。

堂吉诃德和桑丘俩正说着话,忽听得一片喧嚷之声,原来是那马队在奔驰呐喊,欢迎新郎新娘。他们俩由各种乐队和仪仗队簇拥着,一起还有本村神父、男女两家亲属、邻村的体面人物;大伙儿都华装盛服。桑丘一见新娘,说道:

"啊呀!她可不是乡下姑娘打扮,她像个漂亮的贵夫人!天啊,我看她胸前挂着的不是锁片儿①,是贵重的珊瑚串儿!她穿的不是古安加的绿毛料②,是三十层绒面儿的丝绒③!她衬衣上的绉边绝不是白麻纱,我敢保证,那是缎子!瞧她那一双手上戴的那些戒指,我可以担保,那不是玉石的,是金子的!而且比金子还贵,镶着奶油一样腻白的珍珠,一颗珠子就抵得过人脸上一颗眼珠子呢!哎,婊子养的,她那头发多美呀!除非是假的呢,我一辈子也没见过那么长、那么金黄的头发!瞧她那气派,那身段,简直挑剔不出一星半点的毛病来!她头发上、脖子上挂

---

① 锁片儿(patena),西班牙乡村妇女挂在胸前的装饰品,通常是金属的,上面镌刻着宗教词句。
② 古安加出产绿色的毛料,上文舞队里年轻姑娘穿的绿衣服就是那种料子做成。
③ 这是桑丘的夸张;因为最上好的丝绒只能有两面绒。

着一串串首饰,就像一棵能走的棕榈枣树①,枝头上挂着一串串的棕榈枣儿;可不活是那个样儿吗?我凭良心打赌,这样出色的姑娘,谁都赛不过的!"

堂吉诃德听了这套村俗的赞叹,不禁发笑,可是也觉得除了杜尔西内娅·台尔·托波索小姐,她是最美的了。季德丽亚美人脸色略带苍白,大概因为做新娘连夜打扮,不得好睡;这是常事。他们那群人来到草地旁边一座铺着地毯、装点着树枝的台前;台上是准备举行婚礼、观看跳舞演戏的。他们刚到那里,只听得背后有人大叫:

"你们真是只顾自己,这么着急!请等一等啊!"

大家听得喊话,回头看见一人穿一件黑外衣,衣上镶着火红的边,头上是一顶丧事戴的柏枝冠,拿一支长手杖。他走近了,大家认得是漂亮的巴西琉。人人都提心吊胆,不知他这番话有什么下文,怕他这会儿跑来事情不妙。

他跑得很累,喘吁吁地赶上来,当着新郎新娘站住,把手杖带钢头的一端插在泥里,面无人色,瞪着季德丽亚,嘶哑的声音抖颤着说:

"负心的季德丽亚,你明知按咱们奉行的神圣规则,得我死了你才能另嫁别人。我是看重你,不肯委屈你,所以要花些时候尽力整顿好家业,再和你结婚,这是你也知道的。可是你辜负了我的一片心,把许给我的又给了别人。他有钱,又有好运道,天大的福气都是他的!我不甘心又怎么,这是天意啊!我省得碍着他的道儿,只好毁了自己,成全他的幸福。但愿有钱的卡麻丘

---

① 棕榈枣树(palma)是一种棕榈树,开白花,结的果子像枣子。

和没心肝的季德丽亚白头偕老,我巴西琉是穷人,没法子追求幸福,只有死路一条,让我这会儿就死吧!"

他说着把插在地里的手杖握紧了一拔,拔脱的是个剑鞘,露出一把长剑,剑柄插定在地里。他身体灵便,意志坚决,身子向剑尖一扑,这可怜人立即扦在剑上,背上透出鲜血淋漓的半支剑;他倒在地下,浸在自己的血里。

他的朋友们瞧了这悲惨的景象,忙拥上去救护。堂吉诃德也下了驽骍难得赶去帮忙,把他抱在怀里,发现他还没咽气。有人要拔掉他的剑,可是在场的神父主张先让他忏悔,怕剑一拔他马上咽气。巴西琉却稍为缓过些来,哼哼唧唧、有气无力地说:

"狠心的季德丽亚,假如你肯在我临死和我行个婚礼,我能博得这个福气,我轻生的罪过也许会蒙上天原宥。"

神父听他这样说,就提醒他拯救自己的灵魂要紧,别一心念着肉体的情爱;还劝他诚心求上帝饶恕他种种罪过,并饶恕他这样轻生。巴西琉说:假如季德丽亚不和他行结婚礼,他怎么也不忏悔;要称了这个愿,才有心思、有力气忏悔。

堂吉诃德听了这话嚷着说:巴西琉要求的事合情合理,也轻而易举;卡麻丘先生不论是从新娘父母家娶一位小姐,或是在勇敢的巴西琉身后娶他的寡妇,都一样体面。他说:

"这会儿无非答应一声'愿意',因为这位新郎的洞房就是他的坟墓。"

这时卡麻丘急得不知怎么好,巴西琉的朋友都求他让季德丽亚和巴西琉行了婚礼,免得巴西琉的灵魂离开躯体就堕入地狱。卡麻丘动了恻隐之心,又觉得义不容辞,就说,只要季德丽亚愿意和巴西琉行个婚礼,他也赞成;反正他自己的婚礼延迟不了多久。大家立即围住季德丽亚,有的求她,有的泪眼相向,有的以理相劝,都要她和可怜的巴西琉行个结婚礼。她却比大理石还坚定,比塑像还沉着,好像不会开口,或许说不出口,或许不愿开口。可是神父告诉她,巴西琉的灵魂马上要从牙关出窍了,劝她快打主意,别再犹豫。季德丽亚美人听了很激动,好像伤心悔恨的样子;她默默走到巴西琉身边。他两眼上翻,气息奄奄,还在念诵季德丽亚的名字,看来就要像异教徒那样戴罪而死了。季德丽亚跪在他身边,没开口,只作手势要他伸手。巴西琉睁眼直瞪瞪地看着她说:

"哎,季德丽亚,你这会儿来可怜我,你的好心肠只是杀死我的软刀子!因为你尽管愿意嫁我,我却没力量承受这份幸福,我的创痛立即致我死命,我也没力量抵挡了。哎!我命里的灾星呀,我只求你别用结婚来敷衍我,或再次哄我。我要你老实声明:你和我行这番婚姻大礼不是受了强迫,却是完全自愿的。我已经大限临头,你不该哄我,况且我对你这样一片真心,你不能对我虚情假意。"

他说着就昏厥过去。在场的人都觉得他这一昏厥就活不过来了。季德丽亚庄重而羞怯地伸出右手握住巴西琉的右手,对他说:

"我的心是百折不回的;我毫无勉强,愿意和你结婚,只要你没有被自己冒失的行为搅乱了神识。"

巴西琉答道:"我靠天照应,心里清清楚楚,毫不混乱。我愿意娶你,做你的丈夫。"

季德丽亚答道:"不论你能不能活下去,我愿意嫁你,做你的妻子。"

桑丘在旁咕囔说："这小伙子受了这么重伤，话还多得很。别让他谈情说爱了，叫他注意自己的灵魂吧。我瞧他那灵魂并不溜出牙关，却逗留在舌头上了。"

巴西琉和季德丽亚握手的时候，神父恻然泪下。他向新郎新娘祝福，还求上天让新郎安息。这位新郎受了神父的祝福，立即一跃而起，自己拔掉了穿身的剑；他那副涎皮赖脸的神色实在少见。在场众人都愣住了，有几个没心眼的大嚷道：

"奇迹呀！奇迹！"

可是巴西琉说：

"不是'奇迹呀！奇迹！'却是妙计呀！妙计！"

神父目瞪口呆，惊诧之下，伸双手去摸索巴西琉的创口，发现那把剑并没有刺透身体，只刺穿了牢缚身上的一根灌血的铁管子。据后来透露，管子里的血是调配好的，不会凝结。神父、卡麻丘和在场众人这才知道受了捉弄。新娘子上了当并不懊恼。有人说这番婚礼是骗局，不能算数；她却再次声明愿和巴西琉结婚。因此大家猜想这件事是男女双方串通的。卡麻丘和回护他的人大怒，准备动手报复；许多人拔剑要和巴西琉厮杀。帮巴西琉的人也有那么多，立刻拔剑出鞘。堂吉诃德绰着枪，把盾牌严严护着身体，一马当先，直冲出场；大家都忙着让开。桑丘向来不喜欢这种事，他认为捞到美味的肉锅边是不可侵犯的圣地，忙躲到那里去。堂吉诃德大喊道：

"各位请住手！情场失意，不行得报复。该知道恋爱和打仗同是争夺：兵不厌诈；恋爱也可以出奇制胜，只要不损害情人的体面。季德丽亚和巴西琉的姻缘是按照天道和天意安排的。卡麻丘有的是钱，要什么都买得到；他随时随地都能称心如愿。

巴西琉只有这一只小羊羔①,无论什么人,随他权力多大,都不该夺他的。上帝配成对,世人拆不开②。谁想拆开他们俩,先得吃我手中枪!"

他说着就使劲把长枪挥舞得神出鬼没,那些不认识他的人都吓得胆战心惊。卡麻丘遭季德丽亚唾弃很恼火,不再要这个姑娘了。神父是个晓事的好心人,也向他劝说。卡麻丘很听从神父的话,就和同伙收剑回鞘,表示都心平气和了。他们对巴西琉的诡计倒无所谓,只怪季德丽亚那么依顺他。卡麻丘想,季德丽亚结婚前已经深爱巴西琉,结婚后想必旧情难断,他没娶季德丽亚安知非福,也许正该感谢上天呢。

卡麻丘和他手下人气都消了,巴西琉和他的一帮人也平静下来。卡麻丘财主表示受了捉弄并不懊恼,而且毫不介意,决计照旧庆祝,只当自己结婚一样。可是巴西琉夫妇和他们一起的人不愿意参加,都回到巴西琉的村上去。富翁有人谄媚趋奉,有品有德的穷汉也是有人拥戴敬重的。

巴西琉的一伙觉得堂吉诃德是个有胆气的正人,带着他一起回村。只有桑丘满不愿意,因为卡麻丘家丰盛的酒席和种种庆祝到夜晚才散,他却不能参加。他没精打采,跟他主人随同巴西琉一伙离开了埃及的肉锅③,心上直恋恋不舍。锅里捞的那点没吃完的油水,只叫他想到错失的大吃大喝;所以肚里尽管不饿,心里却非常不快。他没有下驴,闷闷地跟着驽骍难得的脚

---

① 引用《旧约全书·撒母耳记下》第十二章第三节里的话,已见上部265页注①。
② 见《旧约全书·马太福音》第十九章第六节。
③ 这是引用《旧约全书·出埃及记》第十六章第三节的话。

迹走。

第二十二章

英勇的堂吉诃德冒险投入拉·曼却中心的蒙德西诺斯地洞,大有所获。

新婚夫妇深感堂吉诃德出力帮忙,对他殷勤款待。他们觉得他智勇双全:武艺比得上熙德,口才比得上西塞罗。桑丘老兄破费新郎新娘家,享乐了三天。据新夫妇告诉他们:假装受伤的计策季德丽亚美人并非同谋,不过巴西琉预料她会照他的打算和他结婚。他承认事先曾把那计策告诉几个朋友,让他们紧要关头上出一把力,保他骗局成功。

堂吉诃德说:"追求美好的目标算不得欺骗。"他认为有情人能成眷属是最美好的目标,不过也不能忘记,饥饿穷困是爱情的大敌。因为爱情总是欢欣快乐的,尤其是有情的男子娶到了意中人,可是穷困就要时时刻刻迫害他,和他作对。堂吉诃德说:他这话是要奉劝巴西琉先生别不务正业,他擅长的那些玩意儿只能博得虚名,赚不了钱;他得从事正当的生计,凭他的聪明勤快,一定能发家致富。穷人难道就不能讲体面吗?体面的穷人,娶到美貌的妻子就是体面的保证,谁要抢掉他的妻子就是剥夺和毁掉他的体面。穷人的妻子美丽贞洁,就配戴上胜利的桂冠。光是她那点美貌,人家见了就馋涎欲滴,像鹰隼见了美食直扑下来抓取。如果她貌美而又穷困,那就连老鸹子、鹞子等鸟儿都要飞来抢吃。她受到这种种追袭还能坚贞自守,那就真替她丈夫争面子了。

堂吉诃德接着说:"聪明的巴西琉,你记着一句话,我忘了哪位高明人士说的:好女人全世界只有一个;他劝每个丈夫把妻子看作世上唯一的好女人,这样就一辈子称心如意了。我是没结过婚的,至今不想结婚。不过谁要是请教我怎样挑选妻子,我不客气可以好好指点他。第一要注意那女人的名声,家产还在其次。规矩女人光是品性好不会就有好名声,还得行为好才成。女人公然轻浮放荡,比私下偷偷摸摸更丢脸。娶了好女人要保持她的好品性是容易的,还可以指望她好上加好呢。如果娶了坏女人,要她改好就费事了,因为好是坏的反面,要颠倒过来可不容易;尽管不是办不到,终究是件难事。"

桑丘听了这套话暗想:

"我主人一听我讲的话有道理,就说我可以两手搬个讲坛,到处讲道去,还可以讲得顶好。我说他呀,用连串儿的老话训起人来,不但可以两手搬个讲坛,他每一个指头都能顶两个讲坛,到广场上去发挥一大通。这位游侠骑士什么都懂!魔鬼也得让他三分!我还以为他只懂骑士道呢!他什么事都有一套主张。"

桑丘自言自语,他主人听到了一些,就问:

"桑丘,你咕哝什么?"

桑丘道:"我啥也没说,也没咕哝,不过心里在想,可惜我结婚前没听到您这番话,也许我现在只好说:没有牵制的牛,浑身舔得自由①。"

堂吉诃德说:"桑丘,你的泰瑞萨就那么不好吗?"

桑丘道:"不是那么不好,却是并不那么好,至少不像我希望的那么好。"

堂吉诃德道:"桑丘,你不该说你老婆的坏话,她究竟是你儿女的妈妈。"

桑丘答道:"我们俩是公平交易。她如果想说我坏话,照样儿也说,尤其是吃醋的时候,那就连魔鬼都受她不了。"

长话短说,他们在新夫妇家里待了三天,主人家简直把他们当王公一样款待。堂吉诃德要求那位精于击剑的硕士为他找个向导,带他到蒙德西诺斯地洞去;因为他要亲自进洞瞧瞧那些说神说鬼的流传是真是假。硕士说他有一个表亲,是大学里的高材生,最爱看骑士小说,他一定愿意带堂吉诃德到地洞口去,还可以领他看看如伊台拉湖——那一带湖沼不但是拉·曼却的胜地,西班牙全国都有名。硕士还说,堂吉诃德和他那位表亲一定谈得来,因为那个小伙子有著作已经出版并献给王公贵人。接着那位表亲邀请来了,牵着一匹怀胎的母驴,驮鞍上盖一块五颜六色的毡子——也许是厚麻布。桑丘给驽骍难得套上鞍辔,把自己的灰驴儿也装备好,又装满了粮袋。那位表亲的粮袋也装得饱满,和桑丘的放在一起。他们求上帝保佑,然后辞别众人,取路向有名的蒙德西诺斯地洞去。

堂吉诃德在路上问那位表亲的职业和专长。那位表亲说:"我是研究古希腊拉丁文学的,以著书为职业;出版的书都很风

---

① 西班牙谚语。

行赚钱。我有一本书叫作《礼服宝典》,描写了七百零三种礼服,还讲到衣服的颜色、佩带的标记和徽章。上等人宴会和庆祝要穿什么礼服,可以随意从书里选样,不必去请教人,也不必浪费精力、自出心裁。

"因为我设计的礼服,不论心怀忌妒的、受人冷淡的、没人想到的、离家出门的种种人,各有合适的式样,穿了恰配身份。我还有一部破天荒的奇书,可称为《变形记,或西班牙的奥维德》①。我用俳谐的笔法,仿照奥维德那部名著,化正经为滑稽,描写塞维利亚的希拉尔达,玛达雷娜的天使,果都巴的维辛盖拉沟,吉桑都的公牛,黑山岭,马德里的雷加尼托斯泉、拉瓦庇艾斯泉,以及庇奥霍泉、金沟泉和普利奥拉泉②。我也记载这些故事的另几种传说,以及有关的寓言、比喻等。这部书读来既有趣味,又广见闻,还对身心有益,真是一举三得。我还有一部书叫作《维吉尔·波利多罗③补遗》,专考订事物的创始。这本书很渊博,考据精详,波利多罗遗漏的重要项目,我都细细补订,用优雅的文笔解释清楚。维吉尔没指出世上谁第一个害感冒,谁第一个用水银治疗杨梅疮;我都查考出来,引证的书籍至少也有二十五种。我这种工作的价值,我这种书在世界上的用处,你就可

---

① 奥维德是古罗马诗人(纪元前43—17);《变形记》是他的故事诗集。
② 希拉尔达和吉桑都的公牛见本书103页注①及注③。玛达雷娜的天使(Angel de la Madalena)是萨拉曼咖城玛达雷娜教堂顶上的风信标。维辛盖拉沟(Caño de Vecinguerra)是果都巴的一条臭水沟,街道上的雨水由此流入瓜达基维尔(Guadalquivir)河。所说的几个泉源都是十七世纪马德里有名的,现在多半不存在了。
③ 维吉尔·波利多罗(Virgilio Polidoro)是十五世纪意大利学者,以拉丁文著作,这里指他的《事物发明者考》(De inventoribus rerum)。

想而知了。"

桑丘留心听这位表亲说完,接口道:

"先生,我但愿上帝保佑您每一本书都顺顺当当地出版。我请问您,第一个抓脑袋的是谁?您什么都知道,这也一定知道。我想准是咱们的祖先亚当吧?"

那位表亲答道:"准是的,因为亚当有脑袋,脑袋上生头发,这是千真万确的。他既然有脑袋,又有头发,而且是世界上第一个人,那么他总有一次抓了一下脑袋。"

桑丘答道:"我也这么想。可是我再问您,世界上第一个翻跟斗的是谁?"

那位表亲答道:"不瞒你说,老哥,我这会儿断不定,还得研究研究。等我回书房翻翻书考证一番,以后再告诉你吧。咱们保不定还会见面呢。"

桑丘说:"哎,先生,您不必费这个心了,因为我刚才问的,这会儿想出来了。我告诉您吧:世界上头一个翻跟斗的是魔鬼,他被上帝从天上摔出来,就翻着跟斗直掉到地狱里。"

那位表亲说:"朋友啊,你说得对。"

堂吉诃德说:

"桑丘,这个答案不是你自己的,你准听见别人说过。"

桑丘答道:"先生,您住嘴吧。不瞒您说,假如我有意自问自答,我问答到明天也没个完。真是!问个傻问题再来个无聊的回答,我还用请教别人吗?"

堂吉诃德说:"桑丘,你无心的话却很有意思。有人费了心力考订问题,考订明白了既不增进智慧,也不添长学问,真是一钱不值。"

他们说着闲话过了一天,晚上宿在一个小村子里。那位表亲说:那里离蒙德西诺斯地洞不过两哩瓦地了,如果要下地洞,就得带些绳子,好拴住身子缒下去。堂吉诃德说,即使那个地洞直达地狱,他也得下去瞧瞧究竟多深。因此他们买了约五六十丈绳子。第二天下午两点,他们到了洞边。洞口很宽,只是长满了荆棘、鬼馒头树和蔓草蒺藜,密密丛丛,把洞口完全盖没了。三人下了马,桑丘和那位表亲立即用绳子把堂吉诃德牢牢地拴起来;桑丘一面对堂吉诃德说:

"我的主人啊,您干什么事得仔细啊,别把自己活埋了,也别像冰在井里的酒瓶那样悬挂在里面。真的,这地洞比摩尔人的地窖子还可怕,进去探索不是您的事。"

堂吉诃德说:"你拴吧,别多说了。桑丘朋友,这件事是专等我来做的。"

那个向导说:

"堂吉诃德先生,我请您务必多多小心,并且带着一百只眼睛,把洞里的形形色色看个仔细,说不定有些东西可以写到我那部《变形记》里去呢。"

桑丘·潘沙说:"您这件事正是拜托老内行了。"

他们说着话,把堂吉诃德拴缚停当。绳子并不拴在盔甲外面,却拴在衬盔甲的紧身袄上。堂吉诃德说:

"咱们粗心了,没带个小铃铛来。应当拿个小铃铛拴在我身边绳上,只要铃声响,就知道我还在往下缒,而且还活着。不过现在办不到了。随上帝摆布,由他来指引我吧。"

他就双膝跪下,向天低声祷告:他这番又冒奇险,求上帝保佑胜利归来。接着他又高声说:

"哎,杜尔西内娅·台尔·托波索啊!大名鼎鼎的绝世美人!主持我一切行动的女主人!我真是有幸,能把你作为我的意中人!如果你能听到我的呼声,希望你以第一美人的身份,听我的恳求。我现在急切需要你的帮助,求你务必答应。我就要投身下地洞去了;这不过是要世人知道,我只要有你保佑,就没有办不到的事!"

他说完走到洞口,一看却没法下去,也没个入口,除非拨开荆棘,或砍出一条路来。他就拔剑把洞口的荆棘蔓草一阵子乱砍,惊起不知多少老大的乌鸦,它们密密成群地直冲出来,把堂吉诃德冲倒在地。假如他不信基督而迷信预兆,就会觉得这是不祥之兆,下去保不定活埋在洞里。

他站起身;三人等洞里的乌鸦和一起出来的蝙蝠之类都飞尽了,那位表亲和桑丘放出绳子,把堂吉诃德缒下那阴森森的地洞。他下洞之前,桑丘为他祝福,又在他身上画了千把个十字,说道:

"游侠骑士的模范啊!上帝和法兰西山上的圣母①、加埃塔的三位一体②指引你吧!天不怕、地不怕、铁心铜臂的好汉啊!你现在要下去了!你要离开光天化日,自己钻进黑洞里去;我再说一遍,但愿上帝指引你,保佑你平安回来,重见天日。"

那表亲也照样为他祈祷。

堂吉诃德下洞只叫他们把绳子放了再放。他们俩就把绳子慢慢儿放,后来听不见洞里的声音,那五六十丈绳子也都放完

---

① 相传1409年在萨拉曼咖和罗德利戈城之间的高山上出现了圣母的形象,称为法兰西山上的圣母。
② 拿坡黎斯北部加埃塔城的一座教堂,供奉圣父、圣子、圣神三位一体。

了。他们就想把堂吉诃德再吊上来。不过他们还是停留了半小时左右,然后重把绳子收回,只觉得毫不费力,一点分量都没有。由此可见堂吉诃德还在洞里呢。桑丘这么猜想,痛哭着急急把绳子往上收,要瞧个究竟。可是他们收回了四五十丈绳子,觉得有重量了,两人都大喜;又收回五六丈,就分明看见了堂吉诃德。桑丘对他嚷道:

"我的主人啊,欢迎您回来了! 我们以为您要在那边成家立业、传宗接代呢!"

堂吉诃德一言不答。他们把他完全吊出来,只见他双目紧闭,好像是睡熟的样子。他们把他平放在地下,解掉绳子,他还是不醒。他们把他翻来滚去,推推搡搡,好一会儿他才睁开眼,伸一伸手脚,好像酣睡初醒的样子;然后吃惊地转眼四望,说道:

"上帝饶恕你们吧! 朋友啊,我正在过人世间所没有的美好日子,你们却把我拉出来了。我真是现在才知道,人生的快乐像梦幻泡影,一眨眼就过去,或者像田野里的花朵儿,开过就萎了。哎,生不逢辰的蒙德西诺斯! 哎,身受重伤的杜朗达尔德! 哎,薄命的贝雷尔玛! 哎,哭哭啼啼的瓜迪亚那和如伊台拉的几个可怜姑娘! 看了你们那里的湖水,就可见你们明媚的眼睛里流出了多少泪!①"

---

① 据西班牙人有关查理曼大帝的传奇,蒙德西诺斯是查理曼大帝的外孙,住在蒙德西诺斯地洞里,洞因此得名。杜朗达尔德和蒙德西诺斯是表兄弟,和狄尔洛斯伯爵(见本书第二十章)是亲兄弟。贝雷尔玛是杜朗达尔德的妻子。瓜迪亚那原是河名,发源于蒙德西诺斯地洞底的泉源,涌入如伊台拉湖(见本书第十八章),然后经过西班牙、葡萄牙,流入大西洋。传说瓜迪亚那是杜朗达尔德的侍从,如伊台拉是贝雷尔玛的傅姆。大魔术家梅尔林(Merlin)把这个侍从变成一条河,把傅姆和她的几个女儿变作相连的大小湖沼,称为如伊台拉湖。

堂吉诃德这些话好像是痛彻心肝的哀呻。那位表亲和桑丘留心听他说完,就请教他那些话什么意思,又问他在那个地狱里有什么见闻。

堂吉诃德说:"你们把那个地洞叫作地狱吗?可别这么说!那是大错特错的;回头你们就会知道。"

他要吃些东西,因为饿得慌。他们把那位表亲盖在驮鞍上的毡子铺在草地上,搬出粮袋里的干粮,三人亲亲热热坐在一起,把午点和晚饭并作一顿吃。饭罢,堂吉诃德·台·拉·曼却说:

"孩子们,你们都坐着,留心听我讲。"

第二十三章

绝无仅有的妙人堂吉诃德讲他在蒙德西诺斯地洞里的奇遇——讲得离奇古怪,使人不能相信。

那时是下午四点钟,太阳隐在云后,天光暗淡;堂吉诃德乘着荫凉,要把自己在蒙德西诺斯地洞里的种种经历,讲出来请两位屈尊倾听①。他就开场叙说:

"从地洞下去大约八九丈,右边有一块凹进去的地方,搁得

---

① 这是模仿学院演讲开场的套语。

下一辆驾着几头骡子的大车。有一线微光从地面射进。我当时悬挂在黑黝黝的洞里,不知下去是什么路数,身体又累,心上又急,恰好看见那块凹处,就想进去歇一会儿。我大声叫你们等我通知再放绳子。可是你们准没听见。我把你们放下的绳子收了盘做一堆,坐在上面发愁。没人缒着我了,怎么下洞呢?我正想不出个办法,忽然睡着了。不知怎么的醒来发现自己在一片幽静的草地上;那美丽的风景,地面上从来没有,世界上心思最巧妙的人也想象不出。我睁大眼睛,自己揉了几下,知道不是做梦,确实是醒着。可是我还不放心,又把自己的脑袋、胸脯都摸索一番,证明我当时确是自己本人,不是幻影虚像,我的触觉、感觉和心里有条有理的思想,都证明那时那地的我,就是此时此地的我。我随即看见一座富丽堂皇的宫殿,墙壁看来是透明的水晶。殿门开处,出来一位道貌岸然的老者。他穿一件深紫色的长呢袍,直拖到地上,胸前和肩上围一条绿缎子的学士围巾,头上戴一顶黑色米兰式软帽,雪白的胡子垂到腰带以下。他不佩剑,只拿着一串念珠,颗粒儿比普通的核桃还大,间在每十颗中间的一颗①有鸵鸟蛋那么大。他那副庄严高贵的气派,叫人肃然起敬。他走到我面前,紧紧拥抱了我,说道:'英勇的堂吉诃德·台·拉·曼却啊,我们被魔法禁魇在这个隐僻的洞里,已经好多年了,直在盼望着你,等你来把这个洞里的秘密公之于世。这件事只有你这样的盖世英豪才承担得起。大名鼎鼎的先生啊,你跟我来,我要带你瞧瞧这座水晶宫里的奇事呢。我名叫蒙德西诺斯,是这座宫殿的终身主管。地洞的名称就是由我而来

---

① 天主教徒的念珠每十颗间一颗较大的。

的。'我听说了他是谁,就问世上相传蒙德西诺斯遵照好友杜朗达尔德临死的嘱咐,用小刀剖开这位朋友的胸膛,把他的心挖出来送给贝雷尔玛夫人,这话是否真实。他说确有这事,不过他使的不是刀子,也并不小,却是一柄比锥子还锐利的尖头匕首。"

桑丘插嘴道:"准是塞维利亚人拉蒙·台·奥赛斯①打造的匕首。"

堂吉诃德说:"我不知道;可是绝非拉蒙·台·奥赛斯打造的,因为他才去世不久,我讲的那桩惨事记载在隆塞斯巴列斯战史里②,是好多年代以前的老话了。况且你这考证无关紧要。"

那位表亲说:"对呀,堂吉诃德先生讲下去吧,我听得有趣极了。"

堂吉诃德说:"我讲着也觉得有趣呢。那位老者领我进了水晶宫,到一间地室里。那屋子荫凉极了,全是雪花石膏造成的。里面有一座大理石的坟墓,雕刻得非常精致。墓石上直挺挺地躺着一位骑士,他不是墓上常见的青铜、大理石或绿玉的像,却是有骨肉的人。他右手按在胸口靠心的一边。我看见手上毛茸茸的,筋都暴出来,可见很有力气。蒙德西诺斯没等我问,瞧我满面诧异,就对我说:'这就是我的朋友杜朗达尔德;在当时那些又勇敢又多情的骑士里,他是出类拔萃的。他和我,还有许多男男女女,都是法兰西魔术家梅尔林③用魔法禁魇在这

---

① 铸剑名手,和塞万提斯同时代而年辈略长。
② 杜朗达尔德是查理曼大帝手下的武士,死于隆塞斯巴列斯之役。贝雷尔玛是杜朗达尔德的情人。
③ 历史上的梅尔林(Merlin)是英国威尔斯人,五六世纪诗人。后来他和传奇里的魔术家梅尔林混为一人了。

里的。据说这个魔术家是魔鬼的儿子;我看他不是什么魔鬼的儿子,人家说他比魔鬼本事还大呢。他为什么禁魇我们,用的是什么法术,谁也不知道。不过总有一天会见分晓;我想那时期也不很远了。我只有一件事很诧异。杜朗达尔德是在我怀里咽气的,这就好比这会儿是大白天一样确实。他死后我亲手挖出了他的心——那颗心真有两磅重呢,因为据博物学家说,动物心脏大的,胆量也大。这位骑士分明是死了,可是他到现在还像活着似的,常要呻吟叹气,不知是怎么回事。'他刚说完,那伤心的杜朗达尔德大叫一声,说道:

  ——哎,蒙德西诺斯表哥啊!
  我最后拜托你一件事:
  你等我咽了这一口气,
  灵魂脱掉躯壳,离开人世,
  你就把我胸膛里的这颗心,
  送给我情人贝雷尔玛氏,
  你可以剖开胸膛挖取,
  或用匕首,或者就用刀子。

蒙德西诺斯老人听了这番话,双膝跪下,含着两泡眼泪说:'杜朗达尔德先生,我最亲爱的表弟啊,咱们不幸失败的那天,你嘱咐我的话,我早已照办了。我很谨慎地把你一颗心全挖出来,胸膛里没剩一星半点儿。我用一块花边手绢儿把那颗心抹得干干净净;我随就把你埋了,然后带着那颗心到法兰西去。我一双手在你胸膛里掏摸了一番,染满鲜血,可是我为你流了那么多眼泪,竟把手上的血都冲洗干净了。我亲爱的表弟呀,我还有确凿的证据呢。我出了隆塞斯巴列斯,到了前面村上,就在你那颗心上撒了一把盐,防它变味儿,等送到贝雷尔玛夫人面前,那颗心虽然不新鲜,至少是腌上了。这多年来,贝雷尔玛夫人,你,我,你的侍从瓜迪亚那,傅姆如伊台拉和她的七个女儿、两个外甥女,还有你的许多相识和朋友,都被魔法师梅尔林禁魇在这里,虽然五百年过去了,咱们这些人一个都没死呢。只有如伊台拉和她的女儿和外甥女儿不在这里。梅尔林瞧她们哭哭啼啼,大概是可怜她们,就把她们一个个都变了湖沼,在人世间和拉·曼却称为如伊台拉湖。七个女儿变的湖是西班牙国王的,两个外甥女儿变的湖属于崇高的圣胡安会①。你的侍从瓜迪亚那也是为你伤心流泪,就变成了一条河,他的名字成了河名。他流到地面上,看到高空的太阳,想起自己把你抛下了,伤心得不可开交,竟又钻到地底下去了②。可是他究竟不能脱离天然的河道,还得时常出来见见阳光和世人的面。几个如伊台拉湖的水都流进他那河里,汇合起来,浩浩荡荡流入葡萄牙国境。不过他一路上忧忧郁郁,没有心情在自己的水里养育以美味闻名的鱼,他那条河里出产的鱼味道不鲜,很粗糙,和金色塔霍河里的鱼大不相同。哎,我的表弟啊,我这些话已经跟你讲过好多遍,你总不回答;我想你大概不信我,或者没听见吧。上帝知道,我为此多么痛苦。现在我要报你一个信,即使不能安慰你,总不会添你的烦恼。你可知道,梅尔林法师预言的那位大有本领的伟大骑士正站在你身边,你睁开眼就能看见他。这位堂吉诃德·台·拉·

---

① 如伊台拉湖据本书第十八章共有七个。照这里就有十个湖,又一说共有十一个,也有说是十五个的。两个外甥女儿变的湖在圣胡安会的领邑内。
② 瓜迪亚那河流过拉·曼却,钻入地下七八哩瓦,然后重在地面出现。

曼却使骑士道死灰复燃,比古代更光芒万丈。有他来出力援助,禁魇着咱们的魔法也许就能破除。大事业得大人物才干得成。'那可怜的杜朗达尔德有声无气地说:'即使破不掉,我说呀,表哥,捺下性子,洗牌吧。'[1]他不再多说,侧过身子照旧无声无息地躺着。这时忽听得嚎啕的号哭,夹着深长的叹息和哽哽咽咽的抽噎。我回头隔着水晶墙壁,看见一队美貌姑娘排成两行走来,都穿着黑色丧服,头上像土耳其人那样缠着白头巾。押队的女人神气端庄,看来像一位贵夫人。她也穿着黑色丧服,披的头纱又长又大,直拖到地下;缠头的白巾比别人的至少大两倍。她两条眉毛联成一道,鼻子有点儿塌,大嘴巴,嘴唇颜色鲜红,有时露出一口牙齿,稀稀落落,不整不齐,可是白得像去皮的杏仁。她双手托着一块细麻纱手绢儿,里面一件干瘪的东西,想必就是那颗腌成腊肉的心。据蒙德西诺斯说,那一队人全是杜朗达尔德和贝雷尔玛的侍女,跟男女主人一起着了魔术禁魇在那里;末了一个拿手绢儿捧着一颗心的就是贝雷尔玛夫人。每星期她有四天带着侍女排队边走边唱;其实就是对杜朗达尔德的遗体和挖出的心哀唱挽歌。他说,贝雷尔玛在我眼里也许丑点儿,不像传说的漂亮。那是因为她中了魔法,日夜受罪,只要看她的大黑眼圈儿和一脸病容就知道。他说:'她脸发黄,眼下有黑圈并非因为妇女月月儿有的毛病,她已经好几个月,甚至好几年没那回事了。她看到时刻捧在手里的那颗心,想着情人的苦命,自己心上悲痛,所以变成那副模样。要不为那个缘故,她风姿艳丽,而且聪明活泼,可以把这一带无

---

[1] 这是西班牙赌徒的口头话。他们输急了打算洗牌再赌,常这么说。

人不知、举世闻名的贵小姐杜尔西内娅·台尔·托波索都比下去呢！'我当时说：'蒙德西诺斯先生，您别说溜了嘴，您只管讲您的故事，可是请别忘了，"比长较短，惹人反感"①，所以奉劝您别把谁跟谁比。绝世美人杜尔西内娅·台尔·托波索和堂娜贝雷尔玛夫人各不相干；我的话只说到这里。'他回答说：'堂吉诃德先生，您别见怪，我承认自己错了。我刚才说杜尔西内娅比不上贝雷尔玛夫人是我胡说。我忽然明白您是她的骑士，我咬掉舌头也再不把她来和任何人比较，除非和天比。'我当初听了那番品评很生气，后来伟大的蒙德西诺斯对我赔了这么个礼，我就心平气和了。"

桑丘说："可是我很奇怪，您怎么不揪住老头儿，把他浑身骨头都踢断，把他胡子拔得一根儿不剩呀？"

堂吉诃德答道："那不行，桑丘朋友，我要那样就是我不对了。咱们得尊敬老人，即使他不是骑士也该尊敬，何况他是一位骑士，又中了魔法，更不用说了。我们俩还谈了许多话，我记得我们彼此都没有欠礼。"

那位表亲插嘴道：

"堂吉诃德先生，您在地底下才一会儿工夫，我不懂您怎么看见了这么许多东西，还讲了这么许多话。"

堂吉诃德问道："我下去了多久呀？"

桑丘答道："一个多钟头吧。"

堂吉诃德说："绝不可能，我在那儿天黑了又天亮，天亮了又天黑，一共三次。照我估计，我在那个隐僻的洞里过了

---

① 西班牙谚语。

三天。"

桑丘说:"我主人的话一定没错儿。他碰到的事都是着了魔道的,说不定我们觉得是一个钟头,他在那边儿却仿佛是三天三夜了。"

堂吉诃德说:"准是这么回事。"

那位表亲问道:"我的先生,您那些时候吃东西没有呢?"

堂吉诃德答道:"一口都没吃,也不觉得饿,压根儿没想到吃喝。"

那位表亲问道:"着魔的人吃东西吗?"

堂吉诃德答道:"他们不吃东西,也不大便,一般认为他们的指甲、胡须和头发会长。"

桑丘问道:"先生,着魔的人睡觉不睡呢?"

堂吉诃德答道:"当然不睡。至少我跟他们一起的三天里,谁都没合眼;我也和他们一样。"

桑丘说:"这就应了咱们的老话:'跟谁一起,和谁一气。'您和着了魔挨饿熬夜的人在一起,当然也就不吃不睡了。可是我的主人啊,我有句话您别见怪。您讲的这许多事,假如哪一点我会当真,让上帝把我带走吧!——我差点儿没说让魔鬼把我带走!"

那位表亲说:"怎么不当真?难道堂吉诃德先生撒谎了吗?他即使要撒谎,这一大堆谎话也来不及编呀。"

桑丘说:"我不信我主人是撒谎。"

堂吉诃德问道:"那么你说是什么呢?"

桑丘答道:"您不是说,您在那边儿地底下和一大群着魔的人在一起吗;我想那个梅尔林,或者对那伙人施行魔法的魔术家们,准把您讲的这套故事安装在您心眼里了。"

堂吉诃德答道:"桑丘啊,你说的都可能,不过并不是这么回事。我刚才讲的都是我亲眼看见、亲手摸过的。蒙德西诺斯带我见识了不知多少奇奇怪怪的事,这会儿没工夫细说,咱们路上等有机会,我再慢慢儿讲给你听。可是我现在告诉你一件事。他指给我看三个乡下姑娘,在那片阴凉的草地上像山羊似的跳跳蹦蹦。我一看认出一个是绝世美人杜尔西内娅·台尔·托波索,另外两个就是咱们在托波索城外看见和她一起的那两个乡下姑娘。你说怪不怪?我问蒙德西诺斯是否认识那几个女人。他说不认识,她们在那片草地上才出现了不多几天,想必是几个着了魔道的贵家小姐。他说这并不稀罕,因为从古到今,着了魔道、变成奇形怪状的女人,那儿多的是,有两个他都认识:一个是希内布拉王后;还有一个是她的傅姆金塔尼欧娜,朗赛洛特

　　'刚从不列颠到此,'

曾为他斟酒的。"

　　桑丘听了主人这番话,觉得岂有此理,简直笑死人。他明知杜尔西内娅着魔是他捣的鬼,魔法师就是他本人,证据也是他捏造的。所以他断定主人已经神识昏乱,完全疯了。他说:

　　"亲爱的主人啊,您下地洞真是交了坏运,又逢季节不利,日子不好;您碰到蒙德西诺斯先生准又是倒霉的时辰,害您回来变了个样儿。您当初在地面上好好儿的,上帝给您的好头脑没一点毛病,随时还引用格言成语教训人呢;可是您现在满嘴尽是荒唐透顶的胡言乱语了。"

　　堂吉诃德说:"桑丘,我知道你这个人,所以不会把你的话

当真。"

桑丘答道："您尽管为我刚才说出口的话或想说没说的话打我杀我,您讲的那通话不经修改,我还是不会当真的。趁现在您还没和我翻脸,我请问您:您凭什么知道那位贵小姐就是咱们的女主人呢?您跟她谈话了吗?您说了什么?她怎么回答的?"

堂吉诃德答道："她还穿着上次你指给我看的时候她穿的那套衣服,所以我认得。我和她说话,她一句也不答理,转身飞也似的跑了,比射出去的箭还快。我想追她,可是蒙德西诺斯说追不上她,劝我别白费力,况且一会儿我就该出洞回来了。他又说:他将来会教我怎样破掉禁魔着他们一伙人的魔法。可是我在那里见到一件事是我最伤心的。蒙德西诺斯和我讲话的时候,那位倒霉小姐杜尔西内娅的一个女伴悄悄地跑到了我身边来,两眼含泪,颤声低语说:'我们的杜尔西内娅小姐吻您的手,请您把近况告诉她。她现在手头很窘,所以恳求您借六个瑞尔给她——或者您身上有多少都借给她,凭我手里这条新棉布衬裙做抵押,她保证不久就还您。'我听了这话很吃惊,就转身问蒙德西诺斯说:'蒙德西诺斯先生,贵人家女子着了魔道难道也会穷困吗?'他说:'堂吉诃德·台·拉·曼却先生,您听我讲:穷困是普遍的,哪儿都有,谁都难免,着魔的人也免不了。杜尔西内娅·台尔·托波索小姐既然叫人来借这六个瑞尔,抵押品看来也不错,您借给她就是了。她一定窘得日子不好过呢。'我说:'我不要抵押品,也不能如数给她,因为我这里只有四个瑞尔。'桑丘啊,那就是你上次给我路上布施穷人的。我把那四个瑞尔给了她说:'朋友,烦你转告你家小姐,她手头拮据,我知道了很难受,巴不得自己有傅加①的巨富来资助她。还请你告诉她:我见不到她的娇容,听不到她的妙语,身体怎么也好不了。我一片至诚,求她给个机会,让她所颠倒的骑士和她见个面儿、说个话儿。还有句话也请你转达。从前曼土阿侯爵眼看他外甥巴尔多维诺斯在山坳里快要咽气的时候,曾经发誓为他外甥报仇,说这个仇不报,他吃面包决不摊桌布,等等;我也要照样发誓为她解除魔法。我从此要走遍世界七大洲,比葡萄牙太子堂贝德罗还走得远②;她着的魔法不破,我决不休息。我这个誓,她也许无意间会风闻到。'那姑娘说:'您对我们小姐这样是应该的,还不够呢。'她拿了那四个瑞尔凌空一跳,离地有两个瓦拉;就算是对我行的礼。"

桑丘听到这里,大嚷道:"哎呀!神圣的上帝啊!我主人好好儿的头脑,竟变得这样疯疯癫癫,世界上怎会有这等奇事呀?魔术家和魔法怎会有这么大的法力呀?哎,我的先生,您看上帝分上,注意保全自己的声名,别胡思乱想搅浑了脑筋啊!"

堂吉诃德说:"桑丘,你是因为爱我,才这么说。这都是你浅见寡闻,凡是异常的事,你就以为不可能了。我刚才跟你说过,等我将来慢慢儿把我在那边经历的事讲些给你听,你就会相信我这会儿说的都千真万确,没什么可争辩的。"

---

① 傅加(Fugger)是瑞士人,十五世纪在奥格斯堡(Augsburgo)起家致富;这个家族在十五、十六世纪是大金融家。
② 据1570年在萨拉果萨出版的《葡萄牙太子堂贝德罗在世界四大洲旅行记》堂贝德罗只行遍当时知名的四大洲。

第二十四章

许多细枝末节，可是要深解
这部巨著却少不了。

据这部历史巨著的译者说，他据熙德·阿默德·贝南黑利的原作，翻译到蒙德西诺斯地洞探险一章，发现书页边缘上有作者亲笔批的一段话，照译如下：

"我怎么也不信英勇的堂吉诃德确实经历了前一章所写的种种。他以前遭遇的奇事都可能，也像是真的，地洞里的这番却出于情理之外，没一点真实的影子。我也决不能说堂吉诃德撒谎，因为他是当代最诚实的君子，最高尚的骑士，即使用乱箭射死他也不肯说半句谎话的。而且他还说到种种细节，一刹那决没工夫编出这么成套的谎话来。所以这段情节如有虚造之嫌，不能怪我。我不问真假，只是有闻必录。读者先生，你是有眼光的，请你自下判断，这不是我的事，我也无能为力。不过确有人说，堂吉诃德临终承认这段经历是自己编的，因为读过的小说里都有这么一套。"阿默德插了这几句话，言归正传：

那位表亲很惊讶，想不到桑丘竟敢冒犯主人，而他主人却又容忍他。看来，杜尔西内娅·台尔·托波索尽管着了魔，堂吉诃德见到了这位意中人一定很高兴，所以当时脾气显得那么和悦；不然的话，桑丘挨一顿板子正是活该，因为他对主人的语言实在是太放肆了。那位表亲对堂吉诃德说：

"堂吉诃德先生，我觉得跟您走这一趟获益匪浅，少说有四项好处。第一，我有幸认识了您。第二，我知道了蒙德西诺斯地洞里的秘密，以及瓜迪亚那河和如伊台拉湖是怎么转变出来的；我正在编写《西班牙的奥维德》，这些都是好材料。第三，我发现了古代就有的纸牌戏。您说，杜朗达尔德听蒙德西诺斯讲了一大通话，醒来说：'捺下性子，洗牌吧。'由此可见早在查理曼大帝时代已经玩纸牌了。因为他这句话绝不是着魔以后学来的，准是着魔以前、在法兰西查理曼大帝时代就行得这么说了。我写的那部《维吉尔·波利多罗〈古代事物渊源考〉补遗》里，波利多罗准遗漏了纸牌的渊源；我恰好可以补进去。这件事很重要，而且像杜朗达尔德先生那样真诚的人，说的话一定可靠。第四，我确实查明了瓜迪亚那河的来源，这事直到现在还没人知道呢。"

堂吉诃德说："是啊，不过您这些书是否能批准出版，还拿不定吧？如果上帝施恩，您能获得批准，我请问您打算把书献给谁呢？"

那位表亲说："接受我献书的王公贵人，西班牙多的是啊。"

堂吉诃德答道："并不多。不是他们不配，却是他们不愿意接受。他们觉得作者的努力和敬意该有报酬，他们不肯承担这项义务。可是我认识的一位贵人和那些人不同；他一力承担了这项义务，而且慷慨豪爽，假如我把他待人的好处全说出来，只怕许多有气量的人也要眼红呢①。现在没工夫说这些闲话，咱们且去找个地方过夜吧。"

---

① 指塞万提斯的保护人雷莫斯（Lemos）伯爵。

那位表亲说:"离这儿不远住着个隐居的修士,据说当过兵,大家承认他是个好基督徒,很有识见,待人也很厚道。他住房旁边有一间小屋,是自己花钱盖的,小虽小,留几个客人过夜还行。"

桑丘问道:"那位隐居的修士养母鸡吗?"①

堂吉诃德说:"不养母鸡的隐士很少,从前埃及沙漠里修道的隐士,穿的是棕榈叶,吃的是草根,现在的隐士不是那样的了。我说那时候的隐士好,并不是说现在的不好,只是现在那些隐士不如从前那样苦行清修。可是不能就以为现在的都不好,至少我认为他们是好的。随他们多坏吧,假冒为善的伪君子总比公开作恶的坏蛋好一些。"

他们正说着话,看见有个人徒步而来,用棍子打着一头驮着长枪长戟的骡子急急赶路;他走近了也不停步,匆匆打个招呼就过去了。堂吉诃德喊他说:

"老哥啊,你歇歇吧;你走得太急了,只怕你这头骡子吃不消呢。"

那人说:"先生,我不能歇啊。我这儿带的兵器是明天要用的,所以歇不得。再见吧。我今晚打算在隐士住处再向前的客店过夜,你要是也走这条路,咱们会在客店碰头;你如要知道这些兵器是干什么用的,我可以讲些新闻给你听。再见吧。"

他急急趱骡前去,堂吉诃德没来得及探问什么新闻。他好奇心重,按捺不住,决计立刻动身到那家客店过夜,不去光顾那位表亲所说的隐士了。

---

① 作者有一首十四行诗《致一位隐居山野的修士》,形容一个流氓打架受了伤,逃到乡僻处冒充修士,一手扶杖,一手拿念珠,还带着打鸟的弹弓和相好的女人。桑丘所指就是这种人。

三人上了牲口，立即取道直往客店，到傍晚才赶到。那位表亲半路上向堂吉诃德建议问隐士要口酒喝。桑丘·潘沙听了立即带转他的灰驴儿向那里跑去；堂吉诃德和那表亲也跟着带转牲口。可是桑丘的运道看来不行，偏偏隐士不在家——这是跟随隐士修道的女人说的。他们问她要些高价的酒①；她说主人没有高价的酒，如要廉价的水，她乐于供给。

　　桑丘说："我要是爱喝水，路上有的是井，尽可以喝个畅快。哎！卡麻丘的喜酒啊，堂狄艾果家的大吃大喝啊，真叫我念念不忘！"

　　他们离开隐士家，催动牲口往客店去，走不多远，看见前面有个年轻小伙子，他并不急急赶路，他们一会儿就追上了。那小伙子肩上扛着一把剑，剑上挑着一捆衣服，看来是他的宽腿裤、大氅、衬衣之类。因为他身上只穿一件丝绒短袄，袄上有几处光秃秃的像缎子那么发亮；袄儿下面露着衬衫。他脚上穿着丝袜和京城时行的方头鞋②。这人约莫十八九岁，满面高兴，身体看来很矫健，一面走，一面唱歌儿解闷。他们追上他的时候听他刚唱完一段，那位表亲记得他唱的是：

　　　　我从军是因为穷困；
　　　　如果有钱，我决不肯。

　　堂吉诃德先去和他攀话说：

　　"漂亮的先生啊，您这样走路倒是轻便得很。我冒昧请问，您到哪儿去啊？"

---

①　塞万提斯的时代，马德里有两种酒店：一种只供应便宜的酒（de lo barato）；一种兼供高价的酒（de lo caro），顾客须说明要高价的或便宜的酒。
②　赖尔玛（Lerma）公爵因足茧穿方头鞋，京城就时行这种式样。

那小伙子答道:"我轻装走路是因为天热,也因为穷。我是去投军的。"

堂吉诃德道:"因为天热不消说得;因为穷是什么道理呢?"

那年轻人说:"先生,我这捆衣服里有一条丝绒裤子,和这件短袄是一套;要是路上糟蹋了,进城穿上不像样,我却没钱另买新的。我是为这缘故,也为了图凉快,所以这样轻装赶路,等到了驻军的地方再穿上;还有十二哩瓦的路呢。我打算到那儿去投军。从那儿上船反正有车辆;据说船在伽太基。我不愿意再待在京城里伺候穷光蛋了,宁可伺候国王,为他打仗去。"

那表亲问道:"您得过什么赏赐吗?"

那小伙子说:"我如果伺候了西班牙哪一位当朝大佬或王公贵人,准有赏赐到手。这全靠投奔的主子好。阔人家的佣人常会升做旗手呀,上尉呀,或弄到个把好饭碗儿。可是我倒霉,老伺候些谋差使的或碰运气的,工钱少得可怜,浆洗一条领子就花了工钱的一半①。当个小厮,东家干了到西家,会交什么好运才怪呢。"

堂吉诃德说:"朋友,您老实说,您伺候了几年,难道连一套号衣都没挣到手吗?"

那小厮说:"我得过两套。主人家给的号衣是专为他们自己装门面的;他们到京城来办完了事回家,就把号衣又收回了。您不见新修士没正式入会,出院得交还道袍、换上自己原来的衣服吗?我就和他们一样。"

堂吉诃德说:"真是意大利人所谓'精明刻薄'了。不过您

---

① 1601年在瓦利亚多利德浆洗一条领子的价钱是十四到二十六文。

抱着一腔壮志离开了京城,还是大可庆幸的。您是首先为上帝效力,其次为自己的国君,而且干的是当兵的一行,这是世界上最光荣、最有益的事。干武的行业不如干文的赚钱,可是武的比文的光荣;这句话我已经说过多次了。尽管由文人起家的比由武士起家的多,武士有说不出的高尚,独具光彩,压倒一切,文人是比不上的。我现在有句话希望您记着,困难的时候会对您有帮助也有安慰——就是说呀:什么倒霉事都别去愁它,最坏无非一死;如果死得好,死就是最好的事。有人问古罗马英雄凯撒大帝,怎样死最好。他说,最好是意外的、突然的、没准备的①。虽然这话出于一个不知有上帝的异教徒,可是很有道理,因为这样就省了心理上的苦恼。假如你在两军交锋时候阵亡,那么,管它是炮弹打死或地雷炸死呢?反正总是一死,事情就完了。据泰仑斯说:阵亡远比逃命光荣②。好战士对指挥官越服从越光荣。我还告诉你,孩子,战士身上带着火药味,胜如带着麝香味。假如你这个光荣的职业直当到老,尽管你浑身伤疤,折了手,瘸了腿,你至少也是个光荣的老人,而且你那份光荣是穷困压不灭的。况且咱们国家正设法救济老弱残废的军人呢。现在有些人家嫌老年的黑奴不能干活儿,就借口'解放他们',把他们赶出门,让他们被饥饿驱遣到死;国家不能用这种办法对待年老的战士。我这会儿不想多讲,只请你骑在我鞍后,咱们一起上客店吧。我请你吃晚饭,明天早上你再赶路去。但愿上帝不负你的好志气,给你一份好运气。"

---

① 见苏威东尼欧(Suotonio)《十二大帝传》第一卷第八十七节。
② 泰仑斯(Terencio,纪元前195—前159),古罗马喜剧家。塞万提斯在本书卷头语里也用了这句话,但泰仑斯作品里并没有这句话。

那小伙子没骑堂吉诃德的马,只接受他的邀请到客店同吃了晚饭。当时桑丘心上暗想:"上帝保佑我这位主人吧!他能说这么一大套很有道理的话,怎么又说他见到了蒙德西诺斯地洞里那些胡说八道的事呢?嗐!这怎么讲呀?"

他们到客店已经暮色苍茫。桑丘很高兴,因为他主人知道客店是客店,没像往常那样当作堡垒。他们一进门,堂吉诃德就向店主打听那个运送长枪长戟的人。店主说,那人在马房里安顿他的骡子呢。那位表亲和桑丘也就去安顿他们的驴,把马房里最好的马槽和最好的地方让给驽骍难得。

第二十五章

学驴叫的趣事,演傀儡戏的妙人,
　　以及通神的灵猴。

堂吉诃德就像热锅上的蚂蚁一样,要听运送兵器的人讲新闻。他到马房去找到了那人,盯着要他立刻就讲。那人说:

"我那件新闻不能站着匆匆忙忙地讲。好先生,让我喂饱了牲口,准讲给您听。"

堂吉诃德说:"你别耽搁吧,什么事我都可以帮你干。"

他说到做到,忙去筛大麦,洗马槽。那人瞧他这样不拿身份,也就愿意依他的请求讲给他听。那人去坐在一条石长凳上,堂吉诃德和他并坐,那位表亲、那个小厮、桑丘·潘沙和店主都围在旁边。那人说：

"各位先生请听，离这个客店四个半哩瓦有个市镇。市政府里有位委员，他丢了一头公驴；这是他家一个丫头捣的鬼，免得啰唆，详情就不说了。这位市政委员千方百计地找，总找不到。过了半个月，据说市政府另一位委员在广场上碰到丢驴的那个同僚，就对他说：'老哥啊，你得好好谢我，我报你一个好消息，你的驴找着了。'那人说：'我一定谢你，还要重谢呢。可是请问，我那驴在哪儿呢？'那人说：'在树林里，我今儿早上看见的。它驮鞍也没了，身上装备的东西什么都没了，瘦得那副样子，瞧着简直心疼。我想把它赶回你家来，可是它已经野了，怕见人。我走近去它就逃跑，直躲到树林深处去了。你要是愿意跟我找去，我回家安顿了这头母驴就回来。'公驴的主人说：'谢谢你，将来一定竭力厚谢。'我讲的这些细节，知道真相的人都讲过，和我讲得一个样儿。干脆说吧，两位委员一起走到树林里去找那头驴子。可是找来找去，影踪全无，找遍了邻近四围都没有。发现那驴子的人就对失主说：'老哥啊，你听我说，我想到个办法。这头驴即使不在树林里，竟埋在地底下，我这办法也一定能找它出来。我会学驴叫，叫得活像；假如你也能将就叫两声，咱们就拿定能找到它。'失主说：'老哥啊，说什么将就叫两声呀？我凭上帝发誓，我叫得比谁都像，驴子都不如我呢。'

"那一位说：'咱们等着瞧吧。我是这样打算：你沿着树林这边走，我沿那边走，就把周围都走遍了；每走几步，你学一声驴叫，我也学一声，那头驴要是在树林里，一定听见，就会和咱们答腔。'失主说：'老哥，你不愧天才，这个办法妙极了！'两人就按计行事，分头走去。他们学驴叫差不多是同时，彼此都把对方的叫声当作真的驴叫,以为驴找着了,忙寻声赶去。两人一会面,那失主说:'老哥啊,难道刚才叫的不是我那头驴吗?'那一个说:'不是驴,是我啊。'失主说:'老哥,我老实说吧,要是单凭叫声呀,你跟驴子没一点分别。我这一辈子没听见过学驴叫这样活像的。'出主意的那人说:'老哥,这几句夸奖回敬你自己才对。我凭创造我的上帝发誓,世界上驴叫学得最像的也输你一着。因为你中气足,声音的高低长短、节奏的回旋顿挫都恰到好处,惟妙惟肖。我实在自愧不如,对你的绝技低头佩服。'失主说:'哎,我说呀,我凭这一技之长,可算是有点本领,从此可以自豪了。我以前也觉得自己驴叫学得不错,可是没知道有你说的这么绝。'

"那一个说:'我告诉你,有些绝技在这个世界上是白糟蹋了;有了本事不会用,就冤枉了这套本事。'失主答道:'咱们这套本事要不是为咱们这会儿的事,别处也用不上;就为这件事,也得上帝保佑才行呢。'他们讲完又分头走开,重又学起驴叫来。他们每次听到对方的叫声,总当作真的驴叫,两人又找到一处去。后来他们约定一个暗号,每次连叫两声,表明是学叫的,不是真的驴叫。他们这样走几步连叫两声,把一座树林绕遍。失踪的驴并没有应和,声息全无。它怎会应和呢?这头可怜的驴在树林深处已经给狼吃了。他们发现了残骸,失主说:'怪道呢,我说它怎么不应一声;因为它只要没死,听到咱们叫,一定会答应,不然就不是个驴了。可是老哥,我虽然费尽力气,只找到吃剩的死驴,我却领教了你这样妙的驴叫,这就很上算了。'那一个说:'老哥,"还让你第一";"修道院长唱得好,助手也呱呱叫"。'①两人白忙一场,哑着嗓子回镇。他们把寻驴的

---

① 西班牙谚语。

事原原本本告诉亲友,还彼此互相吹捧了一通。这件事就在附近村镇上传开了。魔鬼是不偷懒的,最喜兴风作浪,随时到处搬是弄非。他调唆得别处镇上的人一见我们镇上的人就学驴叫,分明是当面嘲笑我们的市政委员。小孩子也跟着闹,这就好比发动了全地狱的小鬼。一处处村镇上都学起驴叫来,害得我们镇上的人就此像白人里的黑人一样惹眼。这场玩笑闹得非常没趣,我们几次拿了兵器,结队和嘲笑我们的人打架。谁也劝不住,平时怕事退缩的也一齐动手。最欺侮我们的是两哩瓦以外的一个镇。我估计明后天我们学驴叫的镇上要结队和那个镇上的人打架去。我买那些长枪长戟是为了早做准备。这就是我所说的新闻;也许你听来很平常,可是我没有别的事奉告了。"

他刚讲完,客店门口来了个人,穿的长统袜、裤子,上衣都是麂皮的;这人高声问道:

"店主先生,有房间吗?未卜先知的猴子马上就到,梅丽珊德拉脱险的戏也就要来开演了。"

店主说:"唷!这不是贝德罗师傅吗!今晚上咱们可热闹了!"

上文忘了说,这位贝德罗师傅用绿绸子摊的膏药贴没左眼和小半边脸,好像那半个脸上有什么毛病。店主接着说:

"欢迎啊,贝德罗师傅,猴子和演戏的道具在哪儿呢?我没看见呀。"

那一身麂皮衣的人说:"说话就来。我抢先一步,瞧瞧有没有房间。"

店主说:"您贝德罗师傅要房间,即使阿尔巴公爵①住的也

---

① 阿尔巴公爵(Duque de Alba,1508—1582)曾见上部第三十九章,他是西班牙的大将军,曾征服葡萄牙,是赫赫有名的人物。

腾给您！您把猴子和道具运来吧，今晚店里有客，您的戏和猴儿准赚钱。"

贴膏药的人说："那好极了，我一定减价；只要不亏本就是好交易。我去招呼拉着猴儿和道具的车赶紧就来。"

他随即出去了。

堂吉诃德问店主贝德罗师傅是谁，带的是什么戏的道具和什么猴儿。店主说：

"那人是演傀儡戏的名手，常在曼却·台·阿拉贡①一带来往，演的是《鼎鼎大名的堂盖斐罗斯解救梅丽珊德拉》。故事很有趣，演得又精彩，这一带地方多年没见过这样的好戏。他还带着一只猴儿；那猴儿的本领别说猴儿里少见，咱们人都没有的。问它什么事，它会留心听着，然后跳上它主人的肩膀，咬耳朵把答话告诉主人；这贝德罗师傅就替它说出来。它讲的多半是过去的事，不大讲未来；尽管不是句句都准，大致是不错的，因此我们相信它有魔鬼附身。它每说一件事——我意思是它咬着主人的耳朵叫他传一次话，就要收两个瑞尔，所以大家认为这位贝德罗师傅非常有钱。他是意大利人所谓'上等人''好伙伴'②。他日子过得好极了，说起话来，一人抵六人；喝起酒来，一人抵十二人。他靠的不过是自己一条舌头、一只猴子和一套傀儡戏。"

正说着，贝德罗师傅已经回来，拉傀儡戏道具和猴子的车也来了。那猴子很大，没有尾巴，光秃秃的屁股磨得一毛不剩，脸

---

① 这是拉·曼却东部近阿拉贡山（Monte Aragón）的地区；山那边就是阿拉贡。
② "好伙伴"（bon compaño）指和蔼可亲、喜欢和人一起吃喝玩乐的人。

相却并不凶恶。堂吉诃德一见那猴子,就问它:

"未卜先知的先生,请问您,我们交的是什么运?前途怎么样?瞧,这是我的两个瑞尔。"

他吩咐桑丘拿两个瑞尔交给贝德罗师傅。贝德罗师傅替猴子答道:

"先生,凡是未来的消息,这畜生是不泄露的;过去的事它多少知道些,现在的也知道一点点。"

桑丘说:"真是!我才不花一个子儿请人讲我过去的事呢!谁比我自己还知道得清楚呀?花钱请教别人就太荒唐了。不过猴儿精先生既然知道现在的事,这里是我的两个瑞尔,请问您,我老婆泰瑞萨·潘沙这会儿在干什么?怎么样儿消遣?"

贝德罗师傅不肯收钱,说道:

"还没有为您效劳呢,不能先拿报酬。"

他用右手拍拍自己的左肩,那猴儿就跳上去,把嘴巴凑着他的耳朵,牙对牙切切地响,过了一会儿就跳下来。贝德罗师傅忙抢到堂吉诃德面前,双膝跪倒,抱住他的腿,说道:

"我抱着的这两条腿呀,就好比赫拉克利斯的两根柱子①!您就是重光骑士道的大伟人、赞不胜赞的骑士堂吉诃德·台·拉·曼却呀!懦弱的人靠您壮胆,要跌倒的人靠您支持,躺下的人靠您扶起来,一切不幸的人都靠您帮助和安慰!"

堂吉诃德怔住了,桑丘惊奇得傻了,那位表亲骇然,那小厮莫名其妙,驴鸣镇上的人直发愕,店主也目瞪口呆,总而言之,演

---

① 指地中海入口对峙的两座山峰,一在西班牙的直布罗陀,一在非洲摩洛哥的休达,相传两峰本是一座山,赫拉克利斯因要越过这座山到加的斯去,把这座山一劈为二,因此称为赫拉克利斯的柱子。

傀儡戏的这番话使人人都十分惊讶。他接着说：

"你呀，桑丘·潘沙老哥，世界上头等好骑士的头等好侍从啊，你放宽了心，你的好老婆泰瑞萨身体很好，这会儿正在梳理一磅麻。我还可以说得仔细点儿：她左边有一把缺口壶，装着好一壶酒，她一边干活儿，一边喝酒消遣呢。"

桑丘答道："这话我完全相信，她就是这么个会享福的。只要她不吃醋，她比我主人说的那位才德双全的女巨人安当多娜还好呢。有些女人宁可背累儿孙，也不亏待自己，我的泰瑞萨就是这样的。"

堂吉诃德说："哎，一个人读破万卷书，走遍万里路，就见多识广。可不是吗？我要不是这会儿亲眼看见，怎会相信有通神的猴子呢！我正是这位猴儿先生所说的堂吉诃德·台·拉·曼却，只是它夸赞太过了。可是不管怎么说吧，谢天谢地，我确是生来心热肠软，总想待人好，只怕亏负了谁。"

那小厮说："我如果有钱，就要问问猴子先生，我这趟出门会有什么遭遇。"

贝德罗师傅已经从堂吉诃德脚边爬起来，听了这话，答道：

"我刚说了，凡是问未来的事，这小畜生一概不回答的；它要能回答呀，没钱也不要紧。我如果能为堂吉诃德先生效劳，什么利益都不计较。我现在得去布置我的戏台了，因为我已经答应请大家看白戏，借此为堂吉诃德先生解闷消遣。"

店主大喜，忙去指点哪里可搭戏台，一会儿工夫戏台就搭好了。

堂吉诃德觉得一只猴子居然这样通灵，不管它知道未来也罢，过去也罢，总是旁门邪道，所以有几分戒心。他乘贝德罗师

傅去布置戏台,就拉桑丘到马房角落里,背着人讲几句私话。他说:

"桑丘啊,你听我说,那猴儿太神了,我仔细想来,它主人贝德罗师傅准和魔鬼订过约:或是默契,或有明文。"

桑丘道:"假如是魔气①,又是和魔鬼定的,那就不用说,准是顶肮脏的臭气。可是贝德罗师傅要那魔气什么用呢?"

"你没懂我的意思。我是说,他准和魔鬼订过什么合同,让猴儿借魔鬼的本领说话,他就靠着吃饭,他发了财将来把自己的灵魂交给魔鬼;这个与全人类为敌的魔鬼专要人的灵魂。不信你只要看,那猴子只知道过去和现在的事;魔鬼所知道的不也是这么一点儿吗?魔鬼不能预知未来,只会猜测,也猜不大准。只有上帝不论过去、现在、未来,无所不知。所以那猴子的话分明是魔鬼的口气。我不懂怎么没人向宗教法庭去告发他,对他严加审讯,逼他吐出真情,究竟靠了谁能有这么大的神通。因为那猴子分明不是星命家,它和主人并没有批出个'命造'和'运道'来;他们没这个本领呀。现在西班牙盛行算命;小娘儿们、小当差的或补鞋的老头子,都会胡乱批个命书,就像地下拣一张纸牌那么容易。他们假充内行,胡说乱道,糟蹋了这门真正的学问。我知道有位夫人请教星命家她的小哈巴狗会不会生育,一窝下几只,什么毛色。那算命先生批了命,说那哈巴狗会生育,一窝下三只,一只绿,一只红,还有一只杂色,不过受孕的时辰必须在星期一或星期六的白天或晚上十一二点之间。过两天那只母狗吃得太饱胀死了。那算命的在当地就像别的算命先生那样成了

---

① 桑丘不懂"默契",听错了。

'铁口'。"

桑丘说:"不过我倒希望您叫贝德罗师傅问问那猴子,您在蒙德西诺斯洞里经历的事是不是真的,因为——您别见怪啊,我觉得像唬人的瞎话,也许只是个梦。"

堂吉诃德答道:"都可能。你怎么主张,我都依你;不过我总有点儿说不出的顾忌。"

恰好贝德罗师傅跑来,说傀儡戏台已经搭好,请堂吉诃德先生看戏去,那出戏值得一看。堂吉诃德就告诉贝德罗师傅:他想请教猴子,他在蒙德西诺斯地洞里的经历究竟是梦是真,因为自己都分不清。贝德罗师傅并不答话,回去带了猴子来,当着堂吉诃德和桑丘的面,对猴子说:

"猴儿先生,这位骑士想请教你,他在一个蒙德西诺斯地洞里的经历究竟是假的还是真的。"

贝德罗师傅打了个照例的信号,猴子就跳上他左肩,在他耳边仿佛窃窃私语,贝德罗师傅听完就说:

"猴子说:您在那洞里经历的事,一部分是假的,一部分是真的。您问的事它只知道这些,别的可不知道了。您如果还有旁的要问,等下星期五吧;据它说,这会儿它的神通已经使尽了,要到星期五才复原呢。"

桑丘说:"我的主人啊,我不是跟您说的吗?我不信您在地洞里遭遇的那些事全是真的,连一半儿都信不过。"

堂吉诃德答道:"将来总会有分晓。什么事都有个水落石出,哪怕埋在地底里的,到时候也会露出来。这会儿甭多说了,咱们去看贝德罗师傅的戏吧,我想总有点儿新鲜玩意儿。"

贝德罗师傅答道:"怎么说有点儿呀?我那戏里有六万种

新鲜玩意呢！堂吉诃德先生，我告诉您，我那出戏是全世界最有趣的。'你们纵然不信我，也当相信这件事。'①我得开场演戏去；时候不早了，戏里要表演和讲解的情节多着呢。"

堂吉诃德和桑丘依言跑去看戏。戏台已经布置好，周围点满了小蜡烛，一片辉煌灿烂。贝德罗师傅随即钻进帷幕，因为戏里的傀儡得他来操纵。有个男孩子是他的徒弟，站在帷幕外面，由他讲解戏里的情节，并用棍子指点一个个出场的角色。

全客店的人都坐在戏台前面，也有站着的。堂吉诃德、桑丘、那小厮和那位表亲坐在最好的座位上。讲解员就开始讲解。欲知戏里事，请看下章文。

第二十六章

续叙演傀儡戏的妙事，以及其他
着实有趣的情节。

"泰雅人和特洛埃人都静寂无声"②，
因为看戏的都专心等着听讲解。帷幕里响起一片铜鼓喇叭声，又有好几响炮弹。随后那男孩子朗着嗓子说道：

---

① 这里引用《新约全书·约翰福音》第十章第三十八节的话。
② 这是古罗马的维吉尔《伊利亚特》史诗第二卷第一行，塞万提斯引自1557年版的西班牙文译本。

"这里表演的是一件千真万确的事,每字每句都是从法兰西历史和西班牙民歌里来的。这是堂盖斐罗斯先生救回他夫人梅丽珊德拉的故事。梅丽珊德拉给西班牙桑苏威尼亚城的摩尔人抢去了——那时候的桑苏威尼亚就是现在的萨拉果萨①。请看!堂盖斐罗斯正在那里掷骰子玩儿,正是歌谣唱的:

　　堂盖斐罗斯在掷骰子赌博,
　　他早已把梅丽珊德拉抛在脑后。

这会儿出场的是查理曼大帝:请看他头戴皇冠,手拿宝杖;传说他就是梅丽珊德拉的父亲。他瞧女婿这么悠闲自在很恼火,跑来骂他了。请看他骂得多狠啊,恨不得用宝杖去打他几下呢。有人说他确实打了,而且打得很重。他把女婿教训了一顿,说如果不设法救出自己的妻子,就丢尽了脸。他说:

　　——我的话到此为止,你仔细想想吧。

瞧,这位大皇帝转身走了,撇下堂盖斐罗斯在那里发脾气呢。他把桌子连骰子摔得老远,催着要自己的盔甲和武器,又问他表亲堂罗尔丹借杜林达纳宝剑。堂罗尔丹不肯借剑,却愿意陪他去冒险。可是我们这位英雄赌气不要他陪,说他妻子即使给藏在地底下,他单枪匹马也救得她出来。他就披挂准备出发。各位请回脸瞧瞧,那边一座塔是萨拉果萨堡垒里的,现在叫作阿尔哈斐利亚塔。塔里一位穿摩尔服装的女郎走到阳台上来了;她就是绝世美人梅丽珊德拉。她被俘以来,怀念巴黎和自己的丈夫,

---

① 桑苏威尼亚(Sansueña)是摩尔人的城,骑士小说里常提到,但这位讲解员的话并无根据。

常在那里了望着通向法兰西的道路,聊以解忧。快瞧,这会儿出了一件意外的事。各位没看见那摩尔人吗?他一个指头搁在嘴巴上,蹑手蹑脚地从梅丽珊德拉背后上来,在她唇上亲了一吻。瞧,她忙不迭地唾了一口,又用雪白的衬衣袖擦嘴;瞧她哭啊叫啊,气得自揪头发,仿佛她那美丽的头发是她这番受欺侮的祸根。请看走廊里这位尊贵的摩尔人;他是桑苏威尼亚的玛西琉国王。他看见了那摩尔人放肆无礼;他铁面无私,尽管那人是自己的亲属和宠臣,立即下令逮捕,抽二百鞭,牵出去游街:

  叫喊消息的报子在前,

 举着棍子的公差押后;

瞧,这家伙犯罪还没得逞,已经判罪处刑。摩尔人不像咱们,不用'起诉',不用'还押听审'。"

堂吉诃德高声打断他说:"孩子啊,你直截了当地讲解,别绕弯儿,也别打岔儿;要审明一个案子,得有许许多多、反反复复的证据呢。"

贝德罗师傅在帷幕里也插嘴道:

"孩子,你别加油添酱,照这位先生说的办法最好;平铺直叙,别耍花腔;太花妙就不成调儿了。"

那孩子说:"我照办就是了。"他又讲下去:"那边一人骑马跑来,身披法国式斗篷;他不是别人,正是堂盖斐罗斯。这边是他妻子在塔里阳台上站着;那色胆如天的摩尔人已经受了处分,她好像平静些了。她不知来的正是自己的丈夫,就像歌谣里唱的那样嘱咐他说:

 骑士,你如到法兰西去,

请访问一下盖斐罗斯；

她还有许多话我现在不重复了,因为啰唆总是讨厌的。且看堂盖斐罗斯怎样亮出真相,梅丽珊德拉也认清是谁了,所以快活得那副样子。她这会儿正从阳台上缒着下地,打算骑在她那位好丈夫的鞍后一同逃走。可是,啊呀,真糟糕!她裙子给阳台的铁栏杆挂住了,把她吊着上下不得。可是看啊,老天爷大发慈悲,救了她的急,堂盖斐罗斯赶紧跑来了!他不惜扯破那条华丽的裙子,抓住自己的妻子使劲儿把她拉下来,一扭身就把她安放在鞍后,让她像男人那样骑着,叫她两手搭在他胸前,紧紧抱住他,免得跌下,因为梅丽珊德拉夫人不惯这样骑马。请再看他那匹马一声声嘶叫,驮着一个是英雄、一个是美人的男女主人,自鸣得意呢。瞧他们俩掉转马头出城,欣欣喜喜地同回巴黎去了。你们这一对古今少见的有情人啊!祝你们一路无灾无难,转回家乡,亲朋团聚,终身享福,长命百岁!"

贝德罗师傅忙又高声喊道:

"孩子,平铺直叙,不要堆砌。凡是矫揉造作都讨厌①。"

那讲解的孩子并不回答,只顾讲下去:

"有人没事干就好管闲事;他们看见梅丽珊德拉脱离牢笼,马上去告发。玛西琉国王得知,立即下令打警钟。瞧,一声令下,城里一片钟声,一座座堡垒的一个个塔里都在叮当响应。"

堂吉诃德插嘴道:"没这个事儿!贝德罗师傅的警钟可打错了!摩尔人不打钟,只敲铜鼓,又吹一种喇叭似的号筒。桑苏威尼亚城里敲警钟真是太荒谬了。"

---

① 西班牙谚语。

贝德罗师傅就停止了打钟说道：

"堂吉诃德先生，您别吹毛求疵，细中还有细，太精细就没个底了。荒谬百出的戏不知多少呢，不是经常上演吗？还演得顶顺利，观众看了不但叫好，还惊佩得很。孩子，你只管讲下去，别理会人家怎么说。尽管戏里的错误像阳光里的灰尘那么多，我只要塞饱自己的钱袋就行。"

堂吉诃德说："这话倒也不错。"

那孩子又讲下去：

"瞧！多少骑兵披着雪亮的盔甲，都出城去追赶那一对情人了！吹响了多少喇叭、多少号筒啊！摇动了多少大鼓小鼓啊！我只怕他们给追兵捉住，拴在马尾巴上拖回来，那就惨了。"

堂吉诃德看见那么多的摩尔人，听到响成一片的鼓角声，觉得该为逃亡的一对出把力，就站起来大喝道：

"有我在这儿呢！像堂盖斐罗斯这样有名的骑士、多情的英雄，我决不能眼看他遭了毒手！你们这群混蛋，站住！不许追赶！不然的话，先得跟我打一仗！"

他口说就动手，拔剑跳到戏台旁边，急忙忙、恶狠狠地向戏里那些摩尔人挥剑乱砍。有些傀儡砍倒了，有些断了脑袋，这个折了脚，那个剁成块儿。有一剑狠狠地从上直劈下来，贝德罗师傅要不是一蹲身缩着脖子趴下，他那脑瓜子就像粉团似的切成两半了。贝德罗师傅大喊道：

"堂吉诃德先生，您快住手！瞧瞧，您这会砍杀的不是真的摩尔人，只是硬纸做的傀儡呀！嗐，我真倒霉！这可是苦了我啊，把我的全部家当都断送了。"

他说他的，堂吉诃德还连连地刺呀，劈呀，斫呀，扫呀，剑如雨下，没一会儿工夫，一座戏台全打塌了，道具和傀儡七零八落：玛西琉国王受了重伤，查理曼大帝连脑袋带皇冠都劈作两半。看戏的乱作一团，猴子爬上屋顶溜了，那位表亲战战兢兢，那个小厮也很吃惊，连桑丘·潘沙都吓坏了。据他事后发誓说，从没见过自己的主人这样发疯似的愤怒。一套傀儡戏的道具差不多全毁了，堂吉诃德这才平静一些，说道：

"游侠骑士是世界上少不了的！有人硬是不信！好，叫他们这会儿都跑来看看吧！要不是有我在这里，英雄堂盖斐罗斯和美人梅丽珊德拉的下场就不堪设想了！不用说，准给那一群狗东西赶上，他们非死即伤。所以骑士道在这个世界上比什么都要紧，应该永远流传下去！"

贝德罗师傅唉声叹气说："好，骑士道永远流传下去，让我死了吧！我真是倒霉透顶，正像堂罗德利戈国王说的：

　　昨天我是西班牙的国王……
　今天城上的每一堵矮墙
　都已经不是我的了！①

刚才我还是帝王的主人；马房里有数不尽的马匹，箱子和皮包里有数不尽的鲜衣华服。可是不到半小时，一转眼的工夫，我一败涂地，穷成了叫花子；而且我那猴儿也逃了，我得连牙齿都出了汗②才捉得它回来。这都怪这位骑士先生不问青红皂白，乱发脾气。据说他扶弱锄强，救危济困，还干许多好事呢。高高在上的老天爷啊，他怎么偏偏对我就没一点慈悲呀！真是，哭丧着脸

---

① 罗德利戈是维西哥都（Visigodo）族统治西班牙的末代皇帝，771 年亡国。
② 又一说："连尾巴尖儿上都出了汗。"

的骑士,害得我也哭丧了脸!"

桑丘·潘沙听了贝德罗师傅的话很可怜他,就说:

"贝德罗师傅,你别怨苦,我听了心上难受。我告诉你,我主人堂吉诃德是一点不马虎的真正基督徒,他只要知道哪里对你不起,就会认账,好好儿赔钱,还给你不少便宜呢。"

"堂吉诃德先生要是肯赔我点儿钱,我就满意了,他老人家也可以心安理得。因为谁要是损坏了别人的财产不赔还人家,就上不了天堂。"

堂吉诃德说:"这话不错,可是贝德罗师傅,我到今还不知道自己损坏了你什么财产呀。"

贝德罗师傅答道:"还说没损坏吗?地上这许多残缺的尸体是谁打下来的?不是您这位大力士的铁臂吗?这些尸体是谁的家当?不是我的吗?我靠谁过日子?不是靠它们吗?"

堂吉诃德听了说:"魔术家又和我捣乱;他们总是先把人物的本相在我眼前露一露,随后就变掉了原样。我以前几次料到是这么回事,现在完全证明了。各位先生,我老实告诉你们,我刚才看见的都是真人真事:梅丽珊德拉真是梅丽珊德拉,堂盖斐罗斯真是堂盖斐罗斯,玛西琉真是玛西琉,查理曼大帝真是查理曼大帝。所以我怒火中烧,要尽我游侠骑士的职责,为那一对逃命的夫妻助一臂之力。我刚才干的事,都出于这一番好意。假如我弄错了,不能怪我,都是那些混蛋魔术家捣乱。不过这番错误虽然不是存心作恶,我还是认错赔钱。贝德罗师傅为那些砍坏的傀儡要我赔多少钱,随他说个数目吧。我一定马上用响当当的现钱赔他。"

贝德罗师傅对他一鞠躬,说道:

"英勇的堂吉诃德·台·拉·曼却,您真是江湖上穷人的救星和恩人,您的仁爱是少见的,我知道您会赔我。斫坏的傀儡值多少钱,请店主先生和桑丘老大哥给咱们公断吧。"

店主和桑丘同意。贝德罗师傅马上从地下拣起个没脑袋的萨拉果萨国王玛西琉,说道:

"这位国王分明是不能回复原状的了。断送了我这个国王,得赔我四个半瑞尔,你们瞧瞧,怎么样?"

堂吉诃德道:"你往下说吧。"

贝德罗师傅两手捧着个劈开的查理曼大帝道:"这个大帝劈成两半儿了,我要五又四分之一瑞尔不算多。"

桑丘说:"不少了。"

店主说:"也不多,抹掉零头就算五个瑞尔吧。"

堂吉诃德说:"五又四分之一,照数给他。这场大祸的总账上,不争这四分之一瑞尔。贝德罗师傅赶紧吧,快吃晚饭了,我有点饿了呢。"

贝德罗师傅说:"这个没鼻子的独眼美人儿是梅丽珊德拉;我天公地道,要两个瑞尔零十二文铜钱①。"

堂吉诃德说:"梅丽珊德拉和她的丈夫这会儿早已进了法兰西国境。不然的话,准有魔鬼作祟了。我看他们骑的马不仅是奔驰,简直飞也似的。梅丽珊德拉如果一路顺利,已经和她丈夫在法兰西安安逸逸地享福了,你别挂羊头卖狗肉,拿个烂掉鼻子的女人冒充梅丽珊德拉。但愿上帝让每个人都保住自己的财产;贝德罗师傅,咱们放稳了脚步,也放平了心。你

---

① 一瑞尔兑三十四文铜钱。

再说下去吧。"

贝德罗师傅看出堂吉诃德头脑颠倒,又把刚才演的故事当真了。他生怕堂吉诃德发了疯又赖账,忙说:

"这大概不是梅丽珊德拉,是她的侍女,赔我六十文铜钱我就很满意了。"

他酌量着损坏的傀儡一一讨价,由那两位中间人公断,赔款总数是四十又四分之三瑞尔;双方都很满意。桑丘当场付清了钱。贝德罗师傅另外还要两个瑞尔作为他寻找猴子的酬劳。

堂吉诃德说:"桑丘,那两个瑞尔给他就完了。那不是为了找猴儿,是为了润喉咙①。现在谁要能报我一个确切的喜讯,说堂娜梅丽珊德拉夫人和堂盖斐罗斯先生已经回到法兰西和家人团聚,我酬谢二百瑞尔也心甘情愿。"

贝德罗师傅说:"要问这个消息,最好找我那猴子,可是这会儿魔鬼也捉它不到啊。照我估计,它和我很亲,今晚上它肚子饿了,得回来找我。天无绝人之路;明天再瞧吧②。"

傀儡戏的一场风波就算平息,大家和和气气同吃晚饭。堂吉诃德很慷慨,这餐晚饭全是他会账的。

天没亮,运送长枪长戟的人先走了。天亮以后,那位表亲和那个小厮都来向堂吉诃德告别:表亲回家乡;小厮继续赶路,堂吉诃德还资助了他十二个瑞尔。贝德罗师傅深知堂吉诃德这个人,怕和他再打交道,所以摸黑起身,带着打坏的傀

---

① 原文(no para tomar el mono, sino la mona)双关,mona 指母猴子,也指醉鬼。此语可解为"不是为了捉公猴子,是为了母猴子",或"不是为了捉公猴子,是为了喝个烂醉"。

② 西班牙谚语。

傀戏道具和他的猴儿,上路碰运气去了。店主是不认识堂吉诃德的,瞧他疯疯癫癫,散漫使钱,觉得很怪。桑丘照主人的吩咐从宽报酬了店主;他们辞别出门,大约是早上八点左右。让他们走吧,咱们乘机且把这部历史名著的来龙去脉交代一下。

第二十七章

贝德罗师傅和他那猴子的来历;
堂吉诃德调解驴叫纠纷;不料
事与愿违,讨了一场没趣。

这部历史巨著的作者熙德·阿默德在本章开头说:"我像真基督徒那样发誓……"译者解释说:熙德·阿默德分明是摩尔人,他这句话无非表示自己发的誓就像真基督徒发的那样可信。他是借此保证这部书是信史;而书上讲贝德罗师傅和那只名震大镇小村的灵猴是何来历,尤其千真万确。熙德·阿默德接着说:这个故事的第一部里,讲到堂吉诃德在黑山释放了一群囚徒,那伙为非作歹的坏蛋不知感激,反而恩将仇报;其中一个名叫希内斯·台·巴萨蒙泰,读者想必记得。堂吉诃德曾把这人称为强盗坏子小希内斯;桑丘·潘沙的灰驴就是他偷的。这故事的第一部付印时,印刷所疏忽,漏掉了他偷驴的时间、方法等细节。许多读者摸不着头脑,不知是印刷所的脱漏,只埋怨作者失枝脱节。其实希内斯是乘桑丘·潘沙骑在驴上打瞌睡,把那头驴偷了。从前萨克利邦泰围攻阿尔布拉卡的时候,布鲁内洛设法从他两腿中间牵走了他的马匹;希内斯也用了同样的办法①。桑丘怎样重获灰驴,上文已经讲过了。且说这个希内斯是法院要逮办的逃犯,他犯案累累,案情重大,他自己记下来的就有厚厚一本书呢。他怕落法网,所以逃入阿拉贡境内②,用膏药贴没了左眼睛,靠演出傀儡戏过日子。演傀儡戏和变戏法都是他的拿手本领。

那只猴子是土耳其释放回国的基督徒卖给他的。经他训练,一看到他的信号,就跳上他的肩膀,在他耳里窃窃私语,或者好像是窃窃私语。他到各村各镇演傀儡戏,总带着这只训练好的猴子;每到一处去,就千方百计从邻近刺探那里的新闻和个中人物,一一记在心上。他到了那地方,先演傀儡戏;戏目不一,都诙谐有趣,而且是大家熟悉的。演完戏,他就吹那猴子的本领,说它知道一切过去和现在的事,只有未来不能预言。猴子每回答一个问题,他要讨两个瑞尔。他捉摸着问话的人是贫是富,有时候也肯减价。假如他知道某家出过什么事,他到了那家去,尽管那家不想花钱请教猴子,他也对猴子发信号,然后说,猴子告诉他如此这般,所说的和实事分毫不差。因此他威信很高,到处受欢迎。他乖觉透顶,答话很圆滑,往往恰说在筋节上。谁也没追究过他那猴子怎么会通神,他就愚弄了人家,装满了自己的钱包。那天他一进客店就看见了堂吉诃德和桑丘;他既然认识这两人,要吓唬他们俩和客店里其他的人就很容易。不过,前一章

---

① 参看本书第四章。
② 塞万提斯把接近阿拉贡山的拉·曼却地区误以为在阿拉贡境内。犯罪的人往往逃到阿拉贡去,因为那里的刑法较宽。

里堂吉诃德在斫杀玛西琉国王并扫荡那队骑兵的时候,劈下的那一剑如果再往下些,贝德罗师傅就得赔掉一条命了。

叙明了贝德罗师傅和他那猴子的来历,言归正传。堂吉诃德出了客店,决计先到艾布罗河①两岸附近观光一番,然后再到萨拉果萨去,因为比武的日期还远,尽有工夫一路游赏。他打着这个主意,继续登程,走了两天,没碰到值得记载的事。第三天,他正要走上一个山头,听得震耳的鼓角声和枪声。他以为是军队过境,就踢着驽骍难得上山去瞧瞧;到了山顶,看见底下一大堆人大约有二百多。他们拿着各种兵器,长枪呀,大弓呀,长戟呀,长柄斧呀,尖头杖呀,还有几支火枪和许多盾牌。他下山坡近前走了一段,才看清那些旗子的颜色和上面的标识。最醒目的是白缎子旗上画的一头驴,和小种的真驴一般大,正昂头张嘴、吐出舌头、伸着脖子叫呢,活像一匹真驴;周围一圈大字,写着两句诗:

> 两位市长学驴叫,
> 气力并没白费掉。

堂吉诃德就明白那群人是驴鸣镇上的。他告诉了桑丘,还解释了旗上的诗。他说:讲那件新闻的人把学驴叫的两人说成市政委员,其实不是的;据旗上的诗看来,他们都是市长。桑丘·潘沙答道:

"先生,这没关系,说不定那时候是市政委员后来又做了市长,因此两个称呼都行。况且学驴叫的是市政委员或市长无关紧要,只要是学过驴叫就是了,市长也罢,市政委员也罢,都可能学驴叫。"

---

① 艾布罗河(Río Ebro)发源于西班牙西北的康它布利加山岭(Cordillera Cantábrica),向东流入地中海,萨拉果萨在阿拉贡境内的艾布罗河边。

干脆说吧,主仆俩知道这是受嘲笑的镇;因为邻镇的人把他们嘲笑得不像话,实在不能和睦相处了,所以结队出来打架雪愤。

堂吉诃德就走近去。桑丘向来不喜欢参与这种事,心上捏着一把汗。那群人以为堂吉诃德是他们一面的人,随他进了自己的队伍。堂吉诃德掀起护眼罩,从容不迫地直跑到画驴子的旗底下。领队的人见了他,也像一切初见他的人那样觉得惊讶,都围上来看他。堂吉诃德瞧他们只眼睁睁地瞪着自己,谁也不来招呼或诘问,就乘这个鸦雀无声的当儿,朗朗地说道:

"各位好先生,我有一番话要和你们谈谈。请你们务必让我讲到底,不要打岔儿。要是听不入耳,那么,只需略有表示,我立刻封上嘴巴,箝住舌头。"

那伙人都说他有什么话请讲吧,愿意洗耳恭听。堂吉诃德于是开言道:

"各位先生,我是一个游侠骑士;耍枪杆子是我的职业,扶弱锄强、救危济困是我的本分。前两天,我听说了你们那件没趣的事,也知道你们为什么时常向人动武,争回自己的面子。我把你们那件事在心上深思熟虑,觉得按决斗的法则,你们其实不能算是受了侮辱。任何一个人不能侮辱全镇的人。如果为了叛国弑君的事向叛贼挑战,而不知叛贼是哪一个,那就只好向敌方的全城或全镇挑战。譬如堂狄艾果·奥尔东内斯·台·拉接吧,他不知道叛国弑君的只是维利多·多尔弗斯一人,他就向萨莫拉全城挑战①。照那个情况,

---

① 据传说,西班牙国王桑丘二世 1073 年被叛臣维利多·多尔弗斯(Vellido Dolfos)杀死在萨莫拉(Zamora)城下。堂狄艾果是桑丘二世手下的武士,也是亲属;他向萨莫拉全城挑战,发誓"不论老的、小的、死的、活的,田里的野草、河里的游鱼,面包、肉、水、酒,一概是他的对敌"。维利多曾见上部第二十七章。

报仇雪耻就成了萨莫拉全城居民的事。当然,堂狄艾果先生也过火了些,他挑战的对方,包括已死、未生的人,甚至泉水、面包等等都是他的冤家,那就太不合战规了。可是也怪他不得,一个人盛怒之下,那条舌头就像冲决了堤岸的洪水,就连自己的爸爸或师傅或铁钳子都管制不住。照我讲的这番道理,哪一个人都不能侮辱一国、一省、一城、一镇或一村。一个地方的居民以为受了某人的侮辱而去报复,大可不必,因为他们显然没有受侮辱。小孩子和老百姓嘴里的诨名和绰号不知多少呢:比如'钟娘娘镇'呀,'陶瓦罐儿的'呀,'种茄子的'呀,'捕鲸鱼的'呀,'制肥皂的'呀①,等等。如果以上哪一个地方的人听到本地的诨号就跟人家拼命,那就够瞧的! 如果所有那些著名城市的居民,为些无聊的小事,一怒之下,都寻衅动武,挥刀舞剑,那可真够瞧的了! 那是怎么也不行的,我劝你们千万别那样。明白事理的男子汉,井井有条的国家,只为四件事才该不顾生命财产,拿起武器奋战。第一是保卫正教;第二是保卫自己的生命——这是人情天理;第三是保卫自己的名誉、家庭和财产;第四是在正义战争中为国王效忠。假如我们要再加第五件,那就是保卫自己的国土;这也可以包括在第二件里。这五件是最重要的;此外,我们为了某些正当合理的事也该拔剑争斗。可是细事小节只能一笑置之,算不得侮辱;为这

---

① "钟娘娘镇"(Pueblo de la Reloja)指塞维利亚的艾斯巴底那斯镇。因为西班牙文的"钟"字(relojo)是阳性;相传那个镇上的居民要买一只女性的钟(reloja),指望它生产出小钟来。"陶瓦罐儿的"(cazoieros)指瓦利亚多利德人,因为那里出产瓦罐儿。"种茄子的"(berenjeneros)指托雷都人,因为那地方出产茄子。"捕鲸鱼的"(ballenatos)指马德里人,相传那里曾有人把浮在河里的驮鞍误作鲸鱼。"制肥皂的"(jaboneros)指塞维利亚人,因为那里制造肥皂。

些琐屑小事动武就毫无道理了。况且冤冤相报,压根儿是不合道义的;这种不合道义的举动违反咱们信奉的圣教。咱们的圣教谆谆告诫:慈悲对敌,恩德报怨。这条戒律好像很难遵守,其实违诫的只有一种人:他们重人世而轻天界;不顾灵魂,只知肉体。耶稣基督是上帝,也是有血有肉的人;他从不撒谎。他立法垂训说:'我的轭是软和的,我的担子是轻的'①,他决不命令我们做办不到的事。所以,各位先生,你们不论按照圣教的戒律或世间的规则,都该平心静气。"

桑丘听了暗想:"我敢打赌,我这位主人准是什么神学圣学家。即使不是,他和这种什么家也就像两个鸡蛋似的一模一样。"

堂吉诃德住嘴喘口气,瞧大家静悄悄地听着,就想再讲下去。可是桑丘乘主人停顿的时候,自作聪明,插嘴道:

"我主人堂吉诃德·台·拉·曼却以前称哭丧着脸的骑士,现在称狮子骑士。这位绅士一肚子好学问,拉丁文呀,本国语呀,全都精通,就像大学里的学士一样。他这番教训,都是以他头等好战士的身份说的;他对于决斗的种种法则简直滚瓜烂熟呢。我可以担保,你们听他的话就行,决没有错儿。况且,他刚才不是说的吗,听人家学一声驴叫就发火是很没道理的。我记得小时候高兴学驴叫就学着叫,谁也不管我。我叫得抑扬顿挫,惟妙惟肖;每学一声驴叫,满村的驴都跟着叫。可是我照样还是我爹妈的儿子,我爹妈是很有体面的人哩!我这点本领招了我们村上好几个头面人物的妒忌,不过我是满不在乎的。我

---

① 引《新约·马太福音》第十一章第三十节。

讲的都是真话,可以当场叫给你们听,因为这门学问和游水一样,学会了一辈子忘不了。"

他就一手捂着鼻子学了一声驴叫,叫得非常响亮,震荡得四周都山鸣谷应。他身边的一人以为是嘲笑他们,就举棍把桑丘·潘沙狠狠地打了一下。桑丘吃不住,从驴背上倒栽下来。堂吉诃德看见桑丘吃了大亏,立刻举枪向动手的人冲去。可是许多人拦在中间,没法向那人回手。雨点似的石子一阵阵向他打来;数不尽的大弓和火枪都瞄着他。他一看情势不妙,只好掉转驽骍难得的辔头拼命逃跑,一面至诚祷告上帝保佑他脱险,时时刻刻只怕背后飞来一颗子弹,身上打个透明窟窿。他跑一会儿还得喘息一下,瞧自己是否接得上气。那队人看他逃走,也就算了,并不向他开火。他们把刚苏醒的桑丘抬放在驴背上,让他随着主人跑。桑丘昏头昏脑,管不了自己的驴;可是他那灰驴和驽骍难得是寸步不离的,自然会跟上去。堂吉诃德跑了好一段路,回头看见了桑丘;他瞧没人追赶,就站住等待。

那一队人直守到天黑,敌方没来应战,他们就欣欣喜喜地回镇。他们如果知道古希腊的风俗,准要在那里建一座胜利纪念碑呢。

第二十八章

作者贝南黑利说:细读本章,自有领会。

勇士逃跑,总因为发觉了敌人的毒计,聪明人宁可留着性命,更待良机。堂吉诃德正是证实了这个道理。他瞧那群人气势汹汹,用意不善,忙转身逃跑,竟把桑丘抛在脑后,也没想到桑丘面临的危险;他跑到老远,认为已经脱险,才勒住马。桑丘横卧驴背,在后跟随,已见上文。他追上主人的时候已经清醒;他滚鞍下驴,伏在驽骍难得脚边,浑身疼痛,狼狈不堪。堂吉诃德下马查看他受的伤,发现他从头到脚完好无恙,就对他发火说:

"桑丘,你会驴叫真是倒足了霉!在绞杀犯家里讲绳子,有这个理吗?驴叫的音乐用棍子来配合,不是正恰当吗?桑丘啊,你还该感谢上帝,他们只拿棍子揍你一下,没用短剑在你脸上划个十字①。"

桑丘答道:"我透不出气,没劲儿回答。咱们骑上牲口快走吧;我以后再也不学驴叫了。不过有句话我还是要说的:有些游侠骑士把忠实的侍从撇给敌人去捣成泥、舂成粉,自己却逃走了。"

堂吉诃德答道:"退却不是逃走。我告诉你,桑丘,勇敢而不谨慎,就是鲁莽;莽夫的成功多半靠运气,不靠勇气。我承认自己是退却,但不是逃走。许多勇士逃得性命,卷土重来;我是学他们的样。历史上这种例子多的是,我这会儿懒得讲,一来你听了毫无用处,二来我也没这个兴致。"

桑丘这时已经由堂吉诃德扶上灰驴,堂吉诃德自己也骑上驽骍难得。他们望见四分之一哩瓦外有个白杨树林,两人就慢慢地向那树林走去。桑丘倒抽着气一声声"哎唷""哎唷"叫痛。堂吉诃德问他怎么回事,他说,从屁股往上、从脖子往下,痛成一

---

① 十六七世纪西班牙流氓打架,往往在对方脸上切个十字。

片,简直痛得发晕。

堂吉诃德说:"你这么痛,不用说,准是揍你的那根棍子长得很,一棍子打来,你整条背脊都挨着了;要是打着的地方再宽些,你还痛得厉害呢。"

桑丘说:"唷!多亏您这么一说,我才恍然大悟!您一句话就把事情都讲明白了!我的妈呀!那一棍子打着的地方处处都痛,还要您讲了我才明白!道理那么深奥呢!假如我痛在两脚踝上,也许得捉摸个缘故;可是我哪里挨打哪里痛,还用捉摸吗?老实说吧,我的主人啊,'别人的痛苦,一根头发丝都挂得住'①。我一天比一天明白了,跟您在一起是没什么指望的。这回您让我挨打,下一回、再下一百回,您又会让我像从前那样给兜在毯子里抛,或者受别的捉弄。这回是打在我背上,下回会打在眼睛上。我实在是个糊涂蛋,一辈子没出息!要不,我另打主意好多着呢!我要是回老家,到老婆孩子身边去,靠上帝的恩典养家活口,可不是好多着吗?我却跟着您荒野里东奔西走,喝凉水,吃苦饭;至于睡觉呢,侍从老哥啊,你量下七尺地,如果不够,再加七尺,要多宽都由你,有的是泥土地!从前的游侠骑士都是傻瓜蛋!谁是第一个游侠骑士——至少谁第一个跟着这种骑士当侍从的,我但愿他活活地烧死!直烧成枯炭!现在的游侠骑士呢,我没话说,得尊敬他们,因为您不就是一个吗?而且我也知道,您不论嘴里说、心里想,魔鬼都比不上您聪明!"

堂吉诃德道:"桑丘,我稳稳地可以和你打赌,你这会儿畅着嘴巴说个痛快,身上哪儿都不疼痛了!儿子啊,你想说什么就说

---

① 西班牙谚语,意思说把别人的痛苦看得很轻。

吧,只要你疼痛全消,我听了你这派混话生气也情愿。你既然一心想回家和老婆孩子团聚,上帝也不容我阻挡你。我的钱就在你手里,你估计咱们出门多久,你每月该有多少工钱,自己扣吧。"

桑丘答道:"您和参孙学士的父亲多梅·加尔拉斯果不是很熟吗,我在他家做帮工的时候,每月赚两个杜加①,还管饭。我不知道跟了您能赚多少,不过我知道当游侠骑士的侍从比干农活儿辛苦。真的,农活儿不管多累、多苦,我们晚上总有沙锅杂烩吃,总在床上睡觉;我伺候了您就没在床上睡过觉。我在堂狄艾果·台·米朗达家舒服了几天,靠卡麻丘肉锅里的油水吃了个足,在巴西琉家又吃又喝又睡大觉,除此之外,我总是露天睡在硬邦邦的泥地上,受尽大热大冷、风吹雨打的种种苦头,吃的是干奶酪的边皮和面包头儿,喝的是野里路边的溪水或泉水。"

堂吉诃德说:"桑丘,你说的都对。我该比多梅·加尔拉斯果给的再加多少,你说吧。"

桑丘说:"我看,您一月再加我两个瑞尔,我就很上算了。这是工钱。还有您答应我的海岛总督呢,您得再赔我六个瑞尔;一起是三十瑞尔。"

堂吉诃德答道:"好得很啊,咱们出门二十五天,桑丘,你就照自己定的工钱算吧,欠你多少,我已经说过,你自己扣下得了。"

桑丘说:"唷!我的妈!您这笔账算得大有出入呢。要赔我那个海岛,得从您答应我的那一天算起。"

堂吉诃德说:"那么桑丘,我答应你多久了呢?"

桑丘答道:"我记得足有二十年再加三天左右。"

---

① 在塞万提斯的时代,一杜加合十一瑞尔。

堂吉诃德在自己脑门子上拍了一个大巴掌，哈哈大笑道：

"我出入黑山以来，或者从咱们一次次出门到今，还没满两个月，桑丘，你怎么说那个海岛已经许了你二十年呢？我这会儿明白了，你是想把我交给你的钱都算你的工钱一口吞掉。你要真有这个心，我马上全部奉送，但愿你拿了大有好处。我只要能甩掉你这么个糟糕的侍从，尽管穷得没一个镧子也甘心，你这个不守骑士道的家伙，我问你，哪有游侠骑士的侍从向主人计较每月加多少工钱的？你读到过吗？你这个十足的流氓、混蛋！游侠骑士的故事浩如烟海，你去读读吧！读读吧！你这句话如有哪个侍从说过、想过，我就让你把这句话钉在我脑门子上①，再弹我四下鼻子②！你掉转灰驴儿回老家吧！从今起再也不要你跟我了！嗐，我的饭是白扔掉的！大好前程许了不知好歹的人！当你是人，你哪有一分灵性呀？这会儿我正要抬举你，叫人家不管你老婆怎样也得称你'大人'，你却要辞我回去了！我正打定了千稳万妥的主意，要让你在全世界最好的海岛上做总督，你却要走了！这就应了你自己常说的话：'蜜不是喂驴的。'③你现在就是一头驴，将来也是一头驴，到死还免不了是一头驴！我看你呀，到死也不会知道自己是个冥顽不灵的畜生！"

桑丘白瞪着两眼，听他主人臭骂，懊悔得眼泪直流。他放低嗓子颤声说：

"我的主人啊，您说得不错，我是驴子欠一条尾巴。您要给

---

① 西班牙成语，"请把某一件东西钉在我脑门子上"表示绝没有那件东西。
② 弹鼻子(mamonas selladas)表示轻侮，用左手中指扳起右手食指，把右手其余四指按在对方脸上，然后放开左手中指，让右手食指弹在对方鼻子上。
③ 西班牙谚语。

我安上一条,就恰好合适。我愿意一辈子像驴似的伺候您。您饶恕我,可怜我不懂事;您想想,我知道什么呢?我多说多话也只是糊涂,并不是安着坏心。反正'有错知改,上帝所爱'①。"

"桑丘啊,你要说话不夹成语才怪呢!好吧,我原谅你,可是你得改过,别再这样专爱打小算盘;该心胸宽大些。我许你的海岛尽管不在眼前,却是很有把握的;你鼓起劲儿来等着吧。"

桑丘说,他尽管没劲儿,也要硬挣着听主人的话鼓起劲来。

他们说着话跑进了白杨树林。树虽然没有手,却有脚;堂吉诃德去躺在一棵榆树脚下,桑丘去躺在一棵榉树脚下。一夜来,桑丘很苦恼,因为露水重,棒疮受了潮湿越发疼痛;堂吉诃德只在想念情人。不过两人都还睡着了。天亮他们又寻路向著名的艾布罗河岸走去。他们在那里遭遇的事下一章叙述。

第二十九章

上魔船、冒奇险。

堂吉诃德出了白杨树林,走一程,又一程,走了两天,到艾布罗河边②。两岸风光明媚,河水溶溶,又清澈,又悠缓,像流动的

---

① 西班牙谚语。
② 据堂维山德·台·洛斯·李欧斯(Don Vicente de los Ríos)在《堂吉诃德行程梗概》(*Plan cronológico del Quixote*)里指出,从演傀儡戏的客店到艾布罗河边,如果路上走五天,每天至少得走十四哩瓦,远非驽骍难得和灰驴脚力所及。两天是决计走不到的。但塞万提斯一向不拘细节。

水晶。堂吉诃德看着心旷神怡。这一派景色勾起他无限情思。他只顾把蒙德西诺斯地洞里的见闻反复回想。虽然贝德罗师傅的猴子说那些事真假参半,他只觉全是真的,不像桑丘那样认为都是假的。他一路走去,忽见一只小船拴在河边树上;船上空空的,连桨都没有。堂吉诃德四望不见一人,立即不问情由,下了驽骍难得,吩咐桑丘也下驴,把两头牲口一起牢牢拴在那里的杨柳树上。桑丘问他为什么忽然下地,又要把牲口拴上。堂吉诃德说:

"我告诉你,桑丘,我千拿万稳,准有骑士或什么贵人落了难,情势危急;这只小船是邀我乘了去援救的。骑士传记里,魔法师显身手常干这类事。如果骑士遭了难,需要别的骑士营救,他们俩之间尽管远隔二三千哩瓦,甚至还不止,魔法师用一朵云或一只船,一眨眼就从空中或海上把救星送到落难人所在的地方。桑丘啊,这只船泊在这里,显然就是这个缘故,一清二楚,千真万确。你别耽搁,快把灰驴和驽骍难得拴在一起,咱们照上帝的指引出发吧。即使赤脚修士求我别上船,我也不会听他的。"

桑丘答道:"我也不知道该不该说您又发疯了;不过您既然这么说,您又到处爱干这种事,我只好低头服从。老话不是说吗:'吃主人的饭,照他说的干。'可是我如果不老实说,我心上不安。我得告诉您:照我看,这只船不是魔船是渔船,因为这条河里的鳟白鱼是世界上最呱呱叫的。"

桑丘说着话已经把两头牲口拴好;他得把牲口撇给魔法师照管,心里非常懊丧。堂吉诃德说:抛下这两头牲口不用担忧,路远迢迢,放船接他们的人会当心喂养。

桑丘说:"什么'远条条'?我一辈子也没听说过这个话。"

堂吉诃德说:"'路远迢迢'就是离这儿很远的意思。你不懂,怪不得你;你又没冒充通文,谁也不会责备你。"

桑丘说:"牲口都拴好了,咱们这会儿怎么办?"

堂吉诃德答道:"怎么办?画个十字起锚啊①——就是说,咱们上船去,把船缆割断。"

他带领桑丘一起上了船,割断船缆,那船就悠悠荡荡地漾开去。桑丘瞧离岸将近两哩瓦,就浑身发抖,怕翻船淹死;不过他最难受的是听到灰驴叫、看到驽骍难得要挣脱绳子。他对主人说:

"灰毛儿瞧咱们走了,伤心得直叫号;驽骍难得想脱身蹿到河里来跟着咱们。哎,亲爱的朋友们,你们安安静静待着吧!我们一时发疯,离开了你们;但愿过一会儿心地明白了,就会回来!"

他说着悲悲切切哭起来。堂吉诃德不耐烦,生气说:

"你这脓包,怕什么呀?你的心是奶油做的吗?哭什么?真是胆小如鼠,难道谁在迫害你吗?你身在福中不知福,还不知足呢!你又不是在黎斐阿斯②山岭里赤脚步行,你却是在水波清澈的河上,像一位大贵人似的安坐在船舷上,转眼就出海去了。可是咱们一定早已出海,至少已经走了七八百哩瓦。如果我这儿有仪器测量一下北极的角度,就能知道走了多少路。不过平分南北极的赤道线如果还没有过,准也快到了;我要是估计得不对,就是大外行!"

---

① 旧时代的迷信,每开始做一件事,先画个十字。
② 黑海北部的山岭。

桑丘问道:"咱们到了您说的那个赤豆儿线上,就是走了多远的路呢?"

堂吉诃德答道:"很远了。因为照最伟大的著名宇宙学家多罗美①的核计,整个有水有陆的地球分作三百六十度;咱们到了赤道线,就是走了一百八十度。"

桑丘说:"啊呀,您引证的名人多体面呀!什么涂了蜜的什么鸡,什么芋头学家。"

堂吉诃德听桑丘把多罗美的名字和核计都听错了,忍不住大笑。他说:

"桑丘,我告诉你,船一过赤道线,船上每个人身上的虱子就死光了,即使金子换虱子,等重抵价,满船也找不出一个活虱子。从加的斯上船到东印度群岛去的西班牙人或别国人,凭这个征象也可以判定自己是否过了赤道线。所以,桑丘啊,你只要摸摸自己腿上有没有活东西,咱们就心中有数;如果摸不到,就是已经过赤道了。"

桑丘答道:"这套话我一句也不信。反正您怎么吩咐,我照办就是。可是何必这样试验呢?我明明看见咱们离岸不过五瓦拉,两头牲口就拴在上游两瓦拉的地方;驽骍难得和灰毛儿还在原处呀。我现在这样瞄着岸看去,我可以发誓,咱们走得比蚂蚁还慢呢。"

"桑丘,你听我的话试验一下,别的甭管。有些东西你是不

---

① 多罗美(Claudius Ptolomeo),古希腊宇宙学家,生于第二世纪,创天动论,认为地球是宇宙的中心,天动而地不动。波兰宇宙学家哥白尼(Copernic,1473—1543)的太阳中心论推翻了天动论。堂吉诃德显然没听说过这个新学理。

懂的:什么两分两至圈呀,经线呀,纬线呀,黄道带呀,黄道呀,南北极呀,两至呀,两分呀,行星呀,十二宫呀,方位呀,天地两仪的度数呀,等等;你要是都懂,或者懂得一点,那么,咱们现在交了纬线几度,看到了十二宫的哪一宫,经过了哪几个星座,正行经哪个星座,你都能一清二楚。我还是叫你自己身上摸索一下;我看你准比光洁的白纸都干净了。"

桑丘就自己摸索;他轻轻探手到左大腿弯子里,抬头望着主人说:

"这试验靠不住吧?要不,就是您说的那个地方还没到,差着好多哩瓦呢?"

堂吉诃德问道:"怎么?你摸到些什么了?"

桑丘答道:"不少呢!"

他弹着指头,把一只手全浸在河里。当时水势不急,那小船不用魔力或魔法师暗中推送,顺着水势向河心飘荡。

他们忽见河面上有几座高大的水力磨房①。堂吉诃德忙喊桑丘说:

"朋友啊,你看见前面那座城堡吗?魔法师送我来援救的人——不知是受困的骑士,还是落难的王后、公主、王妃,一定就关在里面呢。"

桑丘说:"先生,您说什么见鬼的城堡呀?您没看清那是磨麦子的水力磨房吗?"

堂吉诃德说:"桑丘,住嘴吧,尽管看着像磨房,其实并不是。魔法师会叫东西变样,我已经跟你讲过了;不是把东西真的

---

① 艾布罗河里有很多浮泊水面、利用水力的磨房。

变了,只是叫人看着好像变了。我亲眼看见我日夜思念的杜尔西内娅变了相,所以领会到这一层。"

这时小船已经流到河中心,不像先前走得慢了。磨房工人看见一只小船顺流而来,马上就要卷进水车轮子搅出来的急湍里去,大家忙拿了长棍出来拦挡。这一群面粉人儿的脸上、衣上蒙着一层白,形状可怕。他们大喊道:

"你们这两个冒失鬼!你们到哪儿去呀?不要命了吗?你们要干什么?要投河自尽,让这些轮子打成一块块吗?"

堂吉诃德就说:"桑丘,我没错吧?这里就是等着我来大显身手的地方!瞧瞧出来的这些强徒!好一群妖怪啊!多可怕的嘴脸呀!……哼!叫你们一个个混蛋睁开眼睛瞧瞧吧!"

他就站起来对磨房工人厉声喝道:

"你们这群坏心眼儿的混账东西别打错了主意!你们把谁关在堡里、下在牢里了?不管他是怎么样的人,贵族也罢,平民也罢,马上给我放出来!我是堂吉诃德·台·拉·曼却,别号狮子骑士,上天特地派我来救人的。"

他说着就拔剑向磨房工人挥舞。他们听了他那套疯话莫名其妙,只顾用长棍子去拦那只小船;船已经流到轮与轮中间汹涌的漩涡里去。

桑丘眼看情势危急,双膝下跪,恳求天保佑他脱险。天果然保佑了他。磨房工人手段又稳又活,用棍子抵住了小船;不过还是免不了船底朝天,把堂吉诃德和桑丘都翻下水去。堂吉诃德还好,他像鹅一样会游水,只是身上的盔甲重,两次带累他沉下水去;要不是磨房工人们蹿进河里把两人拖上来,主仆俩就送命了。他们上了岸,浑身湿透,也解尽了渴。桑丘忙跪着合掌望天,诚心祷告了一大通,求上帝保佑他,从此不再受主人胡闹的牵累。

这时几个渔夫跑来——他们是小船的主人,一看船已经给水车的轮子撞得四分五裂,就扭住桑丘要剥他的衣服,又要堂吉诃德赔钱。堂吉诃德没事人儿一样,静静地说:船破了他愿意赔,可是他们得立即释放堡垒里关着的人,不论是一个或几个。

一个磨房工人道:"你这疯子说的什么人、什么堡垒呀?难道你要把跑来磨麦子的人带走吗?"

堂吉诃德心上暗想:"罢了,要叫这群混蛋干一点好事,好比沙漠里说教。目前准有两个本领高强的魔法师在斗法呢:这个要干的事,那个阻挠;这个派船接我,那个就把船打翻。这事只求上帝帮忙吧;因为全世界都在钩心斗角,互相钳制,我能力有限,毫无办法了。"

他望着磨房大喊道:

"关在监狱里的朋友们,我不知你们是谁,可是我请你们原谅!我倒了霉,你们也只好倒霉;我救不了你们了!你们等待别的骑士吧!"

他说完和那几个渔夫讲妥,付五十瑞尔赔他们的船。桑丘交了钱满不情愿,嘀咕说:

"再这么乘两次船,咱们的钱包就空了。"

渔夫和磨房工人看着这两个怪人很诧异,也不懂堂吉诃德对他们喊话和质问是什么用意。他们料想是两个疯子,就撇下他们;工人回磨房,渔夫回家。堂吉诃德和桑丘返回他们的牲畜那里,又去过他们牲畜一般的生活。上魔船的冒险就此结束。

第三十章

堂吉诃德碰到一位漂亮的女猎人。

主仆俩垂头丧气,回到他们的牲口那里。桑丘尤其懊恼,因为动了他钱袋里的老本儿,就动了他的命根子;花掉一文本钱,仿佛是挖掉他的眼珠子。他们终于默默地上了坐骑,离开那条大河。一路上堂吉诃德只顾想念情人,桑丘却在盘算怎样发财得意,觉得前途渺茫。他傻虽傻,却看透主人的行为简直全是疯疯癫癫的。他打算等待机会溜之大吉,自回老家去。可是他有他的打算,命运却另有安排。

第二天夕阳西下,他们刚走出一簇树林,堂吉诃德举眼看见前面一片绿草地,草地尽头聚着一群人,走近才看出是放鹰打猎的。他更向前走,看见里面有一位漂亮的贵夫人,乘一匹雪白的小马,马上的鞍鞯都是绿色,侧坐的马鞍是银的。那女人自己也穿一身绿,打扮得华丽非常,高贵无比。她左臂擎一只苍鹰,堂吉诃德因此料想她不是寻常人,想必是那群猎人的主子。他料得确是不错。当时他对桑丘说:

"桑丘儿子,你过去对乘马擎着苍鹰的夫人说:我狮子骑士向她尊贵的美人行吻手礼;请她让我亲自过去致敬,竭力伺候她,听她使唤。桑丘,你得好好儿说,留心别扯上你那些成语老话。"

桑丘答道:"我会扯上吗!这还用吩咐!真是的,向贵夫人小姐们传话,我也不是第一遭!"

堂吉诃德说:"你不过向杜尔西内娅小姐传过一遭话,还有第二遭吗?至少我没有再派遣过你。"

桑丘答道:"不错啊,可是还得了债,不心疼抵押品;富家的晚饭说话就得①。这就是说:我呀,不用叮嘱,自己都会,什么都懂得一点。"

堂吉诃德说:"桑丘,你这话大概是不错的。好好儿去吧,上帝指引你。"

桑丘趱着灰驴跑得非常快。他赶到漂亮的女猎人那里,下驴跪在她面前说:

"漂亮的夫人啊,前面那位骑士是我的主人狮子骑士;我是他的侍从,家里叫我桑丘·潘沙。那位狮子骑士不久前也称哭丧着脸的骑士,他叫我向您禀告:他一心想来伺候您这位尊贵美丽的夫人——他是这么说的,我也这么想的;您要是肯接受他这份儿情意,不但您自己面上增光,他承您赏脸,也非常得意呢。"

那位夫人答道:"好侍从,你这个口信传得真是礼貌周全。请起来吧;哭丧着脸的骑士在我们这里很有名;你是这位伟大骑士的侍从,不该跪着。起来吧,朋友,请告诉你主人,我们夫妇——公爵和我——欢迎他到我们这儿的别墅里来。"

桑丘站起身,瞧这位贵夫人又美丽又客气,觉得很惊讶,尤其可怪的是听说她知道自己的主人哭丧着脸的骑士;她没称他

---

① 两句都是西班牙谚语。

狮子骑士,想必因为这个名号是新近才起的。这位不知是什么封号的公爵夫人又说:

"侍从老哥,我问你:现在出版了一部《奇情异想的绅士堂吉诃德·台·拉·曼却传》,书上讲的不就是你主人吗?他不是有个意中人名叫杜尔西内娅·台尔·托波索吗?"

桑丘答道:"是啊,夫人,那就是我的主人呀。按说,书里还有个侍从叫桑丘·潘沙,那就是我;除非我在摇篮里给换掉了——我意思说,除非那本书付印的时候改掉了。"

公爵夫人说:"我听了你这些话顶高兴,桑丘老哥,你去跟你主人说:他到这儿来我们欢迎得很,使我喜出望外。"

桑丘听到这么和悦的答复,兴冲冲地回去向主人一一转达,又用村言俗语,把这位贵夫人多么美丽、多么和蔼有礼大吹大捧了一通。堂吉诃德就抖擞精神,踩稳了脚镫,戴好护眼罩,踢着驽骍难得,斯斯文文地赶去吻那位公爵夫人的手。公爵夫人已经请了她的丈夫过来,把堂吉诃德叫桑丘传的话告诉了他。他们夫妇读过堂吉诃德故事的第一部,知道这人疯头疯脑,急要认认他,都兴高采烈地在那里等着。他们打算迎合他的心意,随他说什么都顺着他。骑士小说他们也读过,而且很喜欢;他们准备按这种小说里招待游侠骑士的礼节来招待这位客人。

这时堂吉诃德掀起了护眼罩已经跑来。桑丘瞧他要下马,忙着下驴去给他扶住鞍镫,可是偏偏一脚绊在鞍旁的绳子里,怎么也甩脱不开,倒挂着摔了个嘴吃屎。堂吉诃德下马向来要人扶住鞍镫,以为桑丘在那儿扶着呢,一歪身就要下马;那鞍子想必没有缚好,随着也歪过来,他连人带鞍都跌在地下。他不胜羞愧,齿缝里喃喃咒骂桑丘——那倒霉蛋一只脚还套在足镣里呢。公爵吩咐手下那些打猎的去援救骑士和侍从。他们扶起堂吉诃德,他摔得很狼狈,一瘸一拐地强挣着要去向两位贵人下跪。可是公爵怎么也不答应,反自己下马去拥抱堂吉诃德,一面说:

"哭丧着脸的骑士先生,我很抱歉,您到了我这儿,头一件事就这么倒霉;可是侍从粗心大意,往往引起更糟的事呢。"

堂吉诃德答道:"公爵大人,我能见到您是大好运气,决不倒霉;即使掉进深坑,我乘着和您相见的那股喜气也会腾身出来。我这个该死的侍从只会掉弄舌头说混话,要拴稳个马鞍子就不行。可是我无论摔倒了或爬起来了,无论站在地上或骑在马上,我总是为公爵大人和公爵夫人效力当差的。她是美人的魁首,高贵的榜样,真不愧为您的夫人!"

公爵说:"且慢啊,堂吉诃德·台·拉·曼却先生,世界上有堂娜杜尔西内娅·台尔·托波索小姐,就不该称赞别的美人。"

桑丘·潘沙已经甩脱脚上的绳子,正站在旁边;他不等主人答话,抢先说道:

"我们的杜尔西内娅·台尔·托波索小姐实在是美极了,这是没有第二句话可说的。可是'意料不到的地方会蹿出一头野兔来'①。我听说造化像陶匠那样,造了一件美的东西,就能照样造两件、三件、一百件。我说这话呀,因为我们公爵夫人和

---

① 西班牙谚语。

杜尔西内娅·台尔·托波索小姐真不相上下。"

堂吉诃德转向公爵夫人说：

"尊贵的夫人，您瞧吧，天下没一个游侠骑士的侍从比我这侍从更多话、更逗乐的。如果您贵夫人让我在您跟前当几天差，就知道我这话是千真万确的。"

公爵夫人答道：

"好桑丘要是逗乐儿，我就另眼相看了，因为可见他很聪明。堂吉诃德先生，您知道，笨人不会逗乐打趣。好桑丘能逗乐，有风趣，我就知道他是聪明的。"

堂吉诃德补充说："还爱说话。"

公爵说："那就更好了，一肚子俏皮，三言两语说不尽。咱们别耽搁了，请伟大的哭丧着脸的骑士……"

桑丘说："尊贵的先生，您该称狮子骑士；因为现在没有哭丧着的脸儿了，那脸儿是狮子的了。"

公爵道：

"那么请狮子骑士先生到我们这儿的堡垒里去，我和公爵夫人一定按他高贵的身份，用我们经常款待游侠骑士的礼数来款待他。"

桑丘这时已经把驽骍难得的鞍子缚妥。堂吉诃德骑上驽骍难得，公爵骑上他那匹漂亮的马，两人让公爵夫人走在中间，一起向别墅跑去。公爵夫人叫桑丘紧跟在她身边，因为听着他的妙谈非常有趣。桑丘不用邀请，夹在他们中间，还插嘴讲话，逗得公爵夫妇很乐。他们觉得真是有缘，能把这样一对游侠的骑士和游荡的侍从请到他们的别墅里去。

第三十一章

许多大事。

桑丘估量自己赢得了公爵夫人的宠爱,满心欢喜。他向来贪舒服,料想公爵府里的款待一定不输堂狄艾果家和巴西琉家。他只要有得享受,决不放过。

据记载,公爵抢先回府,吩咐家人怎样接待堂吉诃德。堂吉诃德随公爵夫人刚到门口,里面就出来两名小厮,都披着齐脚面长的深红缎袍,像起床穿的便服。他们把堂吉诃德抱下马,悄悄在他耳里说:

"尊贵的先生,您去抱我们公爵夫人下马吧。"

堂吉诃德就去抱公爵夫人下马,彼此谦让了一大通。公爵夫人坚不答应,非要公爵抱她才肯下马,说区区不足道的人万不敢劳累这位大骑士。后来还是公爵出来抱了她下马。他们一进大院,里面又出来两个漂亮姑娘,拿着一件贵重的猩红大氅给堂吉诃德披在肩上。大院四周围的游廊上立刻挤满了男女家人,他们高声喊道:

"欢迎天字第一号的游侠骑士!"

大家都拿着成瓶的香水向堂吉诃德和公爵夫妇身上洒。堂吉诃德身当此境,又惊又喜;他这才第一次心上踏实,确信自己真是游侠骑士而不是虚想的了,因为他受到的款待,和他书上读到的古礼一模一样。

桑丘不顾灰驴,紧跟着公爵夫人进了别墅。可是他把驴子孤零零地撇在外面又很不放心,看到迎接公爵夫人的仆妇群中一位颇有身份的傅姆①,就跑去低声对她说:

"您是贡萨雷斯夫人吧?对不住,我不知道您的尊姓大名……"

那位傅姆答道:"我叫堂娜罗德利盖斯·台·格里哈尔巴。兄弟,你有什么吩咐?"

桑丘答道:

"劳您驾出大门跑一趟;我把一头灰毛驴撇在那儿了,麻烦您叫人送它马房里去,或者您自己送去也行;那小可怜儿胆子小,一点儿受不得孤单寂寞。"

傅姆答道:"假如主人和佣人一样的头脑,我们真是交上好运了!但愿你们主仆倒尽了霉!去你的,兄弟,照管你那驴儿去吧;我们这儿当傅姆的没干过这种活儿。"

桑丘答道:"可是我老实告诉您,我主人满肚子典故;我听他背诵过朗赛洛特的故事,说是:

> 他刚从不列颠到此,
> 傅姆照料他的马匹,
> 他自己有夫人们服侍。

朗赛洛特先生的马匹要和我那头驴对换,我还不肯呢。"

傅姆说:"兄弟,你要是个油嘴,等有了听客,找到主顾,再

---

① 西班牙旧时代贵族夫人和小姐的女伴(dueña),地位在主人之下,仆妇之上,略似我国古代封建贵族家的傅姆。

卖你的俏皮;我只能给你个无花果①。"

桑丘答道:"那可好啊! 您那无花果准是烂熟的! 假如数着年纪赌输赢,您反正输不了。"

傅姆火气直冒,说道:"这婊子养的! 我多少年纪,我会向上帝交代,和你什么相干? 你这个一肚子大蒜的混蛋!"

她嚷得公爵夫人也听见了。公爵夫人转脸看见傅姆气得发抖,眼睛都红了,就问她跟谁吵。

傅姆说:"跟这家伙呀。他的毛驴儿在大门外,巴巴地叫我把驴送到马房去,还引经据典说,不知什么地方有这规矩,夫人们伺候一个什么朗赛洛特,傅姆照料他的马匹。这还不够,末了竟说我上年纪了。"

公爵夫人说:"这话太气人了。"

她就对桑丘说:

"桑丘朋友,你该知道,堂娜罗德利盖斯很年轻,她披着头巾是她有身份,也是行得这样,并不是因为上了年纪。"

桑丘答道:"我要有那意思,叫我下半辈子没好日子过! 我不过因为实在的心疼我那灰驴儿,觉得堂娜罗德利盖斯夫人心肠最好,托她照管就可以放心。"

这番争吵堂吉诃德全听见,就对桑丘说:

"桑丘,你这些话也配在这里讲呀?"

桑丘说:"先生,一个人不管在哪儿,需要什么总得说啊。我在这里想起灰驴,就在这里讲它;假如在马房里想起,就会在

---

① 欧洲的风俗,"给一个无花果"是握着拳头,把大拇指从食指和中指的缝里透出一点,然后把这个拳头向对方扬扬。这是一个侮辱轻蔑的姿态。

马房里讲。"

公爵说：

"桑丘很有道理，不能怪他。灰驴有人喂，桑丘尽管放心；他的驴和他本人一样不会受怠慢。"

这些话，除了堂吉诃德，大家听了都很乐。大家说着话到了楼上，把堂吉诃德让进客厅；里面挂着非常华丽的锦缎帷幔，六个年轻姑娘伺候堂吉诃德脱卸盔甲。公爵夫妇要让堂吉诃德觉得人家是按游侠骑士的身份款待他，已经教了她们该怎样伺候。堂吉诃德脱掉盔甲，只穿着紧身的裤子和麂皮上衣。他又瘦又高又细溜，两片脸颊仿佛在口腔里接吻似的。伺候他的那几个姑娘看着他那副模样，要不是男女主人反复告诫在先，准会笑破肚皮。

她们要堂吉诃德脱光了换衬衣，他却坚不答应。他说，游侠骑士不该失礼，就像不该胆怯一样。不过他说，不妨把衬衣交给桑丘。他带着桑丘躲进一间讲究的卧室，脱换了衬衣；瞧无人在旁，就对桑丘说：

"我问你，你这个新丑角和老笨蛋，你怎么可以得罪那位有身份、有体面的傅姆呀？你怎么那个时候想到了灰驴呀？公爵和他夫人细心周到，会把咱们的牲口撇下不管吗？桑丘，你真该小心点儿，别露了馅儿，让人看透你是个乡下老粗。你这个糊涂人啊，你记着，佣人越是有体面、有教养，人家对他主人也越加看重。贵人有一件事最占便宜：他们的佣人也和他们一样知礼。你这个不见世面的家伙，连累我也倒了霉！你不想想，人家瞧你是个乡下老粗或逗乐儿的傻瓜，不也就把我当作江湖骗子或冒牌骑士了吗？桑丘朋友，你那样是要栽跟斗的，千万当心别犯那毛病。爱嚼舌头说笑话的。一句不当景,就成了讨厌的小丑。得把自己的舌头严加管束;话没出口,先想一想。你该知道,咱们到了这里,靠上帝再靠我的本领,大可名利双收呢。"

桑丘恳切答应说:他宁愿封上嘴巴或咬掉舌头,也不愿说一句不很对景的话,一定遵命先想一下,然后开口;他请主人放心,他决不会连累主人丢脸。

堂吉诃德穿好衣服,套上挂剑的肩带,披上猩红大氅,戴上侍女给他的绿缎圆顶帽。他装束停当,到了一个大厅上。只见侍女们双双排队,个个捧着洗手的用具,毕恭毕敬地伺候他洗手。随后管家的带领十二个小厮迎接他去吃饭,公爵夫妇已经在那儿等候了。小厮们四周簇拥着他,按照隆重的礼节,把他送进饭厅。一桌盛馔已经开上,只摆着四个席位。公爵夫妇走出饭厅来迎接;他们一起还有个道貌岸然的教士。贵族家总有一位教士做家庭导师。这种教士出身并不高贵,所以不会教导贵族做义不容辞的事:他们凭自己狭隘的心胸,抑制贵人的宽大;他们要教诲贵人家节约,造成了贵人家的吝啬①。和公爵夫妇同来迎接堂吉诃德的那一位,想必就是这种教士。宾主说了一大套恭维的话,主人一左一右陪伴着堂吉诃德去坐席。公爵让他坐首位;他再三辞谢,强不过主人,只好从命。教士就在对面坐下,公爵夫妇打横。

桑丘跟在旁边,瞧这两位贵人对自己的主人这样恭敬,惊讶得眼睛都瞪出来了。他看着公爵和他主人为了坐那个首位只顾

---

① 据说这段话是有所指的。作者曾把本书第一部献给贝哈尔公爵;这位公爵听从家庭导师某教士的教唆,未予理睬。

你推我让,就说:

"我们村上有个关于坐席的故事,各位要听吗?"

堂吉诃德听到桑丘这话就发抖,拿定他要说傻话了。桑丘看了主人一眼,懂得他的心思,就说:

"我的主人啊,您别怕我说溜了嘴或是说话不当景。您刚才教训我说话应该多呀、少呀、合适呀、不合适呀那一套,我并没有忘记。"

堂吉诃德说:"桑丘,我几时教训你来?你有话,能干脆说,你就说。"

桑丘道:"我要讲的话呀,是千真万确的;现放着我主人堂吉诃德在场,他不会让我撒谎。"

堂吉诃德说:"桑丘,你撒谎和我什么相干,随你爱撒多少谎,我管不了;可是你要说什么话,自己先想想。"

"我已经来回来回地想过了,打警钟的人很安全①,回头我说出来就知道我这话没错儿。"

堂吉诃德说:"这傻瓜专爱胡说,尊贵的先生夫人还是叫他出去吧。"

公爵夫人说:"我凭公爵的生命发誓,桑丘一刻也不准走开。我非常喜欢他,我知道他很聪明。"

桑丘说:"我是不聪明的,多承您看得我好;但愿您贵夫人一辈子聪明!我且讲那个故事吧。一次我们村上有个绅士请客。他很有钱,出身也很高贵,他是阿拉莫斯·台·梅狄那·台

---

① 西班牙谚语。打钟的人在发警报,可是自己却安然在钟塔里。桑丘意思说:自己是拿稳了的。

尔·冈坡的子孙。他娶的是堂娜曼西亚·台·吉牛内斯。这位夫人的父亲就是圣悌亚果教团的骑士堂阿隆索·台·玛拉尼翁,他就是在艾拉都拉淹死的①;为了他,几年前我们村上还吵了一场,据我听说,我主人堂吉诃德也牵连在里面了,铁匠巴尔巴斯特罗的儿子——那淘气鬼小托马斯就是那次吵架受了伤……我的主人啊,这些事不都是真的吗?您给我打个保呀,别让这里的先生夫人们当我是撒谎嚼舌根的人。"

那教士说:"我这会儿只看准你是个嚼舌根儿的,还没见撒谎;你再说下去,我就拿不定你是什么样的人了。"

"桑丘,你举了这么许多见证,这么许多细节,我只能说你讲的是实事。你讲下去吧,讲得简短些,照你这样啰唆,两天也讲不完。"

公爵夫人说:"依我的意思,别简短,尽管六天讲不完,还是让他照自己的老样儿讲;假如他讲六天,那六天就是我生平最解闷儿的日子。"

桑丘接着说:"那么,各位先生夫人,我讲下去。那位绅士呀——他的事我都一清二楚,我们两家离不了一箭的路——他请的那位客人是庄稼人,穷虽穷,却是有体面的。"

那教士插嘴道:"兄弟,你快讲吧;照你这样讲,一辈子也讲不完。"

桑丘答道:"只要上帝保佑,不到半辈子就能讲完。且说,那庄稼人到了请客的绅士家——那位绅士现在已经死了,祝愿他的灵魂安息吧;据说他死得像天使似的——我当时不在场,到

---

① 艾拉都拉是玛拉加东面的一个海港,1562 年,胡安·台·曼多萨(Juan de Mendoza)指挥的二十多只海船遇到大风暴,在这个港内覆没,死亡四千多人。

坛布雷克收割去了……"

"哎呀,儿子,你快从坛布雷克回来吧①,别再等这位绅士下葬,快把故事讲完,免得急死人。"

桑丘说:"当时是这么回事:主人客人正要坐席——他们俩这会儿分明就在我眼前呢……"

桑丘讲得啰啰唆唆,断断续续,那位好教士满面不耐烦,堂吉诃德一肚子恼火。公爵夫妇瞧着觉得非常有趣。

桑丘说:"他们俩不是正要坐席吗,庄稼人一定要让绅士坐首位,绅士也一定要庄稼人坐首位——因为绅士在家,什么事都是他说了算的。可是那庄稼人自以为有礼貌、懂规矩,只顾推让。后来那绅士火了,两手按着他的肩膀,硬叫他坐下,一面说:'坐下吧,你这傻瓜;我不论坐在哪里,总是在你上首。'这就是我的故事。我拿定这是很应景的。"

堂吉诃德那张黑黝黝的脸儿,顿时涨得颜色斑驳陆离。两位贵人看破桑丘话里带刺,竭力忍着笑,怕堂吉诃德老羞成怒。公爵夫人防桑丘再讲什么混话,忙掉转话头,请问堂吉诃德:杜尔西内娅小姐有没有什么消息;他最近又向她奉献了什么巨人或歹徒,因为他一定降伏了不少。堂吉诃德说:

"尊贵的夫人,我的厄运只有开头,没个完了。我降伏过几个巨人,也曾经把坏蛋和歹徒送去献礼,可是她现在着了魔道,变成一个丑极了的乡下姑娘了,叫他们到哪里去找她呢?"

桑丘·潘沙道:"我也不知道是怎么回事,我看她明明是绝

---

① 按语气,这句话是教士说的。"快从坛布雷克回来吧"已变为成语,就是说:"别啰唆了,言归正题吧。"

世美人儿,至少非常活泼,会蹦会跳,就带翻跟斗卖艺的都输她几分。真的,公爵夫人,她从地下一蹦就上了驴,利索得像猫儿一样。"

公爵问道:"桑丘,你看见她着魔了?"

桑丘答道:"什么看见呀!她着魔的一套,是哪个鬼家伙发明的?还不就是我吗!她就像我爸爸一样的着魔!"

那教士听他们讲什么巨人呀、坏蛋呀、魔法呀,等等,恍然明白这位客人准是堂吉诃德·台·拉·曼却;堂吉诃德的故事是公爵经常阅读的。他已经屡次责备公爵无聊,读这种胡说八道的东西。他拿定自己猜得不错,就很生气地对公爵说:

"公爵大人,这位先生干的事,上帝要记在您账上的!您把这堂吉诃德或是堂傻瓜或是堂什么玩意儿当作疯子,尽招他装疯卖傻,我看他未必就像您想的那么糊涂。"

他把话锋转向堂吉诃德说:

"你这个没脑子的家伙啊!你是游侠骑士吗?你降伏了巨人、抓住了歹徒吗?这是哪儿来的事呀?你规规矩矩,我也好好儿跟你说。你还是回家去,如有儿女就培养儿女,照管着家产,别再满处乱跑,喝风过日子,让人家不论是否相识,都把你当作笑话。你真是倒了霉的,世界上古往今来哪有游侠骑士呢?西班牙哪有巨人呢?拉·曼却哪有歹徒和着了魔的杜尔西内娅呢?你那一大堆胡说八道都是哪儿来的呀?"

堂吉诃德悉心静听,等这位道貌岸然的教士讲完,他不顾公爵夫妇在座,怒气冲冲,霍地站起来,说道……

不过他怎样说,应该专章记录。

第三十二章

堂吉诃德对责难者的回答，以及其他
或正经或滑稽的事。

堂吉诃德站着浑身发抖，像中了水银的毒；他愤怒而激动地说：

"我虽然满腔义愤，还是尽力克制，因为我是在这里做客，又当着两位贵人的面，而且您的职业是我向来尊重的。还有一层，大家都知道，穿道袍的人和女人一样，唯一的武器是舌头，所以我只打算和您舌剑唇枪，厮杀一场。按道理您是好言教导人的，不料您这样破口谩骂。诚心诚意的责备不挑当前这种场面，也不发您这样的议论。反正您当着大众把我恶狠狠地责骂，太没分寸了。和颜悦色地劝说，不比疾言厉色更有效吗？自己压根儿不懂这是怎么一回事，就破口骂人疯呀，傻呀，有这个理吗？请问，您看见我干了什么疯傻的事该挨您的骂呀？您命令我回去照管家务和妻子儿女，您知道我有没有妻子儿女呢？有些人是穷学生出身，生长在方圆二三十哩瓦的小地方，什么世面都没见过，居然混进贵人家去做了导师。这种人也配胡言乱语地议论骑士道、批评游侠骑士吗？游侠骑士一年到头东奔西走，不贪享受，吃辛吃苦，干些流芳百世的好事，这难道是无聊或虚度光阴吗？如果英雄豪杰或贵人们把我当傻瓜，那就是我无可洗雪的羞耻;如果对骑士道完全外行的书呆子说我没脑子,我觉得不值一笑。我是个骑士,只要上帝容许,我到死也是骑士。各人志趣不同:有的雄心豪气,有的奴颜婢膝,有的弄虚作假,有的敬天信教;我呢,随着命运的指引,走的是游侠的险路。我干这个事业不为钱财,重的是名誉。我曾经扶弱锄强,降伏巨人,镇压妖怪。我也一往情深,因为游侠骑士非如此不可。我的爱情不出于色欲,而是高尚纯洁的心向神往。我处处蓄意行善,一言一行,只求于人有利无害。一个人存着这片心,干着这类事,孜孜不倦,大家该不该骂他傻子呢?请尊贵的公爵大人、公爵夫人说说吧。"

桑丘说:"天哪!说的真是好啊!我的主人先生,您不用再辩解,话都给您说尽了,面面都到,再没什么可争的了。这位先生不相信从古到今世界上有游侠骑士,那就怪不得他胡说乱道了。"

教士说:"我听说有个桑丘·潘沙,他主人许了他一个海岛。兄弟,你大概就是那人吧?"

桑丘答道:"我就是啊;别人配做海岛的主人,我也配呀。'你和好人一起,就和好人一气';'不问你生在谁家,只看你吃在谁家';'靠着苍葱大树,就有清荫蔽护';①这些话对我都用得上。我靠着一个好主子,跟他奔走了几个月,如果上帝容许,我也会变成像他那样的人。只要他长寿,我也长寿,他准会做到大皇帝,我也准会做到海岛总督。"

公爵说:"那是一定的,桑丘朋友。我有一个很不错的海

---

① 三句都是西班牙谚语。

岛,正没人管呢;我就以堂吉诃德先生的名义,叫你做岛上的总督。"

堂吉诃德说:"桑丘,快跪下,吻公爵大人的双脚谢赏。"

桑丘遵命照办。教士看了勃然大怒,起身说:

"我凭自己的道袍发誓,您大人简直和这两个可怜虫一样傻了。有头脑的人都会跟着发疯,怎么叫这些没脑子的家伙不疯呀!您大人和他们一起吧。他们待在您家,我就回我老家去了,省得我空费唇舌来劝您。"

他不再多说,没吃完饭就走了;公爵夫妇劝留也没用。公爵觉得那教士那么生气大可不必,笑得连话都说不出,实在也没怎么劝留。他止了笑,对堂吉诃德说:

"狮子骑士先生,您驳斥得理直气壮,给自己挣足了面子。他那番话好像是侮辱,其实完全不是,因为教士和妇女一样,都没有本领侮辱人。您对这种事是最内行的。"

堂吉诃德答道:"对呀!妇女、孩童和教士受了冒犯不能自卫,他们都没资格受侮辱;既然没资格受侮辱,也就不能侮辱人。您大人知道,冒犯和侮辱有个分别。能侮辱人的,他冒犯了人还坚持不止,那才是侮辱。谁都能冒犯人,可是冒犯还说不上侮辱。举个例吧:一个人毫无防备,在街上给十个拿武器的人打了一顿,这人拔剑奋战,可是寡不敌众,没能争回面子;这人是受了冒犯,但是没有受侮辱。我再举个例吧。如果有人在别人背后打了几棍立刻逃走,没让挨打的人追上;挨打的人是受了冒犯,但是没有受侮辱。冒犯了人还坚持到底,那才算得侮辱。假如乘人不备打了人,又拔剑站定不动,那么,挨打的人是受了冒犯也受了侮辱:受冒犯呢,因为那人打他是鬼鬼祟祟的;受侮辱呢,因为那人打了他悍然自若,并不逃跑,却站在那里。决斗是不幸的,可是有它的规则;按那些规则,我可说是受了冒犯,却没受侮辱。因为孩童妇女冒犯了人不能坚持,也逃跑不了,也没本领站定了抵抗;教士正也一样。这三种人都不能使用武器打人和捍卫自己。他们当然得保护自己,可是他们不能冒犯别人。我刚才说自己可算受了冒犯,现在想想,我就连受冒犯也说不上。人家压根儿没资格受侮辱,更不能侮辱人。如此说来,我不必为那位先生的话生气;我也并不生气。不过他心里嘴里都不承认世界上有过游侠骑士,实在是大错特错;我但愿他再多待一会儿,让我跟他讲讲明白。如果阿马狄斯祖孙哪一个听到他这么说,我看他老先生就凶多吉少了。"

桑丘道:"对啊!他们准一剑斫得他从头到脚裂成两半儿,像剖开的石榴或熟透的甜瓜一样。他们可不是好惹的!我敢发誓,如果瑞那尔多斯·台·蒙答尔班听了这小矮个子的话,准一个嘴巴子打得他三年不开口。哼!叫他去碰碰他们吧,瞧他怎么逃出他们的手掌!"

公爵夫人听了桑丘的话,笑得要死,觉得桑丘比他主人更逗乐儿,而且疯得更厉害。当时许多别人也这么想。堂吉诃德总算气平了。饭罢,撤去席面,就来了四个使女:一个捧着银盆;一个提着银水壶;一个肩上搭着两块洁白细软的毛巾;第四个卷起衣袖,露着两截胳膊,雪白的(真是雪白的)手里,拿着一块拿坡黎斯出产的圆形香皂①。捧盆儿的使女淘气地装出一副正经的样儿,把盆凑在堂吉诃德的胡子底下。堂吉诃德默默注意着这

---

① 这是当时最名贵的润肤香皂,一般人家用不起。

些礼节,以为当地习惯不洗手而洗胡子,所以拼命把胡子往前凑。拿水壶的就浇下水来,拿肥皂的很灵敏地在他胡子上打肥皂,揉出一堆堆雪花似的肥皂沫子。这位骑士服服帖帖随她们摆布,不仅胡子上都是肥皂沫,就连脸上、眼皮上也都是,只好紧紧闭上眼睛。公爵夫妇对这番奇怪的盥洗礼毫不知情,都等着瞧怎么回事。洗胡子的使女把肥皂沫堆积得一拃厚,推说没水了,叫提壶的使女去拿水,请堂吉诃德先生等一等。提壶的去拿水,堂吉诃德就在那儿等着;那副滑稽的怪相简直难以想象。

在场的许多人都看着他。他那焦黄的脖子伸了半瓦拉长,眼睛紧紧闭着,胡子里全是肥皂;大家看了他这副样子居然忍住不笑,实在是意想不到的,也是了不起的克制功夫。那几个恶作剧的使女垂着眼皮,不敢看主人主母。他们俩明知这群使女胆大胡闹,可是堂吉诃德那副模样实在逗乐,所以又怒又笑,不知对她们该责罚还是奖励。后来提水壶的使女回来,她们给堂吉诃德冲洗完毕,带着毛巾的使女仔细替他擦干,四人一起对他深深鞠躬致敬,就准备退场。可是公爵防堂吉诃德看破这番胡闹,喊住捧盆的使女说:

"过来给我洗,留心别半中间使完了水。"

那女孩子很伶俐,忙也照样把盆儿凑在公爵颔下;她们给他好好儿打上肥皂,洗净擦干,然后一起行礼退出。后来据说,公爵当时赌咒,她们如果不照样给他洗,就难逃惩罚;她们总算识窍,主人客人同样待遇,才算补过赎罪。

桑丘留心看着这套盥洗的礼节,自言自语说:

"天啊!如果本地风俗不单给骑士洗胡子,也给侍从洗,那可多好啊!我真需要这么洗洗呢!要是再用剃刀给我刮刮,那就更妙了。"

公爵夫人问道:"桑丘,你嘟嘟囔囔说什么呀?"

他答道:"太太,我是说,别处王公贵人府上据说吃完饭浇水洗手,不用肥皂洗胡子。长寿果然有益;活得长就见识得多。谁说长寿是长受罪呢,这样洗胡子不是受罪却是享福呀。"

公爵夫人说:"桑丘朋友,你甭愁,我叫使女也给你洗;如要着实洗,可以把你全身泡在肥皂水里。"

桑丘答道:"我只要洗洗胡子就够了,至少目前如此;将来怎样,上帝会有安排。"

公爵夫人说:"管家的,你照看着桑丘先生,他有什么要求,全得依他。"

管家的说,他一切听桑丘先生吩咐;就带了桑丘去吃饭。公爵夫妇和堂吉诃德还坐着闲聊,谈的无非是耍枪杆子和游侠的事。

公爵夫人说,久闻杜尔西内娅·台尔·托波索小姐的美名,想必举世无双,就连拉·曼却都找不出第二人①。她的美貌,堂吉诃德先生准记得亲切,请形容一番吧。堂吉诃德听了这话长叹一声说:

"杜尔西内娅·台尔·托波索小姐简直美得难以想象,不是语言所能形容的。她的丽影全印在我心上呢;假如我能把这颗心挖出来,装在盘里,放在这桌上,供在您贵夫人面前,您就可以亲自看看,不用我空费唇舌了。可是她的美貌不用我来一一描摹,我也不能胜任,该让别人来。这得用巴拉修、悌芒得斯、阿

---

① 公爵夫人故意把拉·曼却说成比全世界还大。

波雷斯等画家的笔,用雕刻家李西玻的刀,才能把她的美貌描绘在木板上,雕刻在大理石和青铜上;还得用西塞罗尼亚纳和德模斯提纳辞令来颂赞她。"

公爵夫人问道:"堂吉诃德先生,什么叫'德模斯提纳'呀①?这话我一辈子也没听见过。"

堂吉诃德答道:"德模斯提内斯和西塞罗是世界上最大的修辞家;德模斯提纳辞令就是德模斯提内斯式的修辞,正如西塞罗尼亚纳辞令就是西塞罗式的修辞。"

公爵说:"就是啊,你敢情一时迷糊了,连这个都不懂。可是堂吉诃德先生要能把杜尔西内娅小姐描摹一番,我们就高兴极了。尽管是一个简略的大概,她也一定能活现在我们眼前,把一切美人都比得黯然无色。"

堂吉诃德答道:"她前不久遭了一场大难,我要形容她,就不由得伤心落泪。她从此在我心里的印象也模糊了;不然的话,我一定遵命。尊贵的先生夫人请听我讲。前几天我去吻她的手,指望她赞许我这第三次出门,并为我祝福。我发现她完全换了个人儿了。她着了魔,公主变成了村姑,美人变成了丑女,天使变成了魔鬼,香喷喷变成了臭烘烘,谈吐文雅变成了出口鄙俗,斯文庄重变成了轻佻粗野,光明变成了黑暗,干脆说吧,杜尔西内娅·台尔·托波索变成个萨亚戈②的乡下女人了。"

公爵听到这里,大叫道:"天啊!哪个害人精干下了这等坏

---

① 德模斯提内斯是纪元前四世纪古希腊雄辩家;这个名词若化作形容词,西班牙文当作德模斯特尼阿那(demosteniana),不是德模斯提纳(demostina),公爵夫人故意挑他的错。
② 葡萄牙接境处的乡僻地区,见本书150页注①。

事呀？谁把世界上人人珍爱的才貌品德夺去了呀？"

堂吉诃德答道："谁吗？除了忌我害我的魔术师，还有谁啊？这种恶人真不少呢。他们活在世上专摧毁好事，宣扬坏事。魔法师从前就害我，现在又害我，将来还要害我，直要把我和伟大的游侠事业埋没在地下才肯罢休。他们选中我的要害来中伤我。夺去游侠骑士的意中人，就是夺去他的眼睛，夺去照亮他的太阳，夺去养活他的粮食。我虽然说过好几次，现在我还是这句话：游侠骑士没有意中人，就仿佛树无叶、屋无基、影无形。"

公爵夫人道："这是千真万确的。可是有口皆碑的新书堂吉诃德先生传该是信史吧？从那本书上看来好像您从没见过杜尔西内娅小姐，世界上压根儿没这个人，她只是您的梦中爱宠，她的十全十美都是您任意渲染的。"

堂吉诃德答道："这里有许多讲究呢。世界上有没有杜尔西内娅，她是不是我臆造的，谁知道呢？这种事情不该追根究底。我的意中人并不是无中生有，我心目中分明看见那么一位可以举世闻名的小姐：她千娇百媚，一无瑕疵；庄重而不骄傲，多情而能守礼；她有教养，所以彬彬有礼；彬彬有礼，所以和蔼可亲；而且她出身高贵——大家闺秀的姿容风度是小家碧玉万万比不上的。"

公爵说："这是不错的。可是我读了堂吉诃德先生传，有句话憋不住要吐一吐，想必不会见怪。照书上看来，托波索或什么地方确是有个杜尔西内娅，她也正是您描摹的绝世美人，可是要说她出身高贵呢，她和您熟读的故事里讲的那些奥利安娜呀、阿拉斯特拉哈瑞娅呀、玛达西玛呀等等高贵的女子就不能相提并论了。"

堂吉诃德答道："可是我有我的道理。杜尔西内娅干什么事,就成什么人①;高贵以美德为准。好人尽管地位低,比地位高的坏人可敬可佩。况且杜尔西内娅有资格升做头戴王冠、手执宝杖的王后,这并不稀奇,德貌兼备的女人还能升得更高呢。她尽管看来不算高贵,底子里却是很高贵的。"

公爵夫人说:"堂吉诃德先生,您的话四平八稳,句句着实。可见托波索确有一位杜尔西内娅,她活在当今之世,是一位高贵的美人,当得起堂吉诃德先生这样的骑士为她效劳——我不能把她捧得再高了。我从今不但自己相信这些事,还要叫全家都信,如果公爵不信,我也要叫他信。不过我有一点想不明白,而且对桑丘·潘沙也不大满意。那书上说:桑丘·潘沙给您捎信,看见那位杜尔西内娅小姐正在筛一大口袋麦子,还指明是红麦子,这就叫我不信她出身高贵了。"

堂吉诃德答道:

"高贵的夫人,您可知道,游侠骑士的遭遇都有常规;我的呢,简直破格反常。这也许因为命运的安排不可捉摸,也许是忌我的魔术家恶意捉弄。大家知道,有名望的游侠骑士差不多都有天生独到之处。有的不受魔法影响;有的皮坚肉硬、刀枪不入。譬如法兰西十二武士里鼎鼎大名的罗尔丹吧,据说他浑身除了左脚底都不会受伤;要刺伤他的左脚底,只能用个粗钉子,别的武器都不行。贝那尔都·台尔·加比欧在隆塞斯巴列斯瞧刀枪不能伤他,就把他抱起来卡死了他。据古代的传说,赫拉克利斯就这样杀死了地神之子——那凶猛的巨人安泰;贝那尔都记起这件事,用了同样的手法。我因此知道自己也有特殊的天

---

① 西班牙谚语。

赋。不是说我有钢筋铁骨;因为我多次深感自己皮肉娇嫩,一点碰不起。也不是能使魔法失效,因为我曾经给人关在笼里;要不是魔术的法力,谁也不能把我关进去。可是我相信,那次的魔法给我破掉以后,就没有魔法能伤害我了。魔法师既不能在我身上施展他们的恶毒手段,就下手害我心爱的人。杜尔西内娅是我的命根子,他们就摆布了她来要我的命。我想他们是乘我的侍从给我捎信去,就把她变成个乡下女人,正在干粗活儿筛麦子。不过我也说过,那麦子不是红的,也不是麦子,其实是东方的珍珠。尊贵的先生夫人,我可以讲一件事证明我说的确是真情。不久前我到托波索去,始终没找到杜尔西内娅的府第。第二天,我的侍从桑丘看见她的真身是绝世美人,我看来却是个又蠢又丑的乡下姑娘;而且她那样聪明透顶的人,竟连话都不会好好儿说。我自己既没有着魔,而且照理也不可能再着魔了,那就当然是她着了魔、受了害、改变了模样;我的冤家准把他们对我的仇恨,发泄在她身上了。我若看不到她恢复本相,到死都要为她辛酸流泪的。我讲这许多事,无非请大家别理会桑丘说杜尔西内娅筛麦子的那套话;她既然在我眼里会变相,也就会在他眼里改了样。杜尔西内娅是高贵的,出身清白世家;那种人家托波索有不少呢。她的家乡多半要靠她这位绝世美人而出名,好比以前特洛亚因海伦①而出名,西班牙因那个加瓦②而出名,不过她那名气是美好的,不是丑名。还有件事我想跟您两位谈谈。从来游侠骑士的侍从里,没一个像桑丘·潘沙那样有趣的。他

---

① 指引起特洛亚战争的希腊美人。
② 指胡良伯爵的女儿茀萝林德,已见上部264页注①,425页注①。

有时傻得调皮,要捉摸他究竟是傻是乖,也大可解闷。他要捣起鬼来就是个混蛋;他没头没脑又分明是傻瓜。他什么都怀疑,又什么都相信。我正以为他笨透了,他忽又说些极有识见的话,好像很高明。反正我这个侍从呀,拿谁来对换我都不肯的,贴上一座城市我也不换。送他去做您大人赏的官呢,我不知好不好,还拿不定主意。我看他做官倒是有点本领,他那副头脑磨练磨练,做什么官都行,就好比国王能管理自己的税收一样。而且许多事情证明,做总督不用多大才干,也不用多少学问,咱们现有上百个总督简直连字都不识,管起下属来却像盘空的老鹰一样。最要紧的是心放得正,再加办事认真。因为总有人帮他们出主意,指导他们该怎样干。比如没上过大学的绅士,做了官自有帮手替他们审判案件。我只劝桑丘不贪得非分之财,也不放过应有之利①;还有些零碎的告诫可以请他采纳,对他管辖的海岛也有益,我先存在心里,等适当的时候再说吧。"

公爵夫妇和堂吉诃德正谈到这里,听得府里一片叫嚷。忽见桑丘闯来;气呼呼地,像小孩儿戴围嘴那样围着一块粗麻布,后面跟着好些佣人——其实都是厨房里帮忙的②和打杂儿的。一个端着盛水的小木盆;那盆水混腻腻的,看来是洗碗的脏水。那人紧追着桑丘,硬要把木盆塞在他胡子底下;另一个厨房里帮忙的好像是要给他洗胡子。

公爵夫人问道:"兄弟们,这是干吗?你们对这位先生要怎

---

① 西班牙谚语。
② 指贵族家厨房里没工钱、白吃饭的临时帮忙人。

么着？你们怎么不想想，他是已经任命的总督啊。"

要给桑丘洗胡子的那家伙说：

"这位先生不让我们给他浇洗。我们是照规矩办事；我们公爵大人和他的东家先生都这么洗了。"

桑丘很生气地说："我愿意洗呀，可是得用干净点儿的毛巾，清点儿的碱水，也不能用这么脏的手。我主人洗的是'天使的水'，我洗的却是'魔鬼的灰汤'①，我和他也不至于这样天悬地隔呀。各地王公贵人府里的规矩，总得不讨人厌才行；你们这种盥洗的规矩，比吃苦赎罪还难受。我的胡子是干净的，用不着这样洗。谁来给我洗，谁碰我脑袋上一根毛——我指我的胡子，对不起，我就狠狠地还他一拳，打得拳头嵌在他脑壳子里！这种使碱水洗的礼毛②不是款待客人，倒像是有意和他捣乱呢。"

公爵夫人瞧桑丘发火，又听了他这套话，笑得气都回不过来。可是堂吉诃德看他很不像样地围着一块五颜六色的粗布，一大群厨房里打杂的包围着他，心里很不高兴。他就对公爵夫妇深深行个礼，表示他有话说，先打个招呼；然后他很镇静地对这群人说：

"喂，各位先生，请别盯着这小子。各位从哪里来，还请回哪里去，或是听尊便上别处去。我的侍从和谁都一样干净，这些小木盆儿就像细脖子小口的酒瓶一样③，他是受不了的。奉劝

---

① "天使的水"（agua de ángeles）是花卉配炼成的香水名；桑丘所谓"魔鬼的灰汤"（lejía de diablos）是用草木灰泡的碱水。
② 桑丘要说"礼貌"，说别了音。
③ 西班牙古代用细颈小口的陶瓷瓶子喝酒，酒不易流出来，只能小口喝，所以这种饮器不受欢迎。

各位听我一句话:别招他;他和我都不懂得开玩笑的一套。"

桑丘抢着说:

"不,让他们过来把土包子傻瓜开玩笑吧!我要肯吃他们的呀,就好比这会儿是半夜!叫他们拿个梳子或别的什么来,给我把胡子梳梳,要是梳出什么不干净的东西,我随他们乱七八糟地剪剃去①。"

公爵夫人还只顾笑,一面说:

"桑丘·潘沙的话很有道理,随他说什么都有道理。他是干净的,他就像自己说的那样,不用洗。如果他不喜欢咱们的规矩,就得听他。你们伺候这样一位人物,洗这样一部胡子,不用纯金的水盆水壶和德国毛巾,却把木盆木钵和擦碗的抹布拿来了,你们不是太粗心大意吗?也许该说,你们太撒野了。一句话,你们是坏心眼儿,也不懂礼貌;你们是一群混蛋,所以对游侠骑士的侍从不怀好意,这是遮掩不了的。"

伺候盥洗的这群涎皮赖脸的家伙,连跟进来的管家,都觉得公爵夫人是认真训斥,就把桑丘胸口那块粗麻布拿掉,讪讪地撇下桑丘,一起退出去。桑丘认为这是一场天大的灾难,深幸自己脱险,就过去跪在公爵夫人面前,说道:

"贵夫人给的恩惠也非同小可。我受了您的大恩无法报答,只好希望自己封为骑士,下半辈子专为您贵夫人效劳。我是个庄稼汉,名叫桑丘·潘沙,已经结婚,生有儿女,现在当侍从。

---

① 西班牙的风俗,傻子或低能儿的头发剪得参差不齐,叫人一望而知他们是傻子。

我哪方面能为您贵夫人服务,只要吩咐一声,我立即奉命。"

公爵夫人答道:"桑丘,你分明是从培训礼貌的专科学校里毕业的——我是说:堂吉诃德先生是最和气、最讲究礼貌或你所谓'礼毛'的人,你呢,也真不愧是他一手栽培的。你们俩好比两颗明星:一颗是游侠骑士的北斗星,一颗闪耀着侍从的忠诚;祝愿你们主仆万事顺利!桑丘朋友,你起来吧,我一定催促公爵大人落实他的话,尽快让你做总督;这样来酬答你的殷勤。"

他们没再多谈,堂吉诃德就去睡午觉了。公爵夫人告诉桑丘,她和侍女们饭后在一间很风凉的厅上,桑丘如果不困得慌,请陪她们一起消磨长昼。桑丘回答说:他夏天照例要睡四五个钟头午觉,不过为了伺候她夫人,一定拼命撑着不睡,听命到她那里去。他说完也走了。公爵重又教导家人怎样按骑士小说里的古礼款待堂吉诃德,一丝不能走样。

第三十三章

公爵夫人由侍女陪伴着和桑丘·潘沙
娓娓闲话——值得细心阅读。

据说桑丘因为有言在先,那天没睡午觉,饭后就去找公爵夫人。公爵夫人爱听他说话,叫他坐在身边矮凳上。桑丘讲礼貌不肯坐。公爵夫人说,他不妨以总督的身份就座,以侍从的身份谈话,他凭这两重身份,就连武士熙德·如怡·狄亚斯的椅子①也坐得。桑丘耸耸肩,表示恭敬不如从命。公爵夫人的侍女和傅姆们围着他,静悄悄地等着他开口。可是先开口的是公爵夫人,她说:

"我读了新出版的伟大骑士堂吉诃德传,有些事想不明白,趁这会儿没别人,想请教总督大人。譬如说吧,好桑丘从没见过杜尔西内娅——我指杜尔西内娅·台尔·托波索小姐,也没把堂吉诃德先生的信捎去,因为信写在记事本上,这个本子还留在黑山里呢。他怎么大胆说瞎话,竟捏造回信,还说看见她筛麦子呀?这样胡闹撒谎,把大美人杜尔西内娅的芳名都糟蹋了,忠心可靠的好侍从兴得这样吗?"

桑丘听了这话一声不响,起身蹑脚哈腰,伸着个指头按在嘴唇上,在厅上跑了一圈,把所有的帷幔都掀开看过,然后回去坐下说:

"尊贵的夫人啊,我已经查明这里没人偷听;现在随您问什么,我都可以放心回答,不用害怕了。我先要告诉您,我主人堂吉诃德是个十足的疯子,尽管他有时候说些话呀,不单是我,谁听了都觉得非常高明,而且头头是道,连魔鬼也没他那样的口才。可是我千拿万稳,知道他是失心疯。所以我敢无中生有,哄他上当。一次是捏造了那个回信,又一次是七八天以前的事,还没写进书里去呢——就是堂娜杜尔西内娅小姐着魔的玩意儿。我哄他那位小姐着魔了,其实是完全没影儿的事。"

---

① 指西班牙民族英雄熙德,即罗德利戈·台·比伐尔(Rodrigo Díaz de Vivar)的象牙椅子。据熙德故事,他征服了巴伦西亚,回到咖斯底利亚,国王堂阿尔封索请他坐在象牙椅子上。

公爵夫人请桑丘讲那桩着魔的玩意儿。桑丘就一五一十讲了一遍,大家都听得津津有味。公爵夫人说:

"好桑丘讲的事,搅得我放心不下,仿佛有个声音在我耳边悄悄说:'堂吉诃德·台·拉·曼却既然又疯又傻,他侍从桑丘·潘沙知道这回事,却又跟着伺候他,而且把他的空口许愿信以为真,专等着兑现;那就放定桑丘比主人更疯更傻。照这么说,公爵夫人啊,你把海岛给这个桑丘去管辖就是没打算了。他自己都管不周全,怎么能管辖别人呢?'"

桑丘说:"尊贵的夫人,您这点顾虑确有道理。您不妨直接爽快地说,或者随您怎么说吧,我承认您说得对。我要是聪明呢,早该扔下我那主人了。不过这是我命里注定的,也是我倒霉,我离不了他,只好跟他。我们俩是街坊,我吃过他的饭,和他交情很深,他也知道我的心,不亏负我,他还把自己的几匹驴驹子给了我;别的不说,我至少是忠心的。所以,要拆开我们呀,除非用铲子和鹤嘴锄①。公爵大人许我的总督,您贵夫人如果不愿意让我做,那么,我天生就不是总督呀。也许我不做总督,心上更踏实;因为我傻虽傻,却懂得这句成语:蚂蚁长翅膀,自取灭亡②。说不定侍从桑丘比总督桑丘更容易上天堂。本地的面包,和法兰西的一样好;猫儿在夜里全都是灰的;谁到下午两点没吃上早饭,那才是倒霉;肚子都一般儿大,相差不了一拃;这个肚子呀,据老话说,不论稻草、干草,一样塞饱;田里的小鸟有上帝喂养;四瓦拉古安加的粗绒,比四瓦拉赛果比亚的细呢子保

---

① 铲子和鹤嘴锄是掘墓的工具。
② 西班牙谚语,因为飞在空中就给小鸟吃了。

暖;一旦去世入土,贵人小工同路;教皇虽然比教堂司事地位高,死后占的地盘一般儿大小,因为进坟墓总得把自己紧紧包扎好,或者不由自己,别人会来包扎,然后就永远埋在地下了。我再说一遍吧,您夫人如果瞧我傻,不愿意把海岛给我,我通情达理,绝不会计较。况且我听说,魔鬼就躲在十字架后面;又说,闪闪发亮的不都是黄金。① 如果古代的歌谣不是信口开河,驾牛犁田的庄稼汉万巴提拔上去做了西班牙国王,锦绣堆里享福的罗德里果,却抓去喂蛇了。"

傅姆堂娜罗德利盖斯在旁,忍不住插嘴道:"哪会信口开河呀! 歌谣里说,罗德里果国王活活地给扔在坑里,里面尽是癞蛤蟆、长虫和四脚蛇;过了两天,他在坑里有气无力地哼呢,说是:

> 我身上哪一部分罪孽最重,
> 它们在那里咬嚼得我最痛。

要是做了国王得喂爬虫,这位先生宁愿做庄稼汉是很有道理的。"

这位傅姆死心眼儿,逗得公爵夫人哈哈大笑。桑丘的一番议论和连串的成语使她很惊佩,她就说:

"好桑丘想必知道,骑士答应了一件事,赔掉性命也不能失信。我们公爵大人虽然不是游侠骑士,毕竟还是骑士,答应了给你一个海岛就一定做到,旁人嫉妒怀恨也没用。桑丘放宽了心吧,说不定你忽然间就做了那个海岛的总督。但愿你紧紧抱住自己的官职,等另有大好肥缺再放手。我只劝你记着,岛上的百

---

① 以上连串都是西班牙谚语。

姓都是忠心的,也都是好出身,得用心治理才行。"

桑丘答道:"好好儿治理的话不用嘱咐,我生来心肠好,同情穷人。人家自己发面、自己揉,他的面包你可不能偷。我发誓,灌水银的骰子,别当着我掷;我是老狗不听啧啧呼唤;谁也别想蒙混我,因为鞋哪儿紧了,穿鞋的自己知道①。我这些话无非说,好人我会保护,坏人决不宽容。我认为做官全看一个开头;说不定我做了半个月总督就大有兴味,而且熟练得比我从小熟练的干农活儿还在行。"

公爵夫人说:"你说得对;没有天生的本领,主教也是人学出来的,不是石头雕就的。不过咱们再谈谈杜尔西内娅着魔的事吧。桑丘把乡下姑娘说成杜尔西内娅,他主人不认识就说杜尔西内娅着了魔;桑丘自以为捉弄了主人,其实,我说句千真万确的话,这都是迫害堂吉诃德先生的那些魔法师设下的圈套啊。因为我凭可靠的消息,确实知道跳上驴背的那乡下女人真是杜尔西内娅·台尔·托波索。好桑丘自以为骗了人,其实是受骗了。世上许多事咱们没有亲眼看见,却是千真万确的;你骗人受骗的那回事正也如此,你非信不可。我可以奉告桑丘·潘沙先生,我们也有要好的魔法师把各处的事情据实报告我们。真的,那跳跳蹦蹦的乡下女人从那时到现在始终是杜尔西内娅·台尔·托波索,她和生她的妈妈一样着了魔②;说不定哪一天她忽然会恢复本来面目,桑丘到那时就知道自己是上当了。"

---

① 以上四句都是西班牙谚语;"老狗不听啧啧呼唤",亦作"别对老狗啧啧呼唤",指它不会上当。
② 公爵夫人这句话是模仿桑丘的谈吐。

桑丘·潘沙说:"这都很可能。我主人讲他在蒙德西诺斯地洞里看见的形形色色,我现在也相信了。他说看见了杜尔西内娅·台尔·托波索小姐,穿的衣服就是我胡说她着魔的时候穿的那一套。尊贵的夫人啊,您讲的一定不错,我都弄颠倒了。因为我笨头笨脑,不会一下子编出那么一套精致的谎话来;我主人也不会那么疯,听了我那套没影儿的胡说八道就信以为真。可是,好心的夫人,您别就此把我当作坏心眼儿;您不能指望我这么个糊涂虫能看透混账魔法师的黑心肠。我是怕主人骂,才扯了那么个谎,并不是存心害他。如果害了他,上帝在天上呢,各人的心思逃不过上帝的眼睛。"

公爵夫人说:"这话不错。可是蒙德西诺斯地洞里什么形形色色,请桑丘讲讲吧,我很想听呢。"

桑丘就把那次的事细细讲了一遍。公爵夫人听罢说道:

"桑丘在托波索城外看见的乡下女人,伟大的堂吉诃德不是在那洞又看见了吗?可见她确实就是杜尔西内娅;而且有不少无事生非的魔法师在这里面大显身手呢。"

桑丘·潘沙说:"我说呀,我们小姐杜尔西内娅·台尔·托波索如果是着了魔,那就只好由她去当灾;我主人的冤家又多又恶,我不跟他们吵架去。我清清楚楚看见一个乡下女人,当然认为她只是个乡下女人罢了。如果她是杜尔西内娅,那不能算在我账上,怪不得我。咳!人家动不动责备我:'这是桑丘说的,这是桑丘干的,这又是桑丘,那又是桑丘。'好像桑丘只是个不成材的东西;可是据参孙·加尔拉斯果的话,我桑丘·潘沙是全世界风行的书里写的桑丘·潘沙呀。参孙·加尔拉斯果至少也是萨拉曼咖大学的学士,不会无缘无故撒谎。所以谁也不该找我的岔儿。我的名声是好的;据我主人说,名声比钱财还重要。那个总督不妨叫我去当,我准叫大家出乎意料呢。因为谁是好侍从,就能做好总督。"

公爵夫人说:"好桑丘这会儿说的,全像加东的格言①,至少像'盛年早夭'的米盖尔·维利诺②亲口说的话。总而言之,照桑丘自己的口气说吧,披着破大氅的,往往是个好酒徒③。"

桑丘答道:"我老实说,夫人,我生平喝酒从来没有坏心,多半是为了口渴;我是很坦白的。我什么时候想喝就喝,有时人家请我喝,我为了情面和礼貌,不想喝也喝。朋友祝酒,谁石头心肠不为他干杯呢?不过'我虽然穿鞋,并不踩脏了鞋'④。而且游侠骑士的侍从经常只喝水;他们常在丛林荒野和山石上来往,挖掉一颗眼珠子也换不到一滴酒。"

公爵夫人答道:"想必是这样的。现在桑丘去休息吧;桑丘当总督的事,我们以后再细细商量,并且尽早做好安排。"

桑丘又吻了公爵夫人的手,还请她照顾灰毛儿,因为它是自己眼睛里的明珠。

公爵夫人问:"什么灰毛儿?"

桑丘答道:"就是我的驴呀;我不称驴,常叫它灰毛儿。我

---

① 加东已见上部前言 27 页注④,435 页注②。
② 米盖尔·维利诺(Micael Verino)生于梅诺卡岛,是个十七岁就死的才子,他的《幼学箴言集》亦称《箴言集》,被采用为学校里的教科书。"盛年早夭"(florentibus occidit annis)出于纪念他的拉丁文悼词。
③ 西班牙谚语,意思是"外表不足为准"或"人不可以貌相"。
④ 西班牙谚语,表示虽然喝酒,并不喝醉。

刚到府上,不是求这位傅姆太太照看它吗;她生了好大的气呀,好像我说了她相貌丑啊、年纪老啊似的。其实傅姆喂喂驴子,还比坐在厅堂上做摆设合适。哎,我们村上有个绅士对这种女太太实在厌恶透了!"

傅姆堂娜罗德利盖斯说:"他一定是个乡下佬;他如果是绅士,又是有教养的,就会把她们高高供在月宫里。"

公爵夫人说:"好了,好了,堂娜罗德利盖斯住嘴吧,潘沙先生也请放心,灰毛儿交给我照管就完了。它既然是桑丘的宝贝,我就也把它放在自己的心坎儿上。"

桑丘答道:"放在马房里就行,要放在您贵夫人心坎儿上,一刹那的工夫它也不配,连我也不配;这就仿佛用刀子扎我一样了,我决不答应的。尽管我主人有话:同样是输,少一张牌不如多一张牌①,可是对付驴子还得有个分寸,要恰到好处。"

公爵夫人说:"桑丘带着它上任去吧,可以随心如意地供养它,甚至还可以让它领退休金养老。"

桑丘说:"公爵夫人啊,您别以为这有什么稀奇,上任做官带去的驴子,我见过不止两头了,我带自己的驴去算不得新鲜事儿。"

桑丘的话又添了公爵夫人的乐趣。她打发了桑丘去休息,就把他的话一一告诉公爵,两人一同出主意捉弄堂吉诃德。他们那番玩笑开得很精彩,把骑士小说里的一套照搬照演,非常有趣,是这部历史巨著里出色的奇事。

---

① 西班牙谚语。

第三十四章

本书最出奇的奇事：大家学到了为
绝世美人杜尔西内娅·台尔·托波索
解脱魔缠的方法。

公爵夫妇听了堂吉诃德和桑丘·潘沙的谈话兴致勃发，决计仿照骑士小说的一套，安排些奇事来捉弄他们主仆。这一对贵人夫妇就根据堂吉诃德在蒙德西诺斯地洞里的见闻，布置了一场绝妙的恶作剧。公爵夫人想不到桑丘竟会那么天真，当初自己捣鬼，胡说杜尔西内娅·台尔·托波索着了魔道，这会儿却把这事死心塌地地信以为真。夫妇俩教导了家里佣人怎么行事，六天后就请堂吉诃德同去打围，还带了大群猎手，那排场不亚于国王出猎。他们送给堂吉诃德一套打猎服；也给了桑丘一套，是绿色细毛料的。堂吉诃德不愿意穿，辞谢不受，说他不久还得干他那艰苦的武士本行，不能携带衣柜或行李。桑丘却把送他的衣服收下，打算有机会把它卖钱。

打猎那天，堂吉诃德披上盔甲，桑丘也穿了猎装，骑上灰毛儿。人家请他骑马，可是他舍不得撇下那头驴。他夹在围赶的一群人中间。公爵夫人出猎，打扮得非常漂亮；堂吉诃德出于礼貌，不顾公爵辞谢，亲自为她拉着缰绳。大伙到了两座高山中间的树林里，各人领命或守望或埋伏，都分头四散。他们就大喊大叫地开始打围。猎狗汪汪地叫成一片,加上一声声号角,吵得人说话都听不见。

公爵夫人知道野猪出没的地方;她下马两手拿着一支尖利的标枪去站在那里。公爵和堂吉诃德也下马站在她两旁。桑丘跟在全伙猎人的最后;他不敢撇下灰驴,怕它遭祸,所以没有下驴。公爵夫妇和堂吉诃德刚站定位子,和许多佣人排成一列,就看见一头肥大的野公猪遭到猎狗包围和猎人追赶,咬着利齿獠牙,喷吐着白沫,向他们这边冲来。堂吉诃德一见就挎着盾牌,拔剑迎面而上。公爵也拿着标枪赶去;公爵夫人要不是给公爵拦住,也抢先迎上去了。只有桑丘一见这头恶狠狠的畜生,就撇下灰驴没命的逃跑。他想爬上大橡树,却又爬不上,正在半中间抓住树枝拼命往上蹬,偏偏倒足了霉,那根树枝断了。他跌下来又给树上的丫杈挂住,悬在半空,下不了地。他狼狈不堪,眼看自己的新绿衣也扯破了,而且那头猛兽如果跑来,恰好够得着他。他急得一迭连声大叫救命;单凭他那叫声,谁都以为他给野兽咬住了。那只獠牙的野猪终究给密布的标枪刺倒。堂吉诃德这才听出是桑丘在叫喊;转脸一看,桑丘正头朝地、脚朝天倒挂在橡树上,和他共患难的灰驴站在旁边。据熙德·阿默德说:桑丘·潘沙和他的灰驴两情胶固,哪里有桑丘·潘沙就也有灰驴,有灰驴就也有桑丘,两个不在一起是很难得的。

堂吉诃德跑去救下桑丘。桑丘脱身下地,忙检看打猎服的裂口,觉得直心疼,因为在他看来,这件衣服抵得一份家产呢。这时大家把沉甸甸的野猪横搭在骡背上,还盖上些迷迭香和桃金娘的花枝,标明是俘获品;他们一起回到树林里。那里早已搭了几座大帐篷,里面已经安好桌子,摆上筵席。筵席非常丰盛,

一看就知道主人家排场阔绰。桑丘把衣上的裂口给公爵夫人看,说道:

"假如打野兔或小鸟,我这件衣服就好好儿的,不至于这样,野猪这种家伙,碰上它的獠牙就可以送命,我不懂找上它有什么趣味。我记得古代歌谣里说:

你就像有名的法维拉,

给几只大熊分吃掉。"

堂吉诃德说:"那是哥斯族的国王①,打围的时候给熊吃了。"

桑丘答道:"可不是吗!我就不赞成王公贵人冒着这种危险取乐;况且这类畜生又没犯罪,杀了它取乐也不应该。"

公爵说:"桑丘啊,你错了,打围猎取大野兽不比别的,正是王公贵人分里的事。打猎是打仗的影子,也得有策略,能出奇制胜,才稳稳地手到擒来。打猎得忍受大冷大热,不能贪懒贪睡。打猎可以增强体力,锻炼得手脚灵便。反正这对谁也没害处,而对许多人是一桩乐事。况且围猎大野兽更不比一般人的打猎,只有王公贵人才办得到,和放鹰隼打猎一样。所以桑丘啊,你得打破成见,等你做了总督,该把打猎当正经,你就知道这件事大有好处呢。"

桑丘答道:"不见得,'好总督是断了腿的,他不出家门'②。

---

① 法维拉(Favila)是贝拉由国王的儿子和继位者,739 年出猎被熊(一说野猪)杀死。他不属哥斯王室;哥斯王室的末代国王是上文说起的堂罗德里果。
② 桑丘改了谚语:"好女人是断了腿的,她不出家门。"

人家有事辛辛苦苦跑来找他,他却在树林里消遣呢,那还像话吗! 照那样,他的官还做得好吗? 我老实说吧,公爵大人,打猎消遣不是总督的事,是闲来无事的人干的。我指望的消遣无非复活节玩个纸牌,星期四和节日打打球;什么围猎呀打猎呀不合我的脾胃,还搅得我良心不安呢。"

"桑丘啊,但愿天意能如人意! 因为说是说,干是干,相隔很远①呢。"

桑丘说:"随它怎样,反正还得了债,不心疼抵押品;尽管你贪黑起早,哪有上帝保佑好;是肚子带动两脚,不是两脚带动肚子。我就是说呀:如果上帝保佑,我又认真尽责,一定管辖得比盘空的老鹰还精明。嗨,只要把指头放在我嘴里,就知道我咬不咬。②"

堂吉诃德说:"该死的桑丘! 但愿上帝和天堂上的圣人都来咒诅你! 真是我常说的,你哪一天能连说几句话不扯上成语呀? 公爵大人和夫人,请别理会这傻子,他滥用的成语,不是一下子两句,却是两千句,实在叫人受不了! 他要是有一句用得对景,上帝保佑他吧! 我要是爱听他说,上帝也保佑我吧!"

公爵夫人说:"桑丘·潘沙用的成语很利落,尽管比希腊勋爵③的还多,并不因为多了就不稀罕。据我看,别人引的成语再确当,也不如他引的有趣。"

---

① 西班牙谚语;公爵也学桑丘用成语。
② 四句都是西班牙谚语。
③ 希腊勋爵指艾尔南·奴聂斯·台·古斯曼(Hernán Núñez de Guzmán),十六世纪西班牙有名的希腊语文学者,圣悌亚果教团的勋爵,曾收集三千句成语。

他们说着闲话,走出帐篷,在树林里看了些打围人埋伏和驻守的地方。太阳下去,天渐渐黑了。虽然是仲夏之夜,却朦朦胧胧,不像往常晴朗,仿佛天公作美,要助成公爵夫妇的那套把戏。夜色渐深,忽见树林周围起了火似的,随就听得四面八方远远近近号角响成一片,配合着别的军乐,好像有大队骑兵过境。他们在树林里简直给火光耀花了眼睛,军乐震聋了耳朵。接着传来一片声的"雷利利"①,像摩尔人战场上厮杀的呐喊。同时喇叭声、号角声、咚咚的鼓声、悠扬的笛声繁声交奏,紧接不断,聒噪得神清心定的人听了也神迷心乱。公爵呆呆瞪瞪,公爵夫人神色不安,堂吉诃德在惊讶,桑丘索索发抖;反正连知道内情的都觉得可怕。大家正心惊胆战,忽然乐止,寂静无声。一个像魔鬼似的信使吹着号角骑马而来;那号角是空心的牛角,大得出奇,发出的声音阴森惨厉。

公爵说:"喂,报信的老哥,你是谁?到哪里去?好像有军队开过树林,是什么军队?"

使者粗声大气地答道:

"我是魔鬼;来找堂吉诃德·台·拉·曼却。前来的是六队魔法师,带着一辆凯旋车,车上是天下无双的杜尔西内娅·台尔·托波索。她着了魔,现在和法兰西勇士蒙德西诺斯同来通知堂吉诃德怎样为她解除魔法。"

"听你的说话,瞧你的模样,你大概确是魔鬼。堂吉诃德·台·拉·曼却就在你面前,你既是魔鬼,就该认识这位骑

---

① "雷利利"(lelilí)是阿拉伯语 le ilah ile alah,意思是"只有一个上帝"。阿拉伯人战斗或庆祝时这么呐喊。亦作"利利利"。

士呀。"

魔鬼答道:"我凭上帝和良心发誓,我没看见他;我心里忙乱,把正经事忘了。"

桑丘道:"这魔鬼一定是好人,也是好基督徒;要不,就不会'凭上帝和良心'发誓。现在我明白了:地狱里也有好人。"

那魔鬼并不下马,只转脸向堂吉诃德说:

"该落在狮爪子下的狮子骑士啊,落难的勇士蒙德西诺斯派我来找你传话:他带着一位杜尔西内娅·台尔·托波索小姐来教你怎样为她破掉魔法,叫你在这里等他。我没别的话要传,不再耽搁了。但愿我同伙的魔鬼都跟着你,好天使都跟着这位先生和这位夫人。"

他说完,拿起那只大牛角吹一声号,不等回答就转身走了。

大家越发惊奇,尤其桑丘和堂吉诃德。桑丘因为知道杜尔西内娅着魔是怎么回事,不料大家都说她着魔;堂吉诃德因为蒙德西诺斯地洞里的事自己还拿不定是真是假呢。他正在追想这些事,公爵问他说:

"堂吉诃德先生,您打算在这儿等吗?"

他答道:"为什么不等呀?即使地狱里所有的魔鬼都来缠着我,我也不怕,屹立在这里等着。"

桑丘说:"如果我再看见一个魔鬼,再听到他那种号角,我还在这儿等着才怪呢!"

夜色一片漆黑,树林里点点星火,像地面上吐出的火气,在空中流动。同时又听到一种怪声,仿佛牛车的实心轮子①转出

---

① 没有车辐的圆盘似的木轮子。

来的。据说这种牛车经过的地方,叽叽嘎嘎刺耳的响声能把一路上的狼和熊都吓跑呢。又加喊声四起,仿佛树林周围真有军队在交锋。这边轰隆隆的炮响,那边噼噼啪啪的枪声,厮杀呐喊好像就在耳旁,远处却又传来摩尔人"雷利利"的叫声。当时号角喇叭声、鼓声、炮声、枪声,再加可怕的车轮声,拉杂喧嚣,便是堂吉诃德也得鼓足勇气才承受得住。桑丘吓破了胆,晕倒在公爵夫人的长裙边上了。公爵夫人让他躺在自己裙上,忙叫人在他脸上洒了些水,他才苏醒。那时轮子叽嘎作响的一辆牛车恰好开到他那里。

四头笨牛拉车,牛身上披盖的全是黑色,牛角上各缚着一支亮煌煌的大蜡烛;车上有个高高的座位,坐着一位道貌岸然的老者。他胡子雪白,垂到腰带以下,穿一件黑布长袍。车上点满了蜡烛,照得清清楚楚。领车的是两个丑鬼,也穿着黑布衣服。他们的脸丑极了,桑丘看了一眼忙闭目不敢再看。牛车到他们前面,高坐车上的老者起身大声说:

"我是李冈斗法师。"

他不再开口,车就过去了。随后又来了这样一辆牛车,上面也坐着一位老者。他叫车停下,声音也像前一个老人那么严肃,说道:

"我是阿尔基菲法师;我和不可捉摸的乌尔甘达①是好朋友。"

这辆车往前去了。

接着又来一辆同样的车,不过座上的人不是老者,却是个身

---

① 据传说,乌尔甘达经常变形,所以"不可捉摸"。

体结实、面貌狰狞的壮夫。车到那里,那人也站起来,声音比前两人粗暴;他说:

"我是魔法师阿尔加拉乌斯,是阿马狄斯·台·咖乌拉和他那些子子孙孙的死冤家。"

车辆往前去了。这三辆车走了一段路都停下,刺耳的车轮声也就停了。这时听到的不是聒噪,却是和谐悦耳的音乐。桑丘大高兴,认为是好兆。他一时一刻没敢离开公爵夫人一步,这时就对她说:

"夫人啊,哪里有音乐,就不会有坏事①。"

公爵夫人道:"正好比哪里有光亮,就不会有坏事。"

桑丘答道:"光是火发的,火堆就发亮,咱们四周不都是吗?这些光亮保不定会烧着咱们;不过音乐总是表示欢乐的。"

堂吉诃德听了他们的话,说道:"这还得瞧吧。"

看了下章,就知道他说对了。

第三十五章

续叙为杜尔西内娅解脱魔缠的方法,
还有别的奇事。

随着悦耳的音乐,开来一辆凯旋车。拉车的六匹棕色骡子

---

① 西班牙谚语。

都身披白纱,背上各骑着一个"拿蜡烛的悔罪者"①。这些人也穿白衣,各拿一支点亮的大蜡烛。这辆车比前几辆大二三倍。另有十二个悔罪者站在车上两侧,都穿着雪白的衣服,拿着亮煌煌的蜡烛,使人看了又惊又奇。一位美人高高坐在中间座上。她身上披着一重重银纱,上面满缀金箔,不说富丽,至少也很灿烂。她脸上那层透明的轻纱遮不没她的芳容,明烛辉煌,照见她相貌姣好,年龄十八九岁。她旁边坐着一个身披长袍、头盖黑纱的人物。车到公爵夫妇和堂吉诃德面前,号角喇叭声停止,车上竖琴琵琶的音乐也跟着罢奏。披长袍的起立,掀开长袍,揭去面纱,赫然露出一具可怕的骷髅。堂吉诃德惴惴不安,桑丘吓作一团,公爵夫妇也有点害怕。这个活死神站了起来,舌头涩滞,有声无力,刚睡醒似的,说道:

  我是历史上有名的梅尔林,
  传说魔鬼是我的生身父亲,
  几千年来没人知道是扯谎;
  我在魔法师中间称王,
  曾探出阴阳死生的奥妙;
  敢抗拒时间滚滚的波涛,
  不让古今累积的无限岁月,
  埋没了游侠骑士的丰功伟业;
  我顾念他们卓绝艰苦,
  向来对他们非常爱护;

---

① 在天主教的游行队伍中有两种悔罪者:一种是拿蜡烛的(diciplinante de luz),一种是且走且痛鞭自己以至流血的(diciplinante de sangre)。

虽然一般邪魔外道的法师
往往残忍暴戾,凶狠阴鸷,
我却心胸宽厚,一片慈悲,
乐于行善,只求有益人类。

  我在阴森幽暗的阎罗地府,
聚精会神孜孜写咒画符,
学会了神通指望功夺造化;
忽听得绝世美人杜尔西内娅·
台尔·托波索娇滴滴的哀号,
心血来潮,知道她着了魔道,
贵小姐变了粗蠢的村姑;
这使我也为她发愁叫苦。
我要博究这门神秘的学问,
深奥的书籍翻阅了十万多本。
现在我附魂于这具骷髅,
囊中自有妙计特来营救;
她遭了灾难痛苦不堪,
仗我来为她解脱魔缠。

  智勇兼备的堂吉诃德先生!
曼却的光辉、西班牙的豪英!
全世界披坚执锐的武士
都靠你增光,奉你为师!
不图安逸、不求享乐的人,
流血流汗不辞艰难苦辛,
不畏强暴,永远奋勇战斗,

你就是他们瞻仰的北斗!
你这位赞不胜赞的骑士,
请听着,我有要事告知:
杜尔西内娅·台尔·托波索美人
如要摆脱妖氛邪法的缠身,
你得叫侍从桑丘脱裤,
露出肥鼓鼓的大屁股,
自己狠狠鞭扑三千三百,
不得手下留情轻打轻拍,
要皮肉麻辣辣地疼痛才行;
使她着魔的法师一致决定,
要如此她才恢复原形。
夫人先生们,我来此无它,
就为传达以上这一番话。

桑丘接口道:"我凭上帝发誓,别说三千鞭,就是自打三鞭,我都仿佛自己戳三刀一样!这样解除魔道,真是活见鬼!我不懂我的屁股和魔术有什么相干!我凭上帝说,如果梅尔林先生解救杜尔西内娅·台尔·托波索小姐只有这个办法,那就让她带着缠身的邪魔进坟墓吧!"

堂吉诃德说:"你这肚里装满大蒜的乡下佬!我会抓住你,把你剥得一丝不挂,像刚从娘胎里出来的时候那样,然后把你绑在树上,别说三千三百鞭,我要给你六千六百鞭,一下下打得着着实实,叫你挣三千三百下也挣脱不了。你别顶嘴,我要把你打得灵魂出窍呢。"

梅尔林忙道:

"这不行,桑丘老哥吃鞭子得由他自愿,不能强迫,而且随他什么时候高兴就打,不定期限。他如果图省事,也可以央别人代打,不过那就可能打得重些。"

桑丘答道:"不管是别人下手、自己下手,不管是手重手轻,反正谁的手也休想碰我一下。杜尔西内娅·台尔·托波索小姐活该受罪,怎么叫我的屁股当灾呢?难道她是我肚子里生出来的吗?我主人动不动叫她'我的生命'呀,'我的灵魂呀',又是他靠着活命的根子呀,他们俩才是连在一起的;他应该去为她吃鞭子,费尽心思、拼着身体,为她解脱魔缠。怎么倒叫我来鞭打自己呢?'我急急拒绝'①!"

桑丘话犹未了,梅尔林旁边那位披着银纱的美人霍地站起来,掀开面上薄纱,露出一张美丽非凡的脸。她像男孩子似的没一点羞涩,声音也不像姑娘家,冲着桑丘·潘沙说:

"哎,你这个混账的侍从!铁石心肠的傻瓜!老面皮的混蛋!人类的公敌!是谁叫你从高塔上跳下来吗?叫你吞十二个癞蛤蟆、两条壁虎、三条长虫吗?叫你用泼风快刀宰掉你的老婆孩子吗?值得你这样推三阻四地作难!三千三百下鞭子,孤儿教养院里哪个可怜的孩子不月月儿经常忍受啊!你却当作一件了不起的大事!好心肠的人,甚至千年万代以后,知道你这样,都要诧异的。哎,你这个狠心的畜生!睁开你这双见不得光亮的猫头鹰眼睛,看看我这两颗明星似的眼睛吧!看看我美丽的脸颊上粗粗细细的泪痕吧!我现在还只十几岁——今年十九,

---

① 拉丁文"我坚决拒绝"(abrenuncio)是宗教仪式的套语,等于说:"我坚决拒绝魔鬼的引诱!"桑丘不懂拉丁文,说错了。

还不到二十,花朵儿似的年华,却在乡下女人粗糙的皮壳子里糟蹋了!你这个刁钻恶毒的怪物,你看了也该有点感动呀!也许你认为我这会儿并不像乡下女人;这是梅尔林先生特别照顾,要我凭美貌来感动你;因为落难美人的眼泪,能把硬石头化为软棉团,猛虎化作绵羊呢。你这只强头倔耳的畜生啊,把你的肥屁股使劲儿打呀!打呀!别痴骏懵懂,只知道吃了又吃呀!我全得靠你,才能回复原先的皮肉细腻、性情温柔、容貌美丽呢!如果你顽强无情,不顾惜我,你也得为旁边这位可怜的骑士着想呀——我指你的主人,我瞧透他的灵魂正在喉咙里哽着,离嘴巴不到十指宽,只等着你一声拒绝或答应,就冲出嘴外或回进肚里去。"

堂吉诃德听了这话,摸摸自己的喉咙,转身对公爵说:

"公爵大人,杜尔西内娅的话确是一点不错,我的灵魂像弓弦上的栓子似的绷硬一块,正哽在喉咙里呢。"

公爵夫人问道:"桑丘,你听了这话怎么说呀?"

桑丘答道:"夫人,我还是刚才的话:要我吃鞭子呀,'我急急拒绝'。"

公爵说:"桑丘,你说错了,该说'坚决拒绝'。"

桑丘答道:"公爵大人您别管我。说错了字眼是小事,我这会儿顾不到。我得挨打或自己打那么多鞭子,搅得我心里乱了谱,说什么、干什么都做不了主了。可是我实在不懂,我们堂娜杜尔西内娅·台尔·托波索小姐那样央求人,是哪儿学来的。她跑来要我把自己鞭打得皮开肉绽,却称我'傻瓜''强头倔耳的畜生',还加上一连串只有魔鬼才该承受的丑名儿。难道我的肉是铜打的吗?难道她能不能解除魔法和我有什么相干吗?

她送了我见面礼吗？譬如白单子呀，衬衣呀，头巾呀，袜子呀——老实说，我都用不着，可是她带着这么一大筐东西来和我情商了吗？她只是一句又一句的臭骂呀。老话说：背上驮着银和金，驴儿上山就有劲；礼物碾得碎岩石；求上帝保佑你，也得自己努力；许你两件，不如给你一件；①这些话她也该知道啊。至于我这位主人先生，如果他要我变得像梳理过的羊毛和棉花那样，就该抚摩着我的颈毛来哄我；可是他却说，要抓住我，把我脱光了绑在树上，要把打我的鞭数加上一倍。我这两位好心肠的男女主人该想想：他们打的不单是一个侍从，还是个总督啊；他们却好像是请我用些樱桃下酒吧。他们还得学学怎样央求人，怎样讲礼貌呢！各个时候不同②；一个人也不能老是好脾气。我这会儿因为撕破了这件绿大氅正心痛得要死，他们却来叫我心甘情愿地鞭打自己；这就好比叫我变成个凶暴的官长，远不是我的心愿啊。"

公爵道："我老实告诉你，桑丘朋友，你要不把心肠放得比烂熟的无花果还软，你就做不成总督。如果我给岛上的百姓找个残忍的总督，心肠像石头一样，不论落难女子下泪，或年高德劭的大法师恳求，都不能感动他，我就于心有愧了。干脆一句话，桑丘，你或者鞭打自己，或者让别人鞭打你，不然的话，就休想做总督。"

桑丘答道："给我两天期限，让我考虑考虑行吗？"

梅尔林说道："那可怎么也不行。这事得此时此地决定：

---

① 四句都是西班牙谚语。
② 以上两句是西班牙谚语。

杜尔西内娅或者恢复乡下女人的模样,回蒙德西诺斯地洞去;或者呢,保留着现在的相貌,送到仙乡福地去等待鞭打满数。"

公爵夫人道:"哎,桑丘老哥,你吃了堂吉诃德先生的饭,该有点儿良心和勇气呀。咱们为他那么个好人,为他那高尚的骑士道,都该出力襄助。朋友啊,吃鞭子的事,你答应了吧。让魔鬼滚蛋!害怕的是脓包!你知道这句老话:雄心冲得破坏运。"

桑丘牛头不对马嘴地忽然转脸问梅尔林道:

"梅尔林先生,请问您,刚才那报信的魔鬼跑来传蒙德西诺斯先生的话,要我主人在这儿等他,他要来教我主人怎样为堂娜杜尔西内娅·台尔·托波索小姐解除魔法呢;怎么他到今没来,影儿也没见呀。"

梅尔林答道:

"桑丘朋友啊,那魔鬼是糊涂东西,也是大混蛋。我派他来找你主人传我的话,没叫他传蒙德西诺斯的话。蒙德西诺斯在他那地洞里,他中了魔法还没有解除,直在等待,这件事'还有尾巴上的皮没剥下来呢'。如果魔鬼欠了你什么,或者你有事要和他打交道,我可以把他叫来,听你打发。现在你且把吃鞭子的事答应了吧。你听我的话,这件事对你的灵魂肉体都大有好处:仁爱的心对灵魂有益,出掉点血对身体无害,我知道你是多血的体质。"

桑丘道:"世界上医生真多,连魔法师都是医生。既然大家都劝我甘心自打三千三百鞭,尽管我不明白这是什么道理,我就答应吧。不过有个条件:得趁我高兴打才打,不能规定期限。我一定尽快还清这笔账,让世人能瞻仰堂娜杜尔西内娅·台尔·托波索小姐的美貌。看来她并不像我猜想的那样,倒真是很漂亮的。我还有个条件:不能要求我打得自己出血,假如有几鞭像赶苍蝇似的轻轻掸过,也得算数。还有,假如我数错了,梅尔林先生全知道,得替我记着数儿,打了多少鞭得通知我。"

梅尔林答道:"你不会多打,不用通知,因为打满了数,杜尔西内娅小姐着的魔道立刻就解除了;她满心感激,会跑来向好桑丘道谢,甚至还有报酬呢。所以你不用计较打多打少,老天爷决不容我对谁有分毫欺心。"

桑丘说:"哎,那就随上帝安排吧!我是倒了霉,只好答应——就是说,我照讲定的条件,接受这件苦差使。"

桑丘的话刚完,号角喇叭立刻又响成一片,又放了几阵枪。堂吉诃德抱住桑丘的脖子,在他额上和脸上吻个不住。公爵夫妇和在场众人都非常满意;那辆大车就往前开去,大车经过公爵夫妇面前的时候,漂亮的杜尔西内娅对他们俩鞠躬,又对桑丘深深地行了一个屈膝礼。

这时天已经大亮,野花欣欣向荣,晶莹的溪水淙淙泻过有白有灰的鹅卵石,去和别处的河流聚会。大地欢欣,天色明朗,空气清和,阳光晴丽,都预告黎明带来的好天气。公爵夫妇围猎大有收获,那套把戏演得顺利有趣,两人都很高兴,回府准备还连续着开玩笑,因为他们觉得这比任何正经事都有趣。

第三十六章

"悲凄夫人"一名"三尾裙伯爵夫人"的
破天荒奇事;桑丘·潘沙写给他老婆
泰瑞萨·潘沙的家信。

公爵有个大总管很会开玩笑、出花样;他串演了梅尔林的角色。夜里那场戏全是他编导的,诗是他做的,还由他教导一个小僮儿串演了杜尔西内娅。后来他在男女主人协助下,又导演了一场非常滑稽的新戏。

公爵夫人第二天问桑丘,他答应为解救杜尔西内娅而忍痛吃苦的事开始没有。他说开始了,昨夜打了自己五鞭。公爵夫人问他用什么打的。他说用手打的。

公爵夫人说:"那是自己拍几下,算不得鞭打。你这样手下留情,我知道梅尔林法师决不会满意。好桑丘得做一条带刺儿或挽结子的鞭子①,要打得痛才行。因为要识字得流血②,你只出那一点代价就要使杜尔西内娅那么高贵的小姐重获自由,哪有这么便宜呢。桑丘该知道,敷衍塞责,不算功德③。"

---

① 这是苦行赎罪者照规矩用的。
② 西班牙谚语,小学生须挨打流血才学得好。
③ 西班牙谚语。

桑丘答道：

"我需要一条鞭子或绳子，打起来不太疼的，您夫人给我一条合适的吧。老实说，我虽然是个乡下佬，皮肉却不像麻做的，倒像棉花。我不能为别人的好处糟蹋自己。"

公爵夫人说："好啊，我明儿给你一条合用的，对你的嫩皮肉就像亲姊妹那样体谅。"

桑丘接着说：

"您尊贵的夫人，您可知道，我写了一封信给我老婆泰瑞萨·潘沙，把我出门以后的事都告诉她了。信在我怀里，只欠姓名住址没写上。我要烦您读一遍，因为我觉得这封信有总督的气派——就是说，总督应该这样写。"

公爵夫人问道："谁口授的呢？"

桑丘答道："除了我区区，还有谁来口授呀？"

公爵夫人道："你亲笔写的吗？"

桑丘答道："那就甭想。我不会看书写字，只会签个名。"

公爵夫人说："拿来看看吧；你的信一定洋溢着你特殊的才情。"

桑丘从怀里掏出没封上的信，公爵夫人接过来，只见信上写道：

桑丘·潘沙给他老婆泰瑞萨·潘沙的信

我虽然吃足鞭子，却是很有体面的骑士①；我虽然是总

---

① 西班牙谚语。这是骑驴游街的犯人为自己解嘲的话。骑士（caballero）也指绅士，也指骑坐牲口的人。

督大人,却得赔上好一顿鞭子。我的泰瑞萨啊,这句话你现在不懂,将来自会明白。我告诉你,泰瑞萨,我已经打定主意,你出门得乘马车①,千万千万!因为走路不坐马车,就仿佛四脚爬行。你是总督夫人了,留心别让人家背后揭你的短!我现在送上一件绿色的打猎服,是我女主人公爵夫人赏我的;你可以给咱们女儿改做一件连衣长裙。据我在这里听说,我主人堂吉诃德是个有头脑的疯子,又是个有趣的傻瓜,我也不输他。我们到过蒙德西诺斯地洞,梅尔林法师抓我来给杜尔西内娅·台尔·托波索解除魔缠。那位小姐就是咱们那儿的阿尔东莎·洛兰索。我得打自己三千三百鞭(已经打了五鞭),她就会摆脱魔法,像她的生身妈妈一样。这件事你对谁都别提。如果把你的那东西露出来,有人会说是白的,也有人会说是黑的②。再过几天,我就要上任做总督去;我是一心想弄钱,据说新总督上任都这样。我想去看了情况,再通知你是否该来和我做伴。灰毛儿很好,它多多问候你;我即使给他们送到土耳其去做大皇帝,也不会抛了它。我们公爵夫人吻你的手一千遍,你得回礼吻她的手两千遍,因为据我主人说,礼貌周全不花钱,却比什么都值钱。上帝没有再像上次那样给我装着一百艾斯古多的皮箱,可是我的泰瑞萨,你别着急,打警钟的人总是很安全,做了总督就仿佛碱水里什么脏都洗得掉。我只有一件事很担心,据说尝到了总督的滋味,就舔嘴咂舌,放不下

---

① 西班牙十六世纪中叶查理五世的朝代,贵人们开始坐马车。
② 西班牙秽亵语,借喻阴私不可告人,是非各有见地。

手;要真是这样,我付的代价不会很小。不过残疾叫花子讨来的钱,也是好一笔薪俸呢。① 所以不管怎样,你总会发财享福。求上帝多多给你好福气,保佑我能伺候你。

你的夫君

桑丘·潘沙总督

一六一四年七月二十日于公爵府②

公爵夫人读完信,对桑丘说:

"总督先生有两件事不对。第一:他好像是说,这个总督是他鞭打了自己换来的;可是他明知不是这么回事,我们公爵大人许他做总督的时候,谁也没想到吃鞭子的事呀。第二:读了这封信,觉得他很贪心。我只怕他看来像香菜,因为贪心撑破了口袋,贪心的总督,昧了心不分是非黑白。"

桑丘答道:

"夫人,我不是那个意思,假如您觉得这封信写得不得体,只要撕了重写;就怕我文才有限,越写越糟。"

公爵夫人说:"不,这封信很好,我想给公爵看看呢。"

他们就同上花园去,那天大家在那里吃饭。公爵夫人把桑丘的信给公爵看了,公爵非常赞赏。饭罢撤去杯盘,他们和桑丘谈笑了好一会,忽听得凄凉的笛声和沉急的鼓声。大家听了这种混杂而又阴惨惨的军乐都有点惊惶,尤其堂吉诃德,简直坐不安席。桑丘不用说,早又躲到他的避难所——公爵夫人的裙边去;因为那音乐确实凄厉可怕。大家正心神不定,忽见两个穿黑

---

① 三句西班牙谚语。

② 显然这就是作者写到这里的日期。

色丧服的人跑进花园来；那丧服又长又大，直拖到地上。他们一边走，一边各敲一面大鼓，鼓上也蒙着黑布。旁边跟着个吹笛子的，也穿一身深黑。随后一人魁伟非凡，他那件深黑色的道袍又长又大，不是穿在身上，竟是罩在身上的。袍上斜搭着一条很宽的黑肩带，挂一把大弯刀，刀鞘刀把都是黑色。他脸上遮一块透明的黑纱，纱里隐隐约约露出一部雪白的长胡子。他严肃安详，随着鼓声的节奏迈步前来；那高大的身材，走路的姿态，从头到脚的一身黑，再加陪奏的音乐，使不相识的人都心怀畏惧。

公爵等人都站着等待。这人缓步从容走到公爵面前，双膝跪下。可是公爵一定要他站起来说话。这大个儿遵命起身，掀开面纱，露出一部世上从没有那样又长又大又白又浓的胡子。他声如洪钟，望着公爵说：

"尊贵的公爵大人，我叫白胡子'三围裙'，是'三尾裙伯爵夫人'或'悲凄夫人'的侍从。她有一件离奇古怪的糟心事，简直是意想不到的；她派我来求您大人准许她向您诉诉苦。不过她先要打听一下，那位英勇的常胜骑士堂吉诃德·台·拉·曼却是否在您府上。她是饿着肚子徒步从冈达亚王国走到您这儿来找他的。她能这样走来实在不可思议，也许是靠了魔术的法力。她这会儿在贵府门外等着，您如果答应，她就进来。我奉命向您禀告的就是这几句话。"

他说完咳嗽一声，双手把胡子从上到下一捋，静待回音。公爵说：

"好侍从白胡子'三围裙'啊，我们好多天前就听说'三尾裙伯爵夫人'遭了灾难，魔法师们因此称她为'悲凄夫人'。魁伟的侍从,你不妨请她进来,英勇的骑士堂吉诃德·台·拉·曼却在这里呢;他心胸慷慨,你主人有什么事都可以依仗他。你还告诉她,假如要我保护,我也一口允诺,因为是我作为一个骑士应尽的义务。我们骑士保护各种妇女;你主人是守寡的傅姆,受了欺侮伤心可怜,我们应该格外为她出力。"

"三围裙"听了这话,屈一膝行了个礼,对吹笛打鼓的人做个手势,叫他们奏乐,他就像来的时候那样随着音乐的节奏慢步出去。大家看了他那副神气都很惊奇。公爵转向堂吉诃德道:

"大名鼎鼎的骑士啊,忌恨和愚昧毕竟压不没才德的光芒。我为什么说这话呢?您在我这里才六天,受苦遭难的人已经老远地跑来找您了;而且不是乘着马车或骑着骆驼,却是饿着肚子徒步走来的。他们相信凭您的力量,什么苦难都有解救。可见您的丰功伟绩已经全世界闻名了。"

堂吉诃德答道:"公爵大人,我但愿上次晚饭前痛骂游侠骑士的那位好教士能亲自来看看,世界上没有这种骑士行不行。他至少可以得到些切身的体会。遭了大难而痛苦不堪的人,不找法官求救,不找村上的教堂司事,不找足不出家乡的绅士,也不找安逸的朝臣;那种朝臣只会打听了人家的事当新闻讲,不会自己干些事业让人家去传说记载。只有游侠骑士最能救危济困,扶助童女寡妇。我有幸能做个游侠骑士,对上天感激不尽;我为这行光荣的职业,遭受什么艰苦都甘心。请那位傅姆来吧,有什么要求尽管说。我凭这条壮健的胳臂和这颗雄心,一定解救她的困难。"

第三十七章

续叙"悲凄夫人"的奇事。

公爵夫妇瞧堂吉诃德乖乖地进了圈套,都乐极了。桑丘忽然发话道:

"我希望这位傅姆别挡了我做总督的道儿。我听到托雷都一个好口才的药剂师说:有傅姆夹在里面,就没有好事,哎呀!那药剂师见了傅姆真是头痛啊!所以我在想,既然各式各种傅姆都讨厌,悲凄的傅姆更不知是怎么样的了——她不是叫'悲凄夫人'什么'三长裙'或'三尾巴'吗?——在我们家乡,长裙就叫尾巴,尾巴就是长裙。"

堂吉诃德说:"桑丘朋友,快住嘴。这位傅姆夫人既然老远跑来找我,绝不是药剂师讲的那种人。况且她是伯爵夫人;伯爵夫人往往是陪侍王后女皇充当傅姆的,她本人在家里就有傅姆伺候,是十足的贵夫人。"

堂娜罗德利盖斯在旁插嘴道:

"我们公爵夫人的傅姆只要运道好,也做得伯爵夫人呀;可惜'法律总顺从帝王的心愿'。谁都不该说傅姆的坏话,说老姑娘傅姆的坏话尤其不该。我自己虽然不是老姑娘,却知道老姑娘傅姆更比寡妇傅姆强。'给我们剪毛的,剪子还没放手呢'①。"

桑丘道:"可是傅姆身上该剪掉的东西真不少!据那位药剂师说,饭即使粘锅,还是别搅和。"

堂娜罗德利盖斯说:"这些侍从呀,就是我们的冤家对头。他们在接待室里游魂似的,偷看我们的一举一动;除了念经祷告,时时刻刻就在嚼舌头议论我们,把我们祖先的骨头都刨出来,把我们的好名声都毁了。可是我要告诉这些木头人儿②:我们尽管半饥半饱,尽管不论皮肤粗细都得穿上黑衣服,仿佛在大游行的那天,粪堆得用帷幔遮掩似的。可是这个世界上还有我们的日子呢,而且是和贵人一起过的!侍从们看不顺眼也只好干瞧着!说老实话,我要有机会,可以叫在场各位,甚至世上所有的人都瞧瞧:我们当傅姆的,什么美德都齐全。"

公爵夫人说:"我相信贤惠的堂娜罗德利盖斯说得不错,而且理直气壮。不过她如果要为自己和其他傅姆辩护,驳倒那个坏药剂师的坏话,叫伟大的桑丘·潘沙不存偏见,她还是等适当的机会吧,这会儿不是时候。"

桑丘答道:"我闻到了总督的味道,就摆脱了侍从的傻气。所有的傅姆都不值我一笑。"

议论傅姆的话到此为止,因为笛声鼓声又起,"悲凄夫人"大驾光临了。公爵夫人问公爵该不该出去迎接,因为她是高贵的伯爵夫人。

桑丘不等公爵回答,抢先道:"瞧她是伯爵夫人呢,我赞成

---

① 西班牙谚语。上帝好比剪毛的,世人好比被剪了毛的羊;剪子在手,意思是照样还要剪别的羊身上的毛。
② 指呆笨无能的侍从。

您两位出去迎接;可是她又是傅姆,所以我主张两位一步也别动。"

堂吉诃德说:"桑丘,谁叫你多嘴了?"

桑丘答道:"谁吗?先生,我还不配多嘴?您是全世界最有礼貌、最懂规矩的骑士,我是您一手栽培的侍从呀!我听您说过,关于这种事,同样是输,少一张牌不如多一张牌,对聪明人不用多话①。"

公爵说:"桑丘说得对。咱们先瞧瞧那位伯爵夫人是什么人品,再斟酌对待她的礼数。"

这时笛手和鼓手又像前次那样吹吹打打进来了。

这一短章到此结束,专章另叙这件破天荒的奇事。

第三十八章

"悲凄夫人"讲她的奇祸。

十二个傅姆排成双行,跟随着那队奏哀乐的人走进花园。她们身穿宽大的丧服,好像是砑光哔叽做的②;头披细白布长巾,把丧服盖得只露出一点边缘。"三尾裙伯爵夫人"由她侍从"白胡子三围裙"搀扶着走在后面。她穿的是极细密的平绒黑

---

① 两句西班牙谚语。
② 傅姆穿寡妇服,即黑色丧服,衣料往往是哔叽的。

呢;如果把绒毛刷出来,绒毛结成的卷儿准比马尔多斯出产的豌豆还大呢①。她的尾巴或裙梢——不管什么名称吧——有三个尖儿,三名穿丧服的小僮各拿一个。那三个尖是三只锐角,形成一个很好看的几何形。人家一看那三尖的裙尾梢,就知道她为什么名为"三尾裙伯爵夫人";那名称好比说,有三个裙尾梢的伯爵夫人。据贝南黑利说:她确是因裙得名。她本来该称"狼伯爵夫人",因为在她属地上出产最多的是狼;如果不是狼而是狐狸,她就该称"狐狸伯爵夫人"了。照那里的风俗,君主往往凭统治的地方出产最富的东西取名。可是这位伯爵夫人卖弄她那新样的裙子,不用"狼"取名而用了"三尾裙"。

十二个傅姆引着这位夫人稳步慢行进园,脸上都蒙着黑纱;那黑纱不像三围裙的面纱透明,却非常厚实,遮得严严密密。这个傅姆队伍进园,公爵夫妇和堂吉诃德都站起来,旁人也都起立。队伍停步,两列分开;悲凄夫人还由三围裙搀扶着从中走向前来。公爵夫妇和堂吉诃德上前十几步去迎接。她双膝跪下,嗓音不像莺啼燕语,却又沙又哑,说道:

"各位贵人请不要多礼,我是你们的小厮——我意思说,我是你们的女佣人②。我满肚子悲凄,都不会按规矩回礼了。我遭了奇灾横祸,头脑不知轰到了哪里去;一定是落在老远的地方,我越找越没影儿了。"

公爵答道:"伯爵夫人,一眼看来就知您是一位贵人;谁瞧不出您的身份,就是有眼无珠;我们应该对您足恭尽礼。"

---

① 安达路西亚的一个城,出产豌豆。
② 这个角色是公爵家小厮扮演的;他开口就露馅了。

他搀起这位夫人,扶她坐在公爵夫人旁边的椅子上;公爵夫人也很客气地接待她。堂吉诃德一声不响;桑丘心痒难熬地想看看"三尾裙"或随便哪一个傅姆的脸。不过她们不露脸,他怎么瞧得见呢。

大家静悄悄地等着,悲凄夫人先开口道:

"最尊贵的大人,最美丽的夫人,最高明的各位先生,你们最豪迈的心胸,对我最深切的苦恼一定会给以最浓厚的同情;我的糟心事能把最坚硬的铁石心肠都化成最温软的棉花呢。可是我先要请问:有一位天字第一号的伟大骑士堂吉诃德·台·拉·曼却,还有他那位天字第一号的好侍从潘沙是否也在这里。我要问明了这句话,再把我的事向各位禀告——不能说'讲',得说'禀告'。"

桑丘忙抢嘴道:"区区就是那个潘沙;这位就是天字第一号的堂吉诃德。天字第一号的最悲凄的太太啊,您不妨把您最要说的话说出来,我们大家都摩拳擦掌,最甘心乐意地准备充当您天字第一号的佣人呢。"

堂吉诃德起身对悲凄夫人说:

"苦恼的夫人,假如游侠骑士的胆气和勇力能解救你的困难,我愿竭尽绵薄,为你效劳。我就是堂吉诃德·台·拉·曼却,扶危济困是我的责任。夫人啊,你不用恳求,也不用拐弯抹角,请直截爽快地把苦处说出来。我们听了即使不能帮助,总会同情。"

悲凄夫人听了这话,直扑到堂吉诃德的脚边,又忙抱住他的脚,说道:

"天下无敌的骑士呀,您的双脚双腿是骑士道的石基和铁柱,让我跪在前面吧。让我吻吻这双脚,因为我的灾难全靠这双宝脚开步走,才得解救呢。英勇的侠客,您干的那些实实在在的事,把阿马狄斯呀、艾斯普兰狄安呀、贝利阿尼斯呀干的那些神话似的事都比得黯然无色了!"

她又转向桑丘,捉住他双手说:

"你呀,古往今来游侠骑士的侍从里,数你最忠实!你的好处比我这位三围裙的胡子还大还多!你伺候堂吉诃德这样伟大的一位骑士,就好比伺候了全世界所有的骑士!你真可以这样自豪!我求你凭最忠实的美德,在你主人面前好好儿替我说情,让他赶紧帮帮我这个最卑微可怜的伯爵夫人吧。"

桑丘说:

"我的好处是不是像您侍从的胡子那样又大又多,我倒满不在乎;我只要灵魂离开人间,还能髭须齐全①,肉体上的胡子是无关紧要的。您不用说情拜托,我能叫主人尽力帮忙。因为他很喜欢我,而且目前正有事求我呢。您把困难抖搂出来吧,我们会对付;咱们什么事都可以商量。"

公爵夫人和知道这出把戏底细的人都笑破了肚皮,暗暗称赞三尾裙表演精妙。这位夫人重又坐下,说道:

"广大的忒拉玻巴纳②和南海之间,离戈莫林海岬二哩瓦,有个著名的冈达亚王国。摄政的是阿尔契皮埃拉国王的寡妇堂娜玛衮西娅王后。他们俩的独生女安多诺玛霞公主是冈达亚王国的女王储。这位公主从小由我管教,因为伺候她妈妈的那许

---

① 西班牙谚语。意思是精神面貌之美比体躯之美更重要。据说这是某一个遭阉割的奴隶说的,又据说是某虔诚的年轻人发愿剃须作修士时说的。
② 亦名达普罗巴那,即斯里兰卡(锡兰)的古称,见上部157页注①。

多傅姆里我年纪最大,身份也最贵。安多诺玛霞到十四岁长得十全十美,连造物主也不能添补分毫。可是别以为她才貌不能两全;她的聪明美丽都是天下第一,除非司命女神嫉妒狠心,剪断了她的生命线①呢,那就仿佛把最甜美的葡萄带生摘下,上天决不容许这种坏事的。我钝嘴笨腮,说不出她多么美。她颠倒了不知多少国内外的王孙公子。有个家居京城、没有官职的公子哥儿,靠自己年轻漂亮,又才多艺、能说会道,也妄想吃天鹅肉。各位如果不厌絮烦,我可以讲讲那个人的本领。他会弹吉他,能叫琴弦替他说话;又是个诗人,还擅长跳舞;他会做鸟笼,一旦穷困,单靠那项手艺就可以谋生。他那许多本领可以翻倒一座大山呢,别说颠倒一个娇嫩的小姑娘了。可是那涎皮厚脸的家伙如果没先用计收服我,他要单凭风流伶俐来攻占我们姑娘那座堡垒还办不到。那流氓先博得我的欢心;我就好比一个昏庸的总督,把堡垒的钥匙交给他了。干脆说吧,他送了我这样那样首饰,我就迷了心窍都听他的了。不过最打动我的还是他的诗。他住的小巷对着我的窗口;有一晚,我从窗栅栏里听到他唱歌;我记得这句词儿:

> 是我那位甜蜜的冤家
> 给了我沁入心魂的痛苦;
> 我只能感受,不能吐露,
> 痛苦更在隐忍中增加。②

---

① 希腊神话,司命的女神是姊妹三人:一个拿卷线杆,一个纺线,一个剪线,象征世人的生、死和一生。
② 作者翻译十五纪意大利诗人阿基拉诺(Serafino Aquilano)的诗。

我觉得字句圆似珍珠,声调甜于蜜糖。从此以后呀,我领会了这种诗是害人的,认为国家的主宰应当按柏拉图的主张,把诗人——至少写这种香艳诗的人驱逐出境①。比如曼图阿侯爵的歌谣,能使妇女孩童又解闷儿,又流泪;可是这种诗人的诗却是软刀子,柔绵绵地刺透你的心肠,像电闪触伤了身体而不损坏衣服。又一次他唱道:

> 悄悄地来吧,死的幽灵,
> 不要让我知道你来,
> 保不定死亡的愉快
> 又会给我新的生命。②

这类诗句都是听来使人心醉,读来令人神往的。这种诗人如果降格做几支冈达亚流行的所谓回旋曲③,那就叫人灵魂飞舞,心花开放,通身安定不下,觉得像水银一样。所以,各位先生夫人,我认为艳体诗人实在应该流放到蜥蜴岛④去。可是不怪他们,只怪那些没脑子的糊涂虫还吹捧他们、相信他们呢。他们笔下尽是陈腐的比喻和离奇的废话,什么'在死亡里生活'呀,'在冰里燃烧'呀,'在火里发抖'呀,'没有希望的希望'呀,'离开了你还在你身边呀',等等,我要是个够格儿的好傅姆,这种话就听不入耳也不会相信。再譬如说吧,他们动不动许你许多珍贵的东西:阿拉伯的凤凰呀,阿利阿德纳的王冠呀,驾在太阳车上

---

① 柏拉图《共和国》第三、第十卷是这样主张。
② 西班牙军官艾斯克利巴(Escrivá,1511)所作,曾风行一时;塞万提斯把原诗稍加修改。
③ 回旋曲(seguidilla),四行或七行诗,当时西班牙风行的一种舞曲。
④ 指托尔给玛达(Torquemada)《奇花圃》里流放罪犯的岛。

的马匹呀,南海的珠子呀,铁巴河里的黄金呀,潘加亚的香料呀等等①,这又算什么呢？想象不出的东西,办不到的事,空口答应毫不费力,不过笔下铺张一番罢了。可是我胡扯到哪里去了呢？嘻！我这个倒霉人！我自己的罪过还数不完,却没头没脑议论别人的过错！嘻！我再说一遍,我是个倒霉人！不是诗歌迷惑了我,是我自己糊涂,不是音乐引诱了我,是我自己轻佻。我愚蠢透顶,毫无识见,为那位公子哥儿堂克拉维霍开了方便之门。他由我做牵头,以丈夫的名义,一次次到受骗的安多诺玛霞的卧房里来。她是受了我的骗,不是受他的骗。他如果不是她丈夫,我虽然罪孽深重,他给她拾鞋我也决不答应！这是不能通融的！我帮衬的事不管怎样总得先结婚。只是他们的好事有个障碍：两人地位不同,堂克拉维霍是个没有官职的少爷,而安多诺玛霞公主呢,我已经说了,是国家的女王储。这个私情勾当靠我遮盖严密,一时上瞒过了人。后来安多诺玛霞的肚子作怪,忽然膨胀起来,我觉得事情要闹破了；我们三人慌慌张张商量应付的办法。我们决计不等丑事败露,先由堂克拉维霍要女王储出一张和他订婚的笔据,他拿着向教廷主管婚姻的人要求准许这件婚事。这张笔据由我口授,写得铁案如山,就连大力士也推不倒。教廷就着手办事了；主管教士看了那张笔据,又听了公主亲口的供认。公主和盘托出,主管教士就下令把她寄放在一个很有体面的警官家里……"

---

① 凤凰称为"阿拉伯鸟"；阿利阿德纳是希腊神话里的女人；铁巴河(Tibar)在非洲,铁巴河里的黄金指最纯粹的精金,潘加亚在"肥沃的阿拉伯"即也门。

桑丘插嘴道：

"原来冈达亚也有警官，也有诗人，也有回旋曲。可见全世界都是一样的。三尾裙夫人啊，您快讲吧，时候不早了。我心痒痒地要知道您这个老长的故事怎么收场呢。"

伯爵夫人说："我就讲下去。"

第三十九章

三尾裙继续讲她那听了难忘的奇事。

桑丘随便说什么，公爵夫人都觉得非常有趣，而堂吉诃德总非常着急；他叫桑丘住嘴。悲凄夫人接着道：

"干脆说吧，公主经过反复盘问，咬定原先的供词，没一字出入。教廷主管人批准了堂克拉维霍的陈请，把公主判为他的合法妻子。安多诺玛霞的妈妈堂娜玛衮西娅王后气破了肚子，没过三天，我们就送她入土了。"

桑丘说："她准是死了。"

三围裙答道："当然啦！我们冈达亚不把人活埋，只埋死尸。"

桑丘答道："侍从先生，有个晕过去的人，大家以为死了，就埋了。我想玛衮西娅王后该是晕过去了，不见得就是死。只要人还活着，事情总可补救；公主也没干下什么大不了的傻事，她妈妈何必气得那样呢。我听说常有公主和小厮或奴仆结婚；假如这位公主干了这种事,那才糟得无可挽救呢。现在她嫁一个像您形容的那么有才有貌的公子哥儿,要说她傻也可以,其实并不太傻。因为——我主人就在这里,他不会让我撒谎,据他的规律:文士可以成为主教;骑士,尤其游侠骑士,可以成为帝王。"

堂吉诃德说:"桑丘说得对,游侠骑士只要有一星半点的运气,马上就能做到世界上最大的帝王。悲凄夫人请讲下去吧。我料想这故事才讲了甜的一节,苦的还在后头呢。"

伯爵夫人道:"可不是苦的还在后头!而且苦得很,苦瓜相形之下都算是蜜甜,夹竹桃都算得可口了。王后确是死了,不是晕过去;我们把她埋了。我们刚盖上土,刚向她说了'永别了,安息吧';忽见——唉!真是'道此谁能不泪流'①!——巨人玛朗布鲁诺骑着一匹木马站在王后墓旁。他是玛衮西娅的亲表哥,是个凶暴的魔术家,特来为亲表妹报仇的。他要惩罚堂克拉维霍的狂妄,安多诺玛霞的执迷不化,就在墓前运用法术,叫他们俩当场着了魔,女的变成一只铜猴,男的变成一条不知什么金属的可怕的鳄鱼,他们俩中间隔着一个金属的柱子,上面刻着几行叙利亚文,翻成冈达亚文,现在再翻成西班牙文,就是以下一句话:'这一对胡闹乱来的男女,要等英勇的曼却人和我决斗之后,才能恢复原形;司命女神已经注定,这件空前的险事,要靠那位曼却人的大力收场。'那巨人随即从刀鞘里拔出一把又宽又大的弯刀,一把揪住我的头发,要割断我的脖子,把脑袋齐根剁

---

① 原用拉丁文诗句(Quis talia fando temperet á lachrymis?),是把维吉尔名作《伊尼亚斯》卷二第六至八行截搭而成。

下来。我吓得声音堵在嗓子里都出不来了。我万分危急之际,拼命壮着胆挣出颤抖的声音,向他苦苦哀求,他才发慈悲住手。他就召集宫里所有的傅姆,就是在场的我们这些人;他把我一人的罪过怪在大家身上,狠狠责骂,说我们心肠恶,手段更坏,阴谋诡计尤其可恨。然后说,他不想一刀宰掉我们,却要精细折磨,叫我们死得又慢又苦。他这话刚出口,我们大家立刻觉得满脸的毛孔都张开了,整个脸上好像针扎似的,一摸,发现自己变成了这副模样。"

悲凄夫人和其他傅姆掀开面纱,露出一张张髭须丛生的脸,红胡子、黑胡子、白胡子、灰胡子各色都有。公爵夫妇满面惊奇,堂吉诃德和桑丘都愣住了,在场的人都非常诧异。三尾裙接着说:

"玛朗布鲁诺那坏蛋原来是叫我们嫩脸上生满粗硬的鬃毛,这样来惩罚我们。唉,天啊,宁愿他用大弯刀斫下我们的脑袋,也别让这密茸茸、乱蓬蓬的毛掩盖了我们焕发的容光呀!各位试想:一脸胡子的傅姆还有什么前程呢?哪个爸爸妈妈会可怜她呢?谁会帮助她呢?她面皮光滑柔腻,把美容药水油膏千搽万搽,还没人爱她;现在一张脸像野草丛生的地皮,她可怎么办呢?我们想到自己的不幸,泪水流得泛江满海,眼睛都哭得干枯了;要不然,我讲到这话又得泪浪滚滚呢。哎,傅姆啊,我的伙伴们啊,咱们的父母生咱们的时辰真是不吉利啊!"

她讲到这里,好像就要晕过去了。

第 四 十 章

这件大事的几个细节。

爱读这种故事的人真该感谢原作者熙德·阿默德叙事详尽,琐屑无遗。他把人物的心思梦想都描写出来;达出了隐情,打破了疑团,解除了争端。总而言之,他一丝不苟,一点儿也不含糊。享大名的作者啊!交好运的堂吉诃德啊!出风头的杜尔西内娅啊!逗乐儿的桑丘啊!但愿你们大伙儿一个个都万世传称,为世人解闷!

据记载,桑丘看见悲凄夫人晕过去,就说:

"我凭正人君子的宗教、凭我历代祖先的灵魂发誓:这种事真是我从没听过见过的,我主人也从没讲过,他想都想不到。玛朗布鲁诺啊,你是魔术家又是巨人,我不敢咒你,但愿千千万万的魔鬼保佑你吧!你难道没别的办法惩罚这群可怜的娘儿们,非得叫她们生胡子吗?你把她们下半个鼻子截掉,尽管说话齉声齉气,不也比满脸胡子好吗?我可以打赌,她们可没钱找人剃胡子呀。"

一个傅姆说:"先生,你说得对,我们哪有钱找人剃胡子呀;我们有个省钱的办法,用橡皮膏贴在脸上,然后奉一下撕掉,脸皮就像石臼底一样光滑了①。冈达亚当然也有那种串门子的婆

---

① 当时西班牙女人用这种方法去掉脸上的汗毛。

娘,专给女人去汗毛,修眉毛,炮制各种美容品,可是我们家傅姆从来不让这种婆娘上门,因为她们多半是自己干不了皮肉生涯,就为人家拉皮条的。我们要没有堂吉诃德先生的帮助,就得带着胡子进坟墓。"

堂吉诃德说:"我要不能去掉你们的胡子,就得按摩尔人的风俗揪掉自己的胡子了①。"

三尾裙恰在这时候苏醒,说道:

"英勇的骑士啊,我昏迷中听到你这响亮的一声答应,立刻就苏醒过来。大名鼎鼎的侠士、战无不胜的好汉啊,我再次恳求你:你一口答应的事,务必做到啊。"

堂吉诃德答道:"我决不耽搁。夫人,你瞧瞧我该怎么办,我急要为你效劳呢。"

悲凄夫人道:"请听我说。从这里到冈达亚王国,陆地上要走五千哩瓦左右,空中飞行不用绕道,就是三千二百二十七哩瓦。玛朗布鲁诺还有句话得告诉你,他说:我们如果有幸找到了救星,他要送一匹马给他,远比驿站的马好,也不那么放刁。那匹马就是庇艾瑞斯英雄抢回玛加隆娜美人乘的木马②。它不用辔头驾驭,只由脑门子上的关捩子操纵,飞行轻快,仿佛一群魔鬼抬着似的。据古代传说,那匹马是梅尔林法师制造的。庇艾瑞斯是他的朋友,曾经借了这匹马远行——就是刚才说的,去抢了美人玛加隆娜,带在鞍后一起飞回家;当时目见的人个个都惊得目瞪口呆。梅尔林只借给和他要好的人,或者索取高价出租。

---

① 摩尔人碰到伤心事就揪自己的胡子。
② 这个故事已见上部第四十九章。

自从伟大的庇艾瑞斯借用以来,还没听说有谁骑过那匹马。现在玛朗布鲁诺用法术霸占了它,常骑着漫游世界:今天在这里,明天到法兰西,后天到波多西。那匹马妙的是不吃不睡也不磨损马蹄铁;它不生翅膀,能在空中奔跑,跑得非常平稳,骑在上面可以平端着满满一杯水一滴不洒。所以美人玛加隆娜骑在上面快乐得很。"

桑丘插嘴道:

"要说跑得平稳,得数我那灰毛儿;尽管不是在天空而是在地上,我拿定全世界跑快步的都赛不过它。"

大家都笑了。悲凄夫人接着说:"如果玛朗布鲁诺让我们灾难脱身,入夜半小时内他就会把那匹马送来。因为他跟我讲过:我一旦找到了那位骑士,他立刻就把木马送到我跟前来,让我知道找对了人。"

桑丘问道:"那匹马能带几个人呢?"

悲凄夫人说:"两人:一个坐在鞍上,一个坐在鞍后;如果没有抢来的女人,那两人往往就是骑士和侍从。"

桑丘说:"悲凄夫人,请问那匹马叫什么名字呢。"

悲凄夫人答道:"它取的名字不是贝雷罗封德的贝伽索,不是亚历山大大帝的布赛法洛,不是狂人奥兰多的布利利亚多罗,不是瑞那尔多斯·台·蒙答尔班的贝亚尔德,也不是汝黑罗的弗隆悌诺;据说太阳车上的两匹马叫博泰斯和贝利托阿,戈斯族末代国王——那倒霉的罗德利果在他丧命亡国的战役里乘的马叫奥瑞利亚,这些名字木马都没取用。"

桑丘说:"这许多名马的称号很响亮,它既然都不用,我可以打赌,它也不会叫作驽骍难得;我主人这匹马的名字取得合适,比刚才举的那许多都强。"

满面髭须的伯爵夫人说:"是啊。不过木马的名字也取得很合适,它叫'如飞·可懒木掾扭'。因为它是木头的,脑门子上有个关掾子,并且跑得飞快①。这个称号和著名的驽骍难得正可比美。"

桑丘说:"名字是不错的;可是用什么缰辔驾驭呢?"

三尾裙答道:"我已经说了,用那个关掾子呀。把关掾子拧拧,就可以随意控驭;或者临空飞行,或者掠地奔跑,或者照最合宜的准则,走一条适中的路。"

桑丘说:"这匹马我倒很想瞧瞧呢。可是别指望我骑上去,不论要我骑在鞍上或鞍后,都是要榆树结梨。我骑着自己的灰毛儿,驮鞍比丝绵还软,我才勉强坐个平稳;现在要我骑在木马的硬屁股上,没衬没垫的,怎么受得了呀!天晓得,我不愿意为了让人家脸上光滑,磨损自己的坐臀。剃胡子各人自想办法吧,我不打算陪主人走那么老远的路。况且这件事也用不到我,不比解除杜尔西内娅小姐的魔法非我不可。"

三尾裙说:"朋友啊,你有用,而且用处很大;据我所知,没了你什么事都不行。"

桑丘答道:"我声明,咱们得讲理。主人冒险的事,和侍从什么相干呀!事情成功,美名是他们享,苦差是我们当。哼!难道历史上会说:'某骑士全靠他侍从某某的帮助,完成了什么什么事……'吗?书上只会说:'三星骑士巴拉利博梅侬降伏了六

---

① 原文 Clavileño el Alígero,Clavileño 包括两个意思,一是"关掾子",二是木头;el Alígero 是绰号,意思是轻快如有翼。

个妖怪',一个字也不会提到那个紧跟骑士出生入死的侍从,仿佛世界上就没那么个人呀!各位先生夫人,我再说一遍:让我主人自个儿去吧,祝他大吉大利;我呢,就待在这里,伺候我的女主人公爵夫人。说不定我主人回来的时候,杜尔西内娅小姐的厄运已经大有转机了。因为我打算等闲来无事,自打一顿鞭子,打得浑身伤疤,再也长不出一根汗毛。"

"可是好桑丘啊,如果需要你陪去,你还是得去,求你的都是好人呀。你不能为了不必要的顾虑,叫这些太太们老这样胡须满面;那就真糟糕了。"

桑丘答道:"我再次声明,咱们得讲理。一个男子汉不妨吃些苦头,为监禁的少女或育婴堂的孤儿行好事,可是为傅姆去掉胡子,那就冤枉了!我宁愿眼看她们从高的到矮的、从正正经经的到扭扭捏捏的一个个都长上胡子!"

公爵夫人说:"桑丘朋友,你对傅姆太狠了。你是偏信了托雷都药剂师的话。他实在是不对的。我家有些傅姆,可以充傅姆的模范呢,这位堂娜罗德利盖斯就不容我说她不是。"

罗德利盖斯说:"是或不是,随您贵夫人说得了,反正实在是怎么样,上帝都知道。我们傅姆不论好坏,不论有胡子没胡子,都和别的女人一样是娘肚子里出来的。上帝既然叫我们生在这个世界上,他自有安排。我一心只想着他的慈悲,顾不了谁的胡子。"

堂吉诃德说:"行了,行了,罗德利盖斯夫人。三尾裙夫人和各位随从的夫人啊,我相信上天会顾怜你们的,因为桑丘准听我吩咐。只要等可赖木捩扭送来,只要等我和玛朗布鲁诺交手,我准能一剑砍掉他的脑袋,比剃刀剃掉你们的胡子还容易。坏人得意,为时无几①。"

悲凄夫人答道:"哎,英勇的骑士啊!但愿满天星辰都化作慈悲的眼睛注视着您,给您运气和勇气,让您能扶助我们这伙挨骂受欺、被药剂师厌恶、侍从批评、小厮捉弄的傅姆。哪个年轻女人不做尼姑倒做傅姆,就是自己糊涂,活该受罪!我们这些傅姆真是可怜虫呀!即使我们是特洛亚王子赫克托的直系子孙,我们女主人还是呼来喝去,也许她这样就觉得自己是王后了。巨人玛朗布鲁诺啊,你虽然是魔法师,却最是说话当话的;快把独一无二的可赖木捱扭送到这里来吧,让我们灾退身安。假如天热了我们脸上还盖着密密丛丛的胡子,我们可糟糕了呀!"

三尾裙说着无限伤心,大家听了都流泪,连桑丘也热泪盈眶。他暗想,如果为这群老太太去掉脸上的绒毛须他陪着主人走遍天涯海角,他也不再推三阻四了。

第四十一章

可赖木捱扭登场,冗长的故事就此收场。

天色渐黑,预计神马可赖木捱扭该到了。堂吉诃德已经等得不耐烦,生怕上天并未选定自己去完成这件大事,所以玛朗布鲁诺不把那匹马送来;再不然,就是玛朗布鲁诺不敢和他决斗。

---

① 西班牙谚语。

这时花园里忽然来了四个身披翠绿藤萝的野人,同扛着一匹大木马。他们把这匹马四脚着地放下,一个野人说:

"哪位骑士有胆量乘坐这个神工制造的东西,就请他骑上去吧。"

桑丘说:"我不骑;我既没有胆量,也不是骑士。"

那野人说:

"假如这位骑士有侍从,可以骑在马屁股上。大勇士玛朗布鲁诺一口担保:他专等着比剑,这位骑士尽可放心前去,绝没有谁暗害他。这匹马脖子上有个关捩子①;只要扭动一下,它就把你们从天空直送到玛朗布鲁诺那里去。可是你们得把眼睛蒙上,免得飞高了头晕;等听见马嘶,就是到达地头的信号,到那时才能开眼。"

他们交代完毕,撇下木马,慢步由原路出去了。悲凄夫人见了这匹马,含泪对堂吉诃德说:

"英勇的骑士,玛朗布鲁诺没有失信,这匹马果然来了。我们的胡子日生夜长,我们每个人为每根胡子恳求你快给我们剪剃吧。这也没多大麻烦,只要你带着侍从,骑上木马,赶紧上路。"

"三尾裙伯爵夫人,我立刻照办,而且心甘情愿。免得耽搁,我不用坐垫,靴上也不戴马刺了;我急着要瞧您夫人和她们几位都剃得脸上光光的。"

桑丘说:"我不干;顺着我也罢,逼着我也罢,反正我怎么也不干。假如剃胡子的事非我骑上马屁股才行,那么,我主人

---

① 木马行空始见《天方夜谭》,关捩子安在脖子上。塞万提斯借用了这个奇谈;上文曾改变关捩子的位置,说安在额上,这里他又完全按照《天方夜谭》了。

另找侍从吧,这几位太太也另想办法刮光面皮吧。我不是巫师,不喜欢在天空飞行。假如我那海岛上的百姓知道他们的总督在天上飞来飞去,他们不说闲话吗?况且从这里到冈达亚有三千零不知多少哩瓦,假如马跑不动了,或者巨人发脾气了,我们回家路上得有五六年的耽搁呢;到那时候,世界上还有什么海岛河岛要我去做总督呢?常言道,拖拖延延,就有危险;又说,如果给你一头小母牛,快拿了拴牛的绳子赶去。对不起,我顾不了这几位太太的胡子了。圣贝德罗在罗马过得很好;就是说,我在这里府上过得很好,受到种种厚待,还指望主人赏我做总督呢。"

公爵答道:

"桑丘朋友,我答应你的海岛不是浮动的,逃跑不了;它根子很深,直扎到海底下,大力士也拔不出、挪不动。咱们都知道,要到手一个高官美职,多多少少总得出些贿赂。要做我那海岛的总督呀,也得送贿赂;那就是陪你主人堂吉诃德去完成这桩后世留名的奇事。你还会骑着可赖木捱扭回来;它行步如飞,来回只是一转眼的事。假如你走了背运,流浪在外,那就只好一路上住着客店步行回来。反正你回来了那海岛还在原处,岛上的百姓总欢迎你去做总督;我也不会变计。这是实话,桑丘先生,你如果犹豫,就太辜负我对你的厚意了。"

桑丘说:"您甭说了,先生。我是个可怜的侍从,当不起您这样客气。让我主人上马吧;给我蒙上眼睛,为我求上帝保佑吧。我还请问,我在天空飞行的时候,能祷告上帝保佑或天使救护吗①?"

---

① 桑丘怕祷告上帝或天神会破掉魔法,使他从空中栽下来。

三尾裙答道：

"桑丘，你尽管求上帝保佑；求谁都行。玛朗布鲁诺虽然是魔术家，却是个基督徒；他行使魔法非常谨慎，谁也不得罪。"

桑丘说："哎，那么上帝保佑我吧！最神圣的加埃塔的三位一体①保佑我吧！"

堂吉诃德说："自从我忘不了的砑布机事件以来，还没见过桑丘这样害怕。假如我也迷信预兆，他这么胆怯就使我也泄气了。可是桑丘你过来，如果在场各位不见怪，我要跟你说两句私房话呢。"

他和桑丘走到花园的树丛里，拉着桑丘两手说道："桑丘老弟，咱们就要出远门了。咱们几时能回来，承担了那件事还会有什么闲工夫，那只有上帝知道了。所以我求你这会儿假装去找一件路上必需的东西，回屋去费一点点工夫，把你承担的三千三百鞭兑现一部分，至少打五百鞭吧，你反正总得打呀。着手一干，完事一半②。"

桑丘说："天晓得，您老人家准是糊涂了。您就像老话说的，看见我怀孕了，却指望我是处女！③我这会儿得坐着硬木板远行，您却要我打烂自己的屁股吗？您实在是不讲道理了。咱们现在且去给这几位傅姆剃掉胡子；等回来了，我向您担保，一定赶紧还清这笔债，叫您称心满意；我没别的好说了。"

堂吉诃德答道：

"好桑丘，你既然这么答应我，我也就安心了。我相信你说

---

① 见本书175页注②。
②③ 西班牙谚语。

到做到;因为你这人傻虽傻,却真是又忠又信的。"

桑丘说:"我不是又棕又青的①,我是黑苍苍的。不过我即使是杂色的,我也说到做到。"

他们就回去同乘木马;临上马堂吉诃德说:

"桑丘,你蒙住眼睛上马吧。叫老实人上当不是光彩的事,人家也犯不着老远的接了咱们去捉弄咱们。即使事情不顺手,咱们这番英勇仗义的作为,谁都不能毁谤。"

桑丘说:"先生,咱们走吧。我老挂念着这几位傅姆的胡子和眼泪;她们脸上这层绒毛不脱净,我吃一口东西都没胃口。您先蒙上眼睛上马吧。我不是得骑在鞍后吗?您骑在鞍上的分明得先上啊。"

堂吉诃德说:"你说得对。"

他从衣袋里掏出一块手绢,请悲凄夫人给他把眼睛蒙得严严的。他刚蒙上,又把手绢扯开道:

"我记起了维吉尔著作里特洛亚的巴拉迪翁。那是希腊人献给巴拉斯女神的一匹木马②;木马肚里全是武装的骑士,他们毁掉了特洛亚城。所以咱们先得瞧瞧可赖木揌扭肚里有什么东西。"

悲凄夫人说:"那倒不必。我可以为它作保;我知道玛朗布鲁诺一点不歹毒奸诈。堂吉诃德先生,您不用顾虑,尽管放心上马;出了事由我当灾。"

堂吉诃德觉得如果太仔细,要求万无一失,就不像个好汉

---

① 堂吉诃德说桑丘可信(verídico);桑丘听错了,以为说他是青的(verde)。
② 堂吉诃德记错了。巴拉迪翁(Paladíon)不是木马,是特洛亚城的保护女神巴拉斯的木质神像,传说是从天上掉在特洛亚的。

了,所以不再计较,就骑上可赖木捩扭,并且试了试它那个转动灵便的关捩子。他没有脚镫,垂着两腿,活像弗兰德斯①帷幔上描绘或织成的罗马人凯旋图里的人物。桑丘满不情愿,一步一挨地跟过去骑在鞍后。他尽量坐稳身子,觉得这个木马的屁股没一点温软,实在太硬些。他请求公爵是否可以从公爵夫人的客堂里或哪个小厮的床上拿个坐垫或枕头给他用用,因为这个马屁股不像木头,竟像大理石呢。三尾裙忙说:可赖木捩扭身上不让装鞍辔或披盖东西,最好是学女人那样横坐,也许觉得好受些。桑丘照办了。他一面告别,一面让人家给他蒙上眼睛;可是刚蒙上,他又露出眼来,恋恋不舍地含泪望着大家,请为他的急难多多念几遍天主经和圣母经,一旦他们有难,上帝就也会叫人家为他们念经。堂吉诃德听了这话说道:

"你这个混蛋!何必这样哀求苦恼呀?难道你是上断头台或是要咽气了吗?你这个没胆量的脓包!你坐的位子,不正是玛加隆娜美人坐的吗?历史总不会扯谎吧;她从那儿下来,不是进坟墓,却是去做法兰西的王后呀②。你旁边的位子正是从前庇艾瑞斯英雄坐的;我坐在这个位子上,哪一点比不上他吗?你这个胆小的畜生,快把眼睛蒙上吧!蒙上吧!你心上害怕,嘴里可不用出声啊!至少别在我面前出声啊!"

桑丘答道:"给我蒙上眼吧。我求上帝保佑,您却不愿意;我央人代我祷告,您又不准;那就别怪我害怕了,保不定大堆③

---

① 古国名,包括现在的比利时、荷兰南部、法国北部。
② 据传说,庇艾瑞斯做了拿坡黎斯王,她做了拿坡黎斯王后。
③ 桑丘要说"大队",却说错了。

魔鬼把咱们扔到贝拉尔维琉①去呢。"

两人蒙上眼,堂吉诃德觉得一切就绪,就去拧那个关捩子。他刚摸上,一群傅姆和花园里所有的人都高声喊道:

"英勇的骑士啊,上帝指引你!"

"大胆的侍从啊,上帝保佑你!"

"你们这会儿已经上天了,冲着风直往前去,比射出的箭还快!"

"我们在地上望着你们,都惊骇得目瞪口呆了!"

"勇敢的桑丘啊,坐稳了!你在摇晃呢!当心别摔下来!从前太阳神的儿子想驾驭太阳车,不就摔死了吗?你这一摔呀,准比那莽小子还摔得惨呢!"

桑丘听了喊声,紧紧挨着主人,两臂抱住他说:

"先生,他们讲话咱们都听得见,而且就在身边似的,怎么说咱们已经飞得那么高了呢?"

"桑丘,你别理会这种事;这就和咱们这番飞行一样,都不合自然界的规律。即使离开了他们一千哩瓦,也能什么都看见、什么都听到。你别死抱着我呀,你要把我扳倒了。我真不懂你干吗这样慌张。我敢发誓,我一辈子没乘过更平稳的坐骑,简直好像一步都没有挪动似的。朋友啊,别害怕,事情实在很顺利,好风正在吹送咱们。"

桑丘答道:"是啊,我这边的风大极了,好像一千只风箱正对着我吹呢。"

果然有几只大风箱正对着他鼓风。公爵夫妇和他们的总管

---

① 贝拉尔维琉(Peralvillo)在拉·曼却境内,靠近西乌达德·瑞阿尔,是神圣友爱团处决犯人的地方。

为这件事策划周密,该做的都做到。

堂吉诃德觉得风吹,就说:

"桑丘啊,咱们现在一定是到了冰雹雪花的老家——那第二层天。雷电霹雳的老家在第三层天。如果照这样再升上去,咱们马上就要到火焰天了。我还不知道怎样操纵这个关捩子,才免得升到烧身的熊熊大火里去。"

这时公爵家人用竿子挑着小撮儿易燃易灭的亚麻,远远地熏他们的脸。桑丘感到灼热,说道:

"我可以打赌,着火的那层天咱们准到了,或者很近了,因为我的胡子大部分烤煳了。先生,我想露眼瞧瞧咱们在哪儿呢。"

堂吉诃德说:"这可要不得,你别忘了陀授尔巴硕士的经历①。他骑着竹竿,闭着眼睛,由一群魔鬼带着飞行,十二个钟头到了罗马,降落在城里一条街上,街名叫陀瑞·台·诺纳。他目见当地的骚乱和波尔邦攻城被杀的经过②。第二天他回到马德里,就把亲眼目见的事讲给大家听。他还说自己在天上飞的时候,魔鬼叫他睁眼,看见月球近在身边,好像一伸手就摸得到。他说没敢向地面观望,怕头晕眼花。所以桑丘,咱们不必露出眼睛来,谁负责送咱们的,会照管咱们。也许咱们正盘旋着往上

---

① 陀授尔巴(Torralba)是西班牙人,生于十五世纪末叶,据他自己说,有个神灵或幽魂名萨其尔(Zaquiel)经常显形告诉他未来之事。他在宗教法庭受审时自供,1527年5月4日至5日的夜里,萨其尔叫他骑着一根竿子,闭上眼,把他由空中带到罗马。他张眼看见离海很近,伸手可触;半小时左右到了罗马,目见那里骚乱的情况。他就在当夜骑竿蒙目飞回瓦拉多利德。
② 波尔邦(Borbón),法王弗朗斯华一世手下的元帅,倒戈投降了西班牙的查理五世大帝。1527年5月4日他袭击罗马时被杀。

飞,准备忽然往下一蹿,直取冈达亚王国;好比鹰隼绕着下面的鹭鸶盘旋上升,往上飞只为蹿下去抓那只鹭鸶。咱们虽然觉得离开花园没半小时,一定走了好老远的路了;我这话是有把握的。"

桑丘答道:"这种事我也不懂,不过我说呀,那位玛加隆内或玛加隆娜夫人坐在这个屁股上如果还会满意,她的皮肉一定娇嫩不到哪里去。"

公爵夫妇和花园里那些人听了这两位好汉的对话乐得不可开交。他们要结束这场精心策划的大胡闹,就用亚麻点火烧着可赖木揿扭的尾巴。马肚子里装满花炮,立即噼噼啪啪一阵子爆炸,把烤得半焦的堂吉诃德和桑丘·潘沙抛在地下。

当时三尾裙和那队满面胡子的傅姆都不见了,花园里那些人一个个倒卧在地,好像昏迷了似的。堂吉诃德和桑丘慌慌张张爬起来四面观望,发现自己还在花园里。他们看见许多人躺在地下,非常惊奇;尤其可怪的是花园尽头有一支长枪插在地里,枪头上两条绿丝绳挂着一幅光洁的白羊皮纸,上面金色大字写道:

"著名骑士堂吉诃德·台·拉·曼却解救了三尾裙伯爵夫人(又名悲凄夫人)和她的同伙;只为他承担了这件事,她们立即灾难脱体。

"玛朗布鲁诺十分满意;傅姆的脸上已经一毛不剩,国王堂克拉维霍和王后安多诺玛霞亦已恢复原形。魔术家的魁首梅尔林法师有令:等侍从鞭打满数,白鸽就能摆脱迫害她的鸢鸟,投入她情侣的怀抱。"

堂吉诃德读了这段话,知道是指杜尔西内娅解除魔法的事。

他深感上天叫他只冒了这一点危险就大功告成,那伙老太太的脸皮又光滑如旧了;她们这会儿都已经无影无踪。他跑到还未苏醒的公爵夫妇旁边,抓住公爵的手说:

"公爵大人啊,请听好消息吧!灾难都解除了!十全十美,一举成功,那标杆儿张挂的纸上明写着呢。"

公爵好像从沉睡中渐渐清醒;公爵夫人和倒卧在花园里的其他人也和他一样。他们都惊诧万状,把假戏搬演得像真事似的。公爵眯着眼读了那幅字纸,张臂去拥抱堂吉诃德,说他是古往今来最了不起的骑士。桑丘只顾寻找那位悲凄夫人,想瞧瞧她脱掉胡子的脸蛋儿,因为她身材俊俏,相貌想必美丽。可是人家告诉他说:可赖木捼扭燃烧着从天上刚掉下地,那群傅姆和三尾裙脸上的胡须就一股脑儿连根脱净,她们全伙转眼都不知去向了。公爵夫人问桑丘这番远行的经过。桑丘答道:

"夫人,我觉得我们飞到了火焰天——这是据我主人说的;我想露一缝眼瞧瞧,可是我主人不准。我呢,有那么一点点儿好奇心,不让知道的越想知道。我偷偷儿把蒙眼的手绢靠鼻子那儿扳开一缝,向地球望了一眼。我觉得整个地球还没有一粒芥子大,上面来来往往的人只比榛子稍为大些;可见我们飞得多高了。"

公爵夫人道:

"桑丘朋友,你别乱说啊。看来你瞧见的不是地球,只是上面来往的人。假如你看见的地球像一粒芥子,每个人却像一粒榛子,那么,光一个人就把整个地球遮掉了;这还不明显吗?"

桑丘道:"对呀。不过我是从一个侧面看去,所以整个地球都看见了。"

公爵夫人说:"桑丘,你想想,你怎么能从一件东西的侧面看到它的全面呀?"

桑丘答道:"我不懂看到看不到,反正我告诉您夫人:我们是靠魔术在天上飞行;靠了魔术,就不论从哪个侧面都能看到全地球和所有的人。假如您不信,我以下讲的您也不会相信了。我把蒙眼的手绢掀到眉毛上,看见自己离天不过一两拃的远近。高贵的夫人,我凭一切神灵发誓,那个天真是大得无边无际啊!我们正飞过七只母羊的星座①。我小时候在家乡当过牧童,所以一见那几只羊,就想逗它们玩玩,要是不能遂心,我可真要难过死了。那我怎么办呢?我就不声不响,也没和主人说,悄悄儿下了可赖木捵扭,和那群母羊玩了三刻钟左右。它们真是可爱!像紫罗兰!像花朵儿!可赖木捵扭站着等我,动都不动。"

公爵问道:"好桑丘和母羊玩,堂吉诃德先生怎么消遣呢?"

堂吉诃德说:

"这种种事物都不合自然界的规律,所以桑丘的话虽然荒唐,也没什么奇怪。我呢,没挪动蒙眼的手绢,天呀,地呀,海呀,岸呀,什么也没看见。我倒真是觉得在天空飞,而且将近火焰层了,可是我们不会飞过那层天。火焰层夹在月亮层和天顶之间呢,我们要是到了桑丘所说的七只母羊的星座,早给火焰烧着了。我们没有烧着,因此桑丘不是撒谎就是做梦。"

桑丘道:"我没撒谎,也没做梦。不信,可以盘问我那几只羊是什么样儿的,就知道我说的真不真。"

公爵夫人道:"那么,桑丘,你说是什么样儿的呢。"

---

① 指金牛宫七星,西班牙人称为七只母羊的星座。

桑丘回答道:"两只绿,两只红,两只蓝,一只杂色。"

公爵说:"那些羊真怪了,地球上不常见这种颜色——我是说,没这种颜色的羊。"

桑丘说:"天上和地上的羊当然不一样,这还用说吗!"

公爵问道:"桑丘,我问你,有没有公羊和母羊在一起呢?"

桑丘答道:"先生,我没看见;可是我听说,没一只公羊的角顶得过月牙儿的两角。"

他们不愿意再问桑丘这番旅行的事。他虽然一步没出花园,看来正打算漫游天界,把所见所闻一一向他们报道呢。

悲凄夫人的事就此结束。公爵夫妇一辈子都把这事当作笑话,不仅是当时取乐。桑丘假如寿长几百岁,这也是他几百年津津乐道的谈资。堂吉诃德凑到桑丘耳边说:

"桑丘,你如要人家相信你在天上的经历,我就要你相信我在蒙德西诺斯洞里的经历。我不多说了!"

第四十二章

桑丘·潘沙就任海岛总督之前,堂吉诃德对他的告诫和一些语重心长的叮嘱。

悲凄夫人的事收场圆满而且有趣,公爵夫妇得意非凡;他们瞧堂吉诃德主仆乖乖地受骗,决计把玩笑再开下去。他们打算依照诺言叫桑丘去做海岛总督;先定好计策并教导家人和当地居民怎样捉弄桑丘,第二天,就是可赖木捱扭飞行以后的那天,公爵就通知桑丘收拾行装,准备上任,说他岛上的百姓像盼望五月天的雨水那样等待着他呢。桑丘对他深深一鞠躬,说道:

"我上过天,曾在高高天上瞰望地球,看到地球才那么一点点大,从此我想做总督的热肠就冷了一半。在一粒芥子上发号施令有什么了不起呢?管辖几个榛子大小的人儿有什么尊严呢?地球上的勾当,我看不过是那么回事罢了。您大人要能给我一小块天,不到半哩瓦也好,我就比到手了地上最大的海岛都称心了。"

公爵答道:"我告诉你,桑丘朋友,我不能掰一块天赏人,指甲大一块也不行;那只有靠上帝的恩典。我能给的已经给你了,那是个完整平坦的海岛,而且非常肥沃;你要是能利用时机,可以靠人世间的钱财博得天堂上的福禄。"

桑丘答道:"好,就是那个海岛吧。我一定尽力做个好总督,即使有坏人捣蛋,也拦不住我升天堂。我倒不是贪图富贵,只是想尝尝做总督的滋味。"

公爵说:"桑丘啊,你尝到了那个滋味,一定舔嘴咂舌,啃住不放。你发号施令,大家不敢道个不字,那才是世间第一快事。你主人呢,他照这样下去,准会做到大皇帝;到那时候,他决不让人夺掉位子,只会深悔没早些当上皇帝。"

桑丘答道:"公爵大人,我想啊,对人发号施令确是好事,把一群牲口呼来喝去也是好的。"

公爵说:"让我和你埋葬在一起吧①,桑丘,你什么都了

---

① 西班牙谚语,表示臭味相投。

解。照你这样明白,可以做个了不起的总督呢;我愿你不负众望。这话且不提,我先告诉你,明天你就要到那个海岛去上任了;今天下午,他们要为你置备些总督的服装和出门必需的东西。"

桑丘说:"我穿什么都行,不管怎样装束,我总归是桑丘·潘沙。"

公爵说:"这话对;不过服装应该和职位相称。法官穿军装、战士穿道袍总不合适。你呢,桑丘,可以半文半武的打扮,因为我给你的海岛上,文武两行一样重要。"

桑丘答道:"文呢,我懂得很少,因为我连 ABC 都不识。不过我心上记住一个十字①,就够我做个好总督了。至于武呢,我拿到什么兵器就使用什么,直到精疲力竭为止;到那时,就听凭上帝安排了。"

公爵说:"桑丘记性这么好,他不会有错儿。"

这时堂吉诃德也来了。他听说了公爵和桑丘讲的话,又知道桑丘立刻要上任做总督,就想教桑丘怎样担任这个官职。他请得公爵准许,拉着桑丘的手到自己屋里;一进屋硬按桑丘在身边坐下,平心静气地说道:

"桑丘朋友,我说不尽地感谢上天,因为我还没碰到好运,你先交上好运了。我本来指望靠我交了好运来酬报你;现在我的运道刚有转机,你却抢在头里,好运从天外飞来了。有些人纳贿呀,请托呀,贪黑起早地争夺,还是一场空;别人

---

① "十字"是印在儿童识字课本卷首的一个十字架,象征耶稣基督。"正在吻圣十字"指开始认字;"不记得十字"指一字不识。

跑来,不知怎么的,一下子就把大家想望的职位稳稳地拿到手里。这就合了老话说的:事成事败,全看运道好坏。我看透你是个傻瓜;你不起早,不熬夜,也没有卖什么力,只不过沾了点游侠骑士的边儿,却不费吹灰之力,现成做了海岛总督。桑丘啊,我这话无非叫你别自以为功有应得,却该感谢上天的宏恩和骑士道的大力。儿子啊,官场是波涛凶恶的大海,你就要卷进风浪去了。我现在来给你指引航路,导你安然进港——我就好比是你的加东吧;你该好好儿听取我的告诫。

"儿子,你首先得畏惧上帝,'畏惧上帝,智慧自生'①。有智慧就不会做错事。

"第二,你得观察自己,求自知之明;这是最难能可贵的。有自知之明,就不至于像妄想和牡牛相比的蛤蟆那样自大②。你得意忘形的时候,只要想想自己在家乡当过牧猪奴,你就会像开屏的孔雀看到了自己那双丑脚丫子③。"

桑丘答道:"对;不过我养猪的时候还是个孩子呢。我成了小伙子就赶鹅不赶猪了。我觉得这也不要紧,做总督的不全是帝王家的子孙呀。"

堂吉诃德说:"是啊,出身卑微的,当了官应该宽严适中,小心谨慎,才免得人家嘀嘀咕咕说坏话;随你什么地位,都逃不了人家议论的。

---

① 参看《旧约全书·诗篇》第一百一十一篇第十章。
② 指伊索(Esopo)和费德罗(Fedro)寓言里的蛤蟆。
③ 西班牙传说,孔雀开屏时自炫其美,但看到自己一双脚很丑,就羞惭而收拢开屏的尾巴。

"桑丘,你不妨夸耀自己出身贫贱;你说自己世世代代是庄稼人,不会低了身份。大家瞧你不引以为耻,就不会来侮辱你。你宁可夸耀自己是贫贱的好人,不是富贵的坏人。出身穷苦而升做教皇或大皇帝的不知多少呢,我如果一一举例,准叫你不耐烦。

"桑丘,你记着:假如你一心向往美德,以品行高尚为荣,你就不必羡慕天生的贵人。血统是从上代传袭的,美德是自己培养的;美德有本身的价值,血统却没有。

"所以,你当了岛上的总督,如有亲戚来访,不要撵他走,或得罪他,应该留他住下,殷勤款待。上天生人,不愿意他们互相鄙薄;你待人宽厚,可以上应天意,下顺人情。

"总督不宜老是单身在外,不接家眷。假如你接了老婆去,就得指导她、教育她,把她生来的粗蠢洗净磨光。贤明的总督往往有些善政,可是总给愚蠢的老婆败坏了。

"万一你成了鳏夫(这是谁都保不定的),想凭自己的官职娶个更好的夫人,你别娶那种靠你弄钱的女人,拿着你的帽子求乞,嘴里说不要,不要①。我认真告诉你,法官老婆勒索的贿赂,到天地末日,都得由她丈夫偿还;生前没放在心上的账,到那时得加四倍完偿。

"无识之徒自作聪明,往往很喜欢随意判决案件②,你千万别那样。

"你不能只听富人的申说,该看到穷人的涕泪;可是也不能

---

① 西班牙谚语:"不要,不要,扔在我的帽子里吧。"这是挖苦某种修士拿着帽子求乞,却自说不接受施舍。
② 随意裁判见上部第十一章。

存心偏袒。

"富人许愿送礼也罢,穷人哀告哭求也罢,你总得尽力查明真相。

"对犯人能宽恕就别苛酷;执法严厉的名气,不如存心忠厚的声誉。

"你执法而手下留情,不要是因为受了贿赂,应该是出于恻隐之心。

"如果你审判冤家的讼案,该撇开私忿,尽力实事求是。

"审判案件,不能感情用事,是非不明。判错了案,往往不能挽救;即使能挽救,也得赔掉自己的名誉和财产。

"如有美女告状,你该避开眼睛,别看她流泪,转过耳朵,别听她叹气,只把她的状子仔细推究;免得她的泪水淹没了你的理智,她的叹气动摇了你的操守。

"如果对犯人势必动刑,就不要辱骂。那倒霉家伙受了刑罚已经够苦恼的,你不用再恶语伤人。

"罪恶是人的生性,你该把受处分的犯人看作本性未改的可怜虫。只要不损害对方当事人,要尽量宽恕。仁爱和公正尽管同是上帝的品德,我们看来,仁爱比公正更有光彩。

"桑丘,你如果能听我这些告诫,你享的年寿就会长,你的声名会流传悠久,俸禄吃不完,福气说不尽。你的儿女婚姻如意,子孙都算得世家子弟;你自己过得平安,和大家处得融洽,到你百岁的时候,你的重孙们会依依恋惜地为你合上眼睛。我刚才是教你怎样洗刷精神;现在听我教你怎样修饰仪表。"

第四十三章

堂吉诃德给桑丘的第二套告诫。

听了堂吉诃德那一席话，谁不说他识见高明、志趣高尚呢？可是这部大著里屡次说过，他只牵涉到骑士道才发疯，议论别的事神志很清楚，因此他的言行总不合拍。他给桑丘的第二套告诫讲得很俏皮，愈显得他疯虽疯而通达人情世故。桑丘全神贯注地听着，尽力记在心上，看来他准备上任一一奉行，做一个好总督。堂吉诃德接着说：

"你该怎样照管自己一身和一家呢，桑丘，你第一要清洁。指甲得剪干净，别学人家养长指甲。那种人以为长指甲衬得手形美，不知道指甲长了就不是指甲，却是鹰爪子了。这是怪腌臜的坏习惯。

"桑丘，不要松着腰带，邋邋遢遢；衣服不利索是精神萎靡的表现。尽管凯撒大帝穿衣服也松松散散，大家认为那是故意装的[1]，所以不足为凭。

"小心琢磨一下你那个职位有多少进账。假如有钱给佣人做制服，别讲究华美，只求实惠大方，而且该兼顾穷人——就是说，假如有钱做六套制服，你只做三套，省下钱照顾三个穷人有

---

[1] 参看苏威东尼欧《凯撒大帝传》第四十五章。

衣穿。那么,你不仅在人世间有人伺候,到了天堂也有人伺候。这样分发制服是创举,爱摆阔的人是想不到的。

"别吃大蒜和葱头,免得人家闻到味道就知道你是乡下佬。

"走路要慢,说话要沉着,可是别像自己恭听自己说话似的,凡是矫揉造作都讨厌。

"吃饭需有节制,晚饭尤宜少吃①,因为全身的健康都靠胃里消化得好。

"喝酒别尽量;喝过了量,就保不定泄露秘密,或背约失信。

"桑丘,你当心别两边牙齿一起嚼,也不要当着人嗳气。"

桑丘说:"我不懂什么'嗳气'。"

堂吉诃德说:

"桑丘啊,'嗳气'就是'打嗝儿'。'打嗝儿'这辞儿虽然很生动,却是咱们语言里最恶心的辞儿,所以斯文人就采用文言,不说'打嗝儿',说'嗳气';不说'一声声打嗝儿',说'一声声嗳气'。这种字眼尽管有人不了解,也不要紧,一习惯就用上了,也就很容易了解。这样会丰富语言;语言是大伙儿应用出来的。"

桑丘说:"先生,您叫我别打嗝儿的话,我真得记在心上,因为我老爱打嗝儿。"

堂吉诃德说:"桑丘啊,说'嗳气',别说'打嗝儿'。"

桑丘答道:"我以后说'嗳气',一定不忘记。"

"还有,桑丘,你说话总乱用大批成语;以后别那样。成语是简短的格言,你用不上也硬扯上,说得不像格言,倒像废

---

① 两句西班牙谚语。

话了。"

桑丘说:"那可只有上帝才改得了我。我肚里的成语比一本书里的还多;我一说话,那些成语一拥齐来,争先出口;我的舌头碰上哪句就说出来,顾不得合适不合适。不过我以后留心,当了大官,不合身份的成语就不用。反正阔人家的晚饭,说话就得;条件讲好,不用争吵;打警钟的人很安全;自留还是送人;应该有个分寸。"

堂吉诃德说:"真是这个话!桑丘,你把成语连连串串地说吧!谁也不来管你!我妈妈打我,我还是老样儿①!我正在叫你别用成语,你却一眨眼来了一大串;和咱们的话什么关系呢,连影儿都没有啊。我告诉你,桑丘,成语要用得当景,乱七八糟地引用,又没意思,又鄙俗。

"你骑马不要把身子靠在鞍后,也不要直挺挺地撑开两腿;也不要松散着骨头,好像还骑着你那头灰驴儿似的。有人骑在马上是骑士,有人只是马夫。

"不要睡懒觉,不和太阳一同起身就辜负了那一天。桑丘,你记着,勤敏是好运之母,反过来,懒惰就空有大志,成不了事。

"我现在对你说最后一句忠言,虽然不能帮你修饰仪表,你却得牢记在心;我相信这和我刚才讲的一样重要。你千万不要追究别人的家世,至少不要比较别人的家世。一比较,势必分个高下,比下去的就会恨你,你抬高的却不会谢你。

"你该穿紧身长裤,长上衣,外衣更得长些。千万别穿宽腿短裤,无论绅士或总督都不合适。

---

① 西班牙谚语。

"桑丘,目前我只想到了这些话。如果你经常和我通信,我可以瞧你的情况随时告诫你。"

桑丘答道:"先生,我明知您的话都是金玉良言,可是我如果一句都不记得,有什么用呢?您叫我别留指甲呀,有机会再娶一个老婆呀,我确是忘不了的。可是您东拉西扯讲了一大堆,好比去年天上的浮云,我心上早已没影儿了。您得给我写下来。我尽管不识字,也不会写,我可以交给听我忏悔的神父,让他及时提醒我。"

堂吉诃德说:"啊呀!我的天!做总督的不识字,也不会写,真说不过去!哎,桑丘,你该知道,一个人不识字,或是个左撇子,不是他父母非常卑贱,就是他自己非常顽劣,改不好,也学不会。这是你的大毛病。所以我想,你至少得学会签名。"

桑丘答道:"签名我会啊;我在家乡做过教会总务员①,会画几个字母,像货包上打的印记,据说就是我的名字。我还可以假装右手折了,叫人代签。只有命里该死,才是没法的事②。我当了官,掌了权,要怎么办都由得我。况且,法官是自己的父亲……③;总督还比法官大呢。我做了总督,你来瞧瞧,就知道了!谁敢小看我或得罪我,哼,出去剪羊毛,自己给剃成秃瓢;上帝宠爱他,就认识他的家;富翁的胡言,人家当格言。我打算手笔阔绰,等我做了总督,有了钱,花钱又大方,我的短处

---

① 上部第二十一章,桑丘说:"我从前当过教会的庭丁;我穿上庭丁的袍儿,神气极了,大家都说,凭我的气概,可以做教会的总务员呢。"
② 西班牙谚语。
③ 西班牙谚语:"法官是自己的父亲,打官司就可以放心。"

就盖掉了。哎,你把自己变成蜜,苍蝇就会来叮你;我有个老奶奶说,一个人有多少钱,值多少价;人家财多势大,你怎么奈何他。①"

堂吉诃德听到这里说道:"啊呀,桑丘,但愿上帝罚你吧!让六万魔鬼把你和你的成语一股脑儿带走吧!你把成语连串说了足有一个钟头了。你说一句,就像捏着我鼻子往嘴里灌水似的折磨我。我告诉你:总有一天,你会给这些成语送上绞架;你的百姓为了你这些成语会赶你下台,或合伙起来造反。我问你,蠢家伙,你这些话是哪儿来的呀?傻瓜啊,你是怎么应用的呀?我要说一句成语,又要用得恰当,就像刨地似的得出一身汗、使好大力气呢。"

桑丘答道:"嘻,我的主人先生,您真是小题大做。我搬用自己的家当,您生什么闲气呀?我没别的家当和本钱,只有成堆成串的成语。我这会儿就有了四句,像定做的那么合适,或者像装成一篮的四个梨子一样。可是我不说了,因为善于沉默的是桑丘②。"

堂吉诃德说:"这个'桑丘'不是你,因为你非但不善沉默,还惯爱多嘴乱说。不过我倒想问问,你这会儿想到了哪四句当景的成语?我记性也算不错的,可是想来想去没想出一句来。"

桑丘答道:"'千万别把大拇指夹在两个大牙中间';'人家叫你滚蛋,或问你干吗找他老婆,都是没法回嘴的';'无论瓦罐

---

① 六句西班牙谚语。"上帝宠爱他,就认识他的家",就是说,这人不论在什么偏僻角落里,上帝会把他抬举出来。
② 西班牙古谚:"善于沉默的是圣人"。"圣人"(santo)和"桑丘"(sancho)语音相近,俗语就说成"善于沉默的是桑丘";所以桑丘用来更觉浑成。

碰了石头,或者石头碰了瓦罐,遭殃的总是瓦罐'①。这些话正说在筋节上,还有更恰当的吗?一个人千万别和主人或上司顶嘴,因为到头来总得吃亏,好比指头夹在两个大盘牙中间——尽管不是大盘牙,盘牙也一样。况且主人已经发话了,你就没什么可说的,正如叫你'滚蛋!'或者问你'找我老婆干什么'一样。至于石头碰瓦罐的意思,瞎子都瞧得见。一个人能看到别人眼里的刺,就该看到自己眼里的梁木②。这才免得人家说'骷髅夫人害怕抹脖子的女尸'③。您准知道,傻子对自己家的事,比聪明人对别人家的事熟悉④。"

堂吉诃德答道:"那可不见得,桑丘;傻子对自己家或别人家的事都糊里糊涂,因为一个人资质笨就学不乖。桑丘,这些话咱们甭再多说了。你总督做不好,是你的罪过,也替我丢脸。不过我可以自慰:我能见到的,都诚诚恳恳地告诫你了;我已经尽了责任,许你的海岛,你也到手了。我只怕你把那个海岛搞得一团糟;而我如果及早告诉公爵,你这个小胖子只是一个塞满了成语和鬼主意的口袋儿,那个海岛就不致遭殃。所以我心上总在疑惑不安。桑丘啊,但愿上帝指示你、督促你居官尽职,让我也放下了心。"

桑丘答道:"先生,假如您觉得我不配做这个总督,我马上

---

① 三句西班牙谚语。
② 西班牙谚语,来自《新约全书·马太福音》第七章第三节:"为什么看见你弟兄眼中有刺,却看不见自己眼中有梁木呢。""眼中的梁木"指自己的大过错。
③ 西班牙谚语,还有下半句:"因为她蓬头散发"。
④ 西班牙谚语,但也有倒过来说的:"聪明人对别人家的事,比傻子对自己家的事还熟悉。"

就辞官退位。我对自己灵魂上的一星半点,看得比全身还宝贵。我这个没官没位的桑丘,面包葱头总吃得饱,做了总督,吃竹鸡阉鸡,也不过一饱。况且不论贫富贵贱,睡着了全都一样①。其实,您想想吧,做总督的事当初还是您跟我讲的,我像个秃鹰似的②,懂得什么海岛总督呀。假如您认为我做了总督要给魔鬼带走,那么,我宁愿做桑丘上天堂,不愿做总督下地狱。"

堂吉诃德说:"天晓得,桑丘,单凭你这两句话,就配做一千个海岛的总督呢。你天性好;如果天性不好,有学问也没价值。你只求上帝保佑,自己抱定宗旨不要游移,就是说,要一心专注,把你任内的事情办得妥当。人有善心,天必助之。现在咱们吃饭去吧,公爵大人和夫人准在等咱们了。"

第四十四章

桑丘·潘沙上任做总督;
堂吉诃德留府逢奇事。

据说谁读过熙德·阿默德的原著,就知道本章没有按原文翻译。原作者在这一章里怪自己写的堂吉诃德传枯燥无趣,只能老讲堂吉诃德和桑丘,不能节外生枝,来一些耐人寻味的

---

① 西班牙谚语。
② 桑丘往往用老鹰作为机灵的标准;这里他把秃鹰作为呆笨的标准。

穿插。他说自己的心、手、笔,总是盯着一个题目,只能让一两人出场,拘束得受不了,既吃力又不讨好。所以他在本书第一部里巧出心裁,穿插了些故事。《何必追根究底》和《俘虏的军官》那两篇和本传无关,可是另外几篇却和堂吉诃德的遭遇交缠在一起,不能不写。作者说,照他猜想,许多人一心要读堂吉诃德的故事,准忽略了那些穿插,草草带过,没看到那些故事写得多好;如果那些故事自成一书,不和堂吉诃德的疯、桑丘的傻纠缠在一起,那本书的妙处就有目共睹了。所以作者在这第二部里,不论穿插的故事牵搭得上、牵搭不上,一概排除不用,只写本传应有的情节,就连这些情节也要言不烦。他尽管才思丰富,能描写整个宇宙,也约束着自己,只在他叙述的狭小范围里回旋。他希望读者领略到这点良工苦心,别只说他写得妙,而不知道他略而不写更是高呢。

言归正传。堂吉诃德那天告诫了桑丘,饭后就把自己的话写下交给他,让他好找人念给他听。可是桑丘拿到手就掉了,那篇告诫就落在公爵手里。他和夫人同看,夫妇俩不料堂吉诃德这疯子竟这样通情达理,越加惊奇不置。他们还要继续开玩笑,所以把自己采地上的一个小城暂充海岛,当天下午打发桑丘带了一批人上任去做总督。跟去照看他的是公爵的总管。这人很机灵,也很爱捉弄人——不机灵就不能捉弄人了;三尾裙伯爵夫人就是他扮的,表演之妙,已见上文。他既有这种本领,又经公爵夫妇悉心教导,对桑丘这场恶作剧就非常成功。且说桑丘一见这总管,觉得他脸相恰像三尾裙,就转身对主人说:

"先生,公爵大人这位总管的相貌,和悲凄夫人一模一样;我这话要是错了,让魔鬼立即把我这个正直和虔诚的人带走!"

堂吉诃德把总管仔细端详了一番,对桑丘说:

"桑丘,魔鬼何必把你这个正直和虔诚的人带走呢?我不懂你的意思了。① 总管的相貌尽管和悲凄夫人一模一样,他并不因此就是悲凄夫人呀。假如总管就是悲凄夫人,既是两人,又是一人,那就太玄了;要追究明白,就得钻牛角尖,现在不是时候。你听我的话,朋友,咱们得虔诚祷告,求上帝保佑咱们俩别受恶巫师恶法师的摆布。"

桑丘答道:"先生,我不是开玩笑,我刚才听他说话,活是三尾裙的声音。好吧,我现在不多说,可是以后得时刻留心,瞧有什么破绽,就知道我是不是瞎多心。"

堂吉诃德说:"对。你有什么发现或者在任上遭到什么事,都通知我。"

桑丘就由许多人簇拥着出门了。他是文官打扮,穿一件宽大的棕黄色波纹羽缎外衣,帽子也是这种料子的。他骑一匹短镫高鞍的骡子。他的灰驴鞍辔鲜明,披盖着绸子,跟在骡子后面;这是公爵的命令。桑丘走几步就回头看看自己的驴;他带着这个伴儿非常称心,即使日耳曼大帝要和他对换个位子,他也不会答应。他临走吻了公爵夫妇的手向他们告别,又领受了主人的祝福。当时堂吉诃德含着眼泪,桑丘抽搐着脸差点儿哭出来。

亲爱的读者,让好桑丘一路平安地上任去吧。你下文看到他怎样做总督,准会笑破肚皮。现在且讲讲他主人当夜的经历。

---

① 原文 en justo y creyente 是成语,指"立即",直译是"作为正直和虔诚的人";堂吉诃德故意按字面抓桑丘的错。

你读了如果不哈哈大笑,至少也会像猴儿似的咧着嘴嬉笑,因为堂吉诃德的事不是令人吃惊、就是引人发笑的。据记载,桑丘一走,堂吉诃德就苦苦想念;如果能叫公爵收回成命,不让桑丘当总督,他真会做出来。公爵夫人看透他的忧郁,就问他为什么无精打采,假如因为身边少了个桑丘,那么,府里侍从呀、傅姆呀、侍女呀有的是,都能伺候得他满意。

堂吉诃德说:"尊贵的夫人,我的确想念桑丘;可是我郁郁不乐不光是为他。您夫人种种关怀,我只能心领。我求您准许,我屋里不要谁来伺候。"

公爵夫人道:"唷,堂吉诃德先生,那可不行。我有四个使女美得像花朵儿,叫她们来伺候您吧。"

堂吉诃德说:"我看来她们不像花朵儿,只是我的眼中刺。她们这类人要进我的屋,就比登天还难。请夫人体谅下情,让我关门自便,免得我受了诱惑把持不住;您一片殷勤,反而坏了我的操守。反正我宁可和衣而睡,决不要别人伺候我脱衣服。"

公爵夫人答道:"行了,行了,堂吉诃德先生,您放心,我一定下令,连一只母苍蝇都不准飞进您卧房,别说一个姑娘。我知道贞洁是堂吉诃德先生最出色的美德,我决不败坏他这点操守。您尽管自个儿随心所欲,决没人来打搅。卧房里需要的用具,您屋里应有尽有,不必开门出外方便。但愿大美人杜尔西内娅·台尔·托波索的芳名,千年万代全世界传闻,因为她当得起您这样一位贞洁勇敢的骑士爱慕。也但愿慈悲的上天感化咱们的总督桑丘·潘沙,叫他赶紧完成苦行,好让大家再瞻仰这位贵小姐的美貌。"

堂吉诃德答道:

"您这话正合您高贵的身份;贵夫人嘴里不会提到贱女人。杜尔西内娅有您称赞,就增添了幸福和名望;别人怎么样儿极口赞誉,也抵不过您这几句话的分量。"

公爵夫人说:

"哎,堂吉诃德先生,现在该吃晚饭了吧,公爵准在等咱们了。您就来吧,吃了晚饭,早早安置;昨天到冈达亚的那趟路够远的,您一定累了。"

堂吉诃德答道:"夫人,我一点不累。我可以打赌,我生平骑过的牲口,没有比可赖木捩扭更安静、更平稳的了。我不懂玛朗布鲁诺为什么把又快又驯良的坐骑不问情由地烧了。"

公爵夫人说:"他害了三尾裙和随从的傅姆,还害过些别人;做魔法师的总不免干坏事。他也许后悔了,就把害人的工具全都毁掉;他忙忙碌碌东奔西跑,全靠可赖木捩扭,所以就把它烧了。烧下的灰里和那幅胜利纪念牌上,永远保存着伟大骑士堂吉诃德的英名。"

堂吉诃德又再三向公爵夫人道谢。晚饭后他独自回房,没让一个人跟进去伺候。他牢记着大骑士阿马狄斯的美德,生怕自己受了诱惑,一时情不自禁,对不住意中人杜尔西内娅。他锁上门,在两支烛光下脱衣服。他正在脱袜子——啊呀,糟糕了!真丢人啊!——不是泄了秽气或诸如此类有失体统的事,只是袜上迸断了丝,脱了二十多针,成了二十多个透明格子眼儿。这位老先生窘得不可开交。他如能买到一小股绿丝线(因为袜子是绿的),出一两银子都愿意。

贝南黑利写到这里,感叹道:"哎,贫穷啊贫穷! 我不懂那

位果都巴①大诗人凭什么把你称为

> 未获'世人感谢的神圣礼品!'

我虽然是摩尔人,凭我和基督徒的来往,深知仁爱、谦虚、信顺上帝、安于贫穷都是圣德;可是我总觉得安贫尤其高不易攀。贫穷有两种:一种是咱们大圣人所谓'把你的财产都看作不是你的'②;那是超脱了外物,心清无累。我现在说的贫穷却是另一种;是缺少外物,困乏拮据。哎,贫穷啊,你为什么专爱欺侮斯文人呢?为什么叫他们鞋上裂了口,得遮遮掩掩;衣上的扣子,得杂凑着丝的、鬃毛的和玻璃的呢?为什么他们的衣领往往是皱的,不是熨成褶裥而撑得笔挺呢?"(可见衣领上浆,熨得笔挺,由来已久。)作者接着说:"死要面子的斯文人真可怜!背着人吃糟糠,压根儿没东西塞牙缝,出门却剔着牙装模作样③!他们的体面碰不起,半哩瓦以外就怕人看见他们鞋上有补丁,帽上有汗渍,衣服破旧,肠肚空虚。这种人真是可怜啊!"

堂吉诃德看到袜上抽了丝,又尝到这种苦恼。可是他发现桑丘有一双出门的靴没带走,稍为放心,打算明天借穿。他上床靠着枕头歪着,闷闷不乐:一方面因为桑丘不在,觉得寂寞;一方面也因为那双袜子无法修补,只好出丑了。他但愿能缝上几针,

---

① 引果都巴(Córdoba)著名诗人胡安·台·梅纳(Juan de Mena)的长诗《命运的迷宫》(*Laberinto de Fortuna*)的句子。
② 大圣人指圣保罗(San Pablo)。《新约全书·哥林多前书》第七章第三十节说:"置买了财产,却好像一无所有";《哥林多后书》第六章第十节说:"看似贫穷,却能叫许多人富足;看似一无所有,却是样样俱全。"
③ 《小癞子》(*Lazarillo de Tormes*)第三章里描写了这种穷绅士。

即使用另一种颜色的丝线,带出穷困的幌子①,也比露着窟窿好。他灭了烛,天热睡不着,起来把窗子打开些;窗外有铁栏,窗下是个幽静的花园。他一开窗,听见花园里有人走动,还说着话,就留心听听。说话的人嗓门儿很大,他听得清楚。一个说:

"哎,艾美任霞!别强我唱歌。你知道,自从那外方客人到了咱们府里,我见了他的面,就此不能唱歌只能哭了。况且咱们太太睡得不熟,一下就醒,我怎么也不能让她知道我到了这儿来。就算她睡熟了不醒吧,要是瞧不起我的那位新伊尼亚斯②睡熟了听不见,我唱也是白唱呀。"

另一个说:"亲爱的阿尔迪西多娅,你放心,我知道公爵夫人和全家都睡熟了,只有害你失魂落魄的那位先生没睡。我刚才听见他开窗,准醒着呢。可怜的痴情人啊,你弹着竖琴,柔声低唱吧。假如公爵夫人听见,咱们只说天太热,屋里待不住。"

阿尔迪西多娅答道:"艾美任霞啊,你说的不在点儿上。我是怕歌里流露了心事。人家不了解爱情的威力,就会把我当作轻佻任性的姑娘。可是管它呢,宁愿脸上蒙羞,免得心上负痛③。"

竖琴弹得很悦耳。堂吉诃德听了非常惊诧,因为他立刻记起那些无聊的骑士小说上,尽讲到这一类的事:在窗口呀,隔着窗外的栅栏呀,在花园里呀,奏乐呀,谈情呀,晕倒呀等等。他随即料到准是公爵夫人的哪个使女爱上了他,不好意思直说出来。他怕自己心动,深自警戒,一面诚心祈求意中人

---

① 本书第二章桑丘讲到穷绅士用绿丝线补黑袜子。
② 伊尼亚斯是维吉尔史诗《伊尼德》里的主人公。他流亡到伽太基,和女王狄多恋爱,后又抛弃了她。
③ 西班牙谚语。

杜尔西内娅保佑,一面决计要听听这位姑娘奏乐。他假装打个嚏,表示他在那儿听着呢。两个姑娘的话正是对堂吉诃德说的,听见他打嚏,快活得不可开交。阿尔迪西多啦挥弹着弦子,调准音调,唱道:

哎,你呀!挺尸似的,
在温暖洁白的床上,
伸着腿打着呼噜,
一觉直睡到天亮!

拉·曼却的骑士里,
数你最勇敢坚强!
你比阿拉伯的黄金,
质地还纯粹精良!

请听,我是个可怜姑娘,
好出身交了坏运,
你的眼睛像两轮烈日,
晒糊了我的灵魂。

你自己冒险探奇,
却给别人找麻烦;
你叫人家害了相思,
不顾她心碎肠断。

上帝添助你热情吧!
勇敢的小伙子,请问你:
你生在酷热的利比亚,
还是严冷的哈加山里?
你喝了毒蛇的奶吗?

是不是深山荒林的气息
助长了你的冷酷,
养成了你的孤僻?

　　壮健的杜尔西内娅,
她真是大可自负!
她怎么不怕野兽?
竟驯服了一头猛虎!

　　她从此名闻远近;
从艾那瑞斯到哈拉玛,
从塔霍到芒萨那瑞斯,
从毕苏艾加到阿尔朗萨。①

　　如能和她换个个儿,
我不惜赔一份厚礼;
最花哨的金边裙子
送给她我也愿意!

　　不能投入你的怀抱,
我只求坐在你床边!
让我给你抓抓脑袋,
掸掉些头皮的屑片!

　　不过这是体统差使,
轮不到我这个贱人;
我只配为你搓脚,
那才是我的本分。

------

① 这首诗里的名词都是西班牙的河名。

我要送你许多礼物,

都是少有的好东西:

压发网呀银拖鞋、

锦缎裤子、纱大衣!

　　还有最上好的珍珠,

颗颗大得像五倍子!

都可称为"独一无二"①,

没两颗形状相似!

　　你这位曼却的尼罗②啊,

你放火烧着了我;

别登上塔贝雅岩石,

喷吐怒气添风助火。

　　我是个娇嫩的娃娃,

十五岁还不到些,

我凭上帝和灵魂发誓,

才十四岁零三个月。

　　我手不折、腿不瘸,

屁股也一点不歪,

我的长发直拖到地,

和百合花一样的洁白!

　　我生成一张鹰嘴,

---

① "独一无二"(la sola)是西班牙王冠上一粒最大的珍珠,1734年王宫火灾焚毁。
② 尼罗(Nerón),古罗马暴君,他纵火烧了罗马城,站在塔贝雅岩上,弹着竖琴观赏。

又是个扁塌鼻子,
一口牙齿恰似黄玉
衬得我姿容绝世。
　　如果听了我唱歌,
就知我嗓子多甜;
要问我的身材如何,
比中等还矮一点。
　　这么个娇美的姑娘,
已被你手到擒拿!
我是本府一名使女
名叫阿尔迪西多啦。

　　痴情的阿尔迪西多啦唱完,把堂吉诃德挑逗得六神无主。他长叹一声,暗想:"我真是倒足了霉,没一个姑娘见了我不痴情颠倒的!绝世美人杜尔西内娅也真是不幸;我全心向着她,可是总有人想来分割我的心。王后啊,你们对她有什么责望呀?女皇啊,你们干吗迫害她呀?十四五岁的小姑娘啊,你们为什么和她过不去呀?恋爱神早有安排,把我的心灵交付给这位可怜的小姐了;让她得名吧!让她得意吧!你们别来干扰!我奉告你们这群痴情人:我只有对杜尔西内娅才像个软糖糍子,对别的女人都硬得像火石一样;我是她的蜜,是你们的泻药;我眼睛里只看见杜尔西内娅美丽、聪明、端庄、妩媚,出身高贵,别的女人都丑陋愚蠢,轻浮下贱;我活着只是为她,心目中没有别人。阿尔迪西多啦啊,你哭吧!唱吧!魔堡里害我挨揍的小姐啊[①],随

---

① 上部第十四章,堂吉诃德以为客店主的女儿看中了他。

你使什么手段吧！我不管怎么样,总贞洁无瑕、忠诚不贰,永远是杜尔西内娅的人;任何魔法师都奈何我不得！"

他想到这里,就把窗子砰一下关上。他好像碰到了什么很倒霉的事,憋着一肚子烦恼,上床睡了。让他睡一会儿吧;伟大的桑丘·潘沙就要出风头做总督了,咱们得去瞧瞧他。

第四十五章

伟大的桑丘就任海岛总督,行使职权。

太阳啊！地球的上下两面都逃不过你的观察！你是全世界的火把！天空的眼睛！你导使世人制造了凉酒瓶。有人称你丁布留,有人称你费字;你在这里是射箭手,那里是医生;你是诗歌的亲父,又是音乐的始祖。你老在上升,看似下落却永不下落！世人承你的恩典,生生不已！太阳啊,我求你保佑,照亮我的心窍,让我能写出伟大的桑丘·潘沙做总督任内的信史！你不照顾,我就昏昏没有生气了！①

且说桑丘带着随从,到了一个有千把居民的小城里;那是公爵属下一块上好的采地。城名"巴拉它了";那些人就哄桑丘说

---

① 这一段可能是模仿当代诗人的滥调打趣。西班牙的凉酒瓶是细颈铜瓶,可以装了晒热的酒激在水里或晾在风里。丁布留(Timbrio)、费字(Febo)都是太阳神的名字。射箭手、医生等等是古人给太阳的各种称号。

岛名"便宜他了";这也许因为"巴拉它"的意思是"便宜他",也许因为和城名谐音①。小城四围有墙;桑丘到了城门口,满城官员都出来迎接;城里一片钟声,居民都欢欣庆祝。他们前呼后拥,把桑丘送到大教堂去向上帝谢恩;又行了些胡闹的礼节,把城门的钥匙献给他,表示永远奉他为本岛总督。新总督身上的衣服、脸上的胡子和矮胖的身材,使不知底细的人很惊奇,就连知道底细的看了也觉得诧异。大家把桑丘从教堂送到官厅大堂,请他登座;公爵的总管就对他说:

"总督先生,这座著名的岛上向来有个老规矩:总督上任得解答一个疑难问题,让老百姓借此捉摸捉摸新来的大人头脑怎样;他来了大家可以开心还是得担心。"

当时桑丘正在瞧他对面墙上好些很大的字。他不识字,就问墙上画的是什么。有人答道:

"总督大人,墙上记着您到任的日期,说是:'某年月日,堂桑丘·潘沙先生来作本岛主人,敬祝长期安享此职。'"

桑丘问道:"堂桑丘·潘沙指谁啊?"

总管答道:"您大人啊;岛上除了这座儿上的潘沙,没有第二位呀。"

桑丘说:"那么,我告诉你,老哥,我不称'堂';我家世世代代都没有这个称号。我只叫桑丘·潘沙;我父亲也叫桑丘,祖父也叫桑丘,都是潘沙,没什么'堂'呀'堂娜'的头衔。看来这座岛上的'堂'比石子还多呢。可是不要紧,天晓得,我如果能做

---

① 原文城名 Baratario,岛名 Barataria 是城名的阴性。西班牙文 barato 是便宜的意思;按古文,这个字指开玩笑。译"便宜他了",因为既可解作桑丘当总督是便宜他,也可解作对他手下留情的恶作剧是便宜他。

译文卷　｜　堂吉诃德(下)　　339

上四天总督,说不定把这些'堂'扫除得一干二净;这成群的'堂'准像蠛蠓一样讨厌。总管先生有什么问题,请问吧。不管老百姓开心或担心,我总尽力解答。"

这时公堂上来了两个人:一个老乡打扮,一个拿着把剪子,看来是个裁缝。那裁缝说:

"总督大人,我和这老乡是来告状的。各位请原谅,我是个裁缝;谢天,我是考试合格的。昨天这位老乡到我店里来,拿出一块布,问我说:'先生,这块布够做一只便帽吗?'我量了布说够做。他大概存心卑鄙,又对裁缝有成见,怀疑我要偷他的布——我的猜想是不错的。他就问我够不够做两只。我看透他的心思;我说够做。他小人贪心,添上一只又一只;我总说够做。我们直添到五只帽子。这会儿他来取,我就交给他了。他不付工钱,反要我不赔他钱就还他布。"

桑丘问对方:"老哥,是这么回事吗?"

那老乡说:"是的呀,先生;可是您叫他把那五只帽子拿出来瞧瞧吧。"

裁缝说:"好啊。"

他就从大氅底下伸出一只手,五个指头各戴着一只小帽子,说道:

"这就是叫我做的五只便帽。我凭上帝和良心发誓:他那块布没一点多余了。我的活儿可以给裁缝业检查员鉴定。"

大家听了这个新奇的案件,看了这许多帽子,哄堂大笑。桑丘想了一想,说道:

"我看这个案子不用多费周折,凭正人君子的识见马上就能判决。大家听我宣判:裁缝赔掉工钱,老乡赔掉布,帽子送给牢里的犯人①,事情就完了。"

桑丘刚判处了牧户的钱包②,公堂上大家都很佩服;现在听了这个判决,不由得哈哈大笑。可是总督的命令还是执行了。这时又来了两个老人,其中一个扶着一根竹杖。不拿杖的老头儿说:

"总督大人,我好久以前照应这位老先生,借给他十枚金艾斯古多,讲明随我几时要,他就得还。我瞧他当时很拮据,若要还债就更窘了,所以好些时候没问他要。可是我觉得他无心还债,就问他要了好几回。他不但不还,还抵赖说没借过这笔钱;假如借过,早已还了。我借钱给他并没有证人;他还钱也没人看见,因为他压根儿没还。我要求您让他发个誓。他如果能发誓说已经把钱还我了,那么,无论在他生前或死后,这笔账我都勾销了。"

桑丘道:"使拐棍儿的老先生,你听了刚才的话有什么说的吗?"

那老人答道:

"总督大人,我是借过他十枚金艾斯古多。请您垂下手里的杖让我发誓吧③。他既然愿意凭发誓为准,我可以发誓,我确已还清了他那笔债。"

总督垂下执法的杖。那老头儿好像手拿竹杖不便,交给对方代拿,然后摸着总督杖头的十字架说:他的确借过原告追索的

---

① 作者借桑丘之口,嘲笑法院把没收的低劣物品给囚犯使用。
② 这句话不接上文,想是作者最初先叙下面牧户的案子,后来把裁缝的案子挪前了,却忘记改正。
③ 长官执行职务的杖头有个十字架,诉状的人摸着十字架发誓。

十枚金艾斯古多,可是他已经亲手还给原告;原告没有放在心上,还只顾讨债。总督大人听了就问债主有何申辩。债主说:他知道债户说话可靠,又是个好基督徒,决不会撒谎;想必是他自己忘记了钱是什么时候、怎么还的,反正他以后再不问他要了。债户重又接过竹杖,低头退出公堂。桑丘瞧他忙不迭地只顾走了,又看到债主那副无可奈何的样子,就低头把右手食指点在眉心鼻梁上想了一下。他随即抬头,下令叫扶杖的老人回来。老人回来了,桑丘对他说:

"老先生,你把这支杖给我,我有用呢。"

老人说:"好啊,总督大人,您拿去吧。"

他把杖交给桑丘。桑丘拿来就交给原告说:

"上帝保佑你吧,你那笔钱现在还你了。"

老人说:"还我了?总督大人,这根竹杖值十金艾斯古多吗?"

总督说:"值啊,要是不值,我就是天字第一号的大傻瓜了。请瞧吧,我的本领也许管得了整个国家呢。"

他下令当场把竹杖劈开。里面果然有十枚金艾斯古多。大家佩服得很,觉得这位总督俨然又是个所罗门①。大家问他怎么知道十金艾斯古多就在竹杖里。他说,那老人先把竹杖交给对方,然后发誓说他确实把钱还了,发完誓又要回竹杖,他因此想到那笔钱是在竹杖里。可见,总督尽管是傻瓜,上帝会教他判案;而且他听村上神父讲过这么一桩故事,就牢牢记住了——他如果不是老把要记的事忘掉,整个岛上找不到像他那么好记性

---

① 以色列纪元前1033至前975年的贤王,专能判断疑难案件。

的人。那两个老头儿一个洋洋得意,一个默默羞惭,都退出公堂。在场的都惊叹不止;为桑丘作传的人到现在还断不定他究竟是傻还是聪明。

这个案子刚了结,马上又来一个女人,紧紧揪着一个男人;凭他的服装,好像是个富裕的牧户。女人大嚷道:

"别叫我受屈呀!总督先生,还我公道呀!这个世界上要没有公道,我得上天去找了!青天大人呀,这坏家伙在野地里抓住我,把我糟蹋了。我真是倒霉呀!我二十三四年的干净身子,无论摩尔人、基督徒、本地人、外乡人,谁也没敢侵犯,却给他玷污了!我向来比软木树还坚硬,保得自己像火里的金蛇一样纯,像荆棘里的羊毛一样白,现在却让这家伙现成受用了。"

桑丘说:"这风流家伙是不是现成受用了你,还得瞧证据呢。"

他转脸问那男人,对女人告的状有什么申辩。那人很窘,答道:

"各位先生,我是个可怜的猪贩子。今天早上我出城卖掉四头猪(请不嫌冒昧),纳了税又经过种种克剥,四头猪的价钱差不多赔光了。我回家路上碰到这位大娘。专爱捣乱的魔鬼把我们俩配了对儿。我没有少给她钱,可是她心不足,抓住我不放,把我直揪到这里。她说我强迫了她。我发誓——我马上可以发誓,她是撒谎呢。我讲的全是真话,没一点虚假。"

总督问他是否带着银钱。他说身上小皮包里有二十杜加。总督命令他掏出钱包,原封不动交给原告;牧户抖索索地照办了。女人拿到钱包,对大家行了上千个敬礼,又为这位庇护弱女的总督大人祷求上帝,祝他健康长寿。她先看了钱包里确是银

钱,就两手紧抓着钱包走了。牧户含着两包泪,一双眼睛一颗心还直盯着自己的钱包。桑丘等女人出门,就对牧户说:

"老哥,快去追那女人,硬把她那钱包夺下,拉她一起回来。"

那人不傻不聋,马上奉命,一道电光似的蹿出去。大家都全神贯注等着这对男女。只见他们俩扭成一团,比初次来的时候更扭得紧。女的掀起裙子,把钱包兜在里面;男的揪着要夺,可是女的死抱着,怎么也夺不下。她大嚷道:

"维持上帝的公道啊!维持世人的公道啊!总督先生,您瞧瞧,这混蛋不要脸,也没点儿怕惧,闹市的大街上,竟想夺您判给我的钱包呢!"

总督问道:"他夺了你的吗?"

女人答道:"哪里夺得了!夺了我的命也夺不了我的钱包!我成了听话的小乖乖了!这倒霉蛋,臭脓包,要对付我呀,叫他休想!铁钳、铁锤、榔头、凿子都打不开我的铁拳头!狮爪子也不是对手!先得剖开我的身子,挖出我的心肝才行呢!"

那男人说:"她说得不错,我认输了,实在没那么大力气夺她的钱包,只好算了。"

总督对那女人说:

"你真是又有志气,又有力气!把钱包拿来我瞧。"

她就把钱包交上。总督把钱包还给牧户,然后对这个力大无敌的女人说:

"大姐啊,如果用你保住钱包的一半力气来保你自己的身体,赫拉克利斯①也不能屈服你!走吧,让上帝痛罚你!这座海

---

① 希腊神话里的大力士。

岛周围六哩瓦以内不许你再露面,再来就抽你二百鞭!你这个造谣无耻的骗子!快给我走吧!"

那女人气怯,满不情愿地低头走了。总督对那男人说:

"老哥,上帝保佑你,拿着钱回家吧!以后你要是不愿意丢钱,别再去寻双找对儿。"

那人喃喃道谢,也就回去了。在场的许多人觉得新总督明鉴万里,越发钦佩。记录他言行的历史家把这些事一一记下,这是公爵大人急着要看的。

咱们且把好桑丘撇在这里吧;因为他主人给阿尔迪西多娅唱落了魂,得赶紧去看视他。

第四十六章

堂吉诃德正在对付阿尔迪西多娅的柔情挑逗,
　　不料铃铛和猫儿作祟,大受惊吓。

上文讲到伟大的堂吉诃德听了痴情姑娘阿尔迪西多娅唱歌,心绪像乱麻一样难分难解。他上了床,万念交集,像跳蚤似的搅得他非但不能酣眠,连一刻也不得安静;他袜子上破的窟窿更添了他的烦恼。可是光阴不停留,一小时、一小时飞逝,转眼就一夜过去了。堂吉诃德看看天晓,忙从温软的床上起来。他毫不懒惰,自己穿上麂皮衣,穿上出门的靴子来遮掩袜上的破绽,披上深红大氅,戴上银花边绿丝绒小帽,把挂剑的肩带挎在肩上,然后拿着随身带的一串大念珠,严肃正经地走到前厅去。公爵夫妇已经穿着整齐,好像是在等候他。阿尔迪西多啦和她的朋友、一个小姑娘守在走廊上也在等待,看见他走来,阿尔迪西多啦就假装情不自禁,晕过去了;她朋友把她抱在膝上,赶紧给她解松上衣。堂吉诃德看在眼里,走向前去说道:

"我知道这是什么缘故。"

那个朋友答道:"我就不知道什么缘故。因为阿尔迪西多啦在全府的姑娘里是最健康的;我和她相识以来,从没听到她哼过一声'哎'。如果世界上的游侠骑士都是铁打成的心肝,叫他们一个个倒尽了霉吧!堂吉诃德先生,请您走开点;您在这里,这可怜的小姑娘就醒不过来。"

堂吉诃德答道:

"小姐,您叫人今晚在我屋里放一张鲁特琴,我要尽力来安慰这位伤心姑娘呢。爱情的病刚发作,及时点悟是对症良药。"

他说完走开,免得引人注意。他没走多远,晕倒的阿尔迪西多啦立即醒过来,对她同伴说:

"咱们得把鲁特琴放在堂吉诃德屋里。他准要给咱们唱歌呢;他的歌一定好听。"

她们忙把经过告诉公爵夫人,还说堂吉诃德要一只鲁特琴。这位夫人乐得不可开交,就同公爵和使女们商量了一个办法,要对堂吉诃德开一个谑而不虐的玩笑。他们喜滋滋地只等天黑。那天公爵夫妇和堂吉诃德谈得很畅快,白天和黑夜一样转眼就过去了。公爵夫人还派了一名小僮儿去找桑丘·潘沙的老婆泰瑞萨·潘沙,把桑丘写给老婆的信和他要捎回家的一捆衣服送去。这名小僮儿就是前番在树林里扮演杜尔西内娅着魔的;公爵夫人嘱咐他把办差的经过详细回报。各事停当,晚上十一点堂吉诃德回屋,看见一张鲁特琴已经摆在那里。他拨弄了一下弦子,打开窗子,听见花园里有人行走。他把琴弦下的柱码安放合适,调准了音,吐痰清了嗓子;那嗓子虽然沙哑,却并不走调。他就唱了当天自己编的歌儿:

  爱情靠什么力量,
能叫你神魂颠倒?
无非利用你的娇懒,
一味地好逸恶劳。

  如要找对症的良药,
消除那爱情的病毒,
你只要刺绣缝纫,
干些家务忙忙碌碌。

  规规矩矩的姑娘家,
指望着美满的婚姻,
她有两件好嫁妆:
口碑好;品行端贞。

  无论朝廷上的公卿,
或四方游侠的勇士,
调情找轻佻的娘们,
结婚要贞静的女子。

  有的男女清早见面,
到黄昏就已经上手,
那只是逢场作戏,
分开就撇在脑后。

>   也有的是即景生情，
> 今日相思、明日相忘，
> 心中意中没有留下
> 一点点深刻的印象。
>   一幅画上再画一幅，
> 图像就重叠相混；
> 心上已有个美人的影子，
> 就印不上任何旁人。
>   杜尔西内娅·台尔·托波索
> 已经占领了我的心，
> 她的倩影磨灭不了，
> 因为镌刻得太牢、太深。
>   恋爱神是凭什么，
> 把他情人变成了神？①
> 就为她品德可贵，
> 始终不渝、一片坚贞。

公爵夫妇、阿尔迪西多娅和府里几乎所有的人都在那儿听着。堂吉诃德唱到这里，窗外栅栏上面的走廊里忽然垂下一条系着一百多铃铛的绳索，接着又倒下一大口袋的猫儿，尾巴上都系着小铃铛。铃铛声和猫叫声闹成一片。公爵夫妇是出主意开这场玩笑的，可是听了也觉得心惊胆战。堂吉诃德毛骨悚然，不知是怎么回事。恰有两三只猫儿掉入栅栏，钻进堂吉诃德的卧房东蹿西跳，好像屋里来了成群的魔鬼。它们把蜡烛全撞灭了，

---

① 希腊神话，恋爱神把他的情人普西基斯（Psiquis）变成了神。

只顾蹿来蹿去找出口逃走。系着大铃铛的绳索还不停地在那儿上下摆动。府里的人多半不知道这事的究竟,都惊慌失措。堂吉诃德起身举剑向栅栏乱斫,一面大嚷道:

"恶毒的魔法师!滚出去!玩弄妖法的坏蛋,滚出去!我是堂吉诃德·台·拉·曼却!你们的坏心眼儿害不了我!"

他又转身对满屋子乱跑的猫儿斫了好多剑。它们冲向栅栏,从那里出去了。可是有一只猫给堂吉诃德挥剑逼得走投无路,就跳到他脸上,抓住他的鼻子乱咬。堂吉诃德痛得直着嗓子大叫大喊。公爵夫妇听得喊声,料到大概是这么回事,忙赶向他的卧房,用万能钥匙开了门;只见这位可怜的骑士正竭力挣扎,要拉开脸上的猫儿。有人点了蜡烛进来,照见了这场大不敌小的苦战。公爵上去拉那猫儿,堂吉诃德嚷道:

"谁也别来插手!这恶鬼!这巫师!这魔术家!我要和他一对一地较量一番,叫他认识我堂吉诃德·台·拉·曼却!"

可是那猫儿并不理会他的威胁,嗥叫着抓紧不放。后来还是公爵把它拉下来,扔到窗外去。

堂吉诃德的脸抓得百孔千疮,像个筛子,鼻子也不很完整了;可是他嗔怪人家没让他和那恶法师苦战到底,还直生气。有人奉命送上了阿巴利修治伤油①,阿尔迪西多娅用纤纤玉手给他把伤处一一包扎,一面低声说:

"冷心冷面的骑士啊,谁叫你毫无情意,还死不回头;这些

---

① 十六世纪西班牙人的家常药品,是阿巴利修·台·苏比亚(Aparicio de Zubia)秘方配制的。

倒霉事都是天罚你的。我但愿上帝叫你的侍从桑丘忘了鞭打自己,你一心爱慕的杜尔西内娅一辈子脱不了魔道,你也永远不能和她结婚相爱;至少,为你颠倒的我还活着,你就休想娶她。"

堂吉诃德一言不答,只长叹一声,上床躺下。他向公爵夫妇道谢,说他并不怕那帮变了猫儿带着铃铛来作怪的混蛋,不过很感谢他们前来相救的美意。公爵夫妇嘱他好好休息,随就告辞了。这番玩笑闹得这样败兴,两人都很懊恼。他们真没想到堂吉诃德为此大吃苦头,在屋里躺了五天。在这期间他又碰到一件更妙的事。为他作传的历史家暂且按下慢叙,因为先要讲讲桑丘·潘沙呢;他做总督很卖劲儿,也做得很妙。

第四十七章

桑丘怎样做总督。

据记载,桑丘·潘沙退堂,大家把他送到富丽的官邸。饭厅里已经摆上一桌可享王公的盛馔;桑丘一进去,喇叭就哇嗒嗒吹起来。四个小厮上来给他倒水洗手。桑丘摆出官架子让他们伺候。乐止,桑丘就去坐在首位,也就是唯一的座位,因为桌上只摆着一份餐具。有一人站在他旁边,拿着一支鲸鱼骨的棍子;后来知道他是医师。这时伺候的人掀开洁白的细布,下面是水果和各色各种菜肴①。一个大学生模样的人致祷辞,一个小厮给桑丘戴上镶花边的围嘴,一个上菜的小厮就把一盘水果送到桑丘面前。可是桑丘还没吃上一口,身边那人把棍子在盘上一点,旁人就飞快地把盘子撤了。上菜的又送上一盘菜肴,桑丘正要尝尝,可是还没到手,更没到口,棍子已经在盘上点了一下,一个小厮就把那盘子撤了,和那盘水果撤得一样迅速。桑丘莫名其妙,瞪着大家,问这是吃饭还是变戏法。拿棍子的人答道:

"总督大人,海岛上的总督,吃饭得按照历代相传的规矩②。我是医师,吃本岛的俸,专为本岛总督治病。我拼了自己的命,只求总督健康;我一天到晚研究他的体质,他一旦生病,我就能手到病除。我头一件事是伺候总督早晚的饭食,瞧是吃了合适的才让他吃;吃了不合适或有伤脾胃的,就指点撤掉。刚才那盘水果我嫌它生冷,那盘菜肴我嫌它燥热,而且香料太多,吃了口渴;一个人多喝了水,保养生命的血液就冲淡了。"

"照这么说,这盘烤竹鸡吃了不会有害;我看烹调得不错呢。"

医师答道:

"我只要还有一口气,决不让总督大人吃这盘烧烤。"

桑丘说:"为什么呀?"

医师答道:

---

① 西班牙有钱的人饭前吃水果或冷盘,饭后吃熟水果之类的甜食。菜肴上覆布是为了防苍蝇。
② 西班牙皇室进餐时有医师在旁鉴定食物。

"我们医学界的北斗星和指路明灯、伊博克拉特斯祖师爷有句名言:'多食伤脾,尤忌竹鸡。'①就是说,无论什么东西,吃饱都有伤身体,把竹鸡吃一饱尤其要不得。"

桑丘说:"那么就请医师先生瞧瞧吧,这桌子上哪个菜最补人,哪个菜最不伤身,让我吃一点,别再拿棍子来点了。我但愿上帝留着我的生命做总督呢!我以总督的生命发誓声明:我已经饿得要死了;随你医师先生怎么说,不让我吃东西只能送我的命,不能添我的寿。"

医师答道:"总督大人,您说得对。我看啊,这盘煮兔子您不能吃,因为克化不了。这盘小牛肉要不是加了酸菜沙司烤的,倒还可以尝尝;照现在这样就吃不得。"

桑丘说:"最前面热气腾腾的大盘儿里好像是沙锅杂烩,里面杂七杂八的,总该有些又好吃又滋补的东西。"

医师说:"切忌②!您这个念头是千错万错的;沙锅杂烩最不补人。只有教长呀,学院院长呀,或者乡下佬的喜庆筵席上呀,才吃沙锅杂烩;总督的饭桌上可不要它!总督吃的都该是精致的上品。菜肴好比药品,一味纯药无论如何总比配合的杂药贵重。纯药不会用错;配合的杂药呢,成分里这样多些、那样少些就出毛病了。据我看,总督先生如要身强体健,这会儿该吃一百个松脆的薄面卷儿,再加薄薄几片木瓜瓢;木瓜能调理脾胃,帮助消化。"

桑丘听了这番话,往椅背上一靠,睁眼瞪着这个医师,厉声问他叫什么名字,在哪里学的医道。医师答道:

---

①② 原文是拉丁文。

"总督大人,我是贝德罗·忍凶·台·阿鬼罗医师。从加拉奎尔到阿尔莫都瓦尔去的路上,靠右边有个提了他户外拉镇,那就是我的家乡。我是奥苏那大学的医学博士。"

桑丘气呼呼地说:

"那么,从加拉奎尔到阿尔莫都瓦尔路上、靠右边的提了他户外拉镇上的奥苏那大学医学博士、倒霉的贝德罗·忍凶·台·阿鬼罗先生,请你马上滚蛋吧!我指着太阳发誓,你不快滚,我就从你起,把岛上所有的医师都一顿大棒打走,至少把你这种假充内行的撵走;我对高明的医师是佩服的,把他们当神道那样敬重呢。我再说一遍,贝德罗·忍凶,快给我滚!要不,我就拿这把椅子照着你脑袋上直劈下来了。我不怕谁来查究我在任的所作所为!我理直气壮:坏医师是屠杀公众的刽子手,杀了他是替天行道。现在给我吃饭吧;要是没饭吃,我这个总督也不做了!没饭吃的官儿做它干吗?"

医师瞧总督发这么大火也慌了,打算抽身出去。这时街上忽传来一声驿车的号角。上菜的小厮从窗口探出脑袋,又缩回来说:

"公爵大人的信差来了;准有紧要的消息。"

信差满头大汗,慌慌张张地进来,从怀里掏出一封信呈给总督。桑丘就把信交给总管,叫他念念封面。信封上写的是:"便宜他了海岛总督堂桑丘·潘沙亲启,或由秘书代拆。"桑丘听了问道:

"这里谁是我的秘书呀?"

一人答道:

"总督大人,我是您的秘书;我能读能写,是比斯盖人。"

桑丘说:"据你末了那句话,你就连大皇帝的秘书也做得①。你拆信瞧瞧信上怎么说吧。"

新任秘书拆信看了一遍,说信上的事得密谈。桑丘吩咐众人退出,只留下总管和上菜的小厮。其他人连那医师都出去了,秘书就念了那封信:

> 堂桑丘·潘沙先生:听说我的冤家要侵犯海岛,准备不知哪个夜里大举进攻。你务必日夜警备,免有疏失。凭可靠的密报,已有四人乔装进城暗杀你,因为忌你的才干。你小心提防,谁找你谈话,得注意着点儿,也别吃人家送的东西。你如有危急,我会来救你。凭你的识见,一定都能应付裕如。
>
> 你的朋友
> 公爵
> 八月十六日晨四时自本地寄

桑丘很吃惊,旁边那几个人好像也一样吃惊。桑丘转身向总管说:

"咱们现在有一件事赶紧得办:忍凶医师该送进监牢去。要杀我的就是他;他是要饿死我,叫我死得又慢又惨。"

上菜的小厮说:"还有一件事:我认为桌上的东西您都吃不得,因为是修女献的;老话说,'魔鬼就躲在十字架后面'。"

桑丘说:"你说得也对。现在且给我吃个面包和四磅左右的葡萄吧,这不会有毒。我实在饿得慌了。如果势必打仗,咱们

---

① 比斯盖人以忠心著称,西班牙皇室的秘书很多是比斯盖人。

得随时应战,那就得把肚子吃饱,因为是肠胃拖带着心,不是心拖带着肠胃①。秘书,你写个回信给公爵大人,说我全都听他的吩咐,一点也不马虎。你还代我向公爵夫人请安,求她别忘了派人把我的一封信和一捆衣服送给我老婆泰瑞萨·潘沙;说我麻烦她了,非常感激,一定尽力报答。你还可以附带问候我主人堂吉诃德·台·拉·曼却,让他知道我没有白吃他的饭。你是个好秘书,又是好比斯盖人,随你的意思,该说什么都给我添上。现在把这桌菜撤下,给我吃些东西吧。随它有多少奸细、刺客和魔法师来害我,或侵犯我的海岛,我准备和他们干一下呢!"

这时一个小厮跑来说:

"有位老乡求见,说有要事找您大人谈谈。"

桑丘说:"这种求见的人也真怪,一点不动脑筋。这会儿是求见的时候吗?当官的也是血肉做的,总得休息一下,难道把我们当作石头人儿吗?看来我这个总督也做不长;要是长下去,我凭上帝和良心发誓,我对这些求见的人得立下规矩。叫那位老乡进来吧,不过先问问明白,别是奸细或刺客。"

小厮说:"总督大人,那倒不是的;除非我瞎了眼,我瞧他很老实,像个好面包似的,活是个大好人。"

总管说:"不怕,我们都在这儿呢。"

桑丘说:"上菜的师傅,现在贝德罗·忍凶医师走了,能让吃些扎实的东西吗?就是一块面包、一个葱头也好。"

上菜的小厮说:"您大人午饭欠的,晚饭补上,让您吃个

---

① 西班牙谚语。另有一个说法,见本书第三十四章:"是肚子带动两脚,不是两脚带动肚子。"

餍足。"

桑丘说:"但愿上帝也这么答应我吧。"

当时那老乡进来了。他相貌和善,一千哩瓦以外就看出是个老好人。他开口先问:

"哪位是总督大人啊?"

秘书说:"上坐的不就是吗?除了他还有谁啊?"

老乡说:"那么,我向他行礼了。"

他就跪下求总督伸手给他亲吻。桑丘谦逊不敢当,请他站起来说话。老乡奉命起立,说道:

"先生,我是个庄稼人,家在米盖尔图拉镇,离西乌达德·瑞阿尔不过两哩瓦。"

桑丘说:"原来也是从提了他户外拉来的。你有话就讲吧。老哥,我告诉你,米盖尔图拉镇我很熟悉,我家乡就在附近。"

那老乡接着说:"先生,我且跟您讲讲我的境况。我靠上帝慈悲,经教会批准结了婚,有两个儿子,都在上大学:小儿子打算读个学士,大儿子打算读个硕士。我是鳏夫,因为我老婆死了,说得更确实些,她怀孕的时候,一个蹩脚医生给她吃了泻药,送了她的命。假如上帝保佑,她生下了那个孩子,假如是个男孩儿,我就要叫他读个博士了,免得他眼红一个哥哥是学士、一个哥哥是硕士。"

桑丘说:"那么,假如你老婆没死,或者没有被杀,你现在就不是鳏夫了。"

那老乡说:"对啊,先生,我就绝不是鳏夫了。"

桑丘说:"咱们很谈得来啊!老哥,你快讲下去吧,因为现在不是谈话的时候,该睡午觉了。"

老乡说:"请听我讲吧。我那个打算读学士的儿子爱上一个同乡的姑娘。她名叫克拉拉·蓓蕾丽娜;她父亲安德瑞斯·蓓蕾丽农是个非常殷实的富农。'蓓蕾丽'不是传袭的姓氏。他那一族都有'贝蕾西'病,把这个病名改得好听点儿就成了'蓓蕾丽'①。说老实话,那位姑娘真是蓓蕾一样美丽。她右边半个脸,像田野里的鲜花;左边呢,没那么好,因为缺一只眼,是出天花瞎掉的。她脸上的麻点儿又密又大,为她颠倒的人说那不是麻点子,是叫情人陷了进去出不来的一个个深坑儿。她非常爱干净,怕鼻涕流脏了脸,所以鼻孔朝天;那两个鼻孔就好像在避开她的嘴巴。可是她非常好看,因为嘴巴很大,要不是嘴里缺十一二只板牙和盘牙,那张嘴就比什么樱桃嘴呀、菱角嘴呀等等都美。那两片嘴唇啊,我简直没法儿说;嘴片子薄极了,假如行得把嘴唇绕起来,就能绕成一束;可是颜色却和一般嘴唇不同,又蓝、又绿、又紫,斑驳陆离,实在少见少有。这位姑娘将来是我的儿媳妇,我很喜欢她,觉得她长得不错,所以把她的模样儿细细描摹,总督大人请不要见怪。"

桑丘说:"随你怎么描摹吧;我听来很解闷儿。假如我已经吃饱了饭,听听你的描摹,当饭后的甜食搭嘴,倒是顶妙的。"

那老乡说:"这份甜食还没给您端上来呢;不过这会儿没工夫,待会儿有的是时候。哎,先生,我要是能把她苗条婀娜的身材描画出来,准叫人惊讶;可是我办不到,因为她两膝盖顶着嘴巴蜷缩成一团,如果站得起身,脑袋准顶到天花板上呢。她早就

---

① 西班牙文 perlesia 是风瘫;贝雷利亚(perleria)是一堆珠子。

可以把手伸给我的学士①,和他结婚,不过她那只手是拳的,伸不出来。她的指甲很长,指甲面往下凹,衬得手形很美。"

桑丘说:"行了,老哥,你就算是已经把她从头到脚都形容到了;你要什么,干脆说吧,别拐弯抹角、拖泥带水的。"

那老乡答道:"我要麻烦您大人为我出一封介绍信给女方的爸爸,求他做成这门亲事;因为无论人间的财产或天赋的才能,双方都相当相等。我老实告诉您,总督大人,我儿子有恶鬼附身,每天三番五次的受那恶鬼折磨。他一次跌在火里,从此脸皮皱得像羊皮纸,而且老是泪眼迷离的。不过他性情像天使,如果不拿棍子或拳头把自己乱打,简直就是个圣人。"

桑丘说:"老哥,你还有别的事吗?"

那老乡说:"我还有个要求,只是不敢出口。可是,不管怎么样,总得说出来,不能让它闷在肚里发霉。我说呀,先生,我要您给我三百或六百杜加,津贴我的学士成家;就是说,帮他自立门户。他们得自己有个小家庭,才免得双方父母干预他们的生活。"

桑丘说:"你想想还有什么别的要求,别不好意思或不敢出口。"

老乡说:"没有了,真没有了。"

他刚说完,总督霍地站起来,抓住坐椅说:

"你这愚蠢的乡下佬,你要不赶紧滚开,躲得老远,我发誓拿这把椅子砸开你的脑袋!婊子养的流氓!你倒会给魔鬼写照!你挑了这个时候来问我要六百杜加!我请问你这浑虫,我

---

① "把手伸给某人"就是选中他做丈夫。

哪来这笔钱啊?我有钱也为什么要给你这没脑子的坏蛋呢?米盖尔图拉和蓓蕾丽两家和我什么相干!我告诉你,快走!要是不走,我凭我们公爵大人的生命发誓,我说到就做到!你哪里是米盖尔图拉来的;你是地狱里派来引诱我的恶鬼!混账东西,我做总督还不到一天半,你就指望我有六百杜加了吗?"

上菜的小厮对老乡丢个眼色叫他出去,老乡好像怕总督大人发脾气,垂头丧气地跑了。这家伙很会表演他的角色呢。

咱们随桑丘去生气,但愿大家都太平无事;现在且回头看看堂吉诃德吧。他给猫儿抓伤了,正包着脸在休养,过了八天才平复。在这几天里,他碰到一件奇事;熙德·阿默德答应要照他向来的笔法,不论那事多么琐细,也详尽确切地描写。

第四十八章

公爵夫人的傅姆堂娜罗德利盖斯找
堂吉诃德的一段奇闻,以及可供
后世传诵的细节。

堂吉诃德满面伤痕,满腹懊丧。他还包着纱布,带着斑疤——上帝没在他脸上打下手印①,却是猫儿在那里留了爪痕;这种灾难也是骑士生涯里免不了的。他在屋里待了六天。一晚

---

① 五官四肢的天生缺陷,婉称为上帝的手印。

上，他正转侧不寐，思量着自己的种种倒霉和阿尔迪西多娅的纠缠，忽觉有人用钥匙开他卧房的门。他立刻以为是那痴情姑娘要攻其不备，引诱他对不住意中人杜尔西内娅·台尔·托波索。他心上这么想，就大声对门外的人说："你别痴心妄想，随你是什么绝世美女，也挤不掉我心窝儿里的情人！杜尔西内娅小姐啊，不论你变成又粗又蠢的村姑，或金色塔霍河里织锦的仙女，不论梅尔林或蒙德西诺斯把你拘在什么地方，你在哪里也总是我的，我在哪里也总是你的。"

他刚说完，门就开了。他忙在床上站起来。他身上裹着一条黄缎子床单，头上戴一顶睡帽，脸和胡须都包扎着（脸是因为抓伤了，胡须是因为要卷得它往上翘）；那副怪模样简直难以想象。他一双眼直盯着门口，满以为来的是害相思的阿尔迪西多娅，不料却是个十分庄重的傅姆。她披一幅又宽又大的光边白头巾，从头直盖到脚，左手捏着半支点亮的蜡烛，右手挡着火光，免得射眼；脸上还戴着一副大眼镜。她悄悄地进来，脚步很轻。

堂吉诃德站在床上，仿佛在瞭望塔上瞭望敌人，瞧她那副打扮，而且一声不响，以为是巫婆或妖女装成傅姆来害他，忙在自己身上连连画十字。这个鬼魅似的怪物一步步前来，到了屋子中间，抬眼一看，只见堂吉诃德正忙忙地画十字呢。若说堂吉诃德见了她那模样害怕，她见了堂吉诃德的模样也吓愣了，因为他披着床单，脸和胡子包着布，个子又高，一身黄色，面目可怕，她一见不由得大叫一声，说道：

"耶稣啊！这是个什么呀？"

她一吃惊，把蜡烛掉了，面前一片漆黑。她想转身逃跑；慌慌张张，给自己的裙子绊倒在地。堂吉诃德战战兢兢地开口说道：

"随你是什么鬼怪吧，听我向你通诚。请问你是谁，找我有什么事。如果是受苦的鬼魂，不妨直说，我一定为你尽力。我是天主教徒，因为愿意普行善事，就当了游侠骑士。我干了这一行，即使炼狱里的鬼魂有事相求，我也义不容辞。"

狼狈的傅姆听了这番通诚，由自己的害怕体会到堂吉诃德的害怕，就可怜巴巴地低声答道：

"堂吉诃德先生——您确是堂吉诃德先生吧？您想必把我当作妖怪或炼狱里的鬼魂了。我都不是；我是公爵夫人手下有头脸的傅姆堂娜罗德利盖斯。我有件没办法的事，久仰您是排难救困的老手，冒昧特来求您。"

堂吉诃德说："堂娜罗德利盖斯夫人，请问您是不是给谁做媒拉纤来了？我得告诉您，我的意中人杜尔西内娅·台尔·托波索是独一无二的美人，除了她，谁都不能使人动心。堂娜罗德利盖斯夫人，我干脆说吧：您只要不是来撮合私情，不妨回去点上蜡烛再来；除了私情勾当，随您要我干什么都可以商量。"

傅姆答道："堂吉诃德先生，我会给谁撮合私情吗？您看错人了。我虽然上了些年纪，却还不是老糊涂，这种无聊的事我是不干的。谢天，我身体健康，只不过害阿拉贡的流行感冒掉了一两个牙齿，除此之外，一口板牙大牙都还齐全。您等一等，我回去点了蜡烛马上就来。您是世界上一切苦难的救星，我有糟心事要和您讲呢。"

她不等回答就走了，堂吉诃德默默沉思，等着她回来。眼前这件事搅得他心上疑虑重重，怕自己太冒失，万一受了诱惑，对不起意中人。他暗想："魔鬼最狡猾。他瞧我见了女皇呀，王后呀,公爵夫人呀,侯爵夫人呀,伯爵夫人呀,都不动心,也许这回就借个傅姆来迷我。我常听到有识之士说:如果勾鼻子的丑婆娘够迷人,魔鬼就不用直鼻子的美女①;现在深夜无人,我这颗心万一古井生波,那么一辈子规行矩步都前功尽弃了!到此境地,还是不要冒失上阵,及早回避为妥。可是我准是头脑糊涂、想入非非了。一个披白头巾、戴眼镜的高个儿傅姆,即使头等好色之徒,见了也不会起邪心。世界上的傅姆有细皮嫩肉的吗?哪个不讨厌、哪个不满面皱纹、哪个不装模作样呀?你们这伙不近人情、索然无味的傅姆啊,去你们的吧!据说有一位夫人在她起坐室的尽头放两个傅姆的半身像,都戴着眼镜,靠着镶花边的软垫,好像在那儿做活似的。她那办法很不错,起坐室里有那两个石像,就仿佛真有傅姆在内,令人望而生畏。"他一面想,就跳下床,打算关上门不让罗德利盖斯夫人进屋。可是他刚到门口,罗德利盖斯夫人已经点着一支白蜡烛回来,劈面看见堂吉诃德裹着床单,脸上绷着纱布,包扎着胡子,戴着一只系带子的小帽,她不免又害怕了,后退两步,说道:

"骑士先生,咱们彼此信得过吗?您下床好像有点儿不大老实呢。"

堂吉诃德答道:"夫人,我也正要问您呀,我不会受侵犯吗?"

傅姆说:"骑士先生,难道您要我来向您担保吗?您还防着我吗?"

堂吉诃德说:"我正是要您担保,我就是防着您。我不是大

---

① 西班牙谚语。

理石做的，您也不是铜打的；现在不是早晨十点，却是半夜，也许比半夜还晚些；而且屋里只有咱们两人。从前那负心而胆大的伊尼亚斯在山洞里和多情的美人狄多好上了①；咱们这里更不比山洞，还可以关上门，谁也不会撞来。不过我的守身如玉和您这幅令人起敬的头巾，都是可靠的保障，不用别的了。夫人，您伸手让我搀着您吧。"

他一面说，一面吻吻自己右手，然后去握她的手。傅姆也行了同样的礼，才伸手给他搀。

熙德·阿默德插话说，他凭穆罕默德发誓，如能看着这两人手牵手从门口走到床前，他赔掉一件新大衣也心甘情愿。

堂吉诃德上了床，堂娜罗德利盖斯坐在离床不远的椅上。她没摘下眼镜，也没放下蜡烛。堂吉诃德把自己盖得严严密密，只露出一张脸。两人定下神，堂吉诃德先开口说：

"堂娜罗德利盖斯夫人啊，您现在不妨把您的心事连底抖搂出来吧。我一定洗耳恭听，热诚帮助。"

傅姆说："我知道您会答应我；看到您满面慈祥，就可以拿定您心地仁厚，决不会拒绝。堂吉诃德先生，您听我讲。我虽然身在阿拉贡，坐在这只椅子上，穿着这套衣服，活是个饱受轻鄙的傅姆，我其实是奥维多的阿斯图利亚人②，我家和本地的高门大族都是亲戚。可是我命苦，我父母又不会经纪，不知怎么的老早把家业败了，就把我送到马德里京城；他们要给我找个饭碗

---

① 狄多（Dido）是伽太基国女王，收纳流亡的伊尼亚斯，两人恋爱，事见罗马的维吉尔史诗。
② 当时阿斯图利亚的西部称为奥维多的阿斯图利亚，东部称为山悌良那的阿斯图利亚。

儿,有个安身之地,所以把我安插在一位贵夫人家做针线。我告诉您,包边合缝的家常针线活儿,是我的拿手,谁都比不上我。我父母把我撇在那家当使女,自己就回乡去,过了几年想必都上天堂了,因为他们是非常虔诚的好基督徒。我孤苦伶仃,靠区区几个工钱和大公馆里给使女的一点薄赏将就过日子。那家有个侍从看中了我;我可并没有撩他。他年纪不轻了,是个大胡子,相貌不错,而且是和国王一样的绅士,因为他是山区来的①。我们的恋爱不是秘密,我女主人不久也知道了。她干脆叫我们经教会批准,正式结婚。我生了一个女儿;假如我曾经享过点儿福,我的福气从此就完了。我倒没有难产送命,可是孩子出世不久,我丈夫吃了一场惊吓去世了。我现在正有机会跟您讲讲那回事,您听了准觉得意想不到。"

她讲到这里就哭不成声,哽咽着说:

"堂吉诃德先生,请您原谅,实在由不得我不伤心;我一想到我那倒霉的丈夫,就忍不住流泪。上帝保佑他吧!他把女主人带在他鞍子后面的那副气派,多威武啊!他那匹壮健的骡子,就像黑玉一样又乌又亮!据说现在时行乘马车、坐轿子了;那时候是不行的,夫人小姐出门,就坐在侍从鞍后。有件事我不能简略,得讲一讲,好让您知道我的好丈夫多么礼貌周到,一点不肯马虎。马德里的圣悌亚果街是比较窄的。一次他拐进这条街,恰好一位京城长官从那里出来,两名公差在前喝道开路。我丈夫是个好侍从,他忙带转缰绳,准备让他们先走。我女主人在鞍

---

① 加斯底尔和雷翁的北部山区是西班牙人战败摩尔人的根据地,那里的人是贝拉由(Pelayo)国王和他将士的后代,都是世袭的绅士。

后低声说:'脓包!你干吗?你忘了我在这儿吗?'那长官很有礼貌,带转缰绳对我丈夫说:'先生,你先请,该我让路给堂娜加西尔达夫人。'——那就是我从前的女主人。我丈夫把帽子拿在手里只顾谦让,一定要让长官先走。我女主人瞧他那样就发火了,拔出身边剪刀套里的粗针,或许是钻子,往他腰里直刺。我丈夫大叫一声,忍着痛翻滚下骡,连带着他的女主人一起落地。女主人的两个小厮忙赶去扶她,长官和公差也去扶她。瓜达拉哈拉大门①一带那些游手好闲的都赶去看热闹了。我女主人步行回家;我丈夫说是肚子戳穿了,自去找理发师②。我丈夫的多礼就传开了,连街上的小孩都纠缠着他。我女主人为这缘故,又嫌他眼睛有点近视,就把他辞了。我断定他是为这事气恼而死的。我成了寡妇,无依无靠,还背累着一个女儿。她越长越美;好比海浪一个高似一个,她也一天美似一天。我的一手好针线是出了名的。那年公爵夫人嫁了公爵大人。她要我做针线,就把我和女儿一起带到阿拉贡来。我女儿在这里渐渐长大,学得多才多艺:她唱歌像百灵鸟,舞蹈轻盈活泼,土风舞蹦跳得劲儿十足③;又能读能写,不输学校的教师;加减乘除,算得比守财奴还精。我甭说她多么干净,反正流水也没她清洁。我记得她现在是十六岁五个月零三天左右。干脆讲吧,有个大富农的儿子爱上了我这小姑娘。他那村子是我们公爵

---

① 瓜达拉哈拉大门(Puerta de Guadalajara)是游手好闲的人聚集的地方,1582年这座大门烧掉了,原址仍保留旧名。
② 当时的理发师兼做外科医生。
③ 舞蹈(danza)和土风舞(baila)有区别:前者是轻盈的优秀舞;后者是大跳大蹦的土风舞。

大人的采地,离这儿不远。我也不知是怎么回事,他们俩结对成双了。男方答应和我女儿结婚,把她骗上了手,却又说了话不当话。公爵大人知道这件事,因为我向他告过状,不是一次,好几次了。我求他命令那小子和我女儿结婚。可是公爵大人装聋不理,因为那混蛋的爸爸是大财主,公爵大人问他借过钱;借别人的钱又常由那人作保,所以怎么也不肯得罪他。骑士先生,我求您为我们做主,随您或是好言劝告,或是动武,只别叫我们受屈。我听大家说,您活在世上专管锄强扶弱,主持公道。我求您顾怜我女儿是孤儿,她得人爱、年纪小,她种种好处我都说过了。老天爷在上,我凭良心说,我女主人那些使女里,没一个比得上她,给她拾鞋都不配。有一个叫阿尔迪西多啦的,人家说她最玲珑活泼,可是和我女儿一比,还差着好老远呢。我告诉您吧,骑士先生,闪闪发亮的不都是黄金,那个阿尔迪西多啦自以为美,可并不美;太爱闹,不够文静,而且身体有毛病,嘴里有股子臭味儿,挨近一会儿都受不了。就说公爵夫人吧……我不多嘴,因为人家常说,墙有耳。"

堂吉诃德问道:"我凭自己的生命请问,堂娜罗德利盖斯夫人,公爵夫人怎么呀?"

傅姆说:"您既然发誓请问,我只好据实回答。堂吉诃德先生,您瞧公爵夫人美吧?皮肤光致得像磨亮的宝剑,两颊白里泛红,容光照人,仿佛东边出太阳,西边又有月亮;她脚步轻盈得好像不着尘土,走到哪里,人家一见就觉得爽健。可是我告诉您,她的健康首先是上帝保佑,其次就靠两腿上开的两个口子①。

---

① 据西方古代医学,人体内有四种液汁:血、痰、黄胆汁、黑胆汁。液汁配合均匀,身体就健康,否则有病。保持健康的一个办法就是在身上切开一两个口子,把过剩的液汁排泄掉。

据大夫说,她身体里尽是脏水浊液,这些过剩的东西都由那两个口子里排泄了。"

堂吉诃德说:"圣玛利亚啊!难道公爵夫人身上开着这种阴沟吗?赤脚修士说了我都不信呢。既然堂娜罗德利盖斯夫人这么讲,想必是真的了。不过她两腿上的口子里流的该是琥珀的融液,不是肮脏水。现在我真是完全相信了,要身体健康,开些口子是很要紧的。"

堂吉诃德刚说完,房门忽然砰一下开了。堂娜罗德利盖斯吓一大跳,手里的蜡烛都掉了,满屋乌黑,俗语所谓像狼的嘴巴那么黑。那可怜的傅姆随即觉得脖子给人用两手紧紧掐住了,叫喊不得;另一人不声不响地立刻掀起她的裙子,好像是用一只便鞋,把她狠狠抽打,打得简直够惨的。堂吉诃德心里恻然,但没有起床;他不知是怎么回事,也没敢出声,生怕毒打会轮到自己身上。果然,那两个不出声的凶手把傅姆打了一顿(她没敢哼一声),就赶到堂吉诃德身边,揭开他裹的被单和床单,在他身上使劲儿连连地拧,拧得他只好挥拳招架。不过很奇怪,谁都没出声。这一仗打了将近半个钟头,两个鬼怪才出去。堂娜罗德利盖斯放下裙子,没和堂吉诃德说一句话,自嗟自叹地走了。堂吉诃德给拧得浑身疼痛,又摸不着头脑,闷着一肚子气,一人躺在屋里,想不明白哪个恶法师这么害他。话分两头,咱们且撇下他,谈谈桑丘的事吧。

第四十九章

桑丘视察海岛。

上文讲到一个油滑的乡下佬把他家没过门的儿媳妇惟妙惟肖地描摹，惹得总督大人大发雷霆。那人是总管指使的，总管又是公爵指使的；他们通同一气捉弄桑丘。桑丘虽是个又村又野的死心眼儿，却能对付他们。公爵那封机密的信已经读完了，贝德罗·忍凶医师又回到厅上，桑丘当众说：

"这种有事求见的人呀，不管什么时候都跑来求见，恨不得官长专为他一人的事效劳。如果官长当时不便接见，或者事情办不了，他们就嘀嘀咕咕说坏话，狠狠挖苦他，甚至把他祖宗的老底儿都翻出来。我现在真是明白了，做地方官的人得生就铜筋铁骨，才受得了这种折磨。哎，你们这种有事求见的人真是没脑子的傻瓜！急什么呢！谈话有谈话的时候呀！该吃饭睡觉了，就别来！地方官长的身体也是血肉做的，身体有身体的需要，不能亏待它。不过我是例外，要吃也不得吃；这全是这位贝德罗·忍凶·台·提了他户外拉医师先生作成我的；他要饿死我呢，还硬说这样半死不活就是延年益寿。但愿上帝叫他那种医生都活活地饿死吧！当然，我指的是坏医生，好医生是应该敬重和奖励的。"

认识桑丘的人都想不到他会发这种高论，纷纷说：大概有些人掌权做官就糊涂颠顶,另有些人官运亨通就心窍玲珑。且说贝德罗·忍凶·阿鬼罗·台·提了他户外拉医师终究不顾伊博克拉特斯的格言,答应晚上让他吃晚饭。总督大喜,热锅上蚂蚁似的只等天黑了可吃晚饭,觉得时间凝止不流了。他左盼右盼,总算盼到了时候。晚饭有凉拌葱头牛肉和白煮牛蹄子,那蹄子已经隔宿好几天了。他放量大吃;即使有米兰的鸽子、罗马的野鸡、索兰托的小牛肉、莫融的斑鸡或拉瓦霍斯的鹅,他吃来也不能更香。他一面吃一面对他的医师说:

"医师先生,你听着,以后别费心给我弄什么山珍海味;那些东西只会害我肠胃失调。我吃惯的是羊肉、牛肉、腌猪肉、腌牛肉、萝卜、葱头;吃了讲究菜就不合适,有几次都恶心了。上菜的师傅可以给我来个沙锅炖杂烩;杂七杂八的肉越是不新鲜,臭烘烘的炖上越是香喷喷;凡是吃得的东西都可以装进去。我就谢谢上菜的师傅,将来一定酬报他。谁也别来捉弄我,不要把人看死了;同吃同住,和平相处;天上的太阳,普照万方。我管辖这座海岛啊,不贪得非分的财,也不放过应有的利。大家睁开眼睛,瞧着自己的箭。该知道,魔鬼在山悌良那。谁惹我生了气,瞧着吧,叫他意想不到呢。哎,你把自己变成蜜,苍蝇就会来叮你。①"

上菜的小厮说:"总督大人,您的话句句是金玉良言,我代表全岛居民向您保证,一定小心谨慎,为您效忠卖力。您一上任就行仁政,我们凭什么要对您不客气呀。"

桑丘答道:"这话我相信;谁要对我不客气,他就是傻了。我再说一遍:我得吃饱,我的灰驴也得喂好;这是最要紧的。待

---

① 七句都是西班牙谚语。

会儿咱们还要出去视察呢。我打算把岛上的坏事和不务正业的闲人一股脑扫除干净。我告诉你们，朋友，国家的无业游民好比蜂房里的雄蜂；白吃了工蜂酿的蜜。我得要照顾农民，维护绅士的权利，奖励好人，尤其要尊重宗教和教士。你们瞧瞧，我这话有点道理吗？还是我太多事了呢？"

总管说："总督大人，您讲得很有道理。我知道您是毫无学问的，想不到您满肚子良言宝训。公爵大人和我们这些人都没料到您这副本领。奇事天天有；玩笑变了正经，要捉弄别人，反见得自己可笑了。"

天黑了，总督得到忍凶医师的准许，吃过晚饭，准备出去视察；随行的有总管、秘书、上菜的小厮、记录总督言行的史官，还有一小队公差和公证人。桑丘拿着执法杖走在中间，神气活现。他们在城里才巡了几条街，忽听得剑锋击碰的声音；赶到那里，原来两人在打架。他们看见长官跑来，都住了手；一个说：

"看上帝和国王分上，快来救命啊！闹市抢劫，还拦路行凶，这怎么行啊？"

桑丘说："好百姓，别闹！本人就是总督，你们为什么打架说给我听听。"

另一个说：

"总督大人，我直截了当地说吧。这位绅士刚在前面那家赌场上赢了一千多瑞尔；天晓得他是怎么赢的。我在旁边看赌，他打出的点子是靠不住的，不止一次呢；我昧着良心没说破他。他赢了钱就走了。他至少该送我个把艾斯古多①的彩头钱呀。

---

① 一个银艾斯古多值八到十瑞尔。

我们这种看赌的上等人,专看有弊没弊,替有弊的遮盖,免得吵架;赢家照例分些彩头给我们。他却把钱往衣袋里一揣,拔脚走了。我气不平,追上说着好话,请他至少给我八个瑞尔。他知道我是上等人,而且既没有职业,也没有产业,因为我父母没教我职业,也没给我产业。这混蛋是加戈①一样的贼,安德拉迪利亚②一样的骗子;他只给我四个瑞尔。总督大人,您就可见他脸皮多厚,良心多黑!老实说吧,您要是没来,我准叫他把赢的钱全吐出来!得给他点儿颜色看!"

桑丘就问对方:"你有什么说的吗?"

那人说,讲的都是实话。他只肯给四个瑞尔,因为给了那家伙好几次了。问赢家讨彩头钱得客客气气,赔着笑脸,不能计较;除非拿定赢家是骗子,赢钱是作弊的呢。只有骗子才经常把赢来的钱分摊给看赌的相识;如果赢家不肯给钱,就可见他并非坏人,而是对方无赖。

总管说:"这倒是真的。总督先生,您瞧该怎么办?"

桑丘答道:"我有办法。赢家,你听着:我不管你是好是坏或不好不坏,你马上拿出一百瑞尔给这个行凶的家伙;还得出三十瑞尔给监狱里受罪的人。至于你这个既没有职业又没有产业的无业游民,你拿了这一百瑞尔,限明天离开海岛,流放十年;如果违命偷回,就罚你把未满的刑期到阴间去追补,因为我会把你挂上绞架——至少会叫刽子手替我来办。你们谁都甭回嘴,免得我手下无情。"

---

① 古希腊传说中最大的窃贼,已见上部前言 28 页注②。
② 西班牙当时著名的大骗子。

那两人一个掏了钱,一个拿了钱,拿钱的就离开海岛,掏钱的就回家去。总督说:

"我觉得这些赌场为害不浅,现在得一一取缔,除非我没这个权力。"

一个公证人说:"至少这一家您是无法取缔的,因为来头很大。开赌的那位大人每年打牌输掉的钱,远比他赢得的多。您还是取缔些下等赌场吧;那种赌场更害人,作弊更明目张胆,因为出了名的赌棍不敢到大贵人开的赌场去显身手。现在赌风盛行,宁可让大家在上等赌场里赌,还比商人开的小赌场好。那种小赌场拉住一个倒霉蛋从半夜赌起,直到把他的皮都活剥了才罢休呢。"

桑丘说:"公证人啊,原来这里面大有讲究,我现在明白了。"

这时一名警察抓住个小伙子跑来说:

"总督大人,这小子正迎面走来,一见我们公安人员,转身拔脚就跑,像一头鹿似的;可见不是个好东西。要不是他绊了一跤,别想追得上他。"

桑丘问道:"小伙子,你干吗逃走?"

小伙子说:

"先生,我是怕公安人员盘问。"

"你是干什么的?"

"我是个织工。"

"织什么?"

"您别见怪,我织长枪上的枪头子。"

"你开什么玩笑?卖弄你的油嘴滑舌吗?好!你这会儿上

哪儿去?"

"先生,我出来呼吸空气。"

"岛上什么地方是呼吸空气的?"

"有风的地方。"

"好,你真是百句百对!小子,你很伶俐啊!可是我告诉你,我就是空气,把你一路吹送到监狱里去呢。嘿,抓住他!把他带走!叫他今夜闷在监狱里睡觉!"

那小伙子说:"我凭上帝发誓:要我在监狱里睡觉,就仿佛叫我做国王一样办不到!"

桑丘答道:"怎么办不到!我要抓你就抓,我要放你就放,难道我没有这个权力吗?"

那小伙子说:"随您有多大的权力,也不能叫我在监狱里睡觉。"

桑丘说:"怎么不能?马上把他带走,叫他知道自己打错了主意;他即使买通了牢头禁子也没用。如果牢头禁子放你出狱一步,我就罚他二千杜加。"

那小伙子说:"这都是笑话!我只要还活着,谁都不能叫我在监狱里睡觉。"

桑丘说:"这混蛋,我问你,我叫你戴上锁镣关在牢里,你有什么神道给你脱掉锁镣放你出狱吗?"

那小伙子和颜悦色说:"总督大人,咱们讲讲道理,把话说在筋节上。假如您叫我戴上锁镣关在牢里,还警戒牢头禁子放了我要受罚,您的命令都照办了;可是我如果不愿意睡觉,整夜睁着眼不睡,随您有多大的权力,怎么能叫我睡呢?"

秘书说:"对呀,他这话说得很明白。"

桑丘说:"那么,你不睡只是你不愿意,不是和我作对。"

那小伙子说:"不是的,先生,我一点也没有这个意思。"

桑丘说:"那么你就好好儿走吧。回家睡觉去,愿上帝给你好梦;我并不想剥夺你的好梦。可是我劝你以后别和官长开玩笑,保不定他当了真,叫你吃不了兜着走。"

那小伙子跑了,总督又继续巡行。一会儿,两个警察抓了一人过来说:

"总督大人,这是个女扮男装的,长得还顶不错。"

两三只灯笼一齐举到她脸上,灯光下照见一张十六七岁的小姑娘的脸;头发套在金绿丝线的发网里,相貌像珍珠似的莹润可爱。大家把她从脚到头细细端详:她穿一双深红丝袜,吊袜带是白缎子的,边缘是金镶的细珍珠;宽腿短裤和敞胸的短外衣都是绿锦缎的,里面穿一件白锦缎的紧身袄,鞋是白色的男鞋;腰带上挂的不是剑,是一把镶嵌宝石的匕首;她手上还带着许多珍贵的戒指。大家觉得这姑娘很美,可是谁也没见过,想不起她是谁。合伙捉弄桑丘的那些人尤其诧异,因为这事突如其来,不是他们预先安排的;他们疑疑惑惑等着瞧个究竟。桑丘见了这么美貌的姑娘很吃惊,就问她是谁,到哪里去,为什么这样打扮。她满面含羞,眼睛望着地下说:

"先生,我的事得严守秘密,不能当着大家讲。不过有句话要说明白:我不是贼,也不是坏人。我是个可怜的女孩子,为了爱情赌气,就违犯了规矩。"

总管对桑丘说:

"总督大人,您叫大家走开,让这位小姐有话好说,免得她当着人不好意思。"

总督马上这样下令,大家都走开,只留总管、上菜的小厮和秘书在旁。那姑娘看见没几个人了,就说:

"各位先生,我爸爸是贝德罗·贝瑞斯·玛索尔加,他是本城卖羊毛的牧户,常到我爸爸家来。"

总管说:"小姐,这话不对头;我和贝德罗·贝瑞斯很熟,他是没儿没女的。况且你刚说他是你爸爸,接着又说他常到你爸爸家来。"

桑丘说:"我正要问这句话呢。"

那姑娘说:"各位先生,我心慌意乱,所以说糊涂了。我是狄艾果·台·拉·李亚那的女儿,各位想必知道我爸爸。"

总管说:"这就对了,我认得狄艾果·台·拉·李亚那,他是一位高贵有钱的绅士,有一子一女,自从夫人去世,全城谁也没见过他女儿的脸;他把她关得紧极了,连太阳都无法见她。不过人家还是传说她美貌绝顶。"

那姑娘说:"不错,那女儿就是我。我美不美各位自己明白,因为都看见我了。"

她说着就哭起来。秘书瞧她那样,就凑到上菜小厮耳边,低声说:

"这位可怜的小姐,这么高贵,却改扮男装,深夜在外跑,准是遭了大祸。"

上菜的小厮说:"准是的;凭她的眼泪就可见咱们没猜错。"

桑丘竭力抚慰,叫她不要害怕,遭了什么事,告诉他们,他们一定尽心帮忙。

她说:"各位先生请听。我妈妈去世十年了;十年来,我爸爸直把我关在家里,做弥撒也在家里一个漂亮的小堂里。我白天只看见天上的太阳,晚上只看见月亮和星星,不知道街道呀、菜场呀、教堂呀都是个什么样儿,就连男人是什么样儿都不知道,我只见过我父亲、我弟弟和一个卖羊毛的牧户。那人常到我家来,所以我忽然想到冒充他的女儿,免得说出爸爸的名字来。我长年累月关在家里,连教堂都不能去,实在闷得慌。我想看看这个世界,至少看看我出生的城市,我觉得这并不丢失大家闺秀的身份。有时我听人家讲外边斗牛呢,或有竹枪比赛呢,或演戏呢,我就问我弟弟——他比我小一岁——我问他这些玩意儿是怎么回事;我还问他许多传闻的事。他仔细讲给我听。可是我越听他讲,越发心痒痒地想亲眼瞧瞧。我且干脆说我怎么毁了自己吧。我向我弟弟央求——我真是懊悔呀……"

她又痛哭不止。总督对她说:

"小姐,您把底下的事讲出来吧;我们听了您以上的话,又瞧您哭个不了,都着急得很。"

那姑娘答道:"底下没多少事,只有许多眼泪了;因为要满足不安分的愿望,就得赔上许多眼泪。"

上菜的小厮爱上那位姑娘的美,又把灯笼照着看了她一眼,觉得她流的不是眼泪,却是粒粒珠玑,滴滴鲜露,甚至竟是东方的大明珠。他希望她的倒霉事没什么了不起,并不值得那样痛哭。那小姑娘还只顾哭,总督不耐烦了,叫她别尽让大家着急,时候已经不早,他还要到好多地方去视察呢。她哽咽着说:

"我的丢脸倒霉不是别的,我不过要求弟弟让我穿他的男装,晚上等爸爸睡了,带我出来满城逛逛。他拗不过我,就答应了。我们对换了衣裳;他穿了我那一套恰好合身。他还没一点胡须,看来就像个很美的姑娘。今晚大概一小时以前,我们从家里出来,乘兴胡闹,在城里走了一转,正要回家的时候,看见来了一大群人。弟弟说:'姐姐,巡夜的来了,你飞快地跟我跑吧,给他们看见就糟了。'他说着转身就跑,简直飞也似的。我没跑几步,心里慌张,就摔倒了,警察就赶来把我带到各位先生跟前。我就当众出丑,给人家当作坏女人了。"

桑丘说:"那么,小姐,你并没有遭到什么祸事吧?也并不像你当初说的,为了爱情赌气跑出来的?"

"我没有遭到什么事。我从家里出来不是为了爱情赌气,只是要瞧瞧这个世界——这也不过就是瞧瞧城里的大街罢了。"

这位姑娘讲的确是真情。因为她弟弟撇了她逃走,给警察抓住,这时给几个警察押来了。他穿一条华丽的裙子,一件兰花缎的短外衣,上面滚着精致的金花边;头上没戴头巾,也没什么装饰,一头赤金的鬈发就像满脑袋的金圈。总督、总管和上菜的小厮把他带过一边,避开了他姐姐,问他为什么这样打扮。他和他姐姐一样又羞又窘,讲的话也都一样。上菜的小厮已经爱上那位姑娘,听了那些话大为高兴。总督对姐弟俩说:

"小姐,小哥儿,你们太淘气。这种小孩子家的胡闹几句话就交代了,不用费这么多工夫,还伤心哭泣;只要说,'我们是某某人,我们因为好奇,捣鬼从家里溜出来逛逛,没有别的打算',事情就完了,干吗抽抽搭搭哭个不了呀。"

那姑娘说:"您说得对。可是我吓慌了,不知怎么办才好。"

桑丘说:"亏得也没出什么错儿。好,我们送你们俩回去吧,也许家里还没知道呢。以后别再这么孩子气,别心痒痒要开眼界。因为好女人是断了脚的,她不出家门;女人和母鸡一样,出门就迷失方向,爱瞧热闹的女人,也是爱人家瞧她①。我不多说了。"

那小伙子谢了总督的美意;总督一伙就送姊弟回家。他们离家不远;到了那里,那弟弟就拣一颗小石子向窗栅栏上一扔;等门的女佣人立即下来开了门,姊弟俩就进去了。大家觉得这样美秀的孩子很少见,更想不到他们黑夜里不出城门就想看看世界。当然,他们还是孩子呢。上菜的小厮一颗心已经不由自主;打算明天向那姑娘的父亲求婚,凭自己是公爵的家人,拿定对方不会不答应。桑丘也在暗打算盘,想把女儿桑琦加嫁给那个小伙子。他准备相机行事;在他看来,娶总督的女儿,谁还会拒绝呀。

那夜的视察如此了结。过了两天,总督丢了官,他的如意算盘也打不成了。详见下文。

第 五 十 章

下毒手打傅姆,并把堂吉诃德又拧又抓的
魔法师是谁;小僮儿如何给桑丘·潘沙
的老婆泰瑞萨·桑却送信。

熙德·阿默德这部信史的细节都确凿有据。据说堂娜罗

---

① 三句西班牙谚语。

德利盖斯走出卧房去找堂吉诃德的时候,同屋另一个傅姆知觉了。做傅姆的都是耳朵长、鼻子尖、好管闲事的;这个傅姆就悄悄地跟随着那蒙在鼓里的罗德利盖斯,瞧她走进了堂吉诃德的卧房。搬嘴弄舌是傅姆的通病,这一个未能免俗,马上就去报告公爵夫人,说堂娜罗德利盖斯在堂吉诃德的卧房里呢。公爵夫人告诉了公爵,要求带着阿尔迪西多婀去瞧瞧罗德利盖斯找堂吉诃德有什么事。经公爵准许,两人蹑手蹑脚,偷偷地一步步挨到堂吉诃德房门口。她们挨得很近,屋里说话全听得清。公爵夫人听见罗德利盖斯把她身上的排泄口子都揭出来,怒不可遏;阿尔迪西多婀也气得七窍生烟。她们满肚子气愤,非和这傅姆算账不可,就砰地冲进房,像上文讲的那样把堂吉诃德又拧又掐,把傅姆痛打一顿。女人听到人家鄙薄自己的面貌或扫自己的面子,她们的恼怒是怎么也憋不住的,得发泄了才罢。公爵夫人把刚才的事告诉了公爵,他听了觉得很好笑。公爵夫人还想玩弄堂吉诃德;她派一个小僮去找桑丘的老婆泰瑞萨·桑却①,把桑丘写的家信捎去,她自己也附一封信,还送她一大串珍贵的珊瑚珠。那小僮就是在解除杜尔西内娅魔法的把戏里扮演杜尔西内娅的。桑丘忙于做总督,把那件解除魔法的事早忘得一干二净了。

据记载,那小僮儿很聪明伶俐;他要讨好主人主妇,高高兴兴地动身到桑丘家乡去了。他进村看见河边许多女人洗衣服,就打听村里是否有个女人名叫泰瑞萨·潘沙,她丈夫桑丘·潘沙是骑士堂吉诃德·台·拉·曼却的侍从。一个小姑娘正在洗

---

① 上文第四十六章早已讲公爵夫人派这个小僮为桑丘老婆捎信。

衣服,听他这么问,就站起来说:

"泰瑞萨·潘沙是我妈妈,那个桑丘是我爸爸,那个骑士是我们东家。"

小僮说:"那么,来吧,小姑娘,带我去见见你妈妈,我替你那个爸爸捎了一封信和一件礼物给她。"

小姑娘约莫十四岁左右;她说:"好呀,先生。"

她把没洗完的衣服撇给女伴儿,她不戴头巾,也不穿鞋,光着脚,披着头发,蹦蹦跳跳跑在小僮马前,一面说:

"您来啊,我家就在村子口上。我妈在家呢;她好久不得爸爸的消息,够心焦的。"

小僮说:"那么我给她捎来了喜讯,她真该感谢上帝呢。"

小姑娘又蹦又跑,到了村上,没进家门先嚷道:

"泰瑞萨妈妈!你出来呀!出来呀!有位先生替我好爸爸捎了信和东西来了。"

她妈妈泰瑞萨·潘沙拿着个纺麻的线杆儿正在纺麻,听见叫唤就跑出来。她穿一条灰褐色的裙子;这条裙子短得好像"还不够遮羞"[1]。她的紧身上衣和衬衫也是灰褐色。她并不很老,看来有四十多,身体很壮健,脸皮子晒成了焦黄色。她看见她女儿和骑马的小僮,就说:

"怎么回事儿呀,丫头?这位是谁呀?"

那小僮说:"是您堂娜泰瑞萨·潘沙夫人的佣人。"

他一边说,一边就跳下马,恭恭敬敬跪在泰瑞萨夫人面

---

[1] 这是引用西班牙民谣里的话。按古代风俗,处罚淫妇,把她的裙子剪得很短,不够掩盖身体下部。

前说：

"堂娜泰瑞萨夫人啊，请您以'便宜他了'岛主堂桑丘·潘沙总督夫人的身份，伸出贵手。"

泰瑞萨答道："啊呀！我的先生，快起来！别干这一套！我不是什么官太太，只是个穷乡下女人；我爸爸是种地的，我丈夫是游浪的侍从，不是什么总督！"

小僮说："您丈夫是最名副其实的总督，您是最名副其实的总督夫人。您看了这封信和这件礼物，就知道我不是胡说。"

他从衣袋里拿出一串珊瑚珠，珠串两头是镶金的扣。他把珠串套在她脖子上说：

"我奉女主人公爵夫人的命令，给您捎信来了；这是总督大人给您的，另外一封信和这串珊瑚珠是公爵夫人给您的。"

泰瑞萨惊奇得目瞪口呆，她女儿也一样的发愣。那小姑娘说：

"我可以拿性命打赌，这准是我们东家堂吉诃德先生干的。他答应了我爸爸好多次，要让他当总督或伯爵；这回准是让他当上了。"

小僮说："就是啊，桑丘先生靠堂吉诃德先生的面子，现在当上了'便宜他了'岛的总督。这封信上写着呢。"

泰瑞萨说："绅士先生，您念给我听吧；我虽然会纺麻，却一个字也不识。"

桑琦加插嘴道："我也一字不识，可是你们等一等，我去请个识字的来——或者神父，或者参孙·加尔拉斯果学士，他们一定愿意听我爸爸的消息。"

"不用去请什么人，我不会纺麻，可是我识字。这封信我来念吧。"

他就从头到底念了一遍。信上的话前文已有交代,这里不再重复。他随即拿出公爵夫人的信念道:

泰瑞萨朋友:我瞧您丈夫桑丘人品既好,又很有本领,所以要求我丈夫公爵大人让他做了一个海岛的总督;这种海岛我丈夫有好几个呢。据说您丈夫治理得像老鹰那样精明;我为此非常满意,我们公爵大人也很满意。谢天,我挑他做总督没挑错人。我告诉您,泰瑞萨夫人,在这个世界上要找一个好总督不是容易。但愿上帝保佑我做人像桑丘做总督一样好。

亲爱的朋友,我送您一串镶金扣的珊瑚珠。我但愿那是东方的明珠;可是送一根骨头,物轻情意厚①。也许有朝一日咱们会见面相识;将来的事是没人知道的。请代我问您女儿桑琦加好,并叫她准备着,她意想不到的时候,我会给她找上一门好亲事呢。

我听说您那里出产的橡树子颗粒大。请给我捎二十多颗来;我一定当作宝贝,因为是您给我的。我等着您的长信,希望您健康安好。您如果需要什么,只要说一声,就给您照办。愿上帝保佑您。

您的好朋友

公爵夫人于本地

泰瑞萨听他念完,说道:"啊呀,这位太太多好啊!又和气

---

① 西班牙谚语。

又谦虚！我但愿和这样的太太埋葬在一起吧！我就不喜欢这里的绅士太太，她们觉得自己是绅士太太，连风都不该碰她们一下；上教堂神气活现，简直王后似的，好像对乡下女人看一眼就降低了自己身份。瞧瞧咱们这位好太太，还是公爵夫人呢，都称我朋友，把我平等看待。我但愿她的身份和拉·曼却最高的钟塔一样高！至于橡树子，我的先生啊，我打算送她许多许多，每一颗都大得出奇，叫人赶来看新鲜。桑琦加，你这会儿且来招呼这位先生：安顿了他的马匹，从马房里拣些鸡蛋，厚厚地切一片腌肉，把他当王子那样款待他吃饭。他给咱们捎来了好消息，他脸蛋儿又这么讨人喜欢，得这样款待才对得起他。我趁这时候出去把咱们的喜讯跟街坊讲讲；神父和尼古拉斯理发师是你爸爸的老朋友，也该让他们知道。"

桑琦加说："好，妈妈，我就去。可是我说呀，你得把这串珠子分一半给我。我想咱们公爵夫人不会那么傻，把整一串都送给你一人。"

泰瑞萨说："丫头啊，全都是给你的。可是让我脖子上挂几天，我实在看着喜欢。"

小僮儿说："我在手提包里还带着一捆衣服，你们回头看了也一样喜欢。衣料讲究极了，总督打猎那天才穿了一回。整件衣服都是他送给桑琦加小姐的。"

桑琦加说："祝我爸爸活一千岁！给我捎带的人也一样长寿！如果一千岁不够，就加倍祝他活两千岁！"

这时泰瑞萨手里拿着信，脖子上挂着那串珠子，出了大门，一面走，一面拍手鼓似的拍着那两封信。她恰巧碰见神父和参孙·加尔拉斯果，就手舞足蹈地说：

"我们现在可真是阔了!到手了一个小小的总督了!随你多么神气的绅士太太敢和我过不去,哼,我准给她点儿颜色看看!"

"你怎么啦?泰瑞萨·潘沙?你疯了吗?那是什么纸呀?"

"我没疯。这是公爵夫人和总督的来信。我脖子上这串念珠颗颗都是上好的珊瑚,两尽头的念珠是纯金的①。我现在是总督夫人了!"

"泰瑞萨,你胡说些什么呀?你这话除了老天爷,谁也不懂。"

泰瑞萨说:"您两位自己瞧呀。"

她把信交给他们。神父拿来念给参孙·加尔拉斯果听。两人惊奇得你看着我,我看着你。硕士问两封信是谁捎来的。泰瑞萨说,是个很漂亮的小伙子,在她家呢,请他们一起回去就会看见;他还捎来了另一件礼物,也这么贵重。神父把她脖子上的珊瑚珠串拿下反复细看,断定是上好的珊瑚,越发觉得奇怪。他说:

"这串精致的珊瑚珠是我亲眼看见、亲手摸到的,可是据这封信上说,一位公爵夫人派人来要二十几颗橡树子!这两封信和礼物究竟是怎么回事呢?我凭自己的道袍发誓,我真想不明白了。"

加尔拉斯果说:"咱们甭胡猜乱猜了,且去看看那位信差吧,摸不着头脑的事可以问他。"

他们就跟泰瑞萨一起回家。只见一个小僮儿正在筛大麦,准备喂他的马;桑琦加正在切腌肉,准备摊上鸡蛋煎给小僮儿

---

① 泰瑞萨把珠子项链当作念珠,把珊瑚珠看作念圣母经的数珠,两尽头的金扣看作念天主经的数珠。

吃。两人瞧那小僮相貌漂亮,服饰讲究,都很喜欢他。叙过了礼,参孙就打听堂吉诃德和桑丘·潘沙的近况,说他们读了桑丘和公爵夫人的信还是莫名其妙,不明白桑丘做总督究竟是怎么回事;而且地中海的海岛差不多都是国王的,桑丘怎么会做海岛的总督。那小僮儿说:

"桑丘·潘沙做总督是千真万确的。他管辖的是不是海岛我不知道,反正是个有一千多居民的小城。至于橡树子,我告诉你们吧,我们公爵夫人非常谦和近人,没一点架子。"别说问乡下女人讨橡树子,她还使唤过他去问街坊借梳子呢①。"不过您两位可知道,阿拉贡的贵夫人尽管高贵,待人却和气,不像咖斯底利亚的贵夫人那么死板板地拿架子。"

他们正说着话,桑琦加裙子里兜着些鸡蛋蹦蹦跳跳地跑来,问小僮说:

"请问您,先生,我爸爸做了总督,穿不穿紧身裤呀?"

小僮说:"我没看见,大概穿吧。"

桑琦加说:"哎唷!我的天!我爸爸穿了紧身裤多好看呀!真怪,我从小就想瞧我爸爸穿紧身裤。"

小僮说:"您以后准会看见。我凭上帝说,他只要做上两个月的总督,出门还要戴遮风暖帽呢②。"

泰瑞萨已经把桑丘捎来的打猎服给神父和硕士看过。他们看破小僮要贫嘴,可是想到珍贵的珊瑚珠和打猎服,对小僮就另眼相看了。桑琦加的愿望惹得他们哈哈大笑,泰瑞萨的话更逗

---

① 据马林编注本,这句话是小僮由直接叙述忽转为转述,作者常有此例。
② 贵人出门戴遮风暖帽,这种帽子有遮脸和掩护耳朵的下垂部分。

乐,她说:

"神父先生,您仔细打听打听,有谁到马德里或托雷都去,我要烦他买一条一口钟式的裙子,得头等时髦的。说老实话,我丈夫做了总督了,我得尽力为他争面子!我要有兴,还想像人家那样坐了马车到京城去呢。总督夫人还坐不起马车!"

桑琦加说:"可不是嘛!妈妈!但愿上帝保佑,越早越好!人家看见我和妈妈坐了马车准会说:'瞧这丫头,她爸爸是个吃大蒜的乡下佬,她舒舒服服坐着马车,倒像个女教皇!'随他们说吧,叫他们踩着烂泥走,我却脚不沾地坐在车里!嚼舌根儿的叫他们一个个都倒尽了霉!只要身上暖乎乎,人家嘲笑不在乎①,妈妈,我说得对吧?"

泰瑞萨说:"孩子,你说得对!这种种好运道,就连更好的,我的好桑丘早跟我讲过了。孩子,你瞧着,他要叫我做了伯爵夫人才罢休呢。只要交上好运,就一路好下去了。你的好爸爸也是成语老话的祖宗;他常说,如果给你一头小母牛,快拿了拴牛的绳子赶去。如果给你个总督的官儿,你就领了它;如果给你个伯爵的封号,你就捧住;如果拿着一份厚礼'啧啧'②地喊你,你就收下。可别懵懵懂懂,好运在大门外叫唤,你却不理睬!"

桑琦加插嘴道:"要是人家瞧我扬着脑袋神气活现,说我是'小狗穿了麻纱裤……'③等等,随他们说去,我满不在乎!"

神父听了她们的话,说道:

---

① 西班牙谚语。
② "啧啧"是呼狗的声音,见本书261页注①。
③ 西班牙成语:"小狗穿了麻纱裤,就不认自己的伙伴了。"

"我看桑丘一家人天生都是满肚子成语,开出口来,没一句不带成语。"

小僮说:"是啊。桑丘总督大人处处都用成语;尽管许多是不对景的也很有趣,我们公爵夫人和公爵大人非常赞赏。"

硕士说:"先生,您还咬定桑丘做总督是真的吗?真有公爵夫人给他送礼写信吗?我们摸过那些礼物,也读过那两封信,不过还是不相信,觉得这就像我们街坊堂吉诃德遭遇的事——这位先生认为他所遭遇的都是魔法师变幻出来的。所以我简直想把您摸一下,瞧瞧您这位信差究竟是眼前的虚影,还是有骨有肉的真人。"

小僮说:"各位先生,我只知道自己是真正的信差,桑丘·潘沙先生也确实是总督;我主人公爵大人和公爵夫人有权派他这个职位,也确实派了他。我还听说桑丘·潘沙做总督很有魄力。这里面有没有魔术,您两位自己判断吧。别的我都不知道了。这话我可以凭我父母的生命发誓;他们都还健在,我和他们是非常亲热的。"

硕士说:"可能有这样的事,不过'圣奥古斯丁有疑焉'①。"

小僮说:"谁要怀疑就怀疑吧;我讲的是事实。'真理即使混杂在谎话里,也会像油在水里那样浮现出来'。就算这话不对,'你们纵然不信我,也当相信这件事'②。您两位不论哪一位不妨跟我走一趟,听来不信的事可以亲眼瞧瞧。"

桑琦加说:"该我去走这一趟,先生,您可以带我坐在鞍后。

----

① 原文是拉丁文,诡辩家的套语。
② 见本书 203 页注①。

我满心想去看看我爸爸呢。"

"总督的小姐不能单身出门,得乘马车,坐轿子,还得有一大群佣人跟着才行。"

桑琦加说:"我凭上帝说,我骑上一匹小母驴,就仿佛坐了马车一样。您把我当作娇小姐了!"

泰瑞萨说:"小姑娘,快住嘴,别胡说;这位先生的话是不错的。什么时候,什么式样①。他是桑丘,我就是桑却;他做了总督,我就是总督夫人了。我这话有点儿道理吧?"

小僮说:"泰瑞萨夫人话里的道理很深,比她的本意还深呢。我想今天下午回去;给我点东西吃,马上打发我走吧。"

神父忙说:

"您还是到我家去便饭;招待您这样的贵客,泰瑞萨夫人有这个心却没这个力。"

小僮辞谢不去,可是到头来为口腹的便宜还是答应了。神父想趁机仔细问问堂吉诃德又干了些什么事,欣欣喜喜带了他回去。

硕士自告奋勇要为泰瑞萨写回信。可是她觉得这位硕士有点滑头,不愿意他来干预自己的事。她拿了一个精白小面包和两个鸡蛋,送给一位会抄写的弥撒助手,托他写了两封信,一封给她丈夫,一封给公爵夫人。两封信都是她自己动了脑筋口授的,在这部大著里也不算下品文字,请看后文便知。

―――――

① 西班牙谚语。

第五十一章

桑丘·潘沙在总督任内的种种妙事。

　　总督视察的那夜,上菜的小厮思慕男装姑娘的美貌娇态,彻夜没睡。总管趁天还没亮,写了一封信给男女主人,报告桑丘·潘沙的言行。桑丘的一言一动都出人意料,看来他又痴又黠,痴中带黠,黠里有痴。第二天,总督大人起床,照贝德罗·忍凶医师的吩咐,吃了一点儿蜜饯,喝了四口冷水。桑丘恨不得吃一个面包一串葡萄作早点,可是贝德罗·忍凶已经跟他讲明白:一个人该吃得少而精,才心思灵敏,掌大权做大官的人劳心比劳力多,这句话更应该严格奉行。桑丘看到自己做不得主,虽然心里不甘,肚里难受,只好将就着算了。
　　桑丘为忍凶医师的诡论挨饿得厉害,暗暗咒骂他的官位,甚至连给他做官的人也咒骂在内。他忍着饿,凭肚里那点蜜饯,还是去坐堂开审。有个外地人当着总管等人首先向他请教一个问题。那人说:
　　"总督先生,有一位贵人的封地给一条大河分成两半……请您留心听着,因为这件事很重要,而且不容易处理。那条河上有一座桥,桥的尽头有一具绞架和一间公堂模样的房子。封地的主人也是那条河和那座桥的主人,他制定一条法令:'谁要过桥,先得发誓声明到哪里去,去干什么。如果说的是真话,就让他过去；如果撒谎，就判处死刑，在那里的绞架上处决，绝不饶赦。'四位法官经常在那公堂上执行这条法令。大家知道这条法令和严厉的条件，许多人还是过了桥。他们发誓声明的话显然是真情，判官就让他们过去了。可是有个人发誓声明，他过桥没别的事，只求死在那座绞架上。几位判官商量了一番说：'如果让他过桥呢，他发的誓就是撒谎，按法令应当处死；如果绞杀他呢，他要死在那绞架上的誓言就是真实的，按同一条法令，应当让他过桥。'总督大人，请问您，法官该把那人怎么办？他们到如今还判断不定。他们听说您心思灵敏，派我把这个疑难案件向您请教。"

桑丘答道："那几位判官先生派你来找我实在大可不必；我这人很呆笨，说不上灵敏。不过你把这问题再讲一遍吧，让我听明白了，也许能碰巧说在点子上。"

那人把刚才的话又反复讲了两遍，桑丘听罢说：

"我认为三言两语就可以讲明白。那人发誓要死在绞架上：如果绞杀他，他的誓言就是真的，凭制定的法令，该让他过桥；如果不绞杀他，他的誓言就是谎话，凭同一条法令，该把他绞杀。"

那人说："不错，总督先生把事情讲得一清二楚，没一点含糊。"

桑丘说："现在我说呀，发誓说真话的半个人可以过桥；发誓撒谎的半个该绞杀。过桥的条件就完全落实了。"

提问题的人说："那么，总督大人，那人得分作两半儿了；一半是撒谎的，一半真实的。这么一分，不就死了吗？那条法令是必须执行的；人都死了，怎么对他执法呢？"

桑丘说："好先生,你听着,我要说得不对,就是个糊涂蛋。那过客又该处死,又该活着过桥,理由是一样的。把他处死呢,他就该活;让他活着过桥呢,他就该死。照这个情况,我认为你可以回去对派你来的几位先生说:判定他有罪无罪的理由既然一样,就该放他过桥;干好事总比干坏事光鲜。我如果会签名,可以在判决书上签名①。这样判决不是我的主意,我不过记起了上任前夕我主人堂吉诃德给我的告诫。他说,如果按法律不能判断,就该宽厚存心。上帝提醒了我这句话,目前用来恰好当景。"

总管说："确是如此。我认为潘沙大人的裁判,就连拉塞德蒙的立法者李库尔戈②也压不倒。今天上午可以退堂了。我得去吩咐他们给总督大人做些好菜。"

桑丘说："这才称了我的心愿!可别叫我上当!只要给我饭吃,疑难案件不妨像雨点似的落到我身上来,我都能干脆解答。"

总管并没有空口许愿,他觉得如果把这样高明的总督饿死,他也于心不安,而且奉命玩弄桑丘的恶作剧只剩当夜最后一场了,因此也不想再难为他。且说桑丘那天违背了提了他户外拉医师的禁忌,吃了一餐饭。刚饭罢,忽有信差捎了堂吉诃德给总督的信来。桑丘叫秘书先看一遍,如果没什么机密,就大声念给他听。秘书奉命看了说:

"很可以朗读,堂吉诃德先生给您的这封信是该用金字写刻的。信上说:

---

① 但桑丘在本书第三十六章、第四十三章自说能签名。
② 李库尔戈(Licurgo),纪元前九世纪斯巴达(Esparta,希腊南部古都)的立法者,拉塞德蒙(Lacedemonia)即斯巴达。

堂吉诃德·台·拉·曼却给便宜他了海岛总督桑丘·潘沙的信

桑丘朋友,我满以为人家要说你没头脑,做事荒谬,不料只听到一片颂扬之声。我非常感谢上天,'他从粪堆里提拔穷人'①,把蠢人变成聪明人。据说你虽然是总督,却像个没当官的人;你虽然是人,生活却俭朴得像牲口。我告诫你,桑丘,做了官得有威仪,尽管生性喜欢俭朴,排场往往俭朴不得。当官的人仪表要和职位相称;不能因为喜欢俭朴就任性随便。你得讲究穿衣;一根木头经过修饰,就不像木头了②。我不是叫你戴首饰、鲜衣华服;也不是叫你做了法官却打扮成战士;只叫你按职位穿衣,而且要干净整齐。

如果赢得子民爱戴,别的不说,有两件事必须做到。一是以礼待人;这话我已经跟你讲过。一是照顾大家丰衣足食,因为穷人最忧虑的是饥寒。

颁布的法令不用多。如有颁布,就得是好的,尤其得责成大家遵守并切实执行。法令没人遵守,等于没有,反叫人看破这位长官虽有识见和职权颁布这项法令,却没有威力叫人遵守。法律如果只是吓唬人的虚文而不能实施,就像充当蛤蟆王的木头一样;蛤蟆起初怕惧,渐渐瞧破了它,都跳到它身上去③。

---

① 《旧约全书·诗篇》第一百一十三篇第七节:"他从灰尘里抬举贫寒人,从粪堆中提拔穷乏人。"
② 西班牙谚语。
③ 这是引用古罗马纪元前四世纪寓言作者费德罗(Fedro)的著名寓言。蛤蟆要求上帝给它们一个王。上帝扔给它们一条木头,它们瞧这木头王毫无作为,都跳到它身上去。

你该是好人的亲爸,坏人的后爹。不要一味严厉,也不要一味宽和,该适得其中,无过,无不及,才合情合理。你该视察监狱、屠场和菜市。总督到这种地方去很要紧:盼望迅速处理的囚犯就可以心安;屠夫就有怕惧,不敢在斤两上作弊;摆菜摊的妇女也就不敢耍花招。我相信你不是个贪污、好色或馋嘴的人;万一有那毛病,千万不能流露,你的子民或和你打交道的人一旦知道你有某种弱点,就从那里下手,害得你堕落深坑,不能自拔。你该把上任前我给你写下的告诫反复温习,你就知道如果照着干,对你大有补益,能减轻你任内随处碰到的困难。你该写信给你两位主人,表示感激。不知感激是出于骄傲,那是一切罪恶里最大的罪恶。得了好处有感激的心,才见得日常受上帝深恩也知感激。

公爵夫人已经派专人把你的衣服和另一件礼物送给你妻子泰瑞萨·潘沙。我们正等着她的回音。我小病了几天,是给猫抓了,我的鼻子受了点伤,可是并不严重,因为魔术家虽有害我的,也有护我的。

你怀疑你们一起的总管和三尾裙的事有牵连,究竟如何?咱们相去不远,请把你所经所历一一告我。我还通知你,我打算不久就结束闲居无事的生涯了,因为我生来不是过这种日子的人。

我现在得要干一件事,可能得罪这里的两位贵人。我虽然很为难,却又顾不得,因为我无论如何,第一得尽自己的职责，不能一味讨他们的好，正如常言所说的'吾爱吾师，而吾尤爱真理'①。我对你引用这句拉丁文，料想你做了总督，该学会古文了。再见吧，但愿上帝保佑你别成了人家可怜的东西。

你的朋友

堂吉诃德·台·拉·曼却"

桑丘留心听他念完；大家赞叹不已，认为很有见地。桑丘随就出来，叫秘书跟他到卧房里，关上了门。他刻不容缓，要给主人堂吉诃德回信。他叫秘书按他口述的写，一字不要增减。秘书照写了以下的信：

桑丘·潘沙给堂吉诃德·台·拉·曼却的信

我事情实在太忙了，抓脑袋的工夫都没有，更别说剪指甲；所以我的指甲养得好长呀，只求上帝补救吧。亲爱的主人，我这话是要免您惊怪，怎么到今没把上任以来好好歹歹的情况告诉您。我在这里饿得慌，比咱们俩在树林里和荒野里还饿得厉害。

前两天公爵大人来信，说有几个奸细到岛上来暗杀我。可是直到现在还没找到一个。不过有个大夫想杀我；他领了公家的薪水，专把到任的总督一个个害死。他名叫贝德罗·忍凶医师，家乡的地名叫提了他户外拉。您瞧瞧这种

---

① 相传是亚里士多德的话，"吾师"即柏拉图；亚里士多德实无此语。

名字①,怎不叫我直怕在他手里送命呀!据他自己讲,人家生了病他是治不了的,他只管预防。他的药方是把饭食克扣了再克扣,直把人饿成皮包骨头;他就没想到虚弱比发烧更糟糕。干脆说吧,他快要把我饿死了;我自己也烦恼得要死。我满以为做了总督可以吃热的、喝凉的,躺在铺着荷兰细布的羽毛垫上睡觉;可是我来了却像修行的隐士那样吃苦。这又不是我自愿的;大概到头来我只好让魔鬼带走。

我至今没有享权利,也没有受贿赂;我还不明白这些东西打哪儿来呢。我在这里听说,岛上的总督往往上任以前就从岛上捞了大笔的钱,不是送就是借的;据说这是做官的照例规矩,不单在这里。

我今晚视察,碰到一个很美的姑娘和她的弟弟;女的男装,男的女装。给我上菜的小厮爱上了那姑娘,据说已经看中她做老婆了;我呢,看中了那男孩子做女婿。我们俩今天就要去找那姊弟的父亲求亲。那人叫作狄艾果·台·拉·李亚那,是一位世世代代信奉基督教的绅士。

我照您的教导视察过菜场,发现一个卖鲜榛子的女摊贩把一大筐又空又烂的陈货搀在一大筐鲜榛子里。证据确凿,我就把她的榛子全没收了,送给孤儿院的孩子;他们自会分辨好坏。我罚那女摊贩十五天内不准在菜市上摆摊。大家说我这件事办得好。我告诉您,本地人都说:这种女摊贩最坏,又无耻,又黑心,又大胆。我见过别处的女摊贩,所以相信这话

---

① 忍凶(Recio)是强或凶的意思;提了他户外拉(Tirtea fuera)的意思是"给我走"!名字的意译是"催病人上路的凶狠医师"。

是不错的。

我很感激公爵夫人写信给我老婆泰瑞萨·潘沙,还送了您说的那些礼物,我将来一定要设法报恩。请替我吻她的手,并告诉她:她给我的好处没有扔在漏底的口袋里,她将来会知道我不是说空话。

我希望您不要和我那两位主人闹别扭。您和他们闹翻了分明对我不利。您不是还勉励我感恩吗?他们对您一片殷勤,他们府上盛情款待您,您要是辜负了他们可说不过去呀。

猫抓的事我不明白,大概又是经常捉弄您的恶法师干的。等咱们见了面再听您细说吧。

我想送您些东西,可是不知道什么好,只想到本岛出产的一种大便灌肠用的管子,那式样很别致。如果我这个总督还做下去,我好歹要找些东西送您。

我不知家里老婆孩子近况如何,直在挂念;如果我老婆泰瑞萨·潘沙有信给我,请代付邮费,把信转给我。愿上帝保佑您不受恶魔法师的害,也保佑我到卸任还留着性命;我觉得靠不住呢,因为照贝德罗·忍凶医师那样待我,恐怕我得把性命和官职一起交卸。

您的仆人

桑丘·潘沙总督

秘书把信封好,立刻打发了信差。那几个捉弄桑丘的家伙就聚在一起,安排怎样撵走这位总督。桑丘要治理他心目中的海岛,一下午直在制定法令。他不准岛上贩卖粮食。他准许各处的酒进口,但必须声明产地,以便按品质和牌名定价,如掺水或改变牌名,判处死罪①。他减低鞋袜靴子的价格,尤其是鞋价,因为他觉得当时鞋价特高。他规定佣人的工资,因为他们贪图钱财,任意勒索。他严禁淫荡的歌曲,不问白天黑夜,唱了一律重罚。他不准瞎子唱宣扬圣迹的诗,除非证明确有那个奇迹,因为瞎子唱的多半是假造的,混淆了是非。他为叫花子设了一个监督,不是去压迫他们,而是要检查他们的真相;因为有些断手折脚或遍体烂疮的花子,其实是手脚灵便的盗贼或健康的酒徒。总之,他制定了几条很好的法令,那地方至今遵守,称为"大总督桑丘·潘沙的宪法"。

第五十二章

叙述另一位"悲凄夫人",一称
"惨戚夫人",又名堂娜罗德利盖斯。

据熙德·阿默德说,堂吉诃德伤痕痊愈,觉得留在公爵府里就是背弃骑士道,决计请求公爵夫妇让他动身到萨拉果萨去。那里快要庆祝节日了,他打算去夺取悬作锦标的一副盔甲②。

---

① 有些注译家认为原文"死罪"(perdiese la vida)是"不准开酒店"(perdiese la venta del vino)之误。但马林指出作者是在取笑:一方面取笑桑丘爱酒;一方面取笑社会上确有类似的法令。
② 上部第五十二章说到堂吉诃德第三次出门到萨拉果萨参加比武。中世纪西班牙许多著名城市庆祝节日照例举行比武。

有一天他和公爵夫妇吃饭的时候,他正打算向他们开口,忽见大厅门口来了两个人,从头到脚披戴着重孝;后来才知道是两个女人。一个跑去伏在堂吉诃德脚边,全身趴在地下,嘴唇贴着他的脚,凄声长叹,哀痛非凡,把旁人都愣住了。公爵夫妇以为是府里的佣人故意和堂吉诃德开玩笑,可是听她哭泣叹息那么悲切,又疑疑惑惑摸不着头脑。堂吉诃德过意不去,他扶起这个女人,叫她别闷着,且摘下面纱。她露出脸来,万想不到原来是府里的傅姆堂娜罗德利盖斯,另一个穿丧服的就是她那个受了富农儿子欺骗的女儿。大家看是这位傅姆,都很吃惊,尤其公爵夫妇;他们知道她有点儿傻气,不料她竟会这样疯头疯脑。堂娜罗德利盖斯转向两位贵人说:

"请大人和夫人让我和这位骑士说句话;有个没良心的混蛋把我卷进了一场是非,我要靠骑士先生解救呢。"

公爵答应她有话尽管和堂吉诃德先生畅谈。她就对堂吉诃德说:

"英勇的骑士,我前两天跟您讲过我宝贝女儿上当受骗的事;我身边这个可怜虫就是她。您已经答应我要为她撑腰,为她申理。我现在听说您就要离开这里,去找上帝给您的好运。我求您动身之前,向那个恶霸挑战,逼他履行婚约,和我女儿做正式夫妻。指望我们公爵大人为我主持公道呀,那就仿佛要榆树上生出梨来;里面的缘故我已经私下跟您讲过了。上帝保佑您吧,希望您别抛弃我们。"

堂吉诃德听她讲完,一本正经地说:

"好傅姆,你且收泪——或者擦干眼泪吧,别长吁短叹了,你女儿的事都在我身上。她当初不该轻信情人的诺言,那都是说来容易做来难的。等我求得公爵大人准许,马上就去找那昧心的家伙,找到了就向他挑战;他要是推三阻四,我就杀了他。干我这一行的,第一是压硬不欺软,就是说,扶助弱小,铲除强暴。"

公爵说:"这位好傅姆所控诉的庄稼汉,您不必劳驾去找,也不必要求我的准许去向他挑战。我就算您已经向他挑战了;我负责去通知他,叫他前来应战。我这里有决斗场;我一定命令双方遵守决斗的一切规则,也一定无偏无倚地主持公道。凡是自己封地上设有决斗场的贵人,都有这种义务。"

堂吉诃德答道:"您既然一口答应,又有这番保证,那么我现在声明:我这次放弃绅士的地位,降低身份,和那个坏蛋平等,让他能和我决斗。他欺骗这可怜的姑娘,玷污了她的清白;尽管他本人不在场,我为他这件坏事向他挑战:他要是说了话不当话,不肯和她结婚,我就要他的命。"

他随即脱下一只手套,扔在大厅当中①。公爵拾起手套说:他凭自己刚才的话,代表他的子民应战;并决定日期在六天以后,战场在府前广场上,武器是骑士惯用的长枪、盾牌、截短的铁甲和全套附件②;这些武器须经裁判员检查,不准耍花招、藏暗器或假借魔术护身。"可是还有一件最要紧的事:这位好傅姆和她的苦命女儿得全权委托堂吉诃德先生为她们主持公道,否则无法办事,这番挑战也不能算数。"

傅姆说:"我全权委托他。"

---

① 这是挑战的仪式。拾起手套表示应战;应战者决定决斗的日期、地点和使用的武器。
② 指头盔护膝等。不截短的铁甲盖过护膝,行动不便。

那姑娘流着泪,含羞带窘地接口说:"我也全权委托他。"

她们已经正式声明,公爵心上也有了办事的谱儿,戴孝的母女俩就退出大厅。公爵夫人吩咐以后别再把她们看作女佣人,只算是受了委屈跑来求救的流浪女子。府里另拨了一间房给她们俩住,当她们女客款待。别的女佣人都很骇怪,不知堂娜罗德利盖斯和她那倒霉女儿发疯胡闹到什么地步。这时又出了一件凑热闹的事,可供饭后的消遣。原来给桑丘总督夫人泰瑞萨·潘沙送信和礼物的小僮回来了。公爵夫妇急要知道他这趟出差怎样,看见他回来非常高兴,就向他询问。那小僮说不便当众回答,而且三言两语也交代不了,回头等人退了再向两位大人细禀,目前且请欣赏他捎回的信吧。他拿出两封,交给公爵夫人。一封信面上写:"寄给不知在哪里的公爵夫人";另一封信面上写:"寄给我的丈夫便宜他了海岛总督桑丘·潘沙;求上帝保佑他比我多享几年福。"公爵夫人心痒难熬,忙着拆开自己的信看了一遍,觉得可以念给公爵等人听,就朗读如下:

泰瑞萨·潘沙给公爵夫人的信

亲爱的夫人:我收到您夫人来信,非常高兴;我真是望穿了眼睛①。珊瑚珠好得很,我丈夫的猎服也一样好。我们村上听说您夫人阁下让我老伴儿做了总督,都很快活,只是谁也不信,本村的神父、尼古拉斯理发师和参孙·加尔拉斯果学士更是死不肯信。可是我满不在乎。事情明摆着呢;只要有那事儿,随人家怎么讲吧。不过老实说,我要是

---

① 泰瑞萨·潘沙并不认识公爵夫人,不会盼她的信。这是她代笔人用的书信套语。

没看见珊瑚珠和猎服,也不会相信。我们村上都把我丈夫当傻瓜看,不知他管羊之外,还配管什么。但愿上帝作成他,并且为他儿女打算,叫他心窍开通,好好做官。

亲爱的夫人,如果您答应,我决计把好运留在家里,舒舒服服坐着马车上京城去。好多人准在忌妒我,叫他们白着眼干瞪吧!所以我要劳您驾叫我丈夫送些钱来——得好一笔钱吧,因为京城费用大,一个面包要一瑞尔①,一磅肉要三十文钱。简直贵得吓死人。如果他不要我去,叫他趁早告诉我;我像热锅上的蚂蚁,家里待不住了。据我的朋友和街坊说,我们母女如果摆足架子、神气活现地在京城里来来往往,我虽然靠他出风头,他更要靠我出风头呢;因为许多人一定会问:"马车上的夫人小姐是谁啊?"我的佣人就说:"这是便宜他了海岛总督桑丘·潘沙的太太和小姐。"桑丘不就此出名了吗?我也添了身份!一切撇下,先到罗马。②

我非常抱歉,我们村上今年橡树子歉收。不过我还是有十来斤送您夫人,那是我到山上去拣了挑选过的,我找不到更大的了。我真巴不得一颗颗都有鸵鸟蛋那么大才好!

您贵夫人别忘了写信给我。我一定回信,把我的情况和我们村上的事一一奉告。求上帝保佑您夫人,也附带保佑我。我女儿桑却③和我儿子吻您的手。

---

① 一瑞尔的面包重五六斤。
② 西班牙成语,指不顾一切困难,不加任何考虑,只顾干某一件事。
③ 桑却(Sancha)是桑丘(Sancho)那字的阴性,上文桑丘的女儿称桑琦加,就是小桑却;桑丘妻女都用桑丘的名字。

希望不仅能和您通信,还能和您见面!

供您使唤的仆妇

泰瑞萨·潘沙

大家觉得这封信很有趣,公爵夫妇尤其欣赏。公爵夫人对堂吉诃德说,寄总督的信想必妙不可言,不知能不能拆。堂吉诃德答应拆了给他们两位娱目。那信上说:

泰瑞萨·潘沙给她丈夫桑丘·潘沙的信

我最亲爱的桑丘:来信收到,我凭自己基督徒的身份老实告诉你,我高兴得差点儿发疯啦。真的,大哥,我听说你做了总督,一阵快活,只觉天旋地转,好像要倒下去死了。你知道,人家说的,突如其来的喜事,就像受不了的痛苦一样会叫人送命。你女儿桑琦加快活得溺都出来了,自己还没知觉。我眼前摆着你送我的衣服,脖子上挂着我们公爵夫人送我的珊瑚串儿,手里拿着两封信,面对着送信的人,可是只觉得自己是做梦。谁相信一个羊倌会做海岛总督呢?朋友,你现在懂得我妈妈的话了吧:"要活得久,才见得多。①"我这话是希望自己活下去还要见得多,直看你做到包税员或收税员才罢。做了这种官儿舞弊是要给魔鬼带走的;不过钱在手里进出,毕竟手里有钱。公爵夫人会通知你我要到京城去。你仔细想想,把你的主意告诉我。我打算为你争面子,乘着马车去。

神父、理发师和学士、连教堂管事员都不信你做了总

---

① 西班牙谚语。

督,说是哄人的,或者像你东家堂吉诃德的事一样,是魔术变的戏法。参孙说他得来找你,把你头脑里的总督赶走,把堂吉诃德的疯病也除掉。我听了满不理会,只对他笑笑,瞧瞧自己的珊瑚串儿,想想你给女儿的衣服怎么改做。

我送给公爵夫人一些橡树子,但愿那一颗颗都是金子的才好。如果你那海岛上时行珍珠项链,你给我送几串来。

村上出了几桩新闻。柏尔儒艾加把她女儿嫁给一个糟糕的画匠了。那人到这村上来瞧有什么可画的;村委会叫他把咱们万岁爷的徽章画在村委办公厅的门上。他要两个杜加。他们先付工钱。他画了八天,什么也没画出来。他说不会画这样琐细的东西,把钱退回了。可是他还是靠画家的名头娶到了老婆。当然,他现在已经放下画笔,拿起铁锹,像安分的老百姓那样下地干活了。贝德罗·台·罗博的儿子分派了教职[①],剃掉头发打算做教士去;明戈·西尔瓦多的孙女明吉利娅知道了就要和他打官司,说他们俩订有婚约。人家流言蜚语,说她已经和他有了身孕;可是那小子一口咬定说没那事。

今年橄榄歉收,醋也全村找不到一滴。有一队兵路过,带走了村上三个姑娘。我不提她们的名字了;也许她们会回来,尽管有了这样那样的污点,总还嫁得掉的。

桑琦加在织花边,一天净赚八分钱;她存在积钱罐里,准备添补她的嫁妆。不过她现在是总督的女儿了,你会给她嫁妆,不用她再自己赚。广场上的喷泉已经干掉,绞架遭

[①] 指天主教会里最低的教职,参看本书28页注①。

了雷火——但愿倒霉事都落在那绞架上就好了。

　　我等着你回信,还等着你决定要不要我进京。但愿上帝保佑你比我长寿,或者和我一样长寿;因为我可不愿意把你孤单单撇在这个世界上。

　　　　你的妻子
　　　　　　泰瑞萨·潘沙

　　大家对这两封信奇文共赏,笑个不休。恰巧这时又送来桑丘给堂吉诃德的信,各方的信都到齐了。堂吉诃德也拿来当众朗读,大家听了觉得这位总督是否愚蠢还很难断言。公爵夫人抽身回房,探问那小僮在桑丘家乡的经历。小僮一五一十据实回报,没一点遗漏。他缴上橡实;还有泰瑞萨给他的一个干奶酪,因为她自信做得特好,比特隆穹出产的还好①。公爵夫人很喜欢,都收下了。咱们现在撇下这位夫人,且说海岛总督的好榜样、伟大的桑丘·潘沙如何卸任。

第五十三章

桑丘·潘沙总督狼狈去官。

　　"别妄想世事永恒不变;这个世界好像尽在兜圈子,也就是

---

① 特隆穹是阿拉贡的一个城,干奶酪是那里的名产。

说,循环不已。春天过去,接着是早夏、盛暑,而秋而冬,然后春天又回来了;时光总是这样周而复始,轮转不休。只是人生有尽期,如风而逝,一去不返;除非到天国才得永生。"这是伊斯里教哲学家熙德·阿默德的话。许多人不靠宗教启发,单凭天赋的智慧,也能悟到此生倏忽无常,只有仰望的彼岸绵绵长久。作者说这番话,因为桑丘荣任总督,不过是云烟过眼。

桑丘做总督的第七天晚上,正在床上躺着。他饭没吃饱,酒没喝足,可是审案件、下指示、立法令、出公告等等忙得他够受,虽然空心饿肚不易入睡,也困倦得抬眼不起。忽听得钟声人声闹成一片,好像全岛要沉没了。他不知这场骚乱是什么缘故,忙坐起来倾耳细听。可是人声钟声之外还听到不断的号角声和鼓声,他越加莫名其妙,吓得心怦怦跳。他下床防地下潮湿,穿上拖鞋,没披衣服就跑出去;恰好看见过道里来了二十多人,都一手拿着亮煌煌的火把,一手拿着明晃晃的剑,大喊:

"准备战斗呀,总督大人!准备战斗!不知多少敌人到岛上来了!你要不雄赳赳施展本领,帮我们出力,我们就完蛋了!"

他们叫叫嚷嚷、冲冲撞撞,乱哄哄地赶来。桑丘听到那片叫嚷,看到当前的情形,吓得呆了。这伙人拥到他身边,一个说:

"您大人打算送掉自己的性命、让全岛沦陷吗?要不,赶紧准备战斗呀!"

桑丘答道:"我怎么准备战斗啊?我不会使兵器,也不会帮着打,这种事最好让我主人堂吉诃德来;他马到成功,万事大吉。我是可怜虫,对这种战斗的事一窍不通。"

另一个说:"啊呀!总督大人!这话多窝囊啊!您武装起

来呀！我们这会儿给您带着攻守的兵器呢。您且到这片广场上去，做我们的统帅！您身为总督，这是义不容辞的。"

桑丘说："好吧，就给我披上盔甲吧。"

他们立刻把桑丘脱得只剩一件衬衣，拿带来的两个椭圆形盾牌一前一后扣在他衬衣外面。盾牌上有做就的缺口，让他伸出胳膊。他们用绳子把那两块盾牌牢牢捆住，桑丘就像个纺锤子，直挺挺地砌在墙里或夹在板里，既不能弯腿，也不能迈步。他们递给他一支长枪；他就拿来当拐棍撑着，免得跌倒。然后他们就叫他领队开步走，为大家壮胆；还说他是北极星，是指路灯，又是启明星，有了他就万事逢凶化吉。

桑丘说："我真是倒霉了，这两块板子紧紧地夹着我的肉，膝盖都动不了，怎么走路呢？除非把我抬过去，随你们横着竖着放在一个甬道口；我可以靠这支长枪或自己的身体守住那个口子。"

又一人说："走啊！总督大人！您迈不开步不是板子碍事，只因为您心上害怕呀！赶紧动身吧，时候不早了，敌人越来越多，越喊越响，危险越逼越近了。"

可怜的总督受了催促和责备，只好举步。他刚抬脚就砰一声倒下去，自己觉得跌成了几块。他倒在地下，夹在两片盾牌中间像一只乌龟，又像合在两个木槽里的半只腌猪，也像沙滩上反扣着的小船。那群恶作剧的家伙看他跌倒在地，毫无怜悯之心，反而扑灭了火把，越发提高嗓门儿，一迭连声地喊"准备战斗"！他们在桑丘身上踩来踩去，不断地用剑在他的盾牌上乱斫。可怜的总督大人要不是把脑袋缩进盾牌，全身蜷作一团，早就遭殃了。他夹在盾牌里踢天踏地，身上一阵阵出汗，

只顾诚心祷告上帝保佑他脱险。有些人被他绊倒,有些人跌在他身上,有人竟把他的身体当作瞭望台,好一会站在上面指挥,嚷着说:

"敌方的火力这边最猛,咱们的人都往这边来!守住那个缺口!关上那重门!截断那座楼梯!把火球①运到这里来!沸油锅里加些柏油和松脂!用床垫堵住那几条街!"

那人一口气把御敌守城的各种武器都说全了。他脚下的桑丘耳听指挥,身受践踏,暗想:"哎,但愿上帝叫这个海岛快快沦陷了完事,我不问生死,只求立刻脱了这场大难!"他的祷告居然上达天听,突然有人大喊:

"胜利了!胜利了!敌人败退了!唅,总督大人,起来庆祝吧!您大显英雄身手,从敌方夺来了这些胜利品,请给大家分了吧!"

桑丘浑身疼痛,呻吟说:"扶我起来吧。"

他由人扶起,说道:

"假如我战胜了哪个敌人,就把他钉在我脑门子上吧②。我不想分配胜利品。要是有谁够朋友,请给我喝口酒,因为我渴得很;还请给我擦擦汗,因为我浑身都水淋淋的了。"

他们给他擦了汗,喝了酒,又解开了那两块盾牌。桑丘惊慌疲劳之余,坐在自己床上晕过去了。一伙恶作剧的这才着急了,懊悔不该摆布得他那么狠;不过随后瞧他苏醒过来,稍又放心。桑丘问什么时候了;他们说刚天亮。桑丘一言不发,闷声不响地

---

① 小瓦罐里装上柏油松脂等易燃的油,点燃之后可用来投掷敌人,称为"火球"(alcancla)。

② 桑丘表示他没有战胜任何敌人。这句成语的意思已见本书222页注①。

穿衣服。大家看着,不知他忙忙穿上衣服去干什么。他穿好了,慢慢儿一步一拐走到马房去,因为浑身酸痛,行动不便。一群人都跟着他,只见他跑到灰驴身边,抱着它脖子,在它脑门上亲了一吻,含泪说:

"来吧,我的伙伴儿,我的朋友,咱俩是有苦同吃、有难同当的。我和你在一起,只要记着修补你的鞍鞯,喂饱你的肚子,就没有别的心事;一天到晚、一年到头、从小到大,都是快乐的。我离开了你,爬上高枝,得意自豪,心上就来了一千种苦恼、一千种麻烦、四千桩心事。"

他一面说,一面给驴子套上驮鞍;旁人都一言不发。他备好驴,忍痛硬挣着上了鞍,就对总管、秘书、上菜的小厮、贝德罗·忍凶医师等人发话道:

"各位先生,请让开一条路,让我回去照旧过我逍遥自在的日子吧。我在这里是死路一条,得让我回去才活得了命。我生来不是总督的料,敌人进攻,我不会保卫海岛,也不会守城。我内行的是耕田、种地、修葡萄和压枝条,不是制定法律或守卫边疆。圣贝德罗在罗马过得很好,就是说,一个人最好是干自己的老本行。我拿着一把镰刀比拿着总督的执法杖顺手。我宁可吃一饱凉水冲的菜汤①,何苦受蹩脚医生的折磨,让他把我活活饿死呢?做了总督,尽管床上铺荷兰细布,身上穿海貂皮②,却得挑上各式各样的担子;我宁可夏天躺在橡树荫里,冬天穿一件长

---

① 凉水冲的菜汤(gazpachos),用面包屑、切碎的葱头、大蒜和油、盐、醋等佐料调上泉水凉吃,可加切碎的黄瓜、番茄、红椒等。安达路西亚的农民爱吃这种菜羹,尤其在夏天。
② 桑丘要说黑貂皮,可是老说错。

毛羊皮①大衣,无官一身轻。我跟您几位就此告别了。请告诉公爵大人,我光着身子出世,如今还是个光身;我没吃亏,也没占便宜;换句话说,我上任没带来一文钱,卸任也没带走一文钱。这就和别处岛上的卸任总督远不相同了。请站开点儿,让我走吧,我要去贴上些膏药呢。多谢敌人在我身上踩来踩去,看来把我的肋骨全踩断了。"

忍凶医师说:"总督大人何必这样呢;我给您喝点治伤汤药,叫您马上就像先前一样健康。至于您的饭食,我如果安排不当,一定改正,您爱吃什么让您尽量吃。"

桑丘答道:"小鸡子叫得太晚了②!要我再留下,就好比要我变成土耳其人!把人这样捉弄,只能一次。我凭上帝发誓:不论这里或那里,即使把总督的官儿扣在两只盘子里端给我③,要我接受呀,就是要我没有翅膀飞上天。我们世世代代的潘沙都是倔脾气,说了一次'不',即使错了,也一口咬定'不',不理人家怎么议论。蚂蚁长了翅膀飞在空中,就会给燕子等小鸟吃掉;我现在把身上的翅膀撇在这个马房里,重新脚踏实地了。我脚上尽管没有穿上漂亮的刻花羊皮靴,麻绳打的鞋总有得穿。每只羊都有匹配,被子有多长,脚就伸多远④。请让我走吧。我已经耽搁得够久了。"

总管听罢,说道:

---

① 长毛羊皮(de dos pelos)是两年没剪毛的羊皮。
② 西班牙谚语,喻说话或行事不及时。相传有个贪吃的人把孵成小鸡的蛋一口吞下,小鸡在他喉头啾啾地叫;那人说:"叫得晚了。"
③ 见本书118页注①。
④ 两句西班牙谚语。

"总督大人,您头脑好,做人又很忠厚,我们正要倚仗您。您一定要走,我们很惋惜,不过还是愿意让您走的。可是众所周知,总督离任得交代在任的政绩。您做了十天总督,请把这十天干的事交代清楚①,就可以动身。上帝保佑您吧。"

桑丘答道:"除了公爵大人委派的人,谁也不能叫我交代。我现在就要去见他了,可以当面切实交代。况且我只走一个光身,不用别的证据,就可见我做官像天使一样。"

忍凶医师说:"我凭上帝说,桑丘大人的话不错。我主张让他走,公爵见了他一定很高兴。"

大家同意,还表示要送送他,并为他置备路上吃的、喝的、用的东西。桑丘说:路途不远,不必带那么许多,也不必讲究,他只要一点点大麦喂灰驴,还要半个干奶酪和半个面包自己吃就行。大家都拥抱了他,他含着泪也和他们一一拥抱,然后独自走了。他们听了他临别的一番话,都惊佩他能明哲保身,并急流勇退。

第五十四章

所叙各事只见本书,别无其他记载。

公爵夫妇决计让堂吉诃德和那富农的儿子决斗。那小子不

---

① 上文说七天。

肯认堂娜罗德利盖斯做丈母娘,已经溜到弗兰德斯去,可是公爵夫妇叫一名小厮扮作他的替身。那小厮是加斯贡人,名叫托西洛斯;他由男女主人精心训练,已经学会怎样行事。公爵过了两天告诉堂吉诃德:那富农的儿子不承认婚约,一口咬定那姑娘不尽不实,简直睁着眼说瞎话,所以他准备四天后武装成骑士,上场来应战。堂吉诃德听了这个消息非常高兴,打定主意这番要显显身手。他自幸有这机会让两位贵人瞧瞧他的神力,兴奋得按捺不住,急煎煎只盼这四天过去,好像四万年也没那么长。

咱们把这四天和别的事一起撇开,且来看看桑丘吧。他又扫兴,又高兴,骑着灰驴去找他主人,觉得和主人在一起,比做任何海岛总督都称心。他从没理会自己管辖的究竟是海岛还是城市,反正他离开那里没走多远,看见迎面来了六个拿杖的朝圣客人——就是那种唱着歌儿求施舍的外国人。他们到了桑丘面前就一翅儿排开,齐声高唱外国歌。桑丘不懂,只听明白了一个词儿"施舍",料想是要求施舍。据熙德·阿默德说,桑丘是非常心软的;他忙从褡裢袋里掏出自己带的半个面包和半个干奶酪,给了他们,一面打着手势表示没有别的东西了。他们欣然收下说:

"盖尔特!盖尔特①!"

桑丘说:"老哥们,我不懂你们要什么。"

有一人从怀里掏出一只钱袋给桑丘看,桑丘才明白他们是要钱。他用大拇指指指自己胸口,摊开两手,表示自己一个钱都没有。他随即踢着灰驴冲过去。当时有一人对他仔细看了一

---

① 德语:钱。

眼,就赶上来抱住他,用地道的西班牙语高声说:

"上帝保佑我吧! 我眼睛没花吗? 你不是我的好朋友好街坊桑丘·潘沙吗? 这是没错儿的;我不是做梦,也没喝醉了酒呀。"

桑丘瞧这朝圣的外国人提着他的名字拥抱他,非常奇怪,默默地把那人仔细端详,却是不认识。那人瞧他愣了,就说:

"桑丘·潘沙老哥,你怎么连你街坊上开店的摩尔人李果德都不认得呀?"

桑丘再定睛细看,似曾相识,渐渐地认出来了;他在驴上抱住那人的脖子说:

"李果德,你穿了这套小丑的衣服,谁还认识你呀! 我问你,谁把你变成了法国瘪三啊①? 你好大胆,怎么又回西班牙来了? 要是给人抓住认出来,你可不得了啊!"

那朝圣的说:"桑丘,只要你不揭破我,我穿了这套衣服拿定没人认识。咱们别站在大道上,且到前面树林里去吧;我的伙伴儿要在那里吃饭休息的。他们很和气,你回头可以跟他们一起吃饭。我也可以和你讲讲我服从皇上的谕旨②离村以后的事。那个圣旨害我们一族倒霉人受尽折磨,你想必听说了。"

桑丘就和他同走;李果德招呼了他的同伴,大伙离开大道,

---

① 西班牙人把到西班牙去谋生的乞丐、小贩、磨剪子磨刀的、阉牲口的法国人和其他外国人一概称为"法国瘪三"或"法国鬼子"。
② 西班牙各地于1609—1613年间历次驱逐摩尔族人出境,限于公告后三日内上船到非洲去,违者处死。拉·曼却驱逐摩尔人的告示是1610年7月10日发布的。

跑了好一段路，到前面树林里。他们扔下朝圣的杖，脱掉朝圣的袍，只穿紧身内衣，一个个都是很漂亮的小伙子，只有李果德老些。他们都带着褡裢口袋，看来那些口袋里都食品丰富，至少有很多下酒的东西，叫不贪酒的都想喝酒。他们躺在地上，把面包呀、盐呀、刀子呀、核桃呀、切成片的干奶酪呀、腌肉的光骨头呀等等都摊在草地上。那些骨头尽管咬不动，还可以嘬嘬、吮吮。他们还拿出一种黑色的东西，据说是鱼子酱，最宜下酒；橄榄也不少，虽然是干的，也没炮制过，却清香可口。筵席上最呱呱叫的是六只皮酒袋，他们各从褡裢口袋里拿出来的。李果德老头儿已经变成日耳曼或德意志人，不是摩尔人了①，他也有一只酒袋，大小和其他五只不相上下。

　　他们一起吃饭；把每件东西都切得很小，各用刀尖扦着，慢慢儿咀嚼，吃得满口香甜。吃了一会，大家一齐两手捧起酒袋，嘴对着袋口，眼睛望着天，好半晌只顾把袋里的酒往自己肚里灌，一面还把脑袋左右摇晃，表示喝得痛快。桑丘一一看在眼里，"一点儿不心疼"②。他深知老话说的："如果到了罗马，就学那里的规矩。"③所以也问李果德要了皮酒袋，捧起来两眼朝天，像他们一样喝个痛快。

---

① 摩尔人奉伊斯兰教，戒酒。日耳曼人以酗酒闻名；十六世纪欧洲诗文里常把这一点讥笑日耳曼人。法国大散文家蒙田《散文集》（*Essais*）第二卷第二篇说日耳曼人是以"醉酒"（l'yvrognerie）为荣的粗野民族；莎士比亚《威尼斯商人》第一幕第二景里女主角说那个求婚的日耳曼人喝酒喝得像吸足水的海绵。
② 这是引用流行的民谣："尼罗王站在塔贝雅山岩上，看着罗马燃烧，听着孩子和老人惨叫，一点儿不心疼。"
③ 西班牙谚语。

那些皮酒袋只捧起来痛饮四次,第五次就干枯得像芦苇一样;那些人也都意兴阑珊了。他们吃饭的时候常有人伸出右手握着桑丘的右手,掺杂着西班牙和意大利语说:"西班牙人和德意志人,都是好伙伴儿!"①桑丘也用这种掺杂的语言说:"我凭上帝说,都是好伙伴儿!"说完哈哈一阵大笑,简直笑了一个钟头,把丢官的事全抛在九霄云外了;一个人吃喝的时候,往往是无忧无虑的。喝完酒,大家都在草地上倒头大睡。李果德和桑丘吃得多、喝得少,所以只有他们两人还清醒。李果德把桑丘拉过一边,去坐在一棵榉树脚下,让朝圣的一群人在那边酣睡。李果德不说摩尔话,他一口西班牙语,说道:

"桑丘·潘沙,我的街坊,我的朋友啊,皇上颁布了驱逐我们民族的命令,我们的惶恐,你是知道的;至少我害怕得很,限定我们离开西班牙的日子还没到,我已经好像和儿女一起在尝受严厉的处罚了。我当时决定单身先到外地找好安身的地方,然后从容把家眷搬去,免得像许多别人那样临走乱了手脚。这就好比知道到一定的日期得搬家,就预先另找住房;我认为这样打算是有远见的。我和我们那些有年纪的人都看得很清楚,颁布的命令不像有人说的只是唬人的空文,而是一点不含糊的法律,到期就要执行的。我怎么能抱幻想呢?我知道我们有些人没良心、想干坏事,所以觉得皇上采取断然处置是受了上天的启示②。我们并不是个个都有罪;我们中间也有虔诚老实的基督徒;不过寥寥无几,大伙儿都是坏人。这许多公敌不能留在国内,好比毒蛇不能养在

---

① "好伙伴"指一团和气、好吃喝玩乐的人,见本书198页注②。
② 当时西班牙国王颁布那项法令是借口摩尔人勾结蛮邦海盗,要颠覆西班牙皇室。

怀里。干脆说吧,我们受驱逐是罪有应得,有人认为这样处罚还是宽大的;可是在我们看来,就严厉透顶了。我们无论到哪里,总为西班牙流思乡的眼泪。因为我们毕竟是西班牙生长的,西班牙是我们的家乡啊。我们到处流浪,找不到一个安身之地。我们指望蛮邦和非洲各地能收留和照顾我们,可是偏偏那些地方最欺侮我们。我们真是身在福中浑不知,福去无踪追已迟①。我们大家都渴望回来;像我这样能说西班牙语的不少,多半撇下老婆儿女不管,自己溜回来了②。我们实在是一片心的爱西班牙,我现在才懂得老话说的乡情最浓③。且说我们离开家乡,到了法国。我们在那里虽然能被收容,我却想到各处去看看。我经过意大利到日耳曼,觉得日耳曼人不那么小心眼儿,让人信仰自由,各过各的日子,我们住在那里比较无拘无束。我在奥古斯塔④附近弄到了一所房子,然后就和这帮朝圣的人合了伙。他们有许多人每年照例到西班牙来朝圣;圣地是他们的财源,利息千拿万稳,能赚多少钱都有数。他们几乎走遍了西班牙各地,每从城里出来,总是吃饱喝足,至少还存一个瑞尔。出门一趟,每人可赚一百艾斯古多。他们把钱兑换成金子,或藏在竹杖里,或衬在长袍的夹层里,或靠擅长的本领混出国境,带回家乡;岗哨和峡口的卫兵搜查不到。我现在告诉你,桑丘,我还有些珍珠宝贝埋在地里,打算去挖出来;那是埋在城外的,去挖没有危险。听说我女儿和老婆目前在阿尔及尔;我打算写个信去,或者取道瓦朗西亚去找她们。我打

---

① 西班牙谚语。
② 所以 1613 年再次下令驱逐回西班牙的摩尔人。
③ 西班牙谚语。
④ 城名,在德国巴维艾拉。

算把她们带到法国哪个港口,再到德国去过日子,听候上帝安排。桑丘啊,我确实知道,我女儿李果妲和我老婆弗朗西斯加·李果妲是真正的基督徒;我虽然比不上她们,大体说来也该算是基督徒而不是摩尔人了。我常在祷告上帝开通我的心窍,让我能为他效力。有件事我老想不明白:我老婆和女儿可以凭基督徒的身份住在法国,不知她们为什么却到了蛮邦去。"

桑丘答道:

"李果德,你想想,这事怎由得她们。她们是你舅子胡安·悌欧撒欧带走的;他是纯粹的摩尔人,当然就走他最方便的路了。我还可以告诉你,你去找埋藏的东西我看不必了,我们听说你舅子和你老婆带走许多珍珠和金钱,经检查都没收了①。"

李果德说:"这很可能。不过桑丘,我知道她们没碰我埋的东西;我怕有意外,没告诉她们埋在什么地方。桑丘啊,你如果愿意陪我去,帮我把东西挖出来藏好,我就送你二百艾斯古多,你可以用来添补些必要的东西;你光景很艰难,我是知道的。"

桑丘说:"我可以帮你干这件事,但是我一点不贪心。我今天早上就扔掉了一个官儿;要是贪心的话,做官不到六个月,我家可以用金子砌墙,用银盘儿吃饭呢!我不贪心,而且觉得帮助皇上的敌人就是叛逆,所以决不会跟你去。即使你不是答应我二百艾斯古多,而是当场给我四百,我也不去。"

李果德问道:"你扔了什么官儿呀,桑丘?"

桑丘答道:"我扔了一个海岛总督的官儿;老实说吧,那样

---

① 初期被驱逐出境的摩尔人准许带些东西,但金钱珍珠等物不准携带出国境。

的海岛轻易找不到第二个。"

李果德问道:"那海岛在哪儿呢?"

桑丘道:"哪儿吗?离这儿两哩瓦,叫作便宜他了海岛。"

李果德说:"住嘴吧,桑丘,海岛在海洋里呢,大陆上哪有海岛呀!"

桑丘说:"怎么没有?我告诉你,李果德朋友,我今儿早上才走,昨天还在那岛上像一尊人马星①似的,称心做总督呢,可是我觉得做官危险,丢下不干了。"

李果德问道:"你做了官捞到什么好处吗?"

桑丘答道:"我得了一件好处:就是知道自己不配做官,只配做羊倌猪倌;而且如要靠做官发财,休息睡觉都得赔掉,连饭都没得吃。海岛总督只许稍为吃一点点东西,有保健医师照管的更吃得少。"

李果德说:"我不懂你的话,桑丘,我看你是满口胡说八道!谁会叫你做海岛总督呀?世界上没有总督的人才了?只数你了?住嘴吧,桑丘,醒醒吧!你还是瞧瞧是不是愿意照我刚才的话跟了我去,帮我掘那宝藏——我埋的东西真不少,说得上是个宝藏呢。我说话当话,一定贴补你的生活。"

桑丘答道:"李果德,我已经跟你说了,我不愿意。你尽管放心,我决不告发你。我祝你幸运,咱们各走各的路吧。老话说得不错:保住应得之利,谈何容易;贪求非分之财,自己招灾。"

---

① 据吉普赛人隐语,人马星(sagitario)指游街吃鞭子的人。另有一说,这词指有本领。

李果德说:"桑丘,我不勉强你。可是我问你,我老婆、女儿和我舅子出去的时候,你在村上吗?"

桑丘说:"我在呀。我可以告诉你,那天你女儿打扮得美极了,满村的人都跑出来看她,说她是绝世美人。她临走一面哭,一面同送行的女伴和相识的人一一拥抱,求他们祷告上帝和圣母保佑她。她说得好伤心,连我这个不爱哭的都掉眼泪了。我老实说,我们许多人想把她藏起来,或者半路上把她抢回来;可是不敢违犯皇上的法令,只好罢休。最伤心的是堂贝德罗·格瑞果琉——你认识那位阔少爷。据说他对你女儿颠倒得很,你女儿一走,他就失踪了。大家料想他是打算抢她,所以跟着走了;可是至今还毫无音信。"

李果德说:"我常怀疑那少爷迷恋着我女儿。可是我信得过我们李果姐的品行,尽管知道那少爷很爱她,我从不担心。你一定听说过:摩尔女郎和信基督教的世家子恋爱是稀罕事,简直从来没有的。照我看来,我女儿是一心想做基督徒,不是想恋爱,她对那阔少爷的殷勤不会在意。"

桑丘说:"但愿如此,不然的话,双方都是找麻烦。李果德朋友,咱俩就在这里分手吧,我打算今夜赶到我主人堂吉诃德那里去呢。"

"桑丘老哥,再见吧,上帝保佑你。我的同伙已经起来了,我们这会儿也该上路了。"

两人拥抱一番,桑丘骑上灰驴,李果德拄着杖,彼此分手。

第五十五章

桑丘在路上的遭逢以及其他新奇事。

桑丘给李果德耽搁了,那天没能赶回公爵府。他离府还有半哩瓦地,太阳就下去了,而且夜色很昏黑。不过正是夏天,他不大着急,就离开大道去等天亮。他正在找个安顿的地方,不巧走入废墟,连人带驴掉在一个很深的坑里。他往下陷的时候,自以为要跌到地狱底里去了,一片心求上帝保佑。可是他掉下去二丈多,灰驴就着地了;他发现自己还骑在驴上,没受一点损伤。他浑身摸索,又屏住气检查身上有没有什么地方出了窟窿眼儿。他满以为跌得粉身碎骨了,瞧自己还完完整整,不破不缺,就一遍又一遍感谢上天慈悲。他又摸索泥坑的四壁,瞧是否可以不必求救,自己爬出来。可是四壁滑溜溜的,没处可以攀登。桑丘非常懊丧,听到灰驴负痛嘶叫,更是难受。这不怪灰驴,它实在够狼狈的,不是无病呻吟。桑丘慨叹说:"哎!活在这个烦恼的世界上,随时随地会有飞来横祸。昨天还在海岛上做总督,一呼百应,谁料今天埋在坑里,找不到一个帮手,没一个下人、没一个百姓跑来救命!即使灰驴不摔死,我不烦恼死,我们也得活活饿死啊!我主人堂吉诃德·台·拉·曼却下了蒙德西诺斯魔洞,日子过得比家里还舒服,饭食床铺都现成①;我哪有他那么好福气呢! 他那儿看见的是美妙的景致;我这里呢,大概只有癞蛤蟆和蛇罢了。我真倒霉呀! 都是我发了疯妄想做官,落到这个下场! 几时上天开恩,让我和灰驴出得这个坑,恐怕也只剩两副白森森的光骨头了! 人家知道桑丘·潘沙和他的灰驴形影不离,看见了也许会猜到是谁的骨头。我还是要说,我们俩真倒霉呀! 假如在家乡,和亲人一起,即使遭了灾难得要送命,还总会有人同情,临终给我们合上眼睛;现在我们连这点运气都没有! 我的伙伴儿、我的朋友啊,你白为我劳苦一辈子,我怎么对得起你啊! 你原谅我吧,且尽力哀求司命的神道解救我们吧。我一定给你戴上桂冠,叫你像个桂冠诗人;还给你吃双倍的口粮!"

桑丘唠唠叨叨,那驴儿痛苦得很,一声不应。一夜来人畜不断地一个悲叹一个哀鸣,好容易熬到天亮。桑丘在晨光里一看,阱坑深得很,单靠自己是怎么也出不去的。他怨苦了一番,又大喊大叫,指望有过路人听见。可是他好像在旷野里叫喊②,四周一个人都没有。他看准自己是死定了。灰驴还嘴朝天躺着;桑丘转过它的身躯,让它脚着地;它才勉强站起来。他看见褡裢口袋和自己落在一处,就掏出一块面包来喂驴;它吃得倒还有味。桑丘当它懂事的那样说:

"肚子吃饱,痛苦能熬③。"

那时他忽然看见泥坑侧面有个洞,洞口容得下一个人,不过得伛着脑袋缩着身子。他爬进去一看,里面很大,由洞顶透进一

---

① 桑丘忘了堂吉诃德在蒙德西诺斯地洞里没吃也没睡。
② 引用施洗约翰的典故,见《新约全书·马太福音》第三章第三节。
③ 西班牙谚语。

缕阳光,照亮了全洞。他看见这个洞延长过去,扩大成另一个大洞。他就回到灰驴那里,用石片把洞口周围的泥土狠狠地挖,一会儿那洞口就容得下一头驴还绰绰有余。他拉着缰绳牵驴进去,直走过这个洞,想瞧瞧那一边有没有出口。他从延长的隧道里走去,有时漆黑一片,有时昏黑一团,可是时时刻刻都在提心吊胆。他心上想:"全能的上帝保佑我吧!这种意外之事,我碰上了是倒霉,该叫我主人堂吉诃德碰上就成奇遇了。他走进泥坑地窟,看到的准是开满花朵儿的花园和加丽阿娜的宫殿①;而且只等走出黑暗的隧道,就是繁花遍地的草坪。但是我造化低,既没有主意,也没有勇气,走一步就好像脚底下会突然裂出更深的坑来,把我吞没了完事。祸若单行,就算大幸。"他摸着黑一面想,一面走,大概走了半哩瓦路,忽见前面隐约透着光亮,他心眼里的黄泉路看来是有出口的。

　　熙德·阿默德·贝南黑利撇下桑丘不提,又回头描写堂吉诃德。堂吉诃德要为堂娜罗德利盖斯的女儿打不平,正兴冲冲地等着预定的日期去和奸骗她的混蛋决斗。只隔一天就到期了,所以他一清早出门去演习。他踢动驽骍难得跑个快步,纵马直冲到一个土坑边上,要不是使劲勒住缰绳,就连人带马跌进坑里去了。他总算勒住马,没跌下去,就在马上凑近去看那个深坑。这时听得下面有喊声;仔细一听,听出了叫喊的话:"喂,上面有人吗?如有基督徒或仁人君子听见叫唤,请行个好吧!我是活埋的可怜虫!我是倒了霉、丢了官的总督!"

----

① 托雷都境内塔霍河边上有一大堆废墟,称为"加丽阿娜的宫殿"。相传加丽阿娜是摩尔公主,她父亲是托雷都王,曾为她在塔霍河边建造一所瑰丽的宫殿。对住房有奢望,西班牙人说是"要住加丽阿娜的宫殿"。

堂吉诃德听着好像桑丘·潘沙的声音，又惊又奇，就放声大喊道：

"底下是谁啊？谁在叫苦啊？"

下边答道："谁会在这里呀！谁落得只好叫苦呀！无非是著名骑士堂吉诃德·台·拉·曼却的侍从呀！那个作了孽、倒了霉、做了便宜他了海岛总督走投无路的桑丘·潘沙呀！"

堂吉诃德听了越发吃惊，莫名其妙，料想桑丘·潘沙是死了，阴魂在这里受苦赎罪呢，就说：

"我凭基督徒招魂引鬼的正道向你通诚：请问你是谁？如果是受罪的阴魂，请问你要我干什么？救苦解难是我的职业。凡是在另一个世界上受罪，自己不能超拔的，我也有责援助。"

下面的声音答道："照这么说，和我说话的先生，准是我主人堂吉诃德·台·拉·曼却，声调也分明是他！"

堂吉诃德说："我就是堂吉诃德呀；我的职业是援救一切苦人，不问死的活的。告诉我你是谁吧，我实在摸不着个头脑。如果你是我的侍从桑丘·潘沙，死了没给魔鬼带走，靠上帝的慈悲正在炼狱里，那么，咱们教会可以做功德拯救炼狱里的亡灵，我一定尽我的财力，求教会超度你。你是谁，把姓名说出来吧。"

下面答道："堂吉诃德·台·拉·曼却先生，我凭上帝发誓，我就是您的侍从桑丘·潘沙。我还活着呢，并没有死。我不过是丢了官；这事一言难尽，将来再细说吧。昨晚上我连人带驴掉在这个坑里了。灰驴儿可作见证，它就在我身边呢。"

不仅桑丘报了名，那驴儿仿佛懂话，立刻也发出一声驴叫，响亮得震动了整个地洞。

堂吉诃德说："这证据真是呱呱叫！我听到这声驴鸣，就仿佛爹娘见了亲生儿女。我的桑丘啊,我也听出是你的声音了。你等着吧,公爵府就在附近,我去找人来救你。你掉在这个坑里,准是作孽了。"

桑丘说:"您去吧,看上帝面上,快快回来!我活埋着受不了,而且害怕得要死。"

堂吉诃德跑回别墅,把桑丘的事告诉公爵夫妇。他们很诧怪。那个地洞是老早就有的,跌下去不足为奇;可是他们没知道桑丘回来,不明白他怎么离开了任所。长话短说,他们出动了许多人,拿了粗粗细细的绳子,费了好大力气,才把灰驴和桑丘从黑洞里救出来。有个大学生目见经过,说道:

"瞧这个泥坑里出来的倒霉蛋!都快饿死了,面无人色,看来也没一文钱。我但愿瘟官卸任,一个个都像他一样!"

桑丘听了说道:

"血口喷人的老哥啊,我上任做总督不过八天十天,始终没吃饱,时时刻刻都在挨饿;医生折磨我,敌人又踩断我的骨头;我既没有机会纳贿,也没有机会征税。照我这情况,我觉得不该落得这样下场。可是人有千算,天有一算;如何是好,上帝知道;什么时候,什么式样;谁也别说"我不喝这里的水";许多人以为这儿挂着咸肉呢,其实连挂肉的钩子都没有①。反正上帝了解我就行;尽管还有许多话可说,我也不多说了。"

"桑丘,你别生气,别听了人家的闲话发火;那就烦恼无穷了。你问心无愧,随人家说去吧。要堵住人家的贫嘴,就仿佛在旷野里安上大门。当官的卸任发了财,人家说他做了贼;如果没

---

① 五句西班牙谚语。

钱,就说他是傻瓜笨蛋。"

桑丘答道:"这回人家一定不会把我当贼,只会笑我笨蛋。"

他们说着话,由许多孩子、大人簇拥回府。公爵夫妇已经在走廊里等候着堂吉诃德和桑丘。桑丘说他的灰驴一夜过得够狼狈的,所以他一定要先到马房里去安顿了它,然后才上楼见两位贵人。他跪下说:

"两位大人,我到便宜他了海岛上去做总督,是奉您两位的命,我实在是不配的。我光着身子进去,如今还是个光身;我没吃亏,也没占便宜①。我这个官当得好不好,那里有见证,可以让他们说。我解决了疑难,宣判了案件,经常饿得要死,因为岛上有个管总督的官名叫作提了他户外拉的贝德罗·忍凶医师;他要饿死我。昨晚上敌人来袭击我们,情势很危急。岛上人说,全亏我的英雄身手,突破敌人,取得了胜利。但愿上帝凭这句话多么真实,保佑他们多么健康吧。干脆说,我是在那个时候掂了一下总督身背上的担子,估计自己承当不起,而且也不配。我宁愿趁早甩了这个官,免得带累自己摔倒。我是昨天晚上走的:海岛上的街道呀、房子呀、屋顶呀等等,我去的时候是什么样,走的时候都还照旧。我没有问谁借过钱,也没有捞摸什么油水。我打算制定几条有用的法令,可是没那么干②,怕人家不遵守,有了那些法令也等于没有。我就那么离开了海岛;除了我的灰驴,没有别的伙伴儿。我掉在一个隧道里,一路往前,直走到今天早上,凭光亮看见了出口;不过出来不易;要不是老天爷把我主人堂吉诃德送来救我,我直到天地末日还出不来呢。

---

① 桑丘把谚语"我光着身子出世……"改为"光着身子进去……"
② 这和上文第五十一章末尾(本书 397 页)的话不符。

现在,公爵大人,公爵夫人,奉命当总督的桑丘·潘沙在这里拜见您两位。我当了仅仅十天总督,明白自己绝不想当总督——别说管辖一个海岛,管辖全世界都不想;所以拿定了主意,来吻您两位的脚。小孩子游戏里的话说:'你跳过来,让我跳过去'①;我学着他们的话,跳出了总督的位子,又回来伺候我主人堂吉诃德了。我吃他那口饭虽然担惊受怕,总还吃得饱。我呢,只要吃饱肚子,吃萝卜或吃山鸡都一个样。"

桑丘说了这一大篇话;堂吉诃德直怕他荒谬百出,听他没几句不得当的,暗暗感谢上天。公爵拥抱了桑丘,说总督一眨眼就丢了官,他很过意不去,将来要照应桑丘做个油水多的闲官。公爵夫人也拥抱了桑丘,吩咐家人好好伺候他;因为他看来跌得够惨,而遭受的作弄更是恶毒。

第五十六章

堂吉诃德·台·拉·曼却维护傅姆堂娜罗
德利盖斯的女儿,和小厮托西洛斯
来了一场旷古未有的大决斗。

公爵夫妇觉得桑丘做总督的把戏很有趣。当天总管回来,

---

① 这种游戏略同我们的"抢四角":四个孩子各据一方。另一个没有据点的孩子乘他们彼此交换位置时抢他们的据点。

把桑丘的一言一行几乎全向他们报告了,还形容怎样袭击海岛,把桑丘吓坏,以至一走了事;他们听了越发好笑。据记载,预定决斗的日子接着也到了。公爵已经反复教导他的小厮托西洛斯,只许打败堂吉诃德,不许杀伤他。他吩咐决斗时双方都把枪头取下。他对堂吉诃德说:他老先生最讲仁爱,决不愿意这次决斗里伤生害命;况且教会早有决议禁止这种事①,能通融在这里决斗就不容易了,别太认真地拼什么死活。堂吉诃德说,一切凭公爵大人做主,他都听命。到了大家担心的那天,府前广场上已经按公爵的命令搭好一座大看台,让裁判员和原告傅姆母女坐在上面。附近村镇上无千无万的人都拥来看新鲜;因为他们祖先都没听见过这种决斗,别说他们自己了。

司仪员首先进场检查阵地,他防有暗设的机关或绊腿的东西,全场一处处都巡视一遍。然后傅姆母女进场就位。她们头上披的纱不仅盖没眼睛,竟遮到胸口。堂吉诃德上场的时候她们神情很激动。过一会,小厮托西洛斯在号角声中上场了。他魁伟的身躯连头带脸都罩在雪亮的铁甲里,骑着一匹高头大马,四个蹄子踩得地都要塌陷下去。那匹马看来是弗利西亚种,背很宽,全身灰色,每个蹄子上挂着二十来斤的毛②。这位勇士事先受过他主子公爵大人的教导:他怎么也不准杀死英勇的堂吉诃德·台·拉·曼却,一上场相对冲杀的时候得设法闪开身子,免得两人撞个正着,堂吉诃德就性命难保。当时托西洛斯跑过广场,在傅姆母女座前稍停一下,把要求结婚的姑娘瞧了一眼。

---

① 1563 年特兰托会议(concilio de Trento),决议第十九条禁止决斗。
② 弗利西亚(Frisia)出产的马很壮健,蹄子较大,蹄子上有大丛的毛。

堂吉诃德已经上场；这场决斗的主持人就召唤了他和托西洛斯一起到傅姆母女面前，问她们是否委托堂吉诃德·台·拉·曼却为她们主持公道。她们一口应承，说不论堂吉诃德为她们怎么办事，她们全都认账。这时公爵夫妇都在走廊上，望下去恰好就是广场。场上人山人海，都等着瞧这场空前的恶战。双方讲定条件：如果堂吉诃德打胜，输家就得和堂娜罗德利盖斯的女儿结婚；如果他输掉，结婚的诺言就不作准了，赢家再没有任何义务。

司仪员为双方平分了阳光①，叫两人各自站好位子。这时战鼓擂动，号角吹扬，天惊地动。观众捏着一把汗，有的只怕要出乱子，有的希望结局圆满。堂吉诃德只顾诚诚恳恳祷告上帝和杜尔西内娅·台尔·托波索小姐保佑，一面等着信号，准备冲杀。可是那位小厮想的却是另一回事；且说说他的心事吧。

他向挑战的姑娘瞧那一眼的时候，觉得从没看过这等美人。称为恋爱神的瞎小子乘机想把小厮的一颗心抓来添作自己的胜利品，就悄悄儿挨到那倒霉小厮的身边，把一支两米长的箭射进他左胸，把他的心穿透。这件事恋爱神可以放胆干，因为他是肉眼看不见的，来去自由，干了事无从追究。那小厮着了迷，直在想他倾倒的美人，冲杀的信号已经发了，他却没注意。堂吉诃德听到那声军号，立即踢动驽骍难得撒腿奔跑，向对方冲击。他的好侍从桑丘看见他出发，就大喊道：

"游侠骑士的模范啊！上帝指引你！保佑你胜利！正义在你的一边！"

---

① 免得阳光直射一方的眼睛妨碍战斗。参看本书第六章。

托西洛斯看着堂吉诃德向他冲来,还是站定在位子上一步不动,只大声叫唤决斗的主持人。那人跑来瞧他有什么要求;他就说:

"先生,这场决斗,是为了决定我和那位姑娘结婚不结婚吧?"

主持人说:"是啊。"

那小厮说:"罢了,我直在良心不安呢,如果再动手打起来,就越发罪孽深重了。我说呀,我就算自己是打输了,愿意马上和那位姑娘结婚。"

主持人莫名其妙;他是一起策划这番决斗的,这时不知该怎么回答。堂吉诃德瞧对方不来迎战,也就半途停下。公爵不知道为什么不决斗了;主持人赶去报告了托西洛斯的话,他出乎意料,勃然大怒。托西洛斯乘这时跑到堂娜罗德利盖斯面前,高声说道:

"夫人,我愿意和你女儿结婚。这事不用拼命,好好儿说就行,我何必为这个争吵打架呢!"

英勇的堂吉诃德听了说:

"那么我的责任就算尽了。让他们顺顺当当地结婚吧。上帝成全的,圣贝德罗也赐福①。"

公爵下楼到广场上来对托西洛斯说:

"骑士啊,你真是自己认输了吗?你真是因为良心不安,愿意和那姑娘结婚吗?"

托西洛斯答道:"是的,大人。"

---

① 西班牙成语。

桑丘插嘴道:"这来可好!把老鼠消耗的喂猫,就免了无穷烦扰①。"

托西洛斯的头盔始终紧扣着脑袋,闷得他透不过气来。他急切解脱不下,只好请人帮忙。旁人给他脱下头盔,他的小厮嘴脸就赫然呈现。堂娜罗德利盖斯和她女儿看见了大叫道:

"这是捣鬼呢!把公爵大人的小厮托西洛斯冒充我的丈夫!不说是卑鄙,也够恶毒的!还有公道和王法吗?"

堂吉诃德说:"两位别着急,这不是恶毒,也不是卑鄙。就算是的,也不怪公爵大人。这是魔法师和我捣乱;他们嫉妒我胜利了得意,就把你丈夫变成小厮的嘴脸。听我的话,别理会我那些冤家的坏心眼儿,只管和他结婚。反正没错儿,他就是你要嫁的人。"

公爵听了这话,满腔怒火都消了,哈哈大笑道:

"堂吉诃德先生遭逢的事真是千奇百怪,我都要相信我这小厮不是我的小厮了。不过我有个办法,你们瞧怎样。结婚过半个月再说,且把这个变相的家伙关起来;他过半个月也许就恢复原形了。魔法师对堂吉诃德先生的恶毒,到那时还不消失吗?况且叫这家伙变了相,对他们又没什么好处。"

桑丘说:"啊呀,公爵大人,那些坏蛋只要是和我主人有牵连的,就拿来变这变那,都成了规矩了。前几天我主人打胜一个骑士,叫作镜子骑士。他们把那骑士变成我们街坊上的老朋友参孙·加尔拉斯果学士。他们又把我们的杜尔西内娅·台尔·托波索小姐变成了乡下姑娘。所以照我想呀,这小厮一辈子就是个小厮了。"

---

① 西班牙成语。

罗德利盖斯的女儿这时说道：

"不用追究小厮不小厮，他愿意和我结婚，我很感激。我宁愿做小厮的正式妻子，不愿做绅士玩弄的女人，何况玩弄我的还不是什么绅士。"

总之，这场决斗的结果是把托西洛斯关起来，瞧他究竟变成什么模样。大家为堂吉诃德得胜欢呼；可是多数人很扫兴，因为眼巴巴等了半天，没看见武士们打得断手折脚。他们像小孩子等看绞刑，如果犯人得到受害者或法庭的饶赦而没出场，就觉得没趣。观众散场，公爵和堂吉诃德回府，托西洛斯给府里关起来。堂娜罗德利盖斯母女非常称心，因为照她们看来，这场纠纷反正总是喜事收梢。托西洛斯也这么希望。

第五十七章

堂吉诃德向公爵辞别；公爵夫人的淘气
丫头阿尔迪西多娅和堂吉诃德捣乱。

堂吉诃德觉得应当脱离公爵府上这种安闲的生活。老待在府里，让公爵夫妇把自己当游侠骑士款待，却什么事都不干，实在是旷废职守，将来上帝面前交代不过。所以有一天他就向公爵夫妇告辞。他们很依依惜别，但也不挽留。公爵夫人把桑丘老婆的信交给桑丘。桑丘流泪说：

"我老婆泰瑞萨·潘沙得了我做总督的消息，抱着好大的希望,谁料到头来我还得跟着主人堂吉诃德·台·拉·曼却去流浪冒险呢?不过我很高兴,我们泰瑞萨不忘本分,送了公爵夫人那些橡树子;她如果没送,就是不识好歹,准叫我心上很不安。我可以自慰,这份礼物不能算贿赂,因为送礼的时候我已经当上总督了。受了恩惠,哪怕送点儿薄礼表示感激,也是应该的。反正我是光身上任的,离任还是光身,可以问心无愧地说:'我光着身子出世,现在还是个光身;我没吃亏,也没占便宜。'一个人能这样说,并不容易。"

这是桑丘临走那天自言自语的话。堂吉诃德头天晚上已经向公爵夫妇辞行。清早就全身披挂,来到府邸前面的广场上。全府的人都在走廊上送行;公爵夫妇也出来了。桑丘骑着灰驴,带着褡裢口袋、提包和干粮,满心欢喜,因为公爵手下那位扮演"三尾裙"的总管给了他一只钱袋,里面有二百金艾斯古多,供他们路上用的;这事堂吉诃德还没知道呢。当时大家都在送行,那淘气促狭的阿尔迪西多娅杂在公爵夫人的许多傅姆和使女中间,忽然哭喊道:

> 坏蛋骑士,你勒住马,
> 听我说完再走不迟:
> 你还不会控驭牲口,
> 别只顾踢它的肚子!
>   负心人,你逃避什么?
> 你睁开眼睛瞧瞧:
> 我又不是恶毒的蛇,
> 我只是幼稚的羊羔。
>   恶魔,你瞧我不起,

可是狄亚娜的山上,
或维纳斯的树林里,
哪有我这样美丽的姑娘!

狠心的维瑞诺①,逃跑的伊尼亚斯②,
你和魔王做伴儿吧,咱们有算账的日子!

你那十个锋利的爪子
一下抓开了我的胸膛,
血淋淋地抢走了一副
温柔和顺的女儿心肠。
我雪白光致的腿上
一副黑色的吊袜带,
怎么也给你拿去了?
还带走我头巾三块!
还骗去两千声叹息,
压抑着的爱火情焰,
能把二千座特洛亚城
都燃烧成白地一片③!

---

① 维瑞诺(Vireno)把他的情妇奥莉薇娅撇在荒岛上,事见阿利奥斯陀叙事诗《奥兰陀的疯狂》第九篇第十节。
② 据维吉尔史诗《伊尼德》和其他传说,伊尼亚斯抛弃了和他恋爱的伽太基女王狄多,逃到意大利;狄多因而自杀。参看本书363页注①。
③ 维吉尔《伊尼德》第二卷里,伊尼亚斯叙述希腊军的木马进入特洛亚城后,城陷被焚等事。

狠心的维瑞诺,逃跑的伊尼亚斯,
你和魔王做伴儿吧,咱们有算账的日子!

　　但愿你的侍从桑丘
生就一副铁石心肠,
使你的杜尔西内娅
摆脱不了她的魔障。
　　我们这里经常看到
好人替坏人当灾;
你那小姐为你的罪过
吃苦受难正是活该!
　　罚你一辈子逢凶遭灾!
快意的事儿像泡影!
你自诩心坚如石吗?
叫你变作杨花水性!

　　狠心的维瑞诺,逃跑的伊尼亚斯,
你和魔王做伴儿吧,咱们有算账的日子!

　　但愿人人都骂你负心,
从塞维利亚到马切那,
从格拉那达到罗哈,
从伦敦到英格拉泰拉①。

---

① 马切那是塞维利亚境内的一个城,罗哈是格拉那达境内的一个城。阿尔迪西多娅在胡扯取笑。

>　你要有兴赌博消遣,
> 罚你拿不到一张王牌!
> 骰子颗颗和你作对,
> 手气没那么样儿的坏!
>　要是你修脚剪鸡眼,
> 叫你剪个鲜血淋漓!
> 如果人家给你拔牙,
> 牙根就断在牙龈里!

>　狠心的维瑞诺,逃跑的伊尼亚斯,
> 你和魔王做伴儿吧,咱们有算账的日子!

阿尔迪西多啦连哭带喊地数说。堂吉诃德瞧着她一句不答理,只转脸问桑丘道:

"桑丘啊,这痴情姑娘说的三块头巾和一副吊袜带是你拿的吗?我凭你祖先的灵魂请你老实说。"

桑丘答道:

"三块头巾是我拿了,可是吊袜带我连影儿都没见。"

公爵夫人很惊讶,尽管知道阿尔迪西多啦淘气,却没料到她会这样大胆。这番胡闹,事先没走漏一点风声,突如其来,更使她吃惊。公爵有意帮着开玩笑,就说:

"骑士先生,你不应该受了我家的款待,却胆敢偷我家使女的东西——至少三块头巾,至多还饶上她的一副吊袜带。可见你心胸卑鄙,真是闻名不如见面。你要不把吊袜带还她,我就和你拼个你死我活。尽管魔法师把你上次的对手变成了我家小厮托西洛斯的嘴脸,我却不怕他们照样也变掉我的相貌。"

堂吉诃德答道:"我受过您大人多少优待,但愿上帝保佑,别叫我对您拔剑。头巾我就还,因为桑丘说是他拿了。吊袜带我没拿,他也没拿,实在没法儿还。您这位使女如果在她收藏东西的地方留心找找,准会找到,公爵大人,我从来没做过贼;一辈子也不会做贼,除非上帝抛弃了我。这位姑娘自己说是为爱情颠倒了,她说话确也颠三倒四。这不是我的罪过,我不必向她道歉,也不必向您两位道歉。请别把我看得太低了。我再次向您告别,请让我上路吧。"

公爵夫人说:"但愿上帝一路保佑你,堂吉诃德先生,你为世人立了什么功,请经常通知我们。再见吧,你待在这里,我这些使女眼里看见你,心里的火就越烧越旺。我这个使女一定得狠狠责罚,叫她以后眼不邪看,嘴不乱说。"

阿尔迪西多娅这时插嘴道:"哎,英勇的堂吉诃德,再听我一句话。我错怪你偷了吊袜带,请你原谅。我凭上帝和自己的灵魂说,吊袜带戴在我腿上呢;我就像骑着驴儿找驴儿的人一样头脑糊涂了。"

桑丘道:"瞧,是不是!我拿了东西隐瞒,还像话吗!我要干这事,做总督的时候有的是机会呀。"

堂吉诃德向公爵夫妇等人鞠躬致敬,然后兜转辔头,离开公爵府,取道往萨拉果萨去;桑丘骑着灰驴跟在后面。

第五十八章

堂吉诃德一路上碰到的奇事应接不暇。

堂吉诃德摆脱阿尔迪西多娅的纠缠,跑到郊外,觉得身心舒适;他抖擞精神,重又当他的游侠骑士。他转身对桑丘说:

"桑丘啊,自由是天赐的无价之宝,地下和海底所埋藏的一切财富都比不上。自由和体面一样,值得拿性命去拼。不得自由而受奴役是人生最苦的事。桑丘,我这话有个道理。咱们在公爵府待过,你亲眼看见了那里的穷奢极欲。我天天吃可口的筵席,喝冰凉的好酒,可是我心里却像又饥又渴那样难熬;因为吃的喝的都不是自己的东西,不能心安理得。咱们不能白受人家的好处,应该报答;这就心有牵挂,不能自由自主了。不叨人家的光,靠天照应有一口饭吃,就是好福气!"

桑丘说:"不过您这番话还得说回来;公爵的总管给了我一个钱包,里面有二百金艾斯古多,咱们不知感激可不好。这个钱包好比我的止痛膏药或定心丸子,我贴胸藏着,防备个缓急。供咱们白吃白喝的贵府难得碰到,下客店有时还得挨揍呢。"

游侠的骑士和侍从说着话走了一哩瓦多路,看见前面一片草地上有十一二个农夫装束的人,把外衣垫在身下坐着吃饭;旁边摊着一方方白布单子,彼此隔开着些,都遮盖着东西。堂吉诃德走到那些人面前,客客气气叙过礼,请问单子底下是什么。一

人回答说:

"先生,单子下面是浮雕的圣像。我们城里修建祭坛,用来装潢的①。我们怕褪了色,所以盖着块布,抬在肩上也免得撞坏②。"

堂吉诃德说:"能让我瞧瞧吗?运送这样郑重,一定是很好的雕像。"

另一人说:"确是好得很!不信,听听价钱就知道。真的,每一个像值五十多杜加呢。您等一等,我给您瞧瞧,就知道这不是瞎话。"

他不吃饭了,起身过去揭开第一幅雕像。那是个骑在马上的圣乔治③:他那匹马的脚边盘着一条毒龙;他的长枪正刺中毒龙的咽喉;他的神情就像往常画他的那样勇猛。整幅雕像涂染得黄烘烘一片金光。堂吉诃德看了说道:

"这是堂圣乔治,捍卫圣教的武士里数一数二的,也是童女的保护神。咱们再瞧瞧那一幅吧。"

那人又揭开一幅,只见浮雕着圣马丁④骑在马上,正把自己的大氅分割一半给一个穷人。堂吉诃德看了说道:

"这又是一位捍卫基督教的勇士。他最了不起的是慷慨,

---

① 西班牙教堂里,祭坛后面的围屏或板壁或墙壁常用彩色镀金的浮雕做装潢。
② 西班牙十七世纪初期运送雕刻的圣像,都由人抬在肩上运送。
③ 古罗马的基督徒,303 年殉教。相传他闻说利比亚有毒龙每天吃一个童女,就跑去用长枪刺杀毒龙,救了英王的女儿。英国人把他奉为国家的保护神。
④ 五世纪法国都尔的主教。他原是军人,以仁爱著称。传说他当军官时,严冬把自己的大氅分一半给一个乞丐。

勇敢还在其次。桑丘,你只要看他把大氅分半件给穷人,就知道了。看来当时一定是冬天,不然照他那样仁慈,准把整件大氅送人。"

桑丘说:"不见得吧;他该是记取老话说的自留还是给人,应该有个分寸。"

堂吉诃德笑了,又请揭开另一块布。那是西班牙王国的保护神,他骑着马,拿着一把血淋淋的剑,在摩尔人的身躯和头颅上践踏。堂吉诃德道:

"不用说,这也是基督教队伍里的骑士,叫作摩尔人的杀星、堂圣狄艾果①。他不论生前死后,在圣人和骑士里都是最勇敢的。"

接着又揭开一幅,浮雕着圣保罗倒在马下,背景里有描绘他皈依正教的一般情节②。他好像在和耶稣基督对答,神态栩栩欲活。

堂吉诃德说:"这一位本来是对咱们圣教最狠的敌人,后来却成了功劳最大的卫道者。他活的时候像满处奔波的骑士,死的时候是坚定不移的圣人;他在上帝的葡萄园里操作,从来不知疲劳。他是异教徒的导师;曾经在第三重天上③亲受耶稣基督

---

① 圣狄艾果(San Diego)即圣悌亚果(Santiago),亦即圣雅各(San Jacobo 或 San Jaime)。他和他弟弟约翰同是耶稣的门徒。他被希律王杀害,传说他在巴勒斯坦遇害后,遗体由无人驾驶的航船送到西班牙海岸。西班牙人把他当作护国神。
② 《新约全书·使徒行传》记载犹太人扫罗,后改名保罗,曾残害耶稣的门徒。一次,他赴大马色路上,忽见天上放光,四面照着他;他就跌倒在地下,听见耶稣对他说话,就此感化,信奉耶稣,到异邦传道,67年在罗马殉教。
③ 引用《新约全书·哥林多后书》第十二章二至四节:"他……被提到第三层天上去……他被提到乐园里,听到隐秘的言语,是人不可说的。"

的教诲。"

几幅雕像都看了,堂吉诃德叫他们重新盖好,说道:

"老哥们,我能看到这几幅浮雕,可算是好兆。这几位武士和圣人以奋斗为生,都是我的同行。不过我和他们不同:他们是圣人,使用神圣的武器;我是罪人,武器是人间的凡铁。他们靠自己努力,进了天堂;因为天堂要努力才进得去①。我努力到今,还不知能有什么成就。假如我的杜尔西内娅灾退身安,我事情顺手,脑筋清楚,也许就能转入好运。"

桑丘接口道:"'但愿上帝垂听,魔鬼耳聋无闻'②。"

那些人瞧堂吉诃德模样古怪,听了他的话也莫名其妙。他们饭罢抬起雕像,辞别堂吉诃德重又上路了。

桑丘自觉有眼不识主人,没知道他这么博学,全世界的事好像都写在他指甲上或印在心上呢。他说:

"我的主人啊,咱们今天的事如果算得奇遇,那真是咱们出门以来最称心乐意的了。咱们没挨揍,没受惊,没拔剑,没摔跤,也没挨饿。感谢上帝,让我经历了这番奇遇。"

堂吉诃德说:"桑丘,你这话不错。不过你该知道:时候不同,运道也不一样。通常所谓预兆是不足为凭的,聪明人看来,不过是碰巧罢了。相信预兆的人,早起出门,碰到个圣芳济会的修士,就仿佛碰到了妖怪,忙转身回家③。曼多萨那一家人饭桌

---

① 引用《新约全书·马太福音》第十一章第十二节:"天国是努力进入的,努力的人就得着了。"
② 西班牙谚语,表示希望心愿能够实现。
③ 据天主教国家的迷信,清早出门碰见修士或修女都不吉利。

上泼翻一点盐,就满肚子忧愁①,好像造化得借这种细事来预示灾祸。有识见的人不该从细事来捉摸天意。西比翁到了非洲,上岸就摔一跤。他的军士以为不吉利,可是他抱着土地说:'非洲啊,你休想逃跑,我已经把你牢牢抱住了!'②所以桑丘,我有缘看到这些雕像,只是恰好碰在巧头上。"

桑丘答道:"准是的。我还想问您一句话:西班牙人和敌人交战的时候,为什么喊着摩尔人的杀星、圣狄艾果的名字说:'圣悌亚果!关上西班牙!'③难道西班牙是敞着的,所以得关上吗?还是别有意思呢?"

堂吉诃德答道:"桑丘,你太死心眼儿了,你可知道这位伟大的红十字骑士④是上帝赏赐给西班牙的保护神,西班牙人每次和摩尔人死战,都靠他保护,所以交战时总把他当救星,向他祷告呼吁。常有人打仗的时候看见他显圣,把摩尔军队打得落花流水,全军覆没。这种事西班牙历史上有不少例子呢。"

桑丘掉转话头道:

"先生,我真想不到公爵夫人的丫头阿尔迪西多娅脸皮那么厚;恋爱神准把她一箭穿透了心。据说恋爱神是个瞎小子,可是尽管两眼迷糊,或者竟是青盲白瞎,他要射哪颗心,不论多么小也能射中、射透。我又听说,爱情的箭碰到贞洁的姑娘,尖头

---

① 古罗马人认为吃饭时泼翻了盐是不祥之兆,这个迷信至今还流传。
② 西比翁是纪元前二世纪的古罗马将军;这个传说记载在古罗马史书里。
③ 这句呐喊是:"向前包围啊!西班牙人!圣悌亚果保佑我们!"(Santiago y cierra España!)cierra 是关闭或包围的意思,这里是呼吁西班牙人冲向前去包围敌人,桑丘没有了解字义和文理。下文堂吉诃德只解释了呼吁护国神保佑,忘掉解答桑丘的疑问。
④ 圣悌亚果是授红十字勋章的骑士。

就钝了。可是碰到这个阿尔迪西多娅,箭头子好像没有钝,却越发锋利了。"

堂吉诃德说:"桑丘,我告诉你,爱情没有顾忌,也不讲理。爱和死有一点相同:不论帝王的高堂大殿,或牧人的茅屋草舍,它都闯进去。一颗心一旦被爱情占领了,马上就没有怕惧,也没有羞耻。所以阿尔迪西多娅胆大脸厚,把心事都嚷出来。她的多情害得我很窘,却引不起我的怜惜。"

桑丘说:"这可太狠心了!哪能这样不知好歹呀!要是我啊,听她说一句两句情话,就连骨头都酥了。他妈的,真是铁石打造的心肠,灰泥凝成的灵魂啊!可是我不明白那姑娘看中了您什么,要那么样颠倒。衣服华丽吗?神气英俊吗?举动漂亮吗?脸蛋儿长得美吗?是哪一件还是总在一起,动了她的心呢?我说句老实话吧,我常把您从脚尖直到头顶上仔细打量,只看到好些可怕的地方,却没什么可爱的。我听说美是动人爱慕的第一个条件,也是最主要的;您既然一点不美,那可怜的姑娘爱上了您什么呢?"

堂吉诃德答道:"桑丘,你听我说。美有两种,灵魂的美和肉体的美。聪明、纯洁、正直、慷慨、温文有礼都是灵魂的美,相貌丑的人也可以具备的。如果不以貌取人,往往对相貌丑的也会倾心爱慕。我呀,桑丘,明知自己不是美男子,不过也不是丑八怪。一个好人只要不是奇形怪状,灵魂上有我刚才讲的种种美德,就能动人爱慕。"

他们说着话,走进沿路的树林。堂吉诃德忽然撞进张挂在树上的绿丝网里了。他很诧怪,对桑丘道:

"桑丘,我觉得这些丝网蹊跷极了。我可以拿性命打赌,准是那些害我的魔法师瞧我对阿尔迪西多啦冷面无情,就帮她出气,网住我不让走路。可是让他们瞧吧,即使这不是绿丝网,而是坚牢不破的金刚石网,或是火神捉他老婆的奸而炼成的钢丝网①,也只能像草绳或棉线的网一样经不起我一撞。"

他打算冲突出去,把网撞破。忽见树林里出来两个美女,打扮得像牧羊女,不过衣料是精致的锦缎,裙料是贵重的金波纹绸。她们披着金黄的头发,像阳光那么耀眼;还戴着绿桂叶和红花朵编成的花冠。两人看来都只十六七岁。

桑丘大出意外,堂吉诃德也很诧怪,太阳都要停下来瞧瞧这两位姑娘呢。四人一下子都愣了,还是一个牧羊姑娘先开口,对堂吉诃德说:

"骑士先生,请别把这网撞破了,这是我们张着玩儿的,不妨碍你。你大概不知道我们是什么人,张着这些网干什么,让我解释几句吧。这里是附近一带风景最美的地方。我们就住在两哩瓦外的村上。那里有许多富贵人家,彼此好些是亲戚朋友。我们约定各家父母子女带着亲友一起到这里来玩玩;女孩子扮成牧羊姑娘,小伙子扮成牧童,把这地方变成个牧羊人的新乐园②。我们熟读了两篇牧歌:一篇是著名诗人加尔西拉索的作品;一篇是优秀的葡萄牙诗人加莫艾斯用本国语写的③,不过我们到今还没演出一篇呢。我们是昨天刚到的。这里有一条大

---

① 希腊神话,爱神维纳斯和战神玛尔德有私情,维纳斯的丈夫火神(也是煅冶的神)制造了一张精巧坚固的网去捉奸,把维纳斯和玛尔德双双套在网里。
② "乐园"或"福地"(Arcadia),是田园诗传统里描写的理想乐园。
③ 加尔西拉索(Garcilaso de la Vega,约1501—1536),西班牙诗人。加莫艾斯(Luís de Camões,1524—1580),葡萄牙诗人。

河,灌溉着两岸的草地。我们在河边树荫下搭了几座帐篷,据说叫作野营;昨晚又张了这几口网,打算吆喝得小鸟儿昏了头投进网来。先生,你要是有兴,我们欢迎你来做我们的客人;我们这里是极乐无愁的世界。"

她说完,堂吉诃德答道:"美貌绝顶的小姐啊,我看见你们这样的美人,仿佛安泰翁撞见狄亚娜在溪水里洗澡一样出乎意料①。我赞成你们的消遣,多承你们邀请,我也很感激。如有用我的地方,请吩咐一声,我一定遵命。干我们这一行的,总要求不负人家的美意,做点儿好事相报,何况对你们这样高贵的小姐呢。这几个网占不了多少地;即使挡着整个地球,我也要另找新世界绕道过去,决不撞破你们的网。别以为我说话夸张,我告诉你们吧,说话的不是别人,是堂吉诃德·台·拉·曼却!说不定你们听到过这个名字。"

另一个姑娘说:"啊呀,亲爱的朋友,咱们交了大好运啦!你知道这位好先生是谁吗?我告诉你,他是世界上最勇敢、最多情、最彬彬有礼的人。有一部传记专写他的事,已经出版了,我都读过;那本书总不会骗人吧!我可以打赌,他旁边的准是他那位头等逗乐儿的侍从桑丘·潘沙。"

桑丘说:"对啊!我就是您说的那个逗乐儿的侍从呀!这位先生是我的主人,书上写的和大家传说的堂吉诃德·台·拉·曼却就是他!"

那个姑娘说:"哎,朋友,咱们求他别走吧;如果能留住他,

---

① 安泰翁(Anteón)是阿克泰翁(Acteón)之误。据希腊神话,阿克泰翁出猎,撞见女神狄亚娜出浴光着身子,狄亚娜老羞成怒,把他变成一头鹿,给他自己的猎狗咬死。后人往往把这个阿克泰翁和地神之子巨人安泰翁相混。

你我的爸爸和哥哥该不知多么高兴呢！我也听说过这一位的勇敢和那一位的逗乐儿，人家尤其推重这位先生用情专一，世界上找不出第二人。他的意中人是杜尔西内娅·台尔·托波索，西班牙全国都公认她是第一美人。"

堂吉诃德说："那也是应该的，除非你两位的美貌把她比下去了。两位小姐，你们不用留我；我有职务在身，一刻也不能偷懒。"

这时一个姑娘的哥哥跑来了。他也是牧羊人打扮，衣服的华贵和两个姑娘不相上下。她们告诉他说：这一位就是英勇的堂吉诃德·台·拉·曼却，另一位是侍从桑丘；他读过堂吉诃德的故事，知道这位骑士。那漂亮的牧童和堂吉诃德叙过礼，邀请他到他们的帐篷里去。堂吉诃德却不过情，就跟了他去。当时猎鸟的已经开始吆喝，网里飞满了各种小鸟；因为网和树林一色，小鸟逃命反投进去送命了。那里一起有三十多人，都穿得很华丽，扮成牧童或牧羊姑娘。他们读过堂吉诃德的故事，知道这主仆俩。堂吉诃德和桑丘一到，消息马上就传开了，大家都非常开心。他们走进帐篷，只见里面已经摆上丰盛精洁的筵席；堂吉诃德是贵客，大家推他坐了首位。人人都看他，觉得他怪。饭罢撤去杯盘，堂吉诃德提高了嗓子，朗朗地说：

"世上最大的罪过有人说是骄傲，我却说是不知感激。老话不说吗，'地狱里尽是不知感激的人'。我自从懂得是非善恶，总留心不犯这个罪。我受了人家的好处，如果不能报答，就存着一个感激图报的心；如果这样还觉得抱歉，就把受到的好处广为宣扬。因为一个人受了好处老挂在嘴上，他力能从心的时候准会报答。一般说来，受惠的人处境总比较差些。譬如说吧，上帝至高无上,仁慈普及,人间的恩惠相形之下就微小得不足道了。受了恩惠无法补报,只好靠一片感激之心稍加填补。我多承你们招待,可是没力量照样儿答谢,只好尽我的心,用我自己的办法图报。我打算在这条通往萨拉果萨的大道上驻守两天,叫来往的行人都承认这两位乔装的牧羊姑娘是全世界最文秀美丽的小姐。不过有一句话请各位别见怪:我一心爱慕的绝世美人杜尔西内娅·台尔·托波索小姐,她们俩还比不上呢。"

桑丘留心听主人说完,大嚷道:

"世界上怎么有人敢一口咬定我这位主人是疯子呢?诸位牧羊的先生小姐们说说吧:教区神父不论多么有识见、有学问,能讲出我主人的这番议论吗?游侠骑士不论威名多大,敢提出我主人提出的话吗?"

堂吉诃德怒得满面通红,转向桑丘道:

"哎,桑丘,找遍全世界,能有谁不说你里外都是傻瓜呢?不光是傻,还带着点儿混!我的事要你来管吗?我是不是疯子由你断定吗?闭上嘴巴,不用你答话!你且去瞧瞧驽骍难得,要是没套上鞍辔,就给套上,咱们说了话得照着干!真理在我的一边;谁敢道个不字,注定输在我手里!"

他满面怒容,气愤愤地站起来。旁人都很诧怪,拿不定他究竟是不是发疯。他们劝他别这样要挟人,他感恩图报的心意是举世共知的,他的勇敢也无须再加证明,记载他丰功伟绩的书上已经讲得够多了。可是堂吉诃德坚持他原先的主意,骑上驽骍难得,挎上盾牌,拿起长枪,跑去站在离草地不远的大路当中。桑丘骑着灰驴跟在背后,一群牧歌里的人物也跟着,急要瞧瞧他那番新奇狂妄的挑衅怎样结束。

堂吉诃德就那样站在路当中大声喊话,响彻云霄,说道:

"咳!从现在起,往后两天以内,凡是在这条路上来往的过客,不论骑士、侍从,步行的、骑马的,都请听着:游侠骑士堂吉诃德·台·拉·曼却驻守在这里,有件事要你们大家承认!天下最文秀美丽的小姐,除了我意中人杜尔西内娅·台尔·托波索小姐,就数这儿草地上和树林里的几位美女了。谁说不对,上来吧,我在这儿等着他呢!"

他连嚷两遍,没一人路过。可是造化对他的作弄愈来愈妙。他才站了一会儿,只见路上来了一大群骑马的,有许多还拿着长枪,挨挨挤挤,疾驰而来。跟着堂吉诃德的那伙人一见,知道待在那里会有危险,立即转身远避。只有堂吉诃德毫无畏惧,站定在那里;还有桑丘躲在驽骍难得臀后。那群拿长枪的人跑近前来,打头的一个向堂吉诃德大喊道:

"快让路呀!你这个不要命的家伙!这群公牛会踩得你粉身碎骨的!"

堂吉诃德答道:"嘿,你们这伙暴徒!公牛算什么!即使哈拉玛两岸最猛的公牛①,也不在我眼里!你们这起混蛋,我刚才已经把话说开了,你们不一口承认,就得和我决斗!"

原来有个镇上过一天要斗牛,先把这群凶猛的公牛赶去圈上。领队的是几头驯牛,还有大批牧人和圈牛的人护送。这大群的牲口和人潮水般涌向前来。说时迟,那时快,那赶牛的不及答话,堂吉诃德要躲也来不及,他和桑丘连人带坐骑全撞翻在

---

① 哈拉玛(Jarama)是塔霍河的支流,在新加斯底利亚境内,河两岸出产的公牛以凶猛善斗著称。

地，遭了践踏。桑丘给踩得腰塌背折，堂吉诃德吃了惊吓，灰驴负伤，驽骍难得也不健全了。他们好容易又站起身来。堂吉诃德赶紧磕磕绊绊追上去，一面嚷道：

"你们这群混蛋！慢走一步！等着你们的不过是个单身的骑士！尽管说，'如果敌人逃跑，为他们建造一座银桥'①，我可不是那个脾气，也不赞成那句话。"

疾驰而去的队伍并不停步，只把他的恫吓当作耳边风。堂吉诃德疲惫不堪，只好停下。他没出得这口气，反添了恼怒，坐在路边，等桑丘、驽骍难得和灰驴前来。然后主仆俩都上了坐骑；他们没有回到乔装牧羊人的乐园去辞行，两人扫尽了兴，丢尽了脸，继续赶路。

第五十九章

堂吉诃德遭到一件奇事，也可算是巧遇。

堂吉诃德和桑丘受了那群公牛的冲撞践踏，浑身尘土，精疲力尽，亏得在绿树荫里发现一泓清泉；他们让灰驴和驽骍难得卸下鞍辔，松散一下，两人就在水边坐下歇歇。桑丘从褡裢口袋里掏出些干粮，又拿出些熟肉。堂吉诃德漱了口，洗了脸；清凉一下，精神也爽朗些。他心上气恼，不想吃东西；桑丘谨守礼貌，主

---

① 西方兵法成语，略如我国古人所说："穷寇莫追"。

人没吃,不敢先尝。可是他瞧主人只顾出神,不把面包往嘴边送,也就不客气了,一声不响,把摆着的面包和干酪尽往肚里塞。

堂吉诃德说:"桑丘朋友,吃吧,你性命第一,得吃饱活命。我倒了霉满肚子烦恼,干脆让我气死算了!桑丘啊,我一辈子是活着挣命;你呢,死也得吃饱肚子。我这话是认真的,不信,你只要瞧瞧:我是史书上记载的人物,武艺赫赫有名,行动彬彬有礼,贵人们尊敬,姑娘们爱慕;我正想靠自己的英雄事业,博得举世闻名,谁料今天却让那群肮脏的畜生踢呀踩呀,作践个够。我想到这里,满口的牙都软了,手也麻痹了。胃口也倒尽了,宁愿找个最惨的死法,叫自己活活饿死!"

桑丘忙着咀嚼,一面腾出嘴来说:"照您这样,老话说的'死也做个饱鬼',您大概不会赞成啰。我反正不想自杀。我只想学皮匠的办法:咬住皮子使劲儿撑,要多长,撑多长。我吃饱肚子,听凭老天爷让我活多少日子。我告诉您,先生,最傻的事就是像您这样命都不要。您听我的话:吃点儿东西,在这片草地上睡一会儿。您瞧吧,等您醒来,心上就不这么气闷了。"

堂吉诃德觉得桑丘这番话并不傻,颇有明哲保身的道理,就采纳了。他说道:

"桑丘啊,我有件事要跟你讲讲;你要是肯听我,就能给我减掉些烦恼,我心上一定会轻松些。我听你的话去睡觉,你就走远几步,解开衣服,用驽骍难得的缰绳把自己鞭打三四百下。你要解救杜尔西内娅,还欠着三千多鞭呢;你还掉点儿债吧。那可怜的小姐只为你漠不关心,直摆脱不了缠身的魔法,多苦恼呀!"

桑丘说:"这话不妨从长计议。咱俩且睡一会儿,将来听凭上帝吩咐就是了。您知道,一个人不乘着一股子猛劲,下不了手鞭打自己;身体不壮实,尤其肚里空虚的时候更办不到。请杜尔西内娅小姐耐心点儿;她会出乎意料,发现我把自己打得满身鞭痕呢。只要不死,尽有日子①;就是说呀,我还活着,答应的事总是要做到的。"

堂吉诃德谢了桑丘,然后吃了点东西;桑丘大吃一顿,两人就躺下睡觉,让驽骍难得和灰驴那一对形影不离的朋友随意在那片丰茂的草地上啃青。他们醒来已经黄昏时分,两人又骑上牲口赶路。一哩瓦外好像有客店在望,他们忙趱着牲口跑去。我这里说客店,因为堂吉诃德不像往常把客店当作堡垒,他说的是客店。

他们到了那里,问店主有没有客房。店主说,不但有客房,凡是吃的、喝的、用的,只要萨拉果萨有,他店里一应俱全。主仆俩下了牲口,桑丘领了客房的钥匙,把粮袋放在屋里。他让主人坐在大门口的石条上,自己把牲口带到马房里,喂了一顿草料,再出来伺候主人。这回他主人没把客店当作堡垒,他特别感谢上天。他们将近晚饭才回屋,桑丘问店主有什么吃的。店主说:瞧客人的口味吧,要吃什么,就点什么;天上的飞鸟,地下的家禽,海洋里各色各样的鱼,店里全都供应。

桑丘说:"不用那么许多,给我们烤一对童子鸡就行。我主人身体弱,吃得少;我自己也不太贪嘴。"

店主说没有童子鸡,都给老鹰抓走了。

桑丘说:"那么劳驾给烤一只嫩嫩的小母鸡吧。"

---

① 西班牙谚语。

店主说:"小母鸡吗？啊呀,我的爹,老实告诉您,昨天我进城去卖了五十多只。除了小母鸡,您要什么,随便点吧。"

桑丘说:"照这么说,小牛肉或小羊肉总短不了吧？"

店主人说:"今儿个店里没有,刚吃完。下星期可多的是。"

桑丘说:"真是远水不救近火了！这样没有,那样没有,看来大概只有咸肉和鸡蛋多得很。"

店主答道:"没什么说的,您这位贵客真是死心眼儿！我刚说了没有母鸡,老的小的都没有,叫我哪来鸡蛋啊！酌量吃点别的美味吧,别要天鹅肉。"

桑丘说:"店主先生,你有什么东西,干脆说吧；咱们有什么吃什么,甭再啰唆了。"

店主说:

"我有一对小牛蹄似的老牛蹄,或是老牛蹄似的小牛蹄。这是千真万确的,我已经加上豆子、葱头和咸肉,炖在火上了,这会儿正在叫人'来吃吧！来吃吧！'"

桑丘说:"好！这份儿菜不要让别人碰,我就定下了,绝不少给钱,因为我最爱吃这东西；随它老牛蹄、小牛蹄,我都一样。"

店主说:"谁也不碰的；这里的客人很高贵,厨子、买办和伙食都自己带。"

桑丘说:"要讲高贵,谁也比不上我主人,不过他有职务,不能把伙食房带在身边。我们躺在草地上,把橡树子和山楂当饭吃。"

店主问桑丘他主人是干什么的；桑丘不愿意回答,他们的谈话就到此为止。堂吉诃德在屋里等吃晚饭,店主把牛蹄子连沙

锅端上,自己也老实不客气坐下同吃①。堂吉诃德这间房和邻屋只隔着薄薄一层板壁,堂吉诃德听到那边好像有人说话:

"我说呀,堂黑隆尼莫先生,这会儿晚饭还没开上,咱们把《堂吉诃德·台·拉·曼却》的第二部再念一章吧②。"

堂吉诃德听到自己的名字,立刻站起来,竖着耳朵;只听得堂黑隆尼莫答道:

"堂胡安先生,读过《堂吉诃德·台·拉·曼却》第一部,再读这第二部就索然无味了。全是胡说八道,读它干吗呀!"

堂胡安说:"读读也好,'一本书不论多糟,总有点好的东西'③。不过我最生气的是书上形容堂吉诃德抛弃了杜尔西内娅·台尔·托波索。"

堂吉诃德听见这话,勃然大怒,嚷道:

"谁说堂吉诃德·台·拉·曼却抛弃了杜尔西内娅·台尔·托波索,或者将来会抛弃她,我就和他拼命,叫他知道绝没有这种事!绝世美人杜尔西内娅是抛不开的,堂吉诃德也不是会抛弃她的人。他处世为人的方针是忠贞不贰,他一辈子死心塌地地奉行这句话。"

隔壁的人问道:"谁在和我们对答呀?"

桑丘说:"答话的就是堂吉诃德·台·拉·曼却本人!除了他还有谁啊!他说到做到,怎么说就怎么干。还得了账,不心疼抵押品。"

---

① 当时西班牙的风俗,客店主常和旅客同桌吃饭。
② 指本书前言中提到的阿维利亚内达的《堂吉诃德·台·拉·曼却》第二部(1614年出版)。
③ 引普利尼语,参看本书33页注④。

桑丘话还没完,两个绅士装束的人已经进屋来了。一个抱住堂吉诃德的脖子说:

"见了您的面,就知道名不虚传。不用说,您先生就是游侠骑士的启明星、北斗星、堂吉诃德·台·拉·曼却的真身!瞧这本书,作者要冒您的名,夺您的功呢;这只能是妄想。"

他一面把同伴手里的书交给堂吉诃德。堂吉诃德一言不发,就翻来看;看了一会,还给那绅士说:

"我略为翻了一下,就发现三件事岂有此理。第一是序言上的几句话①。第二是作者用阿拉贡语,因为他有时不用冠词。第三是重要的情节不合事实,尤其显得作者愚昧无知。我侍从桑丘·潘沙的老婆叫泰瑞萨·潘沙,这里却把她叫作玛丽·谷帖瑞斯②。这么关键的事都出毛病,其他就可想而知了。"

桑丘插嘴道:

"这种人也算得历史家呀!把我老婆泰瑞萨·潘沙叫作玛丽·谷帖瑞斯!那么对咱们的事还会搞得清吗?先生,您再瞧瞧书上有没有我,改了名字没有。"

堂黑隆尼莫说:"朋友,听你的口气,一定是堂吉诃德先生的侍从桑丘·潘沙了!"

桑丘说:"是啊,这是我脸上有光彩的事呀!"

那绅士说:"不用说,这本新书的作者诬蔑了你;你分明是个有品格的人,他却把你写成个馋嘴佬,而且头脑糊涂,毫无风

---

① 参看本书前言,阿维利亚内达嘲笑塞万提斯年老残废,又说他心怀嫉妒等等。
② 作者在上部第七章也曾用过这个名字。

趣,和你主人第一部传记里的桑丘竟是两个人了。"

桑丘说:"上帝原谅他吧。我又不碍着他,何必理会我呢!乐器让内行人吹弹,圣贝德罗在罗马过得很好呀①。"

两位绅士知道那家客店的伙食很差,堂吉诃德准吃不惯,就请他过去同吃晚饭。堂吉诃德向来近人情,领受了他们的邀请;那只沙锅就留给桑丘去做主人了。桑丘坐了首位,店主人同桌坐下;那锅老牛蹄或小牛蹄两人一样爱吃。

晚饭时堂胡安向堂吉诃德探问杜尔西内娅·台尔·托波索小姐的情况。她结婚了吗?生过孩子吗?怀过孕吗?如果是黄花闺女,那么,尽管她守身如玉,对堂吉诃德先生也心心相印吗?堂吉诃德答道:

"杜尔西内娅是闺女,我对她的心是没那么样儿的坚定,可是我们俩的交情还是老样儿。她相貌变得像个粗蠢的乡下姑娘了。"

他就把杜尔西内娅小姐怎么着魔、他在蒙德西诺斯地洞里怎么碰见她、梅尔林法师叫桑丘吃多少鞭子为她解除魔法等等一五一十告诉那两位绅士。他们亲耳听到这些奇闻,高兴得不得了;事情这么离奇,讲得又这么引人入胜,都使他们啧啧称奇。堂吉诃德一会儿好像很明白晓事,一会儿又成了失心疯,他们拿不定他究竟在这两头中间的哪一处。

桑丘吃完晚饭,撇下醉饱的店主到他主人那里去。他进门说道:

"两位先生,我可以打赌,您那本书的作者和我是说不到一

---

① 两句西班牙谚语。

块儿的。据您两位讲,他把我说成了馋嘴佬;我但愿别又把我说成醉鬼。"

堂黑隆尼莫说:"他是把你说成醉鬼了。我不记得怎么说的,只觉得话很刺耳,而且我一看这位好桑丘的面貌,就知道那是谎话。"

桑丘道:"您两位听我说吧:那个故事里的桑丘和堂吉诃德是另外两人,不是我们;熙德·阿默德·贝南黑利写的才是我们俩:我主人是勇敢、聪明、多情的,我是个逗乐的死心眼儿,并不害馋痨,也不是酒鬼。"

堂胡安道:"你说得不错。从前亚历山大大帝下令:他只准许阿沛雷斯①为他画像,别人都不许。假如办得到呀,也该照样下令:堂吉诃德的事业,只许原作家熙德·阿默德记述,别人都不许插手。"

堂吉诃德说:"谁爱写我,随他写吧,可是别糟蹋我;一味污蔑叫人忍受不下。"

堂胡安说:"堂吉诃德先生受了什么污蔑都能报复,可是我觉得他的耐心像一面又坚固又阔大的盾牌,把种种污蔑都顶住了。"

他们闲聊着消磨了大半夜。堂胡安劝堂吉诃德把那本书再多看看,瞧讲的是什么。堂吉诃德不肯,说只算已经读过了,断定全书都荒谬。作者万一知道这本书堂吉诃德读过,就该得意了;干吗长他人志气呀!况且一个人该心里干净,更该

---

① 阿沛雷斯(Apeles),纪元前四世纪古希腊大画家。

眼里干净,不该接触丑恶肮脏的东西。两位绅士问堂吉诃德打算到哪里去。他说要到萨拉果萨去参与年年举行的锦标赛①。堂胡安说,这部新书里描写堂吉诃德参加了一项挑圈竞赛②,不管那堂吉诃德是谁吧,反正那项竞赛写得一点不生动热闹,武士的标语题签③寥寥无几,服饰非常简陋,只是一叠连的胡说八道。

堂吉诃德说:"我就为这个缘故,决计不到萨拉果萨去了。这就可以向全世界揭破这本新书作者的谎话,让大家知道我不是他写的那个堂吉诃德。"

堂黑隆尼莫说:"您这办法很好。巴塞罗那也有比武,堂吉诃德先生可以到那里去显身手。"

堂吉诃德说:"我正是这么打算。时候不早,两位请睡吧,我就告别了。希望您两位把我当作一个朋友,让我为两位效劳。"

桑丘说:"我也这么说;也许我对两位也能有点儿用处。"

堂吉诃德和桑丘告辞回屋。堂胡安和堂黑隆尼莫想不到堂吉诃德的识见和傻气是混在一起分不开的。他们拿定这两人是真正的堂吉诃德和桑丘,阿拉贡作者写的是假冒的。

堂吉诃德清早起来,拍着板壁和那边两位房客告别。桑丘付账很大方,还奉劝店主对本店的伙食少吹嘘些,或者多置办些。

---

① 指每年为纪念圣乔治而举行的三天比武。
② 比武分两部分:前部比武力的强壮;后部比技巧的娴熟。挑圈竞赛属于后者。
③ 比武的骑士照例都有自己奉行的标语或题签。

第 六 十 章

堂吉诃德到巴塞罗那;他一路上的遭遇。

堂吉诃德清早出客店很凉快,看来是个凉爽的天。他先打听了哪条路不经过萨拉果萨而直达巴塞罗那。他听说那部新出的故事把他污蔑得不像话,所以一心要揭破作者的谎言。他们走了六天,无话即短。第六天他们刚离开大道,走进浓密的树林,太阳就下山了。熙德·阿默德向来叙事精确,这次却没说明成林的是橡树还是软木树。

主仆俩下了牲口,靠树坐着休息。桑丘吃了一饱,马上就睡熟了。堂吉诃德却合不上眼;他是心上有事,倒不是肚子饿。他神思飘忽,一会儿好像在蒙德西诺斯地洞里;一会儿看见杜尔西内娅变成乡下姑娘,一蹦就跳上了小母驴;一会儿听见梅尔林法师在告诉他,按什么条件、用什么办法来解除杜尔西内娅的魔缠。他想到自己的侍从桑丘毫不上劲,漠不关心,只好干着急。照他估计,桑丘才打了自己五下;这和他亏欠的数字简直天悬地隔呢。他非常焦急,暗想:"从前亚历山大大帝劈开了戈迪乌斯的结子说:'劈开就算解开。'①他果然统治了全亚洲。我如果不

---

① 传说弗利几亚国王戈迪乌斯用绳子拴住他的车,打了一个解不开的结子。神启示说:解开这个结子的人要统治亚洲。亚历山大大帝解不开结子,就挥剑劈开了结子。"劈开戈迪乌斯的结子"喻快刀斩乱麻地解开难题。

顾桑丘愿不愿,硬把他鞭挞一顿,说不定也能解救杜尔西内娅。讲定只要桑丘挨三千多鞭子,杜尔西内娅就能消灾脱难,那么管它是自己打的还是别人打的呢?反正打足那个数目就行了。"

他这么一想,忙拿了马缰绳准备当鞭子使,跑到桑丘身边去。桑丘的裤子由几条皮带扣住上衣;可是大家知道他只扣着前面一条皮带。堂吉诃德刚动手去解他那条带子,桑丘就醒了,说道:

"谁啊?谁摸索我,还解我的腰带?"

堂吉诃德答道:"是我;我来替你尽责,也解掉些自己的烦恼。桑丘,我要鞭挞你,问你讨回点儿债。杜尔西内娅直在受苦,你满不在乎,我真是心焦得要死了。这里背静,你乖乖地自己解下裤子,让我至少打你两千鞭吧。"

桑丘说:"那不行,您可别动手动脚;要不,我凭上帝发誓,我一定闹得聋子都听见。我欠下的鞭子得我自愿还账才行,不能逼债。我这会儿不想吃鞭子呢。反正我向您保证,等我几时高兴,一定把自己拍打几下。"

堂吉诃德说:"不能随你,桑丘。因为你心肠硬,虽然是乡下佬,皮肉却又娇嫩。"

他就动手硬要解桑丘的腰带。桑丘瞧他那样,忙跳起来,扑上去一把扭住,挥拳就打;又伸脚一勾,叫他摔了个脸朝天,然后把右膝跪在他胸口,捉住他双手,叫他动弹不得,连呼吸都困难。堂吉诃德说:

"怎么?你造反啦?你吃了主人的饭,却动手打起主人来了?"

桑丘说:"'我没有废君立君,不过是保卫主人'①——我就是自己的主人。您答应我躺着不动,这会儿也不鞭挞我,我就放您;不然的话,

叛徒啊! 堂娜桑却的敌人,
我马上就要你的命!②"

堂吉诃德一口答应,发誓连桑丘外衣上的绒毛都一根不碰;桑丘什么时候鞭挞自己,听他自便。桑丘这才站起来。他走得老远,打算靠着另一棵树休息;忽觉脑袋上什么东西碰了一下,举手摸到两只穿着鞋袜的人脚。他吓得浑身乱颤,忙跑到另一棵树旁,又是那样,就急得大喊堂吉诃德救命。堂吉诃德过来问他出了什么乱子,什么事害怕。桑丘说,树上挂满了人脚人腿。堂吉诃德摸了一下,明白是怎么回事,就对桑丘说:

"咱们大概离巴塞罗那不远了;那地方官府捉到土匪和强盗,往往把二三十个一起挂在树上绞死。你甭害怕,你黑地里摸到的准是他们的腿和脚。③"

堂吉诃德一语道着了。

晓色朦胧,他们抬眼看见累累满树都是尸体。他们看了这许多死强盗很吃惊,不料天亮了又跑来四十多个活强盗,把他们团团围住;这一惊更非同小可。那伙人说的是加达卢尼亚话,叫他们不许动,等他们的头领来发落。当时堂吉诃德毫无防备,马

---

① 西班牙成语,相传咖斯底利亚王贝德罗一世被弟弟杀死,当时弟弟的侍僮帮主人把贝德罗一世绊倒,嘴里说了这句话。
② 引用民歌里的句子。
③ 在塞万提斯的时代,加塔卢尼亚省(Cataluña)多盗,尤其在省城巴塞罗那附近。

没有套上鞍辔,长枪倚在树上,自己空手站着。他觉得还是双臂交抱着胸口,低头等待时机为妙。

强盗搜查灰驴,把褡裢袋和手提包里的东西抢劫一空。桑丘总算运气,公爵送的和家里带出来的艾斯古多都在贴肉缠着的腰包里。可是这群好汉就连藏在皮肉中间的东西都会搜刮去,亏得他们的头领这时跑来了。他大约三十三四岁,体格很结实,中等以上身材,黑黝黝的皮肤,神情很严肃。他骑一匹高头大马,身披铁甲,腰两侧分插着四支小火枪。他看见那伙喽啰(他们中间称为"侍从")搜索桑丘·潘沙,就喝令住手。他们立即听命,桑丘的腰包总算幸免。强盗头子看见一支长枪倚在树上,一面盾牌放在地下,堂吉诃德浑身披挂,那忧郁的模样,就像整个人都是忧愁苦闷凝成的。他就过去说:

"老哥,别丧气,你没有落在杀人不眨眼的魔君手里,我罗盖·吉那特①宽厚为怀,不是狠心人。"

堂吉诃德答道:"啊呀!原来你就是英名盖世的罗盖!我丧气不是因为落在你们手里了,我只为自己太不经心,没备上马就给你手下的勇士捉住。按我奉行的游侠骑士道,我应该是自己的哨兵,得时刻戒备。我告诉你,英雄罗盖,假如他们来的时候我拿着长枪和盾牌骑在马上,要我投降可没那么容易!我是堂吉诃德·台·拉·曼却,我的丰功伟绩是举世闻名的。"

罗盖·吉那特一听就知道这人不是吹牛,而是有点疯癫。他常听人讲起堂吉诃德,对这人的所作所为并不信以为真,也不

---

① 西班牙人民所爱戴的侠盗,1611 年带着部下二百人投诚,转入拿坡黎斯境,把部下组成军队,自己当了队长。

能理解一个人怎会那样发疯。他现在碰到堂吉诃德了,可以就近瞧瞧传闻的虚实,所以很高兴,说道:

"勇敢的骑士啊,别懊恼,你这会儿未必倒霉,说不定正由你这点错失,背运倒会往好转。老天爷常由世人意想不到的曲折,把跌倒的人扶起,叫穷人变成富人。"

堂吉诃德正要道谢,背后传来一阵马蹄声。马只有一匹,疾驰而来的是个小伙子,约莫二十来岁,穿一套滚金花边的绿色锦缎骑马裤和宽大的短上衣,帽上像瓦龙人①那样斜插着羽毛,称脚的皮靴上打着蜡,一对马刺、一柄匕首、一把剑都是镀金的;他手里拿一支小火枪,腰左右各插一支手枪。罗盖闻声回头,只见这漂亮的少年上前来对他说道:

"大勇士罗盖呀,我是来找你的;我遭了祸,你纵然救我不了,也可以助我一臂之力。你不会认识我;让我自己介绍吧,免得你摸不着头脑。我是你好朋友西蒙·佛尔德的女儿克劳迪娅·黑隆尼玛。我爸爸的死冤家克拉盖尔·多尔瑞利亚斯也是你的冤家,他那帮人是和你作对的。你知道,这多尔瑞利亚斯有个儿子名叫堂维山德·多尔瑞利亚斯——反正不到两小时以前有这么个姓名的人。他就是我这桩祸事的根苗。我不啰唆了,只简单讲讲怎么回事。他看中了我,向我求情;我没有拒绝,瞒着爸爸也爱上了他。姑娘家尽管躲在家里不见外人,她要爱上人总有机会。干脆说吧,我们俩订下了婚约;不过我们的交情只到此为止。我昨天听说他背约要娶别人,今天早上结婚。我又急又气,按捺不住,乘我爸爸出远门还没回来,忙穿上这套衣服,

---

① 比利时南部居民。

骑着这匹马拼命去赶堂维山德,离这儿大约一哩瓦追上了他。我没去向他抱怨或听他推诿,就对他开枪了;先用这支火枪,接着又用了这两支手枪。我相信他身上中的子弹绝不止两颗。我溅了他的鲜血,争回了自己的体面。他有一群佣人围绕着,我就撇下他走了。他们没敢抵抗,也没那本事!我现在要请你把我送到法兰西去投靠亲戚,还求你保护我父亲,别让堂维山德一帮的那许多人放肆报复。"

罗盖想不到克劳迪娅这么个美人却是敢作敢为的女侠,竟干出这等事来。他说:

"来吧,小姐,咱们且去看看你那个冤家死了没有,再斟酌下一步该怎么办。"

堂吉诃德留心听着两人说话,这时插嘴道:

"这位小姐不用别人保护,这是我的事!把我的马匹和兵器拿来,你们在这里等着我。我去找那绅士,管他是死是活,一定叫他说了话当话,对得起这位美丽的姑娘。"

桑丘说:"我主人作成人家的婚姻很有一手,你们尽管放心。有个小伙子也是订了婚又赖婚,前几天由我主人成全了他们的姻缘。要不是魔法师和我主人捣乱,把那小伙子变成了小厮,那姑娘这会儿早已不是闺女了。"

罗盖关念着克劳迪娅美人的事,并没有听见他们主仆的话。他盼咐喽啰们把灰驴驮带的东西全还给桑丘,各自退守昨晚派定的岗位;他随即和克劳迪娅飞马去找堂维山德,瞧他受了伤是否死了。他们到了克劳迪娅向堂维山德开枪的地方,不见那人,只见地上新溅的鲜血;放眼四望,看见山头一簇人,料想是堂维山德的佣人,或是抬着主人的尸体去埋,或是人还活着,送去治疗。他们料得不错。两人急急追去;那群人走得慢,一下就追上了。只见堂维山德由那些佣人抱着,奄奄一息地求他们把自己放下,让他死吧,他伤口疼痛得不能忍受了。

克劳迪娅和罗盖跳下马,赶到他身边。那些佣人看见罗盖吓得战战兢兢;克劳迪娅见了堂维山德心情激动,虽然铁青了脸,还未免有情,近前去握住他双手说:

"你要是不负心背约,哪会到这个地步。"

受伤的人睁开半闭的眼睛,看见克劳迪娅,说道:

"漂亮的小姐,你准是有什么误会了。我知道是你对我下毒手。你怎么对得起我的一片情意呢?无论我的心念或是我的行为,都没有一分一毫辜负了你呀。"

克劳迪娅说:"你今天不是要和富农巴尔瓦斯特罗的女儿蕾欧诺拉结婚吗?难道那是没影儿的事吗?"

堂维山德说:"确实没影儿。是我的灾晦,叫你听到这么个消息,一生气就要了我的命。我死在你的手里和你的怀里,就很幸福。你如果愿意,咱们握手行了婚礼吧;你就知道我刚才说的都是真话。你既然以为我辜负了你,那么我这样赔礼再好没有了。"

克劳迪娅紧握着堂维山德的手,悲伤得倒在他血污的胸口。他一阵抽搐,也死过去了。罗盖慌了手脚;那些佣人忙舀了些凉水,对他们脸上喷洒。克劳迪娅苏醒过来,堂维山德却一命呜呼了。克劳迪娅看到亲爱的丈夫已经死去,呼天抢地的大哭。她把自己的头发揪下乱扔,把脸皮也抓破,做尽伤心人表示悲痛的种种举动。

她自怨自责道:"顾前不顾后的狠心女人啊!你真是轻率,

怎么由着坏心摆布,干出这等事来!为爱情赌气,就丧心病狂了!我的丈夫呀,我爱你却是害你,把你从洞房推进坟墓!"

克劳迪娅哭得非常伤心,向来不惯流泪的罗盖也陪着流泪了。那些佣人都哭,克劳迪娅哭晕了几次;山头上一片悲声。罗盖·吉那特吩咐堂维山德的佣人把尸体抬到主人家所在的附近村上去埋葬。克劳迪娅告诉罗盖她已经看破世情;她有个姑母是修道院长,她打算进修院奉事上帝了却余生。罗盖称赞她主意打得好,还答应不论她到哪里,他都愿护送,如果堂维山德的亲属或任何人冒犯她父亲,他一定抵制。克劳迪娅坚决不要他送,忍泪谢了他,就哭着走了。堂维山德的尸首由他的佣人抬走;罗盖也回到同伙那里去。克劳迪娅·黑隆尼玛的恋爱就这样了结。这又何足怪呢?她这段伤心史都由吃醋赌气造成;醋海风波是凶险的,能断送一切。

罗盖·吉那特回去,看见喽啰们还守在指定的地方,堂吉诃德骑着驽骍难得正在他们中间演说呢。他说做强盗性命难保,灵魂还得受罪,劝他们改行。可是他们多半是粗犷的加斯贡人,听不进堂吉诃德的话。罗盖一到,就问桑丘·潘沙,灰驴驮带的财物归还他没有。桑丘说还了,不过还欠三块头巾,一块足足抵得过一座城池的价值。

旁边一人说:"这家伙!胡说什么呀?头巾在我手里,值不了三瑞尔。"

堂吉诃德说:"这话不错。不过我侍从也有道理;那是人家送的,物轻人意重。"

罗盖叫那人立刻把三块头巾还给桑丘。他命令部下一翅儿排开,把上次分赃以来抢到的衣服、珍宝、钱财全都拿出来放在面前。他一眼就估定了价值,分不开的折成钱,然后分给大家。他分得非常公平,没一点偏差。大家都称心满意。罗盖分完了,对堂吉诃德说:

"要是不能分得这么均匀,休想和他们合伙。"

桑丘插嘴道:

"我这会儿看到了,公平真是好,连强盗也非公平不可。"

一个喽啰听见这话,举起枪柄要打桑丘;要不是罗盖·吉那特大声喝住,他准把桑丘打得头开脑裂。桑丘吓软了半边,打定主意,和这帮人在一起,再也不开口了。

有些喽啰守在路旁窥伺来往的人,这时跑来报告罗盖:

"头领,离这儿不远,到巴塞罗那去的路上来了大队人马。"

罗盖说:"是找咱们的,还是咱们要找的人?看得出吗?"

那喽啰说:"正是咱们要找的人。"

罗盖说:"那么全伙出动,马上把他们押来,别跑掉一个。"

大家奉命出发,只有堂吉诃德、桑丘和罗盖留在那里等着,瞧他们押些什么人来。当时罗盖对堂吉诃德说:

"堂吉诃德先生,您大概觉得我们这种生活很新奇吧?我们干的事和遇到的事确实都新奇,而且都危险。我老实说,我们提心吊胆过日子,没一刻安闲。我干这一行是因为受了屈,要吐一口气;那口怨气,随你性情多么和平也是憋不住的。我天生心肠软,不肯害人。可是受了那场冤屈,一心要报复,就顾不得自己的好心善意,咬紧牙关走上了这条路。'深渊和深渊响应'①,坏事牵动坏事;我接二连三,不仅为自己报仇吐气,别人有冤,也

---

① 引《旧约全书·诗篇》第四十二篇第七节。

都由我来代打不平。不过我靠上帝保佑,虽然走上邪路,还指望能回到光明大道上来呢。"

堂吉诃德听罗盖说话和善近情,出乎意料,因为他以为杀人抢劫的家伙没一个好心眼。他说:

"罗盖先生,治病第一得看准病情,下了药还得病人肯吃。您现在是有病,也知道自己的病情;上天——该说上帝——是我们的医师,会给您对症下药。药不是仙丹,不会一吃就好,可是吃下去逐渐会见效。还有一层,聪明人犯了罪,比笨人改得快。从您话里可见您很明白。您只要勇于改过,耐着性子等待,良心的毛病自会逐渐好起来。如果您要找一条解救自己的捷径,您就跟我走吧;我教您做游侠骑士。您经历了千艰万难,借此吃苦赎罪,转眼就可以升入天堂。"

罗盖听了堂吉诃德的劝告不禁大笑。他掉转话头,讲了克劳迪娅·黑隆尼玛的惨事。桑丘听了非常伤心,因为他对那位姑娘的美丽、勇敢和泼辣都钦佩得很。

出去打劫的喽啰回来了。他们押着两个骑马的绅士,两个步行的朝圣者,一车妇女,六个护送的佣人,有步行的,也有骑马的,还有跟那两个绅士的两名骡夫。喽啰把掳来的一群人围在中间;大家鸦雀无声,等候罗盖·吉那特大王发落。他就问两个绅士是什么人,到哪里去,带着多少钱。一个绅士答道:

"先生,我们俩是西班牙的步兵上尉。我们的部队在拿坡黎斯。据说有四艘海船停在巴塞罗那,奉命要开往西西里岛;我们是去上船的。我们身边有二三百艾斯古多;当兵的向来穷,没几个钱,我们有这许多就很富裕了。"

罗盖照样又问那两个朝圣者。据说他们打算上船到罗马

去,两人的钱凑在一起大概有六十瑞尔。罗盖又问车上是谁,到哪里去,带多少钱。一个骑马的说:

"车上是我们的女主人拿坡黎斯法院院长夫人堂娜玖玛·台·基纽内斯;她带着一个小女儿、一个使女和一个傅姆。我们六人是护送的,身边有六百艾斯古多。"

罗盖·吉那特说:"那么,咱们一起有九百艾斯古多、六十瑞尔。我部下大约有六十人。瞧每人该分多少吧,我不大会算。"

一群强盗听了这话,齐声高呼:

"罗盖·吉那特长命百岁! 谁想干掉他就是狗强盗! 休想! 休想!"

被俘的一群眼看自己的钱要抄去了,两个上尉神色焦急,法院院长夫人满面愁容,两个朝圣者也垂头丧气。他们的懊恼非常明显。罗盖让他们着急了一会儿,却不愿延长他们的愁苦,他转脸向两个上尉说:

"两位上尉先生请帮帮忙借我六十艾斯古多;法院院长夫人请帮忙借我八十,因为'修道院长靠唱歌吃饭'①,我部下这帮伙伴们得要点饷银。回头我给你们出一张通行证,你们拿了就可以自由走路,不受阻挠;尽管我还有部下分散在附近一带,碰到也不会伤害你们。我绝不愿意冒犯军士和妇女,尤其是贵夫人。"

两个上尉连连道谢,满心感激,觉得罗盖真是宽容大度,不拿他们的钱。堂娜玖玛·台·基纽内斯夫人要下车来亲吻罗盖

---

① 西班牙谚语。

大王的手和脚,可是罗盖怎么也不答应,反请她原谅自己,干了这凶恶的营生,不得已冒犯了她。这位法院院长夫人吩咐她佣人把她份里的八十艾斯古多马上交出来;两个上尉已经掏出了他们的六十艾斯古多。两个朝圣的就要把他们的戋戋之数全部奉献,可是罗盖叫他们别忙;他对部下说:

"这许多艾斯古多你们每人两个,余下二十个;十个给两位朝拜圣地的,十个给这位好侍从,让他给咱们江湖上扬扬名。"

罗盖吩咐把随身带的文具拿来,写了一张向部下头目打招呼的通行证,交给那群被俘的人,就和他们告别,放他们上路。他们想不到罗盖这样豪爽大度,真是个非常人物,觉得这位鼎鼎大名的强盗颇有亚历山大大帝之风。有一名喽啰用半法语半西班牙语说:

"咱们这位头领不配当好汉,只配做修士;以后他再要卖弄慷慨,用他自己的钱吧,别使我们的。"

这个倒霉家伙声音大了些;罗盖听见了,拔剑把那人的脑袋险的劈作两半,一面说:

"谁口吐狂言,肆无忌惮,我就这样责罚!"

大家吓怔了,谁也没敢哼一声。他们对他就是这么服服帖帖。

罗盖走过一边去,写信给巴塞罗那城里的一个朋友,通知他说:众口传扬的堂吉诃德·台·拉·曼却正在他那里,这位著名的游侠骑士是最有趣味最有识见的人;他罗盖就要把这位先生送到巴塞罗那来,四天以后,在施洗约翰的纪念日①,如到城外海边去,就

---

① 指为耶稣施洗的圣约翰。按日期推算,这里说的不是他生日(6月24日)而是他被希律王杀头的日子(8月29日)。

能见到他们主仆——骑士全身披挂,骑着驽骍难得,侍从桑丘骑驴跟随。罗盖嘱咐朋友把这消息传给尼阿罗一帮朋友,让他们拿堂吉诃德打趣取乐,可是别让他的冤家加台尔一帮知道了也来趁热闹①。不过这件事办不到。因为堂吉诃德的疯狂和高明,以及他侍从桑丘·潘沙的滑稽,都注定是供全世界娱乐的。罗盖派一名喽啰送信;那人就乔装成老乡,混进巴塞罗那去。

第六十一章

堂吉诃德到了巴塞罗那的见闻,
还有些岂有此理的真情实事。

堂吉诃德和罗盖一起过了三天三夜;他们生活里的新奇事层出不断,即使是三百年也没个穷尽。他们天亮在这里,吃饭又在那里;有时拔队逃跑,却不知躲谁;有时原地等待,也不知等什么。他们站着睡觉,才做了半个梦,又转移到别处去。他们成日成夜忙着放哨、望风、吹旺火枪里的引火绳,不过他们没几支火枪,多半用燧发枪。罗盖不和部下一起过夜;他在哪里总瞒着他们。因为巴塞罗那总督出了许多告示要他的命;他战战兢兢,对谁都不敢托大,怕自己部下行刺,或捉他去报功。他的生活真是

---

① 尼阿罗(los Niarros)、加台尔(los Cadeles)当初是敌对的两个政党,后来变为互相残杀的两帮强盗。

辛苦得很。

罗盖带着堂吉诃德、桑丘和六个喽啰抄荒僻小道到巴塞罗那去。圣约翰节的前一晚,他们到了城外海边。罗盖拥抱了堂吉诃德和桑丘,给了桑丘上次许他的十个艾斯古多,和他们主仆客套一番,郑重告别。

罗盖走了,堂吉诃德就在马上等天亮。一会儿东方发白,晨光静穆,照得花儿草儿欣欣向荣。忽听到悦耳的喇叭、铜鼓和铃铛声,还有"走开!走开!靠边儿!靠边儿!"的喝道声,好像有人从城里出来。太阳要亮相,驱开朦胧晓色,露出它那个比盾牌还大的脸盘儿,从海上缓缓高升。

堂吉诃德和桑丘放眼四看,见到了生平未见的大海,只觉浩浩渺渺,一望无际,比他们在拉·曼却所见的如伊台拉湖大多了。海边停泊的一艘艘海船,正在卸船篷①,上面张挂的许多彩带和细长三角彩旗在风里抖动,蘸拂着水面。船上喇叭、号角众音齐奏,远近军乐一片悠扬。海船开动了,在平静的水面摆出交战的阵势。顿时有无数骑兵应战似的从城里奔驰而来,都制服鲜明,马匹雄健。船上的战士连连放炮,城上也放炮回敬。城上炮声震天,惊心动魄,海船的大炮也声声相应。大地如笑,海波欲话,天气清朗,只有炮火的烟雾偶尔浑浊了晴空;这种情景好像使人人都兴致勃发。桑丘不明白怎么海上浮动着的庞然巨物会有那么许多脚②。

那群穿制服的骑兵声声欢呼,呐喊着"利利利"③,奔驰到堂

---

① 这是遮阳挡雨的帆布顶篷。
② 指划船的桨。
③ 或"雷利利",阿拉伯人战斗和庆祝时的呐喊,参看本书269页注①。

吉诃德面前,弄得他莫名其妙。其中一个是得到罗盖传信的朋友;他高声向堂吉诃德说:

"欢迎啊,游侠骑士道的模范和师表、启明星和北极星——您的名称一时上都说不尽。英勇的堂吉诃德·台·拉·曼却,欢迎您到我们城里来!您是历史家熙德·阿默德·贝南黑利笔下那位真实的堂吉诃德,不是那部骗人的新书里伪造的冒牌货。"

堂吉诃德还没答话;那几个骑兵不等他开口,领着队伍围绕着他左旋右转,转成个螺旋形。堂吉诃德回身对桑丘说:

"这些人认识咱们。我可以打赌,他们读过咱们的故事,连阿拉贡人新出版的那一部都读过。"

和堂吉诃德攀话的骑兵又转回来说:

"堂吉诃德先生,请您和我们同走吧。我们都是为您效劳的,都是罗盖·吉那特的好朋友。"

堂吉诃德答道:

"骑士先生,大概礼貌是孳生不息的;罗盖大王对我的盛情传给你们,你们又对我这样客气。我一定追随你们,唯命是从;如果我也能为你们效劳,我就更高兴了。"

那位绅士也照样客套一番,大队人马就簇拥着堂吉诃德,在喇叭铜鼓声里进城。魔鬼专干坏事,小孩却比魔鬼还坏。两个顽童在堂吉诃德一伙进城的时候挤进人群,挨到他们身边,一个掀起灰驴的尾巴,一个掀起驽骍难得的尾巴,各把一束荆棘插进它们的身体。两头可怜的牲口觉得剧痛,就夹紧了尾巴;一夹紧越发疼痛难熬,只顾乱蹦乱跳,把两位主人都掀下地去。堂吉诃德又羞又窘,忙给他那匹老马拔掉尾下的装饰品;桑丘也给灰驴拔掉。带领堂吉诃德的几名骑兵要去打那两个顽童,可是他们早混进周围千百成群的孩子里去,没法奈何他们了。

堂吉诃德和桑丘又骑上牲口,还那么缓步从容,随着音乐,跑到带头的那位绅士府上。那是个高门大宅;干脆说吧,是个有钱人家。熙德·阿默德暂把他们主仆撇在那里了,我们也就撇下他们再说吧。

第六十二章

一个通灵的人头像,以及不能从略的琐事。

堂吉诃德的东道主名叫堂安东尼欧·台·莫瑞诺。他是个有风趣的富绅,喜欢开开玩笑,可是不失分寸,不伤和气。他既已把堂吉诃德请到家来,就想揭他的疯狂给大家取乐,而又手段巧妙,不招他本人生气。惹人气恼,不算玩笑①;得罪了人取笑就不值一笑。堂安东尼欧一上来先请堂吉诃德卸下盔甲,让他像上文屡见的那样穿着麂皮紧身,到他家阳台上去亮亮相。阳台下临城里最热闹的大街,来往行人都望得见。许多大人小孩就像看猴儿似的看堂吉诃德。制服漂亮的骑兵又在堂吉诃德面前驰骋,仿佛他们穿上节日服装是专供堂吉诃德检阅的。桑丘高兴无比,好像莫名其妙地又碰上卡麻丘结

---

① 西班牙谚语。

婚之类的事,或闯进了堂狄艾果·台·米朗达家或公爵府那样的人家。

堂安东尼欧那天请几个朋友吃饭;大家对堂吉诃德都恭恭敬敬,把他当游侠骑士看待。他洋洋得意,喜形于色。桑丘的趣谈妙语连一接二,宾主和全家佣人都听得聚精会神。饭时堂安东尼欧对桑丘说:

"桑丘老哥啊,我们这儿知道你最爱吃白鸡①和肉丸子,吃不了就揣在怀里,明天再吃。"

桑丘说:"没那事儿,先生,我是爱干净的,并不馋。我主人堂吉诃德在这里呢,他还不知道吗,我们俩一把橡树子或核桃往往吃个七八天呢。有时碰上人家给我一头小母牛,我就赶快拿了拴牛的绳子赶去,那倒也是真的。就是说呀,人家给我什么,我就吃什么,不错过机会。谁说我馋嘴肮脏,我就要告诉他不是那么回事——这话我还另有个说法呢,不过碍着在座各位贵宾,我就不说了。"

堂吉诃德道:"真的,桑丘吃得又清淡,又干净,这是可以写刻在铜碑上万世流传的。他饿了确也有点狼吞虎咽,因为吃得快,两边大牙一起嚼;不过总很干净,一点不肮脏。他做总督的时候学得吃相秀气极了,吃葡萄呀,甚至吃石榴子呀,都用餐叉扦着送到嘴里去。"

堂安东尼欧说:"啊呀! 桑丘做过总督吗?"

桑丘说:"做过啊,在一个海岛上,叫便宜他了岛。我做了

---

① 鸡的胸脯肉,上浇牛奶、糖和米粉做的浆汁。这是阿维利亚内达的书上说的。

十天总督,分内该做的事一一都做了。那十天真忙,没一会儿安闲。我得了这番经验,对世界上所有的总督职位都不稀罕了。我从岛上逃出来,又掉在坑里,拿定要送命了,想不到还能活着出来。"

堂吉诃德把桑丘做总督的事细细讲了一遍,大家听得津津有味。

饭后,堂安东尼欧拉了堂吉诃德的手到一间屋里。全屋没有陈设,只有一张好像碧玉做成的独脚桌子;桌上供一个好像铜铸的半身人像,仿佛罗马帝王的头像那样连着胸脯。堂安东尼欧带堂吉诃德满屋走了一转,又围着桌子绕了几圈,然后说:

"堂吉诃德先生,我已经看了咱们这里确实没有外人,门也锁着。我现在要告诉您一桩怪事,或者该说是一件奇闻,不过您得严守秘密。"

堂吉诃德道:"我发誓决不泄露,还可以保证上再加保证。"他又称呼着这位新相识的名字说:"我告诉您,堂安东尼欧先生,您的话只从我耳朵里进去,决不从我嘴里出来。您想说什么,尽管放心说,我一定守口如瓶。"

堂安东尼欧说:"您既然这么担保,我就要叫您见所未见,闻所未闻了,您准会大吃一惊。我把闷在心里不敢告诉人的秘密吐露出来,也可以松一口气。"

堂吉诃德不懂为什么这样郑重其事,急要知道究竟。堂安东尼欧就拉着他的手去摸那个铜人头,又把碧玉的独脚桌子从面到脚都摸遍,然后说:

"堂吉诃德先生,这个人头是世界上第一流魔法师制造的。

他大概是波兰人。他师父艾斯戈迪留是有名的①,据说干过许多神奇的事。那波兰法师在我家住过。我出一千艾斯古多请他制造了这个人头。如果凑近它耳朵随便问什么话,它都能回答,这就是它独具的神通。那法师画符念咒,上观天象,选了好时辰动手,造成这个人头。咱们明天可以试验一下;今天不巧是星期五,它星期五是不开口的,只好等明天。您可以先想想要问什么话。我见识过这种人头,知道它回答的话句句都准。"

堂吉诃德觉得一个人头有这种本领离奇得很,对堂安东尼欧的话不大相信;不过马上可以试验,也就不愿多说,只谢他向自己推心置腹。他们出来,堂安东尼欧又锁上门,两人同上客厅。当时其他男客都在那里听桑丘讲他主人遭逢的种种奇事。

那天下午,他们带堂吉诃德上街逛逛。他没有披挂,只是随常出门装束,穿一件黄褐色呢大衣。那么大热天穿了那件大衣,便是冰块也要冒汗的。主人家叫佣人们设法绊住桑丘,不让他出门。堂吉诃德上街骑的不是驽骍难得,却是一匹稳重的大骡子,鞍辔很鲜明。他们给堂吉诃德穿上大衣,偷偷在衣背钉一方羊皮纸,上面大字写着"这是堂吉诃德·台·拉·曼却"。街上人看见堂吉诃德,就看见他背上的标签,都念道:"这是堂吉诃德·台·拉·曼却。"堂吉诃德以为路上的人都认识自己,大为惊讶,转脸向并辔而行的堂安东尼欧说:

"游侠骑士道最受人器重,谁当了骑士就名满天下,天涯海角的人都知道他。不信,您瞧瞧吧,堂安东尼欧先生,这里的小孩子几时见过我呢,可是连他们也认识我。"

---

① 当时有几个同名的天文家和魔术家,不能断定作者指的究竟是谁。

堂安东尼欧说:"对呀,堂吉诃德先生。美德像火一样包藏不住,一定冒出头来。您干的这一行尤其光芒四射,盖过一切。"

堂吉诃德正骑骡在街上缓步徐行,可巧有个咖斯底利亚人①读了他背上的大名,高声说道:

"倒霉的堂吉诃德·台·拉·曼却!你背上挨了不知多少板子,你怎么还没送命,却跑到这里来啦?你这疯子!自己在家里发疯也罢了,还惯把你交往的人都变成疯子和傻瓜;不信,瞧瞧和你一起的几位先生就知道了。糊涂虫啊,你还是回家去,照管自己的家产和老婆孩子吧,别再疯疯癫癫,闹得迷糊了心窍。"

堂安东尼欧说:"老哥,你走你的路;没请教你,别来训人。堂吉诃德·台·拉·曼却先生心里雪亮,我们和他一起的也并不糊涂。美德是到处都尊重的。让你倒尽了霉吧!人家又没招你,多管什么闲事!"

那加斯底利亚人说:"您这话真是不错。向这位好先生进忠告,就是找钉子碰。不过据说这疯子对什么事都识见高明;他这副好头脑全给游侠骑士道毁了,实在可惜!从今以后,即使我活一千岁,即使有人向我请教,我要再给他进忠告,让我和子子孙孙都像您说的那样倒尽了霉吧。"

那个进忠告的人走了,他们继续闲逛。可是大人小孩都跑来读那标签,拥挤不堪,堂安东尼欧只好假装给堂吉诃德掸掸

---

① 堂吉诃德的家乡拉·曼却在咖斯底利亚;巴塞罗那在咖斯底利亚东北的加塔卢尼亚。

背,把那方纸取下。

他们天黑才回家。当晚有个女客的跳舞会。堂安东尼欧的妻子是美丽活泼又有风趣的一位贵夫人。她为堂吉诃德请了几个女友作陪客,让她们瞧瞧这古怪的疯人,借此消遣。大家吃了一餐丰盛的晚饭,十点左右舞会开始。有两个女客很淘气促狭,虽然是正经女人,她们为了开个把不得罪人的玩笑,却有点放肆。她们俩无休无歇地拉堂吉诃德跳舞,折磨得他不仅身体疲惫,精神也很烦倦。他那模样煞是好看:又高、又细、又瘦、又黄,紧窄窄的衣服,僵撅撅的身子,举动又非常笨滞。两个年轻太太假意偷偷儿向他送情,他也悄悄地表示谢绝;可是瞧她们纠缠不已,就高声说:

"'害人鬼怪,速去勿待'①!我不要这种情意,别来缠我!两位夫人自己识趣吧。绝世美人杜尔西内娅·台尔·托波索独霸着我这颗心呢,不容我接受别人的撩拨。"

他跳舞跳得精疲力竭,一面说着话,一面就在客厅当地坐下了。堂安东尼欧叫人把他抬上床去。桑丘抢先上来拉着他说:

"我的主人先生,您真是倒了霉,跳什么舞呀!您以为勇敢的人都能跳舞、游侠骑士都是舞蹈家吗?我说呀,您要是这么想就大错了。有人宁愿拼着性命杀个巨人,也不愿跳舞。要是手拍脚的蹦蹦,您如果不会,我还可以替您,我跳得像老鹰一样灵活呢;跳舞我可一点儿不会。"

桑丘这番话说得大家都笑了。他伺候主人上床安睡,给他盖好毡子,让他出汗;如果跳舞着了凉,就可以发散掉。

---

① 常用的拉丁文驱鬼咒语。

第二天,堂安东尼欧觉得可把人头的法术试验一番了。参与的客人有堂吉诃德、桑丘和堂安东尼欧的两个朋友;舞会上折磨堂吉诃德的两位夫人当晚由堂安东尼欧夫人留住过夜,这时也在里面。堂安东尼欧带他们进了安放人头的屋子,锁上门,介绍了那人头的神通,嘱咐大家切勿外传,并且说,究竟如何还没试验过呢。堂安东尼欧已把个中奥妙告诉他这两个朋友;他们要不是事先知道,也会像其他客人一样吃惊的。怎不叫人吃惊呢,那东西是煞费心思才制造出来的呀。

堂安东尼欧首先凑到人头的耳边,放低了声音,可是大家都听得见;他问道:

"脑袋,凭你的本领说说吧,我这会儿在想什么?"

那脑袋并不掀动嘴唇,声音却清清楚楚,在场的人都听见,它说:

"我不知道人家的心思。"

大家很惊奇,尤其看到桌子周围和整间屋里不可能有人代答。

堂安东尼欧又问:"这里有几个人?"

还是那个声音轻轻答道:

"有你和你夫人、你的两个朋友、你夫人的两个朋友,还有一位著名的骑士堂吉诃德·台·拉·曼却,再加他的侍从桑丘·潘沙。"

大家越加吃惊,吓得毛发都竖起来。堂安东尼欧退立一边说:

"行了,你是个聪明的脑袋,会说话的脑袋,能回答问题的脑袋,神奇的脑袋!现在我知道花了钱没有上当。谁有什么要问的,上来问吧!"

女人一般都任性,而且好奇。堂安东尼欧夫人的一个女友抢先过去问道:

"脑袋呀,我问你,我要变成个很美的美人,有什么办法吗?"

回答说:

"只要很端重就行。"

那位夫人说:"我不多问了。"

她的女伴随即凑近去问道:

"脑袋呀,我想问问,我丈夫真心爱我吗?"

回答说:

"瞧他怎么待你,就会明白。"

那位太太退下来说:

"这还用问! 要知道心思,当然得瞧行为呀。"

堂安东尼欧的一个朋友接着上前去问脑袋:

"我是谁?"

回答说:

"你自己知道。"

那绅士说:"我不问这个,只问你是否认识我。"

回答说:"认识呀,你是堂贝德罗·诺利斯。"

"脑袋呀,你真是什么都知道,我不想多问了。"

他退下来,另一个朋友上去问道:

"脑袋呀,请问你,我的大儿子有什么心愿?"

回答说:"我说过不知道人家的心愿。不过我可以告诉你,你儿子的心愿是要埋葬你。"

那绅士说:"这真是眼睛能见,手就指点①。"

他不再多问。堂安东尼欧太太近前去问道:

"脑袋呀,我没别的要问,只想请教你,我的好丈夫是否长寿?"

回答说:

"是!寿长着呢。他身体健康,起居有节,这样就能延年益寿。许多人生活没有节制,往往促短了寿命。"

然后堂吉诃德近前去说:

"你是能解答问题的,请问,我在蒙德西诺斯地洞里那段故事,是真的还是做梦?我侍从桑丘答应的那些鞭子,靠得住吗?杜尔西内娅能摆脱魔缠吗?"

回答说:"地洞里的事很难说,也有真,也有梦。桑丘答应的鞭子得慢慢儿来。杜尔西内娅的魔缠到时自会摆脱。"

堂吉诃德说:"我没有别的要问了。我只要能看到杜尔西内娅摆脱磨难,我就如愿以偿,欣喜透顶了。"

末了桑丘上前去问道:

"脑袋啊,我还会当总督吗?我能有朝一日,摔掉当侍从的苦差吗?我能再见老婆孩子吗?"

回答说:

"你可以做一家之主。你几时回家,就能见到你的老婆孩子。你不伺候人,就不当侍从了。"

桑丘说:"真是好!这话我自己会说呀。预言家贝罗格鲁留②

---

① 西班牙谚语。
② 贝罗格鲁留(Perogrullo),传说中的滑头预言家,西班牙民间歌谣举例如下:你走在女人前头,就有女人跟随;你有舌头,就会说话;你有大牙,就不是没牙;你一照镜子,就会看见自己的脸。

也不过是这么说。"

堂吉诃德说:"蠢货,你要怎么回答呀?这脑袋有问必答,不就行了吗?"

桑丘说:"是行了呀,可是我要它再多讲点儿、多说点儿呢。"

问答到此为止,可是大家还惊骇不止;只有堂安东尼欧的两个朋友知道底细,不以为奇。熙德·阿默德·贝南黑利立即揭开盖子,省得大家纳闷,以为那脑袋有妖法或神通。据说马德里有个巧匠制造了这么个人头,堂安东尼欧·台·莫瑞诺曾经见过,就在自己家里仿造一个,捉弄不知情的人。人头造得很巧。桌面和独脚都用木板做成,上色髹漆得像碧玉一样。脚底下伸开四爪,就支撑得平平稳稳。那脑袋仿佛罗马帝王的头像,颜色像青铜,里面是空的。桌面也是空的,人头安在桌上严丝合缝,衔接的痕迹分毫不露。桌子脚也是空的,通连人头的脖颈。这套东西直通连到下层屋里。一根铅皮管子从下到上贯通桌脚、桌面和人头的脖颈。管子安装得很妥帖,谁也看不出。答话的人在通连的下层屋里,嘴唇凑着管口;管子上下传声,仿佛扩音喇叭,句句话都传播得清清楚楚。这套玩意儿把局外人都蒙骗了。堂安东尼欧有个侄儿是伶俐聪明的大学生;答话的就是他。他事先知道哪些人那天和他伯父同在安放人头的屋里,所以听到第一个问题对答如流,又快又准。答别的话只凭猜测;他是个聪明人,话也答得聪明。熙德·阿默德还讲到这事的下文。城里不久传开了,说堂安东尼欧家里藏着一个有神通的人头,问它什么就答什么。我们宗教的卫士耳目灵敏;堂安东尼欧怕他们知道,忙把实在情况上报宗教法庭的官长。他们下令拆掉这套装置,别再闹下去,害无识之众大惊小怪。所以十一二天后那神奇的脑袋就毁了。可是在堂吉诃德和桑丘·潘沙的心眼里,人头还是通灵的,能回答问题;尽管没叫桑丘满意,堂吉诃德却非常称心。

城里的绅士要讨好堂安东尼欧,又要招待堂吉诃德,借此瞧瞧他的疯疯傻傻,准备六天后举行一场挑圈比赛。不过这又给别的事挤掉了。堂吉诃德有兴在城里逛逛,怕骑了马小孩子缠他,就带着桑丘和堂安东尼欧拨给他当差的两个佣人步行出门。他们正在街上走,堂吉诃德抬眼看见一处门额上写着"承印书籍"几个大字。他很高兴,因为从没见过印书,很想瞧瞧。他就带着人跑进去。只见一处正在印,一处正在校样,这里在排版,那里在校对;反正都是大印刷厂里工作的常套。堂吉诃德走到一个活字盘旁边,问他们干什么呢。那些工人向他解释了一番。他很惊奇,又往前走。在另一处他凑到一个工人面前,问他在干什么。那工人说:

"先生,"他指指旁边一个相貌端正、神情庄重的人说,"这位先生把一本意大利文的书翻译成咱们西班牙语,我正在排版,准备拿去印。"

堂吉诃德问道:"书名叫什么呢?"

译者答道:

"先生,书名原文叫 Le Bagatelle。"

堂吉诃德问道:"照咱们西班牙语,Le Bagatelle 怎么说呢?"

译者说:"用咱们的话,Le Bagatelle 就是'小玩意儿'。虽然据名称像是小品,内容却很有意思,也很重要。"

堂吉诃德说:"我懂一点点意大利文,常卖弄自己能唱几句阿利奥斯陀的诗。我的先生,我不是考您,不过出于好奇,想向您请教:您翻译的书里有 piñata 那个字吗?"

译者说:"有,常看见。"

堂吉诃德问:"您怎么翻成西班牙文呢?"

译者说:"还能怎么翻呀?不就是'沙锅肉羹'吗?"

堂吉诃德说:"我的天哪!您对意大利成语多熟悉啊!我可以跟您着实打个赌:意大利文 piace,您翻的西班牙文是'喜欢';意大利文 più,是'多';意大利文 su 是'上面';giù,是'下面'。"

译者说:"我确是这么翻的呀,这几个西班牙字跟意大利原文恰好相当。"

堂吉诃德说:"我敢发誓,您不是当代的著名人士。这个世界专压抑才子和杰作,辜负了不知多少本领,埋没了不知多少天才,冷落了不知多少佳作!不过我对翻译也有个看法。除非原作是希腊、拉丁两种最典雅的文字,一般翻译就好比弗兰德斯的花毡翻到背面来看,图样尽管还看得出,却遮着一层底线,正面的光彩都不见了。至于相近的语言,翻译只好比誊录或抄写,显不出译者的文才。这不是轻视翻译;有些职业比这个还糟,赚的钱还少呢。可是有两个著名翻译家是例外。一个克利斯多巴尔·台·费格罗阿博士[①],他翻译了《忠实的牧人》;另一个是《阿明塔》的译者堂胡安·台·郝瑞基[②]。他们翻译得非常完

---

① 《忠实的牧人》(*Il pastor fido*,1590),作者是意大利诗人巴普悌斯塔·瓜利尼(Battista Guarini),译者是克利斯多巴尔·苏阿瑞斯·台·费格罗阿(Cristóbal Suárez de Figueroa),不是克利斯多巴尔·台·费格罗阿(Cristóbal de Figueroa)。

② 《阿明塔》(*Aminta*),作者是意大利诗人塔索(Torcuato Tasso),译者是诗人兼画家,塞万提斯的朋友。

美,简直和原著难分彼此。可是我请问,您出版这本书是自负盈亏,还是把版权卖给书店了?"

译者说:"我自负盈亏。这第一版印两千本,每本定价六瑞尔,转眼可以销完;我想至少能赚一千杜加。"

堂吉诃德答道:"真是如意算盘!看来您还不知道书店的交易和他们同行之间的关系呢。您瞧着,将来您背着两千本书,压得腰瘫背折,您就慌了;如果书是平淡无奇、不大够味儿的,那就更没办法。"

译者道:"可是怎么办呀?您要我把书交给书店老板吗?他出三文钱买了我的版权,还好像是对我开恩呢。我出书不为求名,我靠作品已经有名了。我求的是利;没有利,空名值不了半文钱。"

堂吉诃德说:"但愿上帝保佑您一本万利。"

他又走到另一个活字盘前面,看见那里正在校改一大张刚印出来的书,书名是《灵魂之光》①。他看了说:

"这类书尽管多,还是该出版。现在有罪孽的人多;这么许多人沉沦在黑暗里,需要许多指路明灯呢。"

他又往前去,看见那里在校对另一本书。他问起书名,说是叫《奇情异想的绅士堂吉诃德·台·拉·曼却》第二部,作者是托尔台西利亚斯人。

堂吉诃德说:"我听到过这本书。我摸着良心老实说,这样

---

① 作者是教士,名斐利贝·台·梅内塞斯(Felipe de Meneses),1555年出版;十六世纪末到十七世纪初屡次再版。

荒谬的书，我以为早已烧成灰了。不过每头猪都有它的圣马丁日①，它也逃不了。虚构的故事愈逼真愈好，也愈有趣；真事呢，愈确实愈好。"

他面带怒色，走出了印刷厂。那天堂安东尼欧准备带他去参观泊在沿岸的海船。桑丘很高兴，因为生平没见过。堂安东尼欧通知海船舰队司令②，鼎鼎大名的堂吉诃德·台·拉·曼却在他家做客，他们宾主当天下午要上海船参观。舰队司令和城里居民都已久闻堂吉诃德的大名了。这位骑士在海船上的事见下章。

第六十三章

桑丘·潘沙船上遭殃；摩尔美人意外出现。

堂吉诃德全没料到通灵的人头是个骗局，听了它的回答只顾细细思量。他一心只记着杜尔西内娅能摆脱魔缠的那句预言，认为决没有错，所以颠来倒去地想，暗暗欢喜，相信不久就会落实。桑丘虽然像上文说的不愿做总督，却还希望有朝一日又能发号施令、一呼百诺。他做官虽然只不过是一场玩笑，不幸还是上了

---

① 西班牙谚语，圣马丁与穷人分袍事见本书 437 页注④。他的纪念日恰是酒神的节日（11 月 11 日），是个大吃大喝的日子，猪养肥了都在那天宰杀。
② 每四只海船成一小舰队，设一司令官。

官瘾。

且说那天下午堂安东尼欧和两个朋友带着堂吉诃德和桑丘到海船上去。舰队司令已经知道堂吉诃德和桑丘要光临,急要看看这两位大名鼎鼎的人物;他们俩刚到海边,几只海船就放下船篷,奏起军乐来。司令船立即放小艇去接;艇上铺着华丽的花毡,安着大红丝绒靠垫。堂吉诃德刚踏上小艇,司令船就带头放礼炮;其他船上一齐响应。堂吉诃德登上右边的扶梯,水手们按欢迎贵宾的惯例,高呼"呜、呜、呜!"三次。舰队司令是巴伦西亚贵族,这里就称为将军;他和堂吉诃德握手为礼,又拥抱了他说:

"我今天见到堂吉诃德·台·拉·曼却先生,真是一辈子最可庆幸的日子,该用白石标志①,纪念游侠骑士的师表到了我们这儿来。"

堂吉诃德受到这样尊敬,非常高兴,也彬彬有礼地答谢。宾主过去坐在船尾半圆形的凳上,那里陈设得很漂亮。水手长跑到中间的过道上,吹哨为号,叫划手脱衣②。他们转眼都把衣服脱下。桑丘看见那么许多人光着膀子,诧怪得眼睛都瞪出来了,又瞧他们一下子扯起船篷,干活儿快得出奇,简直像地狱里出来的一群魔鬼,越发惊讶。不过比了接着来的事,那就算不得什么了。当时桑丘正坐在过道尽头的木凳上③,他旁边是右面末排的划手④。那人是奉了命的,他捉住桑丘,把他高高举起;全船

---

① 希腊风俗白石志喜,已见本书76页注①。
② 海船上要划手使大劲摇船,就叫他们脱衣。
③ 船尾歇船篷绳子的木桩,作战时,司令官就站在上面指挥。
④ 这个人控制全船划手的速度,大家都按照他的快慢划船。

的划手都站在位子上等着,他们从右边开始,一双双胳膊依次轮替着把桑丘高举空中,顺着一个个座儿飞快地往前传送。可怜桑丘给他们转得头晕眼黑,满以为自己落在魔鬼手里了。他们把他传到前排,又转到左边往后传,直把他送回船尾才罢。那可怜虫折磨得喘吁吁直流汗,不明白那是怎么回事。堂吉诃德看见桑丘不生翅膀却在空中飞行,就问将军:这是否初上海船的照例规矩;他不想干这一行,即使有这规矩,他也不愿受这种训练。他对上帝发誓,谁要捉住他叫他在空中飞转,他一定踢得那人魂不附体;说着就按剑站起来。

这时划手们卸下船篷,放倒桅杆,响声惊天动地。桑丘以为天顶脱了榫,要塌在头上了,弯腰坐着把脑袋藏在两腿中间。堂吉诃德也有点吃惊,缩着脖子,面容失色。划手们又竖起桅杆,动作还那么神速,响声也一样大;他们自己却始终哑默悄静,仿佛是没有声音也没有气息的。水手长吹哨命令起锚,一面跳到中间过道上,挥鞭向划手背上乱抽;船就慢慢儿向海上开出去。桑丘把桨当作船身上的脚,看见那么许多红脚一齐挪动,暗想:

"我主人说的着魔是没有的事,这些东西才真是魔法支使的。这群倒霉蛋干了什么事,要挨这样的鞭打呀?吹哨的家伙怎么一个人胆敢鞭打这么许多人呀?现在看来,这里就是地狱了,至少也是炼狱。"

堂吉诃德瞧桑丘在留心观看,就对他说:

"哎,桑丘朋友,你要是肯脱光了膀子,和这群人一起吃鞭子,你解脱杜尔西内娅的魔缠可多省事啊!有这许多人陪着受罪,你的痛苦就分掉了。说不定梅尔林法师瞧这里抽的鞭子劲道足,一鞭当十鞭折算呢。"

将军在旁听了这话不懂,正要请问,瞭望的水手忽有传报:

"蒙灰①发来信号:沿西边海岸有一艘划船。"

将军听了就跳到中间过道上喊道:

"哙!孩子们!瞭望塔发来信号,望见一艘划船,准是阿尔及尔海盗船,咱们别让它溜了!"

其他三艘海船立即开到司令船旁来听指挥。将军命令两艘开到海上去,另一艘跟着司令船沿海岸航行,不让敌船溜走。水手使劲划桨,几艘船如飞地赶去。出海的两艘大约两海里②外就看见敌船了。船上有十四五对桨,远望也看得出是那样配备的船。那艘船上看见了追捕的海船,就赶紧逃跑,以为增加速度就可以脱险。可是这艘司令船恰恰是数一数二的海上快船,一会儿就追上去。那边船上估计逃不了,船长不敢冒犯我们的海船司令,打算叫划手放下桨投降。可是命运另有安排。当时两船已经挨得很近,敌船上能听到喝令投降的声音。那艘船上有十四五个土耳其人;两个喝醉酒的放了两枪,打死了我们船头靠边上的两名水兵。将军因此发誓,等拿住那条船,要把船上的人一一处死。他的船狠命往前冲,反让敌船在桨底下溜跑了;司令船冲过头去好老远,还得掉转身来。敌船自知情势危急,乘这个当儿扯起风帆,帆桨并用,拼命逃跑;可是冒冒失失闯下了祸,卖力也挽救不回,不出半海里就给司令船追上,船舷给司令船上的一排桨搭上③,船上人都活捉过来。另外两艘海船这时也赶到了,四艘船一起带着俘获的船回岸。岸上瞧热闹的人山人海。

---

① 巴塞罗那的堡垒。
② 一海里(milla)合1.6公里。
③ 海船俘虏了一条船,就把一排桨像搭浮桥似的搭在那条船的船舷上。

将军下令各船傍岸抛锚。他望见城里总督也在岸边,忙叫放下小艇去接,又命令放倒桅杆,把捉来的船长和其他土耳其人立即吊在桅杆上绞死。他们一起有三十六人,都是雄赳赳的壮汉,多半是土耳其火枪手。将军问谁是船长。俘虏里有个叛教的西班牙人用西班牙语答道:

"大人,这小伙子是我们的船长。"

他指点的是个俊俏的绝世美少年,看来还不满二十岁。将军对这少年说:

"你这大胆的狗崽子!我问你,你明知逃不了,干吗杀害我的水兵?对司令船有这个礼吗?你该知道,莽撞不是勇敢;希望很渺茫的时候,应该勇敢,可是不能莽撞啊!"

船长不及回答,总督已经带着些仆从和一群城里人上船了,将军忙赶去迎接。

总督说:"将军大人,您这场围猎真是满载而归啊!"

将军答道:"您大人待会儿瞧瞧这根桅杆上挂的野味,就知道收获着实不小。"

总督问道:"这是怎么说呀?"

将军答道:"他们无法无天,也不顾向例规矩,杀了我船上两名最好的水兵;我发誓要把俘虏一个个都绞死;最该死的是这小伙子,他是船长。"

他就指给总督看;这小伙子在等死,捆着两手,颈间套着绳索。美貌是无言的推荐①,总督举目,瞧他相貌漂亮文秀,神气很卑逊,就有意饶他一死。他问小伙子道:

---

① 古拉丁诗人(Publius Syrus)所著《格言集》(Sententiae)中第一百九十九句。

"船长,我问你,你是土耳其人,还是摩尔人,还是叛教徒呢?"

少年用西班牙语答道:

"我不是土耳其人,也不是摩尔人,也不是叛教徒。"

总督说:"那你是什么呢?"

少年说:"是虔信基督教的女人。"

"女人?又是基督徒?却这样打扮,干下这等事来?太奇怪了!谁相信啊!"

少年说:"各位且慢一慢把我处死,先听听我的身世吧;报复早晚一点没多大出入。"

哪个硬心肠听了这话不发慈悲呢?至少也先要听听那可怜虫有什么说的。将军准许他有话尽管讲,不过他罪大恶极,休想赦免。那少年就讲了自己的身世。

"我爹妈是摩尔人。我们民族不智又不幸,陷进了水深火热的灾难。我两个舅舅当时就把我带到蛮邦去。我声明自己是基督徒——我确实是真正的基督徒,不是假装的,可是他们满不理会。我把这话告诉督促我们流放的官员,也一点没用。我两个舅舅压根不信,以为我是要赖在家乡,撒谎捏造的,所以他们硬逼着我一起走了。我妈妈是基督徒;我爸爸是顶高明的,他也是基督徒。我的信仰是吃娘奶一起吃进去的。我家很有管教;我觉得自己说话行动没一点像摩尔人。这大概可算是美德吧;如果我有几分美貌,我相貌的美和品性的美一齐随着年岁增长。我很谨慎,经常关在家里,不过还是给一个青年公子看见了。他名叫堂伽斯巴·格瑞果琉①,是贵人家的大公子,他父亲的采地

---

① 本书第五十四章,桑丘和李果德谈起这人,名叫贝德罗·格瑞果琉。

和我们的村子毗连。我们怎么碰见的、怎么来往、他怎么对我倾倒、我又怎么对他有情,这些事说来话长,况且我这会儿脖子上套着绞索,没工夫细讲了。只说堂格瑞果琉愿意陪我们流放。他好在一口摩尔话说得很流利,就和别处出来的摩尔人混在一起,路上和我两个舅舅交上了朋友。我父亲很有远见,听到第一次的驱逐令,就到国外去找安身的地方。他埋藏了许多珍珠宝石和葡萄牙、西班牙的金币,埋藏的地方只有我知道①。他吩咐我,万一他赶不及回来我们就遭到流放,千万别碰他的宝藏。我是听话的。我和那两个舅舅还有别的亲戚朋友们一起到了蛮邦,在阿尔及尔住下;我们从此就好像落在地狱里了。国王听说我是个大美人;可是也算我运气吧,他又听说我是个大财主。他召我去,问我在西班牙住在哪里,带多少钱,有什么珍宝。我把家乡的住址告诉他,说珍宝和钱都在那村里埋着呢,如果让我亲自回去拿,很容易到手。我说着话心上直打哆嗦,只怕他不是贪财而是好色。他和我谈话的时候有人来说,我们一伙有个俊俏无比的美少年。我立刻知道说的是堂伽斯巴·格瑞果琉,他的美貌是难以形容的。野蛮的土耳其人眼里,女人再美也比不上美童子或美少年。我看到堂伽斯巴的危险,代他捏着一把汗。国王立即命令把那少年人带上来让他过目,又问我传说的话是否真实。我当时灵机一动,说那些话是真的,不过我奉告他,那少年不是男子,是像我一样的姑娘。我求他让我去给她换上女装;因为男装不免遮掩了她的美貌,而且她男装拜见国王,也不好意思。国王居然允许,还说过一天再和我商量回西班牙掘藏

---

① 据本书第五十四章,李果德说,只有他本人知道。

的事。我和堂伽斯巴见了面,告诉他男装要出乱子,就把他扮成摩尔姑娘,当天下午带他晋见国王。国王一见大喜,打算把这个美人留下献给苏丹。他怕后宫的女人忌妒暗害,也怕自己把持不住,就把他寄放在摩尔贵夫人家里,委托她们监护照料。堂伽斯巴就此走了。我不否认自己爱他;我们俩的痛苦,让曾经离别的情人自己体会吧。国王随即定下计策,叫我乘了这艘船回西班牙,叫那两个杀您水兵的土耳其人陪我同走。"她指指最先开口的那人说:"一起还有这个西班牙叛教徒;我知道他暗里信奉基督教,指望留在西班牙不再回蛮邦。别的水手都是摩尔人和土耳其人,他们不过是划手。照国王的命令,船到西班牙,我和叛教徒就换上随身带的基督徒服装;由那两个土耳其人送到岸上。可是那两人又贪又狠,想先沿海游弋,乘机抢劫些财物。他们不听国王的指示,暂且不让我们俩上岸,怕出了岔子,走漏风声,他们给捉住。昨晚我们望见了西班牙海岸,却没注意你们这四艘海船,就给你们看见了。以后的事你们都一清二楚,不用我再多说。现在堂格瑞果琏乔装了女人,混在女人一起,身命难保;我在这里束手等死——也许该说是怕死;我实在也活得腻了。各位先生,我可怜的一生就如此结束了;我命薄运低,讲的都是真情实事。我已经说过,我同族兄弟犯的罪一点没我的份;我求你们许我像基督徒那样忏悔了再死。"

她热泪盈眶,闭口不再多说。许多人陪着直流眼泪。总督恻然动了怜悯之心,一言不发,走到摩尔女郎身边,亲自解开了她的纤手。

信基督教的摩尔姑娘讲她怎么流离颠沛的时候,有个跟总督上船的朝圣老人两眼直盯着她。摩尔姑娘刚讲完,他就赶上

去伏在她身边,抱住她的脚泣不成声,说道:

"哎!我可怜的女儿安娜·斐丽斯啊!我是你爸爸李果德!我特地回来找你的;你是我的灵魂,没了你我不能过日子。"

桑丘正低着脑袋,想他这趟出游倒了霉,忽听得这番话,忙睁开眼把那朝圣者细细端详。他认得这人正是自己丢官那天碰到的李果德,这姑娘也确是李果德的女儿。她已经解掉束缚,父女俩抱头大哭。李果德向将军和总督说:

"两位大人,她是我的女儿安娜·斐丽斯·李果德;名字吉利①,遭遇却很不幸。她因为长得美,家里又有钱,很有点名气。我到外国去找安身之地,在德国找到了,就扮成朝圣者和几个德国人结伴回来,打算寻觅我的女儿,发掘我的宝藏。我没找着女儿,只挖到了我埋下的财宝;已经随身带出来。经过这些曲折离奇的事,我找到了我这无价之宝——我亲爱的女儿。我们民族遭流放确是罪有应得,可是我们父女并不和他们一条心,从不想冒犯你们;请两位顾念我们无罪无辜,可怜我们身世悲惨,对我们网开一面吧。"

桑丘插嘴道:

"我认识李果德,安娜·斐丽斯确是他的女儿,我知道他这话是不错的;至于什么出去呀,回来呀,好心坏心呀,等等,我不想多嘴。"

大家觉得事出意外。将军说:

"不管怎样,我看到你们的眼泪,就把刚才发的誓收回了。

---

① 斐丽斯(Felix)的意思是幸福。

美丽的安娜·斐丽斯啊,你留着性命,安享天年吧;犯罪的是那两个大胆的家伙,叫他们受罚就行。"

他下令把两个土耳其杀人犯立即吊在桅杆上绞死。可是总督为那两人恳切求情,说他们是一时疯狂,并非狠心毒手。将军就饶了他们,因为他已经冷静下来,报复得乘着一腔火气才行。他们随就设法营救堂格瑞果琉。李果德愿意拿出价值二千多杜加的珍珠宝石来办这件事。大家想了许多办法,可是都不如那西班牙叛教徒出的主意好。他建议置备一艘六对桨的小船,雇基督徒划桨,他就乘了这只船回阿尔及尔去,因为他知道上岸的地点、方法和时间,并且熟悉堂格瑞果琉住的那宅房子。将军和总督不敢信任叛教徒,也不愿把划桨的基督徒交托给他。安娜·斐丽斯担保这人可靠;她父亲李果德声明,如果当划手的基督徒陷落蛮邦,由他出钱为他们赎身。

大家商定办法,总督就下船了,堂安东尼欧·台·莫瑞诺带了摩尔姑娘和她父亲一起回家。总督嘱咐堂安东尼欧对他们父女务必尽心款待,他本人也愿意倾家供养。他的仁心厚意都是安娜·斐丽斯的美貌激发的。

第六十四章

堂吉诃德生平最伤心的遭遇。

据记载,堂安东尼欧·台·莫瑞诺的妻子很欢迎安娜·斐丽斯住在她家。她喜欢这摩尔姑娘聪明美丽,不同寻常,对她款待得十分殷勤。城里人好像听到钟声召唤,一齐上门去瞧这位姑娘。

堂吉诃德对堂安东尼欧说,他们营救堂格瑞果琉的办法不妥,又费事,又危险;最好是把他堂吉诃德连他的武器和马匹一起送到蛮邦,他不怕摩尔人全族的阻挡,准像堂盖斐罗斯救他妻子梅丽珊德拉那样①把堂格瑞果琉救出来。

桑丘道:"您可别忘了:堂盖斐罗斯先生把老婆救回法国,来去都是陆路。咱们现在要是救了堂格瑞果琉先生,回西班牙隔着个大海呢,怎么办呀?"

堂吉诃德答道:"只有命里该死,才是没法的事②。把船开到岸边,咱们还上不去吗!全世界所有的人也拦挡不住呀!"

"您想得真美,说得也真容易,可是'说是说,干是干,相隔很远'③。我还是赞成让那个叛教徒去;我觉得他是老实人,也很热心。"

堂安东尼欧说:如果叛教徒成不了事,就改变方法,请伟大的堂吉诃德亲自到蛮邦去。

两天后叛教徒乘一只六对桨的快船走了,划手都是非常勇猛的健儿。又过两天,那几艘海船都开往东方去④。将军临走要求总督把营救堂格瑞果琉的结局和安娜·斐丽斯的情况告诉他;总督一口应允。

堂吉诃德有一天清早,披戴着全副盔甲,出门到海边闲逛。

---

① 故事见本书第二十六章。
②③ 西班牙谚语。
④ 这里指西班牙东南岸巴伦西亚、穆尔西亚等地的沿海地区。

他常说:"他的服装是甲胄,他的休息是斗争"①,所以他时时刻刻披甲戴盔。忽见一位骑士迎面而来,也全身披挂,盾牌上画着一个亮晶晶的月亮。那人跑到可以搭话的远近,就高声对堂吉诃德说:

"大名鼎鼎、赞叹不尽的骑士堂吉诃德·台·拉·曼却啊,我是白月骑士;你听到我那些骇人听闻的功绩,也许会想起我这个人来。我为了自己的情人,特来和你比武,试试你有多大力气。你甭管我的情人是谁,反正比你的杜尔西内娅·台尔·托波索美得天悬地隔,不能相提并论。你要是干脆承认我这句话,就饶你一命,也省得我动手了。假如你要和我决斗,那么,咱们先讲明条件。我赢了你不要你别的,只要你放下武器,不再探奇冒险,在家乡待一年。这一年里,你得安安静静,剑把子也不许碰;这样你就可以整顿家业,挽救自己的灵魂。我输了呢,我的脑袋就由你处置,我的兵器马匹就是你的胜利品,我立功博来的名声也一股脑儿奉送给你。你瞧怎么好,赶紧回答,因为我不出今天得把事情了结。"

堂吉诃德觉得白月骑士的傲慢和挑战的原因都岂有此理,瞪着眼愣住了;他沉着地回答说:

"白月骑士,我还从没听到你的什么功绩。我可以打赌,著名的杜尔西内娅你压根儿没见过,要是见过,就决不会这样向我挑衅。因为见了她就开了眼界,知道她的美是古往今来谁也比不上的。我不说你撒谎吧,只说你那句话我不能承认。我照你提出的条件,接受你的挑战,此时此刻就动手,好让你当天了事。

---

① 见上部第二章。

不过你输了把立功博来的名声送给我,这个条件我可不能接受,因为不知道你有什么功或多大的功。我好歹有自己干下的事业就够了。现在随你在这场上选定地位,我也选定我的地位,上帝保佑谁,让圣彼德罗也为他祝福吧。"

城里人看见来了一个白月骑士,就去报告总督,还说他正和堂吉诃德讲话呢。总督以为堂安东尼欧·莫瑞诺或城里其他绅士又想出了什么新鲜玩意儿,忙赶到海边去。堂安东尼欧和许多别的绅士都跟着他。堂吉诃德正掉转驽骍难得的辔头跑远去,准备回身向前冲。总督瞧那两人是要回马冲杀,就去站在中间,问干吗忽然要决斗。白月骑士说是为了争夺第一美人的头衔;他就把自己怎么向堂吉诃德挑战、双方讲定什么条件等等约略说了一遍。总督凑近堂安东尼欧,悄悄问他认识白月骑士吗,这是不是和堂吉诃德开玩笑。堂安东尼欧说不知那人是谁,也不知这是开玩笑还是当真。总督拿不定主意,不知该怎么办,可是觉得不可能是认真决斗,就站到旁边去说:

"两位骑士先生,如果您堂吉诃德先生和您白月骑士两位各执己见,不肯相让,非决一死战不可,那么,就凭上帝安排好了,你们打吧。"

两人得到总督准许,都依礼道谢。堂吉诃德像往常临上场厮杀那样,虔诚祷告上帝和他的杜尔西内娅保佑,然后兜转马跑远些,因为看见对方也这么往远处跑呢。他们不用号角喇叭等信号,同时一起掉转马头。白月骑士的马快,跑了全程三分之二才碰到堂吉诃德。他好像故意把枪举得很高,不去碰对方,但是冲得很猛,把驽骍难得和堂吉诃德都撞翻,跌得很重。他立即居高临下,把枪头指着堂吉诃德的面甲说:

"骑士,你输了;你要是不承认我和你挑战所提的话,就得送命!"

堂吉诃德摔得浑身疼痛,昏头昏脑。他没掀开面甲,说的话有声无气,好像从坟墓里出来的:

"杜尔西内娅·台尔·托波索是天下第一美人,我是世上最倒霉的骑士;我不能因为自己无能而抹杀了真理。骑士啊,你一枪刺下来杀了我吧,我的体面已经给你剥夺了。"

白月骑士说:"这是我决不干的。杜尔西内娅·台尔·托波索小姐尽可以保全她那美人的名声,万代流传;我只要伟大的堂吉诃德照决斗前讲定的条件,回家待一年,或待到我指定的日期。"

这些话总督和堂安东尼欧等人都听见,又听到堂吉诃德回答说,他是个一点不含糊的、真正的骑士,只要不损害杜尔西内娅,要求他的事一定都做到。白月骑士逼他这么答应了,就拨转马头,向总督行个鞠躬礼,不疾不徐地跑回城里去。

总督吩咐堂安东尼欧跟他走,设法探听他的来历。他们扶起堂吉诃德,为他卸下面甲;只见他容色苍白,汗流满面。驽骍难得摔得太狠,当时都不能动了。桑丘伤心丧气,不知所措,觉得恍惚如在梦中,认为这事全是魔法的摆布。他瞧主人吃了败仗,一年内不准动用兵器,料想主人一辈子的英名就此扫地了;他自己新近又在指望的种种好处,也像风里的轻烟一般消散无踪。他担心驽骍难得跌成残废,主人骨节脱臼,可是如果他主人从此把疯病摔掉,倒也是一件大好事。长话短说,总督吩咐用轿子把堂吉诃德抬进城;他自己也回去,急着打听把堂吉诃德打得一败涂地的白月骑士究竟是谁。

第六十五章

白月骑士的来历，
以及堂格瑞果琉出险等事。

堂安东尼欧·莫瑞诺追踪白月骑士，直跑到城中心一家客店里；一路上许多小孩子也跟着那位骑士和他啰唣。堂安东尼欧要结识他，就跟进去。有个侍从出来迎接那骑士，为他脱卸盔甲。堂安东尼欧瞧那骑士进了楼下一间客房，心痒难熬，急要知道底细，也跟着进去。白月骑士看到这绅士盯着自己不放，就说：

"先生，我瞧透你这来是要打听我是谁。明人不说暗话，乘我佣人这会儿给我脱卸盔甲，我可以把真情一一告诉你。先生，我叫参孙·加尔拉斯果学士，是堂吉诃德·台·拉·曼却的街坊。和他相识的人瞧他疯疯傻傻都看不过去；我尤其难受。我认为他要病好，得回乡在家里好好休息，所以设法哄他回家。三个月以前我扮作骑士去找他，自称镜子骑士。我存心要和他决斗，先和他讲明条件，输家听凭赢家发落，然后打败他，可是不伤他。我料定他是输家，打算叫他回乡待一年，不准出来；一年里他的病也许就养好了。可是，上天不从人愿，我给他颠下马来，吃了败仗；我的打算只落得一场空。他还是走他的路；我呢，跌得很凶，丢了脸、受了伤回去。可是我并不死心，还是要找到了他打败他。这就是今天大家看见的。他是严格遵守骑士道的，既已答应我的要求,一定说到做到。先生,我把底儿都抖搂给你了,请你别揭穿,也别向堂吉诃德透露,让我的妙计奏效,把他的病治好;他只要摆脱了骑士道那套胡想,原是个非常高明的人。"

堂安东尼欧说:"啊呀,先生,你要治好这位妙不可言的疯子,就损害了全世界的人;上帝饶恕你吧!你可知道,先生,有头有脑的堂吉诃德用处不大,疯头疯脑的堂吉诃德趣味无穷。不过照我看来,要这样一个失心疯恢复理性,您学士先生挖空心思也没用。如果不是有伤忠厚,我简直希望堂吉诃德一辈子疯下去呢。因为他一旦病好,我们丧失的不仅是一个逗乐的骑士,还得赔上一个逗乐的侍从;这一主一仆能使愁闷的化身也开怀欢笑的。我看加尔拉斯果先生是白费事,不过我一定封上嘴巴,决不向堂吉诃德走漏消息,且瞧我的料想对不对吧。"

学士说,不管怎样,他这件事很顺利,希望能见效。他向堂安东尼欧说了一套愿意效劳的客气话,就告辞动身,把武器捆做一堆,装上骡背,自己骑着那匹上阵决斗的马,立即出城回乡。一路无话。堂安东尼欧把加尔拉斯果讲的事原原本本告诉总督。总督听了意兴索然,因为堂吉诃德一旦还乡,大家就不能借他的发疯来取乐了。

堂吉诃德躺了六天,又愁闷,又气恼,翻来覆去想自己吃败仗的倒霉事。桑丘安慰他说:

"我的先生啊,您要是办得到,请抬起头来,寻寻快活。您该感谢上天,摔了一跤没有伤筋断骨。况且您知道:打人一拳,就得挨人一拳[①];许多人以为这儿挂着咸肉呢,其实连挂肉的钩

---

① 西班牙谚语。

子都没有。您这场病不用医生治疗,可以对他们满不理会。咱们回家吧,别在他乡外地猎奇冒险了。仔细想来,您这回虽然比我倒霉,我却比您吃亏。我扔下总督的官儿不想再做了,可是还指望做伯爵呢。您不做游侠骑士,还能做国王吗?我靠谁做伯爵呀?所以我的希望都烟消云散了。"

"住嘴吧,桑丘,你可知道,我这番退休只不过一年,马上又要重干我这光荣的行业。我准会征服个把王国,准会封你做伯爵。"

桑丘道:"但愿上帝垂听,魔鬼耳聋无闻。我常听说,坏的实物不如好的希望。①"

这时堂安东尼欧满面高兴跑来说:

"堂吉诃德先生,我特来报喜!堂格瑞果琉和接他的叛教徒已经上岸了!——不但上岸,他已经到了总督家里,马上就要到这儿来了!"

堂吉诃德听了稍为高兴些,答道:

"说老实话,我倒宁愿事情不成,得我亲自到蛮邦去走一趟呢。靠我的力量,别说解救一个堂格瑞果琉,所有拘留在蛮邦的基督徒全都能放出来。可是我这个倒霉人还胡说什么呢?我不是吃了败仗吗?不是给打倒了吗?不是一年内不准拿兵器了吗?我是不配拿剑只配纺纱的人了,还许什么愿、夸什么口呢?"

桑丘说:"先生,别说这种话,老母鸡害了瘟病,也但愿它活

---

① 西班牙谚语。

着。今天你神气,明天我得意,胜负兵家常事,①不用挂心,除非泄了气躺在床上,不能抖擞精神再上战场,那才是完蛋了呢。您赶紧起来,迎接堂格瑞果琉去;我听得人声嘈杂,准是他已经来了。"

果然,堂格瑞果琉随着叛教徒见了总督,报告了经过之后,急要见安娜·斐丽斯,两人就同到堂安东尼欧家来。堂格瑞果琉从阿尔及尔逃出来的时候还是女装,在船上就和同出来的一个俘虏对换了衣裳。可是随他穿什么服装,一看就得人爱怜,也显然是娇生惯养的。他相貌非常漂亮,大约十七八岁。李果德父女出来迎接;父亲含着眼泪,女儿脉脉含羞。一对情人并没有拥抱,因为爱情如果深厚,行动必定端重。大家看了堂格瑞果琉和安娜·斐丽斯好一对儿,都啧啧赞叹。他们俩默默无言,只用眼睛来诉说心上的欣喜和挚爱。叛教徒讲了怎么用计救出堂格瑞果琉。堂格瑞果琉讲了自己在女人堆里的危险和窘急;他说话简要,足见他少年老成。李果德慷慨解囊,酬谢了叛教徒和划手们。叛教徒重又皈依圣教;他经过忏悔苦修,好比腐烂的肢体又清洁健全了。

过了两天,总督和堂安东尼欧商量办法,让安娜·斐丽斯和她父亲待在西班牙。他们觉得女儿虔信基督教,父亲一副好心肠,这两人留下不会有什么妨碍。堂安东尼欧正有事进京,愿意去接洽这件事。他认为走走门路,送送礼物,许多困难的事都能成功。

李果德在旁,听了他们的话插嘴道:"不行,靠请托送礼是

---

① 三句西班牙谚语。

没指望的。皇上任命驱逐我们的萨拉沙尔伯爵大人、堂贝尔那迪诺·台·维拉斯果从不理会请托、许愿、送礼、哀求这一套。尽管他确是恩威并用,却看透我们民族好比一个烂疮,只可以剜掉了用火来烧灼消毒,止痛油膏不济事。他眼明心细,办事认真,能叫人怕惧,承担这项重任很称职。我们使尽心机,哀求也罢,捣鬼也罢,都混不过他。他像百眼神阿戈斯①,时时刻刻观察着四面八方,不让我们有一人在西班牙隐藏下来,像埋着的祸根,到时又萌芽结果。我们人多,是西班牙的隐患,现在总算一网打尽了。伟大的斐利普三世真有果断!他任用这位堂贝尔那迪诺·台·维拉斯果也真是了不起的英明!"②

堂安东尼欧说:"不管怎样,我到了京城,尽人事、听天命吧。堂格瑞果琉可以和我同走;他父母不见了他一定很着急,该回去让老人放心。安娜·斐丽斯不妨留在我家和我妻子做伴,或者到修道院去。总督先生想必欢迎李果德老哥在他家住下,等我办事有了眉目再说。"

总督都赞成。堂格瑞果琉听了却说,他怎么也不离开安娜·斐丽斯。不过他要去看父母,并且要设法保护这位姑娘,也就同意大家议定的办法。安娜·斐丽斯仍和安东尼欧夫人做伴;李果德住在总督家里。

堂吉诃德摔伤了不便行路,他和桑丘等堂安东尼欧动身两天后才走。堂安东尼欧动身那天,堂格瑞果琉和安娜·斐丽斯依依惜别,一个流泪叹气,一个哭着晕倒了。李果德要送堂格瑞

---

① 希腊神话,阿戈斯(Argos)有一百只眼睛。
② 这是说反话;事实上堂贝尔那迪诺·台·维拉斯果以心肠狠毒著称。

果琉一千艾斯古多,可是这位公子辞谢不受,只向堂安东尼欧借五个艾斯古多,答应到了京城偿还。上文已经说过,这俩人先走,然后堂吉诃德和桑丘也动身上路。堂吉诃德不披挂,只是旅行的装束,桑丘步行跟随,因为灰驴背上驮着一捆兵器呢。

第六十六章

读者读后便知,听书的听来便知。

堂吉诃德从巴塞罗那出来,回望他摔跤的地方说:
"特洛亚①就此灭亡了!我不是没有勇气,只是碰上晦气,把一生辛苦挣来的英名断送在这里了!造化在这里播弄了我!我的丰功伟绩从此失去光彩!总而言之,我这次倒了霉,没指望再转运了!"

桑丘听了说道:

"我的主人啊,英雄好汉得意当然高兴,失意也能沉得住气。这是我的经验之谈。我做总督虽然快活,现在步行当侍从也并不烦恼。因为我听说命运女神是个喝醉了酒的婆娘,喜怒无常,而且双目失明,一味瞎干瞎撞,推翻了谁,扶起了谁,自己全不知道。"

---

① 希腊古邦,被希腊其他各邦联军围攻十年灭亡,荷马的有名史诗里叙述这事。

堂吉诃德说:"桑丘,你真是个大哲学家!这话非常高明,不知是谁教你的。我告诉你吧,世界上并没有侥幸的事;世事不论好坏,都不是偶然,却是上天有意安排的。所以老话说'命运各由自己造成'①。我的命运向来由我自主;我不够慎重,狂妄自信,就此出了丑。我该看到白月骑士的坐骑是匹骏马,驽骍难得驽弱,远比不上。我却冒死去拼,使尽了劲,还是给撞倒了。不过我体面虽然丢了,说话当话的这种品德并没有丧失,而且也不能丧失。我做英勇的游侠骑士,靠敢作敢为建立功业;现在成了步行的绅士,就靠说到做到保证信用。桑丘朋友啊,开步走吧,咱们回乡去过一年苦修期,在家里养精蓄锐,然后再来干我念念不忘的武士行业。"

桑丘答道:"先生,步行不是滋味,没劲儿赶路了。咱们把兵器当绞杀犯那样挂在树上吧,我骑上灰驴,不用两脚奔波,随您一天赶多少路都行。要我搬动两脚走急路是办不到的。"

堂吉诃德说:"桑丘,你说得对,把我的兵器挂起来做纪念品吧。悬挂罗尔丹全副兵器的纪念碑上有句题词:

  不是罗尔丹的匹敌,
  不要动这些兵器。②

咱们挂这捆兵器的树脚上或周围树上,也可以刻上这句话。"

桑丘道:"您说得妙极了。要不是咱们路上少不了驽骍难得,该把它也挂起来。"

堂吉诃德说:"可是,驽骍难得也罢,兵器也罢,我都不想挂

---

① 西班牙谚语。
② 见上部第十三章。

起来,免得人家说:忠心效劳,不得好报①。"

桑丘说:"对呀!聪明人说:驴子捣乱,不怪驮鞍②。既然是您的错,就怪您自己吧,别把您这副沾了血的破盔甲出气,别埋怨驽骍难得驽弱,也别难为我这双嫩脚,走不了路也硬逼着走。"

他们说着话过了一天,接着四天都一路无事。第五天他们刚进一个村子,看见客店门口聚着一大堆人,原来是节日在那里赶热闹的。堂吉诃德走近去,有个老乡嚷道:

"这两位来客和咱们哪一方都不认识,咱们打赌的事可以请随便哪位公断。"

堂吉诃德说:"行啊,只要我明白是怎么回事,一定公平判断。"

那老乡说:"那么,好先生,听我说吧。这村上有个大胖子,重十一阿罗巴③。他街坊呢,只有五阿罗巴重。胖子挑逗瘦子和他赛跑,讲定跑一百步路,可是双方体重得相等。人家问那胖子,双方的体重怎能相等呢?他说,应战的瘦子体重五阿罗巴,叫他背六阿罗巴铁,两人就一样都有十一阿罗巴重了。"

桑丘不等堂吉诃德回答,插嘴道:"这办法不对。大家都知道,我前不久是总督和判官,这种疑难问题和一切争论该由我来解决。"

堂吉诃德说:"你好好解答吧,桑丘朋友。我心神恍惚,拿面包屑喂猫④都不能了。"

---

①② 西班牙谚语。
③ 每阿罗巴合 11.5 公斤。
④ 成语,指微细的事。

一群老乡围着桑丘,张开嘴巴等他判断;他得到主人准许,说道:

"老哥们,那胖子的要求行不通,也全不合理。据说,决斗的武器该由应战的人选择。如果确有这话,那么,他那条件好比强迫应战的人选择自己不能取胜的武器,怎么说得过去呢?所以我主张叫挑战的胖子自己从身上不拘哪里,随意修呀,削呀,片呀,切呀,去掉六阿罗巴肉,把体重减到五阿罗巴,和对方一样,他们就可以按体重相等的条件赛跑了。"

一个老乡听了说:"啊呀!这位先生真是说话像圣人,判事像教长!可是要那胖子去掉身上一两肉,他都决不答应,别说六阿罗巴肉了。"

另一个老乡说:"他们还是别赛跑了,瘦子不至于压坏,胖子也不用割掉一身肉。咱们把赌注的半数拿出来喝酒,请这两位先生一起上高价酒店去吧。我的主张如果有错儿,由我承当。"

堂吉诃德说:"各位先生,多谢你们的美意,可是我一刻也不能耽搁,因为遭逢了不如意的事,心绪不佳,还得赶路,只好欠礼了。"

他就踢动驽骍难得往前跑。那群人料想桑丘是他的佣人;瞧主人模样这么古怪,佣人的识见又这么高明,都很惊讶。另一个老乡说:

"佣人都这么高明,主人还用说吗?我可以打赌,他们要是在萨拉曼咖读了大学,一定转眼就当上京城的法官。因为这种事像开玩笑一样,一个人只要在大学里读了再读,如果有靠山,又有机会,忽然间就会手拿执法的杖,或头戴主教的帽子。"

当夜主仆俩在旷野露宿一宵,第二天又上路。忽见一人迎面步行而来,脖子上挂着个褡裢口袋,手里拿着一支标枪或短矛,恰像个步行的信差。这个人走近堂吉诃德,跑着快步抢上来,抱住他右腿——因为这人站在平地上,比骑马的矮着一截;他满面堆笑,说道:

"啊呀!我的堂吉诃德·台·拉·曼却先生啊!我们公爵大人要是知道您又回到他府上去,该多么快活呀!他和公爵夫人还在那儿待着呢。"

堂吉诃德说:"朋友,请问你是谁?我记不起你啊。"

那信差说:"堂吉诃德先生,我是公爵大人的小厮托西洛斯;我就是想娶堂娜罗德利盖斯的女儿、不愿和您决斗的那人呀。"

堂吉诃德说:"啊呀,我的天!魔法师捣鬼,夺我那场决斗的荣誉,把我的对手变成了你说的那小厮;难道你就是我那个对手吗?"

信差说:"得了,好先生,哪有什么魔法或变相的事呀。我上场决斗就是小厮托西洛斯,退场还是小厮托西洛斯。我觉得那姑娘不错,打算不决斗就娶她。可是我打了如意算盘。您一走,公爵大人因为我没执行决斗前他给我的指示,叫人打了我一百板子。结果那姑娘做了修女,堂娜罗德利盖斯回到加斯底利亚去了。我这会儿奉主人的命到巴塞罗那去送信给总督,身边还带着满满一葫芦的美酒——有点温呼呼的,可是味道很醇;还有许多下酒的特隆穷奶酪片儿,叫不想喝酒的也要喝。您喝点儿吗?"

桑丘道:"我喝,我喝,我可不客气。托西洛斯老哥,你斟酒吧,全美洲的魔法师都管不了你。"

堂吉诃德说:"桑丘,你真是天下第一馋胚,世上头号傻瓜!你看不出这信差是着了魔的吗?这个托西洛斯是假的呀。你跟他一起吃喝个餍足吧,我慢慢儿往前走,等着你来。"

那小厮大笑;他拿出装酒的葫芦,掏出些奶酪片,还拿出一个面包,和桑丘同坐在青草地上,亲亲热热地把褡裢口袋里的干粮全吃光。他们胃口真好,连那束信都舔了一过,因为上面有奶酪味儿。托西洛斯对桑丘说:

"没什么说的,桑丘朋友,你这位主人该是个疯子。"

桑丘说:"怎么该?他一无亏欠①,如果该下什么债,用他的疯傻折抵,就可以清账,一个子儿也不该谁。我明知他是疯子,当面都跟他直说,可是有什么用呢?况且他现在已经垮了,给白月骑士打败了。"

托西洛斯请问是怎么回事,可是桑丘说,叫主人等待侍从,于礼不合,以后见了面再细讲吧。他起身抖抖外衣,掸掉胡子上的面包屑,就和托西洛斯辞别;他主人正在树荫下等着他呢。

第六十七章

堂吉诃德决计在他答应退隐的一年里当牧羊人,
　　过田园生活;还有些真正有趣的事。

堂吉诃德就是不打败仗,也经常心事重重,这次吃了败仗,

---

① 原文 debe 指"应该"的"该",也指"亏欠"的"该",桑丘借这个双关的字说笑。

愈添烦恼。上文说他正在树荫下待着想这想那,想到杜尔西内娅怎么摆脱魔难呀,强迫退隐的一年怎么过呀,千头万绪,像苍蝇攒聚着蜜糖似的挥逐不开,直叮着他。桑丘跑来,夸赞小厮托西洛斯慷慨。

堂吉诃德说:"哎呀,桑丘!难道你还以为那人真是个小厮吗?你亲眼看见杜尔西内娅变成乡下姑娘,镜子骑士变成加尔拉斯果学士;魔法师捉弄我的这些事,你大概忘得一干二净了。可是我问你,你有没有问问你说的那个托西洛斯,阿尔迪西多啦现在怎样了?她当着我的面痴情颠倒,我走了她还哭不哭呢?是不是一转背就把我抛在脑后了呢?"

桑丘答道:"我哪有心思管这些闲事呀。哎,先生,人家的心情,尤其是爱情,您这会儿还问它干吗呀?"

堂吉诃德说:"桑丘,你听着,爱慕和感激是两码事。骑士蒙女人错爱,可以不报答她的柔情,但是万不可不感谢她的厚意。阿尔迪西多啦看来对我很多情。她送我三块头巾你是知道的。我临走她哭哭啼啼,不顾羞耻当众把我咒骂,可见对我的痴心;情人的怨恨往往是以咒骂了结的。我不能让她抱什么希望,也不能送她宝贵的东西,因为我的一切都已经献给杜尔西内娅了。况且游侠骑士的宝物好比仙家点幻的东西,是虚而不实的。我能给她的无非是几分怀念,无损于我对杜尔西内娅的一片心。你欠了杜尔西内娅那么些鞭子老不还,真是对不起她呢!你不肯帮那可怜的小姐,护着自己的皮肉宁可将来喂蛆虫,我真恨不得你那一身肉都给狼吃掉!"

桑丘道:"先生,我实在是想不明白打我的屁股和解除魔缠有什么相干。这就好比说,'你要是头痛,膝盖上敷些油膏就好'。我至少可以发誓,您那些游侠骑士的故事里从没讲到抽鞭子可以解除魔缠呀。不过,管它怎样,等我几时高兴或者方便,我还是要打自己几下的。"

堂吉诃德说:"但愿如此吧!让上天感化你,叫你记着对女主人尽责任。因为我既是你的主人,我的女主人也就是你的女主人。"

他们一路说着话,又到了前番被牛群践踏的地方。堂吉诃德还认得,对桑丘说:

"咱们不是就在这片草地上碰到了那些俊俏的牧羊男女吗?他们要在这里重建牧羊人的乐园呢。这个主意很新奇,也很有趣。桑丘啊,我想学他们的样儿,至少在强迫退休的一年里,咱们也改行当牧羊人,你说好吗?我去买几只绵羊和牧羊用的东西;我取名牧羊人吉诃悌士,你就叫牧羊人潘希诺①。咱们在山林旷野里来来往往,唱歌吟诗;清澈的溪泉、浩荡的河水供我们喝,蜜甜的橡树子由我们放量吃,坚固的软木树干让我们坐,杨柳给我们绿荫;玫瑰给我们甜香,广阔的草原是花花绿绿的大地毯;我们呼吸的是新鲜空气,照明的是星星月亮;我们唱歌作乐,就是哀怨也心上痛快;阿波罗②给我们诗才,爱情供我们诗料,我们做出来的诗不但举世闻名,还流传千古呢。"

桑丘说:"天哪!这种日子正是我想望的!完全称了我的

---

① 参看本书442页注②。文艺复兴时期风行的《牧羊人的乐园》(*Arcadia*, 1504)是意大利作家撒纳沙罗(Jacopo Sannazaro)所著,因此堂吉诃德要把名字都改得像意大利人名。
② 希腊神话,阿波罗(Apolo)是太阳神,也是诗神。

心！参孙·加尔拉斯果学士和尼古拉斯理发师要是看见咱们当牧羊人，马上会跟咱们合伙。咱们神父是爱乐、爱玩的，天保佑他别也动念钻到羊圈里来。"

堂吉诃德道："你说得一点不错。参孙·加尔拉斯果学士准会来做咱们的牧羊兄弟。他要来了，可以取名牧羊人参孙尼诺或牧羊人加尔拉斯公。理发师尼古拉斯可以像从前博斯冈取名内莫洛索那样①，叫作尼古洛索。我不知道给神父起什么名字，除非就用他的职名，加上个尾巴，叫作牧羊人古良布洛②。至于咱们爱慕的牧羊姑娘取什么名字，咱们可以挑选梨子似的细细挑选。不过我的意中人不管是牧羊姑娘或是公主，她的名字都合适极了，不用我费心再取。你呢，桑丘，随你给自己的牧羊姑娘起个名字吧。"

桑丘说："我不想给她另起名字。她原名泰瑞萨，她块头大，叫她泰瑞索娜③再好没有。我作诗赞扬她，也就是夸耀自己是个贞节的丈夫，不挑精拣肥，到别人家去猎野食。神父得严守出家人的清规，心上不该有牧羊姑娘；学士要是有，名字随他自己取。"

堂吉诃德说："啊呀！桑丘朋友，咱们的生活该多美啊！满处都吹箫吹笛，敲打手鼓，摇动响片儿，弹弄三弦琴，如果再有个铜钹，那就更妙，牧羊人的乐器差不多就齐全了。"

---

① 博斯冈（Juan Boscán Almogaver）是十六世纪初叶的西班牙诗人。内莫洛索（Nemoroso）是加尔西拉索（Garcilaso）牧歌里的人物。塞万提斯以为就指博斯冈，但有人认为那是作者自己。
② 教区神父，西班牙文是"古拉"（Cura），改了尾部字母，就像意大利人名。
③ Teresona，意大利语名词末尾"-ona"表示大，如 dónna（女人），dónnona（胖大女人）。

桑丘问道:"什么铜钹?我一辈子也没听见看见过。"

堂吉诃德答道:"铜钹就是像蜡烛盘似的两个铜盘儿,中部隆起,相拍的时候,当中是空的,就激荡出声音来,虽然不怎么好听,也不很和谐,却不讨厌。这和笛子、手鼓一样朴质。铜钹,albogues,是从摩尔文来的。西班牙字凡是 al 开头的,都是这个来源①,例如 almohaza, almorzar, alfombra, alguacil, alhucema, almacén, alcancía 等,不用一一列举。从摩尔文来的西班牙字,末一个字母是 i 的只有三个:borceguí zaguizamí 和 maravedí。alhelí 和 alfaguí,开头是 al,而末尾是 i,那是阿拉伯文。我因为说起铜钹,联想到这些,顺便和你讲讲。你知道,我稍为有点儿诗才,参孙·加尔拉斯果学士更有了不起的诗才,我们凭这种才情可以成为十全的牧羊人。咱们神父怎样我不说,不过我可以打赌,他准也有几分诗人气息。理发师尼古拉斯放定也有几分,因为理发师一般都会编几句词儿,弹弹吉他琴。我就诉说情人分离的苦恼,你就夸耀自己用情专一;牧羊人加尔拉斯公可算是遭了女人唾弃;古良布洛神父随他爱充什么角色都行。咱们照这样过日子多乐呀!"

桑丘道:

"先生,我这个倒霉蛋只怕一辈子也不会有这一天!哎,我要是当了牧羊人,有许多东西要做呢!精巧的小木匙呀,油炸面包屑饼子呀,奶油呀,花冠呀,还有种种牧羊人干不完的零星杂事,尽管没人说我头脑聪明,靠手艺精巧也可以出名!我女儿桑琦加可以到牧场上来给咱们送饭。可是,得小心!她相貌不错,

---

① 但也有很多 al 开头的字(如 alba, alma)来源于拉丁文。

有些牧羊人很坏,并不老实。我不要她出去剪羊毛,自己给剃成秃瓢。不论在乡下或城市、草屋茅舍或高堂大厦,爱情和奸情都是常情。铲除祸根,罪恶不生,眼不见,心不动,实心眼儿求人,不如一走脱身。①"

堂吉诃德说:"够了,桑丘;你这许多话里,随便哪一句就能说明你的意思。我多次劝你别滥用成语,用的时候检点一下,可是我好像在荒野里说教,'我妈妈打我,我还是老样儿'。"

桑丘道:"您真是应了老话说的'煎锅骂蒸锅"滚开!你这个黑屁股"'②,您刚怪我用成语,自己却连串儿用。"

堂吉诃德说道:"你瞧呀,桑丘,我用得对景,像指头上戴戒指一样合适;你却不问情由,拿来就算。我记得跟你讲过,成语是历代聪明人从长期经验里提炼出来的短句。成语用得不当景,就变了信口胡扯。可是闲话少说,天快黑了,咱们离开大道找个地方过夜吧;还不知明天怎么样呢。"

他们走到老晚才胡乱吃上晚饭,桑丘很不称心。他想到游侠骑士有时也大吃大喝,例如在公爵府或堂狄艾果·台·米朗达家,或是碰上富翁卡麻丘的喜事,或是在堂安东尼欧·莫瑞诺家;而往常登山涉林,总非常艰苦。不过有白天就有黑夜,有黑夜又会有白天,不会长夜漫漫永不天亮的。他这么想想,就泰然睡去;他主人却彻夜不眠。

---

① 四句西班牙谚语。
② 西班牙谚语。

第六十八章

堂吉诃德碰到一群猪。

夜色昏暗,月亮虽然在天上,却不知躲在哪里,因为这位狄亚娜小姐①有时溜到地球的那一面去逛,使这里群山黑魆魆,大野阴沉沉。堂吉诃德身体困倦,支不住眯了一忽,可是再也不得第二忽。桑丘却不然,他从晚上一觉直睡到天亮,从不间断;可见他身体好,也没有心事。堂吉诃德给满腔心事搅得睡不着,只好唤醒了桑丘,说道:

"桑丘,我不懂你怎么这样漠不关心!你大概是大理石凿的,或青铜铸的,全没有一点心肝!我醒着,你却睡觉;我哭,你却唱歌;我斋戒得发晕,你吃饱喝足,混混沌沌。好佣人该和主人同艰苦、共患难,至少也得像个样儿呀。瞧,今夜静悄悄的,四无人声;咱们别睡了,醒醒吧。我求你起来,走开几步,拿点儿勇气出来,打自己三四百鞭子,把你解救杜尔西内娅魔缠的鞭子账还掉些吧。我不想再像上次那样逼你,因为领教过你胳膊里的劲儿;我这回是央告你。你打了自己一顿,咱们就唱着歌儿等天亮:我唱我的相思,你唱你的坚贞。咱们回乡要干牧羊的行业了,现在就可以开始呀。"

---

① 希腊罗马神话里的月亮神。

桑丘道:"先生,我不是苦行僧,不会睡梦里起来鞭挞自己。而且吃鞭子是很苦的,唱歌却是很乐的;一苦一乐,合不到一起。您让我睡觉吧,别逼我鞭挞自己了。不然的话,我发誓不但不碰自己一根汗毛,连外衣上一根绒毛都不碰一下。"

"嗐!你这个侍从真是铁石心肠!我的饭你白吃了!好处白给了你,也白许了你!你做总督不是靠我吗?你指望赶快封伯爵,不还得靠我吗?而且只要过这一年,你就能如愿,因为'黑暗之后,光明有望'①。"

桑丘说:"这话我可不懂,只知道自己睡着了就没有怕惧、没有希望、没有困难,也没有光荣。谁发明了睡,真该祝福他!睡像一件大氅覆盖了人世的一切思虑。睡是解饿的粮,解渴的水,御冷的火,去暑的清风。一句话,睡是到处通用的货币,什么都买得到;睡是天平,是秤砣;不论牧童或国王、笨人或聪明人,睡着就彼此平等了。据我听说,睡只有一个缺憾——和死太像;一个人睡熟了和死人没多大分别。"

堂吉诃德说:"桑丘,你这么高明的议论,我还从没听见过呢。可见你常说的老话不错:'不问你生在谁家,只看你吃在谁家'。"

桑丘道:"啊呀,糟糕!我的主人啊,老话成串儿说的,这会子不是我了!您一开口就成堆的谚语,比我还连贯!当然,您和我有一点不同:您说得当景,我说得不当景;可是同样都是谚语呀。"

---

① 原文是拉丁文。堂吉诃德引用《旧约全书·约伯记》第十七章第十二节"光亮近似黑暗",堂吉诃德曲解为光明紧接黑暗而来。

这时忽觉野地里闹哄哄地,还有刺耳的叫声。堂吉诃德忙起身按剑;桑丘忙躲在灰驴身下,用那捆兵器和驴子的驮鞍左右挡住。他吓得浑身乱颤;堂吉诃德也有点惊惶。那片响声愈来愈大,渐渐逼近。主仆两人至少一个已经吓得魂不附体,另一个的胆量是大家都知道的。原来有人赶着六百多头猪到市上去卖,正路过那里。那群猪嘴里咕哩咕哩叫,鼻子里呼哧呼哧出气,闹成一片。堂吉诃德和桑丘耳朵都震聋了,却不明白是怎么回事。大群叫叫嚷嚷的猪滚滚而来,浪潮一般把桑丘的堡垒冲塌,把堂吉诃德连人带马都撞倒,老实不客气,不顾堂吉诃德和桑丘的尊严,竟在他们身上踩着过去。这群肮脏的畜生来势迅猛,一阵子叫叫闹闹、冲冲撞撞,把驮鞍呀,兵器呀,灰驴呀,驽骍难得呀,桑丘呀,堂吉诃德呀,都乱七八糟地踩翻在地。桑丘这才知道原来是一群莽撞的猪大爷,挣扎起身,问堂吉诃德借剑,要宰掉它们五六个。堂吉诃德说:

"朋友啊,算了吧,是我作了孽,该受这番侮辱。游侠骑士打了败仗,就该给豺狼吃掉,给黄蜂叮,给猪踩;这都是上天的惩罚。"

桑丘说:"那么,跟着打败的骑士当侍从的,给苍蝇叮、虱子咬、挨饥受饿,也该是上天的惩罚了。如果骑士是我侍从的爸爸或近亲,骑士有罪,我们子孙后代都陪着受罚,还有可说;但是潘沙和堂吉诃德两家有什么亲呀?罢了,咱们歇歇吧,乘天还没亮,睡它一会儿。只要还有明天,总会有办法。"

堂吉诃德说:"桑丘,你睡吧;你生来是睡觉的,我生来是熬夜的。天亮还有一会儿呢,我想做一首小诗散散心。你知道吗,我昨晚上心里已经有个谱儿了。"

桑丘说:"照我看,小诗里的心情没什么大不了的。您随意作诗吧,我要好好地睡呢。"

他就摊手摊脚躺在地上,盖得严严的,无牵无挂、无忧无虑地鼾呼大睡,做他的美梦。堂吉诃德靠着一棵榉树或软木树——熙德·阿默德·贝南黑利没说明什么树,一面叹气,一面吟诵了以下的诗:

> 爱情啊,你何其残暴,
> 狠狠地只把我折磨,
> 我唯有寻死、毁灭自我,
> 才剪得断缠绵的烦恼。
> 凭此一念,苦海有了边,
> 我欢欣得烦恼扫净,
> 忽然有了崭新的生命,
> 又点燃起熊熊情焰。
> 我活着只能求死,
> 求死却又生意无穷;
> 生和死这样把我捉弄,
> 真是旷古未有的奇事!①

他唱一行诗就连声不断地叹息,潸潸流泪,好像为打败仗又离别了杜尔西内娅,伤透了心。

天亮了,太阳光直射到桑丘脸上。他睁眼起身,抖抖衣服,伸了个懒腰。他看见粮袋也遭了猪的作践,喃喃咒骂,咒骂的还

---

① 这首诗实际是翻译了意大利诗人贝德罗·班博(Pedro Bembo)的一首诗,原作末两行略有出入。

不止那群猪。主仆俩又走上大道。傍晚,迎面来了十来骑人马,还有四五个步行的人。堂吉诃德心怦怦地跳,桑丘也捏着把汗,因为跑来的这群人带着长枪和盾牌,全是准备动武的架势。堂吉诃德对桑丘说:

"桑丘啊,我要不是有言在先,拿不得武器,前来的这伙人真不在我眼里。不过这也许只是一场虚惊。"

骑马的几人这时已经跑来围住堂吉诃德。他们一言不发,只举枪指着他的胸口或背心要他的命。一个步行的把指头挡在嘴上示意不许开口,一面牵着驽骍难得的辔头走出大道;其余几个步行的赶着桑丘和灰驴,鸦雀无声地跟着他们。堂吉诃德几次想问他们到哪里去,有什么事,可是他刚要开口,大家就拿枪头胁逼他。桑丘也受到同样看待,他每想说话,一个步行的人就用带刺的棒扎他,还扎灰驴,仿佛驴子也想说话似的。夜色四合,他们加快了步子,堂吉诃德和桑丘也加添了怕惧,尤其听他们不时吆喝:

"你们这两个人猿,快走!"

"蛮子!不许开口!"

"吃人的生番,你们得还债!"

"不许咕哝!不许睁眼!凶狠的野人!残忍的妖魔!吃肉不怕血腥的狮子!"

他们叫骂的都是这一套,狼狈的主仆俩听来十分刺耳。桑丘自言自语道:"我们是什么'圆',是丸子,又是剩饭;却又是妖魔、狮子,①这些名称我一个也不爱听,都是'歪风里簸出来的谷

---

① 桑丘没听懂,误作声音相似而意义不同的词儿。

子',好比乱棒打狗崽,没兴一齐来①。但愿这番灾祸,不过到此就完了。"

堂吉诃德呆呆瞪瞪一路走去;想不透这些臭骂是什么意思,估计凶多吉少。半夜一小时后,他们到了一所府第前面。堂吉诃德认得那是不久前住过的公爵府,说道:"天保佑我吧!这是怎么回事呀?原先这里是亲热殷勤的地方,现在我吃了败仗,好地方也变坏了,坏地方就变得更坏了。"

他们进了府前的大院,见到那里的布置越发惊讶,也更加害怕。欲知详情,请看下章。

第六十九章

本书所载堂吉诃德经历中最新奇的事。

骑马的下马和那些步行的一同架着桑丘和堂吉诃德,把他们推推搡搡送进大院。院子四周,架上插着近百个火炬;楼上楼下走廊里,点着五百多盏灯,把黑夜照耀得如同白昼。院子正中搭着一座六尺高的灵柩台,顶上撑起一个特大的黑丝绒天幔;周围一级级台阶上的银烛台里,点着上千支白蜡烛。灵柩台上横陈一具少女的尸首,美丽非常,令人觉得死都是美的。她枕着锦缎的枕头,戴着各色香花编成的花冠,双手交叉胸前,拿着一枝

---

① 两句西班牙谚语。

黄色的棕榈①。院子一边搭着台,上设两座,座上两人都头戴王冠、手拿宝杖,看来像国王的样子,不知是真的假的。台下挨着台阶另设两座,堂吉诃德和桑丘押着坐在那两个位子上。一伙人都哑默无声,还做手势不许两人说话。其实他们俩也说不出什么话,因为看了当时的情景,早惊奇得张口结舌了。这时有两位贵人带着许多随从上台。堂吉诃德一看就认得是东道主公爵夫妇。他们的座位富丽极了,就摆在国王模样的两人旁边。堂吉诃德又看出灵柩台上的死人正是美丽的阿尔迪西多啦。这种种都离奇古怪。公爵夫妇登台,堂吉诃德和桑丘忙起身对他们深深鞠躬致敬;公爵夫妇也点头回礼。

忽有个管事员到桑丘身边来,给他披上一件黑麻布袍,上面画满了火焰;又摘掉他的便帽,给他戴上一只锥形帽,像宗教法庭给犯人戴的囚帽②。这人附耳叮嘱桑丘不许开口,开口就堵他的嘴或者竟要他的命。桑丘把自己从上到下端详一番,只见浑身都是火焰;不过这种火焰既不烧身,他也就满不理会了。他脱下那只尖顶高帽,看见上面画着些魔鬼。他又把帽子戴上,暗想:

"反正火焰也不烧我,魔鬼也不捉我。"

堂吉诃德也在端详桑丘;尽管自己惊奇得发呆,瞧他那副模样也忍不住笑了。这时,听得轻柔的笛声,好像从灵柩台底下出来的。满院静悄悄,越显得笛韵凄清。那个看似死尸的姑娘枕边忽然来了一个美少年,装束像罗马人,弹着竖琴,歌声清越,唱

---

① 棕榈象征胜利,也象征童贞。西班牙旧俗,处女葬时手执棕榈枝。把棕榈叶包卷不见阳光,展开时便作嫩黄色。
② 硬纸的尖顶高帽,黄色,上面画着魔鬼。

了以下的诗：

  由于堂吉诃德的冷酷，
阿尔迪西多娅不幸丧命；
现在贵夫人都穿上丧服，
傅姆听从女主人的叮咛，
一律是朴素整洁的装束，
同来出席这里的幽冥法庭。
我就乘间前来弹拨竖琴，
哀唱这位薄命的佳人。

  我不仅一辈子在人世间
把你的美好到处揄扬，
即使长辞人世，命终气断，
这项使命永远耿耿不忘，
在阴间的艾斯蒂休河①畔，
我的灵魂还要为你歌唱；
那冲洗一切记忆的逝水，
也将停止不流，为我潆洄。②

国王打扮的一人说：行了，神圣的歌唱家啊，甭唱了。绝世美人阿尔迪西多娅的短命和她的风姿是唱不完的。世人愚蠢，以为她死了，其实她并没有死。她靠自己的美名，还活在人间；

---

① 希腊神话，阴间的河流。相传喝了这条河里的水，就把生前的事忘得一干二净。
② 后八行抄袭了加尔西拉索的牧歌。因此在下一章里堂吉诃德说这几行诗不切题。

靠这位桑丘为她吃点苦头,她还会起死回生。和我同当地府判官的拉达曼多啊①,你已经知道不可捉摸的司命女神②决定叫这位姑娘还魂了,快把她们的旨意当众宣布,让大家及早为她庆祝更生吧。

说话的是拉达曼多的同僚米诺斯判官。拉达曼多等他说完,立即起身道:

"哙,全府的职事人员,不论老少尊卑,快排班上来,按住桑丘的脸,把他的鼻子弹二十四下③!在他胳膊上和腰里拧十二把!再用针刺六下!凭这番礼节,阿尔迪西多娅就能重生。"

桑丘听了放声大叫道:

"我对天发誓!我要让人按住我的脸肆行无礼,我就宁愿叛教去当摩尔人了!老天爷!摸我的脸和这个姑娘还魂有什么相干呢?简直是老太婆爱吃菠菜……④!杜尔西内娅着了魔,要解除魔缠,就鞭挞我!阿尔迪西多娅自己倒霉送了命,要她还魂,就得弹我二十四下鼻子!还扎得我浑身针眼儿!还拧得我两胳膊都是伤痕!这种恶作剧,找我的小舅子去!我是老狗了,不听人家啧啧呼唤⑤!"

拉达曼多喝道:"你要不要命?你是吃人的老虎也得发慈

---

① 希腊罗马神话:拉达曼多(Radamanto)和米诺斯(Minos)兄弟是宙斯的儿子,生前都是公正的国王,死后做了地府的判官。
② 希腊罗马神话:操纵世人命运有三位女神,分别掌管世人的生、死和一生。
③ 用一手扳住另一手的食指,其余四指按在对方脸上,然后放松食指,使它弹在对方鼻上。参看本书 222 页注②。
④ 西班牙谚语:"老太婆爱吃菠菜,鲜的干的都往嘴里塞。"
⑤ 两句西班牙谚语。

悲;你是狂傲的宁禄①也得低头!闭上嘴巴忍受吧,没派你办不到的事。别推三阻四了,你得让人家按着你的脸弹鼻子,得让人扎得你浑身针眼儿,得让人拧得你哎呀呀喊痛。唉,职事人员急急如令呀!不听我的话,哼!仔细你们自己的性命!"

马上有六个傅姆排队从院子里过来,里面四个是戴眼镜的。她们都高举右手;袖口露出四指宽的手腕子——这是当时的风气,因为要显得手形纤长②。桑丘看见这群傅姆,就公牛也似的叫吼起来,说道:

"别人抚摸我也罢了,要让傅姆碰我,那可休想!我可以像我主人前番在这府里那样让猫儿抓破面皮;我可以让匕首刺透身体;我可以让烧红的夹子钳我胳膊:这种事我都能忍受,听凭您各位吩咐就是了。可是要让傅姆碰我一下,我拼了命也决不答应!"

堂吉诃德插嘴道:

"儿子啊,你忍耐着点儿,随了这几位先生的心吧。你这身子真了不起,折磨了它,着魔的能摆脱魔缠,死掉的能还魂再生;你真该感谢上天,给了你这种神通。"

一队傅姆已经到了桑丘身边。桑丘这时稍为依头顺脑了,就在椅上坐稳了,向打头那个傅姆扬着脸,撅着胡子。那傅姆手按着他的脸,着着实实弹了他一下鼻子;然后对他深深行个屈膝礼。

"傅姆太太,少讲点礼貌,也少搽点美容油膏吧。你手上的

---

① 宁禄是猎人,《旧约全书·创世记》第十章第九节里的"英勇的猎户"。
② 当时妇女以手长为美。

醋酸味儿真刺鼻子！"①

几个傅姆一一弹了桑丘的鼻子，其他佣人又拧了他的肉；可是他受不了针刺，怒冲冲地站起身，随手抓起一个火炬，赶着去打那些傅姆和捉弄他的人，一面说：

"滚！你们这群地狱里的小鬼！我不是铜打的！受不了你们挖空心思的折磨！"

阿尔迪西多娅仰天躺了好久，大概累了，这时侧过身来。旁边的人看见了几乎齐声喊道：

"阿尔迪西多娅活了！阿尔迪西多娅活了！"

拉达曼多叫桑丘别生气，他们指望的事已经成功了。

堂吉诃德一看见阿尔迪西多娅动弹，忙去跪在桑丘面前，说道：

"你不仅是我的侍从，你竟是我嫡嫡亲亲的亲儿子！你快动手鞭打自己几下，解脱了杜尔西内娅的魔缠吧。这会儿你的神通已经圆熟了，指望着你干的事准会一举成功。"

桑丘答道：

"这不是千层糕上浇蜜，却是把我捉弄了又捉弄呀。刚把我拧胳膊、弹鼻子，又扎了针，跟着再抽我一顿鞭子，这可怎么说呢！干脆拿大石头绑在我脖子上，把我扔到井里去吧。假如治病都得我来做'喜事人家的老母牛'②，扔下井去我也不在乎了。别惹我吧；不然的话，哼哼，我就自作主张了，反正我都豁出去了！"

---

① 当时妇女的润肤油膏用醋、鸡蛋、蜂蜜、柠檬、香料等原料制成。
② 指专供吃喜酒客人取笑捉弄的人，或承担开销的人。

这时阿尔迪西多娅已经在灵柩台上坐起来;随后喇叭和笛子齐奏,大家同声高呼:

"阿尔迪西多娅长命百岁!阿尔迪西多娅长命百岁!"

公爵夫妇、米诺斯王、拉达曼多王都站起来,和堂吉诃德、桑丘一起迎上去,把她扶下灵柩台。她装出如梦初醒的样子,向公爵夫妇和两位国王鞠躬行礼,又斜过眼来,瞅着堂吉诃德,说道:

"硬心肠的骑士啊,上帝原谅你吧!我为了你的冷酷,在阴司待了好像一千多年了。至于你,全世界心肠最软的侍从啊,我这条性命全亏了你。桑丘朋友,我有六件衬衫要送给你,虽然不件件完整,至少都是干净的;你可以改做自己的衬衫。"

桑丘把尖顶高帽拿在手里,跪下吻她的手。公爵叫人给他去掉高帽,戴上他自己的便帽,并给他脱下画满火焰的袍子,换上外衣。桑丘向公爵讨那件袍子和尖顶高帽,想带回家乡,纪念这番破天荒的奇事。公爵夫人一口答应,借此表示自己和桑丘向来是好朋友。公爵吩咐家人把大院打扫干净,大家回屋睡觉,把堂吉诃德和桑丘送到他们原先住的屋里去。

第 七 十 章

承接上章,把这段故事补叙清楚。

那夜桑丘睡在一张四脚安着辘轳的小床上,不得已只好和堂吉诃德同屋。桑丘料定主人会问这问那,有许多讲究,搅得他不能睡觉。他受了折磨心里不痛快,舌头都僵了,懒得说话,宁愿一人睡在茅屋里,不愿和主人同住那间富丽的卧室。果然他并非过虑,堂吉诃德不出所料,一上床就说:

"桑丘,你瞧了今夜的事觉得怎么样?冷面无情竟有这么厉害呀!你亲眼看见了吧,断送阿尔迪西多娅性命的不是箭,不是剑,不是什么兵器,也不是无可解救的毒药,只不过是我一贯对她板着脸不理睬。"

桑丘答道:"她死就死吧,爱什么时候死或怎么样儿死都行。我从来没招她爱我,也没有冷淡她,别找上我的门来呀。我真想不明白,我上次也说过,阿尔迪西多娅那没脑子的轻骨头,她死了还魂,折磨我桑丘·潘沙干吗呢?我现在真是明白了,世界上确有魔术家和魔法,我保不了受害,但愿上帝解救我吧。不管怎样,我求您让我睡一觉,别再问我话了,除非您是要逼我从窗口跳出去。"

堂吉诃德道:"桑丘朋友,你要是受了扎呀、拧呀、弹鼻子呀种种糟蹋,居然还睡得着,你就睡吧。"

桑丘道:"最气人的是弹鼻子欺侮我;不为别的,只为下手的是该死的傅姆。我再说一遍,求您让我睡吧;叫人失眠的种种苦恼,睡着就丢开了。"

堂吉诃德说:"但愿如此;上帝保佑你吧。"

两人都睡了。本传作者熙德·阿默德乘此讲讲公爵夫妇为什么缘故又安排了上文那套把戏。据说参孙·加尔拉斯果学士扮了镜子骑士给堂吉诃德打败后,当初的算计都落空了。他念念在心,决计卷土重来,指望这次马到成功。他碰到给桑丘老婆泰瑞萨·潘沙捎信送礼的那小厮,打听了堂吉诃德在什么地方,就另找了一套盔甲和一匹马,盾牌上画上个白月亮,用骡子驮着武器,雇了个老乡赶着骡子出门。他没有带前番的侍从托美·塞西阿尔,怕给桑丘和堂吉诃德识破。他到了公爵府,据公爵告诉他,堂吉诃德要参与萨拉果萨的比武,已经由某一条道路走了。公爵讲了他们怎么恶作剧逼桑丘自打屁股、为杜尔西内娅解除魔缠;还讲桑丘怎样捉弄主人,说杜尔西内娅着魔变成了乡下姑娘,而公爵夫人又怎么哄骗桑丘,说杜尔西内娅确是着了魔,倒是桑丘自己上了魔术家的当。学士且听且笑,想不到桑丘又傻又调皮,而堂吉诃德竟一疯至此。公爵嘱咐学士如果找到堂吉诃德,不论取胜与否,务必回府把决斗的结果告诉他。学士遵命。他到了萨拉果萨没找到堂吉诃德,又一路找去;以后的事上文已经讲了。他回到公爵府把经过一一报告,还讲了决斗的条件,说堂吉诃德是个好游侠骑士,说话当话,已经取道回乡,准备退休一年。据学士说,堂吉诃德的疯病一年里也许可以养好,他当初就因为可惜这么一位高明人士成了疯子,一心要治好他,才化了装跑出来。学士随即辞别公爵回乡,料想堂吉诃德跟脚也就到家了。公爵对堂吉诃德主仆的所作所为兴味无穷,乘机又对他们开了以上那番玩笑。他估计堂吉诃德回乡准会经过他那里,就派了许多家丁,有的徒步,有的骑马,把守着远近各条道路,等碰见堂吉诃德,就把他软骗硬逼,带回府邸。他们果然碰见了堂吉诃德,忙去通知公爵。公爵早有准备,立即下令在大院里点上灯笼火把,叫阿尔迪西多啦躺在灵柩台上;整套把戏已见上文。他们演得惟妙惟肖,好像真有其事。可是熙德·阿默德认为被捉弄的固然傻,捉弄他们的也一样傻;公爵夫妇捉弄两个傻子那么起劲,可见自己和两个傻子正也不相上下。至于那主仆两个傻子呢,一个酣睡未醒,一个还睁着眼胡思乱想,只等天亮了起床;堂吉诃德不论得意失意,从不喜欢睡懒觉。

堂吉诃德真以为阿尔迪西多娅是死去又还魂的,这时她遂顺男女主人的兴头,跑到堂吉诃德屋里来,还戴着灵柩台上戴的花冠,穿一件洒金花白波纹绸长袍,披发垂肩,手里拄着一支精致的乌木杖。堂吉诃德见了她又急又窘,忙缩着脖子钻进床单和被单里去。他舌头好像僵住了,一句客套话也说不出。阿尔迪西多娅坐在他床头边的椅子上,长叹一声,娇言软语道:

"尊贵的女人和贞静的姑娘除非万不得已,才会不顾体面,把心事当众抖搂出来。我呀,堂吉诃德·台·拉·曼却先生,有这点亲身体会。我给爱情缠住了,不过我尽管苦恼,还是纯洁的;我默默忍受,心都碎了,就此送了命。硬心肠的骑士啊,

> 我枉自哀怨,你却比大理石还坚硬!①

你的冷酷害我死了两天;反正见我的人都断定我是死了。要不是恋爱神垂怜,凭这位好侍从吃些苦头救了我,我至今还在幽冥世界躺着呢。"

桑丘道:

"恋爱神不妨叫我的驴儿吃些苦头救你呀,那我就多亏他啦!但愿上天给你找个温柔的情人,别像我主人那样。可是小姐,请问你,你在幽冥世界看见些什么了?绝望而死的人一定下地狱,地狱里在干吗呢?"

---

① 这是引用加尔西拉索《牧歌》第一篇的诗句。

阿尔迪西多啦答道："老实告诉你吧,我大概没死透,所以还没进地狱。要是进了地狱,那就怎么也出不来了。我确是到了地狱门口;那儿有一二十个小鬼在打球,都穿着绑腿裤和紧身上衣,翻领和袖口上镶着荷兰花边;袖口露出四指宽的手腕子,显得手形很长。他们拿着火焰腾腾的球拍子,拍的不是球,却是书;书里好像是空空的,只有些破烂的羊毛渣子。这不是怪事吗?可是还有可怪的呢。打球的赢了高兴、输了丧气是常情,那些家伙,不管赢的输的,都满肚子牢骚,个个在发脾气咒骂。"

桑丘说:"那没什么稀奇,魔鬼认真也罢,游戏也罢,赢也罢,输也罢,总是不称心的。"

阿尔迪西多啦道:"你说的大概不错。还有件事我很奇怪——我意思那时候觉得很奇怪。他们的书只要拍一下就坏了,再经不起第二拍;新书旧书拍坏了一本又一本,源源不断,真是怪得很。有一本簇新的新书,装潢很讲究,他们拿来拍一下就四分五裂,散成一页页。一个小鬼对他的伙伴儿说:'瞧瞧那是本什么书。'他那伙伴儿说:'那是《堂吉诃德·台·拉·曼却》第二部,作者不是熙德·阿默德,却是个阿拉贡人,据他自己说,他家在托尔台西利亚斯。'那小鬼说:'你给我扔得远远的,扔到狱底里去,我看见就讨厌。'他那伙伴儿说:'就那么糟吗?'那小鬼说:'糟透了,即使有心要写得更糟,也办不到。'他们照旧拍书游戏。我对堂吉诃德是最爱慕的,听到他的名字,就把当时的情景牢牢记在心上了。"

堂吉诃德道:"不用说,那是你心上的幻象罢了。世界上哪会另有一个我呢。那部故事在这边也传阅过,可是谁都不愿意拿在手里,都放在脚底下踩。好在我也不是那部书里的主人公,冒我姓名的家伙究竟是在黑暗地狱里,还是在光天化日的世界上,随人家说去,我都满不在乎。一部书写得好、写得真实,可以有几百年的寿命;如果写得不好,就一定随生随灭。"

阿尔迪西多娅还想埋怨堂吉诃德,堂吉诃德对她说:

"姑娘,我屡次对你说,你对我用情,害得我很为难。我只能感谢你的厚意,却没有办法遂你的心。我生来是杜尔西内娅·台尔·托波索的人;假如真有司命的女神,她们已经注定我是她的了。别的美人如要挤了她来做我的心上人,那是万万办不到的。我说得这样直率,你可以死心了;办不到的事不能勉强。"

阿尔迪西多娅听了这番话,满面怒容,愤然道:

"哎呀,你这个冷血动物!铜铁铸的灵魂!枣核儿似的心!你比自以为是的乡下佬还顽固!我扑上来准把你眼珠子都挖出来!吃败仗的先生啊!挨揍的先生啊!你以为我真是为你伤心死的吗?你昨晚上看见的全是假的呀!谁会为你这么个骆驼似的蠢货伤一星半点的心呢?我才不是那种女人!更别说为你死了!"

桑丘说:"这倒是真的。为爱情送命是笑话;谁会当真去死,傻瓜才相信呢。"

他们正说着话,忽见昨夜弹琴唱诵的诗人跑来,对堂吉诃德深深鞠躬,说道:

"骑士先生,我久闻您的大名和您的英雄事迹,十分倾倒;您要是赏脸,许我追随着大伙儿为您效劳,我就荣幸得很!"

堂吉诃德答道:

"请问您是谁?我好按您的身份以礼相待。"

那少年说,他就是夜里奏乐唱诗的。

堂吉诃德道:"您的嗓子好极了,不过您唱的诗好像不大切题;加尔西拉索的那几行诗,和这位姑娘的死有什么相干呢?"

那音乐家答道:"您别见怪,我们这班毛头小伙子诗人,爱怎么写诗就怎么写,爱抄袭谁就抄袭谁,也不管切题不切题;随意胡唱乱写是诗人的特权。"

堂吉诃德正要回答,公爵夫妇恰来看他,就此打断。宾主谈得很久,都很高兴。桑丘逗笑的妙语和带刺的冷话源源而来,公爵夫妇真想不到他这么老实,却又这么机灵。堂吉诃德要求当天动身回乡,他是吃了败仗的骑士,只配住猪圈了,不该再留在王公府第里。他们一口答应。公爵夫人问他对阿尔迪西多娅是否回心转意,他说:

"我的夫人啊,您知道,这位姑娘的病根子是懒惰;对症下药,该叫她经常有正经活儿干。她这会儿告诉我,地狱里也时行花边。她准会织花边;该叫她不停手地织。手里有活儿,就没工夫想她心上的情人了。这是我的愚见,也是我的忠告,也确是真情实况。"

桑丘附和道:"我也这么说。我一辈子就没见过织花边女工为爱情死的。有活儿干的姑娘,只想干完自己的活儿,没工夫想到爱情。这是我自己的经验。我锄地的时候就忘了老伴儿——我指我的泰瑞萨·潘沙,我爱她比爱自己的眼毛还深得多呢。"

公爵夫人道:"桑丘,你这话很有道理。我这个阿尔迪西多娅一手好针线,以后叫她别闲着,常做做针线活儿。"

阿尔迪西多娅道:"太太,用不着什么对症下药;我只要想到这头蠢货毫无情意,就把他撇在脑勺子后面了,不必再想办法。您夫人让我走开吧,免得瞧他这副哭丧着的脸。这嘴脸真丑,看着就讨厌。"

公爵道:"这就应了俗语说的:

骂个不停,

怒气已平①。"

阿尔迪西多啦拿着块小手绢假装拭泪,一面对主人主妇屈膝行个礼,就出去了。

桑丘说:"我早料到的呀,可怜的姑娘,我早料到你是要倒霉的!你看中的人灵魂像黄麻一样干,心肠像橡树一样硬。老实说吧,要是看中我,我这只公鸡就对你喔喔啼了。"

他们谈完话,堂吉诃德穿好衣服,和公爵夫妇一起吃过饭,当天午后就上路回乡。

第七十一章

堂吉诃德和侍从桑丘回乡路上的事。

堂吉诃德吃了败仗,没精打采,但是他懊恼之中,又生出欢喜来。他懊恼的是打了败仗;欢喜的是桑丘居然有神通叫阿尔

---

① 西班牙谚语。

迪西多娅起死回生。只不过他还不大相信那痴情姑娘是真死。桑丘却一点不快活;原来阿尔迪西多娅答应送他的几件衬衫没有给他,所以很气恼,颠来倒去想这件事;他对主人说:

"先生,我是天下最倒霉的医生。有些医生杀死了病人,还要诊金;其实他们什么也没干,不过开了药方签个名,由药剂师配好药,让那倒霉病人喝下就完了。可是我呢,给人治好了病,赔掉自己的鲜血,还让人家弹鼻子、拧肉、针刺、鞭打,到头来却连一个子儿也没到手。我对天发誓:如果再有病人叫我治病,得先捞到了油水才给他治呢。'修道院长靠唱歌吃饭',我不信老天爷给了我这点本领是叫我白替人效劳的。"

堂吉诃德道:"桑丘朋友,你说得对。阿尔迪西多娅不该答应了送你衬衫却不给你。尽管你那本领也是平白得来的,没要你下功夫学习;可是身体受折磨比下功夫学习还吃重。我呀,可以向你声明,你为杜尔西内娅解除魔缠挨了鞭子,如果要报酬,我一定给你;该多少给多少。只是我不知道拿了钱吃的鞭子是否有效,我怕它不灵。不过咱们也不妨试试。桑丘,你算算要多少钱,马上动手打吧;打完了可以自己支付现款,我的钱都在你手里呢。"

桑丘一听这话,眼睛也睁大了,耳朵也伸长了,鞭挞自己也甘心乐意。他对主人说:

"好啊,先生,我顺了您的心,自己又得了好处,哪有不肯的道理!也许您觉得我贪财,其实我只是爱我的老婆儿女。您说吧,我打自己一鞭,您给多少钱?"

堂吉诃德说:"桑丘,你解救了杜尔西内娅功德无量,便是威尼斯的财富,玻多西的矿产,①都不够报答你。你估计身边有多少钱,一鞭给多少,自己斟酌吧。"

桑丘说:"鞭子总共是三千三百下还带点儿零。我打过五鞭,其余的还没动呢。且把那五鞭抵了零数,咱们算算那三千三百鞭吧。一鞭就算它四分之一瑞尔;再少的话,即使全世界人人勒逼我,我也不干。照这么算,就是三千三百个四分之一的瑞尔。三千呢,就是一千五百个二分之一的瑞尔,合七百五十瑞尔。三百呢,就是一百五十个二分之一的瑞尔,合七十五瑞尔,加上那七百五十,总共是八百二十五瑞尔。这笔钱,我就从您的钱里扣;我虽然挨足鞭子,回家却发了财称心满意了。如要钓到鳟鱼……②,我不用多说。"

堂吉诃德道:"啊呀!修福的桑丘!可爱的桑丘!杜尔西内娅和我这一辈子该怎么报答你呀!她一定会恢复原形的!到那一天,她的坏运就转成好运,我就转败为胜,圆满收场。桑丘,你愿意什么时候动手,你瞧吧。你要是把这件事快快了结,我再加你一百瑞尔。"

桑丘说:"什么时候吗?就在今晚上!保证没错儿!您准备在旷野露宿,我就把自己打得皮开肉绽。"

堂吉诃德眼巴巴地等天黑,恰像情人等幽会那样急不可待,只觉得太阳神的车子好像是坏了车轮,这一天比哪天都长。好容易天晚,他们走进路旁一座阴凉的树林,两人下了牲口,躺在草地上,把桑丘带的干粮当晚饭吃了一餐。桑丘用灰驴的辔头

---

① 玻多西在玻利维亚西部,多银矿。"威尼斯的财富"和"玻多西的矿产"都已变为成语,指最大量的财富。
② 西班牙谚语,下半句是"就得沾湿裤子"。

和缰绳拧成一条坚韧的鞭子,跑到离主人二十来步的几棵榉树丛里去。堂吉诃德瞧他毅然决然的神气,说道:

"朋友,当心啊,别把自己打得稀烂。你打完一鞭,再打一鞭,别急着一阵乱打,半中间就接不上气来。就是说呀,别把自己太打狠了,该打的鞭数没满,就送了性命。我离着你在这边用念珠给你计数,免得记错。但愿上天保佑,不负你的美意。"

桑丘说:"'还得了债,不心疼抵押品'。我自有办法,打得痛却又不伤性命;得这样才能显示我的神通呀。"

他随即脱光上身,抓起绳索开始鞭挞;堂吉诃德就给他计数。桑丘打了七鞭上下,觉得这玩意儿不好受,价钱估得太低了。他停手对主人说,刚才讲定的交易是上当的,不能作准;每一鞭的价钱该是半个瑞尔,不是四分之一。

堂吉诃德说:"桑丘朋友,你连着打吧,别泄气;我把价钱抬高一倍就是了。"

桑丘道:"那么我就把性命交给上帝了!鞭子像雨点似的打下来吧!"

可是那浑蛋不把鞭子往自己背上打,却打在树上,还一声声呼号,好像抽得自己灵魂都要出窍了。堂吉诃德心肠软,怕桑丘伤了性命,又怕桑丘顾前不顾后,害得他也不得如愿,就对桑丘说:

"朋友啊,我求你住手吧。我觉得这是狼虎药,一次不能吃多了,得慢慢儿来。萨莫拉不是一下子攻倒的①。照我的计数,

---

① 西班牙谚语。萨莫拉这个坚固的堡垒经过长期攻打才被咖斯底利亚王打破。

你已经打了一千多下,这次就够了。我说句俗话吧,'虽说驴子能负重,太重了也驮不动。'"

桑丘道:"不行,先生,我不能让人说:拿到报酬,就折了手。① 您走远些,让我至少再打一千鞭。咱们干么两回,也许就完事了,说不定还绰有余力呢。"

堂吉诃德说:"你既然这么热心,但愿上天保佑你,你就打吧。我且走远点。"

桑丘又痛下鞭扑,把好几棵树打得皮都脱落了;这顿鞭挞真是够狠的!他在榉树上猛抽一鞭大叫道:

"参孙不要命了!大家同归于尽吧!"②

堂吉诃德听到鞭声猛烈,呼声凄厉,忙赶去抓住桑丘用缰绳拧成的鞭子说道:

"桑丘朋友,你得留着性命养家活口,如果称了我的心,送了你的命,那是天地不容的。让杜尔西内娅再等等吧。我反正如愿有期,也就安心了。我等你蓄养了力气,再把这件事完成,让大家乐意。"

桑丘说:"我的先生,您既然叫我别打了,我就听您的。您把大衣借我披上吧,我浑身是汗,怕着了凉;我还是头一次鞭挞自己,保不定出这毛病。"

堂吉诃德依言脱下大衣给桑丘披上,自己只穿着紧身衣裤,桑丘直睡到太阳光射到脸上才醒。他们立即上路,走了三哩瓦,到一个村上投宿。两人在一家客店前下了牲口。堂吉诃德认得

---

① 西班牙谚语。
② 《旧约全书·士师记》第十六章第三十节;大力士参孙临死说"我情愿同非利士人同死",就掀倒房子,把里面的非利士人都压死。

是客店,不是有壕沟、高塔、吊闸、吊桥的堡垒。他自从吃了败仗,头脑清醒了些;凭他下面讲的话就可见一斑。店家给了他一间楼下的房间。乡村的习惯,壁衣不用皮革;那屋里挂的是半旧的斜纹布,上面画着人物。① 一幅是海伦在梅内拉奥家被那个色胆如天的远客抢走②;画得非常拙劣。另一幅是狄多和伊尼亚斯的故事③:伊尼亚斯在海上,乘着一艘方帆快艇准备逃跑;狄多在高塔上,挥着半条床单,好像是向逃亡的远客呼吁。堂吉诃德注意到画里的海伦并不像被人强抢的,她淘气似的背着脸在笑呢;狄多美人却眼泪双流,泪珠有核桃那么大。堂吉诃德看了说:

"这两位夫人不幸没有生在当代;我更不幸,没有生在她们的时代。我要是碰到画上的那两位先生,特洛亚就不会烧成白地,伽太基也不至灭亡;我只要杀掉一个巴黎斯,就铲除了这种种灾祸的总根子。"

桑丘说:"我可以打赌,不用多久,一切酒店、客店、旅馆、理发铺,家家都要画上咱们的故事了。不过我希望能有高手来画,别画得这样糟糕。"

堂吉诃德道:"桑丘,你说得不错。这个画家就像乌贝达的画家奥巴内哈一样。人家问奥巴内哈画什么呢,他说:'画出什

---

① 安达路西亚有钱人家的壁衣,热天用描花或刻花的皮革,冷天用毛织的花毡。农村俭啬,终年用布制的壁衣。
② 希腊故事,特洛亚王子巴黎斯拐走希腊斯巴达王梅内拉奥的妻子海伦,引起特洛亚之战。
③ 据维吉尔史诗《伊尼德》,伊尼亚斯在特洛亚城破后,流亡到伽太基,和伽太基女王狄多恋爱,后来又抛弃了她,航海到意大利。参看本书363页注①,432页注②。

么,就是什么。'假如他偶然画出一只公鸡,就在下面注明:'这是公鸡',免得人家当作狐狸。桑丘,绘画和写作有相同之处。我觉得写堂吉诃德新传的人,正和奥巴内哈一样:描绘出什么,就是什么。几年前京城有个诗人名叫茅雷翁,也是这一路货。人家向他请教,他就随口乱说。有人问他 Deum de Deo 是什么意思;他说,就是'Dé donde diere'。① 可是闲话少说,我问你,桑丘,你今夜打算再把自己打那么一顿吗?你愿意在屋里打,还是露天打呢?"

桑丘说:"哎,先生,我打算给自己吃的那顿鞭子,屋里打、露天打都一样。不过我喜欢在树林里打,因为四周的树木好像在陪我受罪,不知哪来的奇事,那些树木竟分摊了我的痛苦。"

堂吉诃德说:"那就算了,桑丘朋友,你且养息力气;过不了后天咱们就到家了,等回去再打吧。"

桑丘说:"一切听命,不过我愿意趁热打铁,赶紧把事情了结。拖拖延延,就有危险;求上帝保佑你,也得自己努力;许你两件,不如给你一件;天空的老鹰,不如手里的麻雀②。"

堂吉诃德道:"啊呀,桑丘,成语少说两句吧,你好像又'故态复萌'③了。我老跟你说,讲话要明白清楚,直截了当;你听了我这句话,将来受用不尽呢。"

---

① Deum de Deo 是拉丁文的惊叹辞或发咒时对上帝的呼吁,意思是"上帝啊!"或"上帝的上帝啊!"Dé donde diere 这句西班牙语和 Deum de Deo 不过声音相近,意义全不相干,直译是"在我将来可能给的地方,我已经给了"。
② 四句西班牙谚语。
③ 原文是拉丁文。

桑丘答道:"我不知倒了什么霉,不用成语就说不出个道理,而且哪一句好像都用得上。不过我以后努力改吧。"

他们就结束了这番谈话。

第七十二章

堂吉诃德和桑丘回乡路上。

桑丘要在旷野里打完他那顿鞭子,堂吉诃德要看那顿鞭子打完,了却心愿;两人整天待在乡村的客店里等待天黑。忽有个骑马客人跑来,三四个佣人跟着。一个跟随的人对打头的那人说:

"堂阿尔瓦罗·达尔斐,这家客店看来又干净、又凉快,您说在这儿歇午吧。"

堂吉诃德听了对桑丘道:

"嗨,桑丘,我翻看我那第二部传记的时候,好像见过堂阿尔瓦罗·达尔斐这名字。"

桑丘说:"很可能呀,待会儿等他下了马,咱们问问他。"

新来的客人下了马,店主妇拨给他一间楼下的房间,恰在堂吉诃德对屋,壁上也挂着些有画图的斜纹布,和堂吉诃德屋里的一样。那人换了一套夏天衣服,跑到大门口过道里去。过道宽敞风凉,堂吉诃德正在那里散步。那人问他说:

"绅士先生,您到哪儿去啊?"

堂吉诃德答道：

"我家在附近村上，我是回乡去。您呢？您到哪儿去呀？"

绅士道："我呀，先生，也是回乡去；我家在格拉那达。"

堂吉诃德道："那是好地方！可是我想请问您的大名；我有个缘故，只是说来话长。"

那旅客道："我叫堂阿尔瓦罗·达尔斐。"

堂吉诃德说：

"有个新出道的文人最近出版了《堂吉诃德·台·拉·曼却传》的第二部，书里有一位堂阿尔瓦罗·达尔斐，想必就是您吧。"

绅士说："是啊。书里的主人公堂吉诃德是我的好朋友，是我把他从家乡带出去的；反正是我劝他去参加了萨拉果萨的比武，我自己也到了那里去。我真是帮了他不少忙。他莽撞极了，幸亏有我在，他背上才没挨刽子手拍打。"

"请问您，堂阿尔瓦罗，您说的那个堂吉诃德和我有点儿像吗？"

那人说："不像，一点儿不像。"

堂吉诃德说："那个堂吉诃德还带着个名叫桑丘·潘沙的侍从吧？"

堂阿尔瓦罗说："是啊。盛传他很逗乐儿，可是我从没有听他说过一句逗乐的话。"

桑丘插嘴道："那当然，逗乐的话不是人人会说的。绅士先生，您讲的那个桑丘，准是头号的流氓、笨蛋、贼骨头拼凑出来的。我才是真正的桑丘·潘沙；我的俏皮话比雨点儿还多呢。不信，您只要试试。您和我一起待一年，就会知道我开口就逗乐,说话又多又滑稽,往往自己也不知说了什么,就逗得大家没一个不笑的。至于真正的堂吉诃德·台·拉·曼却呢,他真是名不虚传,又勇敢,又聪明,又多情;他锄强扶弱,帮助寡妇,害得年轻姑娘为他死去活来;他唯一的意中人是绝世美人杜尔西内娅·台尔·托波索。这个堂吉诃德就是您面前的这位先生——我的主人;别的堂吉诃德、别的桑丘·潘沙全都是冒牌骗人的假货。"

堂阿尔瓦罗说:"对啊!一点儿不错!朋友,你开口几句话就妙不可言。那个桑丘说话并不少,却没一句是这么有趣的。他那张嘴巴只爱吃东西,不会说话;他像个傻瓜,毫无风趣。那些魔法师迫害好的堂吉诃德;他们一定是借那个坏堂吉诃德又来迫害我。我真不知该怎么说了。因为我可以发誓,我离开那个堂吉诃德的时候,他正在托雷都疯人院里疗养呢,现在这里却又出现了一个堂吉诃德!不过这位先生和那一个是截然不同的。"

堂吉诃德说:"我不敢说自己是好的堂吉诃德,不过绝不是那个坏的。我拿得出凭据,亲爱的堂阿尔瓦罗·达尔斐先生。我告诉您,我一辈子没到过萨拉果萨,而且一听说那个冒名的堂吉诃德在那里比武,我就不肯去了。我是要借此向大家戳穿他的谎话,所以直接到了巴塞罗那去。那里是礼仪之邦,行路的安息处,穷人的收容所,勇士的家乡;遭祸害的跑去避难,爱交游的跑去联欢,不论地势风景,都独一无二。虽然我在那里的遭遇并不称心,却很痛心,可是能到那个地方游历一番,也就算是不冤枉。总而言之,堂阿尔瓦罗·达尔斐先生,我是天下闻名的堂吉诃德·台·拉·曼却,不是那个冒名顶替的混蛋。我要求您凭绅士应尽的义务,当着本村长官正式声明,说您今天才头一次看见我,我并不是第二部传记里的堂吉诃德,我这个侍从桑丘·潘沙也不是您认识的那个。"

堂阿尔瓦罗说:"行,行!不过我真想不到同时会看见两个堂吉诃德和两个桑丘,名字完全一样,人又完全不同。想必我自以为眼见的,只是假相;自以为身经的,都是幻觉。"

桑丘说:"不用说,您准是像我们杜尔西内娅·台尔·托波索小姐那样着魔了。天哪,我但愿您也像她一样,要靠我自打三千多鞭来解除您的魔缠呢!那我一定打,一个钱也不要。"

堂阿尔瓦罗说:"我不懂什么鞭子不鞭子。"

桑丘道,说来话长,如果他们同路,可以在路上细讲。当时已经开饭,堂吉诃德和堂阿尔瓦罗同吃了饭。可巧本乡长官带着公证人到客店来。堂吉诃德就当着这位长官正式提出申请,说他为保卫自己的权利,要请在场的这位绅士堂阿尔瓦罗·达尔斐声明:他从不认识在场的堂吉诃德·台·拉·曼却,这个堂吉诃德·台·拉·曼却,并非托尔迪西利亚斯人阿维利亚内达那本《堂吉诃德·台·拉·曼却传》第二部里的堂吉诃德·台·拉·曼却。乡官按合法手续,把这项声明照公文程式白纸黑字写下来。堂吉诃德和桑丘高兴非凡;明摆着这个堂吉诃德不是那个堂吉诃德,这个桑丘不是那个桑丘,他们倒好像这还得凭一纸执照为证呢。堂阿尔瓦罗和堂吉诃德应酬了一番。这位曼却的伟人谈吐非常高明,堂阿尔瓦罗恍然明白这个堂吉诃德绝非那个堂吉诃德。但是他不懂怎么会亲身碰到两个绝不相同的堂吉诃德,料想自己是着魔了。

他们当天下午出村,走了大约半哩瓦路,到一个交叉路口;

堂吉诃德和堂阿尔瓦罗就各走各的了。在他们分手之前的一小段路上,堂吉诃德已经把自己如何倒霉打了败仗、杜尔西内娅如何着魔、如何解救等等都告诉了堂阿尔瓦罗;他听了越发诧异。他拥抱了堂吉诃德和桑丘,就分头取道回乡。当晚,堂吉诃德又在树林里过夜,让桑丘完成他的苦行。桑丘还像前夜那样挥鞭痛打,多亏榉树皮替他当灾,便宜了他自己的背皮。他背上鞭风也没掠过,即使上面叮着个苍蝇,也不会赶走。堂吉诃德蒙在鼓里,每一鞭都记下,加上前夜打的,共计三千零二十九鞭。太阳好像是要来瞧瞧桑丘怎样受罪,老早就出来了。他们天亮又赶路,一路谈的无非是堂阿尔瓦罗上了当,而他们却又多么精明,在乡官面前把那项声明写成了正式文件。

两人走了一天一夜,一路无话,不过桑丘当夜完成了他担当的苦差,因此堂吉诃德非常称心满意。他深信梅尔林的诺言,拿定他意中人杜尔西内娅已经摆脱魔缠。他等着天亮,想瞧瞧会不会路上碰见她;一路前去,每见一个女人,就近前去认认是不是杜尔西内娅·台尔·托波索。他就这样思思想想、寻寻觅觅,一路和桑丘走上山头,望见了家乡。桑丘望见家乡,就双膝跪下道:

"我念念不忘的家乡呀,快瞧瞧,你的儿子桑丘回来了!他虽然没有发大财,却挨足了鞭子。你的儿子堂吉诃德也回来了,张臂迎接他吧!他虽然败在别人手里,却战胜了自己;据他以前跟我讲的话,这是为人在世最了不起的胜利。我现在手里有钱了!因为'我虽然挨足鞭子,却是个很有体面的骑士'[①]。"

[①] 西班牙谚语,见本书 282 页注[①]。

堂吉诃德说:"别这么疯疯癫癫,咱们顺顺当当回乡吧;到了家,咱们就可以自由自在地想想,以后怎么过牧羊生涯。"

两人就下坡回乡。

第七十三章

堂吉诃德入村所见的预兆,以及其他趣事。

据熙德·阿默德说,堂吉诃德进村,看见打麦场上两个孩子吵架。一个说:

"你干脆死了心,小贝德罗;这东西你一辈子休想再看见了。"

堂吉诃德立即对桑丘说:

"朋友,你听见那孩子的话吗?'你一辈子休想再看见了!'"

桑丘答道:"哎,那孩子说了那句话又怎么着?"

堂吉诃德道:"怎么着?你还不懂吗?那是对我说的,叫我休想再看见杜尔西内娅了。"

桑丘没来得及回答,因为看见野地里一只兔子直往他们那里蹿,许多猎狗和猎人在后面追赶。兔子吓破了胆,蹿过来躲在灰驴身底下。桑丘一把抓住,捧去交给堂吉诃德。堂吉诃德喃喃自语道:

"不祥之兆!不祥之兆!① 兔子跑,猎狗追;杜尔西内娅却不见

---

① 原文是拉丁文。西班牙旧俗,认为路上碰见兔子是不吉利的,碰见狼是吉利的。

踪迹!"

桑丘说:"您真怪。就算这头兔子是杜尔西内娅,追她的猎狗是把她变作乡下姑娘的坏魔法师,她不是脱身了吗?我把她捉来交在您手里,您正抱在怀里抚弄她;这又有什么不祥呢?又算什么不祥之兆呢?"

两个吵架的孩子跑来看兔子;桑丘问一个孩子为甚吵架。这孩子就是刚才说"你一辈子休想再看见"的那一个。据说他拿了那个孩子的一笼蟋蟀,打算一辈子不还了。桑丘从身边掏出四文钱给那孩子,问他要了那个笼子,交给堂吉诃德说:

"先生,我这会儿把预兆都破了!别说我傻,我觉得这些预兆就像隔年的浮云一样,和咱们毫不相干。我记得咱们村上的神父说过,高明人士不该注意这种细事。您自己前几天还跟我讲呢,相信预兆的是傻瓜①。这种事不值得放在心上,咱们还是快到村上去吧。"

打猎的跑来要他们的兔子,堂吉诃德就交给他们。两人往村里走去,碰见神父和加尔拉斯果在草地上念经呢②。这时桑丘用那件画火焰的麻布衣(阿尔迪西多娅还魂那夜桑丘在公爵府穿)盖着灰驴和驴背上的一捆兵器,所以灰驴好像穿了一件印着徽章的罩衣;那只尖顶高帽也戴在灰驴头上——它真是世界上最奇装异服的驴子了。

神父和学士马上看见了他们俩,都赶来张臂欢迎。堂吉诃德下了马,和他们紧紧拥抱。小孩子眼尖,像山猫一样,什么都

---

① 见本书第五十八章。
② 教士在指定的祷告时间得诵经祈祷;加尔拉斯果学士任教会里最低的职位,所以也得念经。

不放过;他们望见驴子的尖顶高帽,就赶来看,大伙儿传呼道:

"孩子们快来!瞧桑丘·潘沙那驴子比明戈还漂亮!堂吉诃德那畜生比原先更瘦了!①"

堂吉诃德和桑丘由一群小孩子簇拥着,神父和学士陪着,进村到了堂吉诃德家。他家的管家妈和外甥女已经听到他回家的消息,正在门口等待。桑丘的老婆泰瑞萨·潘沙也听到了消息。她披头散发、袒胸露臂,拉着女儿桑琦加赶来瞧她丈夫。她认为当总督的该穿得很漂亮,一看他那样儿就说:

"我的丈夫,你怎么这个样儿呀?我瞧你是一步步走回来的,脚都走疼了;简直像个逃难的灾民,哪像什么总督呀!"

桑丘答道:"甭说了,泰瑞萨;许多人以为这儿挂着块咸肉,其实连挂肉的钩子都没有。咱们快回家,有稀罕事告诉你呢。我带钱回来了,这是大事!我赔了力气挣来的钱,没损害了谁。"

泰瑞萨说:"我的好丈夫,随你哪里挣的,带回来就是了;不管怎么个挣法,反正不是你发明的新办法。"

桑琦加拥抱了爸爸,问他带了什么东西回来,说她像五月天盼望雨水那样盼望着他呢。桑丘一边是女儿抓住他的腰带,一边是老婆拉着他的手,灰驴由女儿牵着,大伙儿一起回家。堂吉诃德留在自己家,自有外甥女和管家妈看管,神父和学士做伴。

堂吉诃德刻不容缓,立即把学士和神父拉到屋里,背着家里人,告诉他们自己打了败仗,按讲定的条件,一年内不准离乡;他

---

① 十五世纪风行的讽刺诗里说:"明戈·瑞伏尔戈,穿天蓝色的外衣,鲜红的紧身袄。""比明戈还漂亮"变为成语。那孩子的话是双关的,好像是指桑丘的驴、堂吉诃德的马;其实是把两人说成畜生。

身为游侠骑士,得恪守骑士道,这个条件他一定切实履行,分毫不能出入。他说,打算那一年里改行做朴实的牧羊人,在田野里过悠闲的日子,舒散他对情人的思慕之心。他要求神父和学士,如果没有要事缠身,得空就来和他做伴;他要买一群羊,大家可以名副其实地做牧羊人。他说事情已有眉目,他已经为他们都取了合适的名号。神父请教什么名号。堂吉诃德说:他自己叫牧羊人吉诃悌士,学士叫牧羊人加尔拉斯公,神父叫牧羊人古良布洛,桑丘·潘沙叫牧羊人潘希诺。神父和学士想不到堂吉诃德的疯病又别开生面,可是防他再出门当骑士,又指望他一年里能养好病,少不得附和着他的疯劲儿,称赞他新出的主意有趣,表示要同过牧羊生涯。

参孙·加尔拉斯果学士道:"而且大家都知道我还是个呱呱叫的诗人。我可以到处作诗:牧歌呀,京城流行的词曲呀,或者随意抒情的诗;咱们在田野里就有得消遣了。两位老哥啊,还有件最要紧的事呢:咱们歌颂的牧羊姑娘都得取个芳名,不论多硬的树上都要刻上她们的名字;多情的牧羊人照例这么干的。"

堂吉诃德说:"这是当前的要紧事。不过我已经有了天下无双的杜尔西内娅·台尔·托波索,不必再为虚拟的牧羊姑娘找名字。她是河岸①和草原上的花朵儿,美丽聪明的典范,不管怎样极口赞美,用在她身上都不算夸张。"

神父道:"对啊!可是我们的牧羊姑娘还得有合适的名字呀;如果不能完全合适,将就点儿也行。"

参孙·加尔拉斯果凑趣道:

---

① 牧歌里往往把没有河的地方称为河岸。

"如果想不出名字,可以借用书上的,书上多的是牧羊姑娘,什么费丽达呀,阿玛丽莉呀,狄亚娜呀,芙蕾丽达呀,伽拉泰呀,贝丽沙达呀,等等,这都是市场上的货色,咱们买回来就是自己的了!假如我那位小姐——或者该说我那位牧羊姑娘名叫安娜,我就用安娜达①的名字来颂扬她;如果叫弗朗西斯加,我就称她弗朗塞妮娅;如果叫露西娅,我就称她陆莘达,反正都是同一个名字化出来的。桑丘·潘沙如果也加入我们一伙,他老婆泰瑞萨可以称为泰瑞萨侬娜。"

堂吉诃德听了变化的名字不禁笑了。神父满口称赞堂吉诃德的主意正当高尚,他重又表示,只要处理了他教区的紧要任务,就来和老友做伴。神父和学士就起身告辞,还劝堂吉诃德保养身体,多吃滋补的东西。

三人的谈话可巧都落在堂吉诃德的外甥女和管家妈耳里。他们等客人一走,就进屋来,外甥女说:

"舅舅啊,您是怎么回事啊?我们以为您这次回来了要安安静静、老老实实待在家里了,怎么又迷了心窍,要去做什么

　　来的小牧童呀,

　　去的小牧童呀?②

老实说吧,麦秸已经干硬,不能当哨子吹了③。"

管家妈附和道:

"而且在旷野里,暑天的中午或冷天的深夜,或是豺狼嗥

---

① 学士也像堂吉诃德那样把西班牙名字化为意大利名字。
② 西班牙民谣里的句子。
③ 西班牙谚语。

叫,您受得了吗?您怎么也受不了的呀!那是大老粗的行业,得从小在妈妈怀抱里就开始锻炼才行。千不好、万不好,当游侠骑士还比当牧羊人好。我的主人啊,我这会儿不是酒醉饭饱,正守着斋呢,而且五十开外的年纪了,您听我的话吧。待在家里,照管家业,常常去忏悔,多帮助穷人;要有什么灾害,由我的灵魂承当。"

堂吉诃德道:"女儿啊,甭多说了,我知道自己的本分。我觉得不大舒服呢,你们扶我上床吧。你们放心,我现在当游侠骑士也罢,将来当牧羊人也罢,决不忘了照顾你们的需要;你们看到我干的事,就会知道。"

外甥女和管家妈当然都是好女儿;她们扶堂吉诃德上床,给他吃了点东西,服侍他好好睡下。

第七十四章

堂吉诃德得病、立遗嘱、逝世。

世事无常,都由兴而衰,以至于亡;人生一世更是逃不脱这个规律。堂吉诃德也不能得天独厚,停步不走下坡路。他万想不到自己一辈子就此完了。他发烧不退,一连躺了六天;也许是打了败仗,气出来的病,也许是命该如此。他的朋友像神父呀,硕士呀,理发师呀,都常去看他;他的好侍从桑丘·潘沙经常守在他床头。他们以为他打败了羞忿,而且没看见杜尔西内娅摆脱魔缠,心上愁闷,所以怏怏成病,就用尽方法哄他开心。学士叫他抖擞精神起床,开始牧羊生涯,说自己已经做了一首牧歌,把撒纳沙罗①的牧歌全压倒了;又说自己出钱问金达那的牧户买了两只看羊的好狗,一只叫巴尔西诺,一只叫布特隆。堂吉诃德听着还是郁郁不乐。

他那些朋友请了一位大夫来给他诊脉。大夫觉得脉象不好,说不管怎样,救他的灵魂要紧,他的身体保不住了。堂吉诃德听了这话很镇定,管家妈、外甥女和侍从桑丘却伤心痛哭,好像堂吉诃德已经当场死了。据大夫诊断,忧郁是他致命的病源。堂吉诃德想睡一会,要求大家出去。他就睡了一大觉,有六个多小时之久,管家妈和外甥女只怕他再也不醒了。他醒来大声说:

"感谢全能的上帝!给了我莫大的恩典!他慈悲无量,世人的罪孽全都饶恕。"

外甥女留心听他舅舅的话,觉得比往常灵清,至少比这番病倒后讲的话有条理。她问道:

"舅舅,您这话是什么意思?咱们得了什么新的恩典吗?您说的是什么慈悲、什么罪孽呀?"

堂吉诃德答道:"我说的是上帝无量慈悲,这会儿饶恕了我的罪孽。我从前成天成夜读那些骑士小说,读得神魂颠倒;现在觉得心里豁然开朗,明白清楚了。现在知道那些书上都是胡说八道,只恨悔悟已迟,不及再读些启发心灵的书来补救。外甥女

---

① 撒纳沙罗(Jacopo Sannazaro),意大利十六世纪诗人,1504 年出版的《牧羊人的乐园》(*Arcadia*)风行一时,参看本书 442 页注②,510 页注①。

啊,我自己觉得死就在眼前了;希望到时心地明白,人家不至于说我糊涂一辈子,死也是个疯子。我尽管发过疯,却不愿意一疯到死呢。孩子,我要忏悔,还要立遗嘱,你去把神父呀、参孙·加尔拉斯果学士呀、尼古拉斯理发师呀那几位朋友都请来。"

那三人正好进屋,不劳外甥女去请了。堂吉诃德一见他们,就说:

"各位好先生,报告你们一个喜讯:我现在不是堂吉诃德·台·拉·曼却了,我是为人善良、号称'善人'的阿隆索·吉哈诺。我现在把阿马狄斯·台·咖乌拉和他那帮子子孙孙都看成冤家对头,觉得荒谬的骑士小说每一本都讨厌,也深知阅读这种书籍是最无聊、最有害的事。我现在靠上帝慈悲,头脑清醒了,对骑士小说深恶痛绝。"

三人听了这番话,以为他一定又得了新的疯病。参孙说:

"堂吉诃德先生,我们刚刚听说杜尔西内娅小姐已经解脱了魔缠,您怎么又来这一套呀?况且咱们马上要去当牧羊人,像公子哥儿似的唱歌过日子,您怎么又要当修行的隐士了呢?我劝您清醒点儿,闭上嘴巴,别胡扯了。"

堂吉诃德说:"那些胡扯的故事真是害了我一辈子;但愿天照应,我临死能由受害转为得益。各位老哥,我自己觉得命在顷刻,别说笑话了,快请神父听我忏悔,请公证人给我写遗嘱吧。大限临头,不能把灵魂当儿戏。我请你们乘神父听我忏悔,快去请个公证人来。"

大家听了觉得诧异,面面相觑,虽然将信将疑,却不敢怠慢。他忽然头脑这样灵清,料想是临死回光返照。他还说了许多又高明又虔诚的话,条理非常清楚。大家不再疑惑,确信他已经不疯了。

神父叫大家走开,他一人听堂吉诃德忏悔。学士出去找了一个公证人,还带着桑丘·潘沙一同回来。桑丘听学士讲了主人的情况,看见管家妈和外甥女在那儿哭,也抽搐着脸颊眼泪直流。堂吉诃德忏悔完毕,神父出来说:

"善人阿隆索·吉哈诺真是要死了,他神志也真是清楚了。他要立遗嘱呢,咱们进去吧。"

管家妈、外甥女和那位好侍从桑丘·潘沙听了这个消息,热泪夺眶而出,压抑着的抽噎也收勒不住了。因为上文也曾说过,堂吉诃德是善人阿隆索·吉哈诺也罢,充当了堂吉诃德·台·拉·曼却也罢,向来性情厚道,待人和气,不仅家里人,所有的相识全都喜欢他。公证人跟着大家到堂吉诃德屋里,把遗嘱开头的程式写好;堂吉诃德按基督徒的照例规矩,求上帝保佑他的灵魂,然后处置遗产。他说:

"(一)我发疯的时候,叫桑丘·潘沙当我的侍从,曾有一笔钱交他掌管。我们两人还有些未清的账目和人欠、欠人的纠葛,所以那笔钱我不要他还了,也不要他交代账目,只把我欠的扣清,余款全数给他;多余的很有限,但愿他拿了大有用处。我发疯的时候曾经照应他做了海岛总督;我现在神志清楚,如有权叫他做一国之王,我也会叫他做。他生性朴质,为人忠诚,该受这样待遇。"

他转向桑丘道:"朋友,我以为世界上古往今来都有游侠骑士,自己错了,还自误误人,把这个见解传授给你,害你成了像我一样的疯子;我现在请你原谅。"

桑丘哭道:"啊呀,我的主人,您别死呀!您听我的话,百年长寿地活下去！一个人好好儿的，又没别人害死他，只因为不痛快，就忧忧郁郁地死去，那真是太傻了！您别懒，快起床，照咱们商量好的那样，扮成牧羊人到田野里去吧。堂娜杜尔西内娅已经摆脱魔缠，没那么样儿的漂亮；也许咱们绕过一丛灌木，就会和她劈面相逢。假如您因为打了败仗气恼，您可以怪在我身上，说我没给驽骍难得系好肚带，害您颠下马来。况且骑士打胜打败，您书上是常见的，今天败，明天又会胜。"

参孙说："可不是吗！好桑丘这番话说得对极了！"

堂吉诃德道："各位先生且慢，去年的旧巢，哪还有小鸟①！我从前是疯子，现在头脑灵清了；从前是堂吉诃德·台·拉·曼却，现在我已经说过，我是善人阿隆索·吉哈诺。但愿各位瞧我忏悔真诚，还像从前那样看重我。现在请公证人先生写下去吧。

"（一）我全部家产，从现有、实有的部分，除去指名分配的款项，全归在场的外甥女安东尼娅·吉哈娜承袭。首先，管家妈历年的工资应如数付清，外加二十杜加，送她做一套衣服。我委托在场的神父和参孙·加尔拉斯果学士二位先生执行遗嘱。（一）我外甥女安东尼娅·吉哈娜如要结婚，得嫁个从未读过骑士小说的人；如查明他读过，而我外甥女还要嫁他，并且真嫁了他，那么，我的全部财产她就得放弃，由执行人随意捐赠慈善机关。（一）执行遗嘱的两位先生如果碰见《堂吉诃德·台·拉·曼却生平事迹第二部》的作者，请代我竭诚向他道歉：他写那部荒谬绝伦的书，虽然没有受我委托，究竟还是为了我，我到死还

---

① 西班牙谚语。

觉得对他不起。"

遗嘱写完,堂吉诃德就晕了过去,直挺挺地躺在床上。大家慌了手脚,赶紧救护。他立完遗嘱还活了三天,昏厥好多次。当时家翻宅乱,不过外甥女照常吃饭,管家妈照常喝酒,桑丘·潘沙也照常吃喝;因为继承遗产能抵消或减少遭逢死丧的痛苦。堂吉诃德领了种种圣典①,痛骂了骑士小说,终于长辞人世了。公证人恰在场,据他说,骑士小说里,从没见过哪个游侠骑士像堂吉诃德这样安详虔诚、卧床而死的。堂吉诃德就在亲友悲悼声中解脱了,就是说,咽气死了。

神父当时就请公证人证明,称为堂吉诃德·台·拉·曼却的善人阿隆索·吉哈诺已经善终去世。熙德·阿默德·贝南黑利搁笔了,别的作者不能捣鬼再叫他活过来,把他的故事没完没了地续写。奇情异想的拉·曼却绅士如此结束了一生。熙德·阿默德不愿指明他家乡何在,让拉·曼却所有的村镇,都像希腊六个城争夺荷马那样,抢着认他为自己的儿子。

桑丘、外甥女和管家妈怎样哀悼堂吉诃德,他墓上有什么新的墓铭②,这里都不提了;只说参孙·加尔拉斯果写了如下一首墓铭:

  遐兮斯人,

  勇毅绝伦,

  不畏强暴,

  不恤丧身,

---

① 指忏悔、领圣体、涂圣油等临终圣典。
② 本书上部结尾已有墓铭,所以说新的墓铭。

> 谁谓痴愚,
> 震世立勋,
> 慷慨豪侠,
> 超凡绝尘,
> 一生惑幻,
> 临殁见真。

绝顶高明的熙德·阿默德对他的笔说:"我不知你是有锋的妙笔还是退锋的拙笔,我把你挂在书架子的铜丝上了,你在这儿待着吧。如果没有狂妄恶毒的作者把你取下滥用,你还可以千载长存。可是你别等他们伸手,乘早婉转地告诉他们:

> 请别来插手吧,
> 摇笔杆儿的先生,
> 国王已把这件事,
> 留待我来完成。①

"堂吉诃德专为我而生,我这一生也只是为了他。他干事,我记述;我们俩是一体。托尔台西利亚的冒牌作者用鸵鸟毛削成的笔太粗劣,他妄图描写我这位勇士的事迹是不行的;他的才情不能胜任;他文思枯涩,不配写这故事。你如果碰见他,劝他让堂吉诃德那一把霉烂的老骨头在墓里安息吧,别侵犯死神的法权,把他从坟圹里拖出来带到旧咖斯底利亚去②;堂吉诃德确

---

① 末两行是民歌《格拉那达内战》里的句子。
② 阿维利亚内达伪造的《堂吉诃德传》里,说堂吉诃德从托雷都疯人院出来后又到了旧咖斯底利亚和其他许多地方去。

实是直挺挺地躺在地下,不能再出马作第三次旅行了①。他前后两次出门的故事,已经把一切游侠骑士的荒谬行径挖苦得淋漓尽致,得到国内外人士一致赞赏。你对蓄意害你的人好言劝告,也就尽了你基督徒的职责。我的愿望无非要世人厌恶荒诞的骑士小说。堂吉诃德的真人真事,已经使骑士小说立脚不住,注定要跌倒了。我也就欣然自得;作者能这样如愿以偿,还数我第一个呢!"

再会吧!

---

① 前两次旅行指《堂吉诃德·台·拉·曼却》的上部和下部;实则上部里堂吉诃德已出门两次。